Ressemblance à haut risque

Un mystérieux allié

Mission protection

C.J. MILLER

Ressemblance à haut risque

Traduction française de
CHRISTINE MAZAUD

BLACK ROSE

HARLEQUIN

Collection : BLACK ROSE

Titre original :
CAPTURING THE HUNTSMAN

Ce roman a déjà été publié en 2016

HARPERCOLLINS FRANCE
83-85, boulevard Vincent-Auriol, 75646 PARIS CEDEX 13
Service Lectrices — Tél. : 01 45 82 47 47 - www.harlequin.fr
ISBN 978-2-2804-8800-6 — ISSN 1950-2753

Composé et édité par HarperCollins France.
Imprimé en février 2023 par CPI Black Print (Barcelone)
en utilisant 100% d'électricité renouvelable.
Dépôt légal : mars 2023.

MIXTE
Papier issu de sources responsables
FSC® C159065
FSC www.fsc.org

Pour limiter l'empreinte environnementale de ses livres, HarperCollins France s'engage à n'utiliser que du papier fabriqué à partir de bois provenant de forêts gérées durablement et de manière responsable.

1

Balayer les feuilles qui jonchaient les sentiers de Trail's Edge, son camping, représentait un travail à plein-temps. Malheureusement pour elle, Autumn Reed disposait de beaucoup de temps libre. Et de très peu d'argent. Cela faisait des semaines qu'elle n'avait pas loué un seul de ses chalets. Et pour cause. Telle une traînée de poudre, la nouvelle s'était répandue partout : un tueur en série sévissait dans les monts des Appalaches. Il s'attaquait aux femmes en promenade dans le Trail, le sentier de grande randonnée. Comble de malchance, Autumn correspondait au profil des victimes. De quoi trembler de peur.

Toute la journée, elle avait repoussé la corvée de balayage et, maintenant que le soleil déclinait, allongeant des ombres inquiétantes sur le camping, elle regrettait de ne pas être sortie plus tôt. Une fois le soleil couché, il faisait très sombre dans le sentier et mieux valait ne pas s'y aventurer seule.

Elle siffla son chien. Avec Thor, elle aurait moins peur. Il était très lourd, au moins dix kilos de plus qu'elle, et très puissant, de quoi intimider celui qui aurait la mauvaise idée de voir en elle sa prochaine victime. Son chien était la seule créature fidèle qu'elle avait encore dans la vie. Elle pouvait toujours compter sur lui.

Thor, qui se trouvait à quelque six mètres d'elle, la regarda mais ne bougea pas. Le vent soufflait, balayant les feuilles mortes qui crissaient sur le sol. D'habitude, elle aimait entendre le froissement des feuilles poussées par les bourrasques mais, ce soir, elle craignait qu'il ne masque le bruit de pas. Apeurée, elle regarda partout autour d'elle. Thor et elle étaient seuls.

De nouveau, elle le siffla. Cela ne lui ressemblait pas de ne pas obéir mais, s'il avait surpris un écureuil ou un lapin, il ne devait penser qu'à le pourchasser.

— Thor, appela-t-elle. Ici.

Le ton était autoritaire. Il fallait qu'il comprenne qu'elle ne plaisantait pas.

Thor ne bougea pas. Arc-bouté sur ses quatre pattes, le poil dressé et le dos rond, il fixait la forêt. Qu'avait-il bien pu voir ? Un randonneur ? Cela faisait des semaines qu'elle n'avait plus vu passer personne. Peut-être un ours, alors ? C'était rare qu'ils descendent de la montagne et s'aventurent si bas mais, si c'en était un, Thor avait intérêt à se méfier. D'un coup de griffes, le plantigrade l'enverrait valser à plusieurs mètres.

Encore une fois, elle l'appela. Puis, scrutant les bois, elle avança vers lui. Le sol était boueux et elle glissa.

— Alors, Thor ? Qu'est-ce qui te prend ?

Arrivée près de lui, elle l'entendit grogner. Cela non plus ne lui ressemblait pas. Il avait beau être grand et fort, il n'était pas agressif. Il avait sûrement vu ou senti quelque chose qui ne lui plaisait pas.

Elle fouilla le bois des yeux, essayant de voir, dans la forêt de troncs, ce qui pouvait contrarier Thor à ce point.

— Oh ! s'exclama-t-elle, plaquant la main sur sa bouche.

Le spectacle était horrible. Pendue à un arbre, une forme se balançait dans le vent. Elle était entourée de lierre. Etait-ce des chaussures de randonnée, sales, qu'elle voyait ? Etait-ce des flèches ? Et pourquoi cette odeur de brûlé qui imprégnait l'air ?

Prise d'une nausée irrépressible, elle se pencha et vomit. L'horreur cédant très vite la place à la terreur, elle empoigna

Thor par le collier et le traîna vers son chalet. A plusieurs reprises, elle glissa dans la boue mais se rétablit vite sans jamais lâcher son chien.

Une fois chez elle, elle s'enferma à double tour et, tremblant comme une feuille, prit son téléphone par satellite.

— Allô, police secours.

Elle avait la gorge tellement nouée qu'elle était à peine audible.

— Police secours, répéta-t-elle. Venez vite. Je viens de trouver un corps.

Nathan Bradshaw capta l'appel lancé par l'antenne de police. Un cadavre venait d'être découvert près du sentier de grande randonnée des Appalaches, l'Appalachian Trail, près du camping Trail's Edge. C'était une femme qui avait alerté la police. Enfin un témoin ? s'interrogea-t-il. En plus du peu de moyens qu'il avait à sa disposition, l'absence de témoin ne facilitait pas l'enquête. Aucune des victimes n'avait survécu. On ne disposait donc pas du portrait du tueur en série. Tout ce que l'on savait, c'est que l'homme (ou la femme) attaquait les femmes sur le Trail. Si quelqu'un avait vu ou savait quelque chose, il évitait soigneusement de se manifester.

Après une rapide recherche sur Internet, Nathan trouva sans mal l'adresse du camping et l'entra dans son GPS. Le corps était un peu plus éloigné du Trail que d'habitude. Le tueur avait-il changé son mode opératoire ou ce crime n'avait-il rien à voir avec les autres affaires ?

La seule façon de le savoir était de se rendre sur les lieux : Smithsburg, dans le Maryland.

Nathan était aux trousses du prédateur depuis des semaines. Depuis Boiling Springs, en Pennsylvanie. Le tueur était logique et Nathan commençait à cerner sa psychologie. Encore un peu, et il pourrait prévoir ses déplacements.

Selon lui, le coincer n'était plus qu'une question de temps. De toute façon, il n'arrêterait pas tant que justice n'aurait pas été rendue à sa sœur. Sa mère, son beau-frère, sa nièce et son neveu comptaient sur lui pour attraper l'assassin de Colleen.

Trente minutes plus tard, Nathan arrivait sur les lieux qui bruissaient déjà d'activité. Des agents du FBI ratissaient la zone en hurlant des ordres aux rangers appelés en renfort. La police locale se trouvait là aussi. Cherchant à repérer s'il connaissait des policiers présents sur la scène de crime, Nathan aperçut l'agent spécial chargé de l'affaire, Roger Ford. Aïe, justement le seul qu'il ne voulait pas voir ! Il parlait avec une femme grande et mince. Sans doute le témoin, se dit-il.

Roger Ford, son ancien beau-frère, n'aurait lui non plus aucune envie de le savoir là. Ford était un bon agent, mais il était psychorigide. Il avait dix ans de métier de plus que lui, et usait de toute son influence pour l'évincer du dossier, soit pour le punir de ce qu'il s'était passé entre sa sœur et lui, soit parce qu'il doutait de son objectivité dans cette affaire. Mais, peu importe, il ne parviendrait pas à ses fins.

Nathan vit tout de suite quand Ford l'avait détecté car son visage changea. Ils ne s'étaient jamais bien entendus et Ford n'avait jamais fait assaut d'amabilité envers lui.

Voyant le regard de son interlocuteur se durcir, la femme avec laquelle il parlait se retourna.

Nathan ne l'avait encore jamais vue, mais elle lui fit tout de suite une forte impression. C'était une belle brune, avec une longue queue-de-cheval. Vêtue d'un pantalon et d'un coupe-vent, comme la plupart des randonneurs avec qui il avait parlé depuis le début de l'enquête, elle croisait les bras sur sa poitrine.

Pris d'une envie irrépressible de bavarder avec elle, il s'approcha de Ford. Mauvaise idée.

— Qu'est-ce que tu fous là ? Je ne veux pas te voir sur

mes scènes de crime, aboya l'agent. Bon Dieu, je te l'ai déjà dit ! T'es encore pire que les pisseurs de copie.

— Tu sais très bien pourquoi je suis là, répliqua Nathan, subjugué par la beauté de la femme qui se tenait à côté de Ford.

Quand le FBI lui avait refusé le droit de s'occuper de l'affaire, invoquant l'impossibilité dans laquelle il serait de rester objectif à cause de sa parenté avec une des victimes, Nathan n'avait pas hésité : il s'était mis en disponibilité du bureau pour mener sa propre enquête. Le tueur avait démontré qu'il était assez malin pour éviter les pièges du FBI. S'ils voulaient mettre la main sur lui, ils avaient intérêt à être plus malins que lui. Mais le FBI n'autorisait aucun dérapage. La ligne blanche était la ligne blanche. Interdiction de la franchir. Nathan, lui, n'hésiterait pas à la franchir. Il était prêt à tout pour venger sa sœur.

Il s'avança vers la jeune femme.

— Agent spécial Nathan Bradshaw, se présenta-t-il. Je…

— Arrête, le coupa sèchement Ford. Le témoin va croire que tu travailles sur le dossier.

Intriguée par la passe d'armes entre les deux agents, la jolie brune écarquilla les yeux.

— Autumn Reed, répondit-elle, ignorant la remarque de Ford. Je suis la propriétaire du camping. C'est moi qui ai trouvé le corps.

Il serra la main qu'elle lui tendait.

— Tu ferais mieux de profiter de tes vacances pour buller au lieu de me tourner dans les pattes, lança Ford, furieux. Ou retourne au bureau, il y a des affaires en suspens là-bas.

Nathan sourit. Abandonner cette affaire ? Il n'en était pas question. L'assassin de Colleen paierait. Nathan devait cela à sa sœur et à sa famille.

— Tu sais que je ne lâcherai jamais ce dossier.

Le visage de Ford se crispa encore plus. Il y avait un

règlement. Point. Pas question d'y déroger. Point. Et Nathan lui lançait en pleine figure qu'il ne le respecterait pas.

— Tu m'ennuies, Bradshaw. Si tu ne dégages pas, je vais te faire partir de force. Ne m'oblige pas à en arriver là.

Nathan enfonça ses poings dans ses poches.

— Je ne suis pas là pour t'ennuyer, rétorqua-t-il. Je suis là pour débusquer un tueur.

Autumn se frotta les tempes. La migraine n'était pas loin. Un quart d'heure après avoir appelé les secours, les rangers, la police locale et les techniciens de la police scientifique avaient déboulé au camping. Puis, un peu plus tard, le FBI.

Le dernier arrivé s'était précipité vers elle. Le sérieux de son visage et l'intensité de son regard l'avaient tout de suite intriguée. Pourquoi était-il là ? Elle l'ignorait, mais sa présence lui plaisait. Bien qu'il n'ait pas souri, elle avait aimé la force et l'énergie qu'il dégageait. En général, elle cernait bien les gens et, d'emblée, ce Bradshaw lui avait semblé une personne bien, quelqu'un qu'elle aimerait avoir comme ami.

Il était beau. Peut-être trop. Compte tenu des circonstances, ce genre de pensées lui parut déplacé mais comment ne pas le remarquer ? Il avait une tignasse brune, coiffée à la va comme je te pousse, ce qui n'était pas pour lui déplaire. Des épaules larges et un buste en V qui plongeait vers des hanches minces. Athlétique, donc. La veste qu'il portait, étoffe souple et belle coupe, sentait son grand faiseur. L'homme ne devait pas manquer d'argent. Ce n'était pas à proprement parler la veste idéale pour une randonnée mais qu'importe, il la portait si bien…

Tout à son dossier, l'agent spécial Ford continuait de parler de l'enquête.

— Le shérif m'a dit que vous vivez ici avec votre frère. Où est-il ?

L'évocation de son frère la pétrifia. La scène macabre qu'elle avait découverte dans la forêt était l'œuvre du Chasseur — c'est ainsi que la presse avait surnommé le tueur —, cela ne faisait aucun doute pour elle, même si personne ne l'avait encore dit. Que le nom de son frère soit cité lui fit froid dans le dos.

— Blaine ? Il est parti en randonnée.

— Le shérif m'a dit qu'il a eu des ennuis, par ici.

Le shérif ! Son ex-fiancé et l'ex-meilleur ami de Blaine. Qu'avait-il pu raconter ?

— Cela fait des semaines que je n'ai pas de nouvelles.

Très exactement, depuis que la presse avait parlé des crimes commis sur le Trail, ce qui n'avait pas manqué de décupler son inquiétude.

— C'est dans ses habitudes, ce… silence ? demanda Ford.

Blaine était un électron libre. Autumn craignait qu'un jour ou l'autre il ne lui arrive des bricoles.

— De sa part, rien n'est inhabituel. Mais il est peut-être en danger.

La peur ne la quittait pas. Tant qu'il ne serait pas là, elle ne dormirait que d'un œil.

— A priori, le tueur chasse les femmes, pas les hommes, rétorqua l'agent spécial Ford.

Elle frissonna. Les femmes ? Peut-être serait-elle la prochaine sur la liste.

— Si tu la lâchais un peu ? dit Nathan Bradshaw. On arrive, on envahit son camping, et toi, tu lui fais peur.

Elle eut envie de lui sauter au cou pour le remercier d'avoir volé à son secours.

— Y a pas de *on*, Bradshaw, reprit Ford. Retourne à ton hôtel, oublie le nouveau cadavre. Et demain matin, rentre chez toi.

Le rival de Ford ne bougea pas. Autumn avait déjà vu des chats défendre leur territoire. Ces deux-là se disputaient comme des chats.

— La situation est difficile pour vous, je comprends.

La chaleur du ton de Nathan Bradshaw la surprit. C'était la première marque de sympathie qu'on lui témoignait ce soir.

— Je suis seul responsable de cette scène de crime. File, Bradshaw. Personne ne doit polluer les lieux, déclara Ford.

Autumn regarda les deux hommes l'un après l'autre.

— Je dois partir, moi aussi ?

Elle n'avait pas envisagé qu'on lui demande de s'en aller, mais si le FBI avait des relevés à effectuer… Où pourrait-elle aller ? Bien sûr, en ville elle avait des amis mais, depuis la mort de son père, elle ne les avait guère fréquentés. Et Thor ? Que ferait-elle de lui si elle devait partir ?

— Votre chalet ne fait pas partie de la scène de crime, dit Ford en s'approchant d'elle.

Le soulagement l'envahit. Sa maison. Son havre. L'endroit au monde où elle se sentait le plus en sécurité. Si seulement son frère avait pu être là. Et son père. Quelqu'un avec qui partager sa solitude et ce sentiment d'abandon que la peur amplifiait encore. Autrefois, on était heureux à Trail's Edge. C'était un lieu de vacances pour amoureux de la nature, et elle y travaillait avec plaisir. Ce souvenir n'était pas vieux et, pourtant, tout ce bonheur lui semblait si lointain…

— Les autres chalets font-ils partie de la scène de crime ? interrogea Nathan.

Ford fulminait, cela se voyait dans ses yeux.

— Pas pour l'instant, bougonna-t-il.

Nathan recula un peu et s'adressa à elle.

— J'aimerais vous louer un chalet pour quelques jours. Qu'en dites-vous ?

Ne sachant que répondre pour ne froisser personne, Autumn commença par regarder ailleurs, le temps de réfléchir. C'était compliqué. D'un côté, elle avait besoin d'argent — cette location tomberait à pic —, d'un autre, il n'était pas question de se mettre l'agent spécial Ford à dos. Il pourrait lui rendre la vie impossible, soit en l'obligeant à quitter Trail's Edge pendant un long moment, soit en faisant fuiter auprès de la presse la survenue d'un crime au camping. La menace que représentait le Chasseur avait déjà beaucoup ralenti ses affaires, si les touristes apprenaient qu'un meurtre avait été commis juste à côté, sa petite entreprise ne s'en remettrait jamais. Elle pourrait fermer boutique. Que ferait-elle, alors ? Le choix était limité.

— J'ai des chalets disponibles, dit-elle. Mais si M. Ford et son équipe en ont besoin, je leur donne la priorité.

Et voilà. Elle n'avait pas menti à Nathan Bradshaw et avait privilégié Ford, même si cet homme lui était peu sympathique.

— Nous avons retenu dans un motel en ville, déclara Ford. Notre unité mobile ne viendra pas jusqu'ici. Nous ne considérons pas cette zone comme cruciale.

Le FBI pouvait penser ce qu'il voulait, la situation n'était pas rassurante. Comment pourrait-elle dorénavant se sentir en sécurité ici avec la peur et l'impression d'avoir été violée qui ne la quittaient pas depuis que Thor et elle avaient découvert le corps ?

— Qu'est-ce qui vous dit qu'il ne reviendra pas ?

L'agent spécial Ford fit la moue, comme si la question était incongrue.

— Nous connaissons son profil. Nous savons comment il se comporte. Maintenant, si vous le voulez bien, j'ai quelques questions à vous poser en privé.

— Je me sentirais plus à l'aise si M. Bradshaw restait avec moi.

Bon sang ! Elle avait pensé à voix haute !

Aussi estomaqués l'un que l'autre, Nathan et Ford la dévisagèrent. Si c'était pour lui poser des questions sur Blaine, elle voulait quelqu'un pour faire tampon. Elle se savait capable d'agressivité si on s'attaquait à son frère et aurait du mal à cacher son animosité envers le shérif Daniel.

— Si tu permets, je reste. Tu sais que je lui poserais les mêmes questions que toi, dit Nathan.

Ford serra les dents.

— Mademoiselle Reed, commença-t-il, pouvez-vous me dire ce que vous faisiez avant de découvrir le corps ?

Nathan s'approcha d'elle, ce qui la rassura. Il y avait dans son attitude quelque chose de chaleureux, de protecteur même.

Elle répondit en donnant le plus de détails possible, mais elle n'avait eu qu'une vision fugitive de la victime.

Comme elle vivait là, elle avait fini par tisser des liens avec des habitués du Trail. La victime était peut-être l'un d'entre eux ? Elle avait lu tous les articles sur le tueur et ses victimes. Jusqu'à présent, elles avaient toutes été identifiées. Toujours des femmes. N'empêche, savoir Blaine dans la forêt n'était pas rassurant.

— Savez-vous qui est la victime ? demanda-t-elle.

Ford hocha la tête.

— Nous ne ferons aucune déclaration tant que le corps n'aura pas été formellement identifié et la famille prévenue.

Puis, d'un ton sec, il reprit :

— Vous promenez régulièrement votre chien dans le Trail ?

Régulièrement ? Non. Souvent ? Oui.

— Parfois. Vous savez, je ne…

Il ne la laissa pas finir sa phrase.

— Avez-vous lu ou entendu dire que c'est dangereux de se promener dans ce sentier ? Avez-vous parlé avec votre frère du Chasseur ? Faites-vous attention ?

Que cherchait-il au juste en la bousculant avec toutes ces questions ? A la déstabiliser ? A ce qu'elle se contredise ? Pensait-il qu'elle avait un lien avec ce crime ?

Ford la fouilla du regard comme si les réponses se cachaient au fond de ses yeux. Ne pouvait-il lui laisser le temps de reprendre ses esprits ?

— J'ai lu des reportages sur le Chasseur et, le soir, je ne sors pas sans mon chien. C'est mon garde du corps.

C'était un chien de sauvetage, mi-labrador mi-autre chose, elle ne savait pas quoi au juste mais, une chose était sûre, il était doux comme un agneau, ce qu'elle évita de préciser.

— Pourquoi aviez-vous emmené votre chien là-bas ?

Les questions de l'agent spécial Ford commençaient à tourner en rond. Faisait-il exprès de poser toujours les mêmes mais en les formulant différemment, dans l'espoir qu'elle se trahisse ? Cela devenait horripilant.

Elle posa la main sur son estomac, qui gargouillait.

— Je ne sais pas. Quand je sors, je pars au hasard.

— Et ?

L'envie de l'envoyer paître commença à la démanger.

— Et rien. Qu'est-ce que vous voulez que je vous dise ?

— Ça va, Ford ! intervint Nathan. Elle a eu une soirée éprouvante. Elle t'a dit ce qu'elle sait. Si elle pense à autre chose, elle t'appellera. Laisse-la aller se coucher. On reprendra ça demain.

De nouveau, elle faillit sauter au cou de cet étranger pour le remercier de la sortir des griffes de son collègue, ce sadique qui se fichait pas mal qu'elle soit fatiguée ou pas.

— Je vous téléphonerai demain matin, mademoiselle Reed. Quant à toi, Nathan, rentre chez toi. Je ne veux plus te voir.

Raide comme la justice, Ford repartit vers la scène de crime. Aussitôt Autumn se détendit. Elle était tellement crispée qu'elle ne s'était pas rendu compte qu'elle avait les orteils recroquevillés dans ses chaussures !

Elle releva le col de sa veste pour bloquer le vent.

— Si vous voulez bien me suivre, monsieur Bradshaw, je vais vous enregistrer.

— Appelez-moi Nathan.

Posant la main sur son dos, il partit avec elle vers le chalet éclairé. En temps normal, elle aurait trouvé ce geste déplacé mais, compte tenu des circonstances, ce contact était plutôt rassurant. Après ce qu'elle avait vu dans le bois, elle avait peur de rester seule et, si elle pouvait nouer un lien d'amitié avec cet inconnu, elle se sentirait plus à l'aise.

Quand son frère avait annoncé son intention de partir en randonnée, Autumn n'avait pas mesuré à quel point sa solitude allait lui peser. C'était la première fois qu'elle restait aussi longtemps sans clients à Trail's Edge. Son camping n'était pas très éloigné de la ville mais ce qui était proche le jour semblait très lointain la nuit quand on n'entendait aucun bruit en provenance du dehors et que rien ne bougeait. Alors, oui, elle se sentait vraiment isolée. Et, maintenant, avec le crime qui avait eu lieu quasiment sur sa propriété, elle avait doublement peur.

Bien que les circonstances s'y prêtent mal, elle prit son ton le plus enjoué.

— Nathan, je vous souhaite la bienvenue à Trail's Edge. Bien sûr, j'aurais préféré vous recevoir pour d'autres raisons. Vous verrez, mon camping est génial. La vue est magnifique et, d'habitude, tout est calme et agréable.

— Moi aussi, je préférerais être ici pour d'autres raisons, dit-il avec un sourire qu'elle ne sut décrypter mais qui lui fit battre le cœur.

Elle ouvrit la porte de son chalet et Thor accourut. Elle l'attrapa aussitôt par le collier pour l'empêcher de sortir. Elle détestait l'enfermer, mais ce n'était pas le moment qu'il gambade partout. Il risquait de déranger les enquêteurs techniques, qui lui feraient peut-être alors du mal…

— Voilà Thor, déclara-t-elle en caressant la tête du chien. On était ensemble quand j'ai trouvé le corps. En fait, c'est lui qui l'a découvert. Hélas, je ne pense pas qu'il fasse un bon témoin.

Elle l'écarta de la porte pour laisser passer Nathan et ferma derrière lui. La chaleur qui régnait dans la maison la saisit. Elle n'avait pas réalisé combien il faisait froid dehors.

— Je suis ennuyé de ce qui vous arrive, dit Nathan.

Elle battit des paupières. Elle était si fatiguée que ses yeux piquaient. Elle s'assit, ouvrit son registre devant elle. Les pages étaient vierges, et pour cause ! Cela faisait des lustres qu'elle n'avait pas vu un client.

— Pourquoi a-t-il fait ça ici, dans mon camping ? interrogea-t-elle dans un soupir.

L'Appalachian Trail faisait près de quatre cents kilomètres. Lorsqu'elle avait lu les articles sur *l'affaire*, trois semaines plus tôt, elle n'avait pas imaginé que le tueur pourrait frapper de nouveau et si près de chez elle. Depuis toujours, Trail's Edge était son refuge. L'endroit où rien de ce qui se passait dans le monde ne pouvait l'atteindre.

— Je ne sais toujours pas ce qui le pousse à choisir un endroit plutôt qu'un autre, une victime plutôt qu'une autre, ni ce qui l'incite à passer d'un lieu à un autre, dit Nathan, prenant un siège en face d'elle.

— Vous voulez dire qu'il pourrait revenir ? M. Ford ne semble pas partager cet avis.

Nathan posa son regard sur elle puis sur le chien.

— Je pense que le tueur n'a pas eu le temps de finir sa besogne. Vous avez parlé à Ford d'une odeur de brûlé, or on n'a pas vu de feu. Partout ailleurs, il a brûlé le corps de ses victimes. Thor et vous avez dû l'interrompre dans son œuvre macabre.

Horrifiée, elle ferma les yeux.

— Je n'ai rien lu sur le feu dans les journaux.

— C'est un élément que le FBI n'a pas voulu ébruiter.

— Dites-moi, pourquoi cette affaire vous intéresse-t-elle ? M. Ford a insisté, il ne veut pas de vous dans son enquête.

Nathan se crispa, une ombre passa dans ses yeux.

— Ma sœur jumelle est la troisième victime du tueur. Voilà pourquoi je m'en mêle. Pour elle et pour notre famille.

Il y avait dans sa voix une grande tristesse. De la colère, aussi.

— Pardon, Nathan. Je suis désolée.

Que pouvait-elle dire d'autre ? Face à un drame pareil, les mots étaient d'une platitude navrante. Elle se souvenait, en effet, d'articles dans la presse sur ce troisième meurtre. Un ranger avait retrouvé le corps à trois cents mètres du Trail. C'était une odeur de feu qui l'avait attiré dans le bois, et là…

— Je veux retrouver l'assassin de ma sœur, vous comprenez ? Je ne dormirai bien que lorsqu'il sera sous les verrous.

— Vous ne faites pas confiance à Ford pour cela ?

— Non, dit-il sans autre explication.

Paralysée par ces yeux qui ne la quittaient pas, elle ne réagit pas. Aucun homme ne lui avait jamais fait pareil effet. Sans doute payait-elle pour le stress de la soirée, la découverte du cadavre, la peur, la fatigue… Si on ajoutait à cette accumulation d'émotions sa solitude, son père qui lui manquait et l'absence de Blaine, plus que jamais elle avait besoin de quelqu'un, d'un ami et, pour l'heure, elle n'avait que Nathan.

Ce dernier carra les épaules en arrière, comme s'il sortait d'un songe qui l'avait ramené un siècle en arrière.

— Je sais que vous êtes fatiguée, mais j'aimerais tout de même vous poser quelques questions.

Elle ôta l'élastique de sa queue-de-cheval et se massa les tempes pour tenter d'apaiser sa migraine.

— Vous n'avez pas l'intention de faire ce que demande M. Ford, alors ?

Quand elle vit son agacement, elle se dit que Ford avait raison de lui interdire de s'impliquer dans l'affaire.

— Je ne lâcherai jamais ce dossier, vous m'entendez ? Il faut empêcher que ce monstre tue encore.

2

Le Chasseur se déplaçait et tuait au rythme d'une ou deux victimes par semaine. Sept en tout pour l'instant. Toujours des femmes, des joggeuses ou des campeuses installées près de l'Appalachian Trail. Des femmes sans histoires, adorées de leur famille et de leurs amis. Pour Nathan, il ne s'agissait pas de crimes d'opportunité mais d'assassinats dûment planifiés et exécutés. Toujours le même type de femmes, le même mode opératoire — le lion qui attend l'instant où sa proie, soigneusement repérée, est vulnérable pour se jeter sur elle.

Nathan estimait avoir une semaine devant lui, tout au plus, avant qu'on ne découvre un nouveau cadavre. Bien qu'il y ait peu de promeneurs actuellement, si le prédateur chassait dans le coin, il fallait faire vite. Pour être efficace, Nathan avait besoin de quelqu'un qui connaisse parfaitement les lieux, les refuges et les spots de camping préférés des randonneurs.

— Vous êtes du coin ? demanda-t-il à Autumn.

Il travaillait sur ce dossier depuis le décès de Colleen et avait remarqué que les locaux n'hésitaient pas à collaborer. L'enquête exigeait qu'il passe du temps dans le secteur du Trail. Si Autumn pouvait lui apporter son aide, il aurait plus de chances de retrouver vite le tueur.

Autumn s'agita sur son siège et rejeta ses cheveux en arrière.

— J'ai toujours vécu ici. Je connais tout ce qui existe comme sentiers, plantes, animaux de la région.

La réponse qu'il espérait.

— J'aimerais vous engager pour m'aider.

— Vous aider ? Mais comment ? Je ne tiens pas à me retrouver nez à nez avec le tueur.

Il se pencha vers elle.

— Je voudrais en savoir plus sur cette portion du Trail. Je vous décris le genre d'endroits où le tueur frappe, vous me dites si vous voyez des coins qui correspondent.

Autumn hocha la tête. Ses cheveux balayèrent ses épaules.

— Je suis désolée mais je ne peux pas vous aider. Je comprends que ce soit difficile pour vous mais c'est trop dangereux pour moi.

— S'il vous plaît, insista-t-il. Avec moi, vous n'aurez rien à craindre.

Il avait donné sa parole à sa mère. Il avait promis que le meurtre de Colleen ne resterait pas impuni. Il ne retournerait pas dans sa famille tant que sa promesse ne serait pas tenue.

Voyant Autumn faire la moue, il abattit sa carte maîtresse.

— Je connais Ford, je sais comment il opère. Il lui faut un coupable. Votre frère ferait bien son affaire.

— Mon frère n'est pour rien dans tout ça. Je me moque de ce que pense Ford et de ce que le shérif lui a dit sur Blaine.

— En ce cas, coopérez… pour le prouver.

Elle hésita un instant.

— Je peux vous montrer les endroits les plus fréquentés.

Ouf ! Elle n'avait pas dit « non ».

— Merci, Autumn. J'apprécie ce que vous faites.

Les coudes posés sur la table, elle se massa les tempes.

— Je vois que vous avez mal, dit-il en prenant sa main.

Surprise, elle leva les yeux et, voyant son regard posé sur elle, détourna aussitôt la tête.

La migraine n'altérait pas sa beauté mais l'heure n'était pas aux fantasmes. Les sentiments n'avaient pas leur place dans une enquête policière. Tenté, malgré tout, de caresser le creux de son poignet, il lâcha sa main. Sa peau était très douce à cet endroit et il y aurait pris beaucoup de plaisir.

— Je sais que vous vous faites du souci pour votre frère. Ne vous inquiétez pas. Le FBI a des agents sur le Trail, ils mettent en garde les randonneurs.

Autumn replia son bras sur sa poitrine.

— Oui, mais mon frère a parfois de drôles d'idées. De plus, il ne reste pas forcément sur le Trail.

— Le Trail fait des centaines de kilomètres. Les chances que votre frère croise le tueur sont infimes, dit-il pour la rassurer. Par ailleurs, ses cibles ne sont pas des hommes.

— *Le* tueur ? Vous êtes certain que c'est un homme ?

— Je ne peux rien affirmer tant qu'on ne l'aura pas trouvé, mais mon expérience en criminologie me pousse à croire qu'il s'agit d'un homme. Agé de cinquante-cinq/soixante ans, sans travail actuellement. Un solitaire.

Autumn se leva et alla poser une bouilloire sur le poêle.

— Je n'ai aucune envie de quitter ma maison, mais je ne veux pas prendre de risques, je ne suis pas folle. A votre avis, je peux rester ici ou pas ?

En s'éloignant du Trail, elle s'éloignerait du tueur, c'était certain, songea-t-il.

— A vous de voir, se borna-t-il à répondre pour ne pas l'effrayer.

— Les tueurs en série observent-ils toujours le même mode opératoire ?

Il hésita avant d'avouer :

— C'est la première fois qu'on découvre un corps si près d'un endroit aussi exposé.

Elle frissonna.

— Et il a fallu que ce soit à Trail's Edge, chez moi ! Si je comprends bien, il a changé de mode opératoire. Ou alors, il n'en a pas… Très bien, prononça-t-elle dans un soupir.

Il ne me chassera pas de chez moi. Je ne me laisserai pas terroriser. Je reste et, s'il vient, gare à lui !

Autumn ne supportait pas l'idée de quitter Trail's Edge. Même pour faire ses courses, elle se dépêchait. En dix ans, elle pouvait compter sur les doigts d'une main les nuits qu'elle n'avait pas passées chez elle. Les risques que le tueur revienne sur la scène de crime alors que les agents du FBI ratissaient la zone étaient minimes. Elle n'avait donc pas de motif de partir, se persuada-t-elle.

L'affaire avait complètement chamboulé sa vie. Plus aucune réservation. Les inscriptions des enfants aux activités de plein air avaient été annulées, et elle vivait avec la peur permanente qu'il arrive malheur à Blaine.

La bouilloire siffla. Elle sortit deux grandes tasses, désassorties. L'une représentait un ours dressé sur les pattes de derrière, l'autre le logo de Trail's Edge. Un chocolat chaud. Rien ne la calmerait aussi bien qu'un chocolat chaud.

— Je vous en fais une tasse ? dit-elle en brandissant la boîte de cacao.

— Merci oui. Je veux bien.

Autumn s'affaira alors à la préparation des boissons.

— Très bon, votre chocolat, commenta Nathan peu après. Pour vous remercier de votre concours, je vous invite à dîner en ville. Ça vous dit ?

D'émotion, Autumn faillit s'étouffer. Il lui proposait vraiment une sortie ? Elle devait avoir mal compris. Il était là pour traquer un tueur, pas pour lui faire la cour.

Il lui sourit et, de nouveau, elle trouva son sourire… ambigu. Quand il souriait, tout son visage changeait. La gravité s'envolait, seul restait le charme. Il devenait alors beaucoup plus accessible. Prise d'une envie subite de lui caresser la joue, elle serra sa tasse très fort pour s'occuper les doigts. Seigneur ! Comme ses lèvres étaient appétissantes, elle les aurait volontiers touchées, rien que pour voir si elles étaient aussi moelleuses qu'elles en avaient l'air. Elle aurait bien fait d'autres choses encore. Les embrasser, pour connaître leur goût. Se serrer contre lui, aussi, et onduler pour sentir ses muscles, ses formes, toutes ses formes. Oh là là, mais elle devenait folle ! Tout cela parce qu'il lui avait souri !

Oui, mais ce n'était pas n'importe quel sourire, se dit-elle.

Elle qui s'était juré, après ses fiançailles rompues avec Daniel, de ne plus laisser un garçon l'approcher, voilà qu'elle n'était plus aussi sûre d'elle tout d'un coup.

— Vous me direz où les gens du pays sortent le week-end, lança Nathan en reposant sa tasse. En y allant, on pourra peut-être glaner des infos.

C'était bien ça. Son imagination l'avait égarée. C'était un rendez-vous de travail qu'il lui proposait. Pourquoi était-elle déçue ? Deux heures avaient suffi à la faire passer par toutes sortes de sentiments et elle se retrouvait totalement désorientée. Il y avait eu la peur, l'effroi. L'excitation. Le désir — eh oui, le désir ! Et au bout du compte, la perplexité.

— Si l'on va en ville, ce n'est pas pour parler du Trail, riposta-t-elle.

— Avec le nombre de véhicules de police qui circulent, la rumeur a dû aller bon train. Les gens sont sûrement au courant, ils voudront parler avec vous.

Autumn soupira. Elle évitait d'aller en ville pour un tas de raisons. La première étant qu'elle détestait les ragots et la foule. Avec la découverte d'un cadavre près de Trail's Edge, elle avait une raison supplémentaire de vouloir fuir la ville et les bavards.

— Je ne veux pas parler du meurtre, dit-elle.

— C'est moi qui répondrai aux curieux. Vous n'aurez rien à dire.

Peut-être mais elle n'était pas sourde. Elle entendrait. Les ragots. Les sous-entendus. Elle préférait rester à Trail's Edge.

— Je vais vous montrer votre chalet. Ensuite je vous

donnerai la liste des restaurants sympas avec leurs adresses pour que vous trouviez facilement.

Déçu, il hocha la tête.

— Je ne saurai pas à qui poser mes questions et les locaux ne parleront pas à un inconnu comme moi. J'ai besoin de vous, Autumn. Vous serez le miel qui attire les abeilles.

Il avait la voix suave du crooner. Les mots semblaient rouler sur sa langue avec une incroyable force de persuasion. Ce n'était pas ce qu'il disait qui était convaincant mais sa façon de le dire.

Le regard au loin, elle réfléchit. Peut-être se montait-elle la tête pour rien ? Pour une fois, elle pouvait descendre en ville et leur montrer à tous qu'elle allait bien malgré sa rupture avec Daniel et le crime commis à Trail's Edge.

Evidemment, se montrer en ville avec un étranger, beau comme un dieu de surcroît, allait faire jaser et lui attirer des jalousies. Nathan dégageait un air d'autorité et avait fière allure. Des qualités qui ne devraient plus l'impressionner, songea Autumn. Daniel était comme lui. Charmeur, adorable… mais lâche. Quand il lui avait fallu s'engager pour de bon, il n'avait pas pu.

Oui, elle allait affronter les commérages, remettre les choses et les mauvaises langues à leur place et garder la tête haute. Faire face, quoi !

— Bon, d'accord pour un dîner en ville, finit-elle par dire. Dans l'immédiat, venez, je vais vous montrer votre chalet.

Elle posa sa tasse et prit la clé du chalet en question. Elle enregistrerait son locataire plus tard.

Ils sortirent. Le vent avait forci et la température baissé. Souvent le soir, jusque tard dans la nuit, elle s'asseyait dans un rocking-chair sur la terrasse. C'était des moments délicieux de calme et de fraîcheur qu'elle savourait particulièrement. Mais ce soir, pour la première fois depuis des années, les bois et le noir lui faisaient peur. La pénombre apaisante et tranquille qu'elle affectionnait d'habitude lui semblait un repaire idéal pour un prédateur à l'affût.

Essayant d'ignorer l'agitation qui régnait dans le camping du fait de la présence des policiers, elle conduisit Nathan vers un petit chalet.

— Vous avez déjà campé ? demanda-t-elle, histoire de meubler le silence.

Seule, elle aurait coupé par la forêt, mais elle exigeait de ses hôtes qu'ils suivent les sentiers balisés. Autrement, la forêt qui bordait le sentier des deux côtés étant immense, ils risquaient de s'égarer.

— Avec cette affaire, j'ai passé un certain nombre de nuits à la belle étoile, mais camper, ce n'est pas trop mon truc.

— J'ai balisé tous les sentiers qui traversent le camping. Je vous recommande de ne pas vous en écarter.

— Oui, madame, dit-il du ton le plus sérieux.

S'il voulait bien suivre son conseil, elle n'aurait pas à passer la nuit dehors à sa recherche.

Brusquement envahie par une bouffée de désir, elle oublia la peur que lui inspirait la nuit. Partir à la recherche de Nathan Bradshaw, dans le noir, ne serait peut-être pas dépourvu d'intérêt…

— Je veux un guide de toute confiance si je m'aventure sur le Trail, reprit-il.

Elle s'arrêta brutalement et se planta devant lui. Il n'allait quand même pas s'imaginer qu'elle serait à sa disposition.

— Je vous ai dit que je vous aiderais, mais mon aide sera limitée. Je suis désolée de vous décevoir.

Mieux valait l'avertir tout de suite et qu'il ait une surprise agréable si elle décidait de se montrer plus coopérative.

Nathan toucha son bras, ce qui la fit frissonner.

— Vous m'avez déjà beaucoup aidé, vous savez. Et j'ai confiance en votre expérience de la nature.

— Les gens en général pensent que les randonnées ce n'est pas pour moi, répliqua-t-elle avec un sourire ironique.

— Et pourquoi donc ?

— Parce que je suis une femme et qu'une femme, ça ne sait pas vivre à la dure, ça se plaint toujours, soit parce que c'est trop spartiate et qu'elle ne peut pas se laver les cheveux, soit, comme disait mon père, parce que les filles c'est maigrichon.

Elle sourit, avant de reprendre :

— Je ne suis pas très musclée mais j'ai de l'endurance et, pour la randonnée, c'est important.

Elle monta les marches du chalet et, arrivée sur la terrasse, aperçut Ford qui les observait.

— Je ne vois pas pourquoi vous ne seriez pas faite pour la randonnée. En revanche, je pense que vous devriez être plus prudente.

Il était si près d'elle qu'elle sentait son souffle sur son cou.

— Je vais veiller sur vous, poursuivit-il. Je ne voudrais pas qu'il vous arrive quelque chose.

Sa remarque lui alla droit au cœur. Se souciait-il tellement d'elle qu'il veuille la protéger ?

Comme si ses mains étaient déconnectées de son cerveau, elle ne réussit pas à mettre la clé dans la serrure. Nathan la rendait nerveuse. Elle se sentait aussi stupide qu'une adolescente qui bêtifie devant un garçon.

— A vous… non plus, bégaya-t-elle.

La voyant si gauche, il lui prit la clé des mains.

— Je vais essayer.

Il ouvrit sans difficulté, poussa la porte et entra.

Elle lui emboîta le pas. Il dégageait une chaleur communicative. C'était troublant, et une invite à se rapprocher davantage encore. Mais cela aurait été déplacé. Elle savait se tenir. D'habitude ! Nathan allait penser qu'elle avait le même comportement avec tous les hommes qu'elle recevait.

— C'est joli, dit-il, apparemment sincère. J'ai déjà séjourné dans des motels nettement moins accueillants.

L'idée de rénover les chalets venait d'elle. Elle n'avait pas hésité à les équiper d'appareils ménagers modernes, cafetière électrique, grille-pain, micro-ondes, minifour. Elle avait renouvelé le linge ainsi que les rideaux. Le résultat était très réussi. C'était cosy. On s'y sentait « comme chez soi ». C'était elle qui faisait le ménage au départ des locataires. Les menues réparations aussi. Les chalets avaient beau être petits, elle avait réussi à y créer de petits espaces chaleureux, un coin repas, un coin salon et, dans l'alcôve, le coin chambre avec un lit double. Les lieux pouvaient accueillir un couple avec deux enfants car elle avait acheté deux fauteuils-lits. Le poêle placé au milieu de la pièce chauffait tout le chalet en hiver. En été, les arbres procuraient assez d'ombre pour assurer une agréable fraîcheur.

Autumn s'approcha de la fenêtre, d'où la vue sur la forêt était magnifique.

— Ce chalet est mon préféré, dit-elle. C'est le premier que nous avons rénové, mon frère et moi.

Elle écarta les rideaux qui occultaient les baies vitrées. Elle n'aimait pas ne pas voir ce qui se passait dehors. Peut-être l'épiait-on ?

— Demain matin, vous verrez sans doute des daims. Il y a aussi des renards, je pense qu'ils ont un terrier pas loin. Je vais vous apporter du petit bois et des bûches pour faire un feu.

— Ne vous donnez pas ce mal, dit-il. J'irai en chercher moi-même si j'en ai besoin.

De grave et chaude, sa voix était devenue rauque, comme enrouée. C'était bizarre. Quelque chose avait changé, il y avait comme de l'électricité dans l'air.

Submergée de désir, elle se sentait à fleur de peau. Cela faisait six mois, presque sept, qu'elle n'avait pas eu de relation avec un homme. Beaucoup trop longtemps. Avec Daniel, son dernier amoureux, l'histoire avait mal tourné. Il ne s'était pas volatilisé, comme le font certains hommes courageux, mais elle avait découvert qu'il la trompait. Elle avait décidé de passer l'éponge et de continuer comme avant, mais cela n'avait pas duré une semaine.

— Si vous ne trouvez pas de bois sec ou n'avez pas le temps d'en ramasser, servez-vous dans l'appentis derrière mon chalet. Le poêle tient toute la nuit, c'est appréciable car il fait souvent froid au petit matin. Dans le bidon près de la cheminée, il y a du pétrole.

Elle parlait beaucoup, comme chaque fois qu'elle tentait de tromper son trouble, car elle ne voulait pas qu'il se rende compte qu'il la mettait mal à l'aise. Ce n'était pourtant qu'un locataire comme un autre, se répéta-t-elle pour s'en persuader.

Comme il changeait de position, elle vit qu'il était armé. Et qu'il la dévorait du regard. Cet homme était dangereux. A plus d'un titre.

Etait-ce son imagination qui lui jouait encore un tour en lui faisant voir des braises dans ses yeux là où il n'y avait que de la gentillesse ? En lui faisant croire qu'il partageait, à cet instant, les mêmes sentiments qu'elle à son égard ?

Le lit qu'elle voyait, à trois ou quatre mètres d'elle, était tentant. Elle savait que les draps étaient tout frais et que le poids de Nathan sur elle l'enverrait au paradis. Manquant d'air, elle inspira à fond. Non, non et non, elle ne se ridiculiserait pas une nouvelle fois à cause d'un homme.

Nathan envoyait des signaux très lisibles. Il avait perdu sa sœur, il la suppliait de l'aider à retrouver le tueur et il avait peu de temps devant lui. Elle devait se contenter d'une relation strictement professionnelle. Si le tueur s'éloignait, Nathan en ferait autant. Adieu les illusions…

Il valait mieux qu'elle sorte prendre l'air, car elle se sentait prête à dire ou à faire une bêtise.

— Si vous désirez quelque chose, dites-le-moi, lança-t-elle d'un ton faussement dégagé.

Elle se mordit aussitôt la lèvre. N'allait-il pas interpréter sa déclaration comme une invitation à la rejoindre dans son lit ?

Il la prit par le bras et le serra très fort.

— Demain soir, 19 heures, un verre et un dîner.

Elle fit alors l'erreur qu'elle s'était juré de ne plus jamais commettre : elle le regarda, droit dans les yeux. Comment refuser quelque chose à cet homme dont le visage était vibrant d'espoir ?

— OK, 19 heures mais je ne resterai pas tard.

— A demain, dit-il en lâchant son bras.

Elle fit un petit signe de tête et s'éclipsa.

Nathan avait très mal dormi. Il y avait eu du bruit — le FBI et les rangers n'avaient fini de ratisser la scène de crime que vers 10 heures ce matin, et le médecin légiste venait de partir lui aussi. Il y avait aussi la jolie brune qui dormait dans un chalet voisin, et surtout la certitude qu'il était à deux doigts d'appréhender le tueur. Excité à cette idée et plus déterminé que jamais, il n'avait pas réussi à fermer l'œil.

Il se passa la main dans les cheveux tout en relisant ses notes. Manque de sommeil, abus de café, tous les ingrédients étaient réunis pour le mettre sur les nerfs et réduire sa concentration. Sa lecture était entrecoupée d'images d'Autumn Reed. Pas de chance, le seul témoin de l'affaire était d'une beauté rare. Comme tous les hommes, Nathan aimait la compagnie des jolies femmes mais, en l'occurrence, une fille quelconque aurait été préférable. Elle ne l'aurait pas distrait de sa mission. Il fallait qu'il se concentre. Il n'avait déjà que trop d'éléments contre lui.

Nathan tourna les feuilles de son carnet et jeta sur une page blanche quelques notes sur Autumn, son frère Blaine et Trail's Edge. Mieux valait noter au fur et à mesure, quand ses souvenirs étaient encore vifs. Et puis, peut-être qu'en écrivant il évacuerait Autumn de son esprit. Peut-être…

Absorbé par son travail, il découvrit qu'il était 17 h 30 quand il consulta sa montre. Il planchait sur le dossier depuis 6 heures du matin. Bientôt douze heures qu'il analysait photos, dessins, graphiques et notes, il avait bien mérité un break.

Il se doucha et se changea. Pour se fondre dans la population de Smithsburg, ce soir, au dîner, il allait jouer les amoureux. S'il déclarait qu'il était là pour enquêter sur le meurtre, ce serait motus et bouches cousues. En revanche, sortir avec une femme, une belle femme, délierait les langues, il en était sûr.

A 19 heures précises, il frappa à la porte d'Autumn Reed. Elle ouvrit aussitôt. Le guettait-elle derrière son carreau pour répondre aussi vite ? Bien que cette idée lui plaise, il la refoula. Il était là pour rendre justice à sa sœur, pas pour vivre une aventure avec une belle écolo.

Toutefois, il ne put s'empêcher de la détailler. Elle avait les cheveux sur les épaules, portait un pantalon cigarette noir et un haut vert moulant. Bien que simple, sa tenue allait attirer sur elle tous les regards.

Agacé d'avance, il se racla la gorge. Mais qu'est-ce qu'il lui prenait ? Il n'avait aucun droit sur elle. S'il lui avait proposé ce dîner, c'était seulement pour glaner des infos. Une sortie strictement professionnelle. Oui mais, à la voir là, jolie comme un cœur et infiniment désirable, il sentait bien que l'intérêt qu'il lui portait dépassait largement le cadre du boulot…

Il essaya de se ressaisir. *Pense à ta sœur, rien qu'à ta sœur,* se dit-il. *Autumn n'est qu'un moyen de rencontrer des personnes qui savent peut-être des choses.* Le reste, look, beauté, ne devait pas interférer dans leur relation.

Se rendant compte qu'il la dévisageait, il ne chercha pas à mentir.

— Vous êtes superbe, dit-il.

De sa main gauche, elle caressa la pointe de ses cheveux.

— Merci. Vous n'êtes pas mal non plus. Peut-être un peu habillé pour le Wild Berry.

— Je suis plus à l'aise en costume qu'en survêtement.

Elle sortit sur la terrasse et tira la porte derrière elle sans même lui proposer d'entrer. Tant pis ! C'était normal, après tout. Il était là pour trouver l'assassin de Colleen, pas pour lui conter fleurette.

Comme elle passait devant lui, elle l'effleura de l'épaule. Elle s'était parfumée et sentait bon l'essence de pin et les épices. Une fragrance délicieusement féminine.

La descente de la montagne leur prit vingt minutes, il leur en fallut cinq de plus pour se rendre au Wild Berry. Nathan se gara entre un pick-up rouillé et une berline avec un singe aux yeux clignotants posé sur la plage arrière. Il ôta les clés du contact et se tourna vers Autumn.

— Faisons comme si on était un couple.

— Ça ne me semble pas une bonne idée, rétorqua-t-elle en triturant la bandoulière de son sac.

Il posa la main sur son bras et lui sourit.

— Je ne suis pas d'ici. Si les gens croient que je suis avec vous, ils parleront.

— Moi, je pense que les gens se fichent de ce qu'on est l'un pour l'autre. Ils parleront s'ils en ont envie.

— Peut-être, mais votre présence facilitera les confidences.

Décidé à la convaincre, il s'empressa de lui ouvrir sa portière.

— A quoi jouez-vous ? lui demanda-t-elle.

— Je joue les amoureux transis, dit-il en lui prenant le bras.

Elle ne répondit pas mais le laissa la conduire jusqu'à l'entrée du restaurant. A l'intérieur, un groupe jouait de la musique country. C'était assourdissant. Nathan balaya la salle du regard. Quelques clients levèrent les yeux de leur bière, mais la majorité ne les remarqua pas. Avisant une table libre près d'une baie vitrée, ils s'y installèrent. Une charmante serveuse apparut aussitôt avec la carte. Elle avait de beaux cheveux blonds qui lui arrivaient à la taille.

— Salut, Autumn, tu ne me présentes pas ton copain ?

— Si, bien sûr, répondit Autumn, visiblement ennuyée. C'est Nathan Bradshaw. Nathan, je te présente Francine.

Elle l'avait tutoyé, c'était gagné, elle jouait le jeu.

— Bonjour, Nathan. Qu'est-ce que je vous sers ?

— Pour moi, un thé glacé, répondit Autumn, crispée, en posant les mains sur ses genoux.

Francine, volubile, semblait très amicale. Autumn, carrément renfrognée. Les relations entre les deux femmes ne devaient pas être simples, se dit Nathan.

— Et pour vous ? lui demanda Francine, avec un sourire qui avait dû lui valoir quelques invitations à dîner.

— La même chose, merci, déclara-t-il.

Francine remit son bloc dans la poche de son tablier.

— Il paraît qu'il y a eu du grabuge là-haut au camping.

— Non, pas au camping, répondit-il calmement en réponse au regard implorant qu'Autumn lui lançait.

— Ah bon ? On dit pourtant qu'on a trouvé un cadavre dans un chalet.

Nathan se mit à rire.

— C'est faux. Les gens racontent n'importe quoi ou déforment ce qu'on leur dit. C'est ça, la rumeur.

Francine ouvrait la bouche pour poursuivre mais il l'arrêta d'un geste. Il voulait bien satisfaire sa curiosité, mais pas au prix du confort d'Autumn. Or, cette dernière semblait tétanisée.

— On viendra prendre un verre au bar tout à l'heure et on vous racontera, ajouta-t-il.

— D'accord, je reviens tout de suite avec votre commande.

Elle pivota sur ses baskets et s'éloigna.

Nathan se rapprocha de la table.

— Vous vous entendez bien toutes les deux ?

— Nous étions au lycée ensemble, répondit Autumn en

se tortillant sur sa chaise. Elle a été la reine du bal de fin d'études. Moi, je n'y suis pas allée…

— On va lui laisser le temps de raconter à tout le monde qu'elle va avoir des infos de première main sur ce qui s'est passé à Trail's Edge. On n'aura plus qu'à écouter ce qui se dit.

Autumn le regarda, perplexe.

— Je ne tiens pas à ce qu'on parle de moi, murmura-t-elle.

— Ils ne parleront pas de toi. Ils parleront du prédateur.

— Je n'ai qu'une source de revenus, insista-t-elle. C'est mon camping. Tu ne trouves pas que ce qui s'est passé est suffisant ? Tu crois qu'il faut prêter le flanc aux ragots ?

— Je ne cherche pas à te causer des problèmes, je veux des infos, c'est tout.

— Je ne tiens pas à ce que Trail's Edge ou ma famille soient mêlés à ce drame.

Elle protégeait les siens. C'était un bon point.

— Vous êtes proches, Blaine et toi ?

Haussement d'épaules.

— Je n'ai que lui, il n'a que moi. On est seuls tous les deux depuis que notre père est mort, il y a un an.

Nathan avait eu sa part de douleur, dernièrement. Famille était un mot qui résonnait profondément en lui.

— Je suis triste pour toi. Ça doit être doublement difficile de te retrouver seule actuellement.

— Je ne suis pas vraiment seule, dit-elle, baissant la tête. J'ai Thor.

Un petit rire nerveux lui échappa.

— Je sais, ça a quelque chose de pathétique, mais c'est comme ça. Pour tout te dire, je préfère rester au camping avec mon chien que descendre en ville.

Elle se tortillait les doigts nerveusement.

— Pourquoi ça ? demanda-t-il.

Pensive, elle regarda au loin.

— Je croyais que tu étais venu enquêter sur le tueur…

Pas sur moi, murmura-t-elle comme si elle craignait qu'on ne l'entende malgré la puissance de la sono.

— Bien sûr, mais j'ai aussi envie de te connaître.

A peine la phrase prononcée, il la regretta. Elle avait l'air si méfiant subitement. Pourquoi doutait-elle tellement de lui ? Que s'était-il passé dans sa vie pour qu'elle soit pareillement sur ses gardes ? Certaines personnes avaient des problèmes avec l'autorité. Etait-ce parce qu'il travaillait avec le FBI qu'elle se défiait de lui ? Ou les hommes en général lui faisaient-ils peur ?

Elle s'éclaircit la voix et regarda autour d'elle.

— Tu ne resteras pas longtemps ici, ne perds pas ton temps à essayer de me connaître.

Sous prétexte de mieux l'entendre, il se rapprocha encore. Posa la main sur son bras. Elle semblait mal à l'aise.

— Tu veux partir ? On peut rentrer, si tu préfères.

Tiens, depuis quand faisait-il passer son travail au second plan ?

Elle leva la tête, surprise. Elle avait les yeux brillants. De fièvre ? De désir ? De défiance ? Leurs regards se rencontrèrent. Il sentit son corps réagir. En d'autres temps, il n'aurait pas hésité. Il l'aurait étreinte, embrassée, dévorée, et l'aurait enlevée pour lui faire l'amour.

Il reprit ses esprits en voyant Francine arriver avec leurs thés glacés.

— Vous avez fait votre choix ? demanda-t-elle.

Ils n'avaient pas ouvert la carte.

— Pour moi ce sera un sandwich jambon, fromage, oignons, mayonnaise, tomate et des frites.

Autumn commanda une assiette de viande froide et salade.

— C'est comme si c'était fait, dit Francine en reprenant la carte.

En partant, elle effleura, l'air de rien, son épaule sous le regard outré d'Autumn.

— Quel aplomb ! Le fait qu'on soit ensemble ne la gêne

même pas. Elle est bien décidée à te faire comprendre qu'elle t'aura quand elle voudra.

— Bien qu'elle soit charmante, elle peut toujours courir !

Autumn se recroquevilla comme si elle voulait disparaître.

— Il paraît qu'elle sort avec mon ex en ce moment. Daniel, le shérif.

— Le shérif ? Ton ex ? Il est ici ?

Autumn jeta un coup d'œil alentour.

— Je ne le vois pas.

— Pourquoi a-t-il dit à Ford que ton frère avait eu des ennuis, par ici ?

Elle haussa les épaules.

— Rien à voir avec l'affaire.

Le ton était sec, elle ne voulait pas de questions sur sa vie privée. Qu'à cela ne tienne, il allait changer de sujet.

— J'aimerais bien parler à quelqu'un qui connaît les ragots.

Faire la part du vrai et du faux dans les rumeurs n'était pas facile, mais elles l'avaient déjà conduit sur de bonnes pistes.

— Voyons, quelqu'un qui aime les ragots ? reprit-elle. Eh bien, la moitié de la ville ! C'est petit, ici. Il ne se passe pas grand-chose à Smithsburg, alors, quand quelque chose arrive, tout le monde en parle.

Quand les clients venus seulement dîner seraient repartis et qu'il ne resterait que les soiffards, ils iraient au bar et, là, il orienterait la conversation vers le tueur. Bières et autres alcools aidant, les langues se délieraient. C'était classique.

Un morceau qu'il connaissait, sirupeux à souhait, s'échappait des haut-parleurs.

— Si on dansait ?

Autumn regarda autour d'elle.

— Pardon ? Ici ?

— Non, là, rétorqua Nathan en lui montrant la piste.

— Ça ne va pas faire avancer l'enquête.

— Tu as raison mais ça va te détendre.

— Pas du tout. Au contraire.

— Allez, viens, dit-il en lui tendant la main.

En louvoyant entre les tables, ils gagnèrent la piste. Il prit sa main et la serra contre sa poitrine. Mécontente de s'être laissé faire, elle se tenait raide, presque cambrée, pour être le plus loin possible de lui.

— Relax, lui souffla-t-il à l'oreille. Tout va bien.

Elle avait la taille idéale pour danser avec lui, songea-t-il. Ses lèvres étaient près de son cou, ses cheveux lui chatouillaient la joue. Il aurait adoré qu'elle l'embrasse.

Une image d'elle, nue dans son lit, passa devant ses yeux. Leurs corps étaient faits l'un pour l'autre. Il voyait ses courbes épousant les siennes et ses longues jambes autour des siennes. Aussi vite que cette image était venue, un sentiment de honte la balaya. Il avait autre chose à faire que fantasmer. Le tueur courait toujours.

— Tu comprends maintenant pourquoi je ne suis pas allée au bal de fin d'études ? lui susurra-t-elle à l'oreille comme elle venait de lui écraser le pied.

— Cela ne nous empêche pas de danser.

— Mais nous sommes les seuls sur la piste.

Il se moquait de ne pas faire comme tout le monde.

— Ne t'occupe pas des autres. Maintenant, si cela te gêne, ferme les yeux, je te guide, tu ne te cogneras pas.

Elle obéit et il continua à tourner, la serrant contre lui. Ses cheveux sentaient bon le pin, le genièvre, les épices… Ce parfum — le genièvre surtout, frais, pur, revigorant — lui allait bien.

Autumn détestait les potins. Manque de chance, elle se trouvait dans les bras d'un étranger et on parlait d'elle à voix basse. Sa rupture avec Daniel remontait à six mois. Ils s'étaient arrangés pour ne pas faire de vagues. Depuis, il fréquentait Francine. Le lendemain même de leur rupture il avait, semble-t-il, sauté dans le lit de la serveuse. Peut-être faisait-elle même partie des filles avec lesquelles il avait eu une liaison alors qu'ils étaient fiancés ? Elle préférait ne pas savoir.

Qu'on la voie danser avec le bel inconnu allait faire couler de la salive. Elle le savait. Bien que cette idée lui déplaise, elle n'arrivait pas à se détacher de Nathan. Il l'attirait comme un aimant. Mais ce n'était pas qu'une attirance sexuelle, il y avait aussi le pouvoir des mots quand il lui parlait.

Il lui remit une mèche derrière l'oreille.

— On est servis, dit-il. Francine vient d'apporter notre commande.

Elle s'écarta de lui à regret et, ressentant une impression de vide, se dirigea vers leur table.

— Autumn, toi en ville ? Quel bon vent t'amène ?

La voix était joyeuse, amicale. Hilde Sinclair habitait près du Trail et gérait un des refuges qui jalonnaient le sentier. Hilde l'avait plusieurs fois invitée à déjeuner dans les premiers mois qui avaient suivi la disparition de son père, se rappela Autumn.

— Je dîne avec un ami, répondit-elle sans présenter Nathan.

Hilde sourit.

— Je peux venir te dire bonjour un de ces jours ?

— Bonne idée. Viens quand tu veux.

La porte du restaurant s'ouvrit brusquement et Roger Ford entra. Il survola la clientèle des yeux et vint tout droit vers eux.

— Ça marche entre vous deux, on dirait, lança-t-il d'un ton sarcastique en toisant Nathan.

Pourquoi Ford était-il aussi agressif envers ce dernier ?

— Qu'est-ce que tu veux, Ford ?

— Que tu décampes de cette ville, Bradshaw.

— Compte là-dessus ! rétorqua Nathan.

Ford glissa les pouces dans les passants de sa ceinture.

— T'as peut-être convaincu Mlle Reed de t'accorder du temps, mais elle ne sait sûrement pas qui tu es, ni ce que t'as fait.

Le ton était méchant. Autumn jeta un coup d'œil à Nathan.

— Elle sait ce qu'il faut qu'elle sache, répliqua ce dernier.

— C'est-à-dire ? intervint-elle.

Ford prit une chaise et s'installa à leur table.

— Bradshaw et moi, on se connaît depuis longtemps. Tu racontes ou je continue ?

— Vas-y, t'en crèves d'envie.

— Bradshaw et ma sœur se sont rencontrés dans une fête de charité. Six mois plus tard, ils étaient mariés. Et puis, il l'a quittée.

Nathan resta impassible. Seuls ses yeux exprimaient une violente colère.

— T'as fini de laver mon linge sale en public ?

— Voilà, c'est fait.

Ford se leva en leur souhaitant bon appétit et sortit.

— Tu as le droit de me poser des questions, dit Nathan.

Estimant que sa vie privée ne la regardait pas, elle ne demanda rien. Nathan et sa femme ne s'entendaient plus, ils s'étaient séparés, la belle affaire ! songea-t-elle.

Autumn et Nathan passèrent devant le belvédère perché au sommet d'une falaise d'où la vue sur les Appalaches était vertigineuse. Des sommets enneigés surplombaient des pentes couvertes de sapins. Au fond, dans la vallée, une rivière cascadait sur d'énormes rochers. C'était pour ce point de vue que son grand-père avait décidé d'implanter là son camping, se rappela Autumn. Ici, la nature changeait au fil des heures et des saisons, passant d'un vert sombre presque noir quand l'orage menaçait à un riant vert clair au printemps. Qu'il soit sombre et inquiétant ou lumineux et joyeux, le paysage était toujours somptueux. Nathan tourna dans Trail's Edge plongé dans le noir. Elle avait oublié d'allumer la terrasse en partant. Elle avait enfermé Thor dans le chalet, ce qu'elle ne faisait jamais d'habitude, préférant le laisser gambader dehors. Mais, avec un tueur en liberté, elle ne voulait pas prendre de risque. Elle tenait trop à lui.

Nathan se gara et se tourna vers elle. Il avait les yeux brillants comme des billes de verre.

— Merci de m'avoir accompagné, dit-il. Mais pardon de te ramener si tard.

Il abaissa ses manches de chemise avant de prendre sa veste sur le siège arrière. Un geste qu'elle n'avait pas souvent vu faire. Son père et son frère ne portaient jamais de costume sauf pour les enterrements. Nathan portait le sien avec une grande aisance. En général, costume et cravate la laissaient indifférente. Elle aimait les hommes qui vivaient comme elle, simplement, au grand air, en symbiose avec la nature. Alors pourquoi, ce soir, un tel émoi ?

Bien, je fais comment maintenant ? songea-t-elle. *Je pars en courant ou je l'embrasse sur la joue ?*

— Je dois donner sa pâtée à Thor et le sortir, dit-elle. Le pauvre… Enfermé toute la soirée…

Pourquoi toutes ces explications quand il ne lui demandait rien ?

— Je viens avec toi, décréta Nathan.

Elle défit sa ceinture de sécurité et descendit de voiture. L'air frais lui fit tout de suite du bien. L'atmosphère était étouffante dans ce restaurant.

— Pas d'obligation, dit-elle. Je peux tout faire toute seule.

Si ce n'est que se promener seule, la nuit, dans le camping, après ce qui s'était passé, n'était guère rassurant.

— Je sais, mais ça me fait plaisir, déclara Nathan.

La porte à peine ouverte, Thor bondit sur elle et se précipita vers son écuelle vide.

— Désolée, mon toutou. Tu dînes tard ce soir.

Elle alla chercher les croquettes dans la réserve et en versa dans la gamelle de Thor, qui se jeta dessus.

— Il avait faim, dit Nathan.

— Il a toujours faim. J'achète beaucoup plus à manger pour lui que pour moi.

— Pendant qu'il mange, tu n'aurais pas des cartes à me prêter ? reprit Nathan. Je voudrais une vue aérienne de la région.

— J'ai celles que je donne aux campeurs.

Elle alla vers son bureau, ouvrit un tiroir et en sortit une carte, que Nathan déplia en grand sur la table de cuisine.

— Tu peux me montrer les endroits qui ne sont fréquentés que par les gens du cru ?

Elle s'assit et, serrée contre lui, regarda la carte. Depuis le temps qu'elle la montrait à ses visiteurs, elle la connaissait par cœur. Elle-même ne s'en servait plus, la forêt n'ayant plus aucun secret pour elle. Depuis leur plus tendre enfance, Blaine et elle avaient exploré les bois qui bordaient le Trail et repéré de nombreux endroits, loin des sentiers battus, réservés aux marcheurs intrépides et qui offraient des points de vue magnifiques sur la vallée.

— Des endroits où ne vont que les locaux ? Il y en a plein, dit-elle. Je connais beaucoup de sentiers qui ne sont pas indiqués, avec des espaces épatants pour pique-niquer ou faire des fêtes.

— Et des endroits difficiles d'accès ? Des endroits réservés aux très bons marcheurs ?

Elle prit un crayon, dessina un grand cercle et quelques croix à l'intérieur. Se penchant pour mieux voir, Nathan se trouva tout près d'elle. Elle sentit les battements de son cœur redoubler et dut faire un effort pour se concentrer de nouveau. Si, par mégarde, elle tournait la tête vers lui, ses lèvres frôleraient les siennes. Peut-être même les effleureraient-elles ? Comment ferait-elle alors pour ne pas l'embrasser ?

— Tes croix ne sont pas toutes près d'un sentier, remarqua Nathan.

— J'ai l'habitude de la forêt, je me repère très bien. Les randonneurs lambda ne connaissent pas ces endroits-là.

— J'ai de la chance de t'avoir comme guide, alors.

La perspective d'être seule avec lui pendant des heures, peut-être des jours, commença à la rendre nerveuse. Elle s'imaginait dans ses bras puissants en train de l'embrasser. C'était magique mais inquiétant, car elle ne se sentait pas prête pour une nouvelle aventure.

Alors qu'elle fantasmait, les propos de Ford lui revinrent en mémoire. Nathan avait quitté sa femme. Pourquoi ? Cela n'avait sans doute rien à voir, mais peut-être n'avait-il pas de parole ? Tout ce qu'elle savait à son sujet, c'est qu'il voulait retrouver l'assassin de sa sœur et était prêt à tout pour réussir. Y compris lui mentir ? Faire semblant de s'intéresser à elle ?

Thor vint frotter son museau contre sa main.

— Il est prêt pour la promenade.

Autumn prit la laisse et l'attacha au collier du chien. Et se munit ensuite d'une lampe de poche.

Dix minutes plus tard, Thor gambadait devant eux. Il courait d'un côté à l'autre, s'arrêtait pour renifler sous les buissons. Les feuilles mortes crissaient sous leurs pas.

— Comme c'est calme, dit-elle, repensant à l'agitation qui avait régné la veille.

— Oui, c'est tranquille.

Avec un peu de chance, le prédateur avait continué sa route. Peut-être allait-il décider, l'hiver venant, de rester au chaud pour ne reprendre sa besogne qu'au retour du printemps. C'est en tout cas ce qu'Autumn espérait — à défaut de le voir arrêté, bien sûr.

— Je me demande si le FBI a identifié la dernière victime, dit-elle.

— On le verra dans la presse. Ford est avare d'infos. Il a tellement peur que je le gêne.

Puis, comme elle se taisait, il ajouta :

— On a travaillé ensemble, il y a des années. Il applique le règlement à la lettre ; moi, j'ai tendance à considérer l'esprit des lois et, s'il faut franchir la ligne blanche, je n'hésite pas. A condition que ce soit pour le bien de l'enquête, évidemment. Comme, en plus, j'ai divorcé de sa sœur…

Entraînée par Thor, Autumn accéléra le pas. Le chien tirait sur sa laisse et elle avait du mal à le retenir. Il voulait retourner là où ils avaient découvert le corps. La zone, entourée d'un ruban jaune et noir, était évidemment interdite.

— Laisse-le faire, déclara Nathan. On l'empêchera de courir partout, mais ça me permettra de voir les lieux. A moins que tu ne préfères rentrer au chalet, auquel cas je m'occupe de lui.

Il scruta son visage, l'air soucieux, ce qui la toucha. Cela faisait si longtemps que personne n'avait pris soin d'elle.

Elle ne voulait pas rester seule. Pas plus dans son chalet qu'ici. De plus, une petite voix lui disait de rester avec Nathan.

— Tu ne verras pas grand-chose dans le noir, dit-elle pour le convaincre de rentrer. La lampe ne porte pas très loin.

— Tu dormiras mieux si tu sais que tu n'as pas de raison de t'inquiéter. Le FBI a nettoyé la zone, les pièces à conviction ont été photographiées, mises dans des pochettes et collectées.

Oui, peut-être que retourner sur les lieux lui permettrait d'évacuer la vision d'horreur qu'elle avait eue, se dit-elle.

Le vent agitait les branches et des feuilles tombaient. Autumn balaya la scène de crime du faisceau de sa lampe, puis le tronc de l'arbre qui avait servi de potence. Le corps avait été emporté.

Surprise par un froissement de feuilles mortes, elle braqua sa torche sur le pied de l'arbre.

Une ombre s'y trouvait tapie, un homme apparemment.

Thor se mit à aboyer en tirant de plus belle sur sa laisse. Nathan prit la lampe et la braqua sur la silhouette qui s'enfuyait. L'individu passa sous le cordon jaune et noir et, louvoyant entre les buissons, s'enfonça dans la forêt, ombre parmi les ombres, impossible à suivre.

Nathan dégaina et arma.

— Police ! Halte ! cria-t-il avant de s'élancer à la poursuite du fuyard.

La lampe qu'il tenait toujours à la main éclairait tantôt les cimes tantôt les fougères, selon qu'il courait ou sautait par-dessus les branches tombées au sol. Les sous-bois avaient pris des airs fantomatiques. C'était beau mais terrifiant.

Etranglée par la peur, Autumn attira Thor contre elle. Elle tremblait et ses tremblements gagnaient son chien.

Elle était seule dans les bois, dans le noir. Nathan poursuivait un fou. Se sentait-elle assez de courage pour regagner son chalet et appeler à l'aide ?

Le camping, qu'elle avait toujours considéré comme son chez-elle, n'était plus qu'un endroit menaçant, et le froid la pétrifiait.

Le prédateur était revenu. Peut-être cherchait-il une nouvelle victime, peut-être voulait-il terminer son rituel en mettant le feu ? La silhouette pouvait aussi être celle d'un adolescent qui avait fait un pari, pensa Nathan. Ou celle d'un paparazzi à l'affût.

La nuit devenait de plus en plus sombre et Nathan y voyait de moins en moins bien. La forêt était dense, il était facile de se cacher derrière le mur que formaient les troncs.

Il s'arrêta et balaya la zone du faisceau de sa lampe.

Rien, il ne voyait rien.

Autumn ! Bon sang, il les avait laissés tout seuls, Thor et elle. Le prédateur avait très bien pu faire le tour et être revenu l'attaquer. Elle correspondait totalement au profil type des femmes qu'il agressait.

S'était-il beaucoup éloigné ? Combien de temps était-il parti ?

Il se retourna et appela.

— Autumn !

Le visage de sa sœur passa devant ses yeux. Colleen était morte dans les mains de ce sauvage. Il ne le laisserait pas s'attaquer à une autre femme, encore moins à une femme qui représentait, inexplicablement, déjà beaucoup pour lui.

Il accéléra le pas.

— Autumn !

Thor aboya. Mais c'était Autumn qu'il voulait entendre. Allait-il arriver trop tard ? Avait-il commis une erreur irréparable en la laissant seule ?

Il appela de nouveau et, cette fois, elle répondit. Il se dirigea alors au son de sa voix et, quand il l'aperçut, soupira de soulagement. Elle était recroquevillée par terre, cramponnée à son chien.

Il la prit dans ses bras et la serra contre lui. Thor grogna comme pour lui reprocher son inconséquence.

— Ça va ? lui demanda-t-il, le nez dans ses cheveux.

— C'était le Chasseur ? Tu l'as vu ? bégaya-t-elle, terrifiée.

— Je pense que c'était lui, oui.

— Il faut appeler Ford, déclara Autumn.

Une branche craqua. Un animal ? Ou le Chasseur qui les épiait ?

— Rentrons d'abord au camping, dit Nathan.

Il ne voulait pas l'affoler davantage, mais, à cet endroit, ils se trouvaient sur le terrain de chasse du tueur et, il lui fallait le reconnaître, il n'était pas en position de force.

Nathan prit les clés des mains d'Autumn et ouvrit le chalet. Glacée de froid et d'effroi, elle entra. Elle était tendue, ses mains tremblaient. Il alla avec elle dans le salon et la fit asseoir sur le canapé.

— Je te prépare quelque chose à boire ?

Presque machinalement, elle fit oui de la tête.

— Je vais téléphoner à Ford, dit-il après lui avoir donné un verre d'eau.

Bien que l'idée d'appeler le FBI en renfort lui déplaise, il sentait que c'était plus sage. Des enquêteurs viendraient avec leur matériel et passeraient à nouveau la scène de crime au peigne fin. La police scientifique avait des moyens pour relever des empreintes de toutes sortes, certaines invisibles à l'œil nu, et une technique bien rodée pour trouver des pièces à conviction. S'il s'agissait bien du prédateur et qu'il ait été surpris par leur apparition, il avait peut-être laissé des preuves derrière lui.

Nathan prit le plaid sur le dossier du canapé et en enveloppa Autumn. Puis il ranima le feu dans le poêle avant de composer le numéro de Ford. Ce dernier décrocha tout de suite. Après un rapide exposé de la situation, Nathan coupa la communication sans attendre les commentaires que Ford allait sans nul doute aboyer !

Thor, qui aimait son confort, s'allongea devant le poêle. Les jambes repliées contre sa poitrine, Autumn ne tremblait plus, mais elle avait les yeux dans le vague. Nathan vint s'asseoir tout près d'elle.

Tout était calme quand un coup sur la porte les fit sursauter. Autumn se leva aussitôt, mais Nathan l'arrêta.

— Il faut se méfier, dit-il en se dirigeant vers l'entrée. On ne sait jamais.

Il regarda par le judas puis ouvrit.

L'homme, un ranger, ôta son chapeau en entrant. Il avait des cheveux blonds décolorés et une barbichette foncée bien taillée.

— J'ai reçu un appel de l'agent spécial Roger Ford. Il m'a demandé de passer voir si tout allait bien.

Autumn s'approcha et le serra dans ses bras.

— Merci, Ben. Je suis désolée qu'on t'ait dérangé si tard.

Nathan fronça les sourcils. Quelles étaient les relations de ces deux-là ? Ils avaient l'air proches. Etaient-ils amis ? Plus ? Un peu plus tôt, ce soir, quand il avait demandé à Autumn de faire semblant d'être en couple avec lui, elle ne lui avait rien dit qui laisse supposer qu'elle avait quelqu'un dans sa vie.

Refoulant ce petit accès de jalousie, Nathan s'effaça pour laisser passer le ranger.

— Je suis avec deux de mes collègues, on va patrouiller dans le coin. Le FBI ne va plus tarder. Si les reporters se pointent, je tâcherai de les tenir à l'écart.

Nathan haussa les sourcils.

— Vous pensez que la presse est déjà au courant ? Je ne vois pas comment c'est possible.

Ben haussa les épaules.

— Si le shérif et les fédéraux branchent sirènes et gyrophares pour attaquer la montagne, il sera difficile de ne pas les remarquer ! Il n'y a rien d'autre que le camping ici, les gens sont curieux, ils vont se demander ce qu'il se passe.

Le problème des petites villes. Tous les endroits où il était passé dernièrement étaient des patelins où chacun surveillait l'autre.

Autumn n'avait sûrement pas envie de voir des journalistes traîner dans le coin. Cela risquait d'ajouter aux rumeurs qui couraient déjà sur elle et son camping, et de lui donner envie de s'isoler davantage. Bien qu'elle ne lui ait pas dit pourquoi elle tenait tant à sa solitude, elle semblait y être attachée. Etait-ce une incapacité à affronter le monde, ou autre chose ?

— Faut que j'y aille, dit le ranger. Y a qu'à fermer le chalet pour empêcher les fédéraux d'entrer.

Sur ces mots, il partit rejoindre ses collègues.

— Tu vas y aller aussi ? demanda Autumn.

Elle avait l'air apeurée. Nathan passa le bras autour de ses épaules. Il avait pourtant envie d'être dehors et d'écouter ce qui se disait. Ce que dirait Ford. Ce dernier ne serait pas là avant une demi-heure, cela lui laissait un peu de temps.

— Je vais rester encore un peu avec toi, si tu préfères.

Il la poussa doucement vers le canapé et, après l'avoir fait asseoir, se mit à lui masser les pieds.

— Détends-toi, tu ne crains rien, ici.

— Ford n'avait pas l'intention de revenir, déclara-t-elle.

Si l'ombre qu'il avait poursuivie était bien celle du prédateur, c'est qu'il avait encore modifié ses habitudes, se dit Nathan. En devenant imprévisible, il devenait encore plus dangereux.

— Le Chasseur n'a jamais tué deux fois au même endroit, répondit-il néanmoins pour ne pas davantage inquiéter Autumn.

— Ce n'est pas plus rassurant pour cela, murmura-t-elle.

— Et on n'a aucune raison de croire qu'il revient à Trail's Edge pour tuer.

Autumn lui lança un regard en coin.

— Je ne sais pas comment tu fais pour rester aussi calme. Pour faire ce métier… Traquer des assassins.

Sa sœur lui posait souvent la même question. Colleen était dentiste, elle avait deux enfants qui comptaient plus que tout dans sa vie et elle espérait que Nathan suivrait le même chemin qu'elle — une vraie vie avec de beaux enfants —, au lieu de continuer à pourchasser les tueurs.

Son métier lui avait coûté son mariage. Son ex-femme ne comprenait ni ce qu'il faisait ni pourquoi c'était si important pour lui. Comme il ne pouvait pas lui parler des horreurs qu'il voyait, peu à peu, il n'y avait plus eu de communication entre eux.

— Je ne laisserai pas ce fou tuer encore.

Au moment où Autumn semblait enfin quelque peu s'apaiser, les agents fédéraux arrivèrent, sirènes hurlantes, gyrophares en action. La discrétion n'était pas leur fort, en effet.

Autumn sortit une main de sous le plaid et la posa sur la sienne. Nathan sentit son corps réagir aussitôt. Ce n'était pourtant ni le moment ni l'endroit.

— Tu penses qu'il est encore là ? Qu'il me guette ?

Elle se leva — le plaid tomba par terre — et s'approcha de la fenêtre, puis d'une autre. Elle fit ainsi le tour du chalet, vérifiant chaque fermeture, tirant les rideaux.

— D'ici peu, il y aura des fédéraux partout, dit Nathan, soulagé qu'Autumn se soit un peu éloignée. A moins de vouloir se faire cueillir, le Chasseur est parti.

— Loin ?

Nathan aurait bien aimé le savoir. A cet instant, un coup sur la porte le fit sursauter.

— J'y vais, dit-il en allant ouvrir.

Roger Ford se tenait sur le seuil, raide et, visiblement, en colère.

— Je savais qu'avec toi on n'aurait que des ennuis.

Nathan écarta les jambes pour lui barrer le passage.

— En quoi ma présence t'empêche-t-elle de retrouver le tueur ? Et c'est comme ça que tu me remercies de t'avoir appelé en premier ?

Ford se passa la main sur la figure.

— Cette affaire te concerne trop. Laisse-nous gérer. Dis-moi ce que tu sais et va te mettre au vert.

C'était toujours le même couplet. Chaque fois qu'il voyait un fédéral, il y avait droit.

— Je ne vois pas en quoi j'interfère.

— Tu entraves mon enquête, fulmina Ford. Faudra que je te parle. A Mlle Reed aussi, mais séparément. Je veux savoir ce que vous avez vu et entendu.

L'air ironique, Nathan haussa les épaules.

— Quand tu voudras, en ce qui me concerne. Mais Autumn a eu une journée pénible et…

Nathan sentit soudain une main se poser sur son épaule, il n'avait pas vu la jeune femme s'approcher.

— On peut parler maintenant si vous voulez, monsieur Ford, intervint-elle. Ou plus tard. De toute manière, je vais avoir du mal à dormir.

— Parfait, à vous l'honneur alors, répondit Ford en s'adressant à Autumn. Pas de problème si on va dehors ?

— Aucun.

Autumn sortit sur la terrasse et descendit les marches derrière Ford. Nathan les observa depuis la fenêtre. Les bras croisés, l'air grave, la jeune femme n'arrêtait pas de regarder derrière elle. Les agents fédéraux, agités comme des fourmis, s'affairaient autour de projecteurs destinés à éclairer les lieux. Penché vers elle, Ford posait des questions et opinait en écoutant les réponses.

Après une dizaine de minutes, il raccompagna Autumn au pied des marches.

Sans attendre, Nathan le rejoignit dehors. Avec un luxe de détails, il raconta ce qui s'était passé depuis le moment où Autumn et lui avaient quitté le Wild Berry. La jeune femme, qui l'avait remplacé derrière la vitre, ne le quittait pas des yeux, il sentait son regard posé sur lui.

— Parle-moi de ta relation avec Reed, demanda Ford.

— Je lui loue un de ses chalets, c'est tout, répondit-il platement.

Ford ferma à demi les yeux, l'air dubitatif.

— Je vous ai vus ensemble. On ne me la fait pas ! Tu fais plus que lui louer un chalet.

— Elle connaît bien la région. C'est précieux.

— Tu n'as pas à mêler une civile à l'enquête ! vociféra Ford.

— Je me porte garant de sa sécurité.

L'agent spécial bascula en arrière sur ses talons.

— Tu devrais retourner au bureau et prendre une autre affaire, reprit-il en plissant les yeux. T'es un bon enquêteur et ils ont besoin de toi. En plus, ça te changerait les idées.

— C'est ce dossier qui m'intéresse, rétorqua Nathan.

Des hommes encore plus manipulateurs et persuasifs que Ford avaient déjà essayé de lui faire lâcher prise, mais il n'avait rien concédé. Il était corps et âme dédié à cette affaire. Il poursuivrait le Chasseur jusqu'au bout. Rien ni personne ne l'en empêcherait.

— Ils te fileront autre chose où tu pourras donner toute la mesure de ton talent, insista Ford.

— La mesure de mon talent ? J'ai bien l'intention de la donner ici et maintenant.

Furieux qu'on lui tienne tête, Ford haussa les épaules.

— Ça suffit comme ça, j'ai du travail. Tout ce que je veux, c'est ne pas t'avoir dans les pattes.

Nathan regarda son collègue s'éloigner. Contrarier Ford en allant maintenant sur la scène de crime ne l'avancerait à rien. Il attendrait le départ du FBI pour l'examiner à son tour. Il retourna dans le chalet, où Autumn lui demanda aussitôt comment s'était passé leur entretien.

— Ford ne nous apprendra rien de ce que nous voulons savoir. A nous de nous débrouiller.

— Je ne comprends pas. Pourquoi le tueur serait-il revenu ? Qu'est-ce qu'il veut ?

— Il a peut-être oublié quelque chose ? Un détail important pour lui. A moins qu'il n'ait pas fini son travail et soit revenu pour aller jusqu'au bout de son rituel.

Oui, plus il y songeait et plus Nathan se disait que le Chasseur était revenu pour voir si le corps était toujours là.

— Pourquoi les randonneurs accrochent-ils des sacs dans les arbres ? demanda-t-il soudain.

Autumn lui lança un regard intrigué.

— Tu veux parler des sacs de vivres ? On en laisse

toujours au cas où quelqu'un se perdrait et aurait faim ou soif et on les accroche aux branches pour éviter que ce ne soit les animaux qui les dévorent. Si un marcheur manque de nourriture, il sait qu'il peut se servir. C'est comme cela qu'on fonctionne sur l'Appalachian Trail.

Elle marqua un temps d'arrêt avant de reprendre :

— Pourquoi ? Tu penses qu'il y a un lien entre les sacs accrochés aux branches et ce que fait le tueur aux victimes ?

— Je n'en sais rien pour l'instant, répondit Nathan. C'est peut-être une piste à creuser.

Elle se frotta les bras, ce qui donna à Nathan envie de la serrer contre lui pour la rassurer. Mais comment pouvait-il la convaincre qu'elle ne craignait rien quand lui-même n'en était pas convaincu ? Comment, surtout, la toucher et ne pas flancher avec ce désir qui le dévorait ?

— A quoi penses-tu ? demanda-t-elle.

Il ne pouvait pas lui avouer qu'il fantasmait sur elle.

— A cette affaire, prétendit-il.

— Tu avais l'air très absorbé.

— C'est la situation qui le veut.

Menteur ! Ce n'était pas le meurtre qui l'obsédait. C'était elle. Mais, franchement, était-ce le moment de penser caresses et baisers ?

— Je ne comprends pas ce que cherche ce type, dit-elle.

— Il agit peut-être sous l'effet de pulsions, répondit-il, mal à l'aise à la pensée qu'il jugulait si mal les siennes.

Par ailleurs, était-il sûr de pouvoir garantir la sécurité d'Autumn, ainsi qu'il le prétendait ? Le tueur avait déjà frappé ici. Mais personne ne pouvait dire s'il reviendrait ou pas.

C'était la première fois qu'il était seul sur un crime — sur tous ses dossiers précédents, il avait travaillé en binôme, assisté de surcroît par une équipe de professionnels entraînés à élucider ce genre d'affaires.

Autumn connaissait par cœur l'Appalachian Trail. Indiscutablement, il avait besoin de son aide puisqu'il ne pouvait disposer de celle du FBI. Mais ne risquait-il pas, en l'entraînant dans cette aventure, de lui faire courir un danger fatal ?

3

En voyant surgir le véhicule de Daniel, Autumn sentit son estomac se nouer. Cette arrivée n'annonçait rien de bon. Ils ne s'étaient pas reparlé depuis leur rupture. Que lui voulait-il ? Elle sortit à sa rencontre.

Il descendit de voiture et vint droit vers elle. Il s'était laissé pousser la barbe, ce qu'il avait déjà fait une fois. Il n'était pas très grand, mais gardait la forme. Il s'entretenait en salle de sport. Il fréquentait aussi le stand de tir.

— Comme par hasard, chaque fois qu'il y a un problème, il y a un Reed dans le coup, lui déclara-t-il de but en blanc.

Elle n'allait pas mordre à l'hameçon. Trop facile.

— Où est ton frère ? reprit-il, les yeux plissés.

Etait-elle obligée de lui répondre ? Daniel ne travaillait pas sur l'affaire. Il était en uniforme, mais Autumn l'avait déjà vu revêtir sa tenue de shérif sur son temps de congé quand cela lui rendait service.

— Je ne sais pas.

— Evidemment !

Malgré son envie de l'insulter, elle garda son calme.

— Excuse-moi maintenant, je suis fatiguée.

Il voulut lui saisir le bras, mais Nathan, qui était sorti à son tour, s'interposa.

— Elle vient de dire qu'elle est fatiguée.

— Qui êtes-vous ? Son ange gardien ? lança Daniel, montant sur ses ergots.

— Un ami, ça suffira, rétorqua Nathan.

Daniel les toisa l'un après l'autre, Nathan et elle, et ricana.

— De toute manière, je m'en balance. Tous ceux qui approchent les Reed s'en mordent les doigts. Bonne chance ! ajouta-t-il à l'attention de Nathan.

Autumn le regarda partir, abattue et écœurée. Comment osait-il lui parler de la sorte ? Son allusion à sa famille était indigne. Il aurait dû avoir honte.

Elle rentra dans son chalet avec Nathan et referma derrière eux. Les endroits où elle se sentait bien et en sécurité se faisaient rares. Qu'allait-il se passer à présent ? Un autre intrus allait-il surgir et lui chercher des noises ?

Une heure après la scène avec Daniel, Autumn était toujours à fleur de peau. Le feu dans le poêle soufflait de l'air chaud mais pas assez pour la réchauffer. Elle attrapa le plaid et le déplia sur ses jambes.

Le FBI et les rangers fouillaient encore la forêt. Ils ne trouveraient jamais l'individu que Nathan et elle avaient aperçu. Il était parti depuis trop longtemps, ce qui voulait dire qu'il chassait toujours mais ailleurs, à l'affût d'une nouvelle proie.

— Que peut-on faire maintenant ? demanda-t-elle.

Elle avait vu Daniel penché à l'oreille de Ford. Il devait lui dire : « Ne fatigue pas, mec. C'est Blaine le coupable ». Et comme Ford ne demandait pas mieux que de mettre son frère en tête de liste des suspects…

Nathan, assis sur le canapé, rejeta la tête en arrière.

— On regardera les empreintes demain matin. Le FBI va sûrement passer la nuit sur place.

L'agent spécial Ford ne leur communiquerait aucune information. Ils allaient devoir chercher de leur côté. Recueillir des indices prouvant que Blaine ne pouvait être le tueur.

— Il faut absolument qu'on sache ce qu'ils ont trouvé, s'écria-t-elle.

— Oui, mais comment ? demanda Nathan.

— J'ai peut-être une idée. Une de mes amies travaille avec le coroner. Elle adore papoter. Essayons de la voir.

Autumn fut la première surprise de sa proposition. Elle n'avait pas de raison de s'impliquer puisqu'elle était certaine de l'innocence de son frère. Mais elle ignorait l'identité de la victime et, tant qu'elle l'ignorerait, elle serait inquiète.

— Puisque tu as un contact, profitons-en, dit Nathan. Mais pourquoi risquerait-elle son job ?

Natalie était une amie, mais c'était surtout une commère. Flattée d'être interrogée, elle livrerait sans doute des détails intéressants. Les médias risquant de s'en mêler, elle avait des chances d'être interviewée. Se trouver au premier plan et briller, être enfin une vedette… Son rêve serait exaucé.

— Elle sera ravie de parler à un bel homme. Du FBI, en plus.

— Je vais devoir lui faire du charme ?

— Pourquoi pas ? répliqua-t-elle, riant jaune.

— Tout le monde nous a vus ensemble, toi et moi, ce soir, au bar. Si je flirte avec elle maintenant, je ne serai pas crédible. Elle n'est sûrement pas naïve à ce point.

Autumn haussa les épaules.

— Dis-lui la vérité. Que je collabore avec toi pour élucider cette affaire.

L'air coquin, il se pencha vers elle.

— C'est tout ? Quelle déception !

Surprise, Autumn sentit son cœur s'affoler. Bien sûr qu'il y avait autre chose, une attirance, un magnétisme… Pourtant, quelque chose la retint.

— Oui, pourquoi ? Ce n'est pas ça ? dit-elle innocemment.

Elle le vit se rembrunir. *Je vais lui dire qu'il me plaît,* songea-t-elle, honteuse de lui avoir menti.

C'est alors qu'il se leva.

— Bien. Je retourne dans mon chalet. J'ai des notes à prendre et des coups de fil à passer. Avec un peu de chance, j'aurai peut-être du nouveau.

— Tu t'en vas ? s'écria-t-elle en se levant à son tour.

— Ça te pose un problème ? demanda-t-il.

Elle pâlit. Elle ne voulait pas rester seule. Thor était un gentil compagnon, mais elle avait besoin de quelqu'un d'autre, ce soir. Quelqu'un de fort qui puisse la défendre au cas où…

— Tu ne pourrais pas rester ? Je n'ai pas envie d'être seule.

Il inspira, les yeux au loin, comme s'il pesait le pour et le contre. Puis il la regarda.

— Bon, d'accord.

Mais le chalet était petit. Où allait-elle le faire dormir ? Elle embrassa la pièce des yeux.

— Tu n'auras qu'à prendre le lit, je dormirai sur le canapé.

— Non, protesta-t-il. Je ne vais pas te chasser de ton lit. Ça m'est égal de dormir sur le canapé. J'en ai vu d'autres.

Avec sa carrure d'athlète et ses longues jambes, il allait déborder du canapé.

— Je t'assure que tu ne seras pas bien, dit-elle.

— Je te répète que le canapé me va très bien. Je vais aller prendre des affaires dans mon chalet et je reviens.

Autumn ferma à double tour derrière lui. Elle avait beau entendre les voix des agents du FBI et des rangers qui examinaient les lieux à la lumière des projecteurs, elle ne se sentait pas tranquille.

Elle prit des draps dans le placard, une couverture et les disposa sur le canapé. Elle ajouta ensuite des serviettes dans la salle de bains.

Ce que je fais est idiot, se dit-elle. *Qu'il dorme ici ou à vingt mètres dans son chalet, quelle différence ? Il va penser que je fais un caprice.*

Nathan, en sortant du chalet d'Autumn, fut rattrapé par Daniel.

— Elle n'est pas commode, hein ? lança ce dernier.

Pas d'humeur à entendre les commentaires de l'ex-fiancé d'Autumn, Nathan le toisa.

— Que voulez-vous, shérif ?

— Faudrait peut-être que vous sachiez où vous mettez les pieds.

Autumn s'était montrée très claire. Leur relation se situait sur un plan strictement professionnel. Et c'était mieux ainsi. Les limites étant posées, il savait qu'il n'avait rien à espérer et pourrait concentrer toute son attention sur le dossier Colleen.

— La seule chose qui m'importe, c'est qu'elle connaît bien les environs.

Les yeux plissés, Daniel le fixa.

— Vous êtes au courant pour son frère ? Et pour son oncle ?

— Elle m'a parlé de son frère.

Elle lui en avait même parlé à plusieurs reprises.

— Vous savez qu'il ne tourne pas rond ? Il est dangereux. Il tient de son oncle.

— Pourquoi ? Qu'est-ce qui ne va pas avec son oncle ?

Il détestait l'idée de parler d'Autumn en son absence. Elle lui avait déjà fait comprendre que sa vie privée ne regardait personne. S'il écoutait Daniel, il aurait l'impression de la trahir.

— C'était un vieux fou. Il disparaissait souvent dans les bois. On n'entendait plus parler de lui pendant des jours avant qu'il ne réapparaisse, sale et sentant mauvais, et il racontait des histoires à dormir debout sur les ours et les loups. Et puis il est parti faire la guerre et, quand il est revenu, il était encore plus fou qu'avant. Il adorait les armes, les couteaux. La dernière fois qu'il est parti, on ne l'a plus jamais revu. Le pire, c'est que Blaine l'admirait. Il trouvait qu'il avait une collection d'armes géniale.

Famille originale, certes. Mais de là à conclure que Blaine était le tueur…

— Bref, vous avez intérêt à vous méfier, souligna Daniel.

— Pourquoi me racontez-vous tout ça ? Si vous étiez ami avec Autumn, ne l'étiez-vous pas aussi avec son frère ?

— On l'était. Mais Blaine est trop dingue pour moi. Quand les premiers meurtres ont eu lieu dans le Trail, j'ai tout de suite pensé que c'était lui.

— Vous l'avez dit à Autumn ?

— Sûrement pas. De toute manière, elle n'écoute pas. Ça s'est mal passé entre nous quand on s'est séparés, vous savez. Et quand il s'agit de sa famille, c'est « pas touche ». Elle ne veut rien entendre.

— Je m'en souviendrai, dit Nathan.

Autumn s'était montrée assez évasive sur sa famille. Avait-elle des choses à cacher sur son frère ?

Nathan frappa à la porte de la jeune femme pour s'annoncer.

— Autumn, c'est moi.

Elle déverrouilla et ouvrit. Il revenait avec un sac à dos et un attaché-case débordant de documents.

— Ça ne te gênera pas si je travaille ?

Il ne voulait pas se laisser influencer par les propos de Daniel, mais ce dernier était tout de même officier de police. S'il le soupçonnait de ne pas se montrer très objectif vis-à-vis d'Autumn du fait de leur rupture, le shérif était peut-être par ailleurs un bon flic, avec du flair. Et si tout, effectivement, n'était pas net chez les Reed ?

— Non, ça ne me gênera pas.

— Joli, dit-il en avisant le pyjama en pilou qu'elle tenait à la main.

Elle lui lança un regard noir.

— J'ai dit quelque chose qui t'a contrariée ?

Il prit doucement son menton dans sa main et lui releva la tête. C'était le moment de lire dans ses pensées, d'essayer de savoir si elle cachait quelque chose sur son frère.

— Tu te moques de moi ? Les femmes que tu fréquentes portent sûrement des dessous en dentelle.

Il éclata de rire.

— Peu de femmes dorment chez moi, tu sais. Je n'ai qu'une maîtresse : mon boulot.

Mais comment pourrait-il penser à autre chose maintenant qu'à ce pyjama qu'il aimerait la voir porter ? Décidément, elle avait le chic pour le distraire du seul sujet qui aurait dû le préoccuper.

Une heure plus tard, Nathan était étendu sur le canapé, dans le lit de fortune qu'elle lui avait préparé. Il avait rejeté la couverture à ses pieds, car la chaleur était intenable. Mais le poêle n'était pas seul en cause. La présence d'Autumn faisait aussi grimper la température dans le chalet.

Il se tourna pour tenter de trouver une bonne position. Vu sa taille, il était obligé de dormir en chien de fusil, c'était inconfortable, mais il avait vécu pire. Il avait déjà planqué toute une nuit assis dans une voiture, dormi dans des motels plus faits pour les souris que pour les humains et, ces derniers mois, à même le sol, dans le froid, et sans couverture de survie.

Ici, c'était nettement plus douillet. Il avait un toit, c'était propre, et le contact du drap sur sa peau était agréable.

Il entendit la porte de la salle de bains s'ouvrir puis le *clic* de l'interrupteur et des pas dans le noir. Autumn traversait le chalet sur la pointe des pieds mais le plancher craquait quand même.

— Tu n'arrives pas à dormir ? murmura-t-il.

— Non.

Elle vint s'agenouiller près du canapé et, ce faisant, lui caressa sans le vouloir le visage de ses cheveux.

— Je n'arrête pas d'y penser, dit-elle.

— C'est fini. Il est parti.

Il faillit ajouter qu'il ne reviendrait pas, mais préféra se taire. Il s'était déjà trompé une fois.

Le temps n'avait pas encore effacé le souvenir de ce qu'elle avait vu. Ces traumatismes étaient difficiles à surmonter, Nathan en savait quelque chose. Parfois, des semaines après un crime, des visions épouvantables revenaient le hanter sans raison apparente.

La sentant effrayée, il prit ses mains pour la rassurer. Elles étaient chaudes et très douces. Les flammes qui se tordaient dans le poêle éclairaient son visage par intermittence. Comme elle changeait de position, le haut de son peignoir s'entrouvrit, laissant deviner ce qu'elle portait en dessous. Un top léger, avec ces bretelles fines qui glissent et que les femmes remontent d'un geste souvent lascif ou qu'elles laissent glisser, invitant d'autres mains à les remonter à leur place… ou à les abaisser totalement.

Une invite qu'il ne déclinerait pas si elle se présentait.

Assez ! se dit-il.

Il était là pour retrouver l'assassin de Colleen. Point. Il avait promis à sa famille de le faire. Autumn était son équipière, quelqu'un dont il avait sollicité les compétences pour l'aider à résoudre l'affaire. Rien d'autre. Il ne devait pas flirter avec elle — cela nuirait à la poursuite de l'enquête. Nathan avait de plus des questions à lui poser sur sa famille.

Comme si elle craignait qu'il n'enlève sa main, Autumn avait posé sa joue sur leurs doigts joints.

— Je n'ai pas l'impression que c'est fini, dit-elle. Le tueur va continuer.

Puis, d'une toute petite voix, elle reprit :

— J'ai envie qu'on me tienne fort. Juste quelques minutes.

Nathan n'hésita pas. La prenant par la taille, il l'attira

à lui, poitrine contre poitrine. Son peignoir s'ouvrit plus largement. Il ne s'était pas trompé. Son haut de pyjama avait de fines bretelles qui ne demandaient qu'à glisser le long de ses bras minces. Excité, il la serra encore plus fort.

Elle s'humecta les lèvres. Fasciné par sa bouche entrouverte, il fit alors ce qu'il était impossible de ne pas faire, il la happa.

C'était ce qu'Autumn attendait, apparemment, car elle répondit à son baiser avec une ardeur aussi violente que le désir de la posséder qui le tenaillait depuis l'instant où il l'avait vue. Elle gémit, planta les ongles dans ses épaules, gémit encore. Elle disait oui. Tout son corps disait oui.

C'était le moment. Il lâcha sa bouche et scruta son visage. Son regard était voilé. Triste.

— Dis-moi à quoi tu penses, murmura-t-il.

— Je repensais à ce que Ford a dit sur ta femme.

L'allusion à son ex-femme le glaça. Son désir retomba sur-le-champ.

— Tu veux qu'on parle de mon ex maintenant ?

— Est-ce vrai que tu l'as abandonnée ?

— Oui.

— Pourquoi ? demanda-t-elle.

— Parce qu'on n'était pas faits l'un pour l'autre. Elle était exigeante, capricieuse, et moi je n'étais pas prêt à sacrifier ma carrière. Plus on en parlait, plus on se disputait, et plus je m'éloignais d'elle. A la fin, j'ai compris que cela ne collerait jamais, alors je l'ai quittée.

Autumn se leva et croisa les bras devant elle.

— Je vois.

Il y avait du reproche dans sa voix.

— Vraiment ? Les relations humaines sont complexes, on ne les comprend pas toujours, répliqua-t-il.

— Que veux-tu dire ?

— Et si tu me parlais de ton frère et de ton oncle ? fit-il à la place.

— Pourquoi cette curiosité ?

Honteux de se servir de ce que lui avait confié Daniel, il hésita. Alors, elle enchaîna.

— Où veux-tu en venir ?

— A ton avis… ton frère… Pourrait-il être impliqué dans ce qui se passe sur le Trail ?

Outrée, elle se rebiffa.

— Sors de mon chalet.

Il ne voulait pas se battre avec elle. Il n'était pas son ennemi.

— Pourquoi éludes-tu la question ?

Le fusillant du regard, elle serra les poings.

— Va-t'en. Je te dis de t'en aller, tu m'entends ? Tout de suite.

Cette colère brutale qui succédait à un baiser brûlant tombait à point nommé, songea-t-il. Au moins il était assuré que les choses n'iraient pas plus loin entre eux.

Comme elle approchait de la scène de crime en compagnie de son chien, Autumn s'arrêta net, un peu comme un cheval qui refuse l'obstacle. Les lieux avaient été nettoyés pourtant, aucune trace macabre ne devait subsister.

Les dernières quarante-huit heures avaient été marquées par deux événements, sans lien entre eux mais aussi intenses l'un que l'autre. Sa peur quand elle avait découvert le cadavre et son excitation quand Nathan l'avait embrassée. Mais elle n'allait pas passer la journée à les ressasser. Elle avait bien d'autres sujets de préoccupation. Son frère, d'abord. Allait-il bien ? Pourquoi n'avait-il pas appelé ? D'habitude, il ne la laissait pas si longtemps sans nouvelles. Venait ensuite sa propre sécurité.

— Bonjour !

Reconnaissant la voix de Nathan, elle hésita à rebrousser chemin.

— Salut.

Elle lui en voulait encore d'avoir insinué que Blaine était le prédateur ou un complice. C'était odieux de sa part. Mais aussi pourquoi montait-elle toujours sur ses grands chevaux dès qu'on parlait de sa famille ? Elle pouvait prendre la défense de son frère sans se mettre dans des états pareils, non ?

— Je te demande pardon, déclara-t-il d'emblée. Je n'aurais pas dû dire ce que j'ai dit sur Blaine.

Ah ! Comme ça, il voulait faire la paix !

— On ne parle pas de ma famille dans ce dossier, compris ?

Le ton était sec. Pas question de discuter.

— OK.

Elle regarda devant elle. Seuls le ruban jaune et noir qui délimitait la scène de crime et les nombreuses empreintes de pas signalaient qu'il s'était passé quelque chose mais, d'ici peu, les feuilles mortes auraient tout recouvert. La forêt retrouverait sa sérénité.

— J'ai l'intention d'aller sur le Trail aujourd'hui, dit-elle.

Elle lui aurait bien annoncé qu'elle ne souhaitait plus lui apporter son concours, mais il en aurait conclu que Blaine était coupable. En plus, elle se serait retrouvée seule.

— Je vais te suivre, dit-il. Ça ne te gêne pas ?

Elle fit non de la tête en le regardant. Il portait des chaussures et des vêtements de randonnée. Même en tenue de sport, il était élégant.

Puis elle scruta le ciel. Le temps sur le Trail était changeant. Une pluie de grêlons gros comme des balles de golf pouvait succéder à des flocons de neige. Ce matin, le ciel était sombre à l'est et un brouillard bas, presque au ras du sol, empêchait de voir à plus de dix mètres.

— Je ne serais pas étonnée qu'on ait un orage vers midi. Mieux vaut partir tout de suite. Mais je vais d'abord ramener

Thor au chalet, ajouta-t-elle. J'ai peur qu'il n'obéisse pas si jamais il se passe quelque chose.

— On sait par où le Chasseur s'est sauvé, dit Nathan après qu'ils eurent rejoint la scène de crime. Allons voir de ce côté-là.

S'ils avaient pu examiner le sol avant l'arrivée du FBI, leur tâche aurait été plus facile, songeait Autumn.

— Tu es toujours aussi silencieuse quand tu marches ? lui demanda Nathan peu après, la sortant de ses pensées.

— Je cherche des empreintes, répondit-elle.

A quelques dizaines de mètres de la scène de crime, elle distingua les premières empreintes intéressantes. Ils les suivirent. Elles allaient jusqu'au croisement de l'Appalachian Trail avec le camping et s'arrêtaient là. L'intrus avait-il continué par le Trail ou s'était-il enfoncé dans le bois ? Le plus logique, se dit-elle, c'est qu'il soit reparti par le bois.

Suivant son instinct, elle partit dans cette direction. Elle n'avait pas besoin de carte. Elle connaissait tous les sentiers autour de Trail's Edge.

— Les marques blanches indiquent le chemin à suivre pour rester sur l'Appalachian Trail. Nous, nous allons nous en écarter, mais je défie quiconque ne connaît pas parfaitement la région de prendre ce risque.

Nathan leva la main.

— Je ne me lancerais sûrement pas dans cette aventure sans toi.

Sans qu'elle comprenne pourquoi, sa remarque lui donna des frissons. Etait-ce le fait qu'il soit là, tout près ? De marcher avec lui dans le sentier ? Toute sa vie avait été centrée sur la nature. Avec Daniel, c'était leur goût pour la vie au grand air qui les avait rapprochés. Tous les deux aimaient la randonnée, pêcher, cueillir airelles, myrtilles et toutes sortes de baies sauvages. Tous les deux aimaient planter des flèches dans des cibles.

Leur complicité s'était très vite arrêtée là. Leurs escapades dans la chambre à coucher s'étaient espacées. Autumn en avait eu conscience mais n'avait pas su raviver la flamme. Chaque fois qu'elle suggérait une idée, elle avait eu le sentiment qu'il la prenait pour une oie ! Son autre grand amour avait été — Daniel en avait fait des gorges chaudes — un garçon qui avait fait son coming out juste avant le bal de fin d'études. Comme Daniel avait toutes les femmes qu'il voulait, elle en avait conclu que le problème c'était elle.

— On dirait que tu viens d'avaler du vinaigre, lui dit Nathan. Qu'y a-t-il ?

Elle ne s'était pas rendu compte qu'il l'observait.

— Raconte, insista-t-il.

Comme si c'était facile de raconter sa vie à quelqu'un qu'elle connaissait à peine. C'était un de ses défauts, il lui fallait du temps avant de donner sa confiance. Et quand elle était déçue, elle ne se fiait plus à personne. Pouvait-elle parler à Nathan de Daniel et de Ben ?

— Je pensais à mon ex et au plaisir qu'on avait à partir en balade. On était heureux.

Inutile de lui dire ce qui se passait — plus exactement, ce qui ne se passait pas — dans la chambre à coucher !

— C'est dommage que tu aies perdu ton compagnon. Avec Blaine qui n'est pas là non plus, ça doit être rude.

Rude. Triste. Et vide.

Elle n'allait pas pleurer. C'était du passé. Il fallait faire comme Daniel, passer à autre chose.

— On n'était pas faits l'un pour l'autre.

— C'est bien de s'en rendre compte à temps. Ce n'est pas plus facile pour ça. Moi, je me suis marié trop jeune et j'ai retenu la leçon.

— Quelle leçon ? De ne jamais te remarier ?

— Les relations qui démarrent sur les chapeaux de roues sont souvent un feu de paille. La passion, tu sais…

La passion. Un mot qu'elle avait rayé de son vocabulaire mais qu'elle n'avait pas oublié. C'était plus excitant que l'eau tiède, non ? Plus grisant que le réel surtout quand, comme elle, en secret, on rêvait d'excès, de folie. De feux d'artifice. Et pourquoi pas avec Nathan ? Serait-ce possible avec lui ?

Non. Nathan n'était là que pour peu de temps, elle n'allait pas s'investir dans une relation avec lui. Pour souffrir quand il partirait ?

Elle baissa la tête pour examiner le sentier. Un parfum de terre auquel se mêlait une odeur de feuilles mortes montait du sol. Elle n'avait jamais vu ce chemin aussi vide. Pas un promeneur, personne… sauf le tueur qui rôdait quelque part.

— Mon frère et moi, nous nous sommes promenés des milliers de fois sur ces sentiers. Mon père ne nous imposait qu'une chose, d'être rentrés avant la nuit.

Elle montra du doigt des baies rouges sur un buisson.

— Ça, c'est du poison, mais celles-là…

Elle montra un autre buisson.

— … celles-là, les bleues, sont bonnes à manger. Elles sont plus difficiles à cueillir, mais Blaine et moi avions pris le coup de main. On grimpait aux arbres.

— J'aurais aimé vous voir, dit Nathan.

Au souvenir de Blaine et elle jouant dans le chemin, elle sourit.

— Je ne sais pas combien de pantalons j'ai pu déchirer ! Mon père a été obligé d'apprendre à coudre, car les vêtements neufs coûtaient trop cher et les reprises chez le couturier aussi.

— C'était quelqu'un de bien, ton père, on dirait.

L'absence de son père lui serrait toujours le cœur. Surtout lorsqu'elle se le rappelait, ses lunettes sur le nez, en train de ravauder ses jeans, tard le soir.

Elle refoula les larmes qui lui montaient aux yeux et se détourna pour ne pas qu'il la voie.

— Oui, c'était quelqu'un de bien. Il nous a pourris gâtés, Blaine et moi, pour compenser le fait de nous élever en solo.

Ils n'avaient pas d'argent mais ils avaient mieux, de

longues journées d'été à courir et se dépenser dans les bois. Ce n'est que lorsque Blaine avait commencé à fréquenter des élèves peu recommandables au lycée que leur père avait imposé des règles strictes et exigé qu'ils travaillent. Il pensait, ainsi, éviter que Blaine ne traîne en ville et ne fasse des bêtises.

— Mon père a vécu comme il voulait vivre. Il s'occupait de son camping et entretenait le Trail.

Longtemps, elle avait rêvé de vivre comme lui. Mais elle ne s'attendait pas à devoir gérer le camping toute seule si tôt. Elle pensait que son père, Blaine et elle, et leur oncle s'en occuperaient ensemble. Rêve d'enfant, jamais réalisé. La vie lui avait ravi ceux qu'elle aimait et, sans eux, Trail's Edge n'était plus Trail's Edge.

— Maintenant, c'est toi qui t'en occupes, dit Nathan.

— Oui mais c'était différent, avant.

Compte tenu du manque de clients, l'intérêt était moindre. Ce qu'elle aimait, c'était faire la connaissance de gens nouveaux, partager avec eux son amour de la nature, apprendre aux enfants à crapahuter sans prendre de risques, à pêcher, à grimper aux arbres.

— Cela fait plusieurs années maintenant que je m'en occupe. Même du vivant de mon père je m'y intéressais car, en prenant de l'âge, il avait perdu des forces. Mal de dos, fatigue, il avait peu à peu lâché prise. Il avait même commencé à faire des siestes l'après-midi.

La remarque fit sourire Nathan.

— Tu veux que je te dise, mon père, lui, s'endormait régulièrement devant la télévision. Il disait qu'il fermait les yeux pour les reposer, mais nous n'étions pas dupes, ma mère et moi.

Les pères et leur orgueil. Le sien refusait de se montrer affaibli et d'admettre qu'il était fatigué, surtout devant Blaine et elle. Résultat : elle s'était toujours sentie protégée, en sécurité. Et ce n'était pas les histoires que lui racontait

Blaine, des histoires d'attaques d'ours ou de hurlements de loups qui l'empêchaient de s'endormir. Pour elle, dans sa tête de petite fille en admiration devant son père, celui-ci était invincible et, avec lui, elle était à l'abri de tout.

Etait-ce pour cette raison qu'elle aimait tellement avoir Nathan près d'elle ? Parce qu'il inspirait confiance et qu'elle pouvait lui voler un peu de la force qu'il dégageait et qui lui manquait tant depuis que son père n'était plus là ?

— J'ai entendu ça, moi aussi, dit-elle.

C'était agréable de marcher auprès de lui et de parler à quelqu'un, mais c'était ennuyeux de prendre goût à cette présence car il n'était pas censé rester longtemps à Trail's Edge. La solitude, alors, se refermerait sur elle.

Elle s'arrêta et montra du doigt un rocher qui dépassait d'un taillis.

— Ça, c'est un repère qui nous servira à retrouver notre route au retour.

Elle prit un chemin qui coupait le sentier principal. Elle ne l'avait pas débroussaillé depuis longtemps et cela se voyait.

— Attention où tu mets les pieds, prévint-elle. Il peut y avoir de la boue sous les feuilles et des racines.

Si elle ne voyait pas d'empreintes pouvant être celles du Chasseur, elle reviendrait sur ses pas et emprunterait un autre sentier.

— Merci de me prévenir, je ne tiens pas à me retrouver les quatre fers en l'air.

Autumn le regarda. Se troubla. Même en tenue sport, il était séduisant.

— On passe par où ? demanda Nathan, la croyant perdue.

— Je ne sais pas, je cherche des traces de passage… Pourquoi, tu es fatigué ?

Habituée aux longues randonnées en forêt, elle marchait sans doute trop vite pour lui.

— Tu veux que je ralentisse ?

Elle lui tendit sa bouteille d'eau.

— Non, ça va.

Elle s'arrêta pour le laisser boire et reprendre son souffle. Les oiseaux qui volaient d'arbre en arbre faisaient tomber les feuilles sèches. Des écureuils, toujours l'air effrayé, sautaient de noisette en noisette. Le vent sifflait dans les branches dénudées qui grinçaient les unes contre les autres.

Soudain, un détail lui sauta aux yeux.

— On dirait qu'on a marché sur les feuilles, ici.

— Tu es sûre que ce ne sont pas des empreintes d'animal ?

— J'en suis certaine. Regarde. Ce ne sont pas des traces de sabots, ni des griffe. Ce sont des pas d'homme.

Elle tourna autour pour les voir sous un autre angle.

— Quelqu'un est passé par là.

Avait-elle trouvé le chemin par lequel l'intrus était venu ?

— Il est peut-être encore dans les parages, dit Nathan en dégainant.

Elle opina. Elle ne prenait jamais de fusil pour partir en balade mais, dorénavant, elle le ferait. Ce serait plus sûr. Elle se mit à trembler.

— Il sait où nous sommes, murmura-t-elle.

— Comment le sais-tu ? Tu vois quelque chose ?

Il pivota tout doucement en regardant autour d'eux.

— Je le sens, c'est tout. Il nous épie.

— Avec moi, tu ne risques rien.

— D'accord, on continue. Tu vas voir, Rock Valley — c'est Blaine et moi qui avons baptisé cet endroit comme ça — est un immense cratère hérissé de rochers pointus. On peut descendre au fond et remonter, mais ce n'est pas pour les cœurs fragiles. Il est rempli de cachettes. En cas d'urgence, on pourra s'abriter.

Plus loin, le chemin devenait escarpé et, pour quelqu'un qui ne connaissait pas les lieux, franchir Rock Valley n'était pas une mince affaire.

— Les empreintes qu'on voit là sont récentes, reprit-elle.

On va les suivre mais il faut se dépêcher car, avec les feuilles mortes, on ne verra bientôt plus rien.

Comme pour lui donner raison, une pluie de feuilles roussies s'abattit sur eux.

— A ton avis, pourquoi n'a-t-il pas cherché à dissimuler les traces de son passage ? demanda Nathan. Il n'y avait rien sur les autres scènes de crime. C'est peut-être un piège ?

Un piège ? Elle frissonna. *Pense à des choses heureuses,* se dit-elle. Le Trail au printemps, la dinde de Thanksgiving, les sapins de Noël couverts de boules. Comme elle avait envie d'être heureuse ! De connaître, de nouveau, ces heures joyeuses, toutes ces choses douces, la chaleur, la sécurité, le bonheur, mais avec le tueur en liberté c'était impossible.

Nathan lui prit le menton et l'obligea à le regarder.

— Colle-toi à moi. Fais ce que je te dis. Au moindre soupçon, pince-moi. Compris ?

D'un hochement de tête, elle acquiesça. Ils avaient eu beaucoup de chance de voir des empreintes malgré les feuilles. Ce n'était pas le moment de céder à la panique.

Ils étaient sur la piste du tueur.

4

C'était facile de se perdre en montagne, songeait Nathan. Les arbres se ressemblaient tous, sapins, ormes ou chênes, ils avaient tous à peu près le même tronc. Les rochers, les pierres et les cailloux qui jalonnaient le chemin ne présentaient pas beaucoup de différences non plus. L'odeur des résineux et de la terre conjuguée à l'air froid les engourdissaient.

Autumn marchait à sa droite, assez près pour qu'il la suive du coin de l'œil sans pour autant quitter le sentier des yeux, assez loin pour ne pas être troublé par son parfum. Une racine hors du sol, ce serait le faux pas… et la chute.

Brusquement elle s'arrêta et, un doigt sur la bouche pour lui intimer le silence, lui montra le cratère.

Sa description de Rock Valley était parfaite. Les pentes étaient hérissées de rochers, certains polis par l'érosion, d'autres acérés et dressés vers le ciel. Sur la rive opposée, une ourse noire et son petit se taquinaient devant l'entrée d'une grotte.

— Tu vois une présence humaine ? murmura Nathan, qui n'avait plus vu d'empreintes depuis la fin du sentier.

— Non mais ces bêtes me paraissent un peu agitées, dit-elle en s'accroupissant. Ce n'est pas normal si près d'hiberner.

Fasciné, Nathan les regardait. Ces animaux, il les avait toujours vus en cage.

— On a intérêt à s'en aller sans les déranger, reprit Autumn. Ne cours pas. Ne leur tourne pas le dos.

Sa voix était calme, mais Nathan la sentait tendue.

Ils se relevèrent doucement et partirent à reculons. A cinq ou six mètres du cratère, Autumn se retourna. Nathan aussi.

— Oh ! fit Autumn, plaquant la main sur son cœur.

Un deuxième ourson noir arrachait des baies rouges et les mangeait goulûment.

Entrevoyant le danger, Nathan dégaina. Ils se trouvaient coincés entre la mère et ses petits. Les oursons semblaient inoffensifs, mais la mère…

— Elle ne nous a peut-être pas vus, chuchota-t-il.

Un grognement résonna contre les parois du cratère. Maman ourse les avait vus, ou sentis puisque le vent soufflait dans sa direction. Nathan jeta un coup d'œil derrière lui. L'animal accourait en zigzaguant entre les rochers, ce qui leur laissait quelques secondes d'avance pour fuir.

Tout alla très vite. Nathan saisit le bras d'Autumn et ils s'enfoncèrent dans la forêt. Mais ils savaient tous deux qu'ils n'auraient pas l'avantage sur un ours.

— Tire un coup en l'air, dit Autumn. Ça va lui faire peur.

Sans cesser de courir, Nathan tira une balle dans les arbres. Les branches lui giflaient le visage et les bras, et il les retenait pour qu'Autumn, derrière lui, ne les reçoive pas en pleine figure.

Elle trébucha sur une racine mais il la retint. Il fallait qu'il la ramène saine et sauve. Il le lui avait promis. « Avec moi, tu ne risques rien… »

Essoufflés, ils s'arrêtèrent derrière un gros chêne pour reprendre leur respiration. Ils n'étaient plus visibles, mais l'ourse ne les avait peut-être pas oubliés.

La tête penchée de côté, Nathan risqua un œil. Pas d'ours à l'horizon. Soulagé, il inspira profondément. L'air froid lui fit du bien. Habituée aux courses en montagne, Autumn avait marché d'un pas rapide jusqu'au cratère. Lui avait besoin de se reposer.

— A quelle distance sommes-nous du refuge le plus proche ? demanda-t-il.

Elle remit une mèche de cheveux derrière son oreille.

— A des années-lumière.

— On n'a qu'à grimper à un arbre et attendre, dit-il.

— Si c'est pour te mettre à l'abri des ours, c'est pas la peine. Eux aussi grimpent aux arbres. Et même plus vite et mieux qu'un homme. On a une chance folle. Elle ne nous a pas suivis.

Elle soupira.

— C'est ma faute. J'ai été négligente. J'étais tellement focalisée sur des empreintes humaines que je n'ai pas fait attention au reste. J'aurais dû voir les traces de pattes et me méfier.

— Tu as encore la force de marcher ? demanda-t-il.

Elle sortit sa bouteille d'eau et but puis la lui tendit. Ils seraient plus tranquilles s'ils s'éloignaient davantage.

— Oui. On n'a qu'à rentrer au camping.

Elle fit un cercle avec le bras.

— On va contourner cette zone. Cela vaut mieux.

— Tu as raison. Pas besoin de retourner chatouiller ces petites bêtes.

— Non, mais il y a un problème. On a perdu notre chemin.

Elle sortit alors un compas de son sac, regarda sa montre puis le ciel.

— Par là, dit-elle en pointant un doigt sur sa gauche. C'est bizarre, j'ignorais que les ours avaient une tanière dans Rock Valley. Les empreintes qu'on a suivies ne sont peut-être pas celles du tueur, mais celles d'un ranger ou d'un braconnier.

— Ça arrive souvent, ce genre de rencontres ? s'enquit Nathan.

Elle haussa les épaules.

— Pour tout te dire, je trouve la présence de ces ours à cet endroit étrange. A cette époque de l'année, ils hibernent. Il fait assez froid actuellement pour qu'ils prennent leurs quartiers d'hiver. Nous demanderons ce qu'ils en pensent à Ben et aux autres rangers.

Il remarqua qu'elle boitait légèrement.

— Tu t'es fait mal en te prenant le pied dans la racine ?

— Je me suis tordu le genou, mais ça va, je peux marcher.

C'était sûr, elle crânait.

— Donne-moi ton sac, je vais le porter.

— Pourquoi ? Je te dis que ça va, rétorqua-t-elle en repoussant sa main. Allez, on continue.

Tout en marchant, il l'observait. Elle avait mal, cela se voyait, elle avait les yeux à moitié fermés et les lèvres pincées pour ne pas grimacer de douleur.

Vingt minutes plus tard, épuisée, elle se laissa tomber au pied d'un orme.

— Je vais me reposer une minute, dit-elle, se massant le genou.

Nathan s'accroupit.

— Laisse-moi regarder, lui intima-t-il.

Elle roula sa jambe de pantalon jusqu'à la cuisse. Il se frotta les mains pour les réchauffer avant de les poser sur son genou, qu'il fit pivoter, tout doucement, de droite à gauche et de gauche à droite. Sa peau était tiède et douce. Elle n'avait rien en apparence mais, si elle s'était froissé un tendon ou fracturé un ménisque, son genou allait enfler et elle aurait du mal à marcher.

Elle enleva son sac à dos, fouilla dedans et en sortit une sorte d'écharpe.

— Je vais mettre ce tissu autour de mon genou, dit-elle. Ça fera comme une attelle.

— Un peu souple, tu ne crois pas ?

— Ce sera mieux que rien.

Il lui prit la bande des mains.

— Donne, je vais le faire, ce sera plus facile pour moi.

Il commença sous le genou, remonta jusqu'à la cuisse en croisant le tissu sur le devant de la jambe puis il refit la même chose, en descendant.

— Ça va comme ça ? Je ne serre pas trop ?

— Ça va, je remue mes orteils.

Sans le faire exprès elle effleura sa cuisse avec son pied, ce qu'il trouva excitant mais il fit celui qui n'avait rien senti et prit un air dégagé.

— Tu me donneras mon diplôme d'infirmier, alors.

La bande de tissu complètement enroulée, il la fixa tant bien que mal et rabattit la jambe de pantalon.

— Ça devrait aller mieux, dit-il. Maintenant, appuie-toi sur moi. Fais comme si j'étais une béquille.

— On a plusieurs kilomètres à faire. Si je m'appuie sur toi, je vais t'arracher le bras.

— Mais non. En revanche, si je dois te porter, plus les sacs, jusqu'à Trail's Edge, je ne suis pas sûr d'y arriver.

Elle regarda le ciel.

— J'espère que le temps ne va pas se gâter. Parce que rentrer en plus sous l'orage ça ne sera pas la fête.

Il prit sa main et la caressa. Elle avait les doigts froids. Il commençait à la réchauffer quand un coup de tonnerre ébranla l'air. L'orage qui menaçait était là. Une pluie fine et glacée se mit à tomber. On aurait dit des aiguilles qui piquaient les feuilles des arbres. Ils étaient un peu abrités pour l'instant mais, si la pluie durait, ils seraient bientôt trempés et en danger d'hypothermie.

Autumn sortit de son sac deux ponchos, qu'ils passèrent. Ainsi couverts, ils se remirent en marche, bas de pantalons et chaussures traînant dans la boue.

Une heure plus tard, ils trouvaient enfin une marque blanche sur un arbre. Pour se récompenser, ils s'offrirent deux des Mars qu'Autumn avait apportés. Les bras autour du tronc d'un chêne, elle se mit à tourner en fixant la cime.

— Je suis déjà venue ici, dit-elle. Encore vingt minutes et nous serons au camping. Mais il faut accélérer !

Gentleman jusqu'au bout des ongles, il ne dit pas ce qu'il pensait tout bas, que c'était elle qui ralentissait la marche. Apparemment, l'attelle de fortune remplissait assez bien sa fonction, même si Autumn boitait.

— Le sentier est-il toujours aussi désert en hiver ? demanda-t-il.

— Le temps n'incite guère à la randonnée. Entre le tueur et le froid, les promeneurs privilégient des coins plus plaisants.

Elle essayait de sourire mais son visage restait triste.

— On va l'attraper et tout redeviendra comme avant, dit-il, tapotant la main qu'elle avait glissée sous son bras.

Elle lui lança un coup d'œil en coin puis regarda devant elle.

— Qu'y a-t-il ?

— Je me disais que je n'ai pas envie que les choses redeviennent *comme avant*. Je préférerais qu'elles soient… mieux.

Elle venait d'en dire trop. Il fallait qu'elle poursuive. Il avait tellement envie de comprendre qui elle était, ce qui la motivait, ce qu'elle considérait comme important.

— Que voudrais-tu changer ?

Sa vie se cantonnait au Trail et au camping qu'elle ne quittait que lorsqu'elle ne pouvait pas faire autrement. Etait-ce cette vie-là qu'elle voulait changer ? Voulait-elle sortir de sa coquille ? Connaître autre chose ? S'épanouir autrement ?

— Je voudrais pouvoir retrouver mon frère, dit-elle. Nous étions très proches avant le décès de mon père. Nos chemins se sont séparés depuis. Il a cessé de s'investir au camping et son départ sur le Trail me semble être une fuite en avant.

Son explication le déçut. Il espérait qu'elle lui dise qu'elle souhaitait dorénavant être moins isolée. La savoir seule à Trail's Edge allait l'inquiéter.

— Et si tu essayais de reprendre contact avec ton frère ? S'il sait que tu es triste, il reviendra peut-être. Il faut que tu le lui dises.

Elle haussa les épaules.

— Encore faudrait-il que je le puisse !

— Il faut mettre de la glace sur ton genou, déclara Nathan en l'aidant à monter les marches de son chalet.

La porte à peine ouverte, Thor lui fit la fête.

— Assieds-toi, je vais chercher ce qu'il faut, dit Nathan.

Elle prit son mobile et, en boitillant, alla s'installer sur le canapé. Elle releva sa jambe de pantalon et posa le pied sur une chaise. Le bandage avait tenu. Elle le défit et se frotta le genou. La blessure ne devait pas être grave, car elle n'aurait pas pu avancer. Si cela n'allait pas mieux à la fin de la semaine, elle consulterait un médecin. Mais elle savait, par expérience, qu'il fallait laisser le temps au temps et que les foulures ou entorses guérissaient généralement toutes seules.

Heureux d'avoir retrouvé sa maîtresse, Thor se roula en boule à ses pieds. Nathan avait sorti les glaçons du bac et les enfermait dans un torchon propre. Le poêle était éteint, mais il faisait quand même bon dans la pièce. Soulagée d'être revenue à bon port, elle ferma les yeux et se relaxa. Nathan s'était montré très attentionné bien qu'elle lui ait fait courir un risque en négligeant les règles élémentaires de survie en montagne.

Son oncle était champion pour traquer les bêtes. Il lui avait appris à identifier certains détails, les chemins piétinés, les traces de pattes et même les excréments. D'ici quelques semaines, quand elle serait certaine de ne plus croiser d'ours puisqu'ils seraient en hibernation, elle partirait en montagne pour exercer ses talents de chasseuse. Des talents qui n'étaient pas comparables, évidemment, à ceux de son oncle.

Elle adressa un texto à Ben pour avoir son avis sur la présence des ours. Il répondit aussitôt que c'était anormal et qu'il ne comprenait pas non plus…

Nathan vint s'asseoir en face d'elle, ce qui lui donna des frissons. Avec la boue sur son pantalon et la poussière sur ses joues, il lui faisait penser à un mannequin posant pour un parfum sauvage mais raffiné.

Elle soupira. Elle avait des messages. Sans doute encore des annulations. Elle n'avait aucune envie de les écouter. Son livre de réservations était ouvert devant elle. Vide. Si les affaires ne reprenaient pas, elle pouvait chercher un travail ailleurs car elle avait son emprunt à rembourser. Elle n'aurait jamais dû rénover tous les chalets en même temps. Elle aurait dû attendre d'avoir l'argent et procéder par étapes. Quand le camping marchait bien, elle avait calculé qu'il lui faudrait cinq ans pour se remettre à flot. Au rythme actuel, ce serait plutôt cinquante.

Finalement, elle se décida à consulter sa messagerie. Lors des deux premiers coups de fil, on avait raccroché sans rien dire. Le troisième message, c'était Roger Ford qui demandait à Nathan de le rappeler le plus vite possible. A son ton, elle comprit que c'était urgent. Elle tendit son mobile à Nathan. Un appel de Ford, cela n'annonçait rien de bon.

D'un seul coup, ses problèmes d'argent passèrent au second plan. Une fois le tueur sous les verrous, les clients reviendraient et les affaires refleuriraient. Elle s'y emploierait.

— Ford ? Tu as essayé de me joindre ?

— …

— Ah… Oh… Oui… Non… Bon.

Et Nathan raccrocha.

— La victime a été identifiée, fit-il. Une certaine Sandra

Corvaldi, la trentaine. Dès que la famille aura été prévenue, ils balanceront son nom aux médias.

Sandra Corvaldi ? Autumn la connaissait un peu. Fallait-il dire à Nathan que les Reed avaient un lien avec elle ? Elle pouvait faire confiance à Nathan, non ? De toute manière, une fois le nom divulgué, Daniel ne se priverait pas de raconter à tout le monde que Blaine avait eu une histoire avec elle.

— Sandra sortait avec Blaine au lycée, déclara-t-elle.

Le FBI n'allait pas tarder à apprendre leur romance et risquait d'y voir une nouvelle preuve contre Blaine.

Nathan se passa la main dans les cheveux.

— Tu peux me dire à quoi ressemblait leur relation ?

Elle ressentit comme un coup de poignard dans la tête.

— A ton avis, à quoi ressemblent les relations entre lycéens ? Beaucoup de drames, des hauts et des bas, des larmes.

C'est ce que diraient les parents et les amis de Sandra au FBI quand ils seraient interrogés.

— T'a-t-il dit autre chose ? demanda Autumn. Est-ce qu'un mandat d'arrêt a été lancé contre Blaine ?

— Non. Mais Ford veut revenir à Trail's Edge pour parler avec toi.

Avant de parler avec lui, il fallait qu'elle trouve quelque chose, n'importe quoi pour disculper Blaine. Elle ne lui mentirait pas, mais elle voulait qu'on cesse de désigner son frère comme le coupable. C'était trop facile.

— Allons voir Natalie au bureau du coroner ce soir.

— Ce soir, tu te reposes, dit Nathan en regardant son genou. Nous irons demain.

Elle secoua la tête de droite à gauche.

— Non. Son bureau est fermé du vendredi au lundi. Je ne veux pas attendre.

Bon sang ! Pourquoi Blaine n'avait-il pas téléphoné ? Elle ne pouvait pas deviner à quel endroit du Trail il se trouvait.

Il avait très bien pu faire un détour ou avancer très vite, sans s'arrêter. Comment savoir ? Avec lui, tout était possible.

Elle balança les jambes sur le côté, se leva et, en sautillant, alla prendre une genouillère dans le placard.

— Tu n'avais qu'à me demander, dit Nathan.

— Je n'aime pas me faire servir.

Elle se rassit, ajusta la genouillère sur sa jambe.

— Tu sais, j'ai l'habitude de me débrouiller seule.

Elle ne voulait pas se reposer sur Nathan. Bientôt il s'en irait et elle se retrouverait sans personne. Comme avant. C'était les cartes qu'elle avait dans son jeu et mieux valait ne pas se faire d'illusions. Elle ne pouvait pas abandonner Trail's Edge car elle avait un emprunt à rembourser et n'avait pas d'autres cordes à son arc.

— Il vaut mieux d'ailleurs, précisa-t-elle, car, en général, je n'ai personne à qui demander. Thor est adorable mais, à part baver, il ne sait pas faire grand-chose.

Une plaisanterie pour faire semblant de prendre sa solitude à la légère, mais il ne fut pas dupe.

— Tu ne reçois jamais de visites, ici ? En dehors des clients, évidemment.

Elle fit glisser sa jambe de pantalon sur la genouillère. Cela allait lui paraître pathétique, c'était pourtant comme ça, elle voyait très peu d'amis et n'était sortie avec personne depuis Daniel.

— Je suis occupée, tu sais. J'ai beaucoup à faire.

Il ne répondit rien mais son silence valait tous les commentaires.

— Je sais ce que tu penses, dit-elle en se levant. Que je vis en ermite, mais c'est faux. Je vois des gens. L'autre soir, par exemple, on a dîné ensemble.

— Je n'ai jamais pensé que tu vivais en ermite. La preuve, tout à l'heure, tu ne pensais qu'à rentrer. Tu étais impatiente de retrouver Trail's Edge, dit-il en riant.

Il se moquait, gentiment mais franchement. C'était vrai,

elle avait hésité à sortir avec lui mais, une fois dehors, elle avait aimé. Et elle le lui dit.

— Heureux de l'entendre, répondit-il.

— Dis-moi, comment vois-tu cette visite au bureau du coroner ? demanda-t-elle.

Elle lui avait suggéré de faire la cour à Natalie, mais cette idée lui souriait moins maintenant. Natalie avait du charme et Nathan risquait d'y être sensible.

— On va y aller ensemble, dit-il. Je me fais fort de réussir à la convaincre de nous parler.

Il s'approcha d'elle, et elle vit à ses yeux qu'il voulait l'embrasser. Elle ne se trompait pas. Loin de le repousser, elle empoigna sa chemise et se serra contre lui. Il embrassait comme un dieu, alternant douceur et fougue. Elle sentit l'homme qui avait de l'expérience, ce qui ne lui plut qu'à moitié.

Quand il recula pour reprendre son souffle, elle garda les yeux fermés pour savourer plus longtemps la magie du monde dans lequel il l'avait transportée. C'est son téléphone qui rompit le charme.

— Trail's Edge, bonjour.

— Allô, Autumn ?

Une voix qui ne lui était pas inconnue. Espérant sans trop y croire qu'elle se trompait, elle demanda :

— Qui est à l'appareil ?

— C'est maman. Je suis dehors. Je peux entrer ?

Sa mère ! Elle ne s'était même pas déplacée pour l'enterrement de leur père, elle avait juste téléphoné et présenté ses condoléances. Avant cela, un ou deux coups de téléphone par an pour s'assurer que son fils et sa fille étaient toujours vivants, et c'était tout. Ces détails lui revenant d'un coup, Autumn ne put dominer sa rage.

— Que veux-tu ?

— J'ai appris au journal télévisé le crime qui a eu lieu

au camping. Je voulais être sûre que Blaine et toi vous alliez bien.

Vraiment ? Leur mère ne s'était pour ainsi dire jamais occupée d'eux. Pourquoi ce revirement ? Il y avait certainement un truc, pensa Autumn, mais, pour l'instant, la motivation de sa mère lui échappait.

Il y eut un coup à la porte.

— Veux-tu que je réponde ? demanda Nathan, posant machinalement la main sur son revolver.

— Je ne sais pas.

— Autumn ? reprit sa mère au téléphone. Il fait froid dehors, il pleut, et j'ai failli me tuer cent fois en montant ici tellement la route est glissante. Je peux entrer ?

Nathan lui prit le téléphone des mains.

— Qui êtes-vous ?

— …

— Je ne suis pas certain qu'elle veuille vous voir.

— …

— Vous n'aviez qu'à y penser avant de venir. Attendez dehors. Je vous ouvrirai si elle veut.

Nathan raccrocha.

— Autumn, ça va ? J'ignore ce qu'il y a entre ta mère et toi mais, si tu veux que je lui demande de partir, je le ferai. Tu n'es pas obligée de la voir si tu n'en as pas envie.

La bouche sèche, l'esprit embrumé, Autumn était désemparée. Sa mère. Que de fois elle avait eu envie de la voir. Que de nuits passées à prier pour que sa maman reprenne sa place dans leur vie et qu'ils reforment une famille. Comme avant. Ces rêves, elle ne les avait plus faits depuis longtemps.

— Qu'elle entre, déclara-t-elle dans un soupir.

Elle. Cette femme qui lui avait donné naissance mais n'avait pas cru important de s'occuper d'elle ensuite.

Nathan ouvrit la porte et sa mère entra. Refusant de montrer son émotion, Autumn respira profondément. Sa mère ne lui ressemblait en rien. Même avec les cheveux mouillés — le temps de courir de la voiture à la terrasse —, elle était magnifique. D'une beauté étourdissante, explosive. Les cheveux aux épaules, un maquillage généreux, une veste et un pantalon moulants, elle n'était pas vulgaire — pas une seconde —, elle était belle, désirable, et ressemblait aux quelques photos qu'Autumn avait d'elle, en plus âgée et surtout en plus heureuse.

Elle avait beau en vouloir à sa mère et être très en colère, Autumn se sentait toute petite devant elle. Toute petite et pas sûre d'elle-même. Sa mère semblait plus heureuse parce qu'elle ne s'était pas embarrassée de ses enfants. Elle s'était construit une autre vie ailleurs, sans les siens. La blessure, pourtant ancienne, n'avait jamais cicatrisé. Autumn souffrait toujours.

— Autumn, comme tu es belle, ma petite fille.

Autumn resta de marbre. Personne ne le lui disait jamais, hormis son père qui avait toujours semblé convaincu que sa fille était une beauté.

— Après tout ce temps, c'est tout ce que tu trouves à me dire ?

Impossible de contenir sa rage. Sa mère aurait beau lui servir des mots aimables, elle les prendrait mal.

— Je viens de te le dire, je suis venue voir comment vous alliez Blaine et toi, prononça-t-elle en triturant le bout du ravissant foulard de soie noué autour de son cou.

Furieuse et amère, Autumn haussa les épaules.

— N'essaie pas de me faire croire qu'on t'intéresse, Blaine et moi ! Tu n'es même pas capable de nous téléphoner ! Papa est mort et ça ne t'a fait ni chaud ni froid. T'es-tu inquiétée de savoir si Blaine et moi on a été malheureux après ton départ ? Si on ne pleurait pas toutes les nuits ? Ça t'était bien égal, hein ? Alors, aujourd'hui, c'est trop tard pour te réveiller.

Elle avait les larmes au bord des yeux mais elle n'allait pas pleurer. Pas devant cette quasi-inconnue.

— Je sais que je ne mérite pas d'être ta mère, dit cette dernière en se redressant de toute sa hauteur. Mais j'ai des excuses.

Des excuses ? Elle s'était inventé de bonnes raisons de faire ce qu'elle avait fait ?

— Je ne veux pas les connaître, lui répondit Autumn.

Elle mentait. Elle voulait entendre de la bouche de sa mère le motif qui l'avait fait les abandonner. Ensuite, mais ensuite seulement, elle verrait si c'était acceptable.

— Très bien. J'attendrai que tu sois dans de meilleures dispositions d'esprit pour t'expliquer. J'espère que ce jour-là tu voudras bien m'écouter. Sache quand même que j'ai toujours voulu garder le contact avec vous, même si, au début, j'ai pensé que ce serait plus facile pour vous si je ne vous tournais pas autour. Finalement, je me suis dit que c'était idiot d'agir comme ça, mais c'était trop tard. Vous deviez déjà me haïr, Blaine et toi.

Haïr. C'était exactement cela. Ils l'avaient même maudite.

— Pas très convaincant comme explication, rétorqua Autumn.

— Tu ne sais pas tout, insista sa mère. Il s'est passé des choses dans le passé, un jour tu comprendras.

— Pas besoin de discours sur ce que je dois ou ne dois pas comprendre.

— Quand j'ai lu les articles sur le crime, je me suis dit qu'il fallait que je vienne. J'ai interprété ça comme un signe.

Autumn ricana. Près d'elle, Nathan écoutait sans rien dire. Malgré son silence, elle se sentait soutenue, plus forte. Il ne prenait pas parti et ne lui demandait pas non plus de se calmer.

— Je ne crois pas à ces histoires de signes. Je crois ce que je vois, un point c'est tout. Les conduites passées préfigurent les conduites futures, c'est mon credo. Je ne redonne jamais ma confiance à quelqu'un qui m'a trahie.

— Je suis triste d'entendre ça, répliqua sa mère.

Elles se turent. C'est sa mère qui rompit le silence.

— Où est Blaine ?

Autumn serra les dents pour ne pas mentir.

— Il est en rando dans le Trail.

— Maintenant ? Alors que le tueur rôde ?

— Il l'ignorait quand il est parti. Je suis bien consciente du danger. J'ai essayé de le joindre, en vain. Ce qui me rassure, c'est qu'il ne correspond pas au profil des victimes.

Sa mère sembla brusquement s'aviser de la présence d'un tiers.

— Blythe Ferguson, dit-elle à Nathan, qui se présenta à son tour.

Autumn nota que sa mère donnait son nom de jeune fille et que Nathan ne précisait ni la raison de sa présence ici, ni qu'il était agent du FBI.

— Tu tombes mal, reprit Autumn. Nathan et moi, on doit partir.

— Que dirais-tu de petit-déjeuner ou déjeuner ensemble, demain ?

Autumn avait besoin de plus de temps pour digérer l'irruption de sa mère.

— Je vais voir, répondit-elle, évasive.

Sa mère fouilla dans son sac et en sortit une carte.

— Tiens. Appelle-moi, s'il te plaît. On a beaucoup de choses à se dire.

Autumn jeta la carte sur le comptoir.

— Je verrai si j'ai le temps.

Blythe hocha la tête, l'air peiné. Bien que le plus fort de sa colère soit passé, Autumn ne regrettait pas de ne pas l'avoir accueillie à bras ouverts. Sa mère les avait abandonnés, Blaine et elle. Que venait-elle faire maintenant ? Estimant qu'elle avait toute raison d'avoir des doutes quant à l'objectif de cette visite, sûrement dictée par l'égoïsme et l'intérêt, Autumn se dirigea vers la porte.

Nathan prit sa voiture pour descendre en ville. Avant leur visite au bureau du coroner, il souhaitait prendre le pouls de ce qui se disait dans les rues. Autumn, pour ménager son genou, resta à l'attendre dans le véhicule.

Après avoir erré dans Main Street, il entra dans un magasin de sport appelé The Out House et alla droit au comptoir. Une femme feuilletait un magazine. Dès qu'elle l'aperçut, elle se redressa et sourit.

— Qu'est-ce qui vous amène ? demanda-t-elle.

— Je campe à Trail's Edge. J'ai besoin de m'équiper pour faire le Trail, prétexta-t-il.

Etonnée, la femme plissa les yeux.

— Vous avez l'intention de faire une rando dans le Trail ?

— Oui.

— Mais vous avez écouté les infos ? Il y a un tueur. Ils ont retrouvé un corps.

— Oui, je sais.

— Si j'étais vous, je choisirais un autre sentier. Celui-là est dangereux.

— C'est aussi ce que dit Autumn Reed.

— Elle est bien placée pour le savoir.

La commerçante fit le tour du comptoir.

— On ne la voit jamais ici, ajouta-t-elle d'un ton confidentiel. Enfin, presque jamais sauf quand elle a besoin de faire des courses mais, autrement, elle vit en ermite.

— Ah bon ? Qu'est-ce qui vous fait dire ça ?

Bien qu'ils soient seuls dans la boutique, la femme — Linda, c'était écrit sur son badge — se pencha vers lui.

— Vous savez, sa mère l'a abandonnée quand elle était petite. Blythe ne supportait plus de vivre avec son mari et son beau-frère. Quand le père d'Autumn est mort, le frère de la petite s'est mis à avoir la bougeotte. Elle se retrouve souvent seule, la pauvre gosse !

— Elle n'a pas l'air d'aller mal, pourtant.

— C'est ça qui est bizarre. Les gens qui séjournent chez

eux disent tous qu'ils sont gentils et serviables et tout et tout. Moi, je dis qu'ils sont tous fous là-haut.

Autumn lui semblait tout ce qu'il y avait de plus normal. Que voulait dire cette Linda par « fous » ?

— Le shérif aussi dit qu'Autumn est toquée, elle sortait avec lui. Elle ne se lie avec personne. Elle vit toute seule et ne veut pas qu'on l'approche.

Cette femme semblait en savoir beaucoup sur les Reed. Sur Autumn, en particulier.

— C'est votre amie ?

Linda agita la main.

— J'étais une classe au-dessus de la sienne. Mais c'est ce qui se racontait au lycée.

La rumeur. Encore et toujours la rumeur. Nathan savait les dégâts que pouvaient faire les ragots. Il savait aussi qu'Autumn faisait de son mieux pour tenir bon. Si le quart de ce que racontait Linda était vrai, Autumn avait du mérite d'être toujours saine d'esprit. Et elle se retrouvait aujourd'hui seule face à un tueur en série qui s'attaquait aux randonneuses fréquentant le Trail.

Nathan gara sa voiture dans le parking gravillonné du centre médico-légal. A côté de lui, Autumn était songeuse. Il avait l'impression de l'entendre penser à sa mère.

Avant d'entrer dans le cabinet du médecin légiste, il fallait qu'ils se mettent d'accord sur la démarche à adopter.

— Attends, dit-il, comme Autumn s'apprêtait à ouvrir sa portière. Tu es sûre que ça va ? Tu n'as pas dit grand-chose depuis que ta mère est partie.

Les yeux noyés de larmes, elle détourna le regard.

— Non, rien ne va. Je n'arrive même pas à réaliser qu'elle est venue. Oui, c'est ça, c'est irréel.

— Il m'a semblé qu'elle voulait te demander pardon. Elle ne savait pas comment s'y prendre mais elle a essayé.

— Ce qu'elle a fait est inexcusable, d'accord ? I-nex-cu-sable.

— Il n'est pas question d'excuses, mais peut-être de tourner la page, suggéra-t-il.

Elle soupira.

— Je croyais que tu étais de mon côté.

— Je suis de ton côté, ce n'est pas la question. Mais ce que je souhaite surtout, c'est que tu cesses de souffrir. Que tu ne ressasses plus des événements qui remontent à des années. Que tu sois heureuse. Ma sœur et moi aussi avons eu notre part de problèmes. Quand elle est morte, elle sortait de sa troisième cure de désintoxication. Je regrette de ne pas avoir été plus patient avec elle. Je regrette de ne pas lui avoir dit plus souvent que je l'aimais. Au lieu de ça, je me suis souvent bagarré avec elle à cause de sa dépendance à l'alcool et je m'en veux.

Autumn leva la main pour lui caresser la joue. Cette marque de tendresse lui alla droit au cœur. Elle était merveilleuse, elle comprenait.

— C'est triste tout ça, dit-elle. Je te plains beaucoup.

Nathan n'aimait pas s'étendre sur ce sujet. C'était trop douloureux. S'il était parti en guerre contre le prédateur, ce n'était pas seulement pour que justice soit rendue à sa sœur, c'était aussi pour se racheter, faire la paix avec lui-même, et tourner, lui aussi, la page.

— Je te raconte cela pour que tu n'aies pas de remords si tu n'entends plus jamais parler de ta mère.

— J'y penserai. Mais plus tard. Pour l'instant, je n'ai pas le courage de m'occuper aussi d'un éventuel drame maternel.

— Très bien. Mais tu sais que nous faisons équipe. Que je serai toujours là pour te soutenir.

— Pour l'instant... Jusqu'à ce que l'on trouve un nouveau cadavre, plus loin sur le Trail. Alors tu repartiras.

Que répondre ? Il sentait que le tueur était maintenant à leur portée et se reprochait de l'avoir laissé filer l'autre soir.

Il prit son visage dans ses mains et caressa ses lèvres.

— L'étau se resserre. Allons voir Natalie et que la magie opère !

Quand Autumn entra dans le hall d'accueil, Natalie leva le nez de son bureau et lui sourit. Mais, dès qu'elle vit Nathan, son visage s'illumina.

Nathan avait cet effet sur les femmes et, bien qu'elle n'ait aucun droit sur lui, Autumn était agacée de le constater. De toute manière personne n'avait aucun droit sur personne, se dit-elle pour s'encourager, si ce n'est que, connaissant Natalie et sa réputation de dragueuse, elle était bien capable de ne faire qu'une bouchée de Nathan.

Les présentations terminées, Natalie se leva pour venir serrer la main de Nathan.

— Ravie de vous rencontrer, dit-elle. J'imagine ce qui vous amène. Hélas, je ne peux rien vous dire sur la malheureuse dont on a retrouvé le corps. Même si cela a eu lieu près du camping.

Nathan ne manifesta pas la moindre contrariété.

— Nous savons que vous devez protéger les victimes. Si nous sommes là, c'est uniquement pour que vous rassuriez Autumn. Elle connaissait bien Sandra et voudrait être sûre qu'elle n'a pas souffert.

— Comment connaissez-vous l'identité de la victime ? Elle n'a pas été divulguée, dit Natalie, visiblement soupçonneuse.

— Nous travaillons sur l'affaire. Roger Ford nous a communiqué l'information.

Nathan se pencha vers Natalie qui, machinalement, déboutonna le col de sa blouse.

— Vous travaillez sur ce dossier avec le FBI ? Vous êtes agent spécial ?

Autumn regarda son amie qui battait des paupières,

incrédule. A sa décharge, la petite ville de Smithsburg n'avait pas souvent l'occasion d'accueillir des fédéraux.

— Oui, je suis un agent spécial du FBI, déclara Nathan.

— Ah bien. Hélas, je suis incapable de vous dire si elle a souffert, décréta Natalie en retournant s'asseoir.

Nathan attendait, tout sourire. Natalie semblait en extase.

— Vous permettez que je jette un coup d'œil sur le dossier que je vois sur votre bureau ? Je suis à l'aise avec le jargon médical.

Natalie lui tendit des feuilles.

— Prenez, dit-elle.

— Merci. Je vous revaudrai ça.

— Quand vous voudrez, je suis libre ce week-end.

— Je suis un peu coincé en ce moment à cause de cette affaire mais, dès que j'entrevois une possibilité, je vous fais signe.

Après un dernier échange d'amabilités, ils prirent congé.

— Ça tombe comme à Gravelotte, maugréa Autumn à peine dehors.

— Pardon ?

— Elles tombent toujours toutes comme des mouches, avec toi ? Les femmes, je veux dire.

Nathan s'esclaffa.

— Elle n'est pas tombée comme une mouche, elle voulait juste nous rendre service.

— Je suis étonnée qu'elle t'ait remis ces documents.

— Les gens sont sensibles aux titres. On leur apprend à écouter et à obéir à l'autorité. Cette affaire bouleverse toute la ville. Les habitants n'ont qu'un souhait, qu'on attrape le tueur et, pour cela, ils sont prêts à aider.

Ils montèrent en voiture. Nathan démarra.

— Lis le rapport. A voix haute, s'il te plaît.

Le document ne comptait que deux feuillets, numérotés 1 de 50 et 2 de 50. C'était en fait un résumé.

— Il nous manque plein d'informations, dit Autumn, dépitée. Elle ne nous a donné que deux pages sur cinquante.

Elle hésita, avant de reprendre :

— Tant mieux. Ça me fera moins à lire !

Sandra avait été tuée, puis pendue et enrubannée de lierre. Le décès était dû à des flèches en pleine poitrine.

— A ton avis, la mort est survenue rapidement ? demanda Autumn. Le rapport ne dit rien à ce sujet.

— Je pense que oui.

Disait-il cela pour la rassurer ou le pensait-il vraiment ? C'était difficile à dire. De toute manière, elle préférait ne pas savoir. Elle avait été trop choquée par ce qu'elle avait vu quand elle avait découvert le corps et préférait ne pas rajouter d'horreurs à l'horreur.

— Si Sandra était déjà morte, pourquoi l'a-t-il pendue ? demanda-t-elle en tournant la page. Dans quel but ?

Nathan quitta la route principale pour s'engager dans le chemin qui menait à Trail's Edge.

— Le tueur a sa raison. Ce qu'il faut, c'est essayer d'entrer dans sa tête pour comprendre sa logique. De cette façon, nous trouverons peut-être une piste. Il est en phase avec son environnement et a une relation… disons particulière avec l'Appalachian Trail ou la nature en général. C'est sans doute quelqu'un qui a vécu longtemps en plein air.

— Et le lierre ? Pourquoi entoure-t-il le corps de ses victimes de lierre ? Qu'est-ce que ça t'inspire ?

— C'est sa signature. Pour lui, ça signifie quelque chose.

Nathan avait l'air songeur. Il essayait sans doute d'imaginer quelle folie animait le tueur quand il agissait ainsi.

Un peu de neige commença à tomber. Dans ces régions, des petits flocons avaient vite fait de se transformer en tempête de neige.

— C'est la première chute de neige de la saison, dit-elle.

— Tu penses que ça va prendre ?

Elle regarda le ciel. De gros nuages noirs se rapprochaient.

— La tempête peut aussi bien passer à côté sans s'arrêter, répondit-elle, que déposer trente centimètres de neige en quelques heures. J'ai déjà vu les deux cas.

Dix minutes plus tard, Nathan se garait devant chez elle d'où, la porte à peine ouverte, Thor jaillit telle une bombe en aboyant.

Nathan entra et alla s'asseoir avec les deux feuillets que Natalie leur avait remis. Autumn donna sa pâtée au chien qui, brusquement, releva la tête en grognant.

— Tu attends quelqu'un ? demanda Nathan en se levant.

Autumn secoua la tête. Peut-être était-ce sa mère qui faisait une tentative pour revenir lui parler ?

— J'y vais, dit-il en se dirigeant vers la porte, arme au poing.

Autumn sentit son cœur se mettre à battre la chamade. Mais, non, le Chasseur ne prendrait pas la peine de frapper. Il était beaucoup plus sournois que cela. Mais si c'était un des enquêteurs, pourquoi n'avait-il pas téléphoné avant ?

Elle entendit des voix juvéniles, puis la porte qu'on refermait.

— Ce sont de jeunes randonneurs qui cherchent un endroit pour la nuit avant que le temps ne se gâte, expliqua Nathan en revenant.

Bizarre, bizarre. D'où venaient ces marcheurs ? Avec tous les reportages sur le tueur qui sévissait dans la région, qui pouvait encore ignorer le danger ? Qui osait encore s'aventurer ici ?

Des fous comme Blaine qui se croient invincibles, songea-t-elle.

Si Nathan estimait qu'ils n'avaient rien de suspect, elle allait leur louer un de ses chalets. Dans les mêmes circonstances, elle n'aurait pas aimé qu'un parano quelconque refuse un gîte à son frère. Comme chez les motards et chez les marins, il existait une communauté du Trail. Plus qu'un état d'esprit, offrir l'hospitalité aux randonneurs en détresse allait de soi pour elle.

Nathan haussa les épaules.

— Ils ont dix-sept ans et des papiers d'identité en bonne et due forme. A toi de voir si tu acceptes de leur louer un chalet pour la nuit.

Puisqu'elle avait une douzaine de chalets vides, elle n'allait pas refuser. C'était trop beau, ses premiers clients depuis des semaines ! Comme elle se pressait pour les accueillir, ravie à la perspective d'une rentrée d'argent, son genou se rappela à elle.

Elle accompagna ses hôtes dans un des chalets.

— Super, dit l'un d'eux en découvrant l'intérieur du gîte.

— Une bonne douche et un lit chaud, ça va être cool, déclara l'autre.

Quel randonneur, même le plus endurci, n'aurait pas été sensible au confort, même sommaire, d'un chalet par une température rendue glaciale par le vent ? Ces marcheurs étaient jeunes et ne devaient pas avoir beaucoup d'expérience en matière de grande randonnée.

Nathan, qui l'avait accompagnée, gardait la main sur son épaule — pour bien montrer qu'ils étaient ensemble et qu'il était inutile de chercher à l'importuner ? Feignant d'ignorer cette main, Autumn ne s'occupait que de ses hôtes. Quand Nathan la touchait, elle perdait tous ses moyens. C'était absurde. En temps normal, elle ne perdait pas la tête parce qu'un homme l'effleurait.

Après avoir montré aux garçons le fonctionnement du poêle, elle les laissa. Il ne leur restait qu'à dormir en attendant que le temps se lève. La neige tombait dru. Le sol était blanc. Les branches s'affaissaient déjà sous le poids de la glace.

— Je devrais peut-être préparer d'autres chalets au cas où nous aurions d'autres visiteurs, dit-elle.

S'il y avait des randonneurs sur le Trail et que la neige

continue de tomber à gros flocons, tous, sauf des survivalistes, chercheraient un refuge.

— Tu as raison, lui répondit Nathan. Je vais t'aider.

Autumn prit des vivres — elle en mettait toujours à la disposition de ses hôtes dans les chalets, des flocons d'avoine, des barres chocolatées, des boîtes de chili con carne — et partit vers le chalet 12. Si personne ne venait, elle reviendrait récupérer ces réserves demain matin. Mais, dans le cas contraire, un marcheur apprécierait sûrement de trouver de quoi se restaurer en arrivant, et elle n'aurait pas à revenir le lendemain, en s'enfonçant dans la neige jusqu'aux genoux.

Elle tira le loquet de la porte et alluma la lumière. Il devait faire cinq degrés dans le chalet. Moins glacial que dehors, certes, mais tout de même un froid mordant. Dès qu'elle franchit le seuil, Autumn avisa des traces de boue par terre, ce qui l'agaça. Avant de partir, Blaine aurait pu faire un minimum de ménage ! Elle était en train de pester quand soudain elle réalisa son erreur.

Blaine n'avait pas mis les pieds ici depuis bien longtemps, et elle avait nettoyé ce chalet en vue de la saison quelques semaines plus tôt. Son frère n'y était donc pour rien. Effrayée, elle en laissa tomber ses provisions.

— Il y a eu quelqu'un ici, s'écria-t-elle. Quelqu'un qui est peut-être encore là…

Prise de panique, elle ressortit sur la terrasse.

— Comment le sais-tu ? lui demanda Nathan, la suivant dehors.

— Il y a des empreintes par terre. De la boue.

Serré contre elle pour la protéger d'un éventuel agresseur, il dégaina.

— Attends là, dit-il.

Il retourna dans le chalet. Alluma toutes les lampes. Terrorisée, Autumn le regardait faire. Il inspectait chaque coin, chaque recoin, toutes les cachettes possibles.

— C'est vide. Il n'y a personne.

Elle plaqua la main sur son cœur.

— Quelquefois des ran… donneurs entrent… s'abriter, bégaya-t-elle pour se rassurer mais sans y croire.

Ce ne serait pas la première fois qu'un visiteur profiterait d'un gîte sans payer mais, au nom des valeurs que les marcheurs partageaient sur le Trail ou sur d'autres sentiers, elle attribuait cette indélicatesse à la fatigue et au froid qui piégeaient parfois les imprudents, et elle pouvait l'excuser. Pourtant, ce soir, c'était différent, elle le sentait. Mal à l'aise, elle rejoignit Nathan, toute frissonnante.

Pas de doute, quelqu'un avait marché et laissé des empreintes. De la boue et des traces sombres… Comme du sang séché.

— Là, regarde, dit-elle, montrant les taches par terre. On dirait du sang.

— C'est peut-être un randonneur blessé, avança Nathan. J'appelle Ford. Il faut qu'il vienne, avec son équipe.

— Je suis sûre que c'est le tueur. Il faut regarder partout.

Avait-il utilisé la salle d'eau ? Dormi dans le lit ? Allumé un feu ? S'il l'avait fait, c'était un double viol, songea Autumn. De sa vie privée et de sa sécurité. C'était la preuve que sa maison, son havre, n'était plus sûre.

5

Le tueur avait séjourné tout près. Beaucoup plus près que Nathan ne l'aurait cru.

S'était-il réfugié dans le chalet après avoir tué Sandra Corvaldi ? Ce qu'on voyait par terre, était-ce de la boue ou du sang ? Si c'était du sang humain et que l'ADN corresponde avec un ADN déjà dans le fichier, ils auraient une piste.

Les agents du FBI n'avaient pas inspecté les chalets le soir où Autumn avait découvert le corps et Nathan s'en voulait de sa négligence. Il aurait dû le faire.

Après avoir laissé un message à Ford, il recueillit un peu de sang sur un coton-tige et le mit dans une pochette stérile. Il l'enverrait à un laboratoire indépendant et…

Il releva la tête. Autumn l'observait. Elle était extrêmement pâle et grelottait.

— Tout va bien, dit-il en la prenant dans ses bras. On est en vie.

Elle se serra contre lui.

— J'ai peur. Je ne me sens plus en sécurité. Il est entré ici, murmura-t-elle comme si la peur lui avait volé sa voix.

Depuis la découverte du corps, elle avait fait preuve d'un sang-froid incroyable, mais les traces de pas dans ce chalet étaient l'épreuve de trop. Ses nerfs la lâchaient.

Nathan la reconduisit chez elle et lui fit prendre place sur le canapé. Puis il alluma le poêle.

— Je vais te faire du thé, annonça-t-il en voyant qu'elle tremblait toujours.

Il prit le plaid sur le dossier du canapé, le déposa sur les jambes d'Autumn et partit dans la cuisine. En attendant le sifflement de la bouilloire, il réfléchit. C'était normal qu'elle craque. Le tueur s'était montré moins négligent sur les autres scènes de crime ; il n'avait rien laissé qui permette de l'identifier. Si les traces de pas dans le chalet étaient celles du prédateur, il les avait laissées intentionnellement. De même pour la dernière victime. Elle semblait avoir été pendue là pour que ce soit Autumn qui la découvre. C'était à croire que le tueur voulait lui faire comprendre qu'il était tout près.

Pourquoi ? Dans quel but ? Quel lien avait-elle avec lui ?

Une fois de plus, Nathan pensa à Blaine. Bien qu'Autumn soit convaincue de l'innocence de son frère, plus ça allait, plus les preuves s'accumulaient contre lui.

Qui d'autre pouvait-on soupçonner ? Quelqu'un avec qui Autumn avait travaillé sur le Trail ? Un visiteur ayant séjourné à Trail's Edge ?

Pensif, Nathan éteignit le feu sous la bouilloire. Il versa l'eau sur le thé et laissa infuser.

Se pouvait-il que le tueur ait déjà rencontré Autumn, lui ait même parlé en privé, pourquoi pas en public, et qu'elle ne se soit doutée de rien ? Nathan avait connu le cas. Un tueur en série avait approché ses victimes, croisées par hasard, avait bavardé avec elles et les avait mentalement marquées comme ses futures proies.

Le Chasseur attendait-il que sa victime soit seule pour l'agresser ? A cette pensée, Nathan se hérissa. Le monstre ne frapperait plus, et surtout pas Autumn, parole d'agent spécial. Il resterait auprès d'elle vingt-quatre heures sur vingt-quatre, sept jours sur sept, jusqu'à son arrestation.

Le téléphone d'Autumn qui sonnait le sortit de sa réflexion. Il le prit avant qu'elle ne décroche. C'était Ford.

— Pourquoi m'as-tu appelé ? demanda ce dernier.

— Il y a du nouveau dans l'affaire, je tenais à t'en informer en premier, dit Nathan, qui tenait à rester courtois et professionnel malgré le différend qui l'opposait à Ford.

Ce dernier grommela quelques mots incompréhensibles que Nathan interpréta comme de l'incrédulité.

— OK mais on a un problème, ici.

Compte tenu du bruit de fond, Nathan comprit que Ford disait vrai.

— Notre pick-up a dérapé et glissé dans le fossé. Et un véhicule en panne bloque la route. Impossible de déblayer le terrain. C'est blanc partout et ça glisse.

Nathan écarta le rideau de la cuisine. La neige recouvrait la cime des arbres. Dehors, tout était sombre et l'on voyait à peine la forêt.

— Des blessés ?

— Légers. Je ne sais pas quand on arrivera. Peut-être pas avant deux, trois jours. Tâche de ne pas polluer la scène.

Ford était dépité, cela s'entendait à sa voix. Nathan ne s'en formalisa pas. Il avait d'autres sujets de préoccupation. Il était piégé en montagne pour au moins quarante-huit heures avec Autumn, des étudiants et, sans aucun doute, le tueur.

Il y eut un silence sur la ligne, puis Ford relança :

— Et toi là-haut ? Comment ça va ? Tu peux t'en sortir ou t'as besoin de raquettes ?

Des raquettes ? Il se fichait de lui ? Ou alors il était inconscient et voulait des blessés supplémentaires.

— Ça va aller. On a des munitions… de bouche !

Pas seulement de bouche. Nathan était armé et une seule balle lui suffirait pour descendre le tueur.

— On n'est pas seuls. Il y a trois autres gus avec nous. Des randonneurs qui voulaient une piaule pour la nuit.

Au loin, on entendait une sirène. Une ambulance approchait.

— Donne-moi leurs noms et dis-moi à quoi ils ressemblent. On a signalé des gars stationnés sur le Trail pendant plusieurs jours. Je veux vérifier qu'on sait qui c'est et que leur histoire tient la route.

Des crimes commis en bande organisée, cela s'était déjà vu, même si c'était plus rare, songea Nathan.

Il décrivit les randonneurs et donna les noms qu'ils avaient indiqués à Autumn en louant le chalet.

Il y eut un craquement sur la ligne.

— Faut faire vite, dit Nathan. Je sens qu'on va être coupés.

— Si tu n'as pas de nouvelles de moi dans l'heure qui suit, j'appellerai Mlle Reed sur son téléphone satellite. Je vois avec la police ou les rangers ce que je peux faire pour venir inspecter la scène, conclut Ford.

— OK, j'attends de tes nouvelles.

Nathan raccrocha et s'assit à côté d'Autumn, qui le regarda, l'air interrogateur.

— Le FBI a des difficultés pour monter à cause de l'état des routes. Ford attend que la neige cesse un peu. Il voit avec la police et les rangers s'il y a des gens dispos pour venir.

Autumn se serra contre lui et posa la tête sur son bras.

— Si le FBI n'est pas fichu de venir, je ne vois pas qui pourra.

L'odeur de ses cheveux lui inspira aussitôt des pensées qui n'étaient pas de circonstance. Ce n'était pas le moment de lui faire des avances, pas plus que celui de la paniquer avec un scénario catastrophe. Il fallait qu'Autumn reste calme et capable de réfléchir.

— On va attendre. Il y en a pour un jour ou deux, murmura-t-il.

Elle soupira et croisa les bras devant elle. Du réconfort. Elle avait besoin de réconfort. Nathan avait beau chercher des mots qui la rassurent, aucun ne lui venait. Ne sachant que dire, il passa le bras autour de ses épaules.

— Au moins, je ne risque pas de voir ma mère avant un ou deux jours ! dit-elle.

— Veux-tu l'appeler ? Ce serait peut-être bien que tu t'inquiètes d'elle ?

Autumn ferma les yeux.

— Oui, reprit-elle en soupirant. Tu as raison, il faut que je m'assure qu'elle a trouvé un endroit pour dormir. A moins qu'elle n'ait changé d'avis et soit rentrée chez elle. Elle en est capable, tu sais.

Autumn alla prendre la carte que sa mère lui avait laissée et resta près du comptoir pour passer sa communication. Curieux, Nathan écouta d'une oreille. L'échange fut de courte durée et des plus civils, apparemment.

— J'aurais dû installer des systèmes d'alarme dans tous les chalets, dit-elle en revenant vers lui.

— Tu ne pouvais pas deviner que tu en aurais besoin. Et puis, un chalet avec un système d'alarme ? Autant faire de ce camping un club de vacances cinq étoiles et oublier le côté vie sauvage qu'on vient chercher ici.

Sa remarque la fit sourire. Le coin de ses lèvres rebiquait quand elle souriait, elle était adorable.

— Mon père m'a dit la même chose, au début, quand je lui ai parlé de rénover les chalets. Il ne comprenait pas que je veuille remplacer les comptoirs pleins d'échardes par de beaux plans de travail en chêne massif verni.

Nathan n'avait pas vu l'état des chalets *avant* mais il appréciait leur état *maintenant*. Les artisans avaient fait du beau travail.

— C'est un des endroits les plus agréables où j'aie séjourné, dit-il.

Elle lui lança un regard sceptique.

— Agréable, vraiment ? Avec un tueur fou qui se promène en liberté ?

Malgré cela, oui. Avant sa mise en disponibilité, il travaillait dans la brigade crimes du FBI et nombre d'affaires qu'il avait suivies concernaient des tueurs en série.

— J'ai déjà connu des situations bien plus scabreuses, fit-il, laconique.

Il n'en dirait pas plus. Pourquoi lui raconter les crimes sordides sur lesquels il avait enquêté ?

— Je t'ai fait du thé, dit-il, se rappelant la tasse qu'il avait laissée sur le comptoir. Maintenant, bonsoir.

Prenant appui sur le bord du canapé, il se leva mais Autumn le retint par un pan de sa chemise.

— Ne pars pas. Pas tout de suite. On ne peut pas rester ensemble encore un peu ?

Il hésita et, finalement, se rassit. Aussitôt, elle se lova contre lui et, remontant les genoux sous son menton, soupira. Le feu crépitait dans le poêle, Thor ronflait. C'était les deux seuls bruits dans la pièce.

— On est piégés ici. Que va-t-on faire ? demanda-t-elle.

Il n'avait pas eu le loisir d'imaginer un plan.

— On attend que le mauvais temps passe.

— Et si le Chasseur est dehors ? Qu'il nous attend ? Il peut décider de nous attaquer avant qu'on ait reçu de l'aide.

Pour Nathan, c'était certain, le tueur n'était pas loin, mais il n'était pas invincible et il lui faudrait un refuge pour s'abriter de la tempête de neige.

— Personne ne survit dans une tempête de neige. Il fera comme les autres, il cherchera un abri.

Assis sur le canapé, ils regardaient le feu. Avec la chaleur de la pièce et la baisse d'adrénaline dans son sang, Nathan commençait à somnoler. Il avait les paupières lourdes mais il devait résister et attendre qu'Autumn s'endorme pour sortir sécuriser le périmètre du camping. Par la même occasion, il jetterait un coup d'œil dans le chalet des jeunes marcheurs.

Comme Autumn bougeait, Nathan tourna la tête vers elle. Les yeux fermés, elle respirait régulièrement. Se levant, il allongea la jeune femme sur le canapé et déplia le plaid sur elle.

Au même instant, son téléphone sonna. Il sortit pour

prendre la communication, afin de ne pas déranger Autumn. C'était Ford qui confirmait que les jeunes gens étaient bien des élèves du lycée voisin et qu'ils avaient parlé au ranger dans le Trail. Le ranger avait noté qu'ils avaient dit ne pas avoir peur de la tempête de neige et qu'ils ne voyaient pas pourquoi annuler une randonnée qu'ils préparaient depuis le printemps. Ils n'avaient pas l'intention de quitter le sentier. D'autre part, puisque le Chasseur semblait ne s'attaquer qu'aux femmes, il leur semblait qu'ils ne risquaient rien.

Ils étaient jeunes et têtes brûlées, un mélange explosif, se dit Nathan. Il se rendit aussitôt dans leur chalet.

— Salut, les gars. Faites attention, un chalet a été visité.

Il les pria de rester dans leur gîte, de n'ouvrir à personne et de l'appeler s'ils remarquaient ou entendaient quelque chose d'anormal. Espérant qu'ils tiendraient compte de ses recommandations, Nathan retourna chez Autumn.

La jeune femme n'avait pas bougé, mais elle avait les yeux ouverts.

— Si je t'emmenais au lit ? dit-il, conscient que sa proposition pouvait prêter à confusion.

— Au lit ? Oui, bonne idée, répliqua-t-elle en se levant.

Elle remit le plaid sur le dossier du canapé et le suivit jusqu'au lit.

— Où vas-tu dormir ? demanda-t-elle alors.

Etait-ce une invitation ou ce feu dans ses yeux n'était-il qu'un effet de son imagination ? Dans le doute, il hésita. Voulait-elle une réponse sincère ?

— Ici. Avec toi.

De l'électricité courut dans la pièce. Rouge, troublée, elle le dévisagea, puis son regard se porta respectivement sur le lit et le canapé avant de revenir sur lui. Ses yeux pétillaient. Apparemment, elle n'avait plus sommeil.

Empoignant alors sa chemise, elle l'attira à elle et, sans un mot, happa sa bouche. Brusquement, sans savoir comment, ils tombèrent sur le lit. Enlacés. Elle ne fit pas un geste pour tenter de se relever. Nathan non plus. Seuls comptaient maintenant cette magnifique étreinte et leurs baisers ardents. Seul comptait le plaisir de la sentir sous lui.

Mais non ! Il ne devait pas. Il ne pouvait pas laisser son désir prendre le pas sur sa raison. Pourtant, déjà, ses mains couraient sur les hanches de la jeune femme, les caressaient, les pétrissaient, descendaient plus bas, osaient le creux entre ses cuisses. Non, non, non, il ne fallait pas. Il devait ne penser qu'au Chasseur. Aller inspecter les autres chalets au cas où l'homme y aurait laissé des traces de son passage. Etre aux aguets, prêt à intervenir si quelque chose avait changé ou changeait.

En temps normal, il n'était pas possessif, mais Autumn, avec ses petites manies, son amour du Trail et son esprit libre et sauvage, lui inspirait des sentiments qu'il n'avait jamais abrités. Il avait sans cesse envie d'être avec elle, envie d'elle, envie qu'elle soit à lui, rien qu'à lui. Le temps qu'il venait de passer dans la nature lui avait révélé une facette de sa personnalité qu'il ignorait, le besoin primal de posséder.

Dehors, le désordre régnait, mais dans ses bras se trouvait une femme qui voulait faire l'amour, elle aussi. Ses caresses ne laissaient planer aucun doute sur son désir.

Il s'allongea sur elle, ce qui la fit gémir. Elle le serra contre elle comme pour ne plus faire qu'un avec lui et l'embrassa avec rage. Il passa les pouces sous l'élastique de son slip et le fit glisser, avec son pantalon, sur ses cuisses.

Elle avait la peau incroyablement douce, le ventre, les hanches, le creux du dos n'étaient que satin et tendresse. Brusquement, il empoigna ses fesses et les souleva, la serrant contre lui pour qu'elle sente combien elle l'excitait.

Elle gémit, il releva la tête et mordilla ses bouts de seins. Elle enroula les jambes autour de sa taille et pointa les hanches vers lui, une fois, deux fois, trois fois, de plus en plus violemment, de plus en plus impatiente elle aussi. Il lui ôta le reste de ses vêtements et trembla. L'avoir nue, là, devant lui, ouverte, offerte, était incroyablement excitant. Une femme l'avait-elle, un jour, autant excité ?

Incapable de supporter plus longtemps ce supplice, il se déshabilla et se rallongea sur elle. La chaleur de leurs corps l'un sur l'autre, peau contre peau, ses mamelons qui s'enfonçaient dans sa poitrine, sa bouche qui dévorait la sienne, la torture ne pouvait pas durer. Et pourtant… ils avaient la nuit devant eux. Pourquoi se précipiter comme un adolescent qui prend sa première fille ?

Il reprit son pantalon et sortit un préservatif de sa poche.

— Nathan, le supplia-t-elle alors. Nathan s'il te plaît, viens !

Il entra alors en elle et y resta un instant, immobile.

— Nathan !

Il se mit à aller et venir, de plus en plus vite, de plus en plus profondément, et la sentit, chaude et humide, se resserrer autour de lui. Il donna un dernier coup de reins et retomba sur elle en poussant un râle de plaisir.

Dans le chalet d'Autumn, enfoui sous trente centimètres de neige, régnait l'impression étrange qu'ils étaient seuls dans la montagne. Les étudiants, sans doute terrés eux aussi dans leur gîte, ne les avaient pas importunés.

Sous le manteau de neige fraîche, la forêt respirait le calme et la sérénité. Comme les animaux qui hibernent pour l'hiver, Autumn et lui étaient enfermés dans leur chalet… au lit, réchauffés par les flammes qui dansaient dans le poêle. Il avait posé son arme à portée de main. Si le tueur se manifestait, il ne serait pas démuni. Mais les heures passaient, tranquilles, et rien, aucune visite indésirable ne semblait devoir les surprendre.

En deux jours, ils ne sortirent du lit qu'une poignée de fois, pour se nourrir, se doucher, mettre des bûches dans le feu et autres besoins… Aucun d'eux ne parla de l'affaire, ni des événements dérangeants qui avaient émaillé les journées précédentes. Sujets tacitement tabous. En discuter aurait assombri leur humeur et détruit l'harmonie de ce moment précieux. C'était la première fois de sa carrière que Nathan se laissait détourner d'une enquête. Mais il avait une excuse : il devait protéger Autumn et il n'y avait que dans ses bras qu'elle était à l'abri du danger.

Toute bonne chose ayant une fin, ils allaient devoir se lever. Dès que la neige aurait cessé de tomber et que les routes seraient de nouveau praticables, il se replongerait dans le dossier du tueur en série. Il continuerait à protéger Autumn mais en prenant ses distances. Il ne se laisserait plus distraire, car il n'était pas disposé à revivre un nouveau drame sentimental.

Autumn roula sur le dos. Ses cheveux se répandirent sur l'oreiller, caressant son épaule au passage. Elle s'était douchée quelques heures plus tôt et ses cheveux sentaient encore bon l'essence de pin, une odeur qu'il associait immédiatement à elle.

— A quoi penses-tu ? lui demanda-t-elle.

Ses pensées n'avaient guère varié depuis deux jours.

— A toi.

Elle roula sur lui, ses seins contre sa poitrine. Dans son visage auréolé de ses cheveux fous, il ne voyait que son sourire. Lumineux.

Elle se releva sur un coude.

— Tu dis ça comme tu dirais autre chose !

Elle semblait douter de son charme et de sa féminité. C'était sûrement à cause de son ex-fiancé qu'elle avait perdu confiance en elle, songea-t-il.

— Non, je ne dis pas ça comme je dirais autre chose.

A quoi d'autre voulait-elle qu'il pense ? A la tempête de neige ? Au dossier du tueur qui était en plan depuis qu'il neigeait ?

Elle pianota sur sa poitrine nue.

— Et alors ? Que penses-tu ?

Un doigt en travers de la bouche, il fit semblant de réfléchir.

— Je me disais que je n'avais pas fait tout ce que j'aimerais faire avec toi et me demandais si nous ne pourrions pas prendre une douche ensemble.

— Une douche ? reprit-elle en riant.

— Oui. Juste toi, moi et l'eau chaude.

Elle lui donna une tape sur la poitrine, repoussa drap et couverture, et sortit du lit.

— J'y serai plus vite que toi !

Comme elle l'avait annoncé, elle passa la première sous la douche, où il la rejoignit aussitôt. Qu'elle était désirable ! Sa bouche, ses hanches, ses jambes… Chaque centimètre de sa peau n'était que tentation. Elle était la beauté et la sensualité incarnées, il ne se lasserait jamais de le lui répéter.

La chaleur du poêle et celle du corps de Nathan avaient chassé le froid qui l'avait glacée jusqu'aux os. Qu'avait-elle fait ces deux derniers jours ? Rien d'autre qu'oublier le prédateur, la tempête de neige, Blaine et Sandra, et se perdre dans le plaisir. Pourquoi ? Pour se prouver qu'elle était capable d'inspirer la passion ? Nathan partirait bientôt, elle ne prenait donc aucun risque en couchant avec lui, s'était-elle dit. Si, d'aventure, leur nuit d'amour avait été un désastre, la honte n'aurait pas duré bien longtemps. Mais cela n'avait pas été un désastre. Nathan avait répondu avec ardeur à ses avances. Ils avaient fait l'amour. Encore et encore. Un amour torride. Un magnifique feu d'artifice.

Ils reprenaient leur souffle dans les bras l'un de l'autre quand un coup à la porte mit fin à cette parenthèse enchantée.

Nathan se dégagea de son emprise et changea sur-le-champ d'attitude. Il ne l'embrassa pas, ne lui effleura même pas les lèvres avant de se lever. Il ne laissa pas sa main traîner sur son corps comme il semblait aimer le faire. En quelques secondes, il n'était plus Nathan Bradshaw, amant merveilleux. Il était redevenu Nathan Bradshaw, agent du FBI enquêtant sur le dossier de l'assassin de sa sœur. Quant à elle, elle n'était plus sa maîtresse, elle était redevenue son équipière. A cette pensée, elle sentit son cœur se serrer. Au bord des larmes, elle s'empressa de penser à autre chose. Elle savait que tout changerait dès que la neige fondrait et s'était juré de ne pas en faire un drame. Elle n'avait rien à attendre de lui. Elle n'en attendait rien, d'ailleurs. Pas plus de lui que de personne.

Nathan s'habilla très vite, elle en fit autant. Tandis qu'il allait ouvrir, elle retapa le lit, dans l'espoir d'effacer toute trace de leur *activité* de ces deux derniers jours. Pour faire bonne mesure, elle jeta négligemment un coussin et une couverture sur le canapé. Convaincant, non ?

C'était Ford, elle reconnut d'emblée sa voix. Avec lui, un courant d'air froid entra dans la pièce. Depuis qu'elle avait eu une mauvaise grippe, quinze ans plus tôt, elle n'avait jamais passé autant de temps en vase clos. En général, elle avait besoin de grand air, de se promener, d'explorer les sous-bois. Elle adorait ouvrir les fenêtres au printemps et humer l'air frais. Elle aimait les balades dans les sentiers. Curieusement, ces deux jours, enfermée dans le chalet avec Nathan, ne l'avaient pas angoissée. Pas de claustrophobie. Rien. Au contraire. Elle s'était sentie libre et désinhibée, sentiment qu'elle n'éprouvait jamais qu'en randonnée.

— Autumn, Ford voudrait les clés du chalet 12, fit Nathan avec autant de charme dans la voix que s'il avait commandé un hamburger au guichet d'un drive-in.

— Bonjour, agent spécial Ford, dit-elle en s'avançant en souriant.

— Quel temps ! maugréa ce dernier. Les routes sont encore quasiment impraticables.

Sans s'émouvoir du changement d'attitude de Nathan ni

du ton bourru de Ford, elle se dirigea vers le comptoir où elle avait laissé ses clés. Des tasses et des verres traînaient. *Je me fiche que Ford les voie,* pensa-t-elle.

— Vous avez quand même réussi à arriver, dit-elle en lui donnant le trousseau.

Nathan ne lui avait même pas lancé un regard en coin. Il ne lui avait pas demandé la discrétion sur leur aventure, mais elle avait compris qu'il ne tenait pas à l'ébruiter. Elle non plus d'ailleurs. Elle préférait que cette histoire reste son secret. Elle n'avait pas encore réalisé ce qu'il lui arrivait, ni mis un nom sur ce qu'elle ressentait. C'était compliqué.

Etait-ce de l'amour ? Non. On ne tombait pas amoureux aussi vite. Il est vrai qu'avec Nathan rien ne s'était passé comme avec les autres. Allait-elle avoir plus de mal à reprendre une vie normale ? Allait-elle réussir à vivre après cet intermède passionné ?

— Les étudiants occupent le chalet 7, indiqua-t-elle à Ford. Je leur ai apporté de quoi se nourrir. Ils sont contents d'être au chaud, mais ils s'ennuient.

— J'ai parlé à leurs parents. Ils s'inquiétaient. Je vais aller leur dire deux mots à ces petits malins. Il faut leur mettre un peu de plomb dans la cervelle et qu'ils rentrent chez eux.

— Je leur ai demandé d'attendre les autorités, dit Nathan.

Sur ce, il prit sa veste, l'enfila et lança « Salut ! », avant de quitter le chalet.

Autumn se pétrifia. Le ton était froid, glacial presque. Nathan s'était remis en mode flic — chaleur zéro, sentiment zéro —, tandis qu'elle en était encore à se vautrer dans le souvenir délicieux de leurs ébats.

Etait-elle donc la seule à avoir aimé ? Faire l'amour ne signifiait donc rien pour lui ? Elle ne lui avait pas demandé s'il l'aimait bien. Maintenant, la question l'obsédait. Elle voulait un signe, qu'il lui dise si elle comptait pour lui.

Elle n'était pas de ces femmes qui harcèlent un homme

après avoir couché deux fois avec lui. Mais après les deux nuits torrides passées avec Nathan, après l'extase de ces étreintes, elle ne voyait pas comment elle pourrait s'en passer. Elle détestait cette idée, pourtant. Elle voulait paraître détachée, comme si cette expérience n'avait pas plus compté pour elle que faire sa lessive. Ou prendre une douche.

Une douche. Justement. Parlons-en ! se dit-elle. Dorénavant, quand elle se doucherait, plus rien ne serait comme avant. Fatalement, elle se rappellerait les mains de Nathan sur son corps, sur ses seins, sur ses hanches. Elle fermerait les yeux et repenserait à tout… quand il avait empoigné ses fesses et l'avait adossée au mur pour la prendre. Quand elle avait serré les jambes autour de ses hanches et l'avait senti glisser en elle. Mon Dieu, comme elle se sentait vide à présent. Il lui manquait. Sa fougue lui manquait, sa douceur et sa violence aussi.

Il ne lui avait rien promis pourtant, c'est elle qui rêvait de promesses… qu'il ne lui ferait jamais. Peut-être cela valait-il mieux car elle avait d'autres priorités. Le prédateur rôdait, à l'affût de sa prochaine victime ; les preuves s'accumulaient contre Blaine, le désignant comme le suspect numéro un, alors elle avait mieux à faire que s'apitoyer sur son sort : il lui fallait trouver des éléments qui disculperaient son frère.

Après avoir de nouveau rendu visite aux étudiants, Nathan ressortit dans la neige pour inspecter les autres chalets, à la recherche d'éventuelles traces du passage d'un intrus. La neige était profonde. Par endroits, poussée par des rafales de vent, elle avait formé des congères dans lesquelles il s'enfonçait jusqu'à mi-cuisses.

Le prédateur devenait de plus en plus cruel, il jouait avec les nerfs d'Autumn et des autorités, laissant ici et là des indices pour les narguer, les mettant sur la voie sans pour autant se faire prendre, juste pour leur montrer sa supériorité.

Un coup de vent glacial le fit frissonner. Le tueur l'observait-il ? Prenait-il plaisir à le voir patauger ? La neige qui tombait en rideau depuis la cime des arbres bouchait toute visibilité. Et la réflexion du soleil sur les flocons tapissant le sol était aveuglante. Il sortit ses lunettes de soleil de sa poche.

Il s'arrêta devant le chalet 12 et attendit que Ford lève les yeux du carnet sur lequel il prenait des notes.

— Il y a quelque chose entre Autumn et toi ? demanda celui-ci après avoir refermé son bloc.

Nathan serra les poings. Ce qu'Autumn et lui avaient fait ces deux derniers jours — sa vie privée, en somme — ne le regardait pas.

— Nous collaborons sur l'affaire, se borna-t-il à répondre.

Ford fit la moue.

— Tâche de ne pas polluer l'enquête.

— Je ne pollue rien du tout. J'enquête et je suis les mêmes pistes que toi… quand tu veux bien m'informer de tes avancées.

Mécontent de la pique, Ford plissa les yeux.

— Oncle Sam te remercie. Mais je te répète ce que je t'ai déjà dit, tu es trop impliqué dans ce dossier, tu ne peux pas rester objectif.

Ford ne pensait pas si bien dire ! Nathan ne raisonnait plus juste. Homme froid et logique d'habitude, il avait franchi la ligne blanche en couchant avec Autumn. Qu'avait-il fait de sa rigueur ?

— Je veux trouver ce type, dit-il en essayant de refouler les images d'Autumn qui s'imposaient devant ses yeux.

Ford lui tapa sur l'épaule.

— J'admire ta constance. Jusqu'à un certain point.

— Rien n'a changé, Ford. Je n'ai pas l'intention de baisser les bras. Je veux le trouver, ce salop. Et je l'aurai.

Quand il revint au chalet, Autumn était roulée en boule dans un fauteuil, un livre ouvert sur les genoux. Mais elle ne lisait pas, elle fixait le mur. Dès qu'elle l'entendit, elle ferma le livre.

— Ford t'a appris quelque chose ?

Elle avait les lèvres entrouvertes. A chaque inspiration, sa poitrine se soulevait, attirant immanquablement le regard. Aussitôt, l'envie de la posséder le reprit. Il s'approcha du canapé et s'assit en face d'elle pour ne pas la toucher. Il n'avait pas le droit de la bercer d'illusions. Leur relation était sans avenir.

— Ford persiste et signe. Il veut qu'on laisse tomber le dossier.

— Comment cela ? C'est nous qui lui avons parlé des empreintes dans le chalet ! On l'informe et il nous remercie en nous éliminant ? C'est n'importe quoi !

Travailler pour le FBI avait des implications politiques dont Ford devait tenir compte, Nathan le savait bien. Un faux pas, ou une action perçue comme tel, et il sautait. Avec toute son équipe. Et livrer des renseignements à des civils, sans autorisation, était considéré comme une erreur de conduite.

— Il n'a pas le choix. L'enjeu est trop important.

— Alors on fait quoi ? demanda Autumn dans un soupir.

Il n'avait rien prévu, trop occupé, ces deux derniers jours, à lui faire l'amour au lieu de réfléchir à un plan qui leur aurait permis d'anticiper les actions du tueur.

— Le Chasseur n'est pas loin, à mon avis. Il observe ce qui se passe et attend. As-tu une idée de l'endroit où il pourrait se terrer ?

— Tu penses qu'il peut se cacher dans un campement en bordure du Trail ? Ou dans un abri pas loin d'ici ?

— Je pense qu'il n'a pas fini ici, en tout cas.

Le rituel du dernier meurtre, probablement interrompu, ne pouvait pas avoir satisfait pleinement le prédateur, se répéta-t-il.

Les yeux fermés, Autumn inspira plusieurs fois puis se tourna vers lui.

— Avec cette neige, il n'a pas pu aller loin. Les sentiers de montagne sont difficiles, même par beau temps, quand on n'est pas exercé. Les grimpeurs expérimentés eux-mêmes le disent. Cela diminue le nombre d'abris possibles.

— Peux-tu me les montrer sur la carte ?

Elle hésita un moment avant de lui dire qu'elle était incapable de décrire ces endroits et que la carte n'était pas assez détaillée.

Intrigué par sa réponse, il la dévisagea longuement. Autumn était dans son élément en plein air, marcher dans la montagne était un jeu d'enfant pour elle, mais le prédateur avait démontré qu'il y était à l'aise lui aussi, qu'il était fort, rapide, et avait un don pour s'évanouir dans la nature. Autumn n'était plus en sécurité, ici. Son camping était devenu l'un des endroits les moins sûrs qui soient.

— Je crois que tu devrais rester en ville le temps qu'on mette la main sur le tueur.

— Pardon ? fit-elle, incrédule. Je ne m'en irai pas de chez moi.

Une Autumn en colère valait mieux qu'une Autumn morte, aussi insista-t-il.

— Ce serait plus sage de rester à l'écart de l'enquête.

Offusquée, elle leva les bras en l'air pour protester.

— Il y a une seconde tu me demandes de te montrer sur la carte les endroits où le tueur peut éventuellement se cacher et, maintenant, tu me dis de m'en aller ? Tu te moques de moi ou quoi ? Je ne suis pas plus en danger qu'il y a une semaine.

Elle n'avait pas raison. Des choses avaient changé. Elle n'était plus une étrangère. Elle était quelqu'un auquel il tenait. Beaucoup. Beaucoup plus qu'il ne l'aurait voulu et ne voulait bien l'admettre. Il redoutait par-dessus tout qu'il lui arrive malheur, or plus elle s'impliquait dans le dossier, plus les risques étaient grands. Lui faire l'amour avait modifié quelque chose entre eux, quelque chose d'irrévocable. Dorénavant, il tenait à elle comme à la prunelle de ses yeux.

— Je peux très bien fouiller ces lieux seul, argua-t-il.

Elle le foudroya du regard.

— Seul ? Tu veux y aller seul ? Alors que tu ne connais même pas la région ? Avec juste une carte ? Pour débusquer un tueur en série ? Mais tu plaisantes, j'espère !

Sous l'effet de la colère, elle se leva d'un bond.

— Parfait ! Puisque c'est ce que tu veux, je vais marquer des points sur la carte et je te souhaite de bien t'amuser dans les congères ! Moi, je vais continuer l'enquête de mon côté. Mon frère est quelque part sur le Trail, je ne sais pas où, il risque d'avoir besoin de moi. Je sais que Ford le considère comme un suspect. Je ne les laisserai pas l'accuser injustement quand je sais qu'il n'y est pour rien.

Que voulait-elle qu'il dise ? Qu'il tenait à elle et que l'idée qu'elle s'implique dans ce dossier l'effrayait terriblement ? Qu'il n'en vivait plus ? Qu'il voulait l'éloigner du tueur même contre son gré ? Ils n'avaient pas évoqué leur relation, n'y avaient même pas fait allusion. En fait, Nathan ne tenait pas à en parler.

Un coup à la porte le tira de sa réflexion. Il essaierait de comprendre plus tard pourquoi sa décision l'avait à ce point agacée. Il s'apprêtait à quitter son fauteuil, mais Autumn leva la main pour le stopper.

— J'y vais.

Il se frotta la nuque. Début de migraine. Il reconnut la voix de Ford.

— On a une nouvelle victime tout près d'ici. Pas loin du Trail, l'entendit-il dire.

Nathan ne fit qu'un bond vers la porte.

La pièce se mit à tourner ; Autumn vacilla.

— C'est Blaine ?

Sinon, pourquoi Ford venait-il l'informer ? Jusqu'alors, il s'était montré peu disert avec eux.

Voyant son affolement, Nathan passa un bras autour de ses épaules.

— On n'a pas encore l'identité de cette nouvelle victime, dit Ford, les mains derrière le dos. La mort remonterait à vingt-quatre heures, peut-être plus. Le médecin légiste a des difficultés à préciser l'heure du décès et les circonstances.

— Quelle couleur de cheveux ? demanda Autumn, la voix tremblante.

— Je l'ignore, répondit Ford. Le corps a été brûlé comme les autres, mais la neige a éteint les flammes avant qu'il ne soit complètement carbonisé. Une partie du visage est intacte.

Autumn sentit son cœur se mettre à battre très fort, le sang à cogner dans ses oreilles, c'était tout juste si elle entendait encore Ford.

— Vous pourriez avoir une photo ?

— J'y vais. Les rangers surveillent la scène de crime en attendant mon arrivée. Une fois là-bas, j'aurai une photo et je vous la donnerai.

A son crédit, Ford était plus aimable que d'habitude. Il n'y avait plus ni hostilité ni brusquerie dans sa voix.

— Je viens avec vous, déclara-t-elle brusquement comme sortant d'un mauvais rêve.

Attendre le retour de Ford était au-dessus de ses forces. Elle prit son sac à dos et y entassa des affaires.

— Autumn, intervint Nathan. Qui te dit que c'est Blaine ? Ça peut être n'importe qui. Et probablement pas lui, justement. Les victimes ne sont jamais des hommes.

Le regard fou de colère, elle se retourna et planta un doigt dans sa poitrine.

— Bien sûr, on voit que ce n'est pas ton frère ! fulmina-t-elle. Si c'était quelqu'un de ta famille, tu resterais là à attendre ? Je suis sûre que tu serais déjà parti te rendre compte par toi-même.

Elle pivota et continua de remplir son sac.

— Dis-moi quand tu seras prête. Je t'emmène.

Stupéfaite, elle s'arrêta et regarda derrière elle.

— Tu veux dire que tu viens avec moi ?

— Oui.

Elle se détendit. Sa colère retomba.

— Merci, Nathan.

Au moins, elle ne serait pas seule là-bas pour reconnaître le corps.

Les yeux rivés sur la montre du tableau de bord, Autumn regardait défiler les secondes. Blaine aimait marcher dans le Maryland. Se trouvait-il par hasard dans ce coin ? Si oui, pourquoi ne s'était-il pas arrêté pour lui faire un petit coucou ? Peut-être était-ce dans ses intentions, mais le tueur avait surgi avant et…

Non, elle voulait croire que son frère était toujours vivant. Blaine était un trompe-la-mort, mais il n'était pas inconscient. Sachant qu'un tueur rôdait, il n'aurait pas fait la folie de s'aventurer sur son terrain de chasse. Il avait sûrement discuté du tueur avec d'autres randonneurs et pris ses précautions.

En familier de la région, il devait d'autant plus se méfier qu'il savait combien le temps pouvait être changeant, surtout en hiver. Il s'était certainement renseigné sur la météo, était au courant de la tempête de neige, avait vu les nuages. Dans ce cas, il ne s'était sûrement pas écarté du Trail. Blaine avait un sixième sens, il sentait la nature et les dangers qu'elle pouvait réserver aux présomptueux.

N'empêche… Autumn avait beau essayer de se persuader que Blaine n'avait pas pu commettre d'imprudence, qu'un garçon aussi intelligent que lui n'avait pas pu tenter le sort, une petite voix s'ingéniait à lui susurrer le contraire.

Elle ferma les yeux et essuya les larmes qui lui échappaient. Il fallait qu'elle reste digne et forte dans l'épreuve qui l'attendait.

Nathan lâcha son volant et posa la main sur sa cuisse.

— Ça va aller, ne t'inquiète pas, je suis avec toi.

Sans Nathan, elle aurait déjà craqué, se dit-elle.

Ils s'arrêtèrent sur le parking. L'entrée du sentier était fermée au public. Seules les personnes autorisées pouvaient passer. Autumn se mit à trembler.

Le Chasseur les observait-il ? Riait-il à leurs dépens ? Pendant que Nathan et elle s'étaient enfermés dans leur chalet, le monstre se promenait en liberté et faisait une nouvelle victime. C'était... révoltant. Elle avait beau savoir qu'elle n'y pouvait rien, elle s'en voulait.

Ford, qui arrivait à son tour, se gara à côté d'eux. Il la regarda, consterné. L'espace d'un instant, elle crut même qu'il allait lui présenter ses condoléances.

Nathan prit leur équipement dans le coffre. Il enfila des gants et mit un chapeau.

— Combien de temps pour atteindre la scène de crime ?

Ford tapota l'arme qu'il avait sur la hanche.

— Une demi-heure environ. La glace et le temps n'arrangent pas nos affaires.

Autumn balança son sac à dos sur ses épaules. Le promeneur ne pouvait pas être Blaine. Ça ne pouvait pas être Blaine. Ça ne pouvait pas... A force de se le répéter, elle finit presque par y croire. Presque seulement, hélas.

— Autumn, tu es bien sûre de vouloir y aller ? lui demanda Nathan en posant la main sur son bras.

Ce geste lui redonna du courage.

— Absolument, répondit-elle avec fermeté.

Quarante minutes plus tard, en nage sous son vêtement mais les joues rouges de froid, elle attendait derrière le ruban jaune et noir qui délimitait la scène de crime. Une petite tente verte avait été dressée pour soustraire à la vue le nouveau cadavre.

Des hélicoptères survolaient la scène, dans le but sans doute de repérer le Chasseur. Mais il était malin et ne se laisserait pas prendre. Soit il était parti depuis longtemps, soit il se fondait dans le paysage et était donc indétectable d'en haut. Au sol, des agents ratissaient la zone.

— Pourquoi nous font-ils attendre ? C'est insupportable, gémit Autumn, se balançant d'avant en arrière sur ses talons pour tenter d'évacuer son trop-plein de nervosité.

— Ils ont peur qu'on pollue la scène, répliqua Nathan, très calme. Ils veulent être sûrs d'avoir bien relevé toutes les pièces à conviction.

— S'il vous plaît, madame, restez sur le sentier, dit un homme en soulevant — enfin — le ruban jaune et noir.

Autumn se précipita vers la tente. Nathan, qui l'avait suivie, posa la main sur son épaule. Le cadavre allongé par terre avait été recouvert d'une bâche noire.

— Tu es sûre de vouloir faire ça ? lui murmura-t-il à l'oreille. Tu sais, ce n'est sûrement pas beau à voir.

Une pensée lui vint alors, renforçant sa volonté de rester. Si c'était Blaine, il fallait que quelqu'un le reconnaisse. Elle ne pouvait accepter que son frère reste à jamais un randonneur sans nom agressé sur le Trail. Puisqu'elle était sa seule famille, elle devait rester l'identifier. Elle le ramènerait à la maison. Le ferait incinérer et disperserait ses cendres le long du Trail qu'il aimait tant, de sorte qu'il y demeure à jamais. Cette perspective lui serra tellement le cœur qu'elle crut qu'il s'était arrêté de battre.

Quelques inspirations, quelques expirations… Elle serait forte. Pour Blaine.

Elle empoigna les revers de la veste de Nathan et le secoua.

— Je veux savoir. Tout de suite.

Elle se retourna. Encore dix pas. La bile au bord des lèvres, elle avança. Un pas. Puis deux et trois. La peur lui tordait l'estomac. L'angoisse lui nouait la gorge. Sur la scène, tout le monde se taisait. On l'observait.

Comment, en vingt-quatre heures, sa vie avait-elle pu basculer ainsi dans le drame ? Ce matin, elle s'était réveillée blottie contre le corps chaud et nu de Nathan. Et maintenant elle était là, penchée sur le cadavre de la dernière victime du Chasseur, malade de peur à la pensée que ce soit Blaine.

— Vous êtes prête, madame ? demanda le ranger prêt à lever un coin de la bâche.

Elle hocha la tête de haut en bas.

Des mèches brûlées, une odeur insoutenable… Autumn sentit ses muscles se raidir. Les pommettes étaient hautes et saillantes. Ce n'était pas les pommettes de Blaine. Son nez non plus. Pas non plus sa bouche. Ses nerfs lâchèrent d'un coup. Elle s'effondra contre Nathan. Soulagement indicible après un désespoir tout aussi indicible.

— Arrêtez, arrêtez, ce n'est pas lui.

Elle ne pouvait plus regarder, ne voulait pas voir les blessures que le monstre avait infligées à sa proie.

Honteuse, malgré tout, d'être ainsi soulagée, elle baissa la tête. Ce n'était pas son frère. N'empêche, une personne avait été massacrée. Une famille allait souffrir.

Submergée par la tristesse, elle laissa couler ses larmes.

Ce n'était plus des larmes, c'était un torrent qui s'échappait de ses yeux, emportant avec lui un peu des émotions éprouvantes qu'elle venait de vivre.

— Non, répéta-t-elle. Ce n'est pas lui.

Le soulagement qu'elle lut sur le visage de Nathan la surprit. Elle ne pensait pas que cette identification l'inquiétait lui aussi.

— Partons, dit-il, en lui prenant la main. Allons-nous-en d'ici.

— Ça s'est passé comme ça pour toi aussi ? demanda-t-elle.

Le voyant se raidir, elle comprit qu'il savait à quoi elle faisait allusion.

— Pire, répondit-il. Car c'était elle. Elle était seule

au milieu de nulle part. Je ne comprends toujours pas ce qu'elle faisait là.

Plongé dans ses souvenirs, il ne dit plus un mot.

— Ça a dû être terrible. Je suis triste pour toi.

Il se redressa, l'air intraitable soudain.

— Tu vois pourquoi je veux le coincer ? C'est un être nuisible. Il ne faut pas qu'il fasse subir le même sort à d'autres. Tout ce qu'il fait est abject. Cette mise en scène, ce rituel de malade… Il aime ça et il n'en a jamais assez. Il n'arrêtera pas, sauf si on le prend sur le fait.

Tout en parlant, ils passèrent sous le ruban jaune et noir.

— Bradshaw !

Nathan pila sur place, lâchant sa main.

— Agent spécial Ford ! dit-il du même ton cinglant que Ford avait employé.

— A-t-elle identifié le corps ? Ça ressemble à quelqu'un que vous connaissez ? ajouta-t-il en se tournant vers elle.

Autumn fit non de la tête.

— Ce n'est pas mon frère et je ne sais pas qui c'est.

Elle crut entendre Ford jurer tout bas.

— Vous en êtes sûre ?

— Je regrette de ne pas pouvoir vous aider. En tout cas, merci de m'avoir permis de venir.

Ford se passa la main sur la joue.

— Faut le coffrer avant qu'il recommence. J'ai des gars postés tout le long du Trail. Je ne sais pas comment il fait.

Sans attendre de réponse, il leur tourna le dos et s'éloigna.

Nathan la ramena au départ du sentier, un bras passé autour de ses épaules. Malgré les circonstances, elle goûtait le plaisir de sentir, à chaque pas, sa cuisse contre la sienne.

— Que vas-tu faire ? lui demanda Autumn.

— A quel sujet ?

— A propos de ce dossier. De ce cadavre.

— Je vais collecter un maximum de pièces à conviction

et de preuves. Je n'arrêterai que lorsque ce monstre sera sous les verrous.

Il se pencha et l'embrassa sur le front.

— Je le trouverai. Je passerai dix ans sur le Trail s'il le faut mais je le trouverai.

6

Nathan recula, le regard perdu au loin.

— Il y a un centre de commandement au poste des rangers, dit-il. Ce n'est pas loin. On va s'y arrêter pour voir s'ils peuvent nous donner d'autres infos.

Nathan l'avait embrassée sur le front. Essayait-il de rétablir un peu de la complicité que l'arrivée du FBI avait interrompue, ce matin ?

— Autumn ?

Ah oui. Le centre de commandement. Les rangers.

— Ford nous a demandé de ne pas nous en mêler. Qu'est-ce qui te fait croire que les rangers nous parleront ?

— Ils ne me parleront peut-être pas, répondit Nathan en souriant. Mais, toi, tu es une vieille copine. Tu as bossé avec eux dans le parc national.

Comment le savait-il ? Il s'était renseigné sur elle ?

— Quel est le ranger qui a trouvé le corps ?

— Je ne sais pas.

Autumn fit la moue.

— Si on leur a ordonné de ne pas parler, je ne peux pas leur demander de désobéir. Ils perdraient leur job.

Nathan se planta devant elle et lui prit les mains. Il avait des yeux noirs, pénétrants. C'était perturbant.

— Je ne te le demanderais pas, et à eux non plus, s'il n'était pas question de vie ou de mort.

Il dessinait de ses pouces de petits cercles dans le creux de ses poignets. Comme c'était bon !

Brusquement, elle se raidit. L'image de la dernière victime venait de passer devant ses yeux.

— Que cherches-tu à savoir au juste ? fit-elle en dégageant sa main.

— Je veux arrêter le tueur avant qu'il ne recommence. Pour cela, j'ai besoin de renseignements. Qu'ont-ils vu au juste avant de trouver le corps ? Ont-ils remarqué des choses inhabituelles dans le coin ? Se doutaient-ils qu'il y avait un cadavre avant de voir la fumée ? Ce genre de choses.

— OK.

Ils repartirent. Cherchant à chasser de son esprit le visage de la victime, Autumn se força à convoquer des images souriantes. La montagne au printemps. Le Trail bordé de fleurs sauvages. Les collines vert foncé et rousses. L'odeur entêtante de la terre. Le parfum des bourgeons. Tout, n'importe quoi pour effacer cette vision obsédante.

Ils finirent le chemin en silence et montèrent en voiture. Nathan démarra.

Le quartier général des rangers, une vieille roulotte dans laquelle on accédait par quatre marches en bois, se trouvait à dix minutes en voiture. Un panonceau au-dessus de la porte affichait « Ranger Station n° 403 ».

Autrefois, Autumn connaissait le code pour entrer. Il n'avait pas dû changer, car il n'y avait rien de valeur à l'intérieur. Une voiture banalisée — celle de Ben — et un véhicule de fonction étaient garés dans ce qui tenait lieu de parking. Ils montèrent les marches et entrèrent.

Ben et un autre ranger, qu'elle connaissait moins bien, Mark, levèrent la tête de leur bureau. Autumn soupira intérieurement. Ces deux-là n'étaient pas à cheval sur le règlement et c'était plutôt de chics types.

Ils avaient dû travailler dur car la fatigue se lisait sur

leurs visages. Le QG était inhabituellement encombré de papiers et de cartons.

— Salut, Mark. Salut, Ben, dit-elle.

Les deux hommes se levèrent. Ben traversa la pièce pour l'embrasser. Avec son bouc, il lui piqua la joue.

— Qu'est-ce qui nous vaut l'honneur ? demanda-t-il.

Autumn expliqua alors qu'ils travaillaient sur l'affaire du tueur. Ben et Mark se firent un clin d'œil.

— On n'est pas censés parler du dossier sans l'autorisation de l'agent en charge, Roger Ford, déclara Ben.

Autumn n'était pas femme à baisser les bras au premier obstacle.

— Ce n'est pas ce qu'on vous demande, le rassura-t-elle en souriant. Ce qu'on veut, c'est vous exposer notre point de vue et que vous nous donniez votre opinion. Nous avons le même objectif que vous, trouver ce fou. Tout ce que vous pourrez nous dire peut être d'une importance cruciale.

Ben haussa les épaules en regardant Mark.

— Ça roule.

Restait à espérer qu'une fois lancés les deux hommes leur livreraient — sans même s'en rendre compte — des informations de premier ordre.

— Le tueur sévit dans l'Appalachian Trail et…

Autumn s'effaça pour laisser Nathan continuer.

— Au départ, j'ai éliminé l'hypothèse d'un tueur vivant dans la région, car les meurtres ont eu lieu à des endroits très éloignés les uns des autres. Et j'en suis arrivé à la conclusion que, son territoire, c'est tout l'Appalachian Trail.

Nathan s'approcha de la table et s'y appuya. Il affichait un air décontracté, sympa. Ce n'était pas gratuit, pensa Autumn.

— Le tueur considère le Trail comme sa propriété et ne tolère pas qu'on s'y promène sans respecter ses règles.

Il se gratta le menton.

— Ses victimes ne marchaient peut-être pas dans le sentier ou bien elles troublaient la tranquillité des lieux. Il s'est dit qu'il devait débarrasser le Trail des individus qui ne respectaient pas sa loi.

Nathan ne lui avait jamais fait part de cette hypothèse, se dit Autumn, un peu vexée. Que quelqu'un puisse se sentir propriétaire du Trail lui semblait incongru. Le Trail n'appartenait à personne, évidemment.

— C'est le roi du Trail, en somme, poursuivit Nathan devant les deux hommes qui écoutaient en opinant. Si quelqu'un le gêne… Si, par exemple, on trouble l'ordre de ce qu'il considère comme son royaume, il supprime l'indésirable.

— Et il le pend pour qu'il ne salisse plus le Trail, ajouta Autumn sans même réfléchir à ce qu'elle disait.

— Je vois la chose comme ça, moi aussi, conclut Nathan.

Ben s'agita sur sa chaise et regarda par terre.

— C'est moi qui ai trouvé la malheureuse.

Il se frotta le front comme s'il cherchait ses mots et ferma les yeux un instant.

— J'ai senti une odeur de brûlé, le matin. J'ai pensé qu'un randonneur s'était perdu. J'ai appelé Mark pour lui dire où j'allais et je lui ai donné mes coordonnées GPS. Et je suis parti voir. Le corps se balançait dans le vent.

Il ferma les yeux. Une larme lui échappa.

— Je ne m'attendais pas à trouver… ça, ajouta-t-il. Je me suis dit que je n'arrivais peut-être pas trop tard. Qu'il ou elle était encore vivant.

Encore effondré par le spectacle qu'il avait découvert, il hocha la tête. Les rangers étaient rarement confrontés à des scènes de crime.

— Personne n'était venu nous dire qu'ils cherchaient un promeneur qui avait disparu.

La voix de Ben était hachée par l'émotion. Il avait du mal à s'exprimer.

— A-t-on vu une voiture dans un parking dans le coin ? interrogea Nathan.

— Non, répondit Ben. Rien.

— Comment se fait-il qu'un randonneur s'écarte du sentier malgré les mises en garde affichées partout ? A moins que ce ne soit un chercheur… un scientifique ?

Mark fit non de la tête.

— Non, aucun chercheur ne nous a appelés pour nous prévenir qu'il faisait des études dans le coin. Depuis le début des crimes, je veux dire.

Nathan posa encore quelques questions et, une fois satisfait des réponses, passa à d'autres sujets, moins stressants. Les deux rangers coopéraient volontiers mais Autumn ne voulait pas abuser. Après quelques banalités sur leurs vies et leurs familles, Nathan et elle les saluèrent et sortirent.

— Que fait-on maintenant ? demanda Autumn.

— Il faut que je réussisse à me mettre dans la tête du tueur.

— Et comment ?

— Je vais commencer par marcher dans les pas de la victime. Je veux aussi marcher dans les traces du tueur. Tu crois que tu vas pouvoir m'aider ?

— Je vais essayer.

Malgré l'envie qu'elle avait de laisser ce cauchemar derrière elle, elle n'avait d'autre choix que de coopérer.

Autumn suivit Nathan jusqu'à l'entrée du sentier et l'emmena vers un signe peint sur un tronc d'arbre. La neige avait fondu sur l'Appalachian Trail et le sol était mouillé et glissant. Par endroits, il était couvert de boue et des flaques d'eau s'étaient formées. Pour l'instant, tout était tranquille dans la forêt mais les cachettes, bien que les branches aient perdu leurs feuilles, ne manquaient pas. Il y avait notamment des rochers et des buissons bas…

— Comment veux-tu trouver des empreintes dans cette bouillasse ? marmonna Nathan.

Autumn ne cherchait pas d'empreintes. Inquiète, elle

scrutait les arbres, s'attendant à voir surgir le Chasseur ou à le repérer en train de les viser. Elle s'était souvent promenée dans cette portion du Trail. Ce lieu n'était pas très éloigné de Trail's Edge, à quelques jours de marche.

— La femme qui gère le refuge le plus proche tient une sorte de livre d'or. Les randonneurs peuvent y écrire leurs impressions. Elle fait ça depuis dix ans. Elle les retranscrit sur son blog et se fait de la publicité de cette façon. Il s'agit d'Hilde Sinclair, on l'a rencontrée l'autre soir au Wild Berry, tu te souviens ?

Nathan hocha la tête.

— Le tueur a peut-être écrit quelques mots, poursuivit Autumn. Il est tellement… dérangé qu'il est capable d'avoir voulu laisser une trace de son passage. Je doute que Hilde soit venue, par ce temps, mettre un nouveau livre. Comme il y a eu peu de passage ces derniers temps, il doit rester des pages vierges à la disposition des randonneurs.

Nathan accéléra le pas.

Le refuge dont s'occupait Hilde était toujours bien tenu. Elle mettait un point d'honneur à l'entretenir correctement. A la moindre fuite dans le toit ou si une vitre était brisée, elle les faisait réparer pour éviter d'être envahie par les rongeurs. C'était une construction sommaire : des murs en chêne massif sur trois côtés, édifiés sur une base en parpaing. Le quatrième côté était à moitié ouvert. En cas de tempête, on descendait un store en toile pour bloquer le vent et la pluie.

Autumn escalada les trois marches du seuil, le cœur battant. A l'intérieur il n'y avait que des bat-flanc en bois fixés aux murs. Bien qu'il ne fasse pas très clair pour chercher quelque chose, elle repéra tout de suite ce qu'elle s'attendait à trouver : là, suspendu au plafond, avec des crayons retenus par des ficelles, le sac en cuir renfermant le livre.

Les mains gantées, elle le sortit du sac et le donna à Nathan. Ils le posèrent par terre et l'ouvrirent. Elle tourna les pages avec soin. La dernière écriture, en minuscules, des pattes de mouche, semblait celle d'un enfant.

Elle lut.

Ceci est une terre sacrée. Nos lois sont éternelles, elles doivent être respectées et honorées en tout temps, c'est un devoir. Vous êtes prévenus, vous devez marcher dans le sentier. Les secrets de mère nature ne sont pas accessibles à tous. Je suis et dois rester le seul détenteur de cette chose sacrée.

Le texte n'était ni signé ni daté.

Ce n'était pas le type de message que laissaient habituellement les randonneurs. Pas de commentaire sur le temps, ni sur les animaux aperçus au cours de la balade. Pas de « bonne chance et courage pour le reste du chemin ».

— C'est lui qui a écrit ça, dit Nathan.

Comme il refermait le livre, Autumn nota une tache sombre sur la tranche. De la saleté seulement, espéra-t-elle. Après être passé, pendant tant de mois, entre les mailles des filets de la police et des rangers, le Chasseur n'avait pas pu laisser son ADN derrière lui. C'était impensable. Si c'était, comme cela en avait l'air, du sang, c'était sûrement celui d'un randonneur passé par là qui avait ouvert le journal de bord pour y écrire un message.

— C'est peut-être un canular, alors, hasarda Autumn avec l'espoir que c'en soit un.

Une blague de potache ?

— Espérons que la dernière victime n'a pas voulu faire une farce qui se sera retournée contre elle.

— Oui, dit Autumn, ce serait trop bête.

Roger Ford décrocha son téléphone et fit tout de suite entendre son mécontentement.

Nathan le laissa déverser ses récriminations habituelles.

Pour l'heure il appelait le FBI à la rescousse car, n'étant pas officiellement chargé de l'enquête, il ne pouvait pas saisir directement la police scientifique pour faire analyser le livre de bord du refuge.

Dès qu'il les eut rejoints sur place, Ford les pria d'attendre à quelque dix mètres du refuge de Hilde.

— Brimade minable, murmura Nathan.

— Il ne nous a quand même pas accusés du meurtre, c'est déjà cela, commenta Autumn d'un ton sarcastique.

— Il doit rager qu'on ait trouvé plus d'indices que lui.

Autumn croisa les bras.

— Je ne sais pas comment tu fais pour absorber toute cette tension. C'était aussi stressant quand tu étais en service ?

Non, il ne travaillait pas tout le temps sur les scènes de crime. Son travail était principalement axé sur la recherche. Interroger les gens, examiner et réexaminer les pièces à conviction.

— La plupart des cas sont prenants. Celui-ci est différent toutefois. Je suis impliqué personnellement.

— Parle-moi de ta sœur. Comment était Colleen ?

Il avait encore beaucoup de mal à parler de sa sœur. Elle lui manquait énormément.

— C'était une fille bien. Mais elle avait ses démons et n'avait pas réussi à s'en débarrasser. Elle avait fait une analyse, des cures de désintoxication, elle prenait des médicaments, rien n'y a fait. Elle n'était pas heureuse. Pour tromper son mal-être, elle buvait. Les derniers temps, je me disais qu'elle allait mieux. Il me semblait qu'elle remontait la pente. Et le Chasseur est passé par là…

Un coup au cœur, comme une lame de poignard qui s'enfonce, le fit taire. Chaque fois qu'il évoquait sa sœur — le moins souvent possible —, la blessure se rouvrait. Son cœur saignait. Il mesurait alors sa fragilité, sa vulnérabilité et n'en avait même pas honte.

— Que faisait-elle sur le Trail ? demanda Autumn.

Ce chapitre de l'histoire était la facette sombre de leurs vies. Il n'aimait pas s'en souvenir.

— Colleen adorait la campagne, le grand air. Quand nous étions tous les deux au collège, notre père nous a abandonnés. Colleen l'a très mal vécu.

Elle avait fugué à plusieurs reprises mais elle était toujours rentrée saine et sauve à la maison, où l'attendait leur mère dévastée.

— Colleen nous a causé beaucoup de soucis, se borna-t-il à dire.

C'est l'amour de la nature qui l'avait à la fois sauvée et détruite.

— Elle avait besoin de sa bulle, comme elle disait. Elle affirmait qu'être dehors la guérissait de tout.

Nathan inspira profondément. Il avait mal. Mal à sa sœur.

— Elle avait projeté une randonnée avec une amie mais, à la dernière minute, l'amie s'est décommandée, elle était malade ; la grippe. Colleen a décidé d'y aller quand même.

Autumn posa la main sur le bras de Nathan. Aussitôt, il ressentit comme un soulagement, comme si une soupape avait sauté, libérant ses émotions et son chagrin. Aux obsèques de Colleen, il était resté digne, pour sa mère, pour son beau-frère, pour son neveu et pour sa nièce. Ils avaient tous besoin de lui, de sa force. Il était celui sur lequel ils devaient pouvoir s'appuyer, le pilier, solide, fort, qui ne plierait jamais. Il leur avait alors promis qu'il trouverait l'assassin. Ce n'était pas un fardeau. Il le prenait comme un honneur. Grâce à lui, sa famille retrouverait la paix. Grâce à lui, ils pourraient faire leur travail de deuil et se reconstruire.

Autumn le serra dans ses bras, la tête au creux de son épaule. Il posa la joue sur ses cheveux. Il voulait lui dire sa gratitude de le soutenir dans cette affaire, mais il ne trouvait pas ses mots, les mots justes, ni fades ni idiots, qui traduisent bien sa pensée. Il n'eut pas le temps de chercher plus longtemps : une bombe sortit. Ford.

— Je vous demande d'aller au labo de la judiciaire, aboya-t-il. Je veux vos empreintes et de la salive pour établir votre ADN.

Stupéfait, Nathan se redressa de toute sa hauteur et s'écarta d'Autumn.

— Nous n'avons rien touché sans nos gants, s'indigna-t-il.

Ford fit craquer ses articulations.

— Peu importe. Vous y allez.

Le charme était rompu. Nathan ravala les choses tendres qu'il souhaitait dire à Autumn. Mais c'était aussi bien, après tout. Se répandre en lamentations, rebattre les oreilles d'Autumn avec ses problèmes aurait fini par la lasser et n'aurait fait que compliquer les choses dans le futur.

Ils partirent donc pour le labo. En silence. Laisser leurs empreintes et de la salive sur un coton-tige leur prit très peu de temps. Vingt minutes plus tard, ils étaient de nouveau en route vers le camping.

Autumn était obsédée par le dossier, par la victime qu'elle avait vue pendue à un arbre, par le sang dans le chalet 12 et par l'autre victime aperçue ce matin. Le livre trouvé dans le refuge tenu par Hilde ne collait pas avec le mode opératoire du tueur, tel que Nathan le définissait. Le Chasseur ne laissait pas de pièce à conviction derrière lui. Les empreintes de pas dans le chalet avaient-elles été laissées délibérément ?

— Pourquoi penses-tu que le tueur — si tant est que ce soit lui — a laissé un message dans le journal de bord ? Il devait bien se douter que quelqu'un le lirait.

Sinon d'autres randonneurs, du moins Hilde.

— J'y ai repensé, dit-il. A mon avis, c'est fait exprès. Il veut qu'on trouve son message.

Nathan pianota sur son volant.

— Le site sur lequel Hilde charge les messages reçoit-il beaucoup de visites ?

— Des centaines, peut-être même des milliers de vues.

— Il a envie que son message soit publié alors.

Pourquoi ? Ses élucubrations n'avaient pas grand sens. Si Hilde les avait lues, elle avait dû décider de ne pas les publier sur son blog. Hilde ne tenait sûrement pas à effrayer les promeneurs, ni à les envoyer randonner ailleurs.

Autumn, perplexe, se frotta le front.

— Comment ce type connaissait-il l'existence du journal ?

— Je suis quasiment certain qu'il passe le plus clair de son temps dans la nature. Ce qui ne l'empêche pas d'avoir parfois accès à un ordinateur. Il a dû chercher des sites comme *Randonnée* et *Sentiers*, et tomber sur l'Appalachian Trail et le blog de Hilde.

Fatiguée, Autumn appuya la tête sur la vitre de la portière. Plus elle essayait de saisir le pourquoi et le comment de cette affaire, moins elle comprenait.

— Qu'est-ce que tu dirais de grignoter un petit quelque chose ? proposa Nathan. Ça nous ferait du bien.

Un apport de sucre dans le sang lui donnerait peut-être un coup de fouet, pensa-t-elle.

Apercevant un restaurant, Nathan mit son clignotant et entra dans le parking. C'était un des établissements les plus chics de la ville.

— Je ne suis pas assez habillée pour ce genre d'endroit, dit Autumn.

Une petite robe noire et un costume, il fallait au moins cela pour être acceptés ici.

— Je n'ai pas non plus la tenue adéquate, mais j'ai repéré cet endroit dès mon arrivée et, depuis, j'ai envie de le tester. Tu vas voir, il n'y aura pas de problème.

Quand ils entrèrent, l'hôtesse détailla Nathan de la tête aux pieds et lui sourit.

— Si vous voulez bien me suivre, monsieur.

Evidemment, avec son élégance naturelle, il passait partout et plaisait à tout le monde. Avoir confiance en soi facilitait bien des choses, songea Autumn.

L'hôtesse les emmena vers la fenêtre mais Nathan, ayant aperçu un box, demanda qu'elle les installe là. La jeune femme sourit de nouveau et se dirigea vers la table en retrait que Nathan avait désignée. Ce serait plus intime, là.

Quand l'hôtesse les laissa, Nathan aida Autumn à enlever sa veste et lui avança sa chaise.

— Comment fais-tu ? dit-elle. Tu arrives toujours à tes fins.

— Je demande, c'est tout. Si tu ne demandes pas, comment veux-tu obtenir ce que tu souhaites ?

Autumn s'assit et s'efforça de ne pas penser à sa tenue de randonneuse. Quand Nathan s'assit à son tour, elle retint son souffle. Il était naturellement beau. Comme ils étaient éloignés des autres tables, elle pouvait le regarder sans que les clients la voient le dévorer des yeux.

— Ça va ? lui demanda Nathan.

— Je ne peux pas dire que la semaine que je viens de passer a été la plus fun de ma vie.

— Je crois que Ford avait l'espoir que tu identifies le corps.

— Peut-être, dit Autumn, songeuse. Et tant pis s'il s'est servi de moi, je ne lui en veux pas.

Elle était plongée dans ses pensées quand elle vit Francine entrer au bras de Daniel. Ils s'étaient habillés pour l'occasion. Francine était moulée dans un fourreau en jersey ; Daniel, frétillant dans son uniforme.

— Su-per, marmonna-t-elle.

Après la journée qu'elle venait de passer, elle ne se sentait pas d'humeur à affronter un nouveau problème. Daniel allait-il faire comme s'il ne la voyait pas ?

Remarquant son trouble, Nathan jeta un regard vers la porte.

— Si tu dois être mal à l'aise, dit-il, allons-nous-en. Il y a d'autres restaurants en ville.

Cette apparition aurait dû la laisser indifférente. Daniel et elle, c'était fini depuis longtemps.

— Non, non, tout va bien.

Son estomac se tordit, criant le contraire. C'était la première fois qu'elle voyait Francine et Daniel ensemble. Depuis que le bruit avait couru qu'ils se fréquentaient, elle les avait vus séparément. Quoi qu'elle en dise… ça faisait mal.

— Il faudra bien que je m'y fasse, ajouta-t-elle.

— Ignore-les. Tu es la plus belle femme du restaurant, je ne me lasse pas de te regarder.

Hélas, Daniel l'avait sûrement aperçue car il s'approcha.

— Il vient vers nous, maugréa-t-elle.

Il s'arrêta devant leur table.

— Salut, Autumn. Tu sors de chez toi maintenant ? De ton camping, je veux dire. C'est nouveau. Je croyais que tu ne mettais le nez dehors qu'une fois par an.

C'était l'un des reproches qu'il lui adressait à l'époque.

Pourquoi se décomposait-elle devant lui alors qu'elle voulait apparaître sûre d'elle, conquérante, comme si leur rupture ne lui avait fait ni chaud ni froid ?

— Comme tu le vois, nous sommes venus dîner.

Daniel fit un clin d'œil à Nathan.

— Comme ça, vous sortez ensemble ?

Autumn lui lança un regard mauvais. Elle mourait d'envie de lui dire qu'elle vivait à présent une aventure torride avec un agent du FBI, le beau Nathan ici présent. Pauvre Daniel, il ne lui resterait qu'à avaler son képi de dépit !

— Vous interrompez notre tête-à-tête, si c'est ce que vous voulez savoir, dit Nathan.

Et, allongeant le bras en travers de la table, il lui prit la main en lui coulant un regard de velours.

— Allez viens, fit Francine en saisissant le bras de Daniel avec autorité. On commande. J'ai faim.

Mais Daniel n'en avait pas fini, apparemment. Se tournant vers sa nouvelle conquête, il lança :

— Tu as vu, Autumn s'est trouvé quelqu'un d'autre !

— Bien sûr que je le sais, le coupa Francine. Ils sont venus ensemble au pub, l'autre jour. On en parle encore !

Autumn se crispa. Elle détestait qu'on parle d'elle et de sa famille derrière son dos.

— Tu ne m'avais pas dit que tu les avais vus.

Agacée, Francine haussa les épaules.

— S'il fallait que je te dise tous les gens qui viennent dîner…

— On a dû faire forte impression si on parle encore de nous, intervint Nathan, moqueur.

Francine s'esclaffa.

— Un nouveau venu sexy, ça fait toujours jaser !

Autumn se surprit à sourire. Eh oui, Nathan était un beau ténébreux auréolé de mystère qui piquait la curiosité.

Elle lui serra la main pour qu'il sache qu'elle appréciait sa complicité.

— Merci, dit-elle comme le couple s'éloignait.

— De quoi ?

— D'avoir fait comme si tu étais amoureux.

— Mais tu me plais, tu sais. Je croyais que tu l'avais compris.

Il fronça les sourcils.

— Tu aimes toujours Daniel ? reprit-il.

— Sûrement pas ! protesta-t-elle. Daniel et moi, ça a été compliqué. On n'était pas encore mariés qu'il me trompait déjà. Je crois que ma vie sentimentale ne sera qu'un échec.

— Pourquoi dis-tu cela ? Parce que ça s'est mal terminé avec lui ?

Allait-elle oser lui raconter le fin fond de l'histoire ? Que toutes ses aventures sentimentales avaient été des ratages ?

— Mon premier petit copain était un camarade de lycée. Nous sommes sortis ensemble pendant un bon bout de temps. Une semaine avant le bal de fin d'études, il m'a avoué qu'il était gay.

Cette révélation l'avait démolie. Elle était en bons termes avec Ben maintenant, mais il lui avait fallu des années pour s'en remettre. Aujourd'hui encore, elle en portait les séquelles. En particulier un grand manque de confiance en elle dans les relations.

— Ça a dû être dur pour vous deux, déclara Nathan.

— Un gros choc pour moi, surtout. Je n'y étais pour rien, malgré tout je me sens…

— Je ne sais pas comment tu te sens mais ce que je peux te dire, moi, c'est que, lorsque je te regarde, je vois une femme séduisante, éclatante, attentionnée, délicate. Et infiniment désirable.

Rougissant du compliment, elle abaissa les yeux. Quand Nathan s'était montré distant ce matin, elle avait craint qu'il n'ait pas aimé faire l'amour avec elle et qu'elle se soit méprise sur ses sentiments pour elle.

— Je suis contente que tu me dises ça.

Nathan était le premier homme à la désirer autant qu'elle le désirait. C'était le premier qui lui donnait confiance dans ses talents d'amante et d'amoureuse. Il ne l'avait pas critiquée, ne s'était pas plaint. Il prenait du plaisir avec elle, mais cela n'augurait en rien de l'avenir.

Au départ, elle s'était juré de garder ses distances. Quand il lui avait exposé ses intentions et ses priorités, elle avait même pris du recul. Enfin… mentalement. Elle ne pourrait lui reprocher de lui avoir menti. La question n'en restait pas moins épineuse et elle n'était pas pressée d'entendre la réponse. Qu'adviendrait-il d'elle lorsqu'il partirait ?

Les agents du FBI fourmillaient dans le camping. Ils prenaient des photos de Trail's Edge, fouillaient partout, en particulier le chalet 12, en quête de pièces à conviction.

Après avoir été informée que c'était bien des traces de sang qui avaient été prélevées dans le chalet, Autumn s'était armée de balais et de serpillières pour entreprendre un grand ménage. Elle avait balayé, gratté, récuré, débarrassé le poêle de ses cendres. Nathan était retourné dans son chalet étudier le dossier. Désormais seule, elle avait du temps pour penser.

Bien qu'elle soit fatiguée physiquement, elle avait l'esprit en ébullition. Tout se bousculait dans sa tête. Sa crainte pour la vie de son frère. Sa tristesse pour la famille de la nouvelle victime. Sa terreur en découvrant le message du randonneur fou. Tous ces événements et les sentiments qu'ils suscitaient la déroutaient. Elle se sentait incapable de les interpréter.

L'attitude de Nathan était l'élément le plus déstabilisant. C'était deux hommes différents auxquels elle avait affaire : le Nathan au travail et le Nathan au lit.

Deux jours durant, pendant la tempête de neige, il s'était montré attentionné et tendre. C'est après le passage de Ford qu'il avait changé. Il était devenu froid et cassant. Leur relation s'en était ressentie et puis, au restaurant, de nouveau il avait fait preuve d'empressement. Il l'avait même traitée comme si elle était sa petite amie.

L'incompréhension et la fatigue aidant, elle finit par s'énerver. De quel droit se permettait-il de jouer avec ses sentiments ? Tour à tour tendre puis glacial, se rendait-il compte qu'il mettait ses nerfs à l'épreuve ?

A cran, elle essaya de se calmer mais rien n'y fit. Thor aussi l'agaçait à aboyer devant la porte pour qu'elle sorte jouer à la baballe avec lui.

Incapable de se contrôler une minute de plus, elle prit ses clés, claqua la porte derrière elle et partit en courant vers le chalet que Nathan occupait.

Tambourinement sur la porte… et Nathan apparut, visiblement surpris de la voir là. Eh oui, elle avait des choses à lui demander et il avait intérêt à écouter…

— Pourquoi fais-tu comme si on n'avait pas couché ensemble ? lança-t-elle.

— Je ne comprends pas ce que tu veux dire, répondit-il avec un calme horripilant.

— Pourquoi souffles-tu le chaud et le froid avec moi ?

Elle vit son regard se durcir. Un tic creusait sa joue toutes les deux secondes, comme une fossette. Ce qui signifiait qu'elle l'énervait.

— Excuse-moi, la journée a été un peu agitée, fit-il. Je m'échine à trouver l'assassin de ma sœur.

La froideur de son ton la glaça. Elle le provoquait pour qu'il réagisse, elle cherchait la bagarre et, au lieu de cela, il ne bronchait pas. Prise d'une incontrôlable envie de pleurer, elle battit des paupières pour retenir ses larmes. Ah non, elle n'allait pas lui faire, en plus, le plaisir de s'effondrer devant lui. Lui montrer à quel point sa froideur l'affectait. Elle n'allait pas non plus lui expliquer qu'elle ne couchait pas avec tous les hommes de passage, ni que faire l'amour avec lui avait beaucoup compté pour elle, même si elle n'avait été qu'une passade pour lui.

Se demandant brusquement ce qu'elle était venue faire là, elle soupira. Qu'espérait-elle ? Qu'il lui confie qu'il avait toujours envie d'elle ? Qu'il avait senti le courant passer entre eux ? Il n'y avait aucune chance pour qu'il le lui dise. Et puis, à quoi bon ?

— Oh oui, désolée, bafouilla-t-elle.

Un peu plat mais elle aimait mieux battre en retraite que quémander une miette de sentiment. Ou étaler les siens.

Comme elle tournait les talons, il la rattrapa par le bras et, lui faisant faire volte-face, happa ses lèvres. Elle essaya vaguement de résister. Sans conviction. Il avait les mains sur ses reins et la plaquait contre lui.

Alors, ne cherchant plus à faire semblant, elle s'offrit.

Elle entendit la porte qu'il refermait derrière elle, et sentit très vite le bord du matelas derrière ses genoux.

Il avait lâché sa bouche et ses lèvres glissaient sur son cou, il la mordillait du bout des dents, la mordait presque.

— Comment peux-tu penser un seul instant que j'oublie quelque chose quand il s'agit de toi ?

Elle bascula sur le lit, les bras derrière la tête. Il caressa ses jambes, lui ôta ses chaussures puis s'allongea sur elle.

— Dis-moi vite si tu ne veux pas, murmura-t-il.

Un instant dégrisée, elle s'immobilisa. Etait-elle sûre de vouloir faire l'amour ? Elle venait chercher des réponses et, avant même d'avoir posé les questions, elle se retrouvait dans ses bras, prête à se donner. En moins d'une minute il avait calmé sa colère et son dépit et elle n'avait qu'une idée… être à lui. C'était tellement magique de le sentir peser sur elle, bouger sur elle, glisser en elle. Dire non ? Elle s'en sentait incapable.

Elle l'enlaça.

— Cela veut dire oui ? reprit Nathan.

— Cela veut dire *s'il te plaît n'arrête pas.*

Alors, dans un grognement, il enleva sa chemise et la lança par terre. Une fois nus tous les deux, ils se serrèrent l'un contre l'autre jusqu'à ne plus faire qu'un.

Nathan la caressa, la palpa, pétrit ses seins, tout son corps. Elle gémit, ondula, supplia. Il prit alors un préservatif et, sans attendre, la pénétra.

Elle se cabra, gémit de plus belle et adopta son rythme. Il n'avait rien dit qui vienne apaiser ses angoisses mais tant pis, ce qu'elle ressentait là était indicible.

Il accéléra soudain la cadence, elle se tendit pour qu'il la pénètre encore plus profondément mais c'était impossible, ils ne faisaient déjà qu'un.

Enlacés, dans un concert de soupirs et de gémissements, ils connurent alors le bonheur suprême, ensemble. Puis, épuisés et apaisés, ils sombrèrent dans le sommeil.

Autumn se réveilla dans les bras de Nathan et regarda le réveil : 9 heures ! Ils n'avaient parlé de rien et elle se sentait mal à l'aise.

Comment Nathan allait-il se comporter maintenant ? Allait-il jouer l'indifférence, comme hier quand ils n'étaient pas seuls ? Allait-elle devoir subir encore ce changement de comportement ?

Décidant de se lever, elle écarta le bras de Nathan.

— Oh, oh ! Où vas-tu ?

Sa voix rauque, si érotique, lui donna la chair de poule.

— Je retourne chez moi. Je dois promener Thor.

— Donne-moi une seconde, je viens avec toi.

Son cœur fit un bond et son visage s'illumina mais elle se raisonna. Mieux valait ne pas rêver pour ne pas être déçue. Nathan ne lui avait rien dit et encore moins promis. Et, sauf miracle, ils n'avaient pas d'avenir ensemble.

7

Un bruit curieux, comme un grattement sur la porte, et la poignée de l'entrée qu'on actionnait la tirèrent de son sommeil. Thor, au pied du lit, grogna. Nathan ne fit qu'un bond. Autumn regarda l'heure, 3 heures du matin ! Nathan, revolver au poing, avait passé son pantalon quand la porte s'ouvrit.

— Halte-là ! ordonna-t-il en se précipitant vers l'entrée.

L'intrus leva les mains en l'air.

— Nathan ! Ne tire pas ! s'écria Autumn.

C'était Blaine.

Aussitôt debout, elle se précipita dans ses bras. Il était revenu, il était sain et sauf. Il sentait mauvais, ses vêtements étaient sales, mais elle s'en fichait. Il était vivant. Thor bondit sur eux, fourra sa truffe entre leurs jambes pour tenter de les séparer. Il était heureux, ou jaloux, et il aboyait pour attirer leur attention.

Autumn lâcha Blaine, qui toisa Nathan.

— Qui est-ce ? dit-il, se délestant de son sac à dos.

Pieds écartés, bras croisés sur la poitrine, il fixait Nathan de ses grands yeux bleus. Ses cheveux bouclaient dans son cou et sa barbe était broussailleuse.

Vite, Autumn chercha que répondre. Si elle présentait Nathan comme un agent du FBI chargé de sa sécurité, il n'en croirait pas un mot. Son jean, déboutonné, glissait sur ses hanches. De toute évidence, il était nu dessous. Et ne dormait pas sur le canapé.

Comment pouvait-elle le présenter ?

Un ami ? Pas mal. C'était neutre.

— Je te présente mon ami Nathan.

Blaine la regarda, les yeux plissés.

— Tu n'as pas rompu depuis longtemps avec Daniel. C'est une… consolation ?

Que répondre à une question aussi brutale ? Nathan et elle se connaissaient depuis trop peu de temps pour que son frère approuve. Malgré tout, c'était important pour elle d'avoir son assentiment. Lui dire la vérité, alors ? Mieux valait changer de sujet.

— Assieds-toi. On a des choses à se dire. Ça fait des semaines que j'essaie de te joindre.

Blaine prit une chaise et les regarda l'un après l'autre.

— Le téléphone satellite est tombé en panne, j'ai essayé de le bidouiller mais ça n'a pas marché.

Mouais… un peu limite comme excuse. La prochaine fois, si prochaine fois il y avait, elle exigerait de son frère qu'il l'appelle tous les deux ou trois jours. Pas question qu'elle se refasse un tel sang d'encre. Il emprunterait un téléphone, il s'en rachèterait un, il se débrouillerait comme il voudrait, mais il téléphonerait.

— T'es au courant pour le Chasseur ? Tu as entendu parler des problèmes qu'on a dans le Trail ?

Blaine se gratta la nuque.

— Bien sûr, mais au début je pensais que c'était une rumeur. Ça fait pas longtemps que j'ai commencé à y croire. J'ai lu des coupures de journaux dans un refuge.

Bien qu'il soit là, en face d'elle, sain et sauf, Autumn avait encore peur pour lui à la pensée qu'il avait marché, seul, sur ce sentier.

— Tu as peut-être faim ? Ou soif ?

Pendant qu'elle préparait un petit déjeuner, Blaine

lui raconta son voyage. Appuyé au comptoir, Nathan les observait tout en les écoutant. Il avait mis une chemise et boutonné son jean, mais Autumn ne se sentait pas moins troublée par sa présence.

— Tu veux que je défasse ton sac à dos ? demanda-t-elle à son frère, certaine qu'il contenait des vêtements sales et humides, bons à mettre au lavage.

— Pas touche. Je ferai ça moi-même dans mon chalet.

Autumn versa de l'eau chaude sur son thé.

— Prends ta douche ici. J'ai éteint le cumulus chez toi pour faire des économies.

Blaine éclata d'un gros rire.

— A t'entendre, on croirait que je me suis roulé dans le purin ! Tu aurais dû me dire que je sentais mauvais. Après deux jours de randonnée, je ne me rends déjà plus compte de rien. J'oublie que les gens civilisés ne sont pas habitués à ces odeurs de sauvages !

Nathan s'assit à table, en face de Blaine. Il semblait très détendu mais Autumn, qui commençait à le connaître, vit à son regard qu'il lui tardait d'aborder le seul sujet qui l'intéressait, le Trail.

— Que dit-on des meurtres sur le Trail ? fit-il enfin.

Blaine reposa sa fourchette.

— Je n'ai pas croisé beaucoup de randonneurs. Ceux à qui j'ai parlé recommandent d'être prudent et de ne pas s'écarter du sentier. Et de ne dormir que d'un œil.

Peu disert de nature, Blaine répondait en général par onomatopées. Bizarrement, pour Nathan il avait fait des phrases ! Autumn ignorait la technique de ce dernier, mais elle était impressionnée.

— Des agents fédéraux dans le sentier ?

— Non, je n'en ai pas vu, répondit Blaine, les yeux baissés sur son assiette.

Autumn réprima mal un haut-le-corps. Des agents avaient été postés tout le long du Trail. Comment son frère avait-il pu ne pas les voir ? S'était-il écarté du sentier et enfoncé dans la forêt, sur le terrain de chasse du prédateur ?

— Vous avez intérêt à vous méfier, reprit Nathan. Le tueur sévit dans la région en ce moment.

Blaine, un morceau d'œuf piqué dans sa fourchette, haussa les épaules.

— Vous inquiétez pas. Je sais ce que je fais.

Comment pouvait-il en être si sûr ? Sans doute jugeait-il qu'après toutes ces semaines passées tout seul il n'avait besoin des conseils de personne ? Peut-être se sentait-il sûr de lui parce qu'il connaissait assez les pièges de la nature et de la vie au grand air pour déjouer les dangers et ne pas risquer sa vie.

— Je ne veux pas te faire peur, Blaine, mais je t'en prie, sois prudent, intervint-elle. Un corps a été trouvé tout près du camping — c'est d'ailleurs moi qui ai eu l'honneur de le découvrir… Les enquêteurs du FBI te cherchent, ils m'ont posé plein de questions sur toi. Daniel aussi leur a parlé de toi, je ne sais pas ce qu'il leur a raconté mais ça les a beaucoup intéressés. Ils voulaient tout savoir sur tes allées et venues.

Blaine la regarda longuement avant de poser les yeux sur Nathan.

— Daniel est un serpent à sonnette, gronda-t-il après une bordée de jurons à son adresse. C'est un menteur et il me déteste. Laisse tomber. Raconte-moi plutôt ce que tu as vu.

Tremblante, elle lui décrivit la macabre découverte.

— Le pire, c'est que tu la connais… Sandra Corvaldi.

D'abord sans voix, il ferma les yeux. Puis :

— Oh non ! Pas Sandra. Bon Dieu, ses parents ! C'est horrible, elle ne méritait pas ça. Personne ne mérite ça.

— C'est affreux, oui, renchérit Autumn en observant son frère.

Mentait-il ? Savait-il que Sandra était morte et faisait-il semblant de l'ignorer ?

— Et en plus je n'étais pas là quand c'est arrivé ! Ça a dû être encore plus dur pour toi d'affronter ça toute seule.

La vision de Sandra pendue à l'arbre ne la quittait pas. C'était cauchemardesque.

— Heureusement, j'ai Nathan. Il m'a aidée. Et puis…

Elle reprit son souffle.

— Ce n'est pas tout. Tu as raté quelque chose. Devine qui est venu ?

Silence.

— Tu ne devineras jamais. Maman !

— Maman ? Ici ? Pourquoi ? gronda Blaine entre colère et incrédulité.

— On ne s'est pas parlé très longtemps, elle voulait qu'on discute et qu'on déjeune ensemble mais je l'ai envoyée sur les roses.

— On lui avait pourtant fait comprendre qu'on ne voulait pas d'elle ici. Qu'est-ce qu'elle veut ? Qu'on l'excuse pour qu'elle recommence ?

Sa colère était mêlée de tristesse. Leur mère les avait fait trop souffrir. Il ne lui pardonnerait pas.

— Elle voulait s'expliquer.

— A d'autres ! Je ne veux plus entendre parler d'elle.

Au départ, quand sa mère avait surgi sans crier gare, Autumn avait réagi comme Blaine aujourd'hui et puis, après quelques jours, sa colère était retombée. En discuter avec Nathan avait aussi tempéré sa rancœur. Elle avait commencé à penser que l'irruption de sa mère dans sa vie était peut-être l'occasion d'obtenir des réponses à des questions qui n'avaient jamais été posées.

— Je pense que je lui reparlerai, annonça-t-elle.

— Tu sais ce que papa et oncle Ryan disaient d'elle. Que c'est une menteuse, une manipulatrice et qu'elle ne nous fera que du mal.

— Je ne suis plus une gamine, Blaine. Je ne prendrai

plus tout ce qu'elle raconte pour argent comptant. Je suis capable de faire la part des choses à présent.

— Ne la revois pas. Tu aurais tort, dit Blaine. Tu laisses les gens te raconter n'importe quoi, des sanglots dans la voix, pour t'attendrir. Tu les crois et, en fait, ils te mentent.

Faisait-il allusion à Ben et à Daniel qui lui avaient si effrontément menti ? Blaine connaissait bien ses déboires sentimentaux.

— Réfléchis un peu, ma chère sœur. Une femme qui part en abandonnant ses enfants, tu appelles ça une mère, toi ? Ça te donne envie de la revoir ? De l'avoir dans ta vie ? Pas moi.

— Je ne dis pas que je veux vivre avec elle, je dis que je veux entendre ses explications. Si je fais une bêtise, je l'assume. Mais j'apprécierais que tu sois là aussi avec moi à ce moment-là…

— Hé bien, non, ne compte pas sur moi.

Elle ne voulait pas se disputer avec son frère. Il venait juste de revenir et son absence lui avait beaucoup pesé.

— Si tu restais ici avec nous ? proposa-t-elle. Je vais te faire un lit sur le canapé.

Elle avait envie de le garder auprès d'elle, il lui avait tellement manqué.

— Tu es gentille mais je préfère aller chez moi. Ne t'inquiète pas, je vais bien.

Déçue par son refus, elle soupira.

— Tu sais que c'est sérieux, cette histoire de tueur en série ? Il est dans le coin. Il y a même eu effraction dans un des chalets.

— Ce n'est pas la première fois, ricana-t-il.

Bien décidée à lui faire peur, elle insista.

— On dirait que tu n'y crois pas ? Je sais qu'il y a déjà eu effraction mais, cette fois-ci, on a retrouvé du sang par terre.

Il resta impassible. *Il est dans le déni*, se dit-elle. Elle abattit alors sa carte maîtresse, avec l'espoir que, cette fois, il tienne compte de sa mise en garde.

— Le Chasseur a frappé encore une fois, avant-hier, à moins de quatre kilomètres d'ici.

— Je sais.

Elle lança un coup d'œil à Nathan qui écoutait, visiblement intrigué.

— Comment le sais-tu ?

Le corps avait été retrouvé la veille et la nouvelle n'avait pas encore paru dans la presse.

Blaine reposa sa fourchette et repoussa sa chaise pour s'écarter de la table.

— Tu es au courant de ce qui se passe quand tu marches dans le Trail, dit-il. Maintenant je vais regagner mon chalet, je me suis juste arrêté pour te dire que j'étais revenu.

— Tu vas rester quelque temps ?

— Non, juste le temps de refaire mon sac.

Autumn sentit son cœur se serrer. Avec son goût des voyages et ses allées et venues, son frère était dans le collimateur de la police. Pas question qu'il reparte avant de s'être blanchi auprès d'eux.

— Le FBI veut te parler. Il faut que tu restes au moins le temps de les voir.

— Je verrai, dit Blaine, évasif.

Roger Ford l'avait priée de le prévenir si Blaine donnait de ses nouvelles. Pouvait-elle le dire à son frère ? Le convaincre de rencontrer Ford ? S'il refusait, il lui resterait deux solutions : soit ignorer la demande de Ford, soit lui passer l'information et se mettre son frère à dos.

Et Nathan dans l'histoire ? Quelle était sa position ? N'allait-il pas informer Ford ?

— La proposition pour la douche tient toujours, dit Autumn.

— Le temps de nettoyer mon matériel, l'eau sera chaude, répondit son frère. Salut Autumn, salut Nathan. Bonne nuit.

Aussi soudainement qu'il était arrivé, il disparut, refermant la porte derrière lui.

Immobile sur sa chaise, perplexe, Nathan se frottait le menton.

— Etrange, dit-il.

Depuis toujours, c'était ce que tout le monde disait de Blaine. « Ce garçon est étrange »…

— Il n'est pas comme ça, d'habitude. Il est plutôt aimable, chaleureux même. Il devait être fatigué.

— Ce n'est pas ça. Ce qui m'intrigue, c'est comment il a su pour la dernière victime.

Autumn frémit. Le changement de ton et d'attitude de son frère ne lui avait pas échappé non plus quand elle avait mentionné le fait. Elle était certaine qu'il n'était pas impliqué. Son comportement, cependant, pouvait laisser planer le doute. Nathan avait été de son côté jusqu'à présent mais allait-il le rester ?

Inquiétée par le ton de sa voix, elle vola au secours de son frère.

— Il manque de sommeil, c'est sûrement ça. On lui parlera demain. De toute manière, il n'a jamais été bavard. Papa et mon oncle disaient que c'était un taiseux. Leur plaisanterie, c'était : « Blaine ? Il prononce cent mots par jour, à tout casser. » Ça les faisait rire. Je ne crois pas qu'il en ait dit plus ce soir mais ce n'est pas étonnant. Après des semaines de randonnée, seul, il ne doit plus savoir parler !

Elle rit nerveusement mais Nathan ne fut pas dupe.

— Il sait des choses sur la victime et il ne nous le dit pas, déclara-t-il d'un air grave.

Contrariée — son frère n'était pas impliqué dans ce meurtre, point ! —, elle s'efforça de paraître désinvolte.

— Ne le dénonce pas au FBI, s'il te plaît ! fit-elle en lui ébouriffant les cheveux. Il est bizarre mais il l'a toujours été.

Nathan repoussa sa main et se recoiffa.

— Je t'ai entendue dire que ton frère était un solitaire et qu'il a eu des problèmes au lycée.

Ah non, Nathan, tu ne vas pas jouer les profileurs ! Etablir le profil psychologique de Blaine et t'en servir contre lui. Pas de ça, Nathan ! le menaça-t-elle en son for intérieur.

— J'ai dit qu'il aimait partir seul en randonnée, gronda-t-elle. Ce n'est pas la même chose. Quant à ses ennuis au lycée, qui n'en a pas eu ?

Nathan se leva, le regard noir et l'air fermé.

— Je lui parlerai demain, murmura-t-il.

Autumn regrettait de s'être laissé emporter, mais elle ne supportait pas qu'on touche à sa famille. C'était sacré. Il fallait qu'il le comprenne, lui qui savait être si tendre quand il lui faisait l'amour.

Quel changement depuis l'arrivée de Blaine ! Il était redevenu l'agent spécial Nathan Bradshaw, homme distant, glacial. Le fossé qui les séparait ne cessait de se creuser. C'était affreux. Que pouvait-elle faire ?

Incapable de le regarder en face — elle ne supportait pas ces yeux durs posés sur elle —, elle lui tourna le dos.

— Prête à retourner au lit ? demanda-t-il.

Bien que ses insinuations l'aient mise en colère et que son attitude l'ait déçue, elle ne le renvoya pas chez lui. Physiquement, elle était épuisée et, nerveusement, à bout. Dans ces conditions, elle ne se voyait pas seule, avec un tueur en liberté dans les parages.

Elle se glissa dans son lit et éteignit sa lampe de chevet. Nathan se coucha à son tour, à côté d'elle, mais ne la toucha pas. Les yeux fermés, elle essaya de s'endormir et de ne plus penser.

Une heure plus tard, elle ne dormait toujours pas. Roulant sur le côté, elle vit que Nathan était réveillé lui aussi. Les yeux grands ouverts, il fixait le plafond. Timidement, elle posa la main sur sa poitrine.

— Ça ne va pas ? demanda-t-elle.

Pensait-il aux mêmes choses qu'elle ou pensait-il à elle ?

— Je pense au dossier, dit-il.

Petit pincement au cœur. Quand donc un homme accepterait-il de parler de sentiments ?

— Et alors ?

— J'essaie de reconstituer le puzzle.

— Quelque chose à me dire ?

— Non, rien. Dors. Il va bientôt faire jour.

Renvoyée dans ses buts ! Il l'avait évacuée de ses pensées. Il n'y avait plus que l'affaire qui l'intéressait.

Vexée, elle lui tourna le dos et remonta la couverture sur son nez, se promettant que Nathan Bradshaw ne lui briserait pas le cœur.

Blaine devait savoir quelque chose sur les meurtres. Après s'être passé en boucle les réponses qu'il avait faites à Nathan, Autumn finit par se lever. Il était 6 heures. Une douche, un peu de rangement et, n'y tenant plus, elle alla frapper à la porte de son frère.

Malgré l'heure tardive à laquelle il s'était couché, Blaine était déjà debout et buvait son café.

— Du café ? Tu as l'air vannée, constata-t-il.

Il la servit et sortit sur la terrasse.

— Blaine, si tu sais quelque chose, tu dois le dire.

Assis sur une chaise en bois, il fixait l'entrée du sentier.

— Je sais ce que j'ai à faire.

Autumn approcha une chaise et s'assit en face de lui.

— C'est important, Blaine. On n'est pas au lycée, là. On ne joue pas. Il y a des gens qui meurent.

— Qu'est-ce qui te fait penser que je sais quelque chose ? demanda-t-il, évitant son regard.

— Allez, fais pas l'imbécile !

Il y eut un silence. Blaine plissa les yeux.

— Je ne sais rien avec certitude. J'ai juste une hypothèse.

Ces meurtres me font penser à des choses, dit-il d'une voix d'outre-tombe qui lui donna froid dans le dos.

Blaine se frotta la joue. Il ne s'était pas encore rasé.

— Ces corps pendus aux arbres, reprit-il. Chaque fois, le même rituel. Etrange, non ?

Nathan avait fait les mêmes commentaires à propos du mode opératoire du tueur.

— Oui, ça fait peur. Nathan y voit une espèce d'obsession de la propreté chez le prédateur.

Blaine se leva.

— As-tu gardé les livres de papa et d'oncle Ryan sur la nature ?

— Oui. J'en ai quelques-uns. Pourquoi ?

— Donne-les-moi, s'il te plaît. Et ne dis pas à ton petit copain que je les ai.

Son petit copain ? Elle ne corrigea pas. Blaine allait vite en besogne mais elle n'avait pas de temps à perdre en explications. D'ailleurs, qu'aurait-elle expliqué ?

Elle partit en courant vers son chalet et entra, se demandant quel mensonge elle allait servir à Nathan. Souci inutile, il n'était plus là. Il avait laissé un mot sur le comptoir avec son numéro de téléphone.

« Suis dans mon chalet. Je travaille. »

Tant mieux, elle n'aurait pas besoin d'inventer une histoire. Le carton avec les livres était rangé sous son lit. Ils faisaient partie des rares choses qu'elle avait gardées de son père et de son oncle. Qui les tenaient eux-mêmes de leur père. Après en avoir feuilleté quelques-uns, elle les remit dans le carton, qu'elle emporta au-dehors.

— Cela fait bien longtemps que je ne les avais pas sortis, dit-elle en déposant le carton aux pieds de son frère.

Blaine prit le premier de la pile et le retourna.

— Tu sais, j'ai vu la dernière victime. Elle portait des

chaussures et des vêtements de luxe, elle n'avait vraiment rien à faire sur le Trail et je le lui ai dit. Elle avait un appareil photo très sophistiqué et m'a déclaré qu'elle écrivait une thèse… je ne sais plus sur quoi.

Autumn se pétrifia. Elle dévisagea Blaine. Que venait-il de dire ? Qu'il avait vu la victime ? Mais alors, il avait menti !

— Pourquoi n'as-tu rien raconté à Nathan quand il t'a demandé si tu savais quelque chose à ce sujet ?

— Que voulais-tu que je dise ? Que c'était une femme ? Ce sont toujours des femmes.

— Blaine, dis-moi la vérité, je t'en prie. Que sais-tu au juste ?

Enervé, il se passa la main dans les cheveux.

— Je ne veux pas être mêlé à cette histoire. Je ne peux pas.

— On est dedans jusqu'au cou, fit-elle. Notre camping est près du Trail. On peut dire ce qu'on veut, les faits sont là.

S'il savait quelque chose, il fallait qu'il le relate aux autorités. Le FBI avait des dizaines d'agents qui planchaient sur le dossier. S'ils découvraient le moindre détail qui implique Blaine, ils seraient trop heureux d'en faire leurs choux gras. Enfin un suspect en garde à vue. Tout le monde serait soulagé.

— Rien ne tourne plus rond depuis que papa n'est plus là.

— Je suis d'accord avec toi, je me sens…

Brassant l'air devant lui avec la main, il lui coupa la parole.

— Tu as surmonté le vide qu'il a laissé, toi. Tu as réussi à continuer. Tu tiens le camping et tu vis ta vie. Moi, je n'y arrive pas. Par moments, quelque chose me prend aux tripes et ça me démolit. J'en veux à papa d'être mort, j'en veux au monde entier qui s'en fout. On n'a plus personne, tu comprends. Ils sont tous morts. Morts.

Blaine fixa le sol comme s'il était gêné d'avoir laissé exploser son chagrin.

Son frère n'ayant plus jamais évoqué le drame de la disparition de leur père, Autumn en avait conclu qu'il avait fait son deuil, en restant seul à lire, à marcher et à penser. Et elle, comment avait-elle surmonté cette épreuve ? Elle n'en savait rien mais elle l'avait fait. Sa tristesse était encore immense mais n'avait rien à voir avec la souffrance qu'elle avait endurée pendant les mois qui avaient suivi les funérailles. Jour après jour, la peine était devenue moins cruelle. Le manque moins douloureux. Elle s'était endurcie. Pas Blaine, apparemment.

Autumn posa la main sur son bras. Comme il ne la repoussait pas, elle s'enhardit et lui entoura les épaules. Si seulement elle avait pu lui prendre un peu de son chagrin, juste un peu…

— Je suis désolée, Blaine. Je ne savais pas que tu étais si malheureux. Tu peux me parler, tu sais. Tu peux me dire tout ce que tu veux, si ça peut te faire du bien. Je sais ce que c'est qu'avoir mal, c'est terrible.

Blaine se laissa câliner par sa sœur puis, brutalement, la repoussa. Il avait les yeux humides mais les joues sèches.

— Pourquoi les as-tu gardés ? dit-il, désignant les livres du menton.

Parce qu'ils avaient une valeur sentimentale à ses yeux. Ces livres avaient fait partie de son enfance. Son père s'en servait pour leur enseigner des choses à Blaine et à elle, des choses basiques comme comment se débrouiller en forêt si on est perdu, comment se diriger sans boussole… Aujourd'hui, elle trouvait les renseignements dont elle avait besoin sur Internet, c'était plus facile et beaucoup plus rapide.

— C'était les journaux de bord de papa et d'oncle Ryan. J'aurais eu le sentiment de commettre un sacrilège en m'en débarrassant. Mais je ne vois pas le rapport avec les meurtres.

Blaine s'accroupit près du carton, sortit les livres un à un et les posa par terre. Au fond il y en avait un relié en cuir violet sur lequel brillait un titre en lettres d'or : *Secrets de la nature*.

C'était le préféré de leur grand-père et de l'oncle Ryan.

Dedans étaient énumérées des plantes aux vertus médicinales et les recettes pour faire les potions qui guérissaient, par exemple, les maux de tête, les rhumatismes ou les engelures… Blaine brandit le livre et l'agita.

— Sais-tu ce que dit ce livre sur la purification de la terre ?

Elle hocha la tête de gauche à droite, se demandant où il voulait en venir. Blaine avait vu la victime et l'avait caché à Nathan. Maintenant, il faisait une fixation sur ces livres.

— Blaine, dis-moi ce qui se passe. Tu me fais peur.

— Il est question de nettoyer la terre de toutes les impuretés, déclara Blaine, qui feuilletait le livre.

Autumn se mit à trembler.

— Je ne comprends pas ce que ça a à voir avec les meurtres.

Que le tueur soit son frère était inimaginable. Blaine était tout ce qu'il lui restait comme famille. Jamais il n'aurait agressé un autre randonneur. Ce n'était pas dans sa nature. Et pourtant… son comportement — elle devait bien l'admettre — était étrange. Elle en avait l'estomac noué.

Brusquement, Blaine leva les yeux vers elle.

— La randonneuse, la dernière victime, marchait trop vite, comme quelqu'un qui ne sait pas ce qu'il fait. Elle ne serait pas allée très loin avant de s'arrêter d'épuisement. Quand je l'ai vue quitter le Trail, je l'ai suivie, je voulais la mettre en garde.

Autumn aurait aimé qu'il se taise. Elle ne voulait pas en entendre plus. Elle voulut le lui dire mais les mots s'étranglèrent dans sa gorge.

— A cause du mauvais temps, je l'ai perdue de vue. J'ai préparé mon campement pour la nuit et, le lendemain, je l'ai trouvée. Pendue à un arbre, une flèche dans la poitrine et des bouts de lierre autour du corps ; quand j'ai vu l'état du cadavre, carbonisé, j'ai su qu'elle était morte.

Prise d'une envie de vomir, Autumn plaqua la main sur

sa bouche. C'était abominable. Effrayant. Blaine s'était trouvé à proximité de l'endroit où le meurtre avait été commis. Pourquoi avait-il été épargné ? Blaine était agile et avançait sans faire de bruit dans les bois. Le tueur ne l'avait-il vraiment pas vu ? Une victime lui avait-elle suffi ?

Elle attrapa le bras de Blaine et ne le lâcha plus.

— Il faut que tu racontes à Nathan ce que tu as vu.

L'air résolu, Blaine hocha la tête.

— Sûrement pas. Allons, Autumn, réfléchis. Je t'en ai parlé parce que ça me ronge mais, si je lui dis, il ne me lâchera plus. Il pensera à coup sûr que c'est moi qui ai fait le coup.

— Si tu lui dis la vérité, il ne t'arrivera rien.

Elle faisait confiance à Nathan pour faire son métier honnêtement, comme elle faisait confiance à son père, autrefois. Nathan l'écouterait et lui accorderait le bénéfice du doute. Il ne porterait pas de jugement hâtif et ne déformerait pas les faits pour l'accabler.

Blaine referma brusquement le livre.

— Un peu de jugeote, Autumn. On est dans la vraie vie. La police et le FBI ont besoin d'un suspect, si possible d'un coupable. Il le leur faut pour rassurer les citoyens. Regarde Daniel, il est prêt à me désigner.

— Nathan n'est pas comme ça, tu peux lui faire confiance.

A son visage, elle comprit qu'il en doutait.

— Ne sois pas naïve. D'accord, c'est ton copain, mais ce n'est pas une raison pour qu'il m'aide. De toute manière, je me méfie de tes goûts en matière de petit ami.

Il lui lança un regard en coin.

— Es-tu sûre qu'il ne se sert pas de toi pour mieux me coincer ? Il fait peut-être la même chose avec toutes les femmes chaque fois qu'il y a un meurtre à un endroit.

— Nathan et moi, nous formons une équipe, s'écria-t-elle, indignée.

— J'espère pour toi que tu ne te trompes pas, déclara-t-il dans un soupir. Tu veux que je te dise le fond de ma pensée ? Compte tenu de mon passé, du temps que j'ai passé sur le Trail, de mon histoire avec Sandra qu'on a retrouvée morte, personne ne me croira jamais si je parle.

— Moi, je te crois.

Elle savait que Blaine était incapable de faire du mal.

— Je ne comprends tout de même pas ce que ce livre a à voir avec le rituel du Chasseur, reprit-elle.

— Les premiers colons à s'être implantés ici adoraient la nature comme un dieu et lui attribuaient des pouvoirs surnaturels. Ils la respectaient et croyaient qu'en ficelant les criminels dans des lianes ou du lierre, ils détruisaient le mal qu'ils avaient en eux et les empêchaient de recommencer. C'était le rite de la purification.

Effectivement, maintenant que Blaine en parlait, Autumn se souvenait vaguement d'avoir lu des chapitres sur ce sujet, mais elle n'y avait pas vraiment prêté attention. Pour elle, c'était du folklore, tout ça.

— Serais-tu en train de dire que le Chasseur est un descendant des premiers colons ? Quelqu'un qui croit en un dieu païen ?

— C'est une hypothèse comme une autre.

Autumn ne connaissait personne qui croie en des dieux païens mais, des amoureux de la nature, elle en avait croisé beaucoup. Ces gens-là plaçaient l'environnement avant tout. Chez eux, la nature était sacrée et dotée d'un pouvoir plus fort que celui de l'homme.

— On respire un bon coup et on se calme, dit-elle.

Pour Nathan, elle verrait plus tard à lui en parler ou pas. Elle rediscuterait d'abord avec Blaine, essaierait d'en savoir plus sur sa théorie.

— Je suis calme, répondit Blaine en lui prenant le bras. Ne parle à personne de ce que je viens de te dire. Je n'ai aucune preuve que ce soit à l'origine des meurtres. Ni que cela concerne le Chasseur.

Machinalement, elle repoussa la main de son frère. Il fallait qu'il parle, c'était la seule façon pour lui de ne pas être inquiété.

Un bruit de moteurs attira soudain son attention. Des véhicules de police et du FBI se garaient à l'entrée de Trail's Edge. Que se passait-il encore ?

Inquiète, elle vit Nathan sortir de son chalet. Il courait vers celui de Blaine. Avait-on trouvé une nouvelle victime ? Ou appréhendé le tueur ?

L'agent spécial Ford descendit de voiture et vint au-devant de Nathan.

— Ne t'en mêle pas, Bradshaw, dit-il une main en l'air pour le stopper tout de suite.

Mais Nathan l'ignora.

Quatre autres officiers sortirent des voitures.

Des sueurs froides dans le dos, Autumn s'approcha, grelottante, suivie de Blaine.

— C'est votre frère ? s'enquit Ford.

— Il vient d'arriver.

Ford expliqua froidement que, d'après leur caméra de vidéo-surveillance, Blaine était arrivé bien plus tôt dans la nuit.

— Vous aviez l'intention de m'en informer ? ajouta-t-il d'un ton sarcastique.

Elle ne répondit pas. Ils l'avaient mise sous surveillance ? Quels salauds ! Etait-ce pour cela qu'elle avait constamment l'impression d'être observée ?

— Eloignez-vous de lui. Monsieur Reed, n'essayez pas de nous compliquer encore la vie. Nous avons quelques questions à vous poser.

Entre incompréhension et colère, Blaine regarda sa sœur puis l'agent spécial Ford.

— Qu'est-ce que vous me voulez ? Je n'ai rien fait de mal.

Ford sourit méchamment.

— Vraiment ? Très, très intéressant. Comment se fait-il alors qu'on ait trouvé votre ADN ?

Son ADN ? Quel ADN ?

— Je ne comprends pas, intervint Autumn sans s'éloigner de son frère.

Elle jeta un regard à Nathan dans l'espoir d'obtenir une explication, mais il semblait aussi abasourdi qu'elle.

— L'ADN qu'on a prélevé sur le journal de bord dans le refuge de Hilde Sinclair et dans le chalet 12 est celui de Reed, répondit Ford.

C'était impossible. Blaine n'avait pas fait ça. Elle devait le défendre mais, sous le choc, Autumn n'était pas capable de formuler une seule phrase.

Triomphant, Ford poursuivit :

— Je vous demande de vous écarter de votre frère, mademoiselle Reed.

Balayée par un vent de panique, elle regarda Blaine. Non, ils n'allaient pas l'emmener. Il ne pouvait s'agir que d'une grossière erreur. Blaine avait refusé de dire à Nathan ce qu'il savait du tueur et de la dernière victime. Si maintenant, sous la pression de l'interrogatoire, il craquait et avouait à Ford ce dont il avait été témoin, ce dernier lui passerait les menottes sur-le-champ.

— Vous n'avez pas le droit d'arrêter mon frère. Il y a sûrement une autre explication, s'écria-t-elle.

Ford sortit une enveloppe de sa poche et la brandit.

— C'est un mandat de perquisition. Nous allons fouiller les chalets et emmener Blaine.

Fouiller les chalets ? Le camping ? Ils allaient voir les livres, alors ? Et leur poser des questions.

— Ne t'inquiète pas, sœurette, ça va aller, fit Blaine en lui tapotant l'épaule.

Sa voix était lugubre, elle n'augurait rien de bon.

Elle le regarda partir vers le véhicule de police, accablée.

— Ça va aller, lui lui murmura à son tour Nathan, qui venait de la rejoindre.

Elle se tourna vers lui et empoigna sa chemise.

— Il n'a tué personne. Il est innocent. C'est une erreur, ils se sont trompés.

Il fallait qu'on la croie, qu'on les croie, son frère et elle.

— Il faut que tu engages un avocat pour ton frère.

Elle en resta baba. Lui non plus ne la croyait donc pas ?

— Tu penses que Blaine est coupable, c'est ça ?

Se grattant la nuque, Nathan recula.

— Ce que je pense n'a pas d'importance. Ce qui compte, c'est de s'occuper de Blaine. Ford veut du sang. Il veut coffrer ton frère. Tu dois le protéger.

Autumn lança un dernier regard à son frère. Un des policiers était en train de lui passer les menottes puis, la main sur sa tête, le poussa à l'arrière d'une voiture.

Cette vision l'emplit de colère, la sortant de son accablement. Il ne fallait pas qu'elle se laisse déborder par l'émotion. Cela ne servirait à rien. Nathan avait raison, il valait mieux qu'elle trouve quelqu'un pour défendre son frère. Mais qui ?

— Je ne connais aucun avocat ! s'écria-t-elle, à nouveau découragée.

— Appelle Henry Summers de ma part. Il est agressif, il t'aidera. Moi, je vais les suivre au poste et voir ce que je peux faire, ajouta-t-il.

D'un air navré, il reprit :

— S'ils ont la preuve que c'est son ADN, je préfère te le dire tout de suite, ce n'est pas bon pour lui.

Les mains autour de sa tasse de thé, Autumn essayait de se réchauffer. En vain. Elle avait joint l'avocat que lui avait indiqué Nathan, qui avait accepté de défendre son cas. Pour s'assurer les compétences de Summers, elle lui avait donné jusqu'au dernier centime de ses économies. Une misère par rapport aux honoraires qu'il demandait habituellement. Mais, comme elle lui était adressée par Nathan Bradshaw, il lui avait dit qu'il verrait plus tard pour le reste de sa rémunération. C'était catastrophique mais elle n'allait pas s'en soucier maintenant. Pour aider Blaine, elle vendrait tout s'il le fallait, même le camping.

Henry Summers ne réussit pas à convaincre le juge de libérer Blaine sous caution ni les membres de la cour de la laisser rendre visite à son frère. Néanmoins, par un coup de chance exceptionnel, le FBI prit la décision de garder Blaine en détention dans la prison locale au lieu de le déférer dans le centre de haute sécurité le plus proche.

Quoi qu'il en soit, Blaine allait tout de même souffrir terriblement, lui qui avait besoin de grands espaces.

Elle regarda la liste qu'elle avait dressée. Elle avait mille choses à faire. Demander à son banquier d'augmenter le montant ou la durée de remboursement de son emprunt. Trouver un emploi pour payer les frais de justice de Blaine. Fournir à Henry Summers les éléments nécessaires à l'élaboration de la défense de son frère.

Ce dernier point la fit rire jaune. Comme si c'était chose aisée de fournir des preuves ! Nathan et elle y avaient consacré des journées entières, et rien ne les avait mis sur la piste du tueur. Au contraire. Ce qu'ils avaient trouvé les avait mis sur la piste… de Blaine.

Un coup à la porte lui fit lever la tête. Elle décida de ne pas bouger, elle avait besoin d'être seule, puis elle se ravisa. C'était peut-être un randonneur qui cherchait un refuge. Elle ne pouvait pas laisser passer l'occasion d'engranger quelques dollars. Surtout maintenant. Avec Blaine et son avocat à payer. Thor dressa les oreilles mais ne la suivit pas à la porte. Lui aussi devait être fatigué !

Coup d'œil par le judas. Soupir exaspéré. Sa mère. Ce n'était vraiment pas le moment.

— Tu arrives mal, déclara-t-elle en ouvrant.

A dire vrai, ça risquait d'être toujours le cas…

— Ma chérie, c'était quoi, ces voitures de police ? Qu'est-ce qui se passe ? Je me suis fait du souci, fit Blythe.

Autumn faillit l'envoyer paître, mais elle estima qu'il serait moins fatigant de dire la vérité.

— Blaine est revenu cette nuit et la police l'a arrêté. Ils pensent que c'est lui le Chasseur.

— Ce n'est pas possible, gémit sa mère.

Qu'en savait-elle ? Blythe ne les connaissait pas, ni elle ni Blaine.

— Qu'est-ce que je peux faire ?

— As-tu cinquante mille dollars à mettre dans la défense de ton fils ?

— Hélas non, répondit sa mère en se mordant les lèvres.

Sans y être invitée, elle entra dans le chalet.

— Il faut que je te parle, ma petite fille.

— Désolée, maman, mais ce n'est vraiment pas le moment. J'ai des tas de choses à faire.

Les drames, elle n'en voulait plus. Cependant, ce que lui avait raconté Nathan sur sa sœur lui tournait dans la tête. Elle y pensait constamment. C'était donc décidé, elle écouterait les explications de sa mère, mais un autre jour. Pour l'heure, elle ne s'en sentait pas le courage.

— J'en ai pour une minute, insista Blythe.

Malgré l'envie qu'elle avait de la mettre dehors, Autumn réussit à faire taire son impatience.

— OK, je t'écoute.

Peut-être savait-elle des choses sur les tendances de certains à diviniser la nature ? Peut-être connaissait-elle des gens attachés à ce genre de croyances ? Après tout, elle avait vécu quelque temps à Trail's Edge.

— Tu peux me parler du culte de la nature ? s'empressa-t-elle de demander avant que sa mère ne lui raconte ses salades.

Celle-ci plissa le nez, déconcertée.

— Tu veux parler de l'adoration des dieux dans la Grèce antique ?

Aïe, ça commence mal !

— Je ne te parle pas des dieux grecs, je parle d'une hypothèse qu'a Blaine à propos du tueur.

— Autumn, tu sais que je veux t'aider. Que je veux aider Blaine. Je sais des choses du passé qui peuvent vous éclairer.

Rien n'était moins sûr, se dit Autumn, sceptique. Elle la laissa poursuivre, néanmoins.

— Ce n'est un secret pour personne, ton père et moi ne nous entendions pas. Le problème, ce n'était pas seulement nous deux. Il y avait une tierce personne.

— Si c'est pour me dire que papa te trompait ou que tu as trompé papa, garde-le pour toi. J'ai assez souffert comme ça.

— Il n'est pas question d'infidélité. Mais d'un intrus. Ton oncle. Il a tout fait pour me pousser dehors. Il ne m'aimait pas et n'a eu de cesse de faire capoter notre mariage.

Autumn haussa les épaules.

— Vu la façon dont oncle Ryan parlait de toi, j'avais compris que ce n'était pas le grand amour entre vous deux !

Les yeux de sa mère flambèrent de colère.

— C'est le moins qu'on puisse dire. Mon départ n'a fait que mettre de l'huile sur le feu. Il m'a fait passer pour un monstre. Pour le diable.

Autumn n'avait jamais entendu son oncle prononcer ces mots mais elle ne l'avait jamais entendu dire non plus des choses aimables sur sa mère.

— Raconte-moi. Qu'a-t-il fait pour que tu décides de partir ? Qu'a-t-il fait pour que tu oses t'en aller en nous abandonnant Blaine et moi ?

Sa mère vacilla, des larmes perlèrent à ses paupières.

— Je sais ce que tu penses, que je suis une mauvaise personne, mais dis-toi que je n'ai pas eu le choix. Quoi que je fasse, ton oncle me critiquait, rien n'était jamais bien à ses yeux. Il a fini par intoxiquer ton père. Je ne connaissais pas grand-chose à la randonnée. Je n'aimais ni la chasse ni la pêche. Je ne savais pas cuisiner. Ni coudre. Ton oncle estimait donc que je n'avais aucune des qualités nécessaires pour être une bonne épouse pour ton père.

Blythe essuya ses larmes, se barbouillant les joues de mascara.

— Je ne trouvais jamais grâce aux yeux de Ryan. Au début ton père a pris ma défense mais, au fil des années, il a baissé les bras. Il voulait la paix. Et puis il a fini par croire son frère. Alors là, j'ai craqué. C'était devenu invivable. Je me suis dit que, si je partais, toi et ton frère me retiendriez, que vous me supplieriez de revenir.

Tous les soirs, dans leurs prières, Autumn et Blaine avaient imploré le petit Jésus pour que leur mère revienne.

— Si tu savais comme tu nous as manqué à Blaine et moi.

— Chaque fois que je téléphonais, votre père me disait que vous alliez très bien. Que je ne vous manquais pas.

— Et tu l'as cru ? dit Autumn, révoltée maintenant contre ses deux parents.

— J'ai pensé que je n'étais pas une bonne mère pour toi, ni pour Blaine. Que vous réussiriez mieux sans moi.

Stupéfaite, bouleversée, Autumn fixait sa mère.

— Mais c'est absurde. Tu ne faisais peut-être pas bien la cuisine, tu n'étais peut-être pas une bonne ménagère, tu n'aimais peut-être pas la nature autant que nous, mais tu étais notre maman et on t'aimait.

— J'ai fait une énorme erreur, dit sa mère.

Et elle s'effondra en larmes.

— Pas un jour ne s'est écoulé sans que je pense à vous. Quand je téléphonais, Blaine et toi, vous étiez tellement distants… J'ai failli venir vous voir malgré votre père, mais je savais qu'il m'aurait mal reçue et je ne voulais pas vous imposer encore une épreuve.

— Et tu as attendu tout ce temps ? Et tu arrives maintenant, alors que tout va mal ?

— J'ai pensé que je pouvais peut-être être utile.

Comment ? En quoi pouvait-elle les aider ?

— Je ne pense pas, répondit Autumn sèchement. Mais j'apprécie ta franchise.

Elle ne lui accordait pas son pardon, c'était trop tôt.

— J'ai beaucoup à faire. On se reparlera plus tard.

— Tu me le promets ? supplia sa mère.

Bien que cette perspective ne l'enchante pas, Autumn hocha la tête.

— Oui.

Que pouvait-elle dire d'autre ? « Non » ? Cela n'aurait pas été plus facile. De toute manière, elle ne s'en sentait pas le courage.

Sa mère s'en alla, la laissant très perturbée. Pour se calmer, Autumn appela Thor et partit se promener avec lui sur le Trail. Au bout d'une heure, se sentant légèrement mieux, elle décida de rentrer. Assis sur les marches du chalet qu'elle lui louait, Nathan feuilletait un dossier.

Je fais celle qui ne l'a pas vu et je m'en vais ? se demanda-t-elle, encore sous le coup des émotions de la journée. *Ou je…*

Elle le vit se lever. Il l'avait aperçue. C'était trop tard pour faire semblant. Trop tard pour partir en courant.

— Je me faisais du souci pour toi.

Elle s'avança vers lui et, bien entendu, ressentit ce qu'elle éprouvait chaque fois qu'elle l'approchait. Un grand trouble mêlé, cette fois, de vague à l'âme.

— Comment va Blaine ?

Nathan, grave, scruta son visage.

— Il refuse de faire le test d'ADN.

Autumn réfléchit. Nathan était-il en train de basculer du côté du procureur, contre son frère ?

— Il va prendre conseil auprès de son avocat. Celui que tu lui as recommandé.

— Son refus accrédite les soupçons qu'ils ont déjà contre lui. Ils ont ton ADN. Ils savent donc que le sang prélevé sur le livre est le sien.

Autumn sentit la colère monter. Elle se moquait de ce qu'avait dit Roger Ford. Ce n'était pas le sang de Blaine sur le livre, ce n'était pas non plus le sien dans le chalet 12.

— Dites donc, agent spécial Bradshaw, qu'est-ce que vous vous imaginez ? Que je vais enfoncer mon frère ? Le laisser condamner pour des crimes qu'il n'a pas commis ? Et pourquoi pas m'accuser aussi pendant qu'on y est ?

Dans sa rage, elle l'avait vouvoyé. Le salaud, il prenait le parti des autres contre son frère ! Alors qu'elle n'avait jamais eu autant besoin qu'il la soutienne.

— Autumn, s'il te plaît, arrête. Je suis là pour t'aider.

Il voulut lui prendre le menton mais elle détourna la tête et recula. Thor se mit à grogner.

— Je ne suis pas ton ennemi, dit-il.

Elle recula encore.

— Tu travailles pour l'ennemi. Avec l'ennemi.

Il fit un pas en avant.

— Je ne travaille pour personne. Je fais l'impossible pour aider ton frère. Ils vont obtenir le permis de prélèvement d'ADN. Il aurait intérêt à coopérer.

Autumn heurta la rambarde de la terrasse de son dos.

— Si le FBI et la police faisaient leur boulot, ils auraient examiné plus attentivement les pièces à conviction et ils auraient trouvé le vrai coupable au lieu de nous faire perdre notre temps à mon frère et à moi. Je te le répète, le tueur est dans la nature, en liberté.

Et s'il n'y avait qu'une personne pour croire en l'innocence de Blaine, elle serait celle-là.

— S'il est innocent, pourquoi refuse-t-il qu'on prélève son ADN ?

— Il a admis qu'il était dans le Trail. S'ils ont retrouvé son ADN sur le livre de Hilde, cela ne veut pas dire pour autant qu'il a tué quelqu'un.

Solidement campé sur ses jambes écartées, Nathan posa les mains sur la rambarde, de part et d'autre d'elle. Comme ils étaient tout proches, elle tourna la tête et croisa les bras sur sa poitrine. Elle aurait dû le repousser mais c'était plus fort qu'elle, elle était troublée. Par son odeur, cette odeur qui collait encore à ses draps et à ses vêtements longtemps après son départ. Cette odeur qui lui rappelait les nuits qu'ils avaient partagées, leur impatience, leur passion. Toute cette fièvre qui faisait de lui un homme à des années-lumière de l'homme froid et distant qu'il était trop souvent.

— Laisse-moi vous aider, Blaine et toi.

Elle tourna la tête vers lui. Leurs regards se soudèrent. Pleins d'interrogation, d'ardeur, de désir.

— Tu essaies de nous aider, Blaine et moi ? Ou tu es ici pour le FBI ? Pour leur permettre de progresser dans l'enquête ?

— Je suis ici pour vous aider.

Non, il voulait mettre la main sur l'assassin de sa sœur pour que sa famille et lui puissent commencer leur travail de deuil, se persuada-t-elle.

— Que veux-tu que je fasse ?

— Dis à ton frère de faire le test ADN.

C'était la phrase de trop. Hors d'elle, oubliant tout ce qui les avait réunis, amour, complicité, tendresse, elle le repoussa avec tant de force qu'elle le fit vaciller. Elle aurait bien aimé qu'il tombe, tiens !

— Je ne demanderai rien à mon frère, tu comprends ? Rien, sauf de suivre les conseils de son avocat.

— Tu as raison, Henry est bon.

Elle ne répondit pas, ne le remercia pas non plus de le lui

avoir indiqué. Elle était trop butée pour lui donner raison, trop en colère pour se montrer bien élevée.

— Si c'est tout ce que tu as à me dire, tu peux disposer, lui lança-t-elle. Je suis fatiguée.

Interdit, Nathan la dévisagea sans bouger.

— Ce n'est pas tout, Autumn, et tu le sais bien.

Surprise par son regard brûlant, elle se raidit. Ses yeux, l'expression qu'elle lisait sur son visage trahissaient le fond de sa pensée. Elle le troublait, c'était certain.

Flattée de lui faire cet effet et du pouvoir qu'elle avait sur lui, elle se rengorgea. Evidemment, sentir ses bras autour d'elle lui aurait plu, une étreinte l'aurait réconfortée mais, non, elle ne lui donnerait ni son corps ni son cœur pour la nuit car, au petit matin, il redeviendrait l'agent Bradshaw et elle serait dévastée. La situation de Blaine était une épreuve à peine soutenable, elle ne supporterait pas de déception supplémentaire.

— S'il te plaît, va-t'en.

Les mots lui avaient échappé, mais elle n'y avait mis aucune conviction et cela s'entendait.

— Permets-moi de rester avec toi. Je dormirai sur le canapé.

Non, impossible. La promiscuité à l'intérieur du chalet aurait vite raison de sa résistance et, au petit matin, elle se réveillerait dans ses bras.

Le sentiment de rejet qu'elle avait éprouvé quand il avait repris sa casquette d'agent spécial était encore vif dans sa mémoire. Il resterait comme une humiliation cuisante.

— Que cherches-tu, Nathan ? A obtenir des informations supplémentaires sur Blaine ? Inutile de coucher encore avec moi pour ça. Pose-moi directement des questions sur son passé, et tu pourras aller décrire aux jurés le petit garçon perturbé qu'il était. Vas-y. Demande-moi. Tu sais que ma mère nous a abandonnés et que mon père est mort. Un passé pareil ne peut engendrer que de la racaille, n'est-ce pas ?

Pour la première fois depuis qu'elle le connaissait, il sembla pris de court.

— C'est vraiment ce que tu penses, Autumn ? dit-il enfin. Que je me sers de toi pour filer ton frère ?

Bien sûr que non, elle ne le pensait pas, mais elle allait lui faire croire le contraire. Elle hocha la tête.

— Tu as tort de faire ce que tu fais, Autumn. Tu es en train de me rayer de ta vie comme tu as rayé toutes les personnes que tu as croisées. Et, s'il te plaît, ne me range pas dans la même catégorie que ton loser de fiancé !

Comme si une lame de poignard s'enfonçait dans ses côtes, elle grimaça mais se reprit très vite.

— Ce n'est pas ce que je fais.

— Tu habites dans le coin le plus reculé que tu as pu trouver, tu détestes descendre en ville, tu as dressé des murs autour de toi pour être sûre que l'on ne te dérange pas. En ce moment tu te fais du mauvais sang pour Blaine, alors, instinctivement, tu renforces encore tes murailles et tu me chasses. Peut-être que si tu avais moins peur de souffrir tu laisserais les gens qui t'aiment t'aider, tu me laisserais t'aider. Tu n'es même pas fichue de parler à ta mère quand elle est devant toi et te supplie de lui pardonner.

De quel droit la jugeait-il ? Ses histoires de famille ne le regardaient pas. Elle en avait vu de toutes sortes dans sa vie. Ses parents l'avaient laissée en chemin. Son fiancé l'avait trompée, trahie. Ses affaires dépérissaient. Elle avait le droit d'être amère, non ?

— Je te signale que j'ai parlé à ma mère. De toute façon, tu ne sais rien de ma famille. Quant à toi, cela te va bien de me reprocher de rayer les gens de ma vie ! Quand tu repasses en mode professionnel, tu ne te gênes pas pour faire semblant de ne pas me connaître. Moi, j'appelle ça « rayer quelqu'un de sa vie », même si c'est temporaire.

— Qu'est-ce que tu racontes ? Je ne fais semblant de rien du tout. Si je te tiens à distance du dossier, c'est parce que je refuse l'idée que le Chasseur puisse te mettre la main dessus et te fasse du mal.

Ne sachant que répondre, elle le regarda avec insistance. Lui aussi avait les yeux sur elle. Ils restèrent un moment comme cela, à se fixer, puis Nathan recula.

— Je n'ai pas à te dicter ta vie, dit-il. Tu es libre de faire ce que tu veux. Excuse-moi de t'avoir parlé sincèrement. Je m'en vais, à présent.

Tout en le regardant partir, elle ressassa ce qu'il avait dit. Tout était vrai, et ça faisait mal.

8

— Allô, Nathan ?

Sa mère avait la voix fatiguée, trouva-t-il. En tout cas, c'était le coup de fil qu'il redoutait depuis que Blaine avait été arrêté.

— Bonjour, maman, comment vas-tu ?

— On écoute les nouvelles, on lit les journaux. Quelque chose de neuf à nous raconter ?

L'annonce, par le FBI, de l'arrestation et de la garde à vue du suspect numéro un dans l'affaire du tueur en série de l'Appalachian Trail faisait les gros titres de la presse nationale. Pour l'heure, l'identité de Blaine n'avait pas été révélée, mais Nathan était bien placé pour savoir que ce n'était qu'une question d'heures.

S'il avait cru Blaine coupable, il aurait été ravi de partager l'information avec sa famille. Mais, justement, il était persuadé du contraire. Pour lui, le prédateur courait toujours.

— Je travaille toujours sur l'enquête, se borna-t-il à répondre.

— Le FBI a arrêté quelqu'un, c'est ce qui a été dit aux informations.

— Oui.

— Tu n'as pas l'air satisfait. Pourtant, avec tout le mal que tu te donnes pour faire avancer l'affaire…

La voix de sa mère avait changé d'intonation. Elle était pleine d'espoir. Partagé entre la décevoir ou lui mentir, Nathan choisit la franchise.

— Je sais, maman, mais je me demande s'ils ont arrêté le vrai coupable.

Sa mère soupira.

— Je savais bien qu'il y avait quelque chose qui n'allait pas, je te connais, tu sais. Tu nous aurais appelés, sinon.

— Désolé, maman. Je préférerais avoir de meilleures nouvelles à te donner.

— Je sais que tu fais de ton mieux, l'encouragea sa mère.

Hélas, son « mieux » n'avait pas suffi. Pas suffi pour protéger la famille Reed, pas suffi pour trouver l'assassin de Colleen et l'appréhender. Il allait encore y avoir des meurtres, c'était certain. Au moins, le FBI serait bien obligé d'admettre son erreur.

— Ta sœur me manque, tu sais, mon chéri.

— Je sais, maman, à moi aussi. Beaucoup.

— Si seulement je…

— Ce n'est ni ta faute ni la mienne, maman. C'est celle d'un tueur.

Sa mère et lui s'étaient mis en tête qu'ils étaient responsables, chacun à sa façon, de la mort de Colleen. S'ils avaient été capables de faire taire leurs démons, elle n'aurait pas éprouvé le besoin de s'éloigner d'eux. Peut-être aurait-elle été plus raisonnable et aurait-elle suivi le conseil qu'on lui avait donné de ne pas se promener seule.

Il perçut un sanglot qui lui déchira le cœur. Comme il aurait voulu être avec sa mère à cet instant ! En fond sonore, il entendait son neveu et sa nièce qui devaient jouer ensemble et courir dans la maison. Ils avaient perdu leur mère. Sans doute étaient-ils perturbés eux aussi, même si, compte tenu du moral fluctuant de Colleen, leurs relations avec elle avaient été déstabilisantes. Heureusement, ils n'avaient pas totalement appréhendé l'ampleur du drame.

Sa mère s'était tout de suite proposée pour aider son gendre, prenant ses petits-enfants chez elle le plus souvent possible…

— Comment vas-tu, Nathan ? Parle-moi.

Allait-il lui dire pour Autumn ?

— J'ai rencontré quelqu'un.

Quelqu'un de suffisamment important pour qu'il en parle à sa famille.

Silence sur la ligne. Puis sa mère reprit :

— Qui est-ce ?

— J'ai fait sa connaissance parce qu'elle a découvert une des victimes du tueur, répondit Nathan.

— Nathan, tu sais que ça ne te réussit pas de vivre dans une atmosphère de drame.

Il le savait. Il avait parfaitement conscience de ses ratages sentimentaux et des erreurs qu'il avait commises à chaque fois. D'abord ébloui par la magie de son mariage, il avait vite déchanté. Le feu d'artifice n'avait pas duré, l'enthousiasme était retombé comme un soufflé car tout était allé trop fort, trop vite.

— C'est différent, cette fois, dit-il.

Façon de parler car, ces derniers jours, sa relation avec Autumn avait été tout aussi intense que les premiers temps avec son ex-femme.

— Je crois que je l'aime. En tout cas, je l'aime beaucoup.

— Si tu l'aimes, je l'aimerai aussi. Mais, fais attention, je ne veux pas te voir encore souffrir.

Ils continuèrent de bavarder puis, après un petit bonjour à son neveu et à sa nièce, il raccrocha. Il nc laisscrait jamais tomber sa famille, mais elle n'était plus la seule à occuper ses pensées maintenant. Autumn y avait sa place. Tout comme lui, mais pour une raison différente, elle voulait trouver le tueur de l'Appalachian Trail.

Nathan pivota dans son sac de couchage pour tourner le dos au vent. La terrasse d'Autumn avait beau lui procurer un abri, dormir dehors, seul, ne collait pas à l'idée qu'il se faisait d'une bonne nuit. Bien sûr, il aurait pu dormir dans son chalet, mais Autumn serait restée seule chez elle, sans personne pour surveiller les lieux.

Les agents du FBI étaient tout excités d'avoir arrêté un suspect qu'ils considéraient déjà comme le tueur. Blaine offrait le profil du coupable idéal, son emploi du temps collait, et l'ADN des Reed avait été retrouvé sur deux scènes. N'empêche, Nathan était convaincu qu'ils faisaient fausse route. Bien qu'il n'ait aucune preuve de l'innocence de Blaine, il refusait cette accusation, trop hâtive à son goût. Il devait continuer de protéger Autumn et, pour accomplir cette mission, rester auprès d'elle.

Il avait appelé Henry Summers, un vieux copain, après l'entretien de Blaine avec Ford. Sans trahir la confidentialité de ses conversations avec son client, Henry lui avait confié que Blaine avait de solides arguments pour sa défense.

Restait à l'espérer car les preuves accumulées contre lui étaient sérieuses et reposaient sur du concret. Quels éléments Henry détenait-il pour être aussi confiant ? Jugeait-il les preuves relevées contre son client comme circonstancielles, indirectes ?

Nathan ferma les yeux mais impossible de dormir. S'il pouvait essayer d'oublier le dossier et le froid, il ne parvenait pas à oublier Autumn. Voir sa mine défaite, ce soir, l'avait bouleversé. Elle avait semblé si triste. Il l'avait blessée et s'en voulait. Elle était inquiète pour son frère, il n'aurait pas dû en rajouter. Au lieu de se comporter avec elle en ami, l'ami dont elle avait besoin, il avait endossé son uniforme d'enquêteur.

Il avait remarqué qu'elle était fermée, secrète et il avait essayé de garder ses distances. Essayé d'établir des frontières et de ne pas les franchir. Mais il n'avait pas pu.

Même ce soir, alors qu'elle était fâchée contre lui, il n'avait songé qu'à la serrer dans ses bras et la convaincre que tout allait s'arranger. Comme il avait eu envie de l'embrasser, de déposer des baisers le long de son cou, de descendre plus bas et de mordiller ses bouts de seins…

Submergé par les images que ces pensées suscitaient, il s'entendit gémir. Rattrapé par le froid, il se frotta les mains, espérant ainsi réchauffer l'intérieur de son sac de couchage. Ce genre de rêveries ne le mènerait nulle part et une nuit longue et froide l'attendait.

Il essaya de bloquer les pensées qui le ramenaient à elle. Sans succès. Elle était obsédante. Il était toujours réveillé quand elle éteignit dans la cuisine. Immanquablement, il l'imagina en train de se déshabiller, de passer son pyjama très doux et de se glisser entre les draps. Des draps sur lesquels il aurait aimé s'allonger lui aussi. Avec elle.

Il ferma les yeux et, la tête pleine d'elle, finit par sombrer dans un sommeil sans rêves.

Réveillé brutalement par le coin de la porte contre sa joue, il roula sur le côté.

— Qu'est-ce que tu fais là ? dit-elle, plus surprise qu'agacée.

Il s'extirpa de son sac de couchage et frissonna. Diable, il faisait froid dans ces montagnes !

— J'ai dormi ici. Je ne voulais pas que tu restes seule.

Les yeux plissés, elle pencha la tête de côté.

— Tu as passé la nuit sur ma terrasse ?

— Oui.

Et il n'avait pas eu chaud ! La prochaine fois qu'il descendrait en ville, il achèterait des petits trucs chauffants à mettre dans son sac de couchage.

— Tout seul ?

Il regarda autour de lui et haussa les sourcils.

— Seul avec les ours.

— Pourquoi ne pas avoir dormi dans ton chalet ?

— Parce que, de mon chalet, je ne vois pas ce qui se passe dans le tien.

— Pourquoi éprouves-tu le besoin de savoir ce qui se passe dans le mien ?

Elle avait croisé les bras et le narguait. Un foulard noué autour du cou, une grande veste douillette, un pantalon épais, elle offrait l'image de la chaleur. Sans doute avait-elle pris une longue douche bien chaude pendant que lui…

De nouveau, il se frotta les mains pour faire circuler le sang dans ses bras.

— Le tueur rôde toujours. Tu n'es pas en sécurité.

Il vit ses yeux briller. Avait-il tort de lui donner trop d'espoir ?

— Tu penses que Blaine est innocent, alors.

Le mot « innocent » le gêna. *On est tous coupables de quelque chose*, songea-t-il.

— Je ne pense pas qu'il a tué ces femmes. Je ne pense pas qu'il est le Chasseur.

— J'ai des courses à faire, dit-elle d'une voix complètement radoucie.

Allait-elle comprendre qu'il était de son côté ?

— Je viens avec toi.

Il se leva. Il avait besoin d'un bon café et d'une douche chaude. Mais cela pouvait attendre. Autumn ne devait pas se promener seule en ville.

— Je peux très bien y aller seule.

Il se frappa les bras pour se réchauffer.

— Non, je viens, insista-t-il.

Instinctivement, il sentait qu'il ne devait pas la laisser seule. Informés par la rumeur, ou parce que quelqu'un l'aurait aperçu dans les locaux de la police, les médias n'allaient pas tarder à apprendre que Blaine était en prison. Une fois l'info connue, ils allaient converger vers le camping et le Trail. Ils envahiraient Trail's Edge, presseraient Autumn de questions, la harcèleraient, troubleraient sa tranquillité quand elle aimait tellement avoir la paix. Tout cela serait difficile pour elle.

En soupirant elle consulta sa montre.

— Entre. J'ai un peu de temps. Tu n'as qu'à prendre une douche pendant que je te prépare un petit déjeuner.

L'avait-il convaincue qu'il ne travaillait pas contre elle, ni contre son frère ?

— Pas la peine, ça va aller, dit-il.

— Tu as dormi sur ma terrasse alors qu'il faisait un froid du diable dehors, je ne peux pas faire moins que te proposer une douche et quelque chose de chaud à manger.

Sur ces mots, elle rentra dans son chalet. Il la suivit sans discuter.

— Inutile de venir avec moi à la banque, lança Autumn en prenant ses documents sur le siège arrière de la voiture.

C'était le dossier du prêt contracté pour la rénovation des chalets. Si elle pouvait obtenir un nouveau prêt ou des mensualités de remboursement moins importantes en faisant prolonger l'ancien, elle aurait de l'argent disponible pour payer les frais de justice de Blaine.

— Je t'accompagne mais je resterai dans le hall, dit Nathan.

Elle n'avait pas souhaité qu'il vienne, mais il avait tellement insisté qu'elle avait cédé. Il avait passé la nuit sur sa terrasse alors qu'il aurait pu dormir dans son chalet, au chaud dans un lit confortable. Elle appréciait vraiment qu'il ait fait tout cela pour elle, d'autant plus qu'elle avait été aimable comme une porte de prison avec lui. A sa place, elle aurait fait sa valise et serait partie. De plus, il jugeait Blaine innocent. Sa mère et lui étaient sans doute les seuls à le penser. Avec patience et méthode, Nathan faisait tomber sa résistance et taire les raisons qu'elle avait de l'éloigner.

— As-tu pensé à la réaction des habitants lorsqu'ils sauront que Blaine a été arrêté ? demanda Nathan.

Non, elle n'y avait pas réfléchi. En revanche, la question lui remit en mémoire la rumeur calomnieuse qui avait couru en ville sur sa mère et son oncle. Enfant puis adolescente, elle en avait terriblement souffert. Elle était plus forte aujourd'hui et si, d'aventure, quelqu'un portait un jugement négatif sur son frère ou l'accusait, il n'était pas sûr qu'elle l'écouterait sans broncher. Néanmoins, en aucun cas elle ne voulait voir Daniel entrer dans la bagarre. Il prendrait parti contre elle. Et, s'il le pouvait, il les ferait enfermer, Blaine et elle.

— Je n'y prêterai pas attention. J'en suis capable.

Finalement, Nathan accepta de rester dans la voiture pendant qu'elle se dirigeait vers la banque. Tant mieux. Sa situation financière lui faisait trop honte. Elle ne possédait rien excepté Trail's Edge, avec l'emprunt qui allait avec. L'avocat de Blaine n'avait pas encore encaissé le chèque qu'elle lui avait remis mais cela ne saurait tarder, et elle n'aurait alors plus un sou vaillant. Elle entra. Les vitres teintées de la devanture empêcheraient Nathan de la voir à l'intérieur.

Elle voulait être seule pour gérer cette affaire qui n'était pas glorieuse.

Après vingt minutes d'attente, on la dirigea vers le bureau du préposé chargé des prêts aux particuliers. Elle plaida sa cause en attribuant la baisse de ses revenus à la psychose générée par l'affaire du tueur en série qui éloignait les randonneurs de son camping. Elle expliqua aussi, en y mettant tout son cœur, qu'une fois le monstre arrêté et emprisonné, ses clients reviendraient. Elle serait donc en mesure de rembourser.

— Je crois savoir, intervint alors le préposé, que le FBI a arrêté votre frère et que cela concerne cette affaire.

Rien ne la faisait autant enrager que les rumeurs qui

circulaient dans les petites villes mais, en la circonstance, mieux valait qu'elle reste calme.

— Notre avocat a introduit un recours... Une demande de remise en liberté. Mon frère est innocent.

— Mais la situation... un procès est en instance.

— Comme vous y allez ! dit Autumn, tout sourires. Il n'y aura justement pas de procès. Il n'y a aucune preuve contre lui.

Le préposé fit une moue sceptique. Il jeta un coup d'œil aux documents qu'Autumn avait apportés, en fit une pile et les lui rendit.

— Je sais que c'est difficile pour vous mais, compte tenu des événements qui touchent votre famille, il nous est impossible de donner une suite favorable à votre requête.

— Je ne demande pas à la banque de prendre parti pour ou contre ma famille.

— Vos affaires ne sont pas florissantes, mademoiselle Reed. Le camping ne génère aucun revenu. Nous ne pouvons nous engager financièrement.

Autumn avait envisagé cette réponse mais espéré plus de compréhension.

— Trail's Edge est en activité depuis cinquante ans, monsieur. Ce n'est pas une start-up née hier !

— Je suis navré, mademoiselle Reed, dit le préposé, qui ne l'était visiblement pas. Mais nous ne pourrons pas vous aider.

Autumn reprit ses documents et sortit presque en courant. Elle avisa son reflet dans la porte vitrée. Son visage était défait. Les larmes aux yeux, la gorge nouée, elle se dirigea vers la voiture. Elle n'avait pratiquement pas rentré un cent depuis des semaines et la banque refusait de s'engager. Elle n'avait personne vers qui se tourner et aucun endroit où aller. Elle monta dans sa voiture et claqua la portière.

Nathan ne dit rien mais, à sa mine, comprit tout de suite qu'elle venait d'essuyer un refus.

— Ne t'en fais pas, lui dit-il, avançant la main vers elle.

Elle n'avait pas l'habitude d'imposer ses problèmes aux autres. Elle n'avait jamais fait profiter personne de ses ennuis, elle n'allait pas commencer. Elle repoussa sa main sans le regarder. Si elle le faisait, elle fondrait en larmes, lui raconterait tout et lui ferait partager son fardeau, ce qu'elle s'interdisait de faire. C'était son problème, à elle toute seule, c'était à elle de le régler. Elle ne serait pas un boulet.

Elle était fatiguée, dépitée et… aux abois. Elle avait peu dormi la nuit passée, car elle était restée debout tard à examiner ses comptes. Peut-être aussi pour oublier sa prise de bec avec Nathan. Elle avait l'esprit embrumé. Etait à cran. Comment allait-elle faire pour se sortir de cette ornière ?

Sans même s'en rendre compte, elle donna un coup sur le volant, façon comme une autre d'évacuer son stress.

— Dis-moi ce qui ne va pas, je peux peut-être t'aider.

— M'aider ? Personne ne peut m'aider ! gronda-t-elle.

Nathan se frotta le menton. Bien qu'elle lui ait proposé un rasoir, il ne s'était pas rasé et devait piquer. Sa barbe d'un jour lui allait bien. Cette ombre bleue sur les joues accusait son côté viril, le rendait plus excitant. Plus désirable, tout simplement.

Mais comment pouvait-elle divaguer de la sorte avec des problèmes aussi graves sur le dos ?

— Je suppose que ta visite à la banque avait à voir avec Blaine. Si tu me le permets, je vais toucher deux mots à Henry et lui demander s'il accepte de défendre ton frère *pro bono*.

La veille, sur Internet, elle avait lu la biographie de Summers. Ce n'était pas un petit avocat de quartier. Il avait fondé son cabinet avec des associés et en avait fait l'un des plus en vue de la ville. Le nombre de procès qu'il avait gagnés était impressionnant.

— Pourquoi accepterait-il ? Il ne nous connaît pas, ni

Blaine ni moi. Je ne sais même pas s'il pense que Blaine est innocent.

— S'il te plaît, pour une fois, mets ton orgueil dans ta poche. Tu as besoin d'aide et je te propose de t'aider. Henry et moi on se connaît depuis la fac. Il a la fibre philanthropique, et par ailleurs on se rend souvent mutuellement service.

Imaginant Blaine croupissant dans une cellule, elle oublia sa fierté.

— Merci, dit-elle. J'accepte. C'est vraiment gentil.

— Pas de problème.

Elle sortit du parking et roula vers le Trail. Parvenue près du refuge de Hilde, elle se gara au soleil pour retrouver sa voiture bien chaude à leur retour.

— Puis-je savoir ce que nous venons faire ici ? demanda Nathan.

Autumn hésita. L'avenir de Blaine était en jeu. Si Nathan lui avait semblé sincère, elle devait cependant se méfier. Ne partager que le minimum avec lui. Sans pour autant prendre le risque de faire capoter le dossier de son frère en se montrant désagréable.

— Le livre de Hilde n'est qu'une petite pièce à conviction. Peut-être pouvons-nous en trouver d'autres sur le Trail. Un détail, je ne sais pas quoi, qui prouverait que Blaine est innocent.

Nathan haussa les sourcils ; apparemment il était sceptique.

— Les enquêteurs ont déjà fouillé partout.

— Ils ne connaissent pas la nature aussi bien que moi, déclara Autumn. J'ai plus d'expérience qu'eux.

Elle avait l'habitude de regarder de près les empreintes ou tout signe indiquant le passage d'êtres humains.

Elle ouvrit sa portière et sauta sur le gravier, qui crissa sous ses pas. Elle prit son sac dans le coffre et le balança sur son épaule. Le ciel avait beau être clair, l'air sentait la neige et le froid lui collait déjà les narines.

— J'ai bien fait de prendre mon sac à dos, dit Nathan, le sortant à son tour de la malle arrière.

Son bonnet enfoncé sur les oreilles, elle partit sans l'attendre. Il fallait qu'elle trouve l'endroit où Blaine avait dormi la nuit du dernier crime. Le connaissant, elle le voyait bien allumant un feu, dont elle allait retrouver les cendres. Peut-être y aurait-il même un second feu — ce qui corroborerait l'histoire de Blaine selon laquelle ils étaient trois dans la forêt, cette nuit-là, la victime, lui et le prédateur.

Nathan la rattrapa et lui prit le bras.

— Je suis ici pour toi, j'aimerais que tu t'en souviennes.

Profitant de ce qu'elle se retournait, il happa ses lèvres. Prise de court, au lieu de le repousser elle le laissa faire. Comme il était tendre ! Et comme elle aimait ses baisers !

Pourtant, elle recula.

— Nathan, il faut se concentrer.

Dérapant sur la neige qui commençait à tomber, ils remontèrent le Trail. Le refuge de Hilde se trouvait à quelques centaines de mètres. Le ruban jaune et noir qui entourait la scène de crime était encore en place. Un policier, l'air de s'ennuyer, montait la garde. Tête baissée, Autumn fit le tour du périmètre délimité par le ruban en ayant soin de ne pas le franchir. Une fois le policier hors de vue, elle continua sur le Trail, à la recherche d'indices du passage de Blaine. Dans leur jeunesse, quand ils se promenaient ensemble, il arrivait que son frère disparaisse subitement parce qu'il avait fait une découverte digne d'être examinée. Il était capable de remonter un ruisseau jusqu'à sa source, de rester en arrêt devant la forme particulière d'un rocher, d'écouter pendant de longues minutes, intrigué, le cri d'un oiseau ou d'un animal inconnu. Il avait dit qu'il avait suivi la randonneuse. A quel endroit s'étaient-ils séparés ?

Autumn avançait lentement, à la recherche d'empreintes, mais la neige les mélangeait. De plus, de nombreuses personnes avaient foulé le chemin, à commencer par les policiers. Pourtant, elle ne voulait pas croire qu'elle ne trouverait rien. Il lui fallait une pièce à conviction, un petit quelque chose suffirait à disculper son frère. Il en avait besoin, il comptait sur elle.

Elle accéléra le pas, glissa à trois reprises sur une plaque gelée mais se rétablit. Il faisait trop froid pour tomber dans la neige et rester mouillée, et elle n'avait pas le temps de s'arrêter pour faire un feu et se sécher. Machinalement, elle tâta son allume-feu. Elle ne s'en séparait jamais, non qu'elle y tienne particulièrement mais parce qu'elle savait qu'on peut survivre dans une nature hostile aussi longtemps qu'on peut faire du feu et boire de l'eau. Cela faisait partie des règles que leur père leur avait enseignées, à Blaine et elle.

Première leçon, rester calme même si la situation devient inquiétante. Ce précepte-là, c'était le moment de l'appliquer. Il le fallait, pour Blaine. Si elle commençait à s'affoler, elle ne lui serait d'aucun secours.

Elle continua donc à avancer, tête baissée, tellement concentrée qu'elle entendait à peine Nathan qui marchait derrière elle. De temps à autre, elle se retournait pour vérifier qu'il suivait. Il ne fallait pas qu'il se blesse ou se perde. S'il était là pour la protéger du tueur, elle était là pour le protéger des dangers de la forêt.

Soudain, entendant une cascade, elle s'arrêta. Avec la tempête de neige, les ruisseaux avaient gelé mais le soleil avait redonné vie à celui-ci.

Un torrent plutôt. Blaine et la randonneuse avaient peut-être décidé de le suivre. Elle abaissa les lanières de son sac à dos et prit son appareil photo.

— Je n'ai pas couché avec toi par opportunisme.

Autumn se retourna, interloquée. C'était pratiquement les premiers mots qu'il lui adressait depuis qu'ils étaient descendus de voiture. Pourquoi lui disait-il cela tout d'un coup ?

— Pourquoi donc, alors ?

— Parce que j'en avais envie.

Il en avait envie ! Et maintenant ? En avait-il toujours envie ?

— Ravie de te l'entendre dire, rétorqua-t-elle.

— Je sais que tu es méfiante. Je l'ai tout de suite vu.

— Pourquoi perds-tu ton temps avec moi ? A moins que tu ne cherches que l'aventure. Oui, c'est ça, tu veux une fille facile qui ne te demandera rien. Tu ne veux surtout pas t'impliquer.

Pour une fois, elle osait exprimer tout haut ce qu'elle pensait tout bas. Au début, c'est vrai, elle avait eu envie de lui parce qu'il était beau, mais ce désir s'était mué en quelque chose de profond.

— J'ai compris que tu étais sur la défensive et que tu avais peur de moi mais, sous les apparences, j'ai deviné la femme vibrante, lumineuse que tu es. Je l'ai compris parce que je suis comme toi, je me dissimule derrière des barrières. Maintenant, pour ce qui est de ne pas m'impliquer, peux-tu me dire ce que je fais en ce moment ?

Surprise, elle le regarda droit dans les yeux. Et s'il lui mentait ?

— Tu peux cacher tes sentiments comme tu veux.

Elle n'était pas capable d'en faire autant. Elle avait laissé Nathan l'approcher, aller en ville avec elle, au lit avec elle, elle avait passé de longues heures avec lui, la conclusion s'imposait, elle était amoureuse. Qu'allait-elle devenir maintenant ?

— C'est vrai. Tu sais, j'ai vécu des expériences douloureuses par le passé et je ne tiens pas à recommencer. Dès qu'une femme m'attire, je vois la catastrophe se profiler. Tu m'as tout de suite plu mais, aussitôt, j'ai eu peur que notre rencontre tourne à l'échec.

— Tout de suite ? releva-t-elle.

— Absolument. Pourquoi mets-tu ma parole en doute ? Tu me plais, Autumn, comme jamais aucune femme ne l'a fait. Tu es belle, tu es intelligente, et vivre avec toi est une belle aventure. Maintenant, si je t'ai blessée, pardon.

Des compliments, une excuse, c'était trop. Elle ne le reconnaissait plus.

— Allez, viens, nous sommes loin d'être arrivés, dit-elle au lieu de cela.

Pivotant sur ses talons, elle repartit. Il fallait qu'elle essaie de se mettre dans la tête de Blaine. Le torrent. Il aurait suivi le torrent. La neige, là, n'était pas profonde car les branches l'arrêtaient.

— Tu pourrais cesser de monter sur tes grands chevaux chaque fois que je t'adresse la parole ?

Elle accéléra le pas. Elle n'avait pas envie de parler, elle avait trop peur de lui avouer qu'elle l'aimait. Comme il ne répondrait rien, elle aurait l'air ridicule avec sa déclaration. Mon Dieu, non ! Il ne fallait pas qu'elle parle.

— Je ne monte pas sur mes grands chevaux. J'essaie d'aider mon frère. Si cela t'ennuie, va m'attendre dans la voiture.

Paniquée à l'idée qu'il la prenne au mot, elle se retourna. Il la suivait toujours.

— Je sais que tu te fais du mauvais sang pour ton frère. Je sais aussi que tu penses que tu n'as personne sur qui compter. Je suis là, Autumn. Tu peux compter sur moi, mais ne me ferme pas ta porte.

— Tu parles de quoi ? De l'enquête ? De la garde à vue ? Blaine n'a tué personne. Quand nous étions petits, il ne supportait même pas de voir un animal blessé. Alors, un humain… Mon père et moi avons notre brevet de secourisme. Pas Blaine. La seule vue du sang le faisait tourner de l'œil. Il n'a tué personne. Le FBI perd son temps avec lui, il ferait mieux de courir derrière le vrai tueur.

— Si le Chasseur frappe pendant qu'il est en garde à vue, ce sera excellent pour sa défense, dit Nathan.

— Avec un peu de chance, je vais peut-être trouver de nouvelles pièces à conviction.

— Lesquelles ? Tout a déjà été tourné et retourné.

— Il arrive que Blaine s'écarte du Trail, précisa-t-elle.

— En disant cela, tu donnes des arguments à l'accusation.

Elle le fusilla du regard.

— Il n'était pas tout seul. Il y avait la victime, le tueur et lui. Ils étaient trois. Si je peux le prouver, cela constituera un doute raisonnable. Il faut pour cela que je retrouve les campements.

— Mais il faudra aussi que tu prouves qu'ils datent du même jour.

Dater un feu de camp était quasiment impossible, surtout par temps de neige. Mais il y avait aussi l'histoire des lianes. Pouvait-elle dire à Nathan ce que Blaine en pensait ?

— Je veux sauver Blaine, déclara-t-elle dans un soupir. C'est ma famille. Il n'y a rien de plus important.

— Si, être ensemble.

Etonnée, elle le regarda et frissonna. Il lui disait qu'il aimait être avec elle ? C'était agréable à entendre mais pas réaliste. Ils n'avaient pas d'avenir possible ensemble.

— Tu sais, moi, ma vie c'est mon camping. C'est ma maison. J'y ai toujours vécu. J'aime être ici. Toi, ta vie c'est le FBI.

Inutile d'insister, se dit-elle. Le hasard d'une enquête les avait fait se rencontrer. Mais ils étaient trop différents, et leurs domaines d'activité incompatibles…

Arriver à la source du cours d'eau leur prit presque l'après-midi. La neige collait à leurs semelles, le sol était inégal. Ils s'assirent un moment pour boire de l'eau.

— S'il a campé, ce sera plutôt sous un arbre que dans une grotte, pour ne pas se trouver nez à nez avec des animaux, dit Autumn en se relevant. Blaine a peur des chauves-souris.

A son tour, Nathan se leva et s'approcha d'elle. Malgré la fatigue, elle était toujours aussi belle et désirable. Des mèches s'étaient échappées de sa queue-de-cheval et elle avait des traces de doigts noires sur le visage.

L'air sérieux, elle montra un rocher, à moitié immergé, à une quinzaine de mètres d'eux.

— Je vais l'escalader, annonça-t-elle. Ça me permettra de surplomber le coin.

— Il fait au moins cent mètres de haut, c'est trop dangereux.

Un des côtés montait en pente douce. L'ascension serait facile.

— Pas de problème, dit-elle en riant. Si jamais je tombe, ce sera dans l'eau. Allez, j'y vais avant qu'il ne fasse nuit.

— Je ne comprends pas où tu veux en venir, lui lança-t-il alors qu'elle partait.

— S'il te plaît, laisse-moi faire à mon idée.

Incapable de la retenir, il la suivit. Elle était de ces femmes qui ne se laissent pas volontiers convaincre.

— Je t'en supplie, fais attention. Es-tu sûre de la solidité de la roche ?

— Je te dis que je ne crains rien.

Elle posa son sac à terre et commença à escalader. Elle avait déjà bien grimpé quand il entendit un bruit de roche qui casse. Apparemment, cela ne venait pas d'un faux pas d'Autumn. D'ailleurs, accrochée au rocher, elle regardait autour d'elle, interloquée.

D'en bas, Nathan suivait des yeux chacun de ses mouvements. Il n'aurait jamais dû la laisser monter. C'était beaucoup trop risqué. S'il lui arrivait malheur, il ne s'en remettrait pas.

Un deuxième craquement les surprit. Les bras en croix, aplatie contre la paroi, Autumn leva la tête puis, regardant par-dessus son épaule, lui cria quelque chose. Mais Nathan ne comprit pas ce qu'elle voulait lui dire, car le bruit du torrent couvrait sa voix.

Apparemment, la roche s'effritait au-dessus de sa tête.

Autumn n'avait rien fait, pourtant, qui explique cette chute de pierres. Alors, il réalisa soudain de quoi il retournait : quelqu'un tirait sur elle.

Une nouvelle chute de pierres se produisit. Et sous ses yeux effarés, Autumn lâcha prise. La voyant disparaître dans l'eau tumultueuse, Nathan se précipita. Avait-elle été blessée ? Le courant allait-il l'emporter ? Il fallait la rattraper, vite ! Et tant pis pour lui si c'était le tueur fou avec ses flèches meurtrières.

9

Nathan se déchaussa, jeta son arme à terre puis se débarrassa de sa veste et de son sac à dos sans quitter des yeux la surface de l'eau.

Et il plongea. C'était glacial, saisissant. Il fallait agir vite, l'hypothermie survenant en quelques minutes.

Il était bon nageur mais l'eau était si froide que ses membres s'engourdirent aussitôt. *Reste calme*, s'adjura-t-il en luttant contre le courant. Brusquement, alors qu'il fouillait l'eau, il toucha quelque chose de pointu avec le bras. Un rocher à fleur d'eau ? Un objet qui l'aurait frappé ? Peut-être une flèche tirée d'en haut ? Le fond du torrent était tapissé de blocs de pierre. Si Autumn en avait heurté un de la tête, c'était la mort assurée. Refusant de penser au pire, il continua son exploration. Soudain, un bout de tissu vert attira son regard. Crawlant à toute vitesse, il l'atteignit. C'était elle. La prenant par la taille il lui sortit la tête de l'eau. Il fallait maintenant regagner la rive, contre le courant, en lui maintenant la bouche hors du torrent.

Sollicitant tous ses muscles, il réussit à rejoindre la rive et à hisser Autumn sur la terre ferme. Elle était restée dans l'eau pendant une à deux minutes. Il n'y avait pas un instant à perdre. Elle avait les lèvres bleues, signe que l'hypothermie menaçait. Il appuya sur sa poitrine, une fois, deux fois, et là, miracle, elle toussa. Il l'assit et elle cracha l'eau qu'elle avait avalée. Elle inspira très fort, en quête d'air, et cracha encore.

Tremblant de froid et d'épuisement, Nathan regarda autour d'eux. Il n'y avait plus aucun bruit. Les tirs avaient cessé. Etait-ce un avertissement ou le tireur cherchait-il un meilleur angle pour les descendre à coup sûr ? Là où ils se trouvaient, ils étaient exposés et il n'y avait aucune cachette alentour.

Nathan empoigna leurs sacs à dos et, donnant la main à Autumn pour l'aider à se relever, la serra contre lui. Mais sa chaleur ne suffirait pas. Ils étaient tous deux affaiblis et trempés. Ils n'arriveraient pas jusqu'à la voiture dans ces conditions. Il leur fallait très vite trouver un abri où se sécher et se réchauffer.

Se tenant par la main, ils s'éloignèrent du torrent. Leurs jambes les portaient à peine. Ils dévalèrent une pente et, soudain, aperçurent une grotte.

— Vérifions qu'elle n'est pas habitée, dit Autumn en claquant des dents.

Ils s'approchèrent et, ne voyant pas de traces d'animaux, entrèrent. Enfin la chance leur souriait. Ce n'était pas trop tôt. A l'abri du vent maintenant, ils avaient déjà moins froid. Autumn prit son sac et le vida par terre. Il y avait tout ce qu'il fallait dedans pour allumer un feu.

— Va voir dehors si tu trouves du bois sec, suggéra-t-elle. Je vais faire de même dans la grotte. Il faut se sécher sinon on va attraper la mort.

Il s'exécuta. Mission quasiment impossible. Heureusement, quelques endroits avaient été épargnés par la neige.

— Voilà, dit-il en revenant avec une bonne brassée de brindilles et de feuilles séchées.

Circonscrite par des pierres, une flambée dégageait une chaleur vive et lumineuse dans leur abri de fortune.

— Il faut se déshabiller maintenant, déclara Autumn.

Et, joignant le geste à la parole, elle ôta ses propres

chaussures, son pantalon et son T-shirt, qu'elle étendit non loin du feu.

Il fit de même et lui tendit sa veste, qu'elle posa vite sur ses épaules.

— Tu n'es pas blessée au moins ?

Elle hocha la tête négativement, s'assit par terre et déplia la couverture de survie qu'elle emportait toujours dans son sac quand elle partait en randonnée.

— Viens près de moi, lui dit-elle. On va se réchauffer mutuellement.

Elle se serra contre lui, épaule contre épaule, cuisse contre cuisse, puis ils s'enroulèrent tant bien que mal dans la couverture de survie.

— J'ai eu tellement peur qu'il me touche que j'ai préféré sauter dans l'eau, expliqua-t-elle.

— As-tu vu qui c'était ?

— Non, mais c'était des flèches qu'on tirait sur moi. J'en ai vu une rebondir sur la paroi avant qu'elle ne tombe dans le torrent.

Des flèches. Ils avaient donc bien affaire au Chasseur.

— Il va repérer la fumée, dit Nathan qui grelottait.

Elle se frotta les mains.

— Peut-être pas, en plein jour elle sera moins visible. De toute manière, c'est ça ou on crève ! Tu penses qu'il nous a suivis ?

— Je n'en sais rien, répondit-il en se frottant les cuisses. Je ne vois rien bouger mais il se cache peut-être derrière un arbre.

— Au fait, tu lui as tiré dessus ?

— J'aurais bien aimé mais j'aurais tiré au hasard. Je ne voyais personne, j'ai juste entendu le bruit de chute de pierres. J'ai compris que c'était le rocher qui se désagrégeait. Et je t'ai vue tomber.

Le feu avait bien pris, Autumn l'alimentait régulièrement de petit bois sec et les flammes commençaient à les réchauffer. Leurs corps retrouvaient peu à peu une température normale.

Lui-même commençait à se sentir très bien tout contre Autumn, et plein de désir. S'en rendait-elle compte ? Etait-elle dans le même état d'esprit ?

Sans doute que non, car elle se leva, le privant brutalement de la chaleur de sa peau douce.

— Ils sont encore mouillés, dit-elle en tapotant leurs vêtements.

— Je m'en doute.

Elle les étala mieux, plus près encore du feu et revint vite se mettre au chaud contre lui.

— C'est bon, tu es chaud, murmura-t-elle en se nichant dans le creux de son épaule.

Il était même très chaud et prêt à la prendre, mais il ne fallait pas. D'abord, il avait encore les mains glacées et lui aurait donné la chair de poule. Ensuite, il avait un objectif, débusquer l'assassin de sa sœur et, pour cela, se conduire en vrai professionnel et non se laisser dominer par ses pulsions.

— Quelqu'un savait que tu venais ici aujourd'hui ? dit-il soudain pour éviter de penser à autre chose.

— Non. Je n'ai parlé de mon projet à personne.

Nathan bougea sous la couverture et remua ses pieds pour faire circuler le sang.

— A mon avis, précisa-t-elle, c'était un avertissement, du genre. « Ne vous mêlez pas de cette affaire. »

— La vérité, maintenant, s'il te plaît. Pourquoi es-tu venue ici ?

— Le Chasseur a un rituel, comme tu sais. Il sévit tout le long du Trail, mais il ne peut pas avoir en permanence tout son matériel sur lui. Je suppose donc qu'il le stocke quelque part. C'est cette cache que j'espérais trouver. Ainsi que le campement de Blaine, bien sûr.

— Intéressant, dit Nathan.

Elle tirait là un fil auquel ni lui ni le FBI n'avaient pensé.

Le FBI savait que les flèches étaient de fabrication artisanale mais que les pointes étaient industrielles et disponibles dans des centaines de magasins spécialisés dans les articles pour la chasse. Il y en avait même un en ville, The Out House.

— Je n'ai peut-être pas trouvé ce que je cherchais, reprit Autumn, mais je suis sûre d'une chose : Blaine est en prison et le tueur court toujours puisqu'il nous a tiré dessus.

Le prouver à un jury serait une autre affaire, songea Nathan.

— Il nous faut les flèches, dit-il. La police scientifique pourra les comparer avec celles que l'on a trouvées sur les victimes.

— Il va falloir y retourner et essayer de les retrouver.

— Non, c'est trop dangereux. Il doit nous guetter. Nous rechercher. Nous reviendrons mais avec du renfort.

Il vit à son regard qu'elle était d'accord.

— Nos vêtements doivent être à peu près secs maintenant. Courons jusqu'à la voiture.

— Oui. Plus vite les scientifiques viendront, moins les preuves auront le temps de disparaître.

Nathan avait pris le volant et rentrait au chalet aussi vite que la route étroite et sinueuse le lui permettait. Etait-ce le froid ou le danger ? Ils étaient tous les deux nerveux, excités.

— Ça va ? lui demanda soudain Autumn.

— Oui, pourquoi ?

— Tu n'arrêtes pas de me regarder.

— Parce que je te trouve belle.

Flattée, elle posa la main sur sa cuisse et la pinça. Au lieu de repousser cette main, il la recouvrit de la sienne.

Arrivé au camping, il gara la voiture devant le chalet d'Autumn et mit pied à terre. Le temps de verrouiller les portières, elle était déjà devant sa porte et fourrageait dans la serrure pour l'ouvrir.

Impatient de satisfaire le désir qui l'étreignait depuis leur séjour dans la grotte, il lui prit les clés des mains et ouvrit. D'un coup de pied, il claqua la porte derrière eux et prit Autumn dans ses bras pour la déposer sur le lit. Il n'avait jamais autant désiré une femme. C'était fou. Elle était tout ce qu'il aimait, tout ce qu'il avait toujours rêvé de trouver chez une partenaire. L'intelligence, la générosité, le naturel. Avec elle, pas de chichis, pas de faux-semblants. Elle était vraie.

Il s'allongea sur elle, prit sa bouche, la caressa entre les jambes.

— Nathan, oui, supplia-t-elle.

Ils se déshabillèrent à la hâte et retombèrent, enlacés, sur le lit. Alors, sans attendre, sans un mot, il la pénétra, lui arrachant un cri de plaisir. Il la sentit se resserrer autour de lui et, poussant à son tour un râle de plaisir, retomba sur elle après un ultime coup de reins.

Il pesait de tout son poids sur elle et serait bien resté ainsi des heures, des jours et des nuits, toute une vie. Hélas, ce n'était pas ce que l'avenir lui réservait…

Sortant doucement de son délicieux coma, il roula sur le côté et la pressa contre lui. Il était anéanti mais heureux.

— Que dirais-tu d'une douche ? proposa-t-elle.

La tenant dans ses bras, il se leva et l'emmena dans la salle de bains. Le point de non-retour était dépassé, il avait franchi la ligne jaune. Que risquait-il maintenant qu'il ne restait rien de ses résolutions ?

Que du bonheur. Son cœur appartenait à Autumn.

Autumn faisait les cent pas dans le parloir de l'hôtel de police. Henry avait fini par obtenir qu'elle puisse s'entretenir avec Blaine.

La pièce, sans fenêtre, ressemblait à ce qu'elle avait vu dans les séries policières à la télévision. Peu de lumière et une table en fer, quatre chaises pliantes dépareillées, des murs en ciment gris. Une odeur de tabac froid et de transpiration imprégnait l'air.

L'ensemble donnait une impression sinistre. Blaine était-il retenu dans une pièce comme celle-ci ? Ou pire ? Pour quelqu'un qui aimait les grands espaces et le grand air, il devait suffoquer.

A cette pensée, elle sentit son cœur se serrer.

La porte grinça et Blaine entra, escorté par un policier en uniforme. Il était menotté et affublé d'un survêtement bleu ciel. Il s'assit, sans parler ni lever les yeux.

Henry Summers apparut un instant plus tard et posa son attaché-case en cuir sur la table. Il était très élégant, costume impeccable, pas un cheveu qui dépassait, rasé de près.

— Les menottes sont-elles nécessaires ? dit-il au policier.

— Mesure de sécurité, rétorqua l'agent.

Autumn ouvrait la bouche pour protester, mais Summers lui fit signe de se taire.

— Je me sens en totale sécurité avec mon client et sa sœur, insista l'avocat. Je vous demande de le démenotter.

Le ton, autoritaire, la rassura. Tout comme Nathan, cet homme avait confiance dans son pouvoir de persuasion.

— A vos risques et périls, grommela le policier en s'exécutant.

Coup d'œil méprisant à Blaine, et il sortit, verrouillant derrière lui. Alors seulement, Blaine releva les yeux.

— Bonjour, Autumn.

— Bonjour, Blaine. Comment te sens-tu ?

— Trop de temps pour penser. Impossible de dormir. Chaque fois que je ferme les yeux, je les entends décrire les meurtres comme si je les avais commis.

— Je sais que ce n'est pas toi.

Henry ouvrit sa sacoche et en sortit une pile de papiers.

— Votre sœur a de bonnes nouvelles pour vous, fit-il en se tournant vers elle.

Autumn s'éclaircit la voix.

— J'ai essayé de suivre tes traces, à partir du refuge de Hilde. Je cherchais ton campement.

— Et tu as trouvé quelque chose ? demanda Blaine, interloqué.

— Non, mais, pendant que j'étais là-bas, quelqu'un m'a tiré dessus.

Henry Summers étala sur la table les clichés des flèches pris par le FBI. Elles avaient été envoyées au laboratoire de la police pour analyses.

— Tu prends trop de risques ! s'exclama Blaine. Pars, va où tu veux, mais quitte cette ville tant que le tueur n'est pas sous les verrous. Il est dangereux. Pense à ce qu'il a fait à toutes ces femmes. La prochaine pourrait être toi.

— Il est hors de question que je m'en aille, s'insurgea-t-elle.

— As-tu repensé à ce que je t'ai dit à propos du lierre ou des lianes ?

— Oui et j'en ai parlé à Henry, mais pas encore à Nathan.

— Tu as bien fait, tu sais que tu as le chic pour tomber sur des voyous qui te mentent volontairement ou par omission ! Rappelle-toi Daniel. Et Ben. Au fait, sais-tu pourquoi j'ai quitté Trail's Edge ? Je vais te le dire. Daniel te trompait et toute la ville le savait. Sauf toi, évidemment. Le voir te ridiculiser…

Il reprit son souffle.

— Tu te souviens de la bague de rien du tout qu'il t'avait offerte ? Et que tu portais. Quelle honte ! Je parie qu'il l'avait trouvée dans un paquet de lessive. Bref… Un jour, je l'ai prié d'arrêter son cinéma. Cela devenait gênant pour tout le monde… Tu sais ce qu'il m'a répondu ? Qu'il s'était fiancé avec toi par pitié, à cause de ce qui était arrivé avec maman et l'oncle Ryan. Il avait, paraît-il, de la peine de nous savoir tout seuls après la mort de papa !

Ce n'était pas un scoop, mais cela faisait toujours aussi mal à entendre.

— Tu es gentil, Blaine, mais laisse-moi gérer mes affaires.

— Je vous interromps, intervint Summers, car nous n'avons pas beaucoup de temps devant nous. Pouvez-vous m'en dire un peu plus sur cette histoire de lianes ?

Autumn leva les yeux sur son frère, lui signifiant qu'elle le laissait répondre à la question de l'avocat.

— Il paraît qu'entourer une dépouille de lianes empêche le diable qu'elle abrite de sortir de son corps, et donc de polluer la terre. J'ai lu cela dans un livre consacré à l'Appalachian Trail, qui appartenait à mon père.

— Mais comment prouver que ce n'est pas Blaine qui a accompli le rituel ? Si on en parle devant la cour, ne risque-t-on pas d'aggraver son cas ? lança Autumn.

Le froncement de sourcils de l'avocat la convainquit du bien-fondé de sa remarque.

— J'ai bon espoir que le laboratoire fera le lien entre les dernières flèches tirées et le Chasseur, dit-il en se tournant vers elle. De mon côté, je dois construire une défense solide pour affronter le procureur. Il va sûrement chercher à vous accuser d'avoir déposé vous-même les flèches près du rocher pour disculper votre frère.

— Oh ! protesta Autumn. Je n'ai en aucun cas fait ça. Je…

— Je sais, l'interrompit Henry, la main levée pour lui signifier de se calmer. Mais le FBI et la police ont besoin d'un coupable… pour leur promotion et pour apaiser un public qui aura peur tant qu'aucun suspect ne sera passé aux aveux. Je dois anticiper les arguments de l'accusation.

Ils regardèrent Blaine. Il avait posé les coudes sur la table et se tenait la tête dans les mains.

— Quand j'étais petit, oncle Ryan m'emmenait chasser. Il laissait toujours une liane à l'endroit où la bête avait été tuée.

— Quand avez-vous vu votre oncle pour la dernière fois ? intervint l'avocat, soucieux.

— Difficile à dire. Il est complètement sorti des radars, répondit Autumn. On a toujours pensé qu'il devait être mort depuis pas mal de temps.

Blaine plissa le front.

— Avant d'être arrêté, j'ai essayé de te dire que les lianes me faisaient penser à oncle Ryan. Le livre dont je parle, c'était sa lecture préférée. Il en parlait sans cesse, il décrivait la nature et disait qu'il fallait vivre en harmonie avec elle.

Autumn se frotta les deux côtés de la tête. La migraine n'était pas loin.

— Tu veux dire que ce serait oncle Ryan qui… ?

Mais c'était impossible. Ils ne l'avaient plus vu depuis des années. S'il s'était trouvé dans les parages, il se serait arrêté au camping. Il serait venu prendre des nouvelles de leur père.

— Je ne sais que penser, reprit Blaine en se balançant sur son siège. Papa disait que, depuis l'opération « Tempête du désert », son frère n'allait pas bien. Qu'il avait dû fondre les plombs en Irak.

Autumn, la mine défaite, se perdait en conjectures.

— Ils n'ont qu'à prélever mon ADN, déclara soudain Blaine, et ils verront que ce n'est pas moi le coupable.

— Et ensuite ? demanda Autumn, la gorge serrée au point de ne plus pouvoir avaler sa salive. Ils vont faire la chasse à notre oncle ?

La main sur le cœur, elle se leva et alla frapper à la porte. Au lieu du policier, c'est Nathan qui ouvrit.

— Que fais-tu là ?

— Je t'attendais. Je voulais m'assurer que tout allait bien.

— Ça va. Blaine accepte de faire le test ADN.

Au lieu de se réjouir de ce revirement, elle s'effondra. Elle n'avait pas plus envie de voir son oncle au tribunal que d'y voir son frère. Frère, oncle, c'était sa famille. Un bien précieux. Irremplaçable.

— C'est bien, commenta Nathan. De toute façon, on

sait que l'ADN trouvé sur les scènes de crime appartient à un Reed. Alors, il ne reste plus beaucoup de…

La remarque la fit bondir.

— Arrête. Je ne veux plus parler de ce dossier avec toi.

— Je ne cherche qu'à t'aider, dit-il très bas.

Il lui prit le bras et l'emmena vers la machine à café.

— J'ai deviné hier soir que c'était ton oncle en en discutant avec Henry, lui assena-t-il.

Elle agita le bras pour qu'il la lâche.

— En ce cas, qu'attendent-ils pour libérer mon frère ?

— Ils veulent des preuves formelles. Le procureur ne plaisante pas avec les procédures. Mais Henry est un bon avocat, je pense qu'il aura vite fait d'obtenir sa libération.

Ils avaient intérêt à se dépêcher. Blaine était enfermé comme un animal en cage, et risquait de craquer. Son oncle allait donc être pourchassé comme une bête sauvage. Savait-il seulement que c'était elle qu'il avait visée et failli tuer ? Mon Dieu, il y avait des jours où la vie était trop cruelle.

— Qu'est-ce que je peux faire ? dit-elle en reniflant.

— Il faut localiser ton oncle, le faire sortir de sa tanière. Réfléchis aux endroits où il peut être. Aux amis…

— J'avais déjà cherché à le joindre au décès de mon père. Même ses vieux copains de l'armée étaient sans nouvelles de lui. Personne ne l'a jamais vu nulle part. J'en avais conclu qu'il était mort.

— A ton avis, pourquoi en a-t-il après les randonneuses ?

La question lui donna la chair de poule. Son oncle, tueur en série ? C'était un mauvais rêve. Avant « Tempête du désert », il était une crème d'homme. Il les emmenait se promener en forêt, Blaine et elle, leur racontait les légendes de l'Appalachian Trail, il leur avait appris à pêcher, à reconnaître les bons des mauvais champignons, à cueillir des myrtilles. En fait, il les traitait comme il aurait traité ses propres enfants.

Plus tard, lorsque leur oncle était revenu de la guerre, leur père ne les avait plus autorisés à partir en balade avec lui. Il avait beaucoup changé. Ce n'était plus le même homme.

— A son retour d'Irak, il a été suivi quelque temps en hôpital psychiatrique, mais sans succès. Il s'est mis à vivre en ermite, partant de plus en plus souvent et de plus en plus longtemps en pleine nature. Les randonneuses ont dû faire quelque chose qui lui a déplu et, dans son esprit torturé, il a vu en elles le mal qu'il fallait éradiquer. Peut-être qu'il s'est senti investi de la mission de les tuer.

Si délirante qu'elle puisse paraître, cette explication était la seule qu'elle avait à proposer.

— Tu penses qu'il est toujours dans le Trail ? Il faudrait trouver quelque chose de suffisamment important pour l'attirer.

— Je ne sais plus que penser, déclara-t-elle dans un soupir. Si le tueur c'est vraiment lui, c'est qu'il est malade et je doute qu'il ait l'esprit assez clair pour réagir logiquement.

Alors qu'on emmenait Blaine, de nouveau menotté, Summers les rejoignit dans le couloir.

— Alors, Nathan, c'est quoi le projet ?

— La chasse au tueur.

10

— Bonjour, dit Autumn.

— Bonjour, ma chérie, répondit sa mère. Je suis heureuse de t'entendre.

Autumn grimaça. Elle avait dû se faire violence pour appeler sa mère, mais elle se sentait le devoir de l'informer des rebondissements de l'affaire.

— Ils ont libéré Blaine aujourd'hui. Mais il ne faut pas l'ébruiter. Surtout ne dis rien aux médias. Le FBI a un autre suspect dans le collimateur. Si tu savais qui… Oncle Ryan !

— Ah.

— Ça n'a pas l'air de t'étonner. Pourtant…

— Non, rien ne me surprend venant de lui. J'ai commencé à t'en parler quand on s'est vues, l'autre jour. Ton oncle avait déjà des problèmes avant que je quitte la maison. La guerre en Irak l'a rendu fou.

— Tu ne voudrais pas venir à Trail's Edge, aujourd'hui ?

— Ça me ferait très plaisir.

Autumn raccrocha vite. Etait-ce une bonne idée d'avoir invité sa mère ? Blaine, surtout, avait la rancune tenace. Mais ce qu'avait dit Nathan à propos de sa sœur tournait en boucle dans sa tête. La vie était courte. Si sa mère disparaissait, elle regretterait de ne pas avoir fait la paix avec elle.

— Je peux me joindre à vous ? demanda Roger Ford à l'ensemble des convives.

Blaine avait été libéré deux jours plus tôt et ce dîner, organisé pour fêter sa liberté retrouvée. Dans le restaurant, les yeux étaient braqués sur eux mais ils s'en moquaient ; ils avaient choisi une table à l'écart pour être plus tranquilles.

Nathan, assis entre Autumn et Blaine, jugea inopportune l'intrusion de Ford. Ce dernier prit place à côté de Blythe.

— Nous pensons que Ryan Reed est encore dans le coin, l'entendit-il dire à la mère d'Autumn. Pour l'heure, nous cherchons à le faire sortir de son trou, mais ce n'est pas simple. Malgré sa folie, l'homme est trop intelligent pour tomber dans n'importe quel piège.

— Pas de réaction à l'article dans le journal ? s'enquit Autumn.

Le FBI avait fabriqué un journal qui avait été laissé dans le refuge le plus proche de Trail's Edge. En deuxième page y figurait un article sur l'arrestation de Blaine. Il y était fait mention de sa libération sous caution. Dans une interview, Autumn déclarait son intention de vendre le camping pour payer les frais de justice de son frère.

En fait, ce n'était pas si loin de la vérité.

Le FBI avait parié que, si Ryan Reed apprenait que la terre de ses ancêtres allait être vendue par sa nièce, il s'en prendrait à elle. C'était un risque calculé. Il était hors de question de mettre quiconque en danger. Pour sa part, Nathan ne quitterait pas Autumn des yeux tant que Ryan Reed ne serait pas en garde à vue.

— Si vous voulez, agent spécial Ford, je peux servir d'appât, déclara Blythe. Ryan Reed me hait. Il me tient pour responsable des ennuis qu'on a connus à Trail's Edge et m'a toujours reproché d'être entre lui et mon ex-mari. S'il sait que je suis dans le coin, il ne résistera pas au plaisir de m'exterminer.

— Non, maman. Pas question que tu t'exposes, s'insurgea

Autumn. Au contraire. Tu vas te cacher jusqu'à ce qu'on lui ait mis la main dessus. Il est trop dangereux.

— S'il te voit, il est capable de partir en vrille, intervint Blaine. Rappelle-toi, papa et lui étaient de fichus caractériels.

— S'il pique une rogne, je l'imagine assez bien sortir en pleine lumière à un endroit où il est sûr de se faire prendre par le FBI, dit Blythe.

Nathan, que le côté théâtral de cette femme commençait à séduire, constatait qu'Autumn semblait heureuse d'être avec sa mère.

— On ignore ce qui le pousse à tuer, affirma Ford. Nous avons posté des agents femmes dans l'arrière-pays pour l'attirer. Pour l'instant, il n'a pas bougé. Il va falloir faire monter les enchères, lui tendre un piège auquel il ne pourra résister.

— Et si on faisait passer un de nos agents pour Blythe ? suggéra Nathan.

Ford grimaça.

— On n'a pas le temps de chercher quelqu'un qui lui ressemble un peu.

— Puisque je vous dis que je peux servir d'appât, insista Blythe.

— Je crois que vous sous-estimez les risques, dit Nathan.

— C'est un malade mental, intervint Blaine.

— Donc imprévisible, ajouta Autumn.

Elle se tourna vers sa mère.

— Qu'est-ce que tu cherches ? A prouver quelque chose ? A te faire pardonner la jeunesse qu'on a eue, Blaine et moi, à cause de ton absence ?

— Faut faire vite si on veut le coincer, insista Ford. De toute façon, pas d'inquiétude, nous serons là, prêts à intervenir.

— C'est moi seule qui décide de ce que je veux faire, reprit Blythe. J'ai dit que j'irais, j'y vais.

Ravi, Ford se leva sous le regard mi-contrarié mi-inquiet de Blaine et d'Autumn.

— J'en parle avec mes hommes et je reviens vers vous.

Postée derrière un arbre, Nathan à son côté, Autumn s'attendait à voir, à tout moment, une flèche passer au-dessus de leurs têtes. Le FBI avait positionné des agents tout autour du camping.

— Qui dit qu'il n'est pas mort ? suggéra subitement Autumn.

— Cela m'étonnerait, répliqua Nathan. Mais ne t'inquiète pas. On va tâcher de le capturer sans le blesser.

— Tu es bien la première personne à ne pas lui vouloir de mal. Le FBI et Ford se moquent pas mal qu'il meure.

— Pas moi, Autumn. C'est ton oncle et je comprends ton sentiment.

— Il a tué ta sœur, pourtant, tu devrais lui en vouloir à mort.

C'était des mots difficiles à dire, s'avoua-t-elle. Son oncle avait tué quelqu'un que Nathan aimait. Pourrait-il oublier ? Pourrait-il ne pas lui en vouloir à *elle* ? Son oncle serait certainement incapable d'adresser des excuses. Saurait-il même que ses actes étaient condamnables ?

— Je ne vais pas te reprocher les erreurs de ton oncle, déclara Nathan comme s'il lisait dans ses pensées. Je veux que tu comprennes que nous sommes du même bord, que nous formons une même équipe.

Reprenant confiance, et espoir, elle le regarda.

— C'est la première fois depuis longtemps que quelqu'un est de mon côté. Vraiment de mon côté, et sans condition.

Blaine avait disparu quand cette vie lui était devenue trop pesante, sa mère les avait quittés, Daniel l'avait trompée. Apparemment, Nathan, lui, était solide, fiable, des qualités qu'elle appréciait. Aujourd'hui, elle savait qu'elle l'aimait, mais elle ne voulait pas que ses sentiments se lisent sur son visage, dans son regard. Autant le lui cacher puisque, une fois son oncle arrêté, Nathan partirait. Il ne lui resterait qu'à tirer un trait sur cette belle histoire.

Préférant ne pas songer à son départ — à chaque jour suffit sa peine, disait toujours son père — elle souffla profondément.

— Je resterai avec toi jusqu'au bout, déclara Nathan en embrassant ses cheveux. Je ne t'abandonnerai pas, je te le promets.

Au lieu de ranger sa promesse au rayon des mensonges, comme elle avait tendance à le faire, pour une fois elle choisit de le croire. A cet instant, elle entendit un cri. Sa mère. Aussitôt, avec Nathan qui avait dégainé, ils se précipitèrent vers le chalet qu'elle occupait. Le FBI avait-il arrêté son oncle ?

— Lâche-moi ! cria Blythe de la terrasse du chalet 9.

Elle battait l'air de ses jambes pour empêcher l'homme qui la traînait de l'emmener. *Mon oncle ?* se demanda Autumn.

Il ne ressemblait pas à l'homme dont elle se souvenait. Les années ne lui avaient pas fait de cadeau. Il portait une grosse barbe, sale, hirsute, des cheveux longs, tristes et en bataille, des vêtements dépenaillés et des bottes éculées. Les yeux exorbités et injectés de sang, il tenait sa mère en joue. Autumn s'avança vers lui.

— Recule ! hurla-t-il à son adresse. Si tu approches, je la tue car tout est sa faute.

Bien qu'elle sût les hommes du FBI tout près, Autumn frémit. Qu'attendaient-ils pour donner l'assaut et sauver leur mère ?

Accouru sur la terrasse de son chalet, Blaine suivait la scène des yeux, atterré.

— Si quelqu'un approche, je la flingue ! hurla à nouveau l'oncle Ryan.

— Oncle Ryan ! Arrête ! Ne fais pas ça, cria Autumn.

Il la regarda. Ses yeux semblaient vides. Savait-il même qui elle était ?

— C'est à cause d'elle. Elle a souillé le Trail !

Autumn fit encore un pas en avant, mais Nathan lui barra la route avec le bras.

— Il veut accomplir son rituel, cela nous laissera, je l'espère, la possibilité de la sauver.

Comme s'il avait fait abstraction de tout le reste, l'oncle Ryan, emportant sa proie, reprit à reculons sa progression vers la forêt.

Bon sang, le FBI allait-il se décider à intervenir ? C'était leur plan mais il tournait mal.

— Mais que font-ils, à la fin ? gémit Autumn.

Du coin de l'œil, elle aperçut Blaine qui descendait de son chalet.

— C'est chez moi, ici, cria l'oncle. C'est ma terre et je dois la protéger.

— Arrête, oncle Ryan. C'est moi, Autumn. On est de la même famille, dit-elle.

— Oncle Ryan, c'est moi, Blaine, renchérit son frère.

Leur oncle les regarda l'un après l'autre et sembla s'apaiser. Mais ce moment de lucidité fut aussi bref qu'un éclair. Quelques secondes plus tard, il disparaissait dans la forêt, avec leur mère.

Roger Ford choisit cet instant pour se montrer.

— A toutes les unités : le suspect a franchi le périmètre avec un otage, déclara-t-il dans son talkie-walkie. Je recommande la prudence maximum.

— Pourquoi ne pas l'avoir arrêté avant ? demanda Autumn en empoignant Ford par le revers de sa veste.

Il lui avait promis que sa mère ne risquerait rien. Maintenant que ce fou dangereux l'avait enlevée, elle courait un risque majeur.

— Il détient un otage, c'était difficile de l'arrêter. Il pouvait tirer.

Comment son oncle avait-il pu s'approcher si près de sa mère ? Autumn éluciderait cette question plus tard, l'heure n'était pas aux interrogations mais à l'action.

— Blaine, s'il te plaît, j'ai besoin de toi.

Son frère, qui l'avait rejointe, foudroyait lui aussi Ford du regard.

— Il faut le poursuivre. Prends ton sac et on y va.

Ford lui saisit le bras pour l'arrêter.

— N'allez pas dans le sentier ! Nous le couvrons.

La rage la prit.

— Comment osez-vous dire cela alors que vous avez laissé un assassin enlever ma mère ? Personne ne connaît le Trail aussi bien que Blaine et moi. Et personne ne connaît notre oncle mieux que nous. Vous, vous serez incapables de les retrouver.

— Je demande à des hommes de mon équipe de vous accompagner alors, déclara Ford, exaspéré.

— M'accompagner ? dit-elle en repartant prendre son sac à dos. Je n'ai pas besoin de vous, monsieur Ford, vous m'entendez ? D'ailleurs, si mon oncle voit qu'il est poursuivi et qu'il se sent piégé, il tuera ma mère.

Autumn attrapa son sac et le balança sur son épaule. Nathan, qui avait été chercher le sien, la rejoignit. Ils fonctionnaient comme une équipe où chacun comprend l'autre à mi-mot ou même tacitement.

— En admettant que vous le trouviez, qu'allez-vous faire ? Le prier gentiment de s'arrêter ? riposta Ford d'un ton sarcastique.

— Ne vous inquiétez pas, je m'en occupe. Et Nathan et Blaine seront avec moi. Vous aviez l'occasion de gérer la situation et vous l'avez fait capoter. C'est moi qui décide, maintenant.

— Je viens avec vous, décréta Ford.

— Si on ne se presse pas, ils vont se volatiliser, dit Nathan, ignorant la proposition de l'agent du FBI.

Ils marchaient à une telle cadence que Ford, un peu enrobé, ne les suivrait pas longtemps. D'ailleurs, Autumn ne marchait plus, elle courait. Blaine et Nathan réussissaient à la suivre, mais Ford était à la traîne.

— Le sol est trop gelé, les pas n'ont pas marqué, constata Blaine.

— Regardons où les branches ont été cassées, suggéra Autumn.

— Rock Valley, laissa tomber Nathan.

— Avec les ours ? Si c'est ça, maman est fichue, gémit Autumn.

Non, non, non, sa mère ne mourrait pas. Ils venaient de la retrouver, ce n'était pas pour la perdre une seconde fois. Ils n'avaient peut-être pas encore renoué le lien mais il allait se retisser peu à peu. Autumn était pleine d'espoir en l'avenir. Ils se téléphoneraient, s'écriraient des e-mails, se verraient de temps à autre.

Ils poursuivirent leurs recherches sans mot dire. Par moments, Autumn se surprenait à regarder en l'air, effrayée à la pensée de voir un corps se balancer à une branche. Un corbeau poussa un cri, Blaine y répondit puis, brusquement, montra, par terre, des branches arrachées d'un jeune arbre. Enfants, Blaine et elle étaient sortis en forêt avec leur oncle, des dizaines sinon des centaines de fois. Il avait ses zones de chasse de prédilection, ses trous pour pêcher, ses arbres pour observer les oiseaux, et d'autres auxquels ils grimpaient. Il avait pu emmener leur mère dans l'un ou l'autre de ces endroits. Soudain, Autumn crut entendre un crépitement. Du feu ? Elle tourna la tête pour sentir d'où venait l'odeur.

Son oncle commençait-il seulement son macabre rituel ou arrivaient-ils déjà trop tard ?

Il y avait quelque chose de fascinant à regarder Autumn et Blaine. Ils ne faisaient qu'un avec la nature, ils se déplaçaient furtivement, intelligemment. Tout à coup, ils virent des branches bouger. Ils étaient encore trop loin pour distinguer nettement mais assez près pour voir qu'il se passait des choses. Quelques pas encore, et ils aperçurent Ryan Reed. Il avait allumé un feu et allait et venait avec des branchages avec lesquels il l'alimentait.

Mais où était Blythe ? L'avait-il réduite au silence en la bâillonnant ? L'avait-il déjà tuée ?

Nathan n'avait pas entendu de coup de feu mais, hormis lorsqu'il avait menacé Blythe de son fusil, le Chasseur semblait plutôt privilégier les armes de jet.

Ils continuèrent d'approcher. Pour parer à toute éventualité, Nathan marchait tout près d'Autumn, prêt à la soutenir si elle défaillait. Il fit soudain signe à Blaine et à Ford de partir vers la droite. Autumn et lui allaient se diriger dans l'autre sens. Quand ils se rejoindraient, ils décideraient de la suite.

Lorsqu'ils furent arrivés à une centaine de mètres de la cible, Nathan signifia du regard à Autumn de s'arrêter. Ils ignoraient de combien d'armes le Chasseur disposait et où se trouvait précisément Blythe.

Mais Autumn ne tint pas compte de sa mise en garde, aussi se résolut-il à la suivre. Les oiseaux s'étaient tus et l'on n'entendait que le bruissement des feuilles qu'ils froissaient sous leurs pas et les incantations irréelles de Ryan Reed.

Brusquement, Autumn plaqua la main sur sa bouche, terrifiée, et pointa un doigt vers Blythe qu'elle apercevait un peu plus loin, attachée à un arbre par des lianes. Peut-être du lierre. Apparemment, elle n'avait pas de flèches dans la poitrine mais elle ne bougeait pas.

Que faire ? se demanda Nathan. Intervenir maintenant ? Penché sur le sol, Ryan Reed avait pris un arc et l'armait d'une flèche. Nathan le vit se retourner et, sans cesser sa mélopée, s'apprêter à viser Blythe.

— Oncle Ryan ! C'est moi, Autumn, ta nièce, s'écria Autumn en s'élançant.

La flèche partit. Autumn courut vers son oncle, qui la regarda arriver, à peine surpris. Accroupi pour ne pas se faire voir, Nathan vit la flèche voler et se ficher dans le tronc, derrière Blythe. Grâce au cri d'Autumn, le fou avait raté sa cible.

Dès que Ryan Reed serait dans sa ligne de mire, il ferait feu, décida Nathan. Il le fallait pour protéger Blythe et Autumn, et pour que justice soit rendue à Colleen.

Eliminer le Chasseur serait un soulagement. Pour tous.

Au moment où il levait le bras, arme brandie, pour tirer, Autumn entra dans son champ de vision. Agitant les mains, elle essayait de raisonner son oncle. A la pensée du désarroi de la jeune femme s'il abattait Ryan Reed, Nathan abaissa le bras. Elle ne serait ni soulagée ni satisfaite. Elle serait effondrée. Il avait vu sa détresse quand elle avait compris que son oncle était le Chasseur. Elle vivait un cauchemar.

Il lui avait promis de la protéger, il tiendrait sa promesse. Il avait toujours fait ce qu'il disait, il ne faillirait pas cette fois, d'autant moins qu'il l'aimait.

Il l'aimait. C'était un verbe qu'il n'avait pas souvent employé mais, aujourd'hui, il n'avait aucun doute, il aimait Autumn d'amour.

Arme au poing, il approcha.

— Non ! Tu n'es pas Autumn. Autumn est une gamine.

Ryan Reed se pencha pour prendre une autre flèche.

— Mais si, c'est moi, Autumn. Regarde, oncle Ryan.

Elle releva la jambe de son pantalon.

— Regarde, reprit-elle en montrant son mollet. C'est la cicatrice de quand je suis tombée de la falaise de Pikes Cliff, l'été où je suis allée en randonnée avec toi. Tu sais, ça me tire encore en hiver, quand il fait froid.

Son oncle cligna plusieurs fois des yeux, mais garda sa flèche dans la main.

— Si on rentrait boire quelque chose de chaud ? Il fait trop froid ici, ajouta-t-elle.

Sa technique était bonne. Elle suggérait, sans le demander, qu'il repose sa flèche. Mais Nathan était inquiet. Oncle ou pas, cet homme était imprévisible et c'était un tueur.

— Qu'est-ce que tu fais dehors, petite ? Ton père va s'inquiéter.

Nathan hésita. S'il touchait Reed au bras ou à la jambe, lâcherait-il sa flèche ?

— Non, oncle Ryan. Il sait que je suis là. Rentrons à la maison ensemble, si tu veux.

Une plainte s'éleva soudain. Blythe revenait à elle. Sa tête roulait d'avant en arrière. Elle poussa un cri.

— La ferme, hurla Reed. La ferme !

Crispé, l'oncle arma de nouveau son arc et le pointa sur elle.

— Va-t'en, Autumn. Il va nous tuer toutes les deux, cria Blythe.

Ryan se remit à chantonner, mais dut entendre un bruit car il dressa l'oreille.

— Qui est là ? lança-t-il.

Blaine sortit de l'ombre et avança vers son oncle, les mains en l'air.

— Oncle Ryan, c'est moi, Blaine.

— Blaine ? Mais qu'est-ce que tu fais là ? Tu as suivi Autumn ? Elle a encore désobéi, elle n'a pas le droit de sortir du camping. Elle va encore se perdre, la vilaine.

Sur ces mots, il s'esclaffa.

— Je suis venu vous chercher pour vous ramener tous les deux à la maison, dit Blaine.

Blaine se rapprocha de sa sœur en s'arrangeant pour que leur oncle ne voie plus leur mère. Ryan Reed posa alors sa flèche à terre puis l'arc.

— Haut les mains ! cria Ford à cet instant.

Autumn et Blaine avaient la situation bien en main, pourquoi Ford intervenait-il ? fulmina Nathan.

Aussitôt, Ryan Reed attrapa Autumn pour la placer

devant lui. Il sortit un couteau d'une poche et posa la lame sur sa gorge.

— Fiche le camp ou je l'égorge, hurla-t-il à Ford. Ne m'oblige pas à tuer une gosse. Je le ferai pour la protéger. Tu ne nous prendras pas vivants.

Sur ces mots, Ryan recula, Autumn toujours plaquée contre lui. Si elle vacillait, la lame lui entamerait le cou, songea Nathan, atterré.

De peur que Ford ne charge, il improvisa aussitôt un plan. Ryan Reed était un vétéran. Il avait passé des années à se battre. Il avait été acteur et témoin des horreurs de la guerre. Si, dans les méandres de son esprit troublé, il se croyait encore en Irak, Nathan n'avait d'autre solution que de lui faire croire qu'ils étaient au combat.

— Ryan, je te couvre, cria-t-il.

Ils le regardèrent tous, interloqués.

— Autumn, Ryan, Blaine, sauvez-vous, reprit-il en agitant son arme vers Ford.

— Oncle Ryan, vite, il faut courir, renchérit Blaine.

— C'est qui ? demanda Ryan.

— Un ami. Viens, il nous couvre pendant qu'on se sauve.

Nathan, dans la ligne de tir de Ford, partit à leur poursuite. Ford était une fine gâchette, mais il ne ferait feu que s'il était sûr d'atteindre sa cible, paria-t-il.

Quand il jugea le moment propice, Nathan se jeta tout d'un coup sur le Chasseur et le plaqua au sol, entraînant Autumn dans sa chute.

— Autumn, ça va ? s'inquiéta-t-il.

— Oui, ça va.

L'oncle gémit. Voyant Ford accourir, Nathan se releva. Ils passèrent les menottes à Ryan. Alors seulement Nathan regarda l'homme qui avait tué sa sœur et, à sa grande stupéfaction, ce qu'il éprouva ne fut ni de la colère et encore moins de la haine, mais une immense tristesse pour ce gâchis irréparable. Colleen était morte. Pourquoi ? C'était inexplicable. Pour l'heure, il allait appeler sa mère et lui annoncer la nouvelle.

— Merci de ne pas avoir laissé Ford le descendre, dit Autumn tout bas. Mon oncle est un malade qu'il faut soigner.

Blaine détacha sa mère, qui tomba dans ses bras. Autumn vint aussitôt les rejoindre. Tous les trois enlacés, ils regagnèrent Trail's Edge en silence.

Ford appela ses hommes pour qu'ils collectent les pièces à conviction tandis que deux de ses agents poussaient Ryan Reed à l'arrière d'un fourgon.

— C'est le moment des au revoir, alors, déclara Autumn.

— Oui, je vais dire adieu à ma sœur et laisser les miens faire leur deuil. En ce qui me concerne, je n'ai pas l'intention de te dire au revoir. J'ai besoin de toi, Autumn. Je te veux dans ma vie.

Elle sourit.

— Tu me veux comment ? Comme guide de randonnée ?

— Tu ne comprends pas que je t'aime ? Que je te veux comme… comme tout ! Comme guide, comme maîtresse, comme femme, comme meilleure amie. Tu seras là quand je me perdrai et je te promets d'être là si tu te perds.

— Je suis très douée pour me perdre, répondit-elle en minaudant. Je risque de te faire perdre beaucoup de temps.

— Tant mieux, car j'ai l'intention d'en passer un maximum avec toi, mon amour.

Sur ces mots, il pencha la tête et prit ses lèvres. Il ne s'était jamais senti aussi heureux.

ALANA MATTHEWS

Un mystérieux allié

Traduction française de
CATHY RIQUEUR

BLACK ROSE

HARLEQUIN

Titre original :
MAN UNDERCOVER

Ce roman a déjà été publié en 2016.

1

A peine Tara eut-elle franchi la porte d'entrée qu'un homme au visage patibulaire lui appuya une arme contre la tempe.

Tara crut défaillir. Le sac de courses qu'elle transportait lui échappa des mains et vint heurter le parquet avec un bruit sourd. Sous le regard terrifié de Tara, le contenu du sac se répandit au sol : la bouteille de jus de pomme, le plat à base de poulet prêt à réchauffer, le sachet de laitue et les oranges... dont l'une traversa en roulant le tapis pour s'arrêter aux pieds d'un deuxième homme.

Celui-ci était grand et possédait une sorte de beauté sauvage. Il portait un jean et une chemise de travail en toile denim tachée de sang. Un pistolet était coincé dans la ceinture de son jean, remarqua Tara.

Oh, mon Dieu ! songea-t-elle. *Oh, mon Dieu !*

Tara pensa un instant à s'enfuir mais, avant qu'elle ait pu faire le moindre mouvement, l'individu au visage tavelé lui agrippa vivement l'avant-bras.

Comme s'il avait lu dans les pensées de Tara, il lui braqua à nouveau le canon de son arme sur la tempe.

— On se détend, ma jolie. Tu ne voudrais tout de même pas nous fausser compagnie.

L'homme était proprement hideux et il maintenait Tara d'une poigne de fer.

Tara esquissa une grimace, tandis que son estomac se

révulsait et que ses genoux se mettaient à trembler. Son esprit confus fut soudain assailli par mille et une questions, alimentées par la peur et l'agitation.

— Qui êtes-vous ? Que faites-vous ici ? Que voulez-vous ?

D'un violent coup de pied, l'individu au visage grêlé referma la porte, puis poussa Tara en direction du canapé.

Tara n'était pas venue dans la petite maison depuis plusieurs mois. Aussi, lorsque l'homme la força brutalement à s'asseoir, un nuage de poussière s'éleva du canapé.

— Tout doux, Carl ! lança son comparse au physique avantageux. Tu n'as aucune raison de te montrer aussi agressif.

— Estime-toi heureux que je n'aie pas tiré à vue quand elle est entrée, maugréa le repoussant personnage.

Le dénommé Carl arracha le sac que Tara portait à l'épaule et le fouilla consciencieusement. Ayant mis la main sur son portefeuille, il y préleva trois billets de vingt dollars. Puis il examina le porte-cartes de Tara et tomba soudain en arrêt devant l'une d'elles. Ce qu'il regardait lui déplaisait manifestement au plus haut point, comprit Tara.

— Voyez-vous cela ! fit-il. Il ne nous manquait plus que ça. Cette fille est journaliste !

— Pas journaliste, protesta Tara tout en s'efforçant d'empêcher sa voix de trembler. Je suis seulement productrice de segments pour le journal du matin de KWEST, la chaîne de télé.

D'un geste rageur, Carl jeta le sac et le portefeuille par terre.

— C'est du pareil au même, chérie. Tu es venue faire quoi ici. Cette maison t'appartient ?

— N… non. Elle appartient à ma sœur. A ma sœur et à son époux.

Susan et Kyle avaient fait l'acquisition de cette maison trois ans auparavant. A l'époque, Kyle avait décidé de s'adonner aux activités de plein air. Les randonnées en montagne, la pêche, la chasse, son programme incluait la totale.

Le problème était que Kyle, en pur citadin, n'avait jamais touché un moulinet de pêche ou un fusil de chasse. Et qu'il passait davantage de temps à faire la sieste qu'à arpenter les chemins de randonnée.

Tara, elle, ne s'épanouissait jamais autant que lorsqu'elle se trouvait au contact de la nature sauvage. Un tel gâchis la consternait. Elle ne supportait pas que cette maison reste constamment déserte. Elle savourait donc sans retenue la chance que lui offrait cet endroit d'échapper au studio et aux caméras ainsi qu'à tous les ego surdimensionnés avec lesquels elle devait composer chaque jour. Elle saisissait chaque occasion que lui laissait son emploi du temps bien rempli de venir se ressourcer dans ce havre de paix.

Mais y tomber sur deux inconnus armés était la dernière chose à laquelle elle se serait attendue.

Insidieusement, l'angoisse la gagnait. Son corps tremblait de plus en plus et elle respirait difficilement. Si elle ne faisait pas un sérieux effort pour se ressaisir et évaluer posément la situation, elle allait se retrouver submergée par une crise de panique.

Elle s'intima au calme.

Respire, Tara. Inspire. Expire profondément. Dis-toi que s'ils voulaient vraiment s'en prendre à toi, ils l'auraient déjà fait.

C'était ce que sa raison lui soufflait.

Toutefois, l'émotion l'emportait sur la logique. Ces deux individus allaient-ils lui faire du mal ? Qu'avaient-ils en tête ?

Le sang battait aux tempes de Tara, elle déglutit.

— Alors, comme ça, ta sœur et son petit mari risquent de rappliquer d'un instant à l'autre ? lança Carl. Ou alors tu es venue seule ?

Tara hésita. Etait-ce la raison pour laquelle ils se trouvaient là ? Savaient-ils que Kyle était un homme fortuné ? S'étaient-ils attendus à ce que ce soit lui, plutôt qu'elle, qui franchisse le pas de la porte ?

Non, décréta Tara. Cela ne collait pas. Tout ce scénario semblait imprévu. En fait, ils ne s'attendaient à voir arriver personne.

Dans ce cas, qui étaient-ils ? Et que pouvaient-ils bien vouloir ?

Tara ferma les yeux. Ceci n'était pas réellement en train de se produire. Il s'agissait forcément d'un cauchemar.

Je vous en prie, mon Dieu, faites que ce soit un cauchemar.

— Alors ? insista Carl.

Il claqua des doigts, comme pour obtenir l'attention de Tara.

— Je ne peux pas lire dans tes pensées, ma belle.

— Arrête, Carl ! reprit le plus grand des deux intrus. Laisse-la respirer. Tu ne vois pas qu'elle est terrorisée ?

L'homme mesurait environ un mètre quatre-vingt-dix, estima Tara. Il avait des yeux gris-vert, de larges épaules et un corps musclé. En d'autres circonstances, Tara l'aurait sans doute considéré comme séduisant. Plus que séduisant même. Cependant, en cet instant précis, les priorités de Tara étaient différentes.

L'individu se pencha et ramassa l'orange qui avait roulé à ses pieds. Puis il s'avança vers le sac de courses et entreprit de rassembler les marchandises éparpillées, les replaçant à l'intérieur du sac.

Carl lui lança un regard mauvais.

— Bon sang, Nick, qu'est-ce que ça veut dire ? Tu fais le ménage, maintenant ?

— Cette femme n'a pas souhaité notre compagnie. Le moins que nous puissions faire est de nous montrer polis.

— Polis ? s'écria Carl. Tu as perdu la tête, Nick ? Je me préoccupe avant tout de rester en vie.

Le dénommé Nick posa le sac sur la table basse.

— Elle ne représente pas une menace pour nous. Pourquoi ne pas te calmer et aller faire un tour dehors ? Tu pourrais vérifier si Jimmy donne déjà signe de vie.

Carl fronça les sourcils.

— Tu donnes les ordres, à présent. C'est ça ?

— Je fais une simple suggestion.

Carl fixait son partenaire avec une hostilité non dissimulée, mais Nick ne se laissa pas impressionner. Au lieu de cela, son regard ignora Carl et vint se poser sur Tara. Une lueur brilla dans ses yeux comme s'il tentait de lui faire passer un message.

Tara n'eut pas la moindre idée de ce que ce pouvait être.

Et elle ne voulait pas le savoir.

Carl se retourna alors et reporta les yeux sur Tara, la détaillant lentement.

Un frisson de dégoût s'empara de Tara tandis que le visage tavelé se fendait d'un sourire nonchalant.

— Ça y est, je comprends… Tu cherches seulement à te ménager un petit moment d'intimité avec la demoiselle. Je peux respecter ça.

Son sourire s'élargit encore alors qu'il s'adressait à Tara.

— Tu as plutôt intérêt à satisfaire mon ami. Il attend ça depuis très longtemps.

L'écœurement de Tara se transforma en effroi.

— Dévoue-toi, Carl ! insista Nick. Va attendre Jimmy.

— Pas de problème, mon frère.

Carl mit son arme à sa ceinture et se dirigea vers la porte, affichant toujours le même sourire abject.

— Vas-y en douceur, Nick. Je la veux en un morceau quand ce sera mon tour.

Une fois que la porte se fut refermée derrière Carl, Nick se tourna vers Tara et elle se réfugia instinctivement à l'autre bout du canapé, s'éloignant de lui.

— Posez les mains sur moi et je jure devant Dieu de vous le faire regretter.

Sa voix était tremblante et haut perchée, mais elle était déterminée.

— Détendez-vous, répondit Nick en levant les mains. Je

voulais seulement faire sortir cet excité de la pièce. Vous êtes en sécurité avec moi.

Tara faillit s'esclaffer.

— En sécurité ? Pourquoi j'ai du mal à croire ça ?

Sur ce, Tara considéra la chemise de Nick, tachée de sang. De toute évidence, la violence n'était pas étrangère à Nick. Il y avait un numéro peint en noir au-dessus de sa poche de chemise. Au-dessous étaient inscrites les lettres WCF.

Un frisson insidieux parcourut Tara. Elle savait exactement ce que cela signifiait ; il s'agissait du sigle désignant l'établissement pénitentiaire de Whitestone. Celui-ci était situé à la lisière de la ville, à un peu plus de dix kilomètres au sud de la petite maison.

— Vous vous êtes tous les deux évadés de prison.

— C'est exact, reconnut Nick. Et les choses ne se sont pas tout à fait déroulées comme nous l'avions prévu. Par conséquent, nous nous sommes enfuis dans les montagnes. Nous pensions que cet endroit serait inoccupé.

L'hiver approchait à grands pas et, en principe, le secteur prenait à cette époque des allures de ville fantôme. Cependant, aux yeux de Tara, cela lui conférait un charme supplémentaire.

— Eh bien, il semblerait que vous ayez fait erreur, rétorqua-t-elle.

Elle jeta un rapide coup d'œil à l'arme que Nick portait à sa ceinture. Elle était assez près pour pouvoir s'en saisir.

Devait-elle tenter sa chance ?

Une part d'elle le lui déconseillait fortement, mais une autre l'y poussait. Qu'avait-elle à y perdre ? Elle était, après tout, génétiquement disposée à la témérité si l'on en jugeait par l'engagement de son père.

— C'est un fâcheux concours de circonstances, déclara Nick. Nous n'avons pas besoin de complications supplémentaires.

Ces paroles n'étaient pas de bon augure, estima Tara.

Sa terreur monta d'un cran et son corps recommença à trembler de façon incontrôlable.

Quoi que tu fasses, Tara, ne leur facilite pas la tâche.

Nick sembla percevoir sa détresse.

— Ecoutez, poursuivit-il, comme je vous l'ai dit, vous êtes en sécurité avec moi. Je ne vais pas vous faire de mal. Et je ne laisserai pas non plus Carl s'en prendre à vous.

— Voilà qui me rassure énormément ! ironisa Tara.

— Tout ce que vous avez à faire, c'est de rester assise sur ce canapé et de garder votre calme. Nous allons recevoir de l'aide d'un moment à l'autre. Vous serez donc débarrassée de nous en un rien de temps.

Tara était sur le point de répondre lorsqu'un gémissement de douleur s'éleva de la chambre principale.

Tara leva vers Nick un regard inquisiteur.

— Qui se trouve là ?

Nick tourna la tête en direction de la chambre.

— L'une des complications en question. Il s'appelle Rusty. Et il s'est pris une balle perdue.

— A l'entendre, on a l'impression qu'il ne va pas trop bien, lança Tara.

— Il survivra. Mais ce ne sera pas…

Tout à coup, Tara plongea en avant, arrachant l'arme à la ceinture de Nick. Pris au dépourvu, celui-ci vacilla en arrière et Tara brandit le pistolet, le pointant sur la poitrine de Nick.

Cela faisait longtemps que Tara n'avait pas tiré. Cependant, son père avait fait carrière dans la police et il l'avait bien entraînée. Tara n'avait jamais porté une grande estime à cet homme et elle nourrissait encore un profond ressentiment à son égard alors même qu'il était mort de nombreux mois plus tôt. Toutefois, s'il avait fait une chose utile au cours de sa vie, c'était d'avoir appris à Tara à se servir d'une arme.

Elle avait cessé de trembler.

— Ne bougez pas ! ordonna Tara à Nick. Et ne faites pas le moindre bruit.

— Posez cette arme ! intima Nick.

— Certainement pas, riposta Tara.

— Soit vous la posez, soit vous appuyez sur la détente. C'est à vous de choisir.

Tara n'avait jamais tiré sur autre chose que des cibles en carton mais il y avait un début à tout.

Cependant, Nick ne semblait pas vraiment effrayé et cette assurance décontenança Tara.

— Allez-y, insista-t-il. Appuyez sur la détente, cela ne vous avancera pas à grand-chose.

— Qu'entendez-vous par là ? s'enquit Tara.

— Je fais allusion à une autre de ces complications. Il n'y a pas de munitions dans cette arme. Ni, d'ailleurs, dans aucune de nos armes. Le minable qui se les est procurées pour nous n'a pas pris la peine de nous en fournir.

— Je ne vous crois pas, lança Tara.

— Vous n'avez aucune raison de me croire, en effet. C'est pourtant la stricte vérité. Cette opération est une véritable succession de désastres.

Tara jaugea attentivement Nick. Il y avait chez lui quelque chose qui ne cadrait pas vraiment avec le contexte. Quelque chose qui sonnait faux. Nick ne semblait pas correspondre au profil habituel du détenu en cavale. Et Tara en avait assez souvent rencontré dans le cadre de son travail pour en juger.

Nick disait-il la vérité ?

En y repensant, l'arme paraissait effectivement moins lourde qu'elle aurait dû l'être, nota Tara. Interpellée, elle baissa les yeux sur le pistolet.

Dès l'instant où elle cessa de fixer Nick du regard, celui-ci lui retira prestement l'arme des mains. Son geste fut si vif et si fluide que Tara se retrouva les mains vides avant de s'en être rendu compte.

Elle resta plantée sur place, sidérée, son cerveau éprouvant de la difficulté à intégrer ce qui venait de se produire.

— Ne braquez jamais une arme sur quelqu'un si vous n'avez pas l'intention de vous en servir, assena Nick.

Tara se prépara au pire, mais Nick éjecta le chargeur et montra à Tara qu'il était vide.

— Vous voyez ? Je ne mentais pas.

Nick remit le chargeur en place et rangea l'arme à sa ceinture. Regardant par la fenêtre en façade, il observa Carl qui suivait l'allée en direction de la route principale.

Ensuite, il s'approcha de Tara. Trop. La chaleur de son corps envahit l'espace personnel de Tara.

— J'ai besoin que vous me fassiez confiance, murmura Nick.

Tara tenta de battre en retraite, mais le canapé lui bloquait le passage.

— Que je vous fasse confiance ? s'écria-t-elle, incrédule. Il doit s'agir d'une plaisanterie. Pourquoi auriez-vous besoin que…

Posant un doigt sur ses lèvres, Nick lui intima le silence.

— Parce que je veux être certain de pouvoir également avoir confiance en vous.

Tara rejeta la tête en arrière et adressa à Nick un regard furibond. Mais elle suivit instinctivement son exemple en baissant la voix.

— Pourquoi ?

Après avoir lancé un regard furtif à la porte de la chambre, Nick reporta les yeux sur Tara.

— Je ne suis pas celui que vous croyez. Et mon nom n'est pas Nick. Loin de là.

— Pardon ?

Tara était totalement médusée.

— Alors, quel est votre nom ?

— Matt Hathaway. Agent spécial Matt Hathaway, pour être plus précis. Je travaille pour le FBI.

Ses yeux gris-vert posèrent sur Tara un regard intense. Inflexible.

— Et si nous n'unissons pas nos forces à partir de cet instant, nous risquons tous les deux notre vie.

2

— Le FBI ? répéta la femme.

Manifestement, elle était sceptique, remarqua Matt. Il ne pouvait pas vraiment lui en vouloir. Il n'avait pas de preuve. Pas d'insigne à montrer à cette inconnue. Et le fait de se tenir là, avec une chemise maculée de sang et une arme à sa ceinture, ne brossait pas de lui un portrait rassurant.

Cette femme ne représentait jamais qu'une complication supplémentaire. Toutefois, Matt ne pouvait poursuivre cette comédie sans lui avouer la vérité. Mentir à deux psychopathes tels que Carl et Rusty était une chose, terroriser une jeune femme innocente en était une autre. Le seul tort de cette inconnue était de se trouver au mauvais endroit au mauvais moment.

Les propres craintes de Matt menaçaient d'ailleurs, en cet instant, d'avoir raison de lui, mais il les chassa de son esprit. Céder à l'émotion était un luxe qu'il ne pouvait s'autoriser. Il devait informer cette femme de la situation avant que Carl ne revienne.

Un nouveau gémissement émana de la chambre.

Rusty ne pouvait certainement pas les entendre, mais Matt parla tout de même à voix basse.

— Comment vous appelez-vous ?

Elle le regarda d'un air méfiant.

— Tara. Tara Richmond.

C'était une beauté naturelle qui portait peu de maquillage

et elle avait dû briser de nombreux cœurs, supposa Matt. Pas par calcul, mais en étant simplement elle-même.

Elle était, en un mot, sublime. Pas à la manière surfaite et distante d'une star de cinéma. Elle possédait le charme d'une fille simple et athlétique, d'une beauté difficile à reproduire au moyen d'artifices et à laquelle il était impossible de résister.

Matt jeta un nouveau coup d'œil par la fenêtre. Aucun signe de Carl.

— Nous n'avons pas le temps d'entrer dans les détails, reprit Matt. Mais j'effectue une mission en tant qu'agent infiltré depuis presque un an. Un travail sous couverture dont ce moment précis est l'aboutissement.

Tara paraissait encore sceptique.

— Si je comprends bien, vous dites la vérité ? Vous faites vraiment partie du FBI ?

Matt acquiesça d'un signe de tête.

— Absolument.

— Vous êtes donc en mesure de me dire qui sont ces individus ? Que veulent-ils ? demanda Tara.

— Carl Maddox et Rusty Zane sont les membres d'un dangereux gang que j'infiltre depuis des mois. Un groupe de renégats hostiles au gouvernement, implanté localement et qui se fait appeler la Confrérie.

Les yeux de Tara s'agrandirent de peur.

— Oh ! mon Dieu ! Vous pensez qu'ils préparent une attaque ou quelque chose dans ce genre ?

— Je ne sais pas exactement ce qu'ils complotent, répondit Matt. Deux de nos informateurs ont malheureusement été assassinés l'année dernière. Depuis, nous avançons dans le brouillard. Le seul moyen pour obtenir les renseignements dont nous avons besoin, c'était de noyauter leur organisation en y implantant un agent.

— Autrement dit, vous, dit Tara.

Matt hocha de nouveau la tête.

— En effet. Et je peux vous assurer une chose. Ces individus ont des relations, ils sont bien organisés et extrêmement dangereux.

Tara l'étudiait d'un regard scrutateur, nota Matt. Elle semblait analyser ses propos, évaluer le degré de véracité de son récit. Un instant, Matt fut comme traversé par un rayon laser, les yeux bleus de la jeune femme sondant son esprit à la recherche d'une faille, d'une raison de lui refuser sa confiance.

— Très bien, finit-elle par dire d'une voix qui chevrotait légèrement. Je vais vous accorder ma confiance et croire que vous me dites la vérité. Mais vous ne pouvez pas mettre immédiatement un terme à tout ça ? Vous ne pouvez pas tout simplement les arrêter ?

— Je viens de passer dix mois à faire en sorte d'être en bons termes avec ces hommes. Carl et Rusty sont mon passeport pour accéder au bouquet final… quel qu'il soit.

Matt n'avait pas tiré grand-chose de ses codétenus. Cependant, il avait glané suffisamment d'informations pour savoir que ce « bouquet final » impliquerait une quantité importante de puissants explosifs.

— Tout cela est bien joli, conclut Tara. Mais moi dans tout ça ? Je n'y suis pour rien.

Un sursaut de culpabilité envahit Matt.

— Si je pouvais vous garder en dehors de tout cela, je le ferais. Mais la seule option qui s'offre à moi, c'est de garantir votre sécurité sans compromettre ma mission. Et je n'y parviendrai pas sans votre aide.

Tara dévisagea Matt encore un moment, posant sur lui un regard empli d'effroi et peut-être même d'un soupçon de colère. Matt était incapable de détourner les yeux de la jeune femme. Il lui demandait beaucoup et, si elle l'envoyait au diable, il ne pourrait le lui reprocher.

— Très bien ! lâcha-t-elle finalement, au grand étonnement de Matt. Que sommes-nous censés faire ?

Un profond soulagement envahit Matt. Il jeta de nouveau un œil par la fenêtre : Carl commençait à remonter l'allée.

— Nous allons improviser, annonça Matt à Tara.

Il se mit à déboutonner sa chemise.

La jeune femme écarquilla les yeux.

— Que faites-vous ?

— Je m'efforce de rendre le scénario convaincant. J'ai besoin que vous me frappiez. Griffez-moi le visage.

— Pardon ?

— Nous n'avons pas de temps à perdre en questions ! s'impatienta Matt. Faites ce que je vous dis !

Allant totalement à l'encontre de sa nature, Tara obéit à l'ordre de Matt Hathaway et le gifla, violemment, sur le côté gauche du visage.

Matt grimaça tout en faisant signe à Tara de continuer.

— Ne vous arrêtez pas ! Vous avez dit que si je posais les mains sur vous, vous me le feriez regretter. Alors, allez-y !

Cependant, Tara ne bougea pas.

Tout ceci était trop précipité.

Matt était-il réellement un agent du FBI ? Ou alors tout ce qu'il venait de prétendre n'était-il qu'une ruse élaborée ? Un exercice visant à effrayer Tara et à l'intimider et dont il retirait une excitation sexuelle perverse ?

Elle avait déclaré lui accorder sa confiance mais, là, il exigeait vraiment beaucoup d'elle.

Elle avait effectivement pensé déceler quelque chose de différent chez lui. Cependant, jamais elle n'aurait imaginé qu'il puisse faire partie des forces de l'ordre. Il ne semblait pas posséder cette attitude suffisante, cette démarche arrogante qu'elle ne connaissait que trop bien.

— Allez-y, bon sang ! insista Matt en jetant un autre coup d'œil en direction de la fenêtre. Il va arriver d'un moment à l'autre.

Fais-lui confiance, Tara. Tu n'as pas d'autre choix que de lui faire confiance.

Finalement, ce furent les yeux de Matt qui la convainquirent d'obtempérer. Ces yeux d'un gris-vert intense. Ce regard déterminé. Inflexible. Mais également empreint d'une sollicitude qui paraissait sincère.

Une étrange question surgit alors dans l'esprit de Tara : Matt avait-il des enfants ? Si tel était le cas, il ne devrait certainement pas se trouver en cet endroit, risquant sa vie comme il le faisait pour une mission. Même s'il s'agissait d'une mission importante.

Mais, après tout, rien de tout cela ne concernait Tara. Elle se trouvait confrontée à un choix. Et l'enjeu était trop élevé pour s'y dérober.

Son cœur battait la chamade, menaçant d'exploser dans sa poitrine. Désireuse d'en finir avec cela, Tara pensa à nouveau à son père, au profond ressentiment qu'elle éprouvait envers lui. Puis, d'un geste vif, elle lacéra de ses ongles la joue de Matt, le griffant jusqu'au sang.

Il recula avec une grimace, se tenant le visage et jurant entre ses dents. Tara en fut horriblement gênée et faillit s'excuser.

Mais Matt se ressaisit en un éclair et déclara :

— Vous êtes plutôt douée pour ça. A présent, vous feriez bien de retourner sur le canapé et de jouer votre rôle avec conviction. Si Carl ne se laisse pas abuser, nous serons en mauvaise posture. Il a déjà quelques doutes à mon sujet.

Tara hocha la tête, puis lança un regard en direction de la chemise ouverte de Matt : ses abdominaux étaient parfaitement sculptés.

— Et mon jean ? Vous pensez que je dois l'enlever ? questionna ensuite Tara.

Matt marqua une pause, fixant intensément la jeune femme.

— C'est vous qui décidez. Je n'allais pas vous le demander.

— Si je joue le rôle de la victime, il vaut mieux que je sois crédible, déclara Tara.

— Je ne prétendrai pas le contraire, reconnut Matt. Peut-être que vous pourriez également décoiffer un peu vos cheveux.

Sur ce, Matt se retourna, accordant manifestement à Tara un moment d'intimité. Elle le mit à profit pour passer la main dans ses cheveux afin de les ébouriffer. Puis elle dégrafa son jean, l'enleva et le jeta par terre.

Elle n'en revenait pas elle-même : venait-elle de faire une telle chose à proximité d'un parfait inconnu, vêtue seulement d'un pull en V et d'un slip ?

Toutefois, elle n'avait guère le choix. Si cela lui permettait de se sortir de ce pétrin saine et sauve, elle se mettrait totalement dans la peau du personnage.

Jamais, de toute sa vie, elle ne s'était sentie aussi vulnérable.

Elle grimpa sur le canapé et se réfugia en toute hâte dans l'angle opposé, ramenant ses jambes sous elle et serrant les bras autour de sa taille.

Elle collaborait à la conception du journal télévisé du matin depuis près de six ans. Toutefois, aucun des reportages sur lesquels elle avait travaillé ne l'avait préparée à affronter une telle situation.

Elle tremblait à nouveau et ses yeux s'emplirent de larmes qui se mirent à rouler malgré elle le long de ses joues.

Comme s'il percevait son désarroi, Matt se tourna vers elle.

— Je suis désolé…

Tara ne douta pas un instant de sa sincérité. Elle transparaissait clairement dans sa voix, dans ses yeux.

Tara secoua la tête.

— Tâchons seulement de nous en sortir vivants.

Son regard resta rivé à celui de Matt un long moment. Puis la porte s'ouvrit brutalement et Carl fit irruption dans la pièce.

Le ventre de Tara se noua de nouveau. Réussirait-elle à jouer cette dangereuse comédie ?

Un odieux sourire étira les traits de l'homme au visage grêlé.

Cette vision fit frémir Tara.

— Eh bien, les railla-t-il. Ça a été une affaire rondement menée.

Son regard faisait la navette entre les jambes nues de Tara et les égratignures sur le visage de Matt.

— C'est une véritable tigresse, apparemment. Ça me plaît.

Matt entreprit de boutonner sa chemise.

— Du nouveau concernant Jimmy ?

— S'il y en avait, tu penses que je me tiendrais là devant toi ? lança Carl.

— Tu as essayé de le rappeler ? insista Matt.

Carl hocha la tête.

— Pas de réponse. Il doit se trouver dans une zone qui n'est pas couverte. La réception devient vraiment lamentable quand on monte jusqu'ici.

— S'il ne se montre pas rapidement, nous devrons peut-être prendre son SUV, décréta Matt avec un signe de tête en direction de Tara. Il faudra qu'on se débrouille sans lui.

— Jimmy nous a dit d'attendre, alors nous attendrons, répliqua Carl.

Matt lui lança un regard excédé.

— Tu fais toujours tout ce que te dit Jimmy ?

Carl considéra son comparse avec une lueur de suspicion dans les yeux, nota Tara. Ou alors était-ce la peur qui la mettait sur le qui-vive à chaque instant ?

— J'ignore d'où t'est venue l'envie de jouer les caïds, mon petit Nicky, mais si tu la ramènes comme ça devant Jimmy, il t'abattra comme un chien, prévint Carl.

— Tu oublies un peu vite qui t'a aidé à t'évader de cette prison, rétorqua Matt. Sans mon intervention, nous serions toujours occupés à compter les cafards sur nos plateaux-repas.

— Sans *ton* intervention, contra Carl d'un ton méprisant, le frère de Jimmy ne serait pas étendu dans cette chambre avec une balle dans la jambe.

Matt se tendit nettement, remarqua Tara.

— Quel que soit le fautif, nous en parlerons plus tard, déclara-t-il. Dans l'immédiat, nous devons déterminer ce qu'il faudra faire si Jimmy ne se montre pas.

— Il va arriver, assura Carl.

— En attendant, des hommes ont été lancés à notre poursuite et nous ne sommes pas vraiment mobiles, grogna Matt. Tôt ou tard, ils vont se douter que nous avons gagné la montagne et ils viendront jusqu'ici.

— A ce moment-là, nous serons repartis, objecta Carl.

Il sourit à nouveau, puis posa les yeux sur Tara.

— Pour l'instant, Nick, c'est à toi de sortir prendre l'air…

Un horrible frisson saisit Tara. Elle détourna les yeux du visage hideux de Carl.

— De quoi veux-tu parler ? riposta Matt.

— Tu as eu l'occasion de prendre du bon temps avec la demoiselle. A présent, c'est mon tour, décréta Carl.

— Je ne le pense pas, déclara Matt d'un ton qui n'admettait pas de réplique.

Carl soutint son regard.

— Je ne demande pas ta permission, Nick.

— Et je n'ai pas l'intention de te la donner. Ni à toi, ni à Rusty, ni même à Jimmy.

Carl afficha un regard morne. Manifestement, il n'avait pas l'habitude qu'on lui dise non, supposa Tara.

— Alors maintenant, elle t'appartient ? C'est ça ? Elle est ta chasse gardée ? lança Carl.

— Quelque chose dans le genre, reconnut Matt.

— Tu sais, reprit Carl, j'ai essayé d'expliquer à Rusty que nous faisions une erreur en nous associant à toi, mais il n'a pas arrêté de me vanter tes mérites, en disant que tu étais quelqu'un de fiable. Je constate que c'est tout le contraire.

Les deux hommes s'affrontèrent en silence et le pouls de Tara s'accéléra un peu plus. Elle eut envie de leur crier : « Arrêtez ! Arrêtez sur-le-champ et sortez d'ici. Laissez-moi tranquille. »

Elle n'eut pas besoin de le faire.

Une voix de stentor s'éleva derrière eux.

— C'est bon, vous deux… Laissez tomber… maintenant.

Un homme pâle, à la stature imposante, sortit en chancelant de la chambre, agrippant d'une main le chambranle afin de maintenir son équilibre tandis que de l'autre il tenait une serviette ensanglantée pressée contre sa cuisse droite.

Tara échangea un regard fugace avec Matt. Le dénommé Rusty avait donc fini par se réveiller. Et cela relevait apparemment du miracle qu'il puisse tenir debout.

Un sentiment de panique menaça de submerger Tara. Rusty avait-il entendu sa conversation avec Matt ?

— Nous n'avons pas… de temps à perdre avec ce genre d'idioties, déclara Rusty, la respiration laborieuse, chacun des mots prononcé au prix d'un nouvel effort. De ma fenêtre, j'ai une vue dégagée… jusqu'à la vallée. Les hommes qui nous recherchent… viennent dans notre direction.

Carl proféra un juron.

— Tu es sûr de ça ?

— Tu ne me verrais pas debout si ce n'était pas le cas.

— Combien de temps avons-nous ? s'enquit Matt.

— Dix… ou peut-être quinze minutes. Tout dépend de leur efficacité à…

Rusty grimaça. Matt glissa un bras autour de lui et le guida jusqu'au fauteuil voisin.

— J'essaie de persuader Carl que nous pouvons prendre la voiture de la femme afin de rejoindre Jimmy. Et trouver de quoi te soigner.

Rusty hocha la tête, puis il grimaça à nouveau et esquissa un geste en direction de Tara, la regardant pour la première fois.

Il n'y avait rien de rassurant dans ces yeux froids.

— Et… pour ce qui est de notre invitée ?

Carl tourna un regard de prédateur dans la direction de Tara.

— Comme Jimmy a coutume de le dire, un bon journaliste est un journaliste mort.

Sur ce, Carl traversa la pièce en direction de Tara. A chacun de ses pas, la terreur de Tara montait d'un cran.

3

Tara eut un mouvement de recul lorsque Carl s'approcha d'elle.

— Gardez vos distances ! lui lança-t-elle.

— Tout doux, trésor. Quand bien même j'adorerais faire durer le plaisir, nous n'avons pas le temps. Je ferai donc aussi vite que possible.

Cependant, alors que Carl s'apprêtait à empoigner Tara, Matt le saisit par l'épaule et le tira en arrière.

— Laisse-la tranquille !

Le visage de Carl s'empourpra.

— Tu viens de commettre une grossière erreur, mon petit Nicky.

— Je viens plutôt de t'éviter d'en faire une plus grave encore, rectifia Matt. Nous avons besoin d'elle vivante.

— De quoi tu parles ?

— Réfléchis un instant, Einstein. Nous avons un homme blessé et pas de munitions. Et, si nous la tuons, nous n'aurons aucun moyen de pression. Plus d'otage à utiliser comme monnaie d'échange.

— Et qui nous dit qu'il nous en faudra un ?

— Il y a deux douzaines de policiers au moins qui avancent dans notre direction. Tu n'as qu'à faire le calcul. Plus nous restons ici à discuter, plus nos chances s'amenuisent.

Carl s'apprêtait à protester quand Rusty intervint.

— Nick a raison. Laisse tomber.

A en juger par l'expression qu'afficha Carl, il avait désormais des griefs contre chacun d'eux, comprit Tara. Quelque chose de malsain couvait en lui, menaçant d'exploser. Toutefois, il parvint à se contrôler.

Il reporta ce même regard morne sur Tara.

— Il semblerait que notre ami Rusty t'ait accordé un sursis, mon ange. Mais si tu fais le moindre écart, j'exécute la sentence sans délai. Tu as compris ?

Tara acquiesça d'un signe de tête, jugeant plus prudent de ne pas opposer de résistance. Son cœur se mit à cogner de nouveau dans sa poitrine. Carl était trop rapidement passé du stade de sociopathe libidineux à celui de total psychopathe.

— Nous devons partir, décréta Rusty tout en luttant pour se remettre debout.

Il se dirigea ensuite en clopinant vers la porte, faisant signe au passage à Carl de lui prêter main-forte.

Alors que Carl traversait la pièce, Matt se pencha pour ramasser le jean de Tara et le lui tendit.

— Dépêchez-vous, lui dit-il.

Tandis qu'elle se saisissait du jean, Matt fit glisser son pouce sur le dos de sa main, dans une caresse douce et rassurante, certainement destinée à la calmer.

Au lieu de cela, Tara eut un léger sursaut involontaire tandis que tout son corps s'électrisait, la sensation se propageant jusqu'à son cuir chevelu qui se mit à picoter.

Etait-elle vraiment en train de rougir ?

S'écartant, elle enfila précipitamment son jean et le boutonna, s'émerveillant durant tout ce temps devant la capacité de l'esprit humain à compartimenter ses pensées. Elle se trouvait là en danger de mort. Cependant, cela n'avait pas empêché ses hormones de se déchaîner au moment où elle avait senti la chaleur de la main de Matt posée sur la sienne.

Qu'est-ce qui n'allait pas chez elle ?

La voix de Matt la sortit de ses pensées :

— Où sont les clés de votre voiture ?

Apparemment, Matt n'avait pas remarqué son léger moment d'embarras. Tara en fut soulagée et fit un signe de tête en direction de son sac par terre. Matt fouilla à l'intérieur jusqu'à ce qu'il trouve ce qu'il cherchait puis il prit Tara par le coude et la guida vers la porte d'entrée tandis que Carl aidait Rusty à sortir.

Matt chuchota à l'oreille de Tara :

— Ce que je vous ai dit est vrai. Vous êtes en sécurité avec moi.

Mais, alors qu'ils franchissaient le seuil de la maison, Tara ne put empêcher ses genoux de trembler. Elle avait envie de croire Matt, de lui faire confiance. Toutefois, avec un détraqué tel que Carl, personne ne pouvait garantir quoi que ce soit.

Tara ne connaissait que trop bien les hommes et leurs promesses. En particulier les policiers. Son père avait été un représentant modèle de cette corporation. Mais où était-il passé cette sinistre nuit, des années plus tôt, lorsque leur maison avait été cambriolée ? La nuit où la mère de Tara avait été brutalisée ?

Il faisait des galipettes avec l'une de ses petites amies. Voilà où il se trouvait !

A l'époque, Tara n'avait que seize ans mais elle n'était pas idiote. Et, pour sa mère, l'absence de son père cette nuit-là n'avait fait que couronner la longue liste de déceptions qu'avait été sa vie aux côtés de cet homme.

Le lendemain de sa sortie de l'hôpital, elle avait tranquillement demandé le divorce.

— Dépêchez-vous ! grommela Carl.

Ils se dirigèrent vers le SUV de Tara et Matt s'installa au volant. Avec un sourire lubrique, Carl fit signe à Tara de s'asseoir à l'avant.

— Je veux garder un œil sur toi.

Tara fut ravie d'obtempérer. Elle préférait de loin être assise à côté de Matt plutôt que de se retrouver coincée à l'arrière entre Carl et Rusty.

Alors qu'elle attachait sa ceinture de sécurité, un bruit reconnaissable entre tous déchira le ciel.

Flap-flap-flap-flap…

Matt releva vivement la tête, regardant à travers le pare-brise en direction du ciel.

Un hélicoptère.

Les secours étaient en chemin, songea Tara.

D'un coup, l'espoir renaissait en elle.

Matt déclara alors :

— Nous avons un problème, les gars.

Enfonçant la clé dans le contact, il mit le moteur en marche.

Il jouait son rôle à la perfection, observa Tara, ce qui signifiait que les secours n'étaient probablement pas aussi proches qu'elle l'avait cru.

Enclenchant la marche arrière, Matt appuya sur l'accélérateur et s'élança en trombe dans l'allée pour s'engager ensuite sur la route.

— Quelle direction ? demanda-t-il en abordant celle-ci.

— Vers le nord, répondit Rusty.

Le SUV de Tara était un véhicule imposant. Néanmoins, remarqua Tara, Rusty paraissait à l'étroit, assis à l'arrière, tenant toujours une serviette pressée contre sa jambe dont le sang suintait et venait maculer le tapis de sol.

Se penchant en avant, Carl agrippa l'épaule de Matt.

— Juste pour ton information, champion, une fois qu'on a mis les pieds au camp, il n'est plus possible de revenir en arrière. Quiconque intègre la Confrérie n'en ressort que les pieds devant. Tu comprends ça ?

Matt tourna la tête, lançant à Carl le genre de regard auquel recourent les détenus pour intimider l'un de leurs pairs dans la cour de la prison.

— Enlève ta main de mon épaule.

S'il n'avait pas confessé à Tara sa véritable identité, ce regard à lui seul l'aurait convaincue qu'il était tout aussi dangereux que Carl. Quoique, à la réflexion, sans doute l'était-il.

Carl devait être parvenu à la même conclusion, car ses yeux s'agrandirent légèrement. Il retira sa main de l'épaule de Matt et se renfonça sur son siège, sa fureur couvant toujours sous la surface.

— En avant ! maugréa-t-il.

Alors que Matt appuyait à nouveau sur l'accélérateur, le bruit des pales de l'hélicoptère s'amplifia soudain et un gros appareil noir apparut en vrombissant au-dessus de la cime des arbres.

Matt fut saisi d'un léger accès de panique lorsque l'hélicoptère s'éleva au-dessus d'eux. Par chance, les arbres formaient un écran qui dérobait le SUV à la vue de l'appareil. Toutefois, songea Matt, ils pouvaient être repérés à tout instant. Et si cela se produisait, l'opération serait réduite à néant.

Dix mois passés à vivre l'enfer pour rien.

Aucun des policiers lancés à leurs trousses n'avait connaissance de la véritable identité de Matt. Dans leur esprit, il était l'un des trois dangereux criminels en cavale. Et si les choses dégénéraient, ils ne prendraient certainement pas la peine de lui demander sa carte du FBI.

De toute façon, il ne l'avait pas sur lui…

Pire encore, sa mission serait compromise. Elle tomberait à l'eau. Et ce serait vraiment une catastrophe. Il avait travaillé trop dur pour en arriver là, il ne pouvait revenir en arrière.

Et même si Tara était morte de peur, ce qu'il regrettait infiniment, il devait adopter une vision globale de la situation, se préoccuper de ce que cela pourrait impliquer si son enquête partait en vrille.

Le vrombissement de l'hélicoptère s'amplifia encore.

— Vas-y ! Mais vas-y donc ! vociféra Carl.

Matt enfonça la pédale de l'accélérateur.

Le SUV bondit en avant, son moteur puissant rugissant tandis que Matt s'élançait à tombeau ouvert sur l'étroite route de terre qui filait dans les montagnes. Le bruit du rotor se fit de plus en plus lointain avant de brusquement s'intensifier à nouveau.

— Prends à gauche au prochain embranchement, lança Rusty d'une voix rauque. Il y a une grotte juste assez grande pour nous abriter. Un peu à l'écart, sur la droite. On pourra s'y cacher en attendant.

Matt suivit les instructions de Rusty, guidant le SUV hors de la route jusqu'à une cavité aux contours inégaux creusée à flanc de montagne. Plongeant le véhicule dans la quasi-pénombre, Matt l'arrêta et coupa le moteur.

Ils restèrent tous assis en silence, tendant l'oreille au bruit des pales de l'hélicoptère qui fendaient le ciel. L'appareil demeura en vol stationnaire durant un long moment, un trop long moment, estima Matt, puis il reprit de la vitesse et s'éloigna.

Soulagé, Matt était sur le point de faire redémarrer le SUV quand Rusty lui ordonna :

— Pas encore. Attendons d'être certains qu'il est vraiment reparti.

Ils patientèrent donc dix bonnes minutes avant de quitter la grotte, aucun d'eux ne prononçant le moindre mot.

Tara respirait de façon saccadée, remarqua Matt. Il aurait aimé pouvoir lui prendre la main et la serrer, lui assurer que tout se passerait bien.

Mais serait-ce le cas ?

Pouvait-il le lui garantir ?

Si besoin, il se sacrifierait afin de protéger Tara. Un

dommage collatéral n'était pas envisageable dans cette opération. Cependant, avant de recourir à une telle extrémité, Matt devrait trouver le moyen de rendre sa liberté à Tara, de l'éloigner le plus possible de ces psychopathes.

Quant à savoir comment il réaliserait un tel prodige sans révéler ses véritables intentions, il n'en avait, pour l'instant, pas la moindre idée. Aussi, en attendant que lui vienne une inspiration providentielle, il se contenterait de continuer à improviser.

Carl inspectait les alentours par la vitre arrière.

— La voie est libre, annonça-t-il.

Sur ce, il sortit de sa poche son téléphone portable.

— Et on a du réseau !

Il tapota sur son clavier de téléphone et, au bout d'un moment, demanda à son interlocuteur :

— Où êtes-vous ?

La voix qui s'éleva à l'autre bout de la ligne était juste assez distincte pour que Matt l'entende. Cependant, il ne parvint pas à comprendre ce qu'elle répondit.

Carl ajouta ensuite :

— Non, vous pouvez faire demi-tour… Nous avons un véhicule maintenant. On a failli se faire attraper et on a dû mettre les voiles. Nous vous retrouverons au camp.

Carl écouta encore un moment, puis acquiesça et referma le téléphone d'un coup sec.

— Ils vont nous attendre là-bas. En route !

Un œil dans le rétroviseur intérieur, Matt guettait l'assentiment de Rusty. Lorsque celui-ci hocha la tête, Matt fit marche arrière pour sortir de la grotte et regagna la route principale pour repartir en direction du nord.

Ils décrivirent une trajectoire sinueuse à travers les montagnes, suivant un itinéraire que Rusty dévoila progressivement à Matt jusqu'à ce qu'ils se retrouvent au cœur d'une forêt de séquoias.

Alors qu'ils arrivaient au sommet d'une légère montée, Rusty ordonna à Matt de s'arrêter.

Matt freina doucement, immobilisant le SUV. Des rangées d'arbres bordaient chaque côté de la route, tellement denses qu'elles en occultaient presque les rayons du soleil de la fin d'après-midi. Ils se trouvaient au milieu de nulle part.

Matt en fut quelque peu surpris et, vu l'expression de son visage, Tara aussi.

Matt jeta un nouveau coup d'œil dans le rétroviseur intérieur, au moment où Carl passait encore un appel.

Un moment plus tard, Carl lâcha :

— Laissez-nous entrer.

Il y eut alors un mouvement devant eux, au bas de la pente, nota Matt.

Un homme à cheval apparut sur la route, leur faisant signe à l'aide du fusil qu'il tenait dans la main droite. Sur sa gauche se trouvait un important tas de bois, d'épaisses branches d'arbres empilées au bord de la route.

Alors que Matt roulait vers l'avant, les branches se mirent à trembler puis à s'écarter. Elles étaient en fait attachées à un portail électronique qui gardait l'accès à une étroite route de terre. C'était une ruse astucieuse, songea Matt. Une fois le portail fermé, aucun des conducteurs empruntant la voie principale ne soupçonnerait l'existence de cet axe secondaire.

Le cavalier leur adressa un nouveau signe et Matt s'engagea sur la route de terre. Tandis que le SUV la suivait en cahotant, le portail se referma derrière eux. Matt échangea avec Tara un regard furtif.

Les propos de Carl prenaient soudain tout leur sens.

Il n'était plus possible de revenir en arrière.

4

Alors qu'elle était âgée de huit ans, Tara s'était perdue dans les bois.

Ses parents et elle avaient fait le voyage jusqu'en Californie pour rendre visite à tante Patty, la sœur de son père, qui possédait une maison au bord du lac de Big Bear. Une heure après leur installation, Tara, Susan et Patty étaient allées se promener. Mais, à un moment, Tara s'était retrouvée séparée des deux femmes.

Tara avait passé les deux heures suivantes à errer dans les bois, terrifiée, certaine que, d'un moment à l'autre, elle allait être dévorée par les monstres effrayants dont elle suivait les aventures dans l'émission pour enfants qu'elle ne manquait jamais de regarder le samedi matin.

Après maints détours, elle était tombée sur une étroite route de terre et elle avait décidé de la suivre avant de découvrir qu'elle se terminait en impasse. A son extrémité se trouvait un groupe de caravanes délabrées dont elle eut la certitude qu'elles abritaient bien pire que les monstres de l'émission enfantine.

Des monstres humains, avait-elle songé à l'époque, ignorant totalement d'où cela lui était venu. Des paroles qu'elle avait entendu prononcer par son père, sans nul doute. N'avait-il pas passé sa vie à côtoyer des brutes épaisses ?

Tara se remémora ce moment, alors qu'elle était assise à

côté de Matt, son SUV empruntant, moyennant de nombreux cahots, une autre route de terre.

Qu'y avait-il au bout de ce chemin ? D'autres monstres humains ?

S'il fallait en juger par la personnalité de Carl, alors la réponse était oui. Rusty, lui, ne semblait pas trop mauvais, estima Tara. Il donnait plutôt l'impression d'être un officier de commandement qui endurait stoïquement la douleur, refusant d'afficher le moindre signe de faiblesse devant ses hommes.

Bien sûr, cela ne signifiait pas grand-chose. Peut-être, lorsqu'il donnait toute sa mesure, se révélait-il aussi inadapté que son ami Carl.

Aucune de ces pensées ne contribua le moins du monde à calmer les battements désordonnés du cœur de Tara ni à apaiser l'angoisse qui lui vrillait les entrailles. C'était comme si elle était redevenue la petite fille de huit ans éperdue de terreur qui se demandait quand elle verrait enfin cette épreuve se terminer.

A l'époque, sa mésaventure s'était conclue par une fin heureuse.

En serait-il de même cette fois ?

Matt tourna légèrement le volant, amorçant un virage qui les amena à une vaste clairière abritée par les frondaisons d'arbres majestueux. Le ciel était à peine visible à travers leur feuillage, une série d'auvents au motif de camouflage étant suspendue entre les arbres, comme pour protéger la zone de la pluie. Ou des regards indiscrets.

Plus d'une douzaine de véhicules étaient garés dans la clairière, compta Tara. Des SUV, des pick-up, quelques motos, un vieux fourgon. Sur la droite était stationné un camion porte-conteneurs au nom de la société RGB Construction. Les portes arrière en étaient ouvertes et laissaient voir des palettes de sacs de ciment ainsi que d'imposants lots de barres d'armature, les tiges d'acier flexible utilisées pour renforcer le béton.

Derrière la zone du parking se dressait un campement composé de bâtiments gris, un corral rempli de chevaux à sa droite et un cheval seul, attaché à un arbre, sur la gauche. Les animaux s'agitèrent et renâclèrent lorsque Matt, suivant les instructions de Rusty, vint arrêter le SUV près d'un Humvee, un 4×4 militaire noir.

Le camp était un mélange incongru de passé et de présent, songea Tara. En tout cas, Matt et elle avaient affaire à une organisation paramilitaire.

A l'instant où Matt coupait le moteur, Carl et Rusty ouvrirent leurs portières et descendirent du véhicule.

Une voix tonitruante s'éleva de l'un des bâtiments.

— Bienvenue à la maison, les gars !

Un colosse aux cheveux en brosse, qui ressemblait, en plus âgé, à Rusty, émergea de la bâtisse, les accueillant d'un signe de la main, un sourire tendu sur les lèvres.

Trois doigts manquaient à cette main et ceux qui lui restaient paraissaient avoir été brûlés et déformés, remarqua Tara.

Elle se rappela avoir fait un reportage à propos d'un fabricant de bombes repenti qui travaillait désormais comme consultant en explosifs pour l'ATF, l'agence chargée de la surveillance du tabac, de l'alcool et des armes à feu. Lui aussi avait les mains dans le même état.

« Les risques du métier », avait-il dit à Tara.

L'homme aux cheveux en brosse s'avança en direction du SUV de Tara, puis serra la main de Carl et donna une accolade virile à Rusty.

— J'ai entendu un hélicoptère s'aventurer dans notre direction et je commençais à me demander si je vous reverrais un jour, les enfants.

Il s'écarta de Rusty et posa les yeux sur la serviette ensanglantée que l'homme plus jeune appuyait toujours contre sa cuisse.

— On dirait que tu as rencontré un petit problème.

Rusty secoua la tête.

— Le problème en question gît à présent, face contre terre, dans un fossé.

Les deux hommes s'esclaffèrent. Carl se joignit, avec un temps de retard, à leur hilarité.

Matt mit à profit cette diversion pour prendre la main de Tara. Il exerça une pression rassurante sur ses doigts. Cette fois, Tara ne fut pas électrisée par ce contact, son cerveau ne trouva tout simplement pas le moyen de compartimenter. La terreur qui l'avait envahie accaparait trop son esprit pour permettre à quoi que ce soit d'autre de s'y manifester.

— Ne vous affolez pas, chuchota Matt à Tara. Dans quelques minutes, je vais me montrer un peu brutal avec vous. Je vous demande de jouer le jeu pour que ça semble plus convaincant.

Pourrait-elle faire autrement ?

Tara répondit à la pression des doigts de Matt et il lâcha sa main. Puis il ouvrit sa portière et descendit de voiture. L'homme aux cheveux coupés en brosse se retourna alors et examina attentivement Matt.

— Tu dois être Nick, dit-il en tendant sa main mutilée. Cela fait des mois que Rusty me chante tes louanges. Je suis Jimmy Zane, le frère de Rusty.

Avec un hochement de tête, Matt lui serra la main. Cependant, avant qu'il ait eu le temps de répondre, le regard de Zane se reporta sur le SUV et afficha une expression réprobatrice.

— Qu'avons-nous là ?

— C'est une journaliste, répondit Carl. Elle s'est pointée dans la maison où nous nous étions réfugiés. Je me suis donc dit que la meilleure chose à faire était de la garder sous le coude, pour le cas où les policiers réussiraient à nous coincer. Histoire d'avoir, comme qui dirait, une monnaie d'échange qui nous permettrait de négocier.

Rusty lança à Carl un regard agacé.

— En fait, c'est Nick qui a eu cette idée. Et c'était bien pensé.

Il donna une tape dans le dos de Matt.

— Il est toujours en train de cogiter, celui-là.

Matt hocha à nouveau la tête, puis contourna le SUV par l'avant pour s'approcher de la portière de Tara.

— Et la pensée qui me vient à l'esprit, là, c'est que nous n'avons plus vraiment besoin d'elle. Puisque nous sommes sortis d'affaire…

Matt ouvrit brusquement la portière puis attrapa Tara par le col et la tira assez vivement hors de la voiture.

Tara poussa un cri aigu et tenta d'échapper à Matt, mais il la maîtrisa aisément.

— Et si je l'emmenais dans les bois pour l'enterrer ?

Ces paroles n'étaient pas rassurantes. Toutefois, Tara continua de jouer le jeu en affichant un air affolé.

— J'aimerais prendre part au divertissement, lança Carl. Elle me doit toujours un moment en aparté.

Zane l'interrompit d'un geste.

— Personne n'enterrera qui que ce soit avant que j'aie eu le temps de réfléchir à ce qu'il y a lieu de faire. Tout le monde à l'intérieur. La jambe de Rusty a besoin d'être soignée et je dois vous mettre au parfum, les gars.

A ces mots, le moral de Tara vacilla un peu plus. Elle échangea un regard furtif avec Matt.

Zane fit alors demi-tour et regagna l'intérieur du bâtiment. Il était évident qu'il était habitué à donner des ordres et à les voir exécutés sans discussion. Si Rusty était un officier de commandement, Zane était le général, conclut Tara. De toute évidence, la Confrérie était une organisation paramilitaire rigoureusement structurée.

Campant toujours son rôle, Matt la poussa vers l'entrée et ils suivirent Carl et Rusty à l'intérieur.

Une femme dénommée Rosa s'y employa à soigner la blessure de Rusty.

Ce dernier resta étendu sur un lit de camp dans un coin de la pièce tandis que Rosa nettoyait la plaie et lui posait un bandage sur la cuisse. La tête rentrée dans les épaules, Rosa évitait autant que possible de croiser le regard de Tara tout autant que celui des autres hommes qui occupaient la pièce. La plupart d'entre eux arboraient également coupe en brosse et treillis de combat. Il y avait chez Rosa une certaine tristesse résignée, remarqua Tara. Se trouvait-elle en ces lieux de son plein gré ? Cela ne semblait pas certain du tout.

Tara évitait, elle aussi, de croiser le regard de ces hommes. En particulier celui de Carl, qui ne cessait de la détailler des pieds à la tête comme s'il l'imaginait sortant de la douche.

A cette seule pensée, Tara eut le cœur au bord des lèvres et il lui fallut prendre sur elle pour éviter de vomir.

La plupart des bâtiments du camp de la Confrérie étaient souterrains. Ils composaient un bunker complexe, constitué d'un dédale de couloirs qui semblaient s'étendre à l'infini. La pièce dans laquelle ils se trouvaient était aménagée comme une sorte de poste de commandement, avec une rangée d'appareils électroniques alignés le long du mur, un grand écran de télévision, plusieurs chaises et une large table sur laquelle étaient posés des rouleaux de plans, dont l'un était étalé devant Zane tandis qu'il s'adressait à Matt et aux autres.

Le son du téléviseur avait été coupé. Cependant, un reportage sur la chasse à l'homme intensive lancée contre les trois détenus évadés s'affichait en plein écran, présentant les photographies anthropométriques de Matt, Carl et Rusty. La chaîne était celle qui employait Tara, KWEST. Si ses collègues avaient pu soupçonner un seul instant que son escapade en ce vendredi après-midi allait prendre pareille tournure, ils l'auraient fait accompagner d'une équipe de prise de vues.

Tara retint un soupir de désespoir. Se retrouver au cœur d'un événement changeait du tout au tout sa perspective sur l'actualité et sa couverture.

A peine quelques jours plus tôt, sa plus grande préoccupation avait été d'obtenir des interviews pour l'inauguration du nouveau Centre des arts du spectacle.

Alors que la semaine tirait à sa fin, elle n'avait plus eu qu'une envie : passer la soirée seule dans la maison nichée au cœur de la montagne. L'occasion pour elle de surmonter en partie le chagrin causé par la mort de ce père qui lui était devenu étranger.

Manifestement, c'était partie remise…

Avec tout cet équipement, nota Tara, Zane avait besoin d'une forte puissance électrique pour alimenter l'endroit. Elle n'avait entendu aucun groupe électrogène, ni remarqué de panneaux solaires. Mais ses dons d'observation avaient été un peu compromis par la terreur qui s'était insinuée jusque dans la moelle de ses os. Terreur qui continua à s'intensifier tandis que Zane commençait à décrire le projet élaboré par la Confrérie.

Cependant, quand bien même Tara aurait préféré se trouver à des kilomètres de là, même si elle souhaitait, plus que tout, pouvoir s'élancer vers la porte et s'enfuir… encore aurait-il fallu qu'elle puisse retrouver son chemin dans ce labyrinthe. Elle ne put s'empêcher d'admirer Matt pour ce qu'il faisait : mettre sa propre vie en péril afin de protéger celle des autres.

En somme, conclut Tara, son père et Matt avaient choisi le même métier. Y avait-il quelque part, en cet instant, une petite fille qui attendait anxieusement que son père rentre à la maison ? Peut-être Matt avait-il aussi une épouse qui s'inquiétait pour lui, songea Tara.

La rude voix de Zane la sortit de ses pensées.

— Le projet a été lancé il y a plusieurs semaines, annonçait Zane en pointant le moignon d'un doigt noueux vers le plan étalé devant lui. Pendant que vous, les gars, vous passiez votre temps à soulever de la fonte dans la cour de la prison, nous posions des explosifs près des piliers de soutènement situés au sous-sol ainsi que d'une poignée de points stratégiques disséminés à travers tout le bâtiment.

Matt hocha la tête.

— Une démolition contrôlée.

— Exact, confirma Zane. Et nous serons aux commandes. Le gouvernement fait la sourde oreille aux besoins de l'homme de la rue, il faut lui envoyer un message fort. Frapper un grand coup. Marquer les esprits en faisant de nombreuses victimes. C'est la seule chose qui retiendra son attention.

Zane se lança alors dans une harangue à demi hystérique ayant pour objet le nouvel ordre mondial et le dérapage généralisé vers le fascisme.

Tara ne cesserait jamais de s'étonner de l'outrecuidance avec laquelle les hommes tels que Zane osaient revêtir du drapeau américain leur soif de chaos et de destruction. Au fond, ils n'étaient que des petits garçons dépités, aux idéaux aussi creux que leur cervelle, et qui aimaient provoquer des explosions.

Alors que Zane pérorait, les autres l'acclamèrent, applaudissant et acquiesçant bruyamment après chacune des phrases d'un discours qui n'était rien d'autre qu'une nouvelle version d'une douzaine d'autres diatribes que Tara avait entendu prononcer au fil des années. On devait d'ailleurs en trouver sur Internet : une matrice standard à l'usage des agitateurs et dissidents de tout ordre.

Mais dans le cas présent, s'alarma Tara, ces petits garçons étaient particulièrement bien organisés et déterminés à réussir dans leur entreprise délétère.

— Nous détenons le pouvoir ! déclara Zane.

Soudain, la pièce fut emplie par le son des voix qui scandaient :

— Nous détenons le pouvoir ! Nous détenons le pouvoir ! Nous détenons le pouvoir ! Nous détenons le pouvoir !

Tandis qu'un frisson insidieux parcourait Tara, elle observa Matt : il scandait à l'unisson avec le reste de l'assemblée.

A quoi pouvait-il penser ? s'interrogea Tara.

Un instant plus tard, Zane leva les mains pour obtenir le silence, puis il annonça :

— Messieurs, nous frapperons demain à 9 heures.

— Mais où ? s'enquit Matt. J'ai beau regarder ce plan de niveau, ça ne me dit pas de quel bâtiment il s'agit.

Un sourire se dessina lentement sur le visage de Zane.

— Nous allons les toucher en plein cœur.

— C'est-à-dire ? insista Matt.

— Ce que tu examines là, soldat, c'est le plan du tribunal fédéral de Whitestone. Et, à 9 h 05 demain matin, il n'en restera qu'un tas nauséabond de ruines fumantes.

Une explosion de cris retentit à nouveau dans la pièce, chacun scandant :

— Nous détenons le pouvoir ! Nous détenons le pouvoir ! Nous détenons le pouvoir ! Nous détenons le pouvoir !

Et, alors que Tara en avait la chair de poule, Zane leur intima de nouveau le silence. Puis il s'adressa à Rusty, toujours installé dans le coin de la pièce.

— Comment va cette jambe, petit frère ?

— Mieux qu'elle n'en donne l'impression. La balle l'a traversée de part en part, elle n'a pas fait beaucoup de dégâts.

— Tant mieux, approuva Zane. J'ai besoin que tu t'approches pour la suite.

Rusty fronça les sourcils, puis il fit s'écarter Rosa et se leva en titubant.

— Que se passe-t-il ? demanda-t-il en rejoignant les autres d'un pas hésitant.

— Il semble que nous ayons subi une intrusion, déclara Zane. Et je crains de devoir t'en tenir pour responsable.

Rusty afficha une expression perplexe.

— Moi ? De quoi tu parles ?

— Mon informateur m'a appris que nous comptions une taupe parmi nous.

Un silence pesant s'abattit soudain sur la pièce tandis que Zane regardait directement Matt.

— N'est-ce pas, Nick ?

Matt ne souffla mot, mais ses épaules semblèrent se crisper, nota Tara.

Pour sa part, quelque chose se figea en elle.

Zane était au courant pour Matt !

— Il s'avère que notre nouveau compagnon d'armes ici présent n'est pas qui il prétend être, lança Zane à Rusty. Mon contact me signale que c'est un pur produit de Quantico.

Carl s'avança alors vers Matt, le fixant avec mépris.

— Vous voulez dire que cette ordure fait partie du FBI !

Le regard de Zane se durcit.

— Exactement.

Avant qu'une autre parole ait pu être prononcée, Matt prit de l'élan et se mit à frapper.

5

Au moment où Matt entrait en action, tout ce à quoi il pensa fut Tara. Il devait absolument la sortir de là.

— Fuyez ! lui cria-t-il. Courez ! Courez !

Mais à peine Tara se fut-elle levée que l'un des hommes de Zane la saisit par la nuque, lui arrachant un cri de douleur.

Déterminé à empêcher qu'on lui fasse du mal, Matt se jeta sur l'homme, le séparant brutalement de Tara et l'envoyant avec un crochet valser de côté.

Tout aussi soudainement, Matt fut cerné par un amas de corps agressifs, des hommes vociférant, des mains l'empoignant, des coups de poing pleuvant sur lui. Il s'écroula au sol. Des bottes à bout d'acier se mirent à lui marteler les côtes, chaque nouveau coup faisant se propager dans tout son corps une violente onde de douleur qui lui vrillait jusqu'à la moelle des os.

Au beau milieu de ce déchaînement de hargne, Tara cria :

— Arrêtez ! Arrêtez ça !

Un coup atteignit alors Matt à la tête et il perdit momentanément connaissance.

Lorsqu'il revint à lui, Zane hurlait :

— Ça suffit !

L'avalanche de coups cessa aussi abruptement qu'elle avait débuté.

Gisant, roulé en boule sur le sol, le corps en feu, le souffle laborieux, Matt leva les yeux afin de s'assurer que

Tara était toujours en un morceau. Des larmes brillaient dans les yeux de la jeune femme. Un des hommes de Zane la tenait par les bras tandis qu'elle se débattait.

— Lâchez-la ! protesta Matt entre deux respirations. Elle n'a rien à voir avec tout ça !

Zane vint se placer devant Matt, le dominant de toute sa taille.

— Dommage collatéral, j'en ai peur. Une chose dont j'ai cru comprendre qu'elle t'était assez familière.

Surpris, Matt dévisagea Zane.

Comment pouvait-il être au courant de cela ?

Et d'ailleurs, comment avait-il appris que Matt faisait partie du FBI ? Il était manifeste qu'une personne au sein de son équipe avait trahi Matt… Et il n'y avait que deux possibilités.

En réaction à un geste de Zane, deux de ses hommes saisirent Matt sous les bras, le remettant debout. Il garda la mâchoire crispée, refusant de donner à leur chef la satisfaction de lui laisser voir qu'il souffrait.

Dédaignant de regarder Zane, il posa les yeux sur le visage baigné de larmes de Tara et eut envie de lui demander pardon pour ne pas s'être montré capable de la protéger. Il s'efforça de lui communiquer ce message par le regard, mais dans ses yeux à elle ne se lisait plus rien d'autre que de la terreur.

— Laissez-la partir, pria-t-il à nouveau en essayant de ne pas laisser transparaître son désespoir.

— Je ne pense pas que ce soit envisageable, objecta Zane. Tu vas pouvoir faire cette balade dans les bois que tu avais suggérée. Nous allons simplement y enterrer deux corps au lieu d'un.

Carl se porta aussitôt volontaire.

— Comme je le disais, j'aimerais prendre part à ce petit divertissement.

Zane tourna la tête vers lui.

— Tu penses que tu mérites une sorte de récompense pour avoir amené ce traître dans notre organisation ?

Carl parut décontenancé.

— Comment savoir qu'il était un agent fédéral ?

— Va donc te rasseoir, ordonna Zane à Carl. Je m'occuperai de ton cas en temps voulu.

Tandis que Carl se retirait furtivement, Zane reporta les yeux sur Matt.

— J'ai servi ce pays au cours de deux conflits. J'ai combattu côte à côte avec certains des hommes présents dans cette pièce. Et nous avons reçu notre lot de balles pour le compte de l'Oncle Sam avant de ne trouver, en rentrant au pays, qu'un endroit à peine reconnaissable. Alors, tu te considères probablement comme une sorte de patriote, un genre de héros, en venant ici faire semblant d'être l'un des nôtres. Mais sous le drapeau que je salue, tu n'es qu'un Judas de bas étage qui ne mérite même pas de respirer le même air que nous.

Zane conclut ce discours en crachant par terre.

— Hors de ma vue !

Les deux hommes entraînèrent Matt en direction de la porte.

Tara fut forcée de les suivre tandis qu'autour d'eux, les hommes recommençaient à scander :

— Nous détenons le pouvoir ! Nous détenons le pouvoir ! Nous détenons le pouvoir ! Nous détenons le pouvoir !

Une fois qu'ils eurent regagné l'extérieur, au terme d'un parcours complexe dans le labyrinthe de couloirs souterrains, l'insondable forêt touffue s'étendit devant eux, telle une invitation à la mort.

— Magne-toi ! aboya le plus jeune des trois hommes en pointant son arme dans le dos de Tara.

Il ne devait pas être âgé de plus de dix-neuf ans, estima Matt mais, à son regard inexpressif, il semblait prédisposé à devenir un véritable fanatique.

Même sur le point de se faire tuer, Tara refusait de baisser les bras. La capitulation n'était pas dans ses gènes, elle avait l'esprit de combativité chevillé au corps. En dépit des tourments qu'elle avait endurés au cours de son enfance, elle avait appris de sa mère qu'il restait toujours un espoir, si désespérée que puisse paraître la situation.

Sa mère s'était défendue avec pugnacité contre l'homme qui l'avait agressée à la nuit tombée, elle avait traversé un divorce long et difficile, élevé — pratiquement seule — ses deux filles mais, même durant les heures les plus noires, elle ne s'était jamais départie de son sourire. Et, lorsqu'elle avait fini par rencontrer Henry — l'amour de sa vie —, elle avait pris Tara et Susan en aparté le soir de ses noces et leur avait déclaré :

« Ne perdez jamais espoir, les filles. On finit toujours par voir le bout du tunnel. »

Tara se raccrocha donc à cette pensée tandis que Matt et elle étaient forcés de s'enfoncer dans les bois.

Le visage de Tara lui faisait l'effet d'un masque, ses traits crispés sous les larmes séchées. Elle était si terrorisée qu'elle pouvait à peine marcher. Néanmoins, elle continua à guetter le bout du tunnel. Avec une avidité désespérée.

Il allait bien finir par apparaître.

Il ne pouvait en être autrement.

Matt avançait sous la contrainte depuis moins de dix minutes avec Tara lorsque leur escorte les fit s'arrêter dans une petite clairière. L'un des hommes fourra une pelle dans les mains de Matt et lui ordonna de se mettre à creuser.

Ce fut une première erreur.

Matt carra les épaules, puis enfonça le fer de l'outil dans le sol meuble, jetant de côté une pelletée de terre. Il avait déjà le corps endolori suite au tabassage qu'il venait de subir et ses côtes le faisaient horriblement souffrir. Cependant, il refusa de s'avouer vaincu.

— Creuse un trou assez grand pour deux, lui lança l'un des autres hommes en affichant un sourire narquois.

Ses deux acolytes et lui échangèrent des regards suffisants.

Ce fut leur seconde erreur.

Matt ne leur laisserait pas l'occasion d'en commettre une troisième.

Tout se produisit tellement rapidement que Tara cligna des yeux. A un moment donné, Matt était occupé à creuser un trou, au suivant, il pivotait sur lui-même et assenait des coups de pelle aux trois hommes.

L'un d'eux faillit avoir l'occasion de faire feu, mais Matt releva brusquement la pelle qui envoya l'arme voler dans les airs. Puis Matt donna un violent coup de pied dans le ventre de son adversaire.

De manière stupéfiante, les trois hommes se retrouvèrent gisant au sol. Matt se tenait au-dessus d'eux, respirant péniblement.

Tara n'en revenait pas : Matt lui avait montré le bout du tunnel. La promesse de sa mère s'était réalisée.

On finissait toujours par voir le bout du tunnel.

Mais alors que Matt faisait signe à Tara d'avancer, il écarquilla les yeux de manière alarmante. Une présence se matérialisa derrière Tara et un bras lui ceignit la taille alors que le canon froid d'une arme se pressait contre sa tempe.

— Tu pensais vraiment que ce serait si facile, ma jolie ?

Tara ne reconnut que trop aisément cette voix et se raidit. Mais elle s'obligea à garder son calme.

— Pose cette pelle, ordonna Carl à Matt.

Le visage de Matt demeura impassible, à l'exception de son regard qui lançait des éclairs.

— Je vais te dire une chose, répondit-il à Carl. Tu la laisses partir maintenant et je ne te tuerai pas.

Carl s'esclaffa, son rire se réverbérant contre le tympan gauche de Tara. Il était si proche que la chaleur de son souffle pestilentiel passa sur le visage de Tara.

Il la serra un peu plus au niveau de la taille et l'obligea à reculer de quelques pas.

Elle buta alors sur quelque chose de dur et baissa les yeux : une épaisse racine d'arbre serpentait au sol.

De nouveau, l'angoisse vrilla les entrailles de Tara, avec une insistance accrue. Tout compte fait, sa mère avait peut-être eu tort.

— Que faites-vous ici ? réussit-elle à demander à Carl. Il me semble que votre chef vous a ordonné de ne pas bouger.

— Je suis le premier à reconnaître que j'ai eu un problème avec l'autorité, ricana Carl. Par ailleurs, tu me dois toujours un petit moment seul à seule.

Il se tenait dans son dos, mais elle imaginait sans mal le sourire salace qu'il devait afficher en cet instant.

Il fit d'ailleurs remonter une main sur sa poitrine et commença à lui caresser odieusement les seins.

Instinctivement, Tara lui planta son coude dans les côtes.

Pris au dépourvu, Carl tomba à la renverse en poussant un grognement, son pied se prenant dans la racine. Il se retrouva étendu par terre, le visage contorsionné sous l'effet conjugué de la surprise, de la peur et de l'humiliation. Il laissa échapper un chapelet d'obscénités… tout en levant son arme.

Alors, Tara renonça. Il n'y avait pas de bout du tunnel, contrairement à ce qu'assurait sa mère. Et Tara récita rapidement une prière.

Toutefois, à sa grande surprise, celle-ci obtint une réponse inespérée : Matt apparut soudain, s'exposant à la balle qui était destinée à Tara.

Sans perdre un instant, Matt se jeta sur Carl, lui fit lâcher son arme et lui roua le visage de coups. Puis il roula sur le côté, le sang suintant de son bras.

Tara poussa un cri et s'élança vers Matt.

— Oh, mon Dieu ! s'exclama-t-elle. Vous êtes blessé.

— Aidez-moi à me relever, lui intima Matt. Nous devons à tout prix quitter cet endroit.

C'était plus facile à dire qu'à faire, songea Tara. Matt était robuste et musclé. Tara dut faire appel à toutes ses forces rien que pour l'aider à se remettre debout. Et, lorsque ce fut chose faite, Matt chancela légèrement, menaçant de s'écrouler.

Tara lui mit un bras autour de la taille et le laissa peser de tout son poids sur elle, lui servant de béquille.

— Votre voiture… dit-il en palpant ses poches. Je pense que les clés sont restées sur le contact.

Tara acquiesça d'un signe de tête et ils firent demi-tour. Mais un sifflement strident emplit l'air.

Tara et Matt se retournèrent en même temps : le plus jeune de leurs exécuteurs avait réussi à se dresser sur ses coudes et soufflait frénétiquement dans un sifflet afin d'alerter ses comparses.

D'une gifle, Matt lui arracha le sifflet des lèvres, puis Tara agrippa Matt et le guida à travers la clairière jusque sous le couvert des bois.

Un mouvement se dessina alors dans l'alignement de leur trajectoire, une section des hommes de Zane se déversant hors de leurs quartiers. Tara et Matt obliquèrent vers la gauche. Ils ne s'arrêtèrent qu'un instant pour que Matt trouve ses repères. Il semblait s'affaiblir à chaque pas.

— Vous allez y arriver ? lança Tara.

— Je vais bien, continuez d'avancer. Ne vous arrêtez surtout pas.

Ils firent un long détour jusqu'à arriver en vue du parking. Cependant, les hommes de Zane avaient envahi le secteur, prêts à faire feu. Les chevaux parqués dans le corral étaient agités. Ils ne cessaient de hennir bruyamment et de renâcler, apparemment conscients de l'atmosphère chaotique qui régnait sur le camp.

Tara retint un juron. Elle et Matt ne pourraient atteindre le SUV sans déclencher une salve de tirs. Et Matt était de plus en plus lourd à porter.

— Qu'allons-nous faire ? demanda-t-elle.

D'un signe de tête, Matt lui désigna l'autre côté du parking, là où le cheval solitaire avait été laissé à l'attache près de l'arbre.

— Vous savez monter ?

Tara ne s'était jamais considérée comme dotée de nombreux talents. Elle aurait été parfaitement incapable de chanter et de danser comme le faisaient sa sœur Susan ou ses deux jeunes nièces Kelly et Kimberly. Elle n'était pas aussi douée pour les chiffres que son beau-frère Kyle. Elle n'imaginait même pas peindre de superbes paysages à l'aquarelle comme le faisait sa mère. Mais il y avait trois choses dans lesquelles elle excellait. Elle savait tirer le meilleur parti d'un événement pour en faire un reportage passionnant. Elle était une tireuse d'élite. Et, comme toute fille ayant grandi à Whitestone dans le Colorado, elle était capable de chevaucher à bride abattue.

Sa réponse à la question de Matt fut donc un cri du cœur enthousiaste :

— Absolument !

Avant que Matt et elle aient pu élaborer les détails de leur plan d'évasion, ils se retrouvèrent occupés à zigzaguer entre les arbres, en tâchant d'avancer le plus rapidement possible, quoiqu'ils soient contraints de se mettre sporadiquement à couvert pour ne pas être repérés.

Les forces de Matt déclinaient de seconde en seconde et il se reposait de plus en plus sur Tara pour se tenir debout. Elle lui jeta un coup d'œil : le sang continuait de s'écouler de sa blessure.

Il y avait urgence à fuir, comprit Tara.

Le cheval était un paint-horse bien charpenté. Lorsque Tara saisit les rênes, il se mit à frapper le sol de ses sabots tout en soufflant par les naseaux. Allait-il détaler ?

Tara glissa son pied dans l'étrier et se mit en selle. Puis elle se pencha en avant pour tirer Matt et l'aider à prendre place derrière elle.

Matt chancela durant un moment, grimaçant de douleur, et Tara exerça une force traction sur le bras valide de Matt jusqu'à ce qu'il parvienne à lever suffisamment la jambe pour s'installer à califourchon.

Une fois la manœuvre accomplie, Matt s'effondra contre le dos de Tara.

— Accrochez-vous à la corne, lui recommanda-t-elle.

Matt glissa les bras autour de Tara. A la différence de celui de Carl, le contact de son corps pressé contre le sien ne lui communiqua pas une vague de dégoût. Ce fut tout le contraire.

Mais le moment n'était pas propice à ce genre de considérations, songea Tara.

— Allons-y, dit Matt, son souffle chatouillant la nuque de Tara.

— Dans quelle direction ?

— Peu importe. L'essentiel, c'est de filer loin d'ici.

Alors que Tara serrait les cuisses, enfonçant les talons dans les flancs du paint-horse, des cris s'élevèrent derrière eux.

Des balles se mirent à fuser à travers les arbres.

Tara tira sur les rênes avec l'énergie du désespoir tout en incitant le cheval à aller de l'avant.

Un instant plus tard, elle risqua un coup d'œil derrière elle : plusieurs des hommes de Zane envahissaient le corral et enfourchaient leur monture. Tara n'aurait pu en jurer, mais il semblait y avoir parmi eux le visage contusionné de Carl.

Qu'il ait réussi à se relever aussi rapidement après la

volée de coups de poing que lui avait assenée Matt était stupéfiant, pensa Tara.

Se remémorant le contact de sa main répugnante sur sa poitrine, Tara lança le cheval au galop. L'animal fonça entre les arbres, se frayant un chemin vers la montagne.

6

Carl chevaucha à bride abattue.

Il était furieux comme rarement.

D'abord, il avait été humilié devant les membres de la Confrérie lorsque Jimmy Zane avait publiquement démasqué ce traître d'agent fédéral. Puis, pour aggraver les choses, la petite amie du traître avait fait passer Carl pour le dernier des demeurés. A un moment donné, il la pelotait et, le suivant, il s'était retrouvé étendu par terre devant ledit traître qui ne demandait qu'à en découdre.

Cela ne faisait pas du tout plaisir à Carl. Vraiment pas.

Sa seule consolation était la balle qu'il avait réussi à loger dans la chair de son adversaire. Avec un peu de chance, cette balle avait causé de gros dégâts.

Carl pouvait accepter de recevoir une raclée. Il en avait encaissé plus d'une, en son temps. En particulier lorsqu'il avait été mis aux arrêts lors d'une mission au Koweït après avoir été surpris à voler les autochtones. Mais jamais il ne laisserait une femme avoir le dessus. Cela pouvait-il seulement se produire ?

Une fois qu'il aurait remis la main sur cette garce — ce qui ne saurait tarder —, il lui ferait payer.

Et il ne se gênerait pas pour prendre son temps.

L'un des autres hommes qui s'étaient joints à la poursuite — Cameron — lui cria quelque chose et Carl fit s'arrêter son cheval, afin que Cameron puisse le rattraper.

— Jimmy veut que nous rentrions, annonça Cameron.

Carl lui jeta un regard mauvais.

— Tu plaisantes ?

— Non. Jimmy dit que nous avons des projets bien plus importants à mener et que, de toute façon, nous nous trouvons au milieu de nulle part. Ils ne pourront pas atteindre la ville avant demain matin.

Sur ce, plusieurs acolytes rejoignirent Carl et Cameron, leurs chevaux se mettant à hennir tandis que les cavaliers ralentissaient l'allure pour s'arrêter près des deux hommes.

— Jimmy a perdu la tête ou quoi ? s'emporta Carl. J'ai passé dix mois enfermé dans la même prison que cette ordure. Je me moque qu'il ait reçu une balle. Ce type est une force de la nature et sa petite copine ne manque pas non plus de ressources. Ils feront tout ce qu'ils pourront pour nous mettre des bâtons dans les roues.

— Jimmy ordonne de mettre un terme à la poursuite, insista Cameron.

— Oh ! moi aussi ! maugréa Carl. Mais pas à la manière dont l'entend Jimmy.

Cameron parut offusqué.

— Dois-je comprendre que tu vas désobéir à un ordre direct ?

Carl acquiesça.

— Tu as parfaitement compris.

Puis Carl esquissa un geste de ralliement.

— Qui est avec moi ?

La plupart des poursuivants demeurèrent silencieux. Cependant, une poignée d'hommes — cinq au moins, si Carl avait compté juste — se manifestèrent bruyamment :

— Taïaut !

Carl se tourna alors vers Cameron.

— Dis à Jimmy de commencer la fête sans moi. Je vais organiser un autre type de réjouissances de mon côté.

Puis Carl éperonna son cheval et s'élança en avant, ses

quelques sympathisants se rangeant aussitôt en formation derrière lui.

Tara était perdue. Elle n'avait aucune idée de la direction à prendre. Une fois encore, elle crut être redevenue la fillette de huit ans errant dans les bois.

Elle et Matt chevauchaient depuis moins d'une heure, mais cela semblait faire beaucoup plus longtemps. La piste qu'ils suivaient décrivait d'interminables lacets à travers les bois sans laisser entrevoir une destination finale. Tara l'avait choisie parce qu'elle était la voie la plus accessible et praticable. Mais peut-être auraient-ils dû rester en dehors des sentiers battus, là où ils auraient été moins susceptibles de se faire capturer.

Tirant brièvement sur les rênes, Tara amena le cheval à l'arrêt puis tendit l'oreille. L'écho renvoyait des cris et des bruits de sabots : leurs poursuivants se rapprochaient.

De toute évidence, les hommes de Zane connaissaient mieux qu'elle la configuration des lieux. Ils allaient les rattraper, elle et Matt. D'autant que tous deux partageaient la même monture. Cela ne jouait pas en leur faveur. Même si le paint-horse paraissait robuste, Matt était costaud. Le cheval ne pourrait fournir indéfiniment un tel effort.

— Pourquoi vous êtes-vous arrêtée ? demanda Matt à Tara d'une voix assez faible.

Il continuait à perdre du sang et la prudence aurait voulu qu'il puisse s'étendre et rester au repos, songea Tara.

— Nous n'arriverons pas à les distancer, déclara-t-elle.

— Donc, vous baissez les bras ?

— Non, bien sûr que non. Je cherche seulement…

Elle s'efforça de mettre de l'ordre dans ses idées. Une pensée lui vint, qui peinait à prendre forme.

— Si nous n'arrivons pas à les distancer, nous pourrions peut-être employer une autre stratégie pour nous débarrasser d'eux.

— Qu'est-ce que vous suggérez ? s'enquit Matt.

Tara leva les yeux et scruta le ciel à travers les arbres. Le soleil n'allait pas tarder à se coucher, la journée tirait à sa fin.

— Pour l'instant, ils sont à la poursuite de deux personnes à cheval, expliqua Tara. Si nous les laissions ne pourchasser que le cheval ?

— Un leurre ? comprit Matt.

— Exactement. Cela ne les occupera sans doute pas très longtemps, mais peut-être assez pour que nous trouvions un refuge. Comme ça, je pourrais jeter un coup d'œil à cette blessure.

— Je vous l'ai dit, je vais bien, assura Matt. Je pense que c'est une plaie superficielle. Croyez-moi, j'ai connu pire.

— C'est bon à savoir, monsieur le dur à cuire. Mais, même les arbres les plus robustes peuvent être abattus si on les frappe avec suffisamment de force, rappela Tara.

— Où avez-vous pêché ça ? Dans un biscuit chinois ?

— Au fond d'une boîte de céréales, répliqua Tara, ravie de retrouver un peu de légèreté au cœur de ce chaos.

En dépit du caractère désespéré de la situation — ou peut-être en raison de cela —, il y avait quelque chose chez Matt qui mettait Tara à l'aise.

Pour autant, Matt n'avait cessé de se montrer professionnel avec elle. A l'exception peut-être d'un ou deux regards complices.

De façon inexplicable, Tara se sentait en confiance avec Matt. Bien sûr, il ne pouvait s'agir que d'un sentiment temporaire, Tara le savait. Dans son métier de journaliste, elle avait couvert suffisamment d'histoires impliquant des étrangers qui s'étaient rapprochés lors de situations désespérées : même si ces personnes restaient généralement amies une fois l'épreuve surmontée, les liens qu'elles avaient développés s'érodaient progressivement avec le temps et l'éloignement.

Tara retint un soupir. Si Matt et elle avaient la chance de s'en sortir vivants, les semaines qui s'ensuivraient feraient oublier cette complicité, ne laissant dans son sillage qu'un fantasme digne d'une écolière énamourée, le souvenir du corps musclé de Matt contre son dos.

Un martèlement de sabots qui se rapprochaient obligea Tara à sortir de ses pensées. Matt et elle ne disposaient plus que de quelques précieux instants.

— Si nous décidons de faire ça, décréta Matt, ne perdons pas une seconde.

Avec un gémissement de douleur, il leva la jambe et descendit rapidement de cheval, titubant légèrement lorsque ses pieds touchèrent le sol. Reprenant son équilibre en s'appuyant contre la croupe du paint-horse, il attendit que Tara ait mis pied à terre, puis il donna une tape puissante sur l'arrière-train de l'animal, l'envoyant galoper le long de la piste.

Le cheval s'éloigna rapidement.

Ensuite, Tara glissa un bras autour de la taille de Matt et lui servit à nouveau de béquille.

— Vous êtes plus forte que vous ne le paraissez, assura-t-il.

— Dois-je le prendre comme une insulte ou comme un compliment ?

— Comme un compliment, répondit Matt. Et ce n'est pas le seul que vous ayez mérité aujourd'hui.

Progressant aussi rapidement que possible, ils se frayèrent un chemin entre les arbres et finirent par s'accroupir derrière un imposant bouquet d'arbustes.

Les yeux rivés sur la piste, ils attendirent.

Le sang battait aux tempes de Tara au même rythme effréné que celui de son cœur.

Quelques instants plus tard, six cavaliers déboulèrent à

travers les arbres dans un tonnerre assourdissant de bruits de sabots.

Carl chevauchait en tête, son visage contusionné empreint d'une sinistre détermination, remarqua Tara. Il tirait violemment sur les rênes, sollicitant son cheval comme s'il s'agissait d'une machine. Son regard sombre et létal scrutait avidement le sol. Il passa à toute allure devant Tara et Matt, suivi de ses comparses qui s'engouffrèrent sur la piste gravissant la montagne.

Tara échangea un regard avec Matt : il semblait aussi soulagé qu'elle.

La ruse avait fonctionné !

— Il faut nous attendre à ce qu'ils reviennent, soupira Matt.

Il était un peu pâle, observa Tara. Sans prononcer une parole, elle déboutonna la chemise de Matt et la fit glisser sur son épaule, découvrant la blessure de son bras. Matt n'opposa aucune résistance. Il se tint debout en silence tandis que Tara faisait de son mieux pour examiner la blessure.

La lumière du jour déclinait rapidement. Tara n'y voyait pas grand-chose, mais du sang poissait le bras de Matt. Pour le reste, il était impossible de déterminer l'étendue des dégâts causés par la balle.

— Glissez votre bras hors de la manche, lui intima Tara.

Tandis qu'il s'exécutait, elle attrapa l'un des pans de sa chemise et en arracha une étroite bande de toile denim. Puis elle en entoura le biceps de Matt, juste au-dessus de la plaie suintante, et, la tendant fortement, elle y fit un solide double nœud.

— Nous devons trouver un abri, déclara Tara. Il faut nettoyer cette plaie, arrêter le saignement.

— Non ! protesta Matt tout en enfilant sa chemise. Nous devons rejoindre Whitestone. Il faut absolument que je prenne contact avec mes officiers traitants pour leur faire part du projet de Zane.

— Et comment ? s'exclama Tara. Nous sommes au moins à trente kilomètres de toute civilisation et le jour décline. En plus, il ne faudra pas trop compter sur le clair de lune cette nuit. Nous risquerons à tout moment de nous casser le cou dans l'obscurité.

— Nous devons essayer, s'obstina Matt.

— Vous n'êtes pas en état d'essayer quoi que ce soit, tonna Tara. Aux premières lueurs de l'aube, nous pourrons reprendre la route en direction de la ville. Nous tomberons peut-être sur une habitation en chemin. Ou sur quelqu'un qui aura un téléphone.

Matt garda le silence durant un moment. Il était manifeste qu'il ne trouvait pas ce plan engageant.

— Alors que nous préparions cette mission, reprit-il, nous avons été avisés par un informateur que la Confrérie disposait vraisemblablement d'un camp secret dans ce secteur. Nous avons effectué plusieurs vols de reconnaissance en utilisant un scanner thermique pour tâcher de repérer les zones émettrices de chaleur, mais nous n'avons jamais rien trouvé.

Tara hocha la tête.

— Nous avons fait un reportage sur l'imagerie thermique, à KWEST. Le technicien nous a expliqué que l'on pouvait tromper la machine en utilisant des feuilles de mylar. Je ne serais pas surprise que le camp de Zane soit truffé de ce matériau.

— C'est une certitude, renchérit Matt. Toutefois, ce n'est pas là où je veux en venir. A un moment donné, nous pensions avoir repéré notre cible, mais l'endroit s'est révélé être une exploitation minière. Elle semblait se trouver là depuis des décennies.

— La mine de Coldwater ! s'écria Tara. C'était une attraction touristique quand j'étais enfant. Je ne pense pas qu'elle ait jamais remporté un franc succès.

Matt parcourut du regard le coteau derrière Tara.

— Sans GPS, je navigue au radar. Mais, si ma mémoire est bonne, la mine se trouve juste de l'autre côté de cette colline.

Tara contempla la montée abrupte. L'escalader ne serait pas chose aisée. Cependant, s'ils se dépêchaient, ils pourraient sans doute dénicher un endroit où se cacher jusqu'au lendemain matin.

Avec un peu de chance, Matt avait raison, se dit Tara.

Elle passa à nouveau son bras autour de lui et le guida lentement vers le sommet.

7

Matt avait seulement en partie raison, constata Tara au bout de quelques minutes. L'exploitation minière ne se trouvait pas directement de l'autre côté de la colline, mais après une autre encore, de taille plus modeste, située à sa suite. Tara et Matt parvinrent heureusement à la franchir avant que le soleil ne se couche à l'horizon.

Il n'en restait plus grand-chose en dehors d'un groupe de cabanes vermoulues. Seules deux d'entre elles semblaient tenir debout, observa Tara.

Une pancarte gauchie et criblée de balles gisait dans la terre, près de ce qui avait dû être l'entrée de la mine. Le soir tombant et les décennies d'érosion rendaient sa lecture difficile.

Tara parvint néanmoins à la déchiffrer.

MINE DE COLDWATER.
Café et sodas à l'intérieur.

La mine elle-même se résumait à l'entrée condamnée d'une galerie creusée dans la montagne, quelques mètres derrière les cabanes, au sommet d'un coteau parsemé d'arbres.

Comment avait-on pu espérer en faire une attraction touristique ? se demanda Tara.

Très peu de clarté persistait alors qu'elle et Matt se frayaient un chemin jusqu'à l'intérieur de la première cabane. A leur grande surprise, elle était dans un état décent. En fait, elle donnait l'impression d'avoir été récemment occupée.

Par une autre personne fuyant les membres de la Confrérie ? songea Tara.

Un vieux poêle à bois se trouvait près de l'un des murs, une petite pile de bois coupé se dressant juste à côté. Et un lit de camp à la couverture miteuse avait été installé contre le mur opposé.

Tara guida Matt jusqu'au lit.

— Enlevez votre chemise et allongez-vous.

Cependant, une fois que Matt fut étendu, Tara put à peine distinguer la forme de son corps. Un rayon de lune blafard et pratiquement inutile filtrait à travers la vitre brisée d'une fenêtre.

S'accroupissant près du lit de camp, Tara posa la main sur le bras de Matt et fit lentement remonter ses doigts jusqu'à son biceps. En dépit du froid qui s'insinuait opiniâtrement dans l'air, sa peau était brûlante et poisseuse. Toutefois, le sang semblait avoir séché, la blessure ayant cessé de suinter, ce qui était une bonne chose, estima Tara.

Explorant la zone atteinte, elle toucha légèrement la plaie du bout des doigts. Aussitôt, Matt inspira vivement, dans un réflexe convulsif tandis que le muscle se contractait.

— Désolée, fit Tara.

Matt haussa les épaules.

— C'est seulement un bras. Ce n'est pas comme s'il m'était vraiment utile.

Tara sourit.

— Ainsi, vous êtes un comédien *et* un dur à cuire. C'est très impressionnant.

— Je m'en voudrais de vous décevoir, ironisa Matt.

Tara appuya avec précaution sur la blessure en quête d'une résistance indiquant la présence d'une balle, mais elle ne trouva rien. Peut-être Matt avait-il raison et la blessure était-elle seulement superficielle. Mais, en l'absence de lumière, Tara ne pouvait en avoir la certitude.

— J'aimerais y voir clair, maugréa-t-elle. Avec ce poêle, il doit bien y avoir des allumettes quelque part.

— Exact, renchérit Matt. J'ai d'ailleurs le sentiment que quelqu'un vivait ici, il n'y a pas si longtemps. Les allumettes doivent être posées à portée de main pour y allumer un feu.

A quatre pattes, Tara traversa laborieusement la pièce au sol délabré. Lorsqu'elle atteignit le poêle, elle les chercha à tâtons, mais ses efforts se révélèrent infructueux.

— Je ne trouve rien, grommela-t-elle d'une voix découragée.

— Continuez à chercher, insista Matt.

Tara fit une nouvelle tentative. En vain. Ce nouvel échec ne fit qu'exacerber son sentiment de frustration. Elle était sur le point de se détourner du vieux poêle lorsque sa main effleura soudain un objet et le renversa. Tara tendit instinctivement le bras, cherchant à le rattraper, et elle y parvint juste avant que celui-ci ne vienne heurter le sol.

Une lampe. Une lampe à pétrole.

Tara la leva et la secoua : il y avait encore du combustible à l'intérieur. Ce qui était sans doute une bonne nouvelle, excepté que sans allumettes, cela ne servait à rien.

Mettant la lampe de côté, Tara fit une ultime tentative et palpa les côtés du poêle.

Son opiniâtreté se trouva récompensée. Ses doigts rencontrèrent un étroit logement creusé dans la fonte ; il contenait une petite boîte de forme oblongue.

Tara s'en empara avidement et la secoua : un heureux bruit d'allumettes se fit entendre. Jamais Tara n'aurait pensé qu'un fait aussi anodin puisse lui procurer un tel sentiment de triomphe. A nouveau, le bout du tunnel apparaissait, un espoir, timide mais notable, renaissant alors en Tara.

Elle prit le temps de savourer ce moment. De se repaître de sa relative bonne fortune.

Matt et elle étaient parvenus à s'enfuir. Ils étaient désormais en sécurité.

Et ils avaient de la lumière.

Tara ouvrit la boîte avec délectation et craqua l'une des allumettes. Saisissant la lampe, elle retira la cheminée et approcha la flamme de la mèche. Puis elle ajusta le niveau jusqu'à ce que la lampe diffuse une lumière vive.

Remettant en place la cheminée, Tara attrapa la lampe par sa poignée et se retourna.

— Tadam !

Cependant, son sourire s'évanouit instantanément. Matt avait les yeux fermés, sa poitrine nue se soulevant légèrement à intervalles réguliers.

Il s'était endormi.

Tara s'accroupit de nouveau près du lit de camp et approcha la lampe de la blessure de Matt. C'était une vilaine entaille et il faudrait probablement des points de suture, mais la vie de Matt n'était pas menacée.

Sa peau luisait dans la lumière.

Tara tint la lampe pendant un moment au-dessus de Matt, contemplant à loisir, sans le moindre complexe, son corps musclé. Une fine cicatrice marquait son abdomen.

Appendicite ?

Quelque chose de plus létal ?

« Croyez-moi, avait-il dit, j'ai connu pire. »

Un frémissement léger mais familier traversa Tara. Elle ne put résister à l'envie de tendre la main pour toucher la cicatrice. Celle-ci semblait inviter ses doigts à se promener le long de son pâle tracé, tout comme Tara les avait fait remonter le long du bras de Matt en quête de la blessure.

Cependant, Tara se garda bien de céder à cette impulsion. Elle laissa retomber son bras le long du corps de Matt et veilla à l'y laisser.

C'est un inconnu, se morigéna-t-elle. *Tu viens à peine de le rencontrer.*

Toutefois, Matt n'était pas un parfait inconnu, non ?

Il y avait entre eux comme un début d'affinité. Matt s'était montré prévenant avec elle, attentionné et courageux. Il lui avait révélé une beauté intérieure qui valait amplement l'extérieur, à savoir la beauté sauvage de son physique avantageux.

Il ne semblait pas être gouverné par l'ego. Il se contentait d'être lui-même, un homme qui remplissait sa mission et qui tenait ses promesses, songea Tara.

Et, avec lui, elle se sentait en sécurité.

Protégée.

Que pourrait-elle vouloir de plus ?

Tara avait passé sa vie d'adulte à fréquenter des hommes qui s'étaient avérés bien moins intéressants qu'elle l'avait espéré. Elle avait développé un modèle d'attirance qui paraissait refléter l'animosité qu'elle éprouvait à l'égard de son père.

Elle était systématiquement tombée amoureuse d'hommes qui la couvraient d'attentions, occultant délibérément le fait que ces attentions n'avaient pas grand-chose à voir avec la femme qu'elle était intrinsèquement, mais étaient exclusivement motivées par leur désir de coucher avec elle.

Tara ne s'était jamais facilement abandonnée et, lorsqu'elle avait fini par succomber, elle ne l'avait pas toujours regretté… son désir et ses envies égalant, en ardeur, ceux de ses partenaires.

Cependant, elle s'était immanquablement lassée de ces hommes. Contrairement à sa mère, elle n'avait jamais trouvé son Henry.

L'homme qui était fait pour elle.

Son âme sœur.

Et, bien que sa mère soit la preuve vivante qu'une telle chose était possible, Tara n'y croyait plus vraiment pour elle-même.

Etait-elle trop difficile ?

Aurait-elle dû simplement revoir ses exigences à la baisse dans l'espoir que les choses évolueraient favorablement avec le temps ?

Aurait-elle dû accepter la proposition de Ron, le présentateur du journal télévisé, quand celui-ci lui avait demandé d'emménager avec lui ? Ou alors celle d'Eric, l'architecte, qui lui avait suggéré, sans grand enthousiasme, qu'ils se marient ?

Aucun d'eux ne présentait le moindre point commun avec son père. Toutefois, ni l'un ni l'autre n'avait su se ménager dans le cœur de Tara la place qu'elle espérait voir occuper par l'homme de sa vie.

Ces relations duraient des semaines plutôt que des années et Tara se le reprochait. Des semaines durant lesquelles elle se donnait l'impression de jouer une comédie pathétique, se contentant d'agir en automate parce que c'était ce que l'on attendait d'elle, afin de sauvegarder les apparences.

Mais elle n'était pas heureuse. Jamais elle n'avait ressenti cet élan d'intense satisfaction qui aurait dû pimenter son quotidien chaque fois qu'elle était en leur compagnie. Chaque fois même qu'elle se surprenait à penser à eux.

Elle avait donc persisté à vouloir trouver l'homme de ses rêves.

Et, tandis qu'elle se tenait là debout, penchée au-dessus de Matt, absorbée dans la contemplation de son corps parfait à la musculature sculpturale, sur laquelle se reflétait la lumière chaude et vive de la lampe à pétrole, elle crut un instant avoir enfin trouvé cet homme idéal.

C'était une idée ridicule, bien sûr. Un fantasme né du mélange de stress, de peur et d'adversité imposé par les circonstances. Cependant, fugacement, une sensation inédite envahit la poitrine de Tara. Une douce chaleur inonda son corps. Une délicieuse excitation embrasa ses sens. C'était comme l'irruption d'un vague et pourtant incomparable sentiment de…

Quoi donc ?

De plénitude ?

Hélas, ce moment s'évanouit aussi brusquement qu'il s'était présenté et Tara dut se contraindre à se rappeler ce que Matt faisait dans la vie et comment ce genre d'homme avait quasiment détruit son enfance.

Si la mère de Tara n'avait pas fait preuve d'une telle force, si elle ne les avait pas nourries au quotidien, sa sœur et elle, d'un amour et d'un optimisme indéfectibles, Tara serait probablement devenue névrosée.

Le lendemain de la mort de son père, elle s'était fait le serment — amenant finalement à la surface une pensée qu'elle ruminait inconsciemment depuis des années — qu'elle ne s'autoriserait jamais à tomber amoureuse d'un homme comme lui. Que jamais elle ne se soumettrait à une vie faite d'attente, d'inquiétude et de questions sans fin telle que l'avait autrefois été celle de sa mère.

Quand va-t-il rentrer à la maison ?

Va-t-il revenir ?

Tara n'avait ni la force ni le désir d'endurer une telle épreuve.

Alors qu'elle abaissait la lampe, Matt bougea et ouvrit ses yeux gris-vert.

Il étudia Tara en silence, à la lueur de la lampe. Etait-il pleinement réveillé ? Etait-ce bien elle qu'il regardait ou un quelconque fantôme issu d'un rêve ? se demanda Tara.

Souriant légèrement, Matt leva la main et toucha la joue de Tara, essuyant de son pouce une trace de terre ou de sang.

Ce geste était l'un des plus intimes dont Tara ait jamais fait l'expérience. Sa poitrine se gonfla de nouveau et une sensation reconnaissable entre toutes lui remua les entrailles.

Ce fut le même désir qui l'avait submergée quand elle avait contemplé, un peu plus tôt, la cicatrice de Matt. Elle fut saisie d'une irrésistible envie de se pencher en avant, d'embrasser Matt, de goûter la saveur de ses lèvres, d'effleurer sa langue avec la sienne…

Mais alors, Matt baissa la main et referma les yeux. Déjà, il s'était rendormi.

Tara resta un instant perplexe. N'était-ce pas plutôt elle qui voyait des fantômes ? Qui dormait, rêvait peut-être ?

Non, la preuve en était la chaleur de cette main qui perdurait sur sa joue. La vision de ces yeux gris-vert levés vers elle.

Cependant, une telle relation n'avait pas lieu d'être et Tara chassa bien à contrecœur toutes ces choses de son esprit. Sinon, à l'instar des souvenirs de Ron, le présentateur du journal télévisé, et d'Eric, l'architecte, elle garderait celui de Matt, le représentant de l'ordre, comme un autre regret attaché à une liaison dans laquelle elle n'aurait jamais dû s'engager.

Et elle s'en voudrait de l'avoir fait.

Mieux valait y mettre un terme avant même qu'elle n'ait commencé. Il y aurait ainsi moins de dégâts.

Déposant la lampe sur le sol, Tara enleva le garrot qu'elle avait placé au-dessus du biceps de Matt. Puis elle déchira une autre bande du tissu de sa chemise et s'en servit pour couvrir la plaie. C'était loin d'être aseptique mais mieux que rien. Et lorsque, le lendemain, ils arriveraient en ville, des soins adéquats pourraient être prodigués à Matt.

Cet endroit désolé, cette cabane délabrée, ne leur offrait jamais que l'illusion d'une certaine sécurité, conclut Tara. Si Matt et elle avaient retrouvé cette exploitation minière, il y avait de fortes chances pour que d'autres, dont notamment leurs poursuivants, soient également au courant de son emplacement.

S'approchant de la fenêtre à la vitre cassée, Tara décida de monter la garde. Elle se mit à sonder l'obscurité.

Guettant l'arrivée éventuelle de Carl.

Et de la Confrérie.

8

— Combien de temps j'ai dormi ? demanda Matt à Tara.

Celle-ci ne lui répondit pas tout de suite.

— Pas très longtemps. Moins d'une heure, je pense.

Le lit de camp grinça tandis que Matt se redressait. Il s'efforça de mettre un peu d'ordre dans ses pensées confuses. La plaie de son bras s'était mise à battre. Il était ankylosé et fébrile. Cependant, ce petit somme l'avait un peu régénéré et il se sentait plus robuste. Il n'avait pas retrouvé la forme à cent pour cent, mais il disposait au moins des trois quarts de son potentiel habituel.

Les dix mois qu'il avait passés en prison lui avaient enseigné la valeur des siestes récupératrices. S'octroyer huit heures de sommeil en continu était quasiment impossible lorsque vous étiez cerné par un constant chaos de harcèlement, de menaces et, parfois, de cris de douleur.

Tara se tenait près de la fenêtre, le regard fixé sur le terrain à l'arrière. Les dernières heures avaient défilé si rapidement que Matt en avait presque oublié la beauté de la jeune femme.

Il se rappela vaguement avoir aperçu son visage dans un rêve et avoir tendu la main pour le toucher, se disant qu'il était sans doute mort et qu'elle était son ange gardien venu le chercher ici-bas pour le guider jusqu'au paradis.

Matt n'était même pas certain de croire au paradis. Toutefois, s'il existait réellement et qu'il avait un jour la chance de s'y rendre, celui ne l'ennuierait pas d'avoir Tara comme compagne de voyage.

Cependant, cette perspective générait des pensées ayant trait à la violence et à la mort. Or, s'il avait voix au chapitre, personne ne perdrait la vie cette nuit-là.

Il avait eu son lot de démêlés avec la mort, avait lutté des années durant pour en prendre son parti, et il n'avait aucune envie de rejouer cette bataille.

Tara était une innocente. Un témoin fortuit. Et Matt ferait tout pour la garder saine et sauve.

En supposant qu'il puisse rester éveillé…

— Je suis désolé de m'être endormi.

Tara se retourna et lui fit face. Elle avait des traces de terre ainsi que quelques gouttes de sang sur le visage et sur ses vêtements, mais cela ne déparait en rien sa beauté.

— Vous plaisantez, n'est-ce pas ? lança-t-elle. Je suis étonnée que vous n'ayez pas perdu connaissance sur le dos de ce cheval.

Matt haussa les épaules.

— J'avais une femme magnifique pour me soutenir.

Ce n'était certainement pas la première fois qu'un homme faisait un tel compliment à Tara mais, à en juger par sa réaction, Matt aurait presque pu croire le contraire.

— Vous êtes sûr que cette balle ne vous a pas égratigné le crâne au passage ? insista-t-elle.

Matt lui répondit par un petit rire, auquel elle joignit le sien, tous deux faisant un pied de nez à la gravité de la situation dans laquelle ils se trouvaient.

Matt reprit ensuite son sérieux et fit un signe de tête en direction de la fenêtre.

— Nous devons nous attendre à ce qu'ils aient retrouvé le cheval à présent. Ils sont à notre recherche, quelque part, là-dehors.

Tara hocha la tête.

— J'ai fait le guet. Même si je n'avais aucune idée de la façon dont j'aurais réagi s'ils s'étaient montrés.

Matt désigna la lampe.

— Je suppose qu'il ne reste pas assez de combustible là-dedans pour nous permettre de trouver quelqu'un qui nous prêterait un téléphone ?

Tara fit la moue.

— Je ne serais pas tentée d'en prendre le risque. A moins que nous n'y soyons forcés… Et je n'aurais pas non plus envie d'être coincée ici sans lumière.

L'envie démangeait Matt, quant à lui, de reprendre la route, d'apprendre à ses contacts ce que complotait la Confrérie. Mais Tara avait raison. A moins que Carl et ses acolytes ne les retrouvent, ils n'auraient d'autre choix que de rester sur place jusqu'au petit matin.

Serait-il alors trop tard ?

Zane avait précisé que l'explosion du tribunal fédéral était programmée à 9 heures. Toutefois, ce plan avait pu être modifié en réaction à leur évasion, estima Matt.

De plus, à qui allait-il confier cette information ? Seules deux personnes savaient que les dix mois qu'il avait passés en prison étaient une imposture. Et l'une de ces deux personnes l'avait dénoncé à Zane.

Matt se tourna vers la fenêtre.

— En tout cas, s'ils se montrent, il est inutile de leur faciliter la tâche.

Matt se pencha en avant et éteignit la lampe, plongeant la cabane dans une quasi-obscurité. Puis, se levant du lit de camp, il fléchit légèrement le biceps. Une douleur cinglante le saisit. Mais il traversa la pièce pour rejoindre Tara à la fenêtre.

— Vous devez être exténuée. Laissez-moi prendre le relais.

— Je suis trop énervée pour dormir, confia Tara.

Elle était tout juste visible dans le clair de lune, mais elle tremblait, sentit Matt. Lui-même était torse nu et il n'émanait pas précisément de son corps une chaleur réconfortante. Toutefois, il songea un instant à glisser un bras autour de Tara et à l'attirer contre lui.

Cependant, si bon enfant que puisse être ce geste, il pourrait ne pas être bien accueilli.

Et Matt devait le reconnaître : ses intentions n'étaient pas totalement pures.

Au lieu de cela, il attrapa la couverture élimée qui était posée sur le lit et la mit sur les épaules de Tara.

Cette dernière plongea à nouveau le regard dans l'obscurité, serrant frileusement la couverture autour d'elle.

La lumière pâle de la lune se reflétait dans ses yeux et des larmes semblaient y briller, nota Matt.

— Vous allez bien ? s'enquit-il.

C'était une question ridicule. Comment pourrait-elle aller bien après tout ce qu'ils venaient de traverser ? Ce qu'ils vivaient encore en cet instant même ? Néanmoins, Matt ne pouvait se tenir près de Tara et la regarder pleurer sans rien dire.

— C'est idiot, soupira Tara. Mais j'étais en train de penser à mes nièces.

— Vos nièces ?

— Kelly et Kimberly. Elles ont quatre ans. Ce sont des jumelles. Elles m'ont appelée l'autre soir et elles m'ont demandé si je venais les écouter chanter à l'inauguration du Centre des arts du spectacle, demain. Je leur ai promis que je viendrais.

Tara marqua une pause.

— J'imagine que c'est désormais hors de question.

— Ne vous inquiétez pas, la rassura Matt. Vous tiendrez votre promesse.

Tara eut un rire sans joie puis reprit d'une voix où perçait l'amertume :

— Où ai-je déjà entendu cela ?

Elle s'éloigna de la fenêtre, s'appuya contre le mur adjacent et se laissa glisser jusqu'au sol.

— Je suppose que je ne vaux pas mieux que mon père.

Matt s'assit par terre à côté d'elle. Manifestement, les événements de la journée avaient commencé à accabler Tara. La meilleure chose à faire était certainement de la laisser s'épancher.

— Mon père ne cessait de nous faire des promesses, poursuivit Tara. Mais je peux compter sur les doigts d'une main celles qu'il a tenues. Il avait toujours des difficultés à remplir ses engagements.

— Vous avez été prise en otage par trois détenus en cavale, rappela Matt. Je suis certain que vos nièces comprendront.

— Mon père aussi avait de bonnes excuses, mais je n'ai jamais compris. Tout ce que je sais, c'était qu'il n'était pas là quand j'avais besoin de lui. Au bout d'un certain temps, j'ai tout simplement fini par renoncer et il a cessé de faire semblant.

— De faire semblant ? répéta Matt.

— De m'aimer. De s'intéresser à moi. Et je ne veux pas que Kelly et Kimberly pensent que je ne m'intéresse pas à elles.

— En vous entendant, je me dis que vous les aimez trop pour qu'une telle chose soit possible, assura Matt.

Tara hocha la tête.

— Ma sœur Susan a fait un travail merveilleux. Elles sont presque comme mes propres filles.

— Je présume donc que vous n'avez pas d'enfants ? fit Matt.

De nouveau, Tara émit un rire sans joie.

— Ni enfants ni époux. Seulement le travail.

Tara secoua la tête.

— Ne vous méprenez pas, j'adore mon travail. Mais parfois... je ne sais pas, je ressens une certaine mélancolie. Comme une envie inassouvie, celle d'une maison en banlieue, de deux enfants et demi, de quelqu'un avec qui partager ma vie… Ma mère a été déçue par son premier mariage mais elle a fini par trouver le partenaire idéal. Et j'imagine que c'est ce que je désire, moi aussi.

Tara marqua une pause.

— Allons… Je ne vais pas me lamenter sur mon sort. Et vous, Matt ? Avez-vous une famille ?

— Deux parents en pleine forme et trois frères.

— Plus jeunes ou plus âgés que vous ?

— Je suis l'aîné. Je devance les autres de six ans environ. Et quand j'ai pris la décision d'entrer dans les forces de l'ordre, ils ont suivi mon exemple.

— Vraiment ? fit Tara.

— Mark et Evan travaillent tous les deux comme shérifs adjoints à Fort Worth et le plus jeune, Sam, a intégré l'unité d'élite des SWAT de Los Angeles.

— Ça en fait des cœurs brisés, observa Tara.

Matt fronça les sourcils.

— Qu'entendez-vous par là ?

— Mon père aussi était policier. Et les seules fois où il faisait attention à moi, c'était pour m'exhiber devant ses amis. « Regardez cette ravissante petite chose que j'ai créée. N'est-elle pas adorable ? » Mon père faisait exactement pareil avec ma sœur Susan. S'il avait pu, il nous aurait coulées dans le bronze pour nous exposer sur une étagère à côté de ses trophées de bowling.

Tara se mordilla la lèvre inférieure.

— Il était vraiment lamentable, vous savez.

— Je suis sûr que ce n'était pas intentionnel, déclara Matt.

— Croyez-vous ? L'événement qui a mis le feu aux poudres est arrivé quand j'avais seize ans. C'était un vendredi soir. Susan et moi, nous étions toutes les deux à un rendez-vous quand un homme s'est introduit dans la maison. Il a agressé maman sur le canapé et il l'aurait sans doute violée si je n'étais pas rentrée à la maison. Je l'ai aspergé de spray au poivre ! Il s'est enfui et ma mère s'est retrouvée à l'hôpital.

— Seigneur ! s'écria Matt. Et où était votre père ? A son travail ?

— Cela aurait pu être une excuse décente. Meilleure que la réalité que nous avons découverte quelques mois plus tard.

— Qui était ? s'enquit Matt.

— Il s'est avéré que mon père était au lit avec sa coéquipière le soir de l'agression. Une femme qui avait l'audace de s'asseoir à notre table pour le dîner de Thanksgiving.

Matt garda le silence pendant un moment. Puis il dit à Tara :

— Je peux comprendre votre colère, vraiment. Et je reconnais que c'était profondément injuste. Mais qu'est-ce que cela a à voir avec mes frères et moi ?

— Ce sont des représentants de l'ordre. Vous aussi. Vous êtes tous les mêmes !

Il y avait dans la voix de Tara une amertume difficile à ignorer. Une souffrance flagrante. Cependant, Matt ne pouvait laisser Tara affirmer une telle chose.

— Vous allez vite en besogne ! Tous les policiers ne sont pas ainsi. En tout cas, pas moi.

— Peut-être, concéda Tara. Mais qu'est-ce que ça prouve ? Vous n'avez pas une femme et des enfants qui vous attendent à la maison.

Tara ne pensait certainement pas ce qu'elle disait, se rassura Matt. Ces propos lui étaient évidemment inspirés par la douleur. Par l'épuisement. Mais elle avait réussi à insulter Matt, remuant par la même occasion en lui des souvenirs malvenus. Une certaine fureur le gagna.

Il songea à ce que Jimmy Zane lui avait dit un peu plus tôt. « Dommage collatéral. Une chose dont j'ai cru comprendre qu'elle t'était assez familière. »

Matt peina à maîtriser sa colère et les mots s'échappèrent de ses lèvres.

— Vous avez raison, dit-il à Tara. Personne ne m'attend à la maison. Plus maintenant.

Tara demeura silencieuse tandis qu'elle assimilait l'information.

— Plus maintenant ?

Matt soupira. Il n'avait pas envie d'en parler. Il n'aimait pas en parler. Cela lui avait toujours été difficile et ne cesserait jamais de l'être.

— Mon épouse et ma fille sont mortes.

9

Sept mots.

Rien que ces sept mots infligèrent au cœur de Tara un coup dévastateur.

« Mon épouse et ma fille sont mortes. »

Mortes.

Comme tout le monde, Tara s'était sentie stupide à de nombreuses reprises au cours de son existence. Toutefois, elle n'avait jamais éprouvé ce sentiment avec une telle intensité qu'en cet instant.

Stupide. D'une stupidité grotesque.

Elle se sentait coupable aussi.

« Mon épouse et ma fille sont mortes. »

Que répondait-on à une personne qui vous confiait une telle chose ?

Tara avait fait ses adieux à nombre d'amis — une amie décédée d'un cancer du sein, une collègue renversée par une voiture — et la mort de son père n'avait pas non plus été un moment facile à vivre. Cependant, quoi qu'elle puisse dire à Matt en réponse à cela, ce serait bien loin du compte.

Elle s'efforça néanmoins de trouver les mots.

— Je suis vraiment désolée, parvint-elle à articuler, tentant de percer l'obscurité du regard afin d'évaluer l'étendue de la colère de Matt, la profondeur de sa peine.

Elle ne parvint pas à distinguer suffisamment ses traits. Mais la fureur de Matt contre elle semblait peser dans l'air.

Qui pourrait en blâmer Matt ?

Tara se sentit honteuse.

— Ecoutez, bredouilla-t-elle, je n'avais pas l'intention…

— Oubliez cela. Vous l'ignoriez. Comment auriez-vous pu le savoir ?

— Ça n'en fait pas moins de moi une brute insensible.

— Vous n'êtes pas insensible, lui assura Matt d'un ton radouci. Pas du tout.

Tara aurait dû s'en tenir là, ne rien ajouter. Mais la curiosité la poussa à en savoir plus. Simple curiosité de journaliste ?

— Que leur est-il arrivé ? Comment sont-elles…

Elle ne put se résoudre à terminer sa phrase et Matt demeura assez longtemps silencieux pour qu'elle se reproche d'avoir encore trop parlé.

Puis il bougea un peu et se rapprocha de Tara, s'adossant au mur.

Il poussa un soupir.

La tension dans la cabane parut se dissiper.

— Je ne suis pas sûr que les circonstances aient une quelconque importance, reprit Matt. Je viens de passer la première moitié des sept dernières années à essayer de les oublier puis la seconde à tenter de me les rappeler. Les experts affirment toujours qu'une fois que l'on a fait son deuil, on trouve le moyen d'aller de l'avant. Mais, tout ce que j'ai fait de ma vie depuis, je l'ai fait en souvenir d'elles. J'imagine donc que les circonstances sont au contraire importantes et qu'elles le resteront toujours.

— Ecoutez, le coupa Tara, si vous préférez ne pas en parler…

— Normalement, ce serait le cas. Mais après dix mois passés à travailler sous couverture, il est plutôt agréable de pouvoir s'exprimer sans devoir passer au crible tout ce que l'on dit.

Matt bougea à nouveau, réajustant sa position contre le

mur, comme s'il rassemblait tout son courage pour se lancer dans le récit qu'il était sur le point de faire.

Tara eut soudain besoin de s'armer elle aussi de courage.

Matt s'éclaircit la gorge.

— Je connaissais Becky depuis le lycée. A Austin, au Texas. A l'époque, nous avions flirté, mais ce ne fut pas avant l'université, alors que nous étions en vacances, un été, que nous sommes vraiment sortis ensemble. Nous venions tous deux de vivre une rupture et nous avons tout naturellement été attirés l'un vers l'autre. Avant d'avoir eu le temps de nous rendre compte de ce qui nous arrivait, nous avions quitté l'université, nous nous étions mariés et Jennifer était née.

Matt redevint silencieux, certainement perdu dans ses souvenirs, et Tara eut envie de prendre sa main dans la sienne et de la serrer tout comme il l'avait fait un peu plus tôt alors qu'ils étaient assis dans la voiture. Un geste de réconfort. Destiné à la rassurer.

Mais Tara reconsidéra son intention. Une telle initiative paraîtrait sans doute trop entreprenante à ce moment spécifique. Trop intrusive.

— Mon univers a changé après la naissance de Jennifer, ajouta Matt. J'étais jeune et assez irresponsable, mais il y a quelque chose dans le fait de tenir un bébé dans vos bras — un bébé que vous avez contribué à engendrer — qui vous met du plomb dans la tête et vous apprend très vite à avoir les pieds sur terre. Aussitôt que j'ai vu sa magnifique petite frimousse, j'ai su que je devais faire quelque chose de ma vie. Fonder un foyer décent, pour elle.

Un sourire étira les lèvres de Matt tandis qu'il poursuivait :

— Un peu plus de trois ans après la naissance de Jen, j'ai décroché mon diplôme de la faculté de droit et j'ai accepté un emploi dans un cabinet d'avocats au Nouveau-Mexique. Nous y vivions depuis deux mois à peine lorsque Becky et Jen se sont arrêtées, en revenant du cours de natation, à l'épicerie du coin pour y acheter du lait.

Matt marqua à nouveau une pause et, durant ce silence, le cœur de Tara faillit se briser. Elle imaginait sans peine la suite de l'histoire et n'était plus très sûre d'avoir envie de l'entendre.

— Becky et Jen se trouvaient à la caisse quand deux minables complètement défoncés ont fait irruption dans le magasin en agitant leurs armes. Ils ont emporté tout l'argent de la caisse. Personne ne sait exactement pourquoi ils se sont mis à tirer, mais une fois que les coups de feu ont cessé…

Matt s'interrompit encore.

— Je travaillais souvent tard. J'étais encore au bureau lorsque mon téléphone portable a sonné. Je n'oublierai jamais cet appel.

Matt se mura à nouveau dans le silence, probablement pour se repasser mentalement le déroulement de la conversation téléphonique, songea Tara.

Elle put même imaginer son propre père passer l'appel.

— Monsieur Hathaway ?

— Oui.

— Sergent Ed Richmond à l'appareil. Etes-vous l'époux de Rebecca Hathaway ?

Des larmes piquèrent les yeux de Tara et elle ferma vivement les paupières, chassant cette pensée importune de son esprit.

Matt reprit soudain :

— Vous voulez connaître l'ironie de toute l'histoire ?

— Je vous écoute.

— Au bout du compte, je suis rentré à la maison ce soir-là, sans trop savoir ce que j'allais faire de ma vie. Je gardais l'impression que Becky et Jen allaient franchir le pas de la porte d'un moment à l'autre, même si j'avais identifié leurs corps seulement deux heures auparavant. J'ignore pourquoi je suis allé au réfrigérateur. Je n'avais pas faim.

Mais juste là, devant moi, se trouvait une brique de lait, encore à moitié pleine. Il en restait assez pour au moins une journée de plus. En fait, elles n'avaient pas vraiment besoin de s'arrêter à l'épicerie…

Tara en eut le cœur au bord des lèvres. Elle se représenta Matt debout devant le réfrigérateur ouvert, regardant fixement cette brique de lait, un déferlement d'éventualités introduites par des « si seulement » se bousculant dans sa tête.

La vie de Tara avait été remplie de ces mêmes éventualités demeurées virtuelles. Le sort pouvait parfois être des plus cruel, elle le savait. Cependant, elle n'avait jamais fait l'expérience de ce genre de cruauté.

— Il m'a fallu longtemps pour me remettre, lui confia Matt. J'ai quitté le cabinet, envisagé d'émigrer en Europe ou en Amérique du Sud, n'importe où pourvu que ce lieu mette de la distance entre cette horrible soirée et moi. Je n'étais pas très agréable à fréquenter, mais l'un de mes amis, qui travaillait au FBI, m'a convaincu de canaliser ma douleur en faisant mettre en prison les petites frappes telles que ces deux minables. L'instant d'après, je suivais la formation à Quantico. Et voilà où nous en sommes à présent, pour le meilleur ou pour le pire.

Matt la regardait, réalisa Tara. Ses yeux gris-vert posaient sur elle un regard perçant dans la quasi-obscurité.

Les yeux de Tara étaient emplis de larmes. Matt les voyait-il ? se demanda Tara.

— C'est la raison pour laquelle je devais vous dire qui je suis, se justifia Matt. Tout à l'heure, dans votre cabane, je ne pouvais pas rester les bras croisés à vous regarder subir ce que Becky et Jen…

De nouveau, Matt laissa sa phrase en suspens et Tara le soupçonna de ravaler lui aussi ses larmes.

Alors, il lui prit la main et, cette fois, Tara serra la sienne. En cet instant précis, l'attirance qu'elle éprouvait pour Matt devenait une chose vivante, palpable.

La contrôler était désormais au-dessus des forces de Tara. Le rabat-joie, expert en prêchi-prêcha, qui semblait perché en permanence sur son épaule pouvait prendre des vacances à durée indéterminée.

Tara allait s'accorder une pause et réévaluer la situation plus tard. Réserver les décisions rationnelles pour une période plus rationnelle. Attendre que Matt et elle soient tous deux un peu moins vulnérables, un peu moins effrayés. Que la lumière du jour les dégrise, les ramène à la raison.

Dans l'immédiat, l'obscurité les appelait à elle et tout ce à quoi Tara aspirait était le contact de la peau de Matt sous ses doigts.

Lui-même ne semblait pas y être opposé.

Il leva sa main valide et caressa à nouveau le visage de Tara.

— Je n'ai pas rêvé, n'est-ce pas ? L'ange que j'ai vu, c'était vous.

Puis sa main se glissa derrière la nuque de Tara et il l'attira doucement à lui. Tara savoura la chaleur du corps de Matt tandis qu'il se penchait vers elle dans la pénombre et elle dut prendre sur elle pour se maîtriser, l'attente de ce baiser s'avérant presque intolérable.

Au moment précis où leurs lèvres allaient s'épouser…

La porte de la cabane s'ouvrit brusquement et le faisceau d'une lampe torche les éblouit.

Il y eut le bruit d'un fusil que l'on arme et une voix de femme s'écria :

— Qui diable êtes-vous ? Et que faites-vous dans ma maison ?

10

— Allez, relevez-vous ! Tous les deux ! Je veux vous voir debout, maintenant.

La voix légèrement chevrotante de la femme trahissait son âge, songea Tara. Mais son visage restait dans le noir, car la lampe torche qu'elle brandissait aveuglait Tara et Matt.

— Ce fusil est chargé avec du neuf millimètres. Alors, je ne vous le redirai qu'une fois. Debout. Tous les deux. Maintenant.

Tara et Matt obéirent à l'ordre de la vieille femme, se levant lentement, les mains en l'air. Mais Matt fit un pas en avant et se plaça devant Tara, comme pour la protéger.

— Inutile de nous menacer de cette arme, déclara-t-il. Nous ne sommes pas un danger pour vous.

— Vous êtes seulement des touristes, c'est ça ! ironisa la nouvelle venue.

— En quelque sorte.

— Vous vous introduisez chez moi et vous pensez que je devrais me contenter de sourire et de vous souhaiter une bonne journée ?

Tara fit un geste d'apaisement, s'efforçant de calmer l'occupante des lieux.

— Je peux comprendre que vous soyez furieuse. Mais nous avons des ennuis et…

— Oh ! Je vois ça. Vous êtes tous les deux en nage et il semble que vous vous soyez beaucoup démenés. Mais cela ne signifie pas que vous ayez le droit de pénétrer sans autorisation dans une propriété privée.

— Ecoutez, plaida Matt, nous sommes désolés. Nous pensions que l'endroit était abandonné.

— Dans ce cas, vous vous êtes trompés, ne croyez-vous pas ?

— Madame, ne rendons pas la situation plus difficile qu'elle ne devrait l'être. Je suis l'agent spécial Matt Hathaway. Je travaille pour le FBI. Et vous entravez présentement le cours d'une enquête fédérale.

— Le FBI ? Vous espérez vraiment que je vais croire ça ?

— C'est la vérité.

Le faisceau de la lampe torche se fixa sur Matt.

— Vous êtes sans doute l'agent fédéral le plus pitoyable que j'aie jamais croisé, décréta la femme. A moins que le fait de se balader torse nu ne fasse désormais partie de l'uniforme. M'est avis que vous enquêtiez de très près sur cette jeune femme…

Tara ne put s'empêcher de rougir.

— Je sais que les apparences sont contre nous, argua Matt. Mais je suis en mesure de tout vous expliquer. Alors pourquoi ne pas poser cette arme ? Nous pourrons parler plus tranquillement.

— Cher monsieur, si vous pensez que je vais accorder le moindre crédit à ce que peut raconter une espèce de sale menteur…

La femme ne termina pas sa phrase et resta silencieuse pendant un moment.

— Pourquoi votre visage m'est-il familier ? Est-ce que nous nous sommes déjà rencontrés ?

— Je ne peux pas distinguer le vôtre, rappela Matt. Mais, a priori, je dirais que non.

— Attendez une minute, attendez une minute. Je vous ai vu à la télévision cet après-midi. Vous êtes l'un de ces hommes qui se sont évadés du…

Sans prendre le temps de réfléchir, Tara se jeta en avant et agrippa le fusil. C'était un geste insensé, impulsif — elle n'en était pas à son premier de la journée. Matt lança un avertissement derrière elle, mais il était trop tard. Puis la femme âgée se mit à crier elle aussi, tandis que les mains de Tara se refermaient autour du canon et le dirigeaient vers le plafond.

La torche tomba au sol et les deux femmes se livrèrent une lutte sans merci, chacune tentant de s'emparer de l'arme. Elles finirent par terre.

Matt intervint alors et leur arracha le fusil des mains.

— Bon, ça suffit maintenant ! Tout le monde se calme.

La femme cessa de lutter et lâcha Tara.

Aussitôt, Matt retira les cartouches de l'arme, les laissant tomber au sol. Puis il ramassa la torche et la braqua droit sur le visage de Tara.

— C'est quoi, votre problème ?

Pour la première fois depuis que Tara l'avait rencontré, Matt lui parlait comme un policier. Ce type de réprimande lui était tellement familier qu'elle se représenta presque son père la regardant d'un air furieux derrière la lampe torche.

— Vous auriez pu nous faire tuer tous les deux, tempêta Matt.

— Je suis désolée, s'excusa Tara à la manière d'une enfant grondée par ses parents.

Comme si elle était transportée, via une sorte de faille temporelle, dans la décennie précédente.

— Ça… ça a été un simple réflexe.

La vieille femme remua à côté de Tara, sa voix tremblant plus que jamais.

— Qu'allez-vous me faire ?

Matt brandit la torche dans la direction de la femme, révélant pour la première fois son visage qui était buriné autant que marqué par le temps, observa Tara. Elle approchait allègrement des quatre-vingts ans et, bien qu'ayant sans doute connu de nombreuses vicissitudes, elle paraissait fragile. En outre, son regard était apeuré.

Cela ne fit que renforcer le sentiment de malaise qu'éprouvait Tara.

Elle venait d'agresser une pauvre grand-mère.

— Détendez-vous, madame, la rassura Matt. Personne ne va vous faire de mal.

Toujours piquée au vif par la remontrance de Matt, Tara aida la vieille dame à se relever.

— J'ai une idée, suggéra Tara. Pourquoi ne pas tout reprendre depuis le début ?

La femme maugréa un peu, mais finalement se laissa faire.

Elle s'appelait Imogene et avait légèrement exagéré en prétendant habiter cette masure. La vérité était que sa famille en était propriétaire depuis plusieurs décennies et qu'Imogene venait y trouver refuge de temps à autre pour échapper à son bon à rien de fils.

— Vous avez un téléphone portable avec vous ? s'enquit Matt.

Imogene se remit à marmonner.

— Jamais de la vie ! Ce monde a réussi à fonctionner parfaitement avant que chacun ait un téléphone greffé en permanence à l'oreille. On ne voit plus que ça. Ça et une horde d'adolescents qui passent leur temps à s'envoyer des messages idiots. Il y a vraiment de quoi vous rendre complètement folle.

Alors qu'Imogene parlait, Tara ralluma la lampe à pétrole afin qu'ils puissent tous y voir clair. Mais, prise d'un doute, elle demanda à Imogene :

— On risque peut-être de se faire remarquer avec la lumière ?

— Pensez-vous ! s'esclaffa Imogene. Personne ne s'aventure jamais dans le coin. Et ça me convient parfaitement ainsi.

Matt intervint à son tour :

— Comment êtes-vous venue jusqu'ici ? Vous habitez à proximité ?

Il avait remis sa chemise dépenaillée, mais sans la boutonner, observa Tara.

— Comment croyez-vous que je sois arrivée ? répondit Imogene. En voiture, évidemment.

Tara fut surprise.

— Je n'ai pas entendu de véhicule se garer.

Imogene sourit.

— A vous voir tous deux quand je suis entrée ici, j'aurais probablement pu stationner un bulldozer dans la cour sans que vous le remarquiez.

Tara rougit de nouveau tandis que Matt se dirigeait vers la fenêtre pour regarder dehors.

— Où est votre véhicule ?

— Ecoutez, mon garçon, vous allez peut-être me le faire payer, mais si vous croyez que je vais aider un détenu en cavale…

— Je vous l'ai dit, je travaille pour le FBI.

Imogene émit un rire méprisant.

— Vous avez un insigne ou quelque chose d'autre à me montrer pour le prouver ?

— Je vous demande seulement de me faire confiance, plaida Matt. Si vous ne le faites pas, beaucoup d'innocents pourraient mourir demain.

Imogene fronça les sourcils.

— Que suis-je censée comprendre ? Etes-vous en train de me menacer ?

Matt commençait à s'agiter, remarqua Tara. Cette vieille femme représentait leur seul espoir de rejoindre la civilisation avant que la Confrérie ne mettre son projet à exécution et Matt était manifestement davantage préoccupé de sauver des vies que de perdre du temps à se justifier ou à ménager la susceptibilité d'Imogene.

— Je ne menace personne, assura Matt en faisant un effort perceptible pour garder une voix calme. En revanche, il y a un groupe d'hommes, pas très loin d'ici, qui constitue un grave danger. Il projette de commettre une attaque demain matin et, si je ne parviens pas à me rendre en ville, beaucoup de vies innocentes seront détruites. Alors, donnez-moi les clés de votre voiture et indiquez-moi la direction à emprunter.

— Mon garçon, reprit Imogene, vous voulez m'expliquer pourquoi je croirais un seul mot de ce que vous venez de dire alors que tous les reportages à la télévision vous présentent comme un fugitif qui tente d'échapper à la justice ?

— Parce que je travaille sous couverture, répondit Matt. Les deux hommes qui se sont évadés avec moi sont Carl Maddox et Rusty Zane. Ils font partie d'un groupe de renégats qui se fait appeler « la Confrérie »

Imogene afficha une expression stupéfaite.

— Zane ? L'un de ces hommes est un Zane ?

— Vous les connaissez ? demanda Tara.

— Leur famille vit dans le secteur depuis un demi-siècle. Je ne les ai jamais trop aimés. Et si vous vous êtes attiré des ennuis avec cette bande d'excités, soit vous avez perdu la tête, soit vous me dites la vérité.

— Alors, vous allez nous aider ? insista Tara.

Imogene soupira.

— Je ne crois pas avoir vraiment le choix. Mais dites-moi, cette attaque qu'ils sont sur le point de commettre, c'est quoi exactement ?

— Ils projettent de faire exploser le tribunal fédéral de Whitestone, précisa Matt.

Imogene plissa le front.

— Vous êtes sûr de ça ?

— Je me tenais dans la même pièce qu'eux quand ils l'ont évoqué, confia Matt.

Imogene tourna les yeux vers Tara, qui acquiesça d'un signe de tête.

— Je les ai entendus le dire, moi aussi.

— Dans ce cas, mais, mon Dieu, qu'attendez-vous ?

Imogene plongea la main dans sa poche et lança des clés de voiture à Matt.

— J'espère que vous savez vous servir d'une boîte manuelle.

Matt lui sourit.

— Je m'en accommoderai.

Cependant, avant qu'ils aient pu faire un seul mouvement, un tonnerre de bruits de sabots déchira la nuit et Matt fit aussitôt signe aux deux femmes de se taire.

Tara risqua un coup d'œil au-dehors. Carl et ses acolytes entraient dans la cour.

Ils s'y arrêtèrent net, leurs chevaux soufflant et hennissant. Ils étaient armés de fusils équipés de lampes tactiques, remarqua Tara. Et Carl braquait le sien sur la fenêtre de la masure.

11

Matt attrapa Tara par le bras et l'écarta vivement de la fenêtre.

Puis il éteignit la lampe. Cependant, cela ne rimait plus à rien. Il n'aurait jamais dû laisser Tara la rallumer. Carl savait pertinemment qu'il y avait quelqu'un à l'intérieur de la cabane.

D'ailleurs, il lança :

— Allons, mon petit Nicky, ne nous rends pas les choses difficiles. Si tu sors de là sans faire d'histoire, tu as ma parole que nous ne ferons aucun mal à ton amie, la journaliste.

Sa parole ?

Matt faillit éclater de rire.

Et, dans la foulée, peut-être ses comparses et lui allaient-ils lui présenter leurs excuses pour le désagrément occasionné et proposer également à Tara de la raccompagner en ville.

Carl le croyait-il vraiment à ce point crédule ? s'étrangla Matt.

— C'est quoi, ça ? chuchota Imogene. Une espèce de faction armée ?

— Je dirais plutôt une bande de fous furieux prêts à nous lyncher, répondit Matt en jetant un coup d'œil circulaire à la cabane. J'imagine qu'il n'y a pas moyen de sortir par l'arrière ?

— Mais si, bien sûr, ironisa Imogene en désignant un

coin sombre. Il suffit d'emprunter ce passage secret dans la pièce à vivre.

Matt lança un regard noir à Imogene.

— Un simple « non » aurait suffi.

— Vous avez des yeux pour voir, il me semble ? maugréa Imogene. Ne me faites pas perdre mon temps avec des questions stupides. Si je comprends bien, ce sont les hommes de Zane ? Ceux qui, d'après vous, comptent faire exploser le tribunal ?

— Ce n'est pas une accusation sans fondement, répliqua Tara. Ils l'ont dit devant nous.

— Quoi qu'il en soit, ils semblent prêts à vous faire la peau, reconnut Imogene. Et je suis peut-être vieille, mais je préférerais rester en un morceau.

— Tu m'entends, Nick ? cria Carl. Il n'y a aucune raison que la situation dégénère. Je me moque de la fille. C'est toi que je veux.

Matt brandit les clés devant le visage d'Imogene.

— Où se trouve votre voiture ?

— Avec ces idiots en liberté, trop loin…

Bien sûr, songea Matt.

Pourquoi les choses seraient-elles simples ?

Mais, après tout, il avait passé les dernières heures — sans parler des sept dernières années — à livrer des batailles qui semblaient perdues d'avance et, jusque-là, il était parvenu à survivre.

Il n'y avait pas de raison que les choses changent.

Toutefois, ce n'était pas seulement sa propre survie qui l'inquiétait. Il devait prendre en considération le sort de Tara, sans compter désormais celui d'Imogene ainsi que celui de centaines de victimes potentielles.

Il n'existait qu'une manière de s'en sortir.

— Pouvez-vous vous déplacer rapidement ? demanda Matt à la vieille femme.

— Tout dépend de ma motivation, répondit Imogene. Mais je suppose que je peux me débrouiller. Pourquoi ?

Matt tendit les clés de la voiture à Tara.

La jeune femme posa sur lui un regard inquiet.

— Que comptez-vous faire ?

— Tout ce que je peux pour distraire ces hommes. Et, pendant ce temps, je veux qu'Imogene et vous, vous rejoigniez la voiture le plus rapidement possible.

Tara secoua la tête.

— Ils vont vous tuer. Ils vont tous nous tuer.

Matt ramassa les cartouches tombées par terre et commença à recharger le fusil.

— Je m'arrangerai pour que ça n'arrive pas. De toute façon, nous ne pouvons pas rester les bras croisés en espérant qu'ils vont partir. L'important, c'est que vous puissiez trouver un téléphone et prévenir la police des intentions de Zane.

— Comme s'ils allaient me croire ! pesta Tara.

— Vous devez les y obliger, insista Matt. Dites-leur de prendre contact avec les agents Abernathy ou Everhardt. Ils leur confirmeront mon identité ainsi que l'objectif de ma mission.

— Vous êtes sûr de pouvoir leur faire confiance ? releva Tara. Zane a expliqué qu'il avait un informateur au sein du FBI…

Matt tiqua. Frank Everhardt l'avait recruté pour cette mission et Lloyd Abernathy était son contact direct. Les deux hommes étaient au courant du passé de Matt et, pour autant que cela le rende malade d'y penser, chacun d'eux pouvait être l'informateur de Zane.

Mais lequel ?

Everhardt était un agent chevronné qui avait derrière lui une longue carrière dans les forces de l'ordre et avait été décoré à plusieurs reprises. Abernathy, lui, était un jeune arriviste arrogant qui contournait parfois allègrement le règlement.

Cependant, rien de tout cela ne disait à Matt qui pouvait être la taupe.

— Everhardt, décida-t-il finalement en se remettant totalement à son instinct. Dites-leur de contacter Everhardt.

Tara secoua à nouveau la tête et saisit l'avant-bras de Matt.

— Vous le leur direz vous-même. Je ne pars pas sans vous.

Matt écarta la main de Tara.

— Vous n'avez pas le choix.

Il tendit la lampe torche à Imogene, puis il attrapa la lanterne et traversa la pièce. Faisant glisser sa main le long du mur du fond, il chercha à repérer les points faibles de la paroi en bois.

— De quand date cette construction ?

— Vous voulez vraiment le savoir ? rétorqua Imogene.

Matt lui lança un regard sentencieux, puis il tomba sur ce qu'il espérait trouver et, appuyant du plat de la main, il fit légèrement céder le bois. Quelques bons coups de pied feraient l'affaire.

Matt se tourna vers Tara et Imogene.

— Je vais faire une ouverture dans la cloison et ce sera tout sauf discret. Aussitôt que Carl et ses sbires entendront le bois craquer, ils feront irruption ici. J'ai donc besoin que vous deux dégagiez d'ici en vitesse.

— Matt, je vous en prie, c'est insensé ! s'écria Tara.

— Vous avez un meilleur plan à proposer ?

Tara le regarda fixement ; elle était au bord des larmes, nota Matt. Puis elle secoua la tête et poussa un soupir. Elle se rendait à ses raisons, comprit Matt.

Mais c'était peut-être la dernière fois qu'il pouvait contempler ce ravissant visage.

Dehors, Carl s'écria :

— Je perds patience, Nick. Je te laisse jusqu'à trois pour sortir de ton plein gré ou alors nous entrons en tirant sur tout ce qui bouge.

Matt se tourna vers Imogene.

— Dans quel coin se trouve votre voiture ?

Elle fit un signe de la main.

— En haut de la colline, de l'autre côté de la mine.

— De l'autre côté de la *mine* ?

— Un ! hurla Carl.

Imogene fronça les sourcils.

— Ça vous pose un problème que ma voiture soit à cet endroit, monsieur du FBI ? Je la gare toujours sur l'autre versant de la montagne. Les galeries de la mine y mènent plus ou moins directement.

— Très bien, acquiesça Matt.

Il arma le fusil et engagea une cartouche dans la chambre.

— Allons-y.

— Deux !

Carl prenait manifestement plaisir à ce petit jeu alors qu'il aurait été plus intelligent de cesser de compter et de lancer l'attaque.

Matt fit signe aux deux femmes d'approcher, puis il leva le pied.

Il attendit encore un moment, puis, lorsque Carl cria : « Trois ! , il donna un violent coup de talon dans la paroi. Elle céda sans trop de résistance, le bois volant en éclats avec un gémissement aigu.

Matt lança un nouvel assaut, son pied passant cette fois au travers de la cloison. Puis, se servant de la crosse du fusil, il martela le bois déjà entamé, pratiquant dans le mur une ouverture assez grande pour que Tara et Imogene puissent s'y faufiler.

— Allez ! Allez ! s'écria-t-il tandis qu'elles se précipitaient devant lui.

Le regard de Tara croisa le sien, il semblait lui dire :

« Prenez soin de vous. »

Au passage, elle lui effleura le bras.

L'instant d'après, elles étaient à l'extérieur et Matt revint à la fenêtre juste à temps : Carl et ses hommes mettaient pied à terre. Trois des attaquants foncèrent droit sur la cabane tandis que les trois restants se déployaient pour la cerner.

Matt n'hésita pas un instant. Il tira un coup de semonce, visant au-dessus des têtes.

Carl et ses hommes se baissèrent vivement et s'accroupirent. Ils se mirent alors à riposter et Matt s'écarta de la fenêtre, se recroquevillant au sol tandis que les balles s'enfonçaient dans les murs et le sol autour de lui.

Une fois que les tirs de barrage eurent cessé, Matt se releva d'un bond et fit de nouveau feu à deux reprises — touchant l'un des hommes. Puis il effectua un roulé-boulé pour se mettre à couvert derrière le poêle.

Une nouvelle pluie de balles s'abattit autour de lui, certaines d'entre elles ricochant contre le poêle. Il ne ferait pas le poids face à une telle puissance de feu ; mais il les retiendrait peut-être assez longtemps pour permettre à Tara et à Imogene d'atteindre la mine.

Se redressant vivement, il cala le fusil sous son bras et courut vers la brèche qu'il avait ouverte dans le mur. Il força le passage, le bois frottant contre sa blessure, ce qui provoqua une douleur vive dans son biceps.

Mais il n'y prêta pas plus attention que cela.

Il se retrouva à l'extérieur, dans une obscurité quasi totale, et s'orienta en direction de la mine.

Soudain, le faisceau d'une lampe apparut derrière lui et quelqu'un cria :

— Ne bouge plus !

Matt n'hésita pas.

Se laissant tomber au sol, il roula sur lui-même et se retourna avant de brandir son fusil. Un éclair jaillit du canon d'une arme et Matt riposta, le bruit de la déflagration lui vrillant les tympans tandis que la lampe tombait par terre.

Sans perdre un instant, Matt se releva et s'efforça de trouver ses repères tandis qu'il s'avançait en trébuchant dans la pénombre. Il passa devant deux autres cabanes avant d'arriver à un plan incliné et de commencer à gravir la montagne.

Comme il slalomait entre les arbres, de nouveaux cris retentirent derrière lui.

— Le voilà ! Il se dirige vers la mine !

Matt accéléra. Tara et Imogene étaient déjà au sommet, remarqua-t-il. Imogene déplaçait un panneau de contreplaqué dissimulant l'entrée d'une galerie creusée à flanc de montagne. Elle guida Tara à l'intérieur de celle-ci en l'éclairant au moyen de la torche.

Soudain des balles martelèrent le sol autour d'elles, soulevant de la poussière, et Tara poussa un cri avant de plonger en avant pour se mettre à couvert.

Matt fit volte-face et tira en direction des arbres. Une, deux, trois fois.

Puis ce fut terminé. Le fusil était déchargé.

Derrière lui, Tara lui cria :

— Vite, Matt, dépêchez-vous !

Il ne discuta pas.

Abandonnant l'arme, il se rua sur le sentier.

Le cœur de Tara battait à se rompre dans sa poitrine. Elle s'accroupit à l'entrée de la mine, tandis que Matt gravissait la colline, les balles pleuvant et faisant voler la poussière autour de lui.

En contrebas, les faisceaux des lampes tactiques quadrillaient la forêt comme autant de mini-projecteurs tandis que les hommes de Zane se frayaient un chemin en produisant un feu nourri de tirs.

Soudain, Matt poussa un grognement sourd et s'écroula.

Tara étouffa un cri.

Oh, mon Dieu ! Oh, mon Dieu !

Cependant, un instant plus tard, Matt était à nouveau

debout, apparemment indemne, zigzaguant de plus belle pour ne pas être atteint. Les balles fusaient autour de lui.

C'était un miracle qu'il ne soit pas touché de nouveau, réalisa Tara.

Toutefois, les hommes de Carl tiraient à l'aveugle tout en le poursuivant, ce qui aurait déjà rendu difficile l'objectif d'atteindre une cible stationnaire.

Enfin, Matt rejoignit Tara à l'intérieur de la mine. Il l'attrapa par la manche et l'entraîna en criant :

— Allez-y ! Avancez !

Devant eux, Imogene agita la lampe torche, leur faisant signe de la suivre.

La mine était un dédale de tunnels étroits, renforcés par du bois d'œuvre vieux de plusieurs centaines d'années, estima Tara. Sans un guide pour leur permettre de s'y orienter, Matt et elle pourraient aisément s'y perdre.

Ils gravirent à toute allure la légère montée les menant jusqu'à Imogene.

Lorsqu'ils la rejoignirent, la vieille femme posa sur Matt un regard appréciateur.

— Vous êtes une véritable tête brûlée.

Puis elle les entraîna rapidement dans la galerie.

A peine eurent-ils parcouru quelques mètres que les faisceaux des lampes tactiques projetèrent leur lueur à l'entrée du tunnel. Des voix pressantes et furieuses résonnèrent à travers la mine, celle de Carl plus forte que toutes les autres.

— Tu aurais dû coopérer, Nick. A présent, attends-toi à ce que la situation dégénère. Pour commencer, ton amie et moi, nous allons prendre du bon temps. Prête à t'éclater, trésor ?

Tara en eut la nausée. Elle aurait aimé pouvoir fermer les yeux et faire disparaître ces individus par le simple pouvoir de sa pensée.

Quand tout cela prendrait-il fin ?

— Ils n'abandonnent pas facilement, maugréa Imogene.

En effet, ils sont coriaces, songea Tara. *Mais nous aussi.*

— Plus vite, la pressa Matt. Nous devons avancer plus vite.

Il poussa Tara d'une main dans le dos et elle suivit Imogene tandis que la vieille femme accélérait avant d'obliquer sur la droite. Cependant, Carl et ses hommes s'étaient mis à courir et ils menaçaient de les rattraper.

— C'est encore loin ? s'enquit Matt.

Imogene fit un geste circulaire avec la lampe.

— Juste après ce tournant, nous retrouverons la liberté.

Mais cela ne rassura pas Tara pour autant : même s'ils atteignaient la voiture d'Imogene, cela ne garantissait pas qu'ils puissent y monter, la faire démarrer et s'éloigner avant que leurs poursuivants n'ouvrent le feu.

Les craintes de Tara se confirmèrent lorsqu'ils arrivèrent à l'extrémité du tunnel pour se trouver confrontés à un embranchement comportant trois voies possibles, deux autres galeries menant sur la droite et sur la gauche. Imogene s'arrêta brusquement et se retourna, faisant face à la direction d'où ils étaient venus comme si elle attendait que Carl et ses hommes les rattrapent.

Tara et Matt faillirent la percuter.

— Que faites-vous ? s'emporta Matt. Nous devons continuer à avancer.

— Admirez le spectacle, lui répondit Imogene.

Arborant un sourire, elle se glissa sur le côté du tunnel, là où un morceau de corde effilochée pendant du plafond était attaché à l'une des pièces de bois renforçant la galerie. Imogene la détacha rapidement, puis elle braqua le faisceau de la lampe sur la portion du tunnel où apparaissaient Carl et ses comparses.

Il leur restait encore quelques mètres à parcourir quand Carl intima à ses hommes de s'arrêter, un nouveau sourire hideux étirant ses traits.

— Qu'est-ce que ça signifie ? lança-t-il en plissant les

yeux. Vous abandonnez aussi facilement ? On dirait que je t'ai surestimé, Nick.

Ses compagnons brandirent leurs armes.

— Tout doux, les gars. N'abattez pas la journaliste. Elle et moi, nous avons encore un…

Imogene tira sur la corde et, plus loin dans la galerie, un élément de soutènement se brisa, faisant s'effondrer le plafond dans une avalanche de terre, de roches et de débris. Carl et ses hommes furent contraints de battre précipitamment en retraite pour éviter d'être ensevelis.

Un moment plus tard, l'emplacement qu'ils occupaient était comblé par un éboulis de roches.

Tara et Matt contemplèrent la scène avec incrédulité tandis qu'Imogene affichait un sourire réjoui.

— Simple mesure de sécurité, déclara-t-elle. On ne sait jamais sur qui on peut tomber dans ces galeries.

12

Quelques minutes plus tard, Tara émergea de la mine avec Matt et Imogene. Ils étaient désormais sur l'autre versant de la montagne.

Un vieux break Rambler qui ne semblait pas avoir été lavé depuis une décennie, ni avoir reçu le moindre entretien de carrosserie depuis au moins le double de temps, était stationné sur le bas-côté de la route. Celle-ci paraissait désespérément cahoteuse. Ses méandres se dessinaient entre les arbres et plongeaient dans l'obscurité.

Au loin, en contrebas, scintillaient les lumières de la ville, remarqua Tara. C'était sans doute la vue la plus magnifique qui se soit jamais offerte à son regard. Tout lui paraîtrait désormais magnifique. Elle était soulagée autant qu'épuisée et ne désirait plus qu'une chose : retourner à Whitestone.

Tandis qu'Imogene s'avançait en direction du break, Tara s'attarda avec Matt, savourant le spectacle de ces lumières lointaines.

— De si nombreuses personnes… murmura Matt, les yeux dans le vague. Elles passent la journée au travail puis rentrent chez elles retrouver leur famille. Ensemble, ils dînent, ils regardent la télévision. Et, pendant tout ce temps, elles ignorent quand la tragédie peut les frapper de plein fouet. A quel moment des gens comme Zane et ce fou furieux de Carl peuvent faire s'abattre le malheur sur elles, détruisant tout ce qui représente leur monde et tous ceux qu'elles aiment.

La gorge de Tara se serra tandis que se bousculaient dans sa tête des pensées évoquant les épiceries, les briques de lait, les petites frappes défoncées ainsi que les mères et les filles sorties faire une course et qui ne rentreraient jamais chez elles.

Tara se tourna vers Matt.

— Ce ne sera pas pour cette fois. Grâce à vous.

— Ce n'est pas encore terminé, déclara Matt.

— Mais c'est en bonne voie. Et je connais une mère, une sœur et deux petites nièces qui vous en remercieront, elles aussi.

— Peut-être qu'elles devraient plutôt remercier Imogene, objecta Matt. Sans sa providentielle chausse-trappe, nous serions probablement étendus, face contre terre, dans cette galerie de mine à l'heure qu'il est.

Comme pour ponctuer la remarque de Matt, le klaxon du Rambler résonna.

— Je ne peux pas faire démarrer cette guimbarde sans les clés, lança Imogene. Vous voulez bien vous dépêcher, les tourtereaux ?

Tara et Matt s'exécutèrent, montant rapidement dans le break : à l'avant pour Tara, à l'arrière pour Matt.

Matt s'y endormit presque aussitôt.

Tara, elle, se sentait lessivée, comme si une prise invisible avait été débranchée de son corps, le laissant se vider de toute son énergie. Elle était courbatue et contusionnée. Elle avait certainement l'air d'un spectre sortant de la tombe.

Au bout d'un moment, Imogene jeta un coup d'œil à Matt dans le rétroviseur.

— Alors, depuis combien de temps vous connaissez-vous, monsieur FBI et vous ?

— Quelle heure est-il ? lui demanda Tara en réponse.

Imogene consulta sa montre.

— Presque minuit.

— Dans ce cas, ça fait sept heures, environ.

Mais sept heures qui avaient semblé durer le double ou le triple, songea Tara. Sept heures de cauchemar depuis qu'elle était arrivée dans la cabane de sa sœur Susan et que Carl l'avait agrippée par le bras.

— Sept heures ? s'exclama Imogene. Vous ne perdez pas de temps.

— Qu'entendez-vous par là ? s'enquit Tara.

— Lorsque je vous ai surpris tous les deux dans la cabane, ma chère enfant, vous paraissiez quasiment prête à lui faire un sort.

Tara s'apprêta à protester, mais Imogene poursuivit sur sa lancée.

— Je ne vous le reprocherai pas. C'est un spécimen de premier choix. Et cette chemise déchirée ne gâche rien. Elle vous donne seulement envie de lui arracher également le pantalon.

Une fois encore, Tara s'empourpra. Ce n'était pourtant pas dans ses habitudes, mais qu'Imogene formule tout haut ce qui hantait ses pensées depuis sept heures l'embarrassa terriblement.

Elle se retourna afin de s'assurer que Matt était bien endormi.

— Ce n'est pas aussi simple, objecta-t-elle. C'est un agent du FBI. Je n'éprouve aucun intérêt pour les représentants de l'ordre.

Imogene jeta un regard dubitatif à Tara.

— Vous n'avez rien trouvé de mieux pour vous convaincre ?

— Je ne cherche à convaincre personne, assura Tara.

— C'est évident, ironisa la vieille femme. S'il est une chose que la vie m'a apprise, c'est la suivante : lorsqu'une opportunité se présente à vous, mieux vaut la saisir sans attendre parce que l'on n'en aura peut-être plus jamais l'occasion ensuite. Et, mon enfant, j'ai vu la manière dont ce garçon vous regarde. C'est le genre de regard que l'on ne rencontre qu'une fois dans sa vie.

Le cœur de Tara fit un bond dans sa poitrine, mais Tara refoula cette sensation.

— Et vous ? répliqua-t-elle. Avez-vous trouvé le bon numéro ?

Imogene eut un rire désabusé.

— Disons plutôt que j'ai rencontré le mauvais numéro qui m'a mise enceinte et abandonnée avant la naissance du digne fils de son père. C'est un combat de chaque instant de garder ce gosse dans le droit chemin, mais il finit tout de même par s'amender.

— Ah oui ? Que fait-il ? demanda Tara.

— Comme travail ? Il est dans la construction. Vous avez entendu parler de ce nouveau centre des arts du spectacle ? C'est l'un des sites sur lesquels il travaille.

Tara hocha la tête.

— Ma chaîne fait un reportage dessus. Et je suis censée être présente à la cérémonie d'inauguration qui aura lieu demain matin.

— Vous êtes journaliste, c'est ça ? Je l'ai entendu dire par l'un de ces imbéciles, tout à l'heure, quand nous étions à la mine.

Tara secoua la tête.

— En fait, je suis productrice de segments.

— Et qu'est-ce que ça veut dire exactement ?

— Mon rôle consiste à chercher des idées de reportage, à évaluer celles que me proposent les journalistes, à organiser des interviews, ce genre de choses. Ce n'est pas très glamour, mais ça me plaît.

— Il vous arrive de rencontrer des vedettes de cinéma ?

Tara se mit à rire.

— Whitestone n'est pas précisément le lieu de rendez-vous privilégié des stars de Hollywood, mais, qui sait, peut-être que certaines d'entre elles seront présentes demain à l'inauguration. En compagnie du maire, du gouverneur et d'une poignée d'hommes d'affaires influents. Vous devriez y passer, Imogene. Vous pourriez avoir la chance d'y rencontrer quelqu'un de célèbre.

— C'est exactement ce que je vais faire, annonça Imogene en adressant un clin d'œil à Tara.

Sur ce, Imogene reporta son attention sur sa conduite. Le break descendait de la route de montagne et Tara commença à piquer du nez.

Elle tenta de résister à la somnolence agréable qui la gagnait, mais succomba finalement à la tentation, laissant son esprit s'égarer.

Très vite, elle plongea en plein rêve. Les images se mirent à assaillir son esprit et à s'y bousculer, tantôt accélérant, tantôt ralentissant, sous forme de flashs intermittents évoquant des coups de feu tirés dans l'obscurité.

Une enfant en pleurs.

Une salle de classe déserte.

Une enseignante au visage austère consultant la montre à son poignet.

Puis, sans transition, Tara se retrouva projetée dans les entrailles de la mine. Accroupie à côté de l'une des poutres de soutènement brisée, elle posa un regard horrifié sur l'amas de roches et de débris déversé par la chausse-trappe providentielle d'Imogene.

La vieille femme murmura quelques mots incompréhensibles à Tara. Toutefois, lorsque celle-ci se retourna vers elle, ce n'était plus Imogene, mais sa mère.

Et elle était vêtue d'une robe de mariée.

La mère de Tara fit un geste de la tête en direction de l'amas de débris qui continuait à bouger. Plusieurs morceaux de roche tombèrent et un trou aux contours irréguliers apparut dans la paroi.

— Il y est arrivé, annonça la mère de Tara. Il est ici.

— Qui cela ? De qui veux-tu parler ? s'enquit Tara.

— A ton avis ?

Un visage surgit alors de l'autre côté de la paroi… le visage dur, au regard froid, d'Ed Richmond, l'un des citoyens les plus respectés de Whitestone. Policier de carrière, époux infidèle, père absent.

Celui de Tara.

Leurs regards se croisèrent. Puis le père de Tara disparut dans un éclat de lumière blanche aveuglante. Faisant volte-face, Tara se retrouva immergée dans l'atmosphère oppressante d'une chapelle funéraire. A quelques mètres devant elle, au bout de l'allée, se trouvait un cercueil ouvert.

Une femme vêtue de noir était assise à proximité, les yeux bouffis, emplis de larmes, et Tara la reconnut immédiatement.

Lila Sinclair. Le « lieutenant » Lila Sinclair, pour être plus précise. L'ex-coéquipière du père de Tara, devenue sa seconde épouse et désormais sa veuve. C'était précisément la femme qui avait eu l'audace de partager à leur table le dîner de Thanksgiving alors que Tara n'avait que seize ans. La femme qui se trouvait en compagnie du lieutenant Richmond dans une chambre de motel le soir où un cambrioleur s'était introduit dans la maison familiale et avait tenté de violer la mère de Tara.

Les larmes coulaient le long des joues de Lila, mais Tara évita de croiser son regard, dédaignant de lui parler, la méprisant simplement pour qui elle était et pour ce qu'elle représentait.

Au lieu de cela, Tara reporta son attention sur le cercueil ouvert et s'avança avec des pieds de plomb dans sa direction. C'était comme si elle se mouvait dans une cuve de mélasse, chacun de ses pas lui coûtant un nouvel effort. A mesure qu'elle s'approchait, elle se sentait de plus en plus nauséeuse.

Une douleur vive lui comprima la poitrine tandis que, s'arrêtant, elle baissa les yeux sur le corps étendu à l'intérieur du cercueil. Les yeux fermés. Les bras croisés sur le torse.

A la grande surprise de Tara, ce n'était pas son père.

C'était Matt.

Tara s'éveilla en sursaut, haletante, et elle tourna la tête en direction du siège arrière. Matt y était toujours allongé, profondément endormi, sa poitrine nue se soulevant à un rythme régulier.

Tara frémit, submergée par un sentiment de malaise qui lui noua le ventre. La vision de Matt, étendu dans ce cercueil, s'accrochait à son esprit, tel un spectre importun. Tara la chassa de ses pensées et serra les bras autour de sa taille comme pour réprimer un frisson.

— Tout va bien, mon petit ? s'enquit Imogene, en gardant un œil sur la route.

— J'ai fait un mauvais rêve, expliqua Tara.

— Dieu sait que c'est un territoire qui ne m'est pas inconnu. La nuit est propice au réveil des démons que l'on parvient, le jour, à faire taire. Mais, à présent, je dors, pour ma part, comme un bébé.

— Vraiment ? Comment vous faites ? demanda Tara.

— Je ne laisse pas les problèmes se développer et accaparer mes pensées. Quelque chose me tracasse, je décide de ce qu'il faut faire pour y remédier et je passe à l'action.

Imogene regarda Tara.

— Parfois, il faut savoir tout chambouler, vous savez ? Se libérer de ses chaînes et exprimer ses doléances. Transformer un mauvais rêve en un songe idyllique.

Ces propos étaient trop communs pour rasséréner Tara. Le sentiment de malaise que lui avait procuré ce rêve macabre ne se dissipait pas.

Son inconscient essayait-il de lui faire passer un message ? Ou de lui confirmer ce qu'elle savait déjà ?

Entamer une relation avec l'agent spécial Matt Hathaway aurait pour seul résultat de lui briser le cœur.

13

Il était plus de minuit quand Tara atteignit la ville avec Matt et Imogene.

Whitestone était une agglomération étendue mêlant sophistication urbaine et demeures au charme pittoresque qu'habitaient des familles depuis des générations.

Cependant, en raison du soudain afflux de nouveaux résidents au cours de la dernière décennie, la ville avait commencé à se reconstruire et à se réinventer, processus qui détruisait progressivement ce qui rendait cet endroit unique, estimait Tara.

Désormais, les centres commerciaux, les *drives* des fast-foods et les complexes résidentiels standards dominaient le quartier et n'importe quel visiteur originaire de Los Angeles ou de Phoenix ne s'y sentirait absolument pas dépaysé, regrettait Tara.

Alors qu'ils s'engageaient sur l'autoroute, Imogene fit un geste en direction des voies situées de l'autre côté de la bande centrale.

Des éclairs de lumière bleue.

Les voitures de la police autoroutière, remarqua Tara.

Toutes les voies, à l'exception d'une seule, avaient été barrées, provoquant un bouchon d'au moins deux kilomètres de long.

De leur côté de l'autoroute aussi, la circulation était extrêmement ralentie.

Il ne pouvait s'agir d'un contrôle d'alcoolémie, jugea Tara. Même en ce vendredi soir.

Tandis qu'ils approchaient du point de passage, Imogene afficha un sourire en coin.

— On dirait que les poulets se démènent comme des diables pour mettre la main sur votre nouveau petit ami.

Surprise par son langage, Tara lui lança un regard de reproche.

— Qu'y a-t-il ? rétorqua la vieille femme. Vous pensez être la seule à avoir un problème avec les policiers ? Ce n'est pas parce que j'approche des quatre-vingts ans que je suis Mère Teresa. Ils sont trop nombreux à se croire tout permis, ça me met hors de moi.

Tara ne répondit rien. Elle nourrissait ses propres préjugés au sujet de cette corporation, mais elle ne partageait absolument pas le sentiment d'Imogene. Elle pouvait reprocher bien des choses à son père, mais abuser de ses prérogatives de représentant de l'ordre n'en avait jamais fait partie. Et Tara pouvait affirmer la même chose concernant Matt.

Au même instant, celui-ci remua sur le siège arrière. Apparemment, il se réveillait.

Avait-il entendu la remarque d'Imogene ? se demanda Tara.

Elle jeta un coup d'œil aux hommes en uniforme qui s'affairaient de l'autre côté de l'autoroute. Puis elle posa une main sur l'épaule de Matt.

— Restez couché, lui dit-elle à voix basse.

Il fit ce qu'elle lui conseillait et garda la tête baissée tandis qu'ils dépassaient le barrage. Par chance, la police autoroutière contrôlait uniquement les véhicules venant dans l'autre sens.

— Il faut que nous trouvions un téléphone, annonça Matt.

Tara fit un geste en direction des voitures de police.

— Ou alors, nous pourrions appeler ces hommes et leur apprendre ce qui se trame.

— Pour passer les deux prochains jours à nous enliser

dans leurs prétentions territoriales ? pesta Matt. Non merci. Ils vous auraient probablement écoutée, mais la vue d'un fugitif aurait aussitôt mis un terme à la discussion. Il faut que je prenne contact avec Everhardt.

Tara hocha la tête. Elle était non seulement soucieuse d'empêcher une catastrophe, mais tout aussi anxieuse que Matt de mettre fin aux activités de la Confrérie. L'état de choc consécutif aux événements des dernières heures commençait à se dissiper et la colère le remplaçait rapidement.

Ces ordures avaient failli la tuer.

Peut-être était-ce le commentaire d'Imogene sur les « poulets » qui avait déclenché ce sentiment. Et encore, ce n'était pas tant l'usage de ce terme péjoratif que le ton avec lequel Imogene l'avait prononcé, le mépris à peine déguisé qu'il recelait.

Cela rappelait à Tara ces criminels qu'étaient Carl, Rusty et Jimmy Zane. Le seul fait de les évoquer, même en pensée, suffisait à la rendre furieuse. En particulier, Carl.

Elle se souvenait encore parfaitement du contact de sa grosse main répugnante lui pétrissant le sein. Un frisson de dégoût la parcourut.

Elle se tourna vers Imogene.

— Un téléphone, répéta-t-elle. Trouvons un téléphone !

Heureusement, songea Matt, il y avait une station-service sur Charleston, à l'est de l'autoroute. Imogene engagea le Rambler sur le parking et se gara à l'écart des lumières vives des néons ornant la devanture du magasin.

La cabine téléphonique située près de l'entrée était délabrée et couverte de graffitis, mais elle paraissait en état de marche.

Matt se redressa et ouvrit la portière. Ses articulations étaient endolories suite au manque d'exercice et il était impatient de descendre de voiture.

Il s'adressa à Imogene.

— Ça vous ennuierait de ramener Tara chez elle ?

Tara se retourna vivement.

— De quoi parlez-vous ?

— Je vous ai fait vivre assez d'épreuves, expliqua Matt. Vous devez rentrer chez vous, pour vous reposer. A partir de maintenant, je prends les choses en main.

— Quand bien même j'adorerais profiter d'une bonne douche chaude et faire l'inventaire de mes plaies et bosses, je pense que je vais rester encore un moment, répliqua Tara.

— Pourquoi ? s'enquit Matt.

Tara parut surprise, et même blessée, par cette question, comme s'il venait de lui déclarer qu'il ne s'agissait là que d'une aventure sans lendemain. Il se sentit aussitôt idiot et Imogene n'hésita pas à enfoncer le clou.

— Bon sang, vous êtes complètement bouché, dites donc !

Matt s'excusa auprès de Tara :

— Je ne voulais pas paraître désagréable. Mais si j'appelle Everhardt et que c'est lui la taupe, je ne veux pas que vous en fassiez les frais.

— Jusque-là, je me suis bien défendue, non ? déclara Tara.

— Là n'est pas la question. Vous avez eu de la chance. Nous en avons eu tous les deux. Et si vous étiez blessée maintenant, je ne me le pardonnerais jamais.

Tara adressa à Matt un regard de défi qui la rendit encore plus belle, jugea-t-il.

— Je suis une grande fille, Matt. Je sais lacer mes chaussures, entre autres choses.

— Je sais, mais…

— Et, pour être honnête, le coupa Tara, c'est l'histoire la plus incroyable dans laquelle j'aie jamais été impliquée. Je ne veux pas y renoncer maintenant.

Le cœur de Matt s'emballa malgré lui. Que Tara veuille assister au dénouement de l'histoire, quelles que soient ses raisons, lui plaisait terriblement.

Jamais, depuis la mort de Becky, il n'avait rencontré une femme avec ces qualités.

Un tempérament audacieux.

Un esprit vif et déterminé.

Un visage et un corps qui confirmaient que Dieu était un véritable orfèvre en la matière.

Matt avait beau essayer du mieux qu'il pouvait, il ne parvenait pas à oublier le contact des mains de Tara sur sa peau, soignant sa blessure, prenant soin de lui.

Pas plus que le baiser qu'ils avaient failli échanger dans la cabane d'Imogene.

Il était totalement inapproprié de penser à cela en cet instant, Matt en avait conscience, mais il ne dédaignerait pas de mettre la soirée sur pause et de prendre un moment pour aider Tara à faire l'inventaire de ses plaies et bosses.

Néanmoins, il pensait vraiment ce qu'il lui avait dit. Il ne pourrait se regarder en face si Tara était blessée alors qu'elle se trouvait sous sa protection.

Ou sous la protection de qui que ce soit.

Il était sur le point de le lui répéter quand elle l'interrompit.

— Ecoutez, c'est non négociable. Alors, allez passer votre coup de fil. Je serai à l'intérieur pour trouver les toilettes. Si je ne peux pas prendre cette douche, je pourrai au moins me rafraîchir.

Elle ponctua cette phrase d'un sourire.

— Je veux paraître à mon avantage quand nous arrêterons ces malfrats.

Matt secoua la tête et se surprit à retourner son sourire à Tara.

Que pourrait-il objecter à cela ?

A l'intérieur du magasin flottait une odeur de pop-corn et de saucisses grillées. Tara réalisa qu'elle était affamée. Cependant, son sac à main et son portefeuille étaient restés par terre dans la maison de Susan et elle ne se voyait pas demander la charité à Imogene.

La vieille femme en avait fait bien plus que ce que l'on pouvait attendre d'une inconnue. En particulier étant donné les circonstances. Et il était évident qu'Imogene n'était pas précisément riche. Elle avait tout juste réussi à rassembler assez de monnaie pour que Matt puisse utiliser le téléphone public.

Il s'y trouvait au même moment, occupé à appeler son contact, vêtu d'un vieux T-shirt vert foncé qu'Imogene avait déniché dans le coffre du Rambler. Il avait appartenu à son fils et on pouvait y lire :

« Ne te rends jamais. »

Il était un peu petit pour Matt — ce qui n'était pas nécessairement une mauvaise chose, songea Tara. Mais c'était en tout état de cause beaucoup moins voyant qu'une chemise de détenu déchirée et maculée de sang.

Tara aurait aimé pouvoir changer de vêtements elle aussi. Son pull à col en V était si dégoûtant qu'elle osa tout juste demander la clé des toilettes à l'employé. Allait-il insister pour qu'elle achète quelque chose avant d'accepter de la lui donner ?

Il n'en fit rien et, lorsque Tara croisa son reflet dans le miroir des toilettes, elle en fut d'autant plus étonnée. Une ecchymose commençait à se dessiner sur sa pommette droite. La saleté qui lui couvrait le visage la masquait en partie, mais les apparences ne laissaient aucun doute. Elle ressemblait à s'y méprendre à une femme battue.

Tara tamponna l'ecchymose et aussitôt une douleur lancinante la tenailla. Elle fit couler l'eau chaude puis, enlevant son T-shirt et son soutien-gorge, elle s'attela à la tâche, nettoyant la crasse, la transpiration et le sang de son visage, ses mains, ses bras et sa poitrine. Se sentir à nouveau fraîche et propre lui fit l'effet d'un bonheur sans égal.

Enfin, du moins à demi propre.

Jetant à la poubelle le soutien-gorge qui était trop sale pour qu'elle puisse le remettre, Tara se servit de serviettes en papier humidifiées pour rendre le pull présentable. Puis elle l'enfila de nouveau et s'inspecta dans le miroir.

Ce n'était pas parfait, mais c'était déjà mieux.

Il n'y avait pas grand-chose qu'elle puisse faire pour ses cheveux. Elle y passa les doigts dans l'espoir de les arranger un peu. Malheureusement, l'hématome posait toujours problème et elle regretta de ne pas avoir de maquillage sous la main pour le camoufler.

Ron, le présentateur du journal télévisé, lui avait dit une fois qu'elle était assez jolie pour animer elle aussi une émission. Il reconsidérerait certainement cette opinion s'il la voyait en cet instant.

Toutefois, ruminer ce genre de pensées ne lui serait d'aucune utilité, décida Tara. Elle ramassa la clé posée sur le lavabo et sortit des toilettes.

Alors qu'elle passait dans un rayon rempli de paquets de chips, de bœuf séché et de boîtes de donuts — qui lui donnèrent à nouveau faim —, elle lança un coup d'œil à Matt à travers la vitrine. Il raccrocha le combiné du téléphone, ramassa sa monnaie et réintroduisit aussitôt les pièces dans la fente avant de composer un autre numéro.

Pendant un moment, leurs regards se croisèrent, Matt fronça les sourcils à la vue de l'ecchymose. Puis il baissa légèrement les yeux. Tara déglutit. Elle ne portait plus de soutien-gorge et la friction du pull sur sa peau, conjuguée au froid, devait avoir un effet assez visible…

Mais, en parfait gentleman, Matt détourna rapidement le regard et reporta son attention sur l'appel téléphonique.

Tara tourna alors les yeux vers le parking et sa poitrine se comprima sous le coup d'une soudaine alarme. Une voiture de patrouille du bureau de shérif de Whitestone venait de se garer sur la place libre qui se trouvait juste derrière Matt.

Deux jeunes shérifs adjoints en émergèrent, posant sur l'inconnu posté à la cabine téléphonique un regard dur et froid.

Matt se raidit face au reflet du véhicule dans la vitrine de la supérette. C'était une voiture du bureau du shérif et deux policiers en sortirent, le scrutant d'un regard inquisiteur.

Matt garda le dos tourné au parking, tête baissée, tandis qu'il faisait semblant de parler au téléphone.

La ligne sonna dans le vide.

Les deux policiers s'étaient-ils arrêtés pour prendre un en-cas ? Ou alors ces deux hommes avaient-ils été prévenus par l'employé qu'un fugitif recherché se tenait juste devant le magasin ?

Matt le savait : son visage faisait la une des médias et il y avait de fortes chances qu'une télé soit allumée derrière le comptoir. Toutefois, l'employé lui avait à peine accordé un regard quand Tara et lui étaient entrés. Il avait surtout lorgné Tara pendant qu'elle lui demandait la clé des toilettes. Par ailleurs, songea Matt, si la police avait été alertée, elle aurait envoyé une équipe d'élite pour l'appréhender, pas de simples agents en patrouille.

Il lui suffisait donc de ne pas laisser voir son visage.

Un instant, il envisagea la suggestion de Tara de s'adresser directement à la police locale. Il pourrait leur avouer qui il était et leur expliquer ce que complotait la Confrérie. Mais ils ne le croiraient probablement pas.

Par conséquent, il était plus sûr de prendre contact avec Everhardt.

A condition que ce dernier finisse par répondre au téléphone.

La cabine téléphonique était proche de l'entrée du magasin et les deux policiers passèrent très près de Matt pour entrer dans celui-ci.

Expirant lentement, Matt risqua un coup d'œil à travers la vitrine : Tara était devant le rayon des chips, tenant toujours à la main la clé des toilettes accrochée à un porte-clés en bois.

Elle était figée sur place.

Restez calme, eut envie de lui dire Matt. *Ils ignorent qui vous êtes. Contentez-vous de rendre la clé et de ressortir.*

L'un des policiers la regarda alors et la salua d'un signe de tête.

Poussée à se remettre en mouvement, Tara fit de même, puis elle passa devant le shérif adjoint et vint déposer la clé sur le comptoir, remerciant l'employé avant de tourner les talons et de se diriger vers la porte.

Elle l'avait presque atteinte lorsque le policier lui dit quelque chose. Elle fit volte-face.

Le regard de l'homme se posa directement sur l'hématome qu'elle avait au visage.

14

— Vous êtes Tara, n'est-ce pas ? Tara Richmond ?

Sous l'effet de la surprise, le pouls de Tara s'accéléra. Connaissait-elle cet homme ?

Le shérif adjoint dut percevoir sa perplexité, car il ajouta :

— Nous nous sommes rencontrés il y a quelques mois. Aux funérailles de votre père.

Il s'approcha alors de Tara, lui tendant la main.

— Jim Wakefield.

Tara hésita. Les funérailles de son père avaient été un moment éprouvant. De nombreux représentants de l'ordre y avaient assisté et Tara n'avait pas été au mieux de sa forme ce jour-là. Elle avait probablement vu défiler une centaine de visages différents et serait parfaitement incapable d'en reconnaître un seul.

— Bien sûr, mentit-elle.

Elle serra la main de l'homme.

— Je me rappelle, à présent.

Le policier la regarda fixement, fronçant légèrement les sourcils. De toute évidence, l'ecchymose l'intriguait.

— Vous allez bien ? Pas de problème ?

Tara émit un léger rire.

— Je vais très bien. Pourquoi ?

Jim désigna son visage.

— On dirait que vous avez eu un accrochage avec quelqu'un.

Il tourna alors son regard vers l'extérieur et le posa sur Matt.

Tara devina où il voulait en venir et l'interrompit aussitôt, faisant un geste en direction de l'hématome avec un nouveau rire.

— Oh ! ça ! s'exclama-t-elle. En fait, j'ai fait de la randonnée en montagne cet après-midi et je me suis heurtée à une branche d'arbre. Ça paraît bien pire que ça ne l'est en réalité.

Le policier ne quitta pas Matt des yeux.

— Vous êtes sûre que tout va bien ?

Tara fut gênée d'avoir recours à un tel procédé, mais elle devait à tout prix détourner l'attention de cet homme de l'extérieur.

— Certaine, affirma-t-elle.

D'un léger mouvement d'épaules, elle se cambra alors imperceptiblement, redressant la poitrine juste assez pour souligner le fait qu'elle ne portait pas de soutien-gorge. Le pull à col en V était assez fin pour rendre son absence manifeste.

— Pourquoi ne serait-ce pas le cas ?

Tout comme elle l'avait espéré, le mâle concupiscent prit l'ascendant sur le policier et celui-ci ramena toute son attention sur elle, lorgnant d'abord ses seins avant de reporter à contrecœur les yeux sur son visage tout en s'efforçant de faire preuve de subtilité, ce en quoi il échoua lamentablement.

Les hommes sont parfois tellement prévisibles, se félicita pour cette fois Tara.

— Ne m'en veuillez pas, reprit Jim.

Il s'éclaircit la gorge.

— La simple force de l'habitude. Dans notre métier, quand on voit un bleu tel que celui-là, on a tendance à imaginer le pire.

Tara lui adressa un sourire.

— Je suis terriblement empotée. Un peu de maquillage et il n'y paraîtra presque plus.

Elle serra à nouveau la main du policier.

— J'ai été heureuse de vous revoir, Jim. Et je vous remercie de votre sollicitude.

Il souleva un chapeau imaginaire et Tara lui sourit derechef avant de s'apprêter à regagner l'extérieur.

— Hé, Tara !

Elle s'arrêta, pestant intérieurement. Allait-elle pouvoir se débarrasser de ce Jim ?

— Vous travaillez pour la chaîne d'infos KWEST, n'est-ce pas ?

— En effet.

— Puis-je me permettre de vous appeler, à l'occasion ? tenta Jim.

Il était plutôt maigre, légèrement dégarni et, quoique certainement sympathique, il n'était pas du tout le type de Tara, même en excluant le fait qu'il était policier.

Cependant, elle lui sourit une fois encore.

— Bien sûr…

Sans perdre plus de temps, elle sortit, passa devant Matt et se dirigea droit vers le Rambler et Imogene.

Tandis qu'elle s'installait à l'intérieur du véhicule, elle jeta un nouveau coup d'œil en direction de la cabine téléphonique : Matt s'avança dans la rue comme si elle et Imogene n'existaient pas.

A l'intérieur de la supérette, remarqua ensuite Tara, le shérif adjoint Jim Wakefield avait rejoint son coéquipier au comptoir des denrées et boissons, les deux hommes échangeant des sourires en parlant manifestement d'elle. Mais Tara s'en moquait. La diversion avait fonctionné.

Et, alors que les deux adjoints au shérif s'employaient à se remplir l'estomac, Tara laissa échapper un soupir de soulagement.

Imogene et elle retrouvèrent Matt une rue plus loin.

Tandis qu'il ouvrait la portière et prenait place sur le siège arrière du Rambler, il s'adressa à Imogene :

— Désolé, vous pensiez probablement être débarrassée de nous.

— Ce n'est pas comme si j'avais autre chose à faire ! lança Imogene.

— Je ne pourrai jamais vous revaloir tout ça, poursuivit Matt. Vous avez pris de grands risques pour nous et je l'apprécie vraiment.

Imogene écarta ses remerciements d'un geste désinvolte.

— On n'atteint pas l'âge que j'ai sans prendre un ou deux risques. Où allons-nous, à présent ?

— C'est une bonne question, commenta Matt, d'une voix où perçait le doute.

Tara se retourna et étudia Matt.

— Que se passe-t-il ? Un problème ?

— Je n'ai pu joindre ni Everhardt ni Abernathy. Aucun d'eux n'a décroché.

— Vous plaisantez ? fit Tara.

— J'aimerais bien.

— Qu'est-ce que ça veut dire ? s'enquit Tara.

Matt secoua la tête.

— Je n'en sais trop rien. Ils doivent tous les deux avoir eu connaissance de l'évasion, mais seul l'un d'entre eux sait que la Confrérie est à mes trousses… et il me pense certainement mort. L'autre présume probablement que l'opération suit son cours comme prévu et il n'imagine pas un seul instant que je puisse être en fuite.

— Cela n'explique pas pour autant qu'aucun d'eux ne réponde au téléphone, fit Tara.

— Croyez-vous ? répliqua Matt. Sans compter que j'ignore toujours auquel des deux je peux faire confiance. J'espérais qu'en les appelant de façon inopinée je pousserais la taupe à se démasquer. Mais, à présent, je vais devoir me présenter en personne en espérant que les choses tourneront à mon avantage.

— Everhardt ? suggéra Tara.

Matt haussa les épaules.

— A ce stade, autant tirer à pile ou face. Mais oui, je parierais encore plutôt sur lui. Espérons seulement que j'aie raison.

Matt lança un regard contrit à Imogene.

— Encore un détour et vous serez libérée de nous.

Imogene lui retourna son regard dans le rétroviseur.

— Je me répète. Où allons-nous ?

— A Lakewood Village. Police Land, répondit Matt.

Ces mots firent frémir Tara. Lakewood Village était un lotissement du centre-ville, accueillant la classe moyenne supérieure. Les habitants de Whitestone le désignaient sous le nom de Police Land, car beaucoup de familles de policiers y résidaient.

Enfant, Tara avait vécu dans ce quartier. Mais elle en avait déménagé peu avant son dix-septième anniversaire quand ses parents avaient divorcé et qu'ils avaient été contraints de vendre la maison.

Avec la circulation dense du vendredi soir, il fallut à Imogene trente bonnes minutes pour arriver sur les lieux. Aussitôt qu'ils pénétrèrent dans ce secteur, un sentiment d'oppression pesa sur Tara.

L'habitation d'Everhardt se trouvait seulement trois pâtés de maisons et deux rues plus loin de là où elle avait vécu autrefois. Et elle présentait la même disposition toute simple de plain-pied que la maison de son enfance. Elle était située au milieu d'un cul-de-sac — tout comme l'avait été celle habitée par la famille de Tara. Aussi, lorsque Imogene stationna le Rambler le long du trottoir à l'adresse indiquée par Matt, Tara crut replonger, la tête la première, dans le passé.

Elle s'attendit presque à ce que le fantôme de son père, debout dans l'allée, la fusille du regard.

La maison était plongée dans l'obscurité, mais cela ne signifiait pas grand-chose. A cette heure tardive, la plupart des habitants de ce quartier paisible étaient déjà allés se coucher. Même les agents du FBI avaient besoin de sommeil.

Matt ouvrit la portière et se pencha en avant pour tapoter l'épaule d'Imogene.

— Vous venez de nous aider à sauver un grand nombre de vies. Merci encore.

— Oui, renchérit Tara. Merci beaucoup.

Imogene tendit la main vers la boîte à gants et l'ouvrit. Elle en sortit un vieux revolver de l'armée qu'elle tendit à Matt.

— Au cas où… Faites attention, tous les deux.

Matt hocha brièvement la tête, prit l'arme et la mit à sa ceinture.

Puis il s'adressa de nouveau à Imogene :

— Vous feriez sans doute mieux de rester éloignée de cette cabane pendant un moment. Carl et ses acolytes risquent fort de vous en vouloir.

Imogene ricana.

— Je regrette seulement de ne pas avoir attendu assez avant de provoquer cet éboulement. Ils seraient tous ensevelis à l'heure qu'il est ! Mais ne vous inquiétez pas, j'irai dormir chez mon fils ce soir. Il sera curieux d'entendre le récit de mes aventures au cours de cette incroyable journée.

Après lui avoir serré la main, Matt descendit du véhicule.

A son tour, Tara ouvrit sa portière, adressa un sourire empreint de gratitude à Imogene et rejoignit Matt sur le trottoir.

Tous deux concentrèrent leur attention sur la maison d'Everhardt.

S'avançant vers le haut de l'allée, ils se retrouvèrent sur

un chemin pavé identique à celui que Tara avait emprunté chaque jour pendant plus de la moitié de sa vie. Une vague de souvenirs assaillit alors son esprit.

Au cours de ces années, sa famille et elle avaient vécu beaucoup de bons moments. De nombreux rires avaient résonné entre les murs de leur maison. Pourquoi alors choisissait-elle toujours de se rappeler les plus mauvais ?

Le conflit qui l'opposait à son père confinait depuis peu à l'obsession et elle devait purger ses pensées de cet absurde tourment qu'elle s'imposait à elle-même.

Ce n'était pas sain.

Plus elle se débattait contre ces ruminations, plus elle prenait conscience d'une réalité peu agréable : en son for intérieur, elle était restée une enfant. Autrement dit, une femme qui espérait trouver l'homme de sa vie, le compagnon qui lui porterait un amour inconditionnel. Le vide que son père avait laissé en elle était plus vaste et profond que personne ne pourrait jamais le soupçonner.

Pour l'amour du ciel, Tara, ressaisis-toi !

Il y a des choses plus importantes en ce monde que ta fragile estime de toi.

Tandis qu'ils approchaient du perron, Matt s'arrêta net et se plaça devant Tara, comme pour la protéger.

— Que se passe-t-il ? demanda-t-elle.

Matt posa un doigt sur ses lèvres puis fit un signe de tête en direction de la porte d'entrée.

L'éclairage extérieur étant éteint, Tara dut acclimater sa vision, mais en effet… la porte était entrebâillée.

En temps normal, cela n'aurait pas été aussi alarmant. Mais, vu tout ce que Matt et elle avaient traversé ces dernières heures, ce simple fait suffit à activer tous les signaux d'alerte de Tara.

Matt prit le revolver à sa ceinture.

— Restez là ! intima-t-il à Tara dans un murmure.

Elle secoua la tête.

— Vous n'allez pas recommencer avec ça. Là où vous irez, j'irai.

Matt fit la grimace, mais ne protesta pas. Depuis le temps, il s'était probablement rendu compte qu'il n'aurait pas le dernier mot, conclut Tara.

Matt tendit l'oreille, et elle aussi. Mais aucun bruit ne troublait la nuit.

Tous deux gravirent alors les marches du perron. Matt tendit la main et poussa doucement le battant de la porte.

Un léger craquement se fit entendre et la porte s'ouvrit sur un vestibule dont l'aspect général était familier à Tara. Cependant, alors que dans la maison de son enfance, des étagères garnies de livres étaient alignées le long de ces murs, cette entrée-ci comportait une console sur laquelle étaient posés un bouquet de tournesols fanés ainsi que des photographies encadrées.

Un homme et une femme souriant pour le cliché. Everhardt et son épouse, sans aucun doute, pensa Tara.

Le vestibule débouchait sur un salon modestement meublé avec une cheminée dans l'angle de la pièce. Un canapé, deux fauteuils. Un tapis démodé.

Aucun signe de lutte jusque-là. Rien ne semblait avoir été déplacé, observa Tara.

Mais cela n'avait pas forcément de signification.

Toutefois, le bruit sourd d'une télé provenait d'une autre pièce. Les infos, manifestement.

Tara échangea un regard avec Matt. Puis ils s'avancèrent vers un couloir sur la gauche. Au bout de celui-ci, la lumière bleue d'un écran diffusait depuis l'entrée d'une pièce.

Depuis l'entrée de « sa » chambre, songea Tara.

Tandis qu'elle s'efforçait de refouler cette impression de déjà-vu, Matt se plaça à nouveau devant elle. Puis il brandit son arme.

Ils se frayèrent un chemin le long du couloir avant de bifurquer sur le seuil de la porte. Il ne s'agissait pas d'une chambre, mais d'une pièce de travail avec une bibliothèque, un petit bureau fonctionnel, un fauteuil et un poste de télévision qui diffusait non plus le journal, mais un épisode de *L'Île aux naufragés*.

Et, affalé dans le fauteuil qui faisait face à la télé, se trouvait l'homme qui apparaissait sur la photographie du vestibule.

L'agent spécial Everhardt, comprit Tara.

Excepté que, cette fois, il ne souriait pas.

Du sang s'était écoulé de sa tempe droite, là où était entrée la balle.

15

— Oh, mon Dieu…

Profondément choquée, Tara crut défaillir. Malgré la violence des événements auxquels elle venait de prendre part, de la course-poursuite à la fusillade en passant par les menaces sordides de Carl, c'était la dernière chose qu'elle se serait attendue à voir.

Everhardt était assis le menton posé sur la poitrine, le bras droit pendant par-dessus l'accoudoir du fauteuil, touchant presque le sol.

Un Glock neuf millimètres gisait sur la moquette à portée de sa main.

Du bout des doigts, Matt chercha le pouls d'Everhardt sur son cou.

A en juger par son expression, il n'en trouva aucun.

— Le corps est encore chaud, constata-t-il.

Le regard de Tara tomba alors sur les genoux d'Everhardt où reposait son autre main. L'homme serrait entre les doigts un téléphone portable à écran tactile.

Matt prit un crayon de bois sur le bureau, puis il revint vers Everhardt et appuya sur l'écran du téléphone à l'aide de la gomme du crayon.

Les jambes de Tara tremblaient toujours. Cependant, elle prit sur elle pour rejoindre Matt et elle baissa les yeux sur le téléphone.

Sur l'écran était affiché un SMS qu'Everhardt avait tapé

sans toutefois l'envoyer. La destinataire en était une femme nommée Janice.

— Son épouse ? s'enquit Tara.

Matt hocha la tête d'un air sombre. Le message sur l'écran ne comportait que deux mots.

Pardonne-moi.

— Qu'est-ce que cela veut dire, à votre avis ? demanda Tara. Pourquoi ferait-il une telle chose ?

Matt posa les yeux sur le corps, l'air perdu dans ses pensées.

— Je n'ai aucune certitude, finit-il par répondre à Tara. Je sais que Janice et lui avaient quelques problèmes. Et, à en juger par les fleurs fanées dans le vestibule, je dirais que Janice est partie depuis quelques jours au moins.

Matt tentait vaillamment de le dissimuler, mais la vision de son collègue mort n'était pas loin de l'anéantir, remarqua Tara.

— Cependant, poursuivit-il, je ne pense pas que cela soit en rapport avec son mariage.

— Avec quoi, dans ce cas ? s'enquit Tara.

— Peut-être que je me fourvoie… soupira Matt. Peut-être que ce n'est pas Abernathy qui joue double jeu. Peut-être que c'est Everhardt.

— Et que se serait-il passé ? insista Tara. Il aurait eu des remords ?

— C'est une hypothèse plausible, répondit Matt. Frank a toujours été très respectueux des règles. Il croyait ardemment en l'utilité de servir Dieu et son pays. S'il s'est écarté du droit chemin dans un moment de faiblesse et qu'il s'est acoquiné avec la Confrérie, il est possible que la culpabilité ait eu raison de lui.

— Et donc, il se serait suicidé ? demanda Tara. Mais pourquoi ne pas simplement décrocher le téléphone et les dénoncer ?

Matt reporta les yeux sur le corps, le regard à nouveau dans le vague.

— J'imagine que nous ne connaîtrons jamais la réponse à cette question.

Puis, comme s'il déchargeait ses épaules d'un poids énorme, il rebroussa chemin en direction du bureau et tendit la main vers le combiné du téléphone qui s'y trouvait posé.

— Qui appelez-vous ? demanda Tara. La police ?

— Aucun risque. Je ferais sans doute mieux de tenter de joindre encore une fois Abernathy.

Matt composa rapidement le numéro et attendit. La sonnerie résonna bruyamment à l'autre bout de la ligne.

Au bout de sept sonneries, Matt secoua la tête avec un soupir résigné.

— Toujours pas de réponse.

Il coupa la ligne, attendit d'avoir une tonalité, puis composa un autre numéro.

— Qu'allez-vous faire à présent ? voulut savoir Tara.

— Je contacte le poste de contrôle automatisé du FBI. Avant que je ne commence à travailler en sous-marin, Everhardt m'a fourni un code d'urgence à six chiffres pour le cas où je rencontrerais une situation comme celle-ci. Je m'apprêtais à l'utiliser tout à l'heure, à la supérette, quand votre ami en uniforme s'est montré trop curieux.

Deux sonneries retentirent avant que l'appel aboutisse. Une voix préenregistrée murmura quelque chose à l'oreille de Matt et il répondit :

— Agent Matt Hathaway. Code : Un. Sept. Trois. Trois. Deux. Six.

La voix émit à nouveau un murmure et Matt fronça les sourcils.

— Un. Sept. Trois. Trois. Deux. Six, répéta-t-il en articulant très distinctement chacun des six chiffres.

La voix se mit à murmurer une troisième fois. Matt

écouta puis il raccrocha, son visage affichant une évidente déception.

Il était confronté à un sérieux problème, comprit Tara.

— Que se passe-t-il ? s'enquit-elle.

— Le système ne reconnaît pas mon code.

Il lança un regard en direction du corps.

— Everhardt a dû l'annuler.

Le ventre de Tara se noua.

— Donc, si vous ne réussissez pas à contacter Abernathy…

Matt hocha la tête.

— Je me retrouve à mon triste sort.

Avant qu'ils aient pu réfléchir plus longuement à la tournure des événements, le grésillement rauque d'une radio de la police résonna à l'extérieur, devant la maison.

Tara et Matt se retournèrent vivement, échangeant un regard alarmé.

— Un voisin a dû nous apercevoir, chuchota Matt. Nous devons sortir d'ici.

Ils s'engagèrent aussitôt dans le couloir, faisant halte à l'entrée du salon d'où ils avaient vue sur le vestibule et la rue.

Emergeant de leur voiture de patrouille, deux policiers équipés de lampes torches s'apprêtaient à remonter le chemin pavé, remarqua Tara.

La panique la gagna.

Elle connaissait la disposition de la maison et le seul autre moyen de sortir de là était de traverser la cuisine pour s'échapper par l'arrière. Sauf qu'il fallait franchir le salon pour atteindre la cuisine… et donc se faire repérer à coup sûr.

— La fenêtre, suggéra Matt à voix basse.

Ils regagnèrent le bureau d'Everhardt, passant devant son corps sans vie.

Mais la peinture empêchait que l'on puisse ouvrir la fenêtre.

Matt tourna la poignée et essaya de forcer pour l'ouvrir.

Cependant, la fenêtre ne céda pas et ils n'avaient pas le temps de s'y attarder.

Tara eut alors une illumination.

Celle d'une troisième issue.

— Suivez-moi !

Revenant dans le couloir, elle inspecta minutieusement le plafond. Une petite corde en pendait.

Enfants, Susan et elle couraient régulièrement se réfugier dans le grenier lorsque leurs parents se disputaient. Elles y avaient remisé certaines de leurs poupées ainsi que leurs livres préférés et elles avaient l'habitude de s'y asseoir sur les poutres, jouant en silence tout en s'efforçant de ne pas entendre le vacarme des voix belliqueuses qui s'affrontaient au rez-de-chaussée.

Agrippant solidement la corde, Tara tira dessus d'un coup sec.

Une étroite trappe articulée s'ouvrit dans le plafond, libérant une échelle escamotable.

Des pas résonnèrent alors sur le perron. Les policiers étaient sur le point de faire irruption dans le vestibule.

— Dépêchez-vous, chuchota Matt.

Tara gravit l'échelle à toute allure, Matt sur ses talons.

Une fois qu'ils furent tous deux dans le grenier, Tara attrapa une poignée montée à l'intérieur de la trappe et l'actionna. L'échelle se replia et le panneau se referma, emprisonnant Tara et Matt à l'intérieur des combles.

Les plongeant dans l'obscurité.

Tara laissa échapper un profond soupir de soulagement. Matt et elle avaient fait un peu de bruit, mais les policiers ne les avaient probablement pas entendus.

L'espace était confiné là-haut, l'endroit s'avérant beaucoup plus petit que dans le souvenir de Tara. A tel point qu'elle se retrouva contre le torse de Matt, celui-ci se levant et s'abaissant à chaque respiration. Celle-ci semblait plus laborieuse qu'elle n'aurait dû l'être, estima Tara. Comment la blessure de Matt tenait-elle le choc ? se demanda-t-elle.

Elle s'obligea à penser plus utilement : sortir de là, par exemple.

La seule clarté provenait d'une petite lucarne située de l'autre côté du grenier.

Leur billet de sortie.

Ce ne serait plus qu'une question de minutes avant que les policiers ne découvrent le corps d'Everhardt et, une fois que ce serait chose faite, cet endroit grouillerait de représentants de l'ordre.

Il n'y avait pas un instant à perdre, décida Tara.

Matt semblait avoir lu dans ses pensées.

— Nous ferions mieux de quitter les lieux, lui murmura-t-il d'une voix rauque.

Ils s'accroupirent et s'appliquèrent à naviguer entre les poutres, Tara grimaçant chaque fois que le bois craquait sous leurs chaussures tandis qu'ils traversaient les combles pour rejoindre la lucarne. La maison du voisin comportait un étage et la lueur diffusée par la fenêtre de la chambre suffisait à éclairer le côté de la maison d'Everhardt, laissant entrevoir en contrebas un petit carré de pelouse bordé par une haie de rosiers.

Cela ne représentait pas un saut extraordinaire. Toutefois, ce pouvait être risqué, estima Tara. Si la maison d'Everhardt était vraiment identique à celle de ses parents, il devait se trouver sur la gauche une gouttière, descendant du toit jusqu'au sol, tout comme celle le long de laquelle elle s'était si souvent laissée glisser, enfant.

Cependant, avec la chance qui était la leur, ils n'arriveraient jamais jusque-là, craignit Tara.

Cette lucarne avait probablement aussi été condamnée lorsqu'elle avait été peinte.

A la grande surprise de Tara, Matt tourna aisément la

poignée et, l'instant d'après, il ouvrit la fenêtre, faisant signe à Tara de se glisser au-dehors.

Tara se baissa et se faufila dans l'ouverture. Sur la gauche se profilait la descente de gouttière en aluminium. Elle paraissait assez solide. Cependant, Tara était à l'époque une fillette maigrichonne. La gouttière supporterait-elle le poids d'une adulte ? Tara se mit à regretter les muffins qu'elle engloutissait chaque matin pour accompagner son café.

Agrippant le conduit, elle s'y hissa et se laissa glisser, faisant de son mieux pour rester silencieuse lors de la descente.

Un moment plus tard, ses pieds touchèrent le sol herbeux alors que Matt franchissait la lucarne et se suspendait à son tour à la gouttière — lui qui était loin d'être maigrichon. La gouttière ne pourrait supporter la tension infligée par son corps musclé, s'alarma de nouveau Tara.

Et, en effet, le conduit émit un gémissement de protestation, juste assez sonore pour raviver l'inquiétude de Tara.

Cependant, malgré sa blessure au bras, Matt glissa dans un mouvement fluide et non dépourvu d'une certaine grâce.

Quelques instants plus tard, il se tenait debout près de Tara sur la pelouse.

Prenant la direction de l'arrière de la maison, tous deux se précipitèrent dans le jardin, sautèrent par-dessus une rangée de buissons pour atterrir dans la propriété du voisin. Puis ils s'enfuirent vers la rue.

16

Une fois qu'ils eurent quitté Police Land, Matt et Tara hélèrent un taxi quelques rues plus loin.

Par précaution, Matt garda la tête baissée mais, lorsqu'il monta dans le véhicule avec Tara, le chauffeur leur accorda à peine un regard. Tara donna à l'homme l'adresse de sa résidence, puis celui-ci reporta toute son attention sur l'émission sportive diffusée à la radio. Il portait d'ailleurs une casquette des Rockies du Colorado.

Matt retint un soupir de soulagement. Son visage faisait la une de tous les médias, mais le chauffeur de taxi n'avait manifestement pas regardé la télé ces dernières heures.

Aussi, Matt et Tara restèrent le plus silencieux du monde durant le trajet. Tara s'appuya simplement contre Matt, posant la tête sur son épaule valide. De toute évidence, elle était épuisée par les épreuves qu'ils venaient de vivre.

Quant à Matt, son corps entier était contracté et il aurait aimé pouvoir se libérer de ses tensions. Ce serait cependant impossible tant que Jimmy Zane et sa bande de renégats n'auraient pas été mis hors d'état de nuire.

Alors seulement, les mois que Matt avait passés derrière les barreaux, partageant la cellule de Rusty Zane, soulevant des poids dans la cour de la prison avec Carl Maddox, porteraient leurs fruits. Matt avait travaillé tellement dur pour les amener à l'accepter comme étant l'un des leurs. Il avait sacrifié une vie d'homme libre et avait fait des choses à l'intérieur de cette prison dont il n'était pas particulièrement fier, tout cela uniquement pour gagner leur confiance.

Et tous ses efforts avaient été ruinés par la trahison d'Everhardt.

En voyant son corps avachi dans ce fauteuil, Matt avait comme reçu un coup de couteau dans le ventre.

Toutefois, au final, Everhardt ne valait pas mieux que Carl, Rusty, ni même Jimmy Zane.

Une idée en amenant une autre, Matt songea aux hommes qui avaient tiré sur Becky et Jennifer, le privant à jamais de son épouse et de sa fille.

Des inconnus. Qui n'avaient d'ailleurs jamais été identifiés.

Un témoin présent sur le parking de l'épicerie avant l'attaque à main armée les avait vus entrer dans le magasin et avait donné leur signalement à la police, ce qui avait permis d'établir leurs portraits-robots.

Le gérant de service en soirée, qui venait de prendre son poste, avait oublié de mettre une nouvelle cassette dans le système de surveillance antédiluvien de la boutique. Par conséquent, l'agression n'avait pas été enregistrée et les esquisses de l'artiste de police judiciaire avaient été le seul moyen d'identification pour les enquêteurs chargés de l'affaire.

Ces esquisses avaient été diffusées par toutes les chaînes d'actualités locales et de l'Etat pendant une semaine. Néanmoins, personne ne s'était présenté pour identifier les deux individus.

Peut-être était-ce, après tout, une bonne chose, pensa Matt. Parce que, s'il avait connu leur identité, il les aurait personnellement traqués sans relâche et il aurait mis un terme à leur vaine existence sans le moindre remords.

Les familles des autres victimes l'auraient certainement approuvé.

Mais les événements remontaient à longtemps déjà. Et leurs auteurs n'avaient jamais été appréhendés. Et ne le seraient probablement jamais. Du moins, pas pour ces meurtres en particulier.

Matt en prit brusquement conscience : la tension qu'il éprouvait en cet instant précis n'était autre que celle qui l'habitait depuis sept ans. A la différence de Tara, il ne parvenait pas à s'en défaire. Ce malaise s'était insinué profondément dans son organisme. Peut-être même était-il devenu une part intrinsèque de lui-même, un fléau qui le hanterait à jamais.

Il avait appris à s'en accommoder. A l'enfouir en lui. Mais cette fureur n'en était pas moins présente, tapie en lui et prête à resurgir. Que pouvait-il faire d'autre que de s'habituer à vivre avec elle ?

Au cours des moments tels que celui-ci, ces moments lugubres où il s'abandonnait à de sombres réflexions, l'esprit de Matt générait habituellement la vision des visages de Becky et de Jennifer.

Mais pas cette fois.

Pour une raison qu'il ne parvint pas complètement à s'expliquer, il se remémora le visage de l'ange qui avait posé les yeux sur lui lors de son rêve. Le visage contre lequel il avait posé la paume de sa main dans la cabane délabrée d'Imogene, à la mine.

Le visage de Tara.

Pourquoi donc produisait-elle cet effet sur lui ?

Il n'avait pas les mots pour décrire avec suffisamment de justesse les sentiments qu'il éprouvait à son égard. Cependant, lorsqu'il pensait à son visage, qu'il évoquait la sensation de son corps se lovant contre le sien, de sa tête s'appuyant contre son épaule, la tension en lui s'évanouissait l'espace d'un moment.

Juste assez longtemps pour lui permettre de reprendre espoir.

Juste assez longtemps…

Un coup de frein relativement brutal mit fin à ses pensées et il releva la tête.

— Nous sommes arrivés en bas de chez moi, annonça Tara.

Matt acquiesça en silence.

— Je monte prendre de l'argent à mon appartement, et je redescends aussitôt, ajouta Tara.

Tara avait laissé ses clés sur sa voiture au camp de la Confrérie. Elle demanda donc au gardien de nuit de la laisser entrer. Par chance, celui-ci travaillait dans son immeuble depuis des années et il la connaissait de nom.

L'appartement de Tara se trouvait au vingtième étage. C'était un vaste T2 équipé de baies vitrées offrant une vue panoramique sur la ville.

Tara n'était pas une femme fortunée, mais elle avait fait une affaire en achetant ce bien et elle éprouvait une certaine fierté d'en être propriétaire chaque fois qu'elle entrait chez elle.

Laissant la porte ouverte derrière elle, elle se rendit directement au buffet de cuisine, tira l'un des tiroirs du haut, et elle s'empara d'une petite boîte où elle avait rangé une réserve d'argent liquide en prévision d'une urgence de ce genre. Elle en sortit plusieurs billets, referma le tiroir, puis elle rebroussa chemin en direction de la porte avant d'être stoppée dans son élan par le clignotement du voyant de son répondeur.

Tara appuya sur un bouton et une voix de synthèse résonna dans le salon vide :

— Vous avez un message en absence.

Tara appuya de nouveau et la voix de Susan s'éleva :

— Coucou, petite sœur, nous avons essayé de te joindre sur ton portable mais la réception, là-haut dans la montagne, est toujours aussi lamentable apparemment. J'espère que tu arrives à te reposer. Par ailleurs, j'ai ici deux petites canailles qui veulent te dire bonjour.

Tara ne put s'empêcher de sourire. A l'autre bout de la ligne, deux voix suraiguës et rieuses s'efforçaient de s'exprimer à l'unisson :

— Bonjour, tante Tara ! N'oublie pas de venir nous voir demain ! On t'aime !

Le cœur de Tara se gonfla dans sa poitrine. Si un jour elle avait ses propres enfants, ils devraient être au moins aussi adorables que ses nièces.

Susan reprit la ligne.

— J'espère que tu auras ce message, sœurette ; 9 heures précises, demain matin. Nous nous rassemblerons tous dans le hall.

Alors que la ligne se coupait, un accès de culpabilité gagna Tara.

9 heures précises.

A 9 heures le lendemain matin, elle se trouverait vraisemblablement de l'autre côté de la ville, occupée à regarder Matt et le FBI appréhender les membres de la Confrérie au tribunal fédéral.

Enfin, si tout se passait bien…

Or, à ce stade, Matt et elle n'en avaient aucune garantie. Si Matt ne parvenait pas à joindre Abernathy dans les plus brefs délais, Tara et lui seraient sans doute obligés de contacter directement la police locale, ce qui risquait de s'avérer extrêmement compliqué.

Matt l'avait lui-même reconnu. Sans la confirmation du fait qu'il travaillait sous couverture, la police ne le croirait probablement pas. Et Tara pas plus que lui. Elle ne le savait que trop bien : la police se défiait systématiquement de toute personne travaillant pour les chaînes d'infos. A leurs yeux, celles-ci versaient trop dans le sensationnalisme.

En outre, Tara pouvait être vue comme un otage qui se ralliait à la cause de son ravisseur, un détenu évadé.

Il existait, en psychologie, un terme pour désigner ce type de comportement…

Matt avait bien envisagé de se rendre directement au FBI. Mais en pleine nuit du vendredi au samedi ils devraient en passer par trop de niveaux bureaucratiques. Ils n'en avaient pas le temps.

Ne restait donc qu'une solution : prendre contact avec Abernathy.

Mais Matt n'avait aucune idée de l'endroit où il habitait.

En outre, Everhardt pouvait ne pas avoir seulement livré Matt à la Confrérie. Peut-être avait-il également éliminé Abernathy des termes de l'équation.

Si tel était le cas, Tara et Matt étaient dans les ennuis jusqu'au cou.

Cette pensée peu rassurante en tête, Tara se saisit du double des clés de son appartement accroché près de la porte et se dirigea vers l'ascenseur. Une idée lui vint alors. Une idée susceptible de convaincre les policiers que Matt était effectivement celui qu'il prétendait être et qui pourrait suffisamment les embarrasser pour qu'ils vérifient au moins son histoire.

Au pire, cette idée alerterait le public de l'existence d'un éventuel danger.

Et quelquefois, cela suffisait à éviter une terrible catastrophe.

Quelque peu regonflée par cette perspective, Tara sortit de son immeuble et paya le chauffeur de taxi.

Puis Matt et elle retournèrent à l'intérieur de la résidence en passant par le parking souterrain. Il était parfaitement inutile de laisser l'homme de la sécurité voir le visage de Matt et décider de prévenir la police.

— Et pour ce qui est des caméras de surveillance ? s'enquit Matt.

Tara secoua la tête.

— Cela fait des mois que j'en réclame auprès du syndic de copropriété. Mais personne ne semble disposé à payer pour ça.

Tara ne parvenait d'ailleurs pas à le comprendre : comment les gens pouvaient-ils donner à l'argent la priorité sur la sécurité ? La plupart des occupants de la résidence pensaient vraiment que des serrures et des clés magnétiques constituaient une précaution suffisante ? Cependant, à ce moment précis, leur manque d'intérêt pour la question faisait les affaires de Tara et Matt.

Descendant la rampe jusqu'à la porte de sortie, Tara inséra sa carte dans un boîtier monté sur un piédestal au niveau du séparateur central.

Un moment plus tard, Matt et elle se retrouvèrent à l'intérieur, s'avançant en direction de l'ascenseur pour gagner l'appartement de Tara.

Dès qu'ils y pénétrèrent, Matt fondit sur le téléphone fixe et composa un numéro.

Mais, remarqua Tara, l'appel sonna de nouveau dans le vide.

Manifestement furieux, Matt raccrocha le téléphone d'un geste brusque.

— Doucement, murmura Tara en lui saisissant l'avant-bras.

Il fallut un moment à Matt pour retrouver son sang-froid. De toute évidence, il était extrêmement tendu et Tara ne pouvait le lui reprocher. Il avait toutes les raisons de se sentir frustré.

Et effrayé. La vie de centaines de passants innocents dépendait d'un simple coup de fil. N'importe qui à la place de Matt serait à bout de nerfs.

— Une heure encore, décida Matt.

— Et ensuite ? demanda Tara.

— Si je ne réussis pas à entrer en contact avec Abernathy d'ici là, nous devrons aller au poste de police. Je ne vois pas d'autre solution. Nous n'aurons plus qu'à tenter notre chance en espérant qu'ils nous croiront.

— Peut-être que nous pourrions d'abord leur donner un petit encouragement, suggéra Tara.

Matt plissa le front.

— Qu'entendez-vous par là ?

— N'oubliez pas le métier que je fais. Je vais devoir sortir du lit quelques collègues, mais je peux rassembler ici une équipe de reportage en moins d'une heure.

— Que suggérez-vous ? s'enquit Matt.

— Que nous racontions notre histoire devant les caméras. Votre mission… la Confrérie… ce qui nous est arrivé et le projet de ces fous furieux… Il n'y a rien de plus stimulant pour la police que la perspective d'une mauvaise publicité.

— Il est plus de minuit, objecta Matt. Qui verrait le reportage ?

— Vous seriez surpris, assura Tara. Mais cela n'a pas d'importance. Du moment que nous diffusons l'information, la police ne peut pas se permettre d'ignorer l'avertissement. Si elle le fait et qu'un malheur se produit, elle sera considérée comme responsable. Le minimum qu'elle puisse faire sera de contacter le FBI et de nous remettre aux mains de ses agents.

— Et le FBI sera tout aussi enclin à éviter une mauvaise publicité. Dieu sait que nous en avons suffisamment pâti au fil des années, soupira Matt.

— Exactement, conclut Tara. Je ne vois vraiment pas quel inconvénient il pourrait y avoir à une telle démarche.

Matt approuva d'un signe de tête.

— Dans ce cas, n'attendons pas de joindre Abernathy. Passez cet appel.

17

Le téléphone portable de Ron, le présentateur du journal télévisé, se mit à sonner et une femme décrocha, répondant d'une voix ensommeillée :

— Allô ?

Tara reconnut dans l'instant la voix de Candi, la présentatrice du bulletin météo, et elle en fut un peu surprise. Avait-elle composé le mauvais numéro ?

Mais cela n'avait pas le moindre sens. Elle avait utilisé la numérotation abrégée.

— Bonjour, Candi. C'est Tara. Est-ce que je pourrais parler à Ron ?

A l'autre bout de la ligne, la torpeur se dissipa instantanément, remplacée par un léger embarras.

— Oh ! Euh… oui. Bonjour, Tara. J'ai cru que c'était « mon » téléphone. Attends une seconde.

Tara sourit intérieurement. Candi était une ravissante petite rousse possédant un certain nombre d'attributs qui privaient de leurs moyens la plupart des hommes, les ravalant au rang de simples d'esprit n'ayant plus qu'une chose en tête. Du gardien de l'immeuble jusqu'au propriétaire de la chaîne, quasiment tous les hommes travaillant pour KWEST rêvaient d'obtenir un rendez-vous avec Candi. Manifestement, Ron avait décroché le jackpot.

Et transformé l'essai…

Tara devrait probablement être choquée par la manière

dont Candy avait été sans le moindre scrupule traitée comme une femme-objet, mais elle ne pouvait s'empêcher d'en être amusée.

Ron prit la ligne un moment plus tard, il semblait alerte. Dans le domaine de l'information, il était essentiel de pouvoir se montrer frais et dispos à toute heure du jour et de la nuit et le présentateur de KWEST s'y était parfaitement entraîné, se rappela Tara.

— Je sais ce que tu penses, lui dit-il, mais garde ça pour toi.

— Je me fiche de savoir avec qui tu couches, Ron. J'ai besoin que tu te sortes du lit et que tu me rejoignes chez moi aussi vite que possible.

— Chez toi ? Je te croyais partie dans ta maison de montagne.

— C'est une longue histoire... Je te la raconterai quand tu seras là. Et emmène une équipe de reportage.

Il y eut un blanc à l'autre bout de la ligne.

— Tara, que se passe-t-il ?

— Disons simplement que je m'apprête à booster ta carrière, répondit-elle avant de raccrocher.

Entre-temps, Matt était venu s'asseoir sur le canapé et Tara se tourna vers lui. Il semblait un peu pâle. Tara jeta un coup d'œil à son bras gauche et comprit pourquoi.

La plaie s'était remise à saigner. Le pansement de fortune était trempé.

— Ils devraient être ici dans moins d'une heure, annonça Tara à Matt.

— Bien.

— Venez dans la salle de bains. Il faut soigner correctement cette blessure.

Matt secoua la tête.

— Ça ira.

— Vous êtes toujours aussi entêté ?

— Vous connaissez déjà la réponse à cette question,

Tara. En fait, vous savez tout ce qu'il y a à savoir à mon propos, non ? Rappelez-vous, je suis policier…

Matt souriait, se croyant sans doute drôle. Toutefois, cela n'amusa pas Tara. Elle se sentait toujours aussi honteuse des commentaires qu'elle avait faits précédemment sur les représentants de l'ordre. Certes, elle ne pouvait être au courant des événements passés de la vie de Matt, mais cela n'en faisait pas moins d'elle une idiote insensible.

— Ecoutez, je suis désolée de ce que j'ai dit quand nous étions dans la cabane d'Imogene. Malheureusement, j'ai un point de vue très subjectif sur le sujet. Je suis le produit de mon environnement.

— Nous le sommes tous, je crois… soupira Matt en se levant. Alors, où est cette salle de bains ? Montrez-moi la voie, je m'en remets à vous.

— Il est vrai que vous avez le goût du risque, ironisa Tara.

Quelques minutes plus tard, elle était occupée à nettoyer la blessure de Matt à l'aide d'un gant mouillé trempé dans l'eau savonneuse quand il se mit à la regarder fixement.

— Qu'y a-t-il ? demanda-t-elle, soudain sur la défensive.

— Rien, assura Matt.

Il était perché sur le lavabo, dos au miroir, et Tara surprit son propre reflet dans celui-ci.

— Mon hématome ? suggéra-t-elle.

Il avait empiré, cela ne faisait aucun doute. C'était devenu une monstruosité pourpre, tirant sur le bleu foncé, voire le noir, et qui semblait avoir acquis une vie propre. Tara se remémora un film qu'elle avait vu étant enfant. Il mettait en scène une immonde masse informe qui ne cessait de prendre de l'expansion, absorbant tout sur son passage.

Elle n'était pas une grande adepte du maquillage, mais, si elle devait se tenir au côté de Matt devant les caméras, sans doute serait-il plus esthétique de camoufler un peu cette ecchymose.

Quoique, à la réflexion, elle reconsidéra cette décision. En tant que professionnelle, elle jugea plus opportun de ne pas y toucher. Son visage tuméfié ainsi que la blessure de Matt conféreraient à leur récit la touche d'authenticité qui interpellerait l'auditoire.

— Non. Pas l'hématome, répondit Matt. Vos yeux.

— C'est-à-dire ?

Matt demeura un moment songeur puis secoua la tête.

— Peu importe. Vous allez me prendre pour un fou.

Tara posa le gant de toilette près du lavabo et lança à Matt un regard inquisiteur.

— Maintenant que vous avez commencé, vous feriez mieux de me livrer le fond de votre pensée. Je me sens déjà assez mal à l'aise comme ça. Je n'ai vraiment pas besoin que vous en rajoutiez.

— Très bien, concéda Matt. Mais rappelez-vous, je vous aurais prévenue.

— Comment pourrais-je l'oublier ?

Matt changea de position, cherchant visiblement par où commencer.

— D'ordinaire, je ne dis pas ce genre de choses. Je ne fais pas partie de ces hommes qui se fient aux apparences. Je n'écris pas de poésie, je ne chante pas de chansons d'amour. Je ne travestis pas la vérité et je fais parfois preuve d'une honnêteté blessante.

— Et vous prenez toujours autant de temps pour en venir au fait ? ironisa Tara.

— C'est seulement que, depuis que je vous ai rencontrée, chaque fois que je vous regarde dans les yeux, que je prends un moment, comme je le fais en cet instant, pour voir vraiment ce qu'il y a au-delà, je…

Matt marqua une pause comme s'il voulait trouver les mots justes pour exprimer sa pensée.

— Je suppose que l'on pourrait dire qu'ils me renvoient ma propre image. Toutes les peurs, toutes les vulnérabilités, mais toute la force aussi. C'est comme si vous faisiez partie de moi. D'une manière que je ne m'explique pas vraiment. Il existe un lien entre nous qui remonte à un temps lointain. Si je croyais à ce genre de choses, je dirais que nous nous sommes connus dans une vie antérieure.

Tara fronça les sourcils. Les paroles de Matt la troublaient profondément. Mais elle n'était pas certaine de bien comprendre.

— Une vie antérieure... reprit-elle. Qu'entendez-vous exactement par là ? Vous pensez que je suis Becky ?

Matt ferma les yeux, secouant la tête.

— Non. Seigneur, non. J'ignore comment dire cela sans paraître un immonde goujat, mais ce que Becky et moi partagions n'était pas précisément renversant. Je l'aimais, elle me manque et je souhaiterais par-dessus tout qu'elle soit toujours en vie. Cependant... nous étions des amis plus que toute autre chose. Et le ciment qui consolidait notre union était la présence de Jennifer. Sans elle, j'ignore combien de temps nous serions restés ensemble.

Tara étudia Matt attentivement : il paraissait absolument sincère.

Il prit doucement le visage de Tara entre ses mains et il soutint son regard. Ses yeux gris-vert brûlaient d'une telle intensité qu'il fut impossible à Tara de détourner le regard.

Non qu'elle en eût envie. Elle aurait pu rester ainsi pour l'éternité et se délecter de chaque instant.

— Lorsque je vous regarde, reprit posément Matt, je vois quelque chose que je n'avais encore jamais vu. Quelque chose de réel.

A nouveau, il fit une pause.

— Si fou que cela puisse paraître... je vois mon âme.

Et il embrassa Tara.

Tendrement d'abord, puis avec davantage d'ardeur alors

qu'il se remettait debout pour mieux la prendre dans ses bras, glissant les mains sous son pull, effleurant sa cage thoracique avant de remonter le long de son dos.

Sa langue trouva celle de Tara et il intensifia le baiser. Une décharge électrique se propagea dans tout le corps de Tara… tellement puissante que, l'espace d'un moment, elle crut vaciller. Quelque chose se libéra en elle, quelque chose d'humide et de chaud, de terriblement délicieux…

Elle n'avait jamais éprouvé une telle sensation. Elle n'avait rien connu de tel. Ni avec Ron ni avec Eric, l'architecte. Matt éveillait en elle quelque chose dont elle n'avait jamais, jusqu'alors, soupçonné l'existence.

C'était comme si on lui avait administré une drogue d'un nouveau genre, un puissant stupéfiant qui rendait toute pensée rationnelle impossible. Hors de propos. Une drogue qui se déversait dans son système sanguin avec l'effet d'une douche écossaise amenant son corps à réagir de façon indescriptible.

Ensuite, comme si chacun d'eux était capable de lire dans les pensées de l'autre, Tara et Matt interrompirent ce baiser et se rendirent dans la chambre.

Arrivés au pied du lit de Tara, ils se déshabillèrent mutuellement, Matt saisissant le pull de Tara pour le lui enlever dans un mouvement fluide.

Tara lui rendit la politesse, exposant son torse et son abdomen musclés ainsi que cette longue cicatrice qu'elle avait tellement été tentée de toucher dans la cabane d'Imogene.

Cette fois, elle ne se retint pas et fit courir ses doigts le long de son tracé, découvrant sa chaleur, son origine douloureuse, mourant d'envie d'y poser les lèvres, de goûter la chair torturée.

Toutefois, avant qu'elle puisse céder à cette impulsion, Matt prit en coupe son sein gauche dans sa main, se penchant en avant pour attirer le mamelon durci entre ses lèvres.

Puis il s'accroupit, pressant sa bouche contre le ventre de Tara, levant les mains pour lui déboutonner son jean avant de le faire glisser lentement le long de ses cuisses, ses genoux, ses chevilles.

Tara se libéra de cette entrave ainsi que de celle de son slip.

Matt prit alors un moment pour promener sa langue le long de son os pelvien, s'y attardant, la décharge électrique s'intensifiant en Tara, investissant tout son être et menaçant de la consumer à tel point qu'elle craignit presque de ne jamais s'en remettre.

Presque.

Matt se redressa, puis assit Tara sur le bord du lit. Il ôta alors son jean ainsi que son caleçon… Il était plus que prêt, se félicita Tara. Elle-même brûlait d'impatience. Elle caressa le sexe de Matt, savourant sa chaleur, sa dureté, l'urgence pulsant sous la chair.

Ne pouvant attendre plus longtemps, Tara se laissa retomber sur le matelas. Matt lui prit alors les genoux et lui écarta les cuisses, la soulevant légèrement tandis qu'il la pénétrait et s'enfonçait profondément en elle. Tara fut alors envahie par un sentiment si merveilleux que les doutes qu'elle avait pu concevoir à l'égard de cet homme s'évanouirent en un instant. Ils étaient faits l'un pour l'autre.

Et si extraordinaire que cela puisse être de l'avoir en elle, sur elle, sa peau contre la sienne, ses lèvres pressées contre son cou, ses épaules, ses seins, ce furent les paroles de Matt qu'elle se remémora, ces mots qu'il avait énoncés avec une si absolue sincérité qu'elle ne pouvait les nier. Qu'elle ne « voulait » pas les nier.

En n'importe quelle autre circonstance, ces mots de Matt lui auraient sans doute paru les plus mièvres jamais prononcés. Cependant, ils lui avaient été adressés, à elle et à nulle autre, par un homme qui avait fait remonter à la surface des sentiments et des émotions que Tara n'avait jamais éprouvés auparavant.

« Lorsque je vous regarde…

Je vois mon âme. »

Et c'était vrai.

Elle aussi voyait l'âme de Matt. Comme s'ils étaient connectés par une force invisible, indicible. Un passé émotionnel commun, la compréhension de ce que cela signifiait qu'être seul.

Et peut-être était-il son âme sœur.

Son Henry.

La respiration de Matt commençait à s'accélérer, remarqua Tara. Comme elle, il était près de jouir. Très près. Une onde de plaisir parcourut le corps de Tara, menaçant de la faire chavirer et de l'emporter.

Et, à ce moment précis, elle comprit : quoi qu'il arrive par la suite, même si cette nuit ne devait jamais se répéter, si elle n'était que la simple fusion de deux âmes meurtries en quête d'un refuge provisoire, hors de ce monde solitaire et violent… elle ne l'oublierait jamais.

Elle ne la regretterait jamais.

Elle se la rappellerait toujours comme la nuit la plus enivrante de sa vie.

Matt était allongé, paisible, à côté d'elle, respirant tranquillement. Tara mit un bras autour de lui, elle l'embrassa sur la joue, puis elle laissa retomber sa main, l'effleurant de ses ongles, le titillant.

Malheureusement, ils n'avaient pas le temps de réitérer leurs ébats. Pas s'ils voulaient paraître présentables pour Ron et son équipe.

— A la douche ! lança Tara. Nous en avons tous les deux besoin.

— C'est un ordre ou une invitation ? susurra Matt.

Tara se mit à rire dans son cou. Elle l'y embrassa.

— Les deux. Nous gagnerons du temps en y allant ensemble.

Ils optèrent donc pour cette solution, se partageant le savon pétale de rose de Tara, se savonnant l'un l'autre.

Puis Matt prit la crème à raser et en aspergea Tara, un amas de mousse venant couvrir son cou et ses seins.

Ils s'esclaffèrent.

Tara recueillit la mousse sur sa poitrine pour l'appliquer sur le visage de Matt, lui écrasant le nez de la paume de sa main.

Ils se mirent à rire de plus belle.

Et soudain, toujours en parfaite synchronie, ils cessèrent de plaisanter et se fixèrent intensément.

Demeurant un long moment silencieux.

Laissant l'eau cascader sur leurs corps.

Tendant la main vers le visage de Tara, Matt palpa délicatement l'ecchymose, puis il y posa ses lèvres comme pour effacer la douleur avec un baiser.

Il embrassa ensuite le bout du nez de Tara, ses lèvres, et elle se retourna, appuyant son dos contre lui, contre son sexe à nouveau dur. Elle avait encore envie de lui, de le sentir en elle.

Un moment plus tard, son désir fut comblé.

Et le plaisir la submergea, plus rapidement et violemment que jamais auparavant.

Tara n'avait aucune envie que Matt renfile ses vêtements dégoûtants, mais ils n'avaient pas choix. Elle ne possédait rien qui puisse les remplacer.

Par ailleurs, considérant que Matt allait, d'un moment à l'autre, plaider sa cause devant la caméra, mieux valait qu'il continue de s'imprégner de son personnage, si calculateur que cela puisse paraître.

De par sa longue expérience, Tara le savait : la première impression du public était à l'origine de nombreux jugements à l'emporte-pièce. Et si un détenu évadé apparaissait à l'écran portant des vêtements propres, les spectateurs soupçonneraient probablement quelque chose de louche. Matt et elle auraient d'ailleurs mieux fait de s'abstenir de prendre une douche, mais Tara aurait été incapable de s'en passer une minute de plus.

Peut-être décortiquait-elle la situation de façon exagérée. Qui se préoccupait vraiment de ce que penserait le public ? L'unique objectif de Matt et Tara était d'inciter la police à passer à l'action pour empêcher le Confrérie de mettre à exécution son sinistre projet.

Une fois que Matt se fut rhabillé, il exerça une pression sur la main de Tara en déclarant :

— Je vais tenter de joindre Abernathy encore une fois.

Alors qu'il retournait au salon, Tara passa un peigne dans ses cheveux qu'elle venait de laver. Puis elle consulta l'heure au réveil posé sur sa table de chevet. Pourquoi n'avait-on toujours pas sonné à sa porte ?

Ron et son équipe devraient déjà être sur place.

Et, tandis que Tara s'avançait vers la porte de la chambre, un bruit lui fit relever la tête.

Sa porte d'entrée s'ouvrit à la volée et un groupe de shérifs adjoints fit irruption dans la pièce. Ils portaient des casques ainsi que des gilets pare-balles. Leurs armes automatiques étaient pointées droit sur Matt et Tara.

— Couchez-vous au sol ! ordonna l'un d'eux. Face contre terre ! Obtempérez ! Maintenant !

Avant que Tara ait pu vraiment comprendre ce qui se passait, elle se retrouva à plat ventre sur la moquette, le canon d'un fusil automatique lui touchant l'arrière de la tête, tandis que ses bras étaient ramenés derrière elle et que des menottes en nylon lui enserraient les poignets.

— Pas un geste, madame. Vous êtes en état d'arrestation pour avoir donné asile à un fugitif.

18

Jimmy Zane se délectait des dernières infos diffusées à la télé. Nick Stanton, détenu en cavale, venait d'être arrêté. Il avait été retrouvé dans l'appartement d'une dénommée Tara Richmond, productrice de segments pour le journal télévisé de KWEST. Cela ne manquait pas d'ironie, songea Jimmy, car le journaliste qui couvrait l'arrestation n'était autre que le très réputé présentateur du journal télévisé de KWEST, Ron Michaels.

Il était précisé au bas de l'écran que le reportage était diffusé en différé. Menottes aux poignets, Stanton et Richmond étaient emmenés sous escorte policière vers deux voitures du bureau du shérif. Le présentateur du journal assistait à la scène, comme frappé d'incrédulité, une expression d'horreur se peignant sur son visage recouvert d'une épaisse couche de maquillage.

D'un ton mal assuré, il expliqua :

— Les adjoints du shérif ont déclaré avoir été renseignés par un informateur anonyme sur le lieu où se trouvait Nick Stanton, détenu emprisonné pour meurtre. La question de l'implication de Tara Richmond demeure nébuleuse. Cependant, des sources proches de l'enquête affirment qu'elle pourrait être accusée de complicité avec un criminel recherché.

Jimmy détestait les hommes comme Ron Michaels. Il détestait tous les journalistes. Leur seule raison d'exister était de se repaître du malheur des autres pour vendre des bouteilles de bière ou des médicaments sous ordonnance, voire de rutilants SUV et des voitures hybrides de dernière génération.

Les journalistes étaient des vautours, purement et simplement, estimait Jimmy. De véritables oiseaux de proie qui portaient plus d'intérêt au sensationnalisme qu'à la vérité. Des charognards qui planaient au-dessus des carcasses des désavantagés et des incompris, fouillant dans leurs os à la recherche d'une histoire, de n'importe quelle histoire, qui garderait les téléspectateurs scotchés à l'écran.

Ils l'auraient dès le lendemain, cette fameuse histoire, ironisa Jimmy intérieurement.

Quant aux carcasses à exhiber, les journalistes auraient l'embarras du choix.

Quelqu'un toqua à la porte mais Jimmy l'ignora, savourant le spectacle de l'arrestation, amusé par un détail.

Stanton — alias l'agent spécial Matt Hathaway — portait un T-shirt vert foncé affichant les mots « Ne te rends jamais » sur la poitrine.

Un second coup fut frappé à la porte et Jimmy poussa un soupir. Il détestait être interrompu dans des moments comme celui-là. Il effectuait la plus grande partie de son travail en pleine nuit, quand il pouvait se retrouver seul avec ses pensées, alors que la pression qu'impliquait le commandement d'une organisation telle que la Confrérie était temporairement relâchée.

Ce qui ne serait visiblement pas le cas cette nuit-là.

Fronçant les sourcils, il attrapa la télécommande, éteignit la télé et lança :

— Oui ? Qu'est-ce qu'il y a ?

La porte s'ouvrit et l'un de ses meilleurs lieutenants, Cameron, passa la tête à l'intérieur de la pièce.

— Nous avons Maddox.

— Où cela ?

— Juste là-dehors.

Jimmy jeta la télécommande sur le bureau et fit un signe d'assentiment.

— Faites-le entrer.

Un moment plus tard, Cameron reparut accompagné de deux agents de sécurité qui maintenaient fermement Carl Maddox et l'escortèrent jusqu'à l'intérieur de la pièce.

Sur un geste de Jimmy, ils assirent Maddox à une chaise devant le bureau.

Carl affichait une expression renfrognée. Toujours aussi méfiant, songea Jimmy.

— Laissez-nous ! ordonna-t-il à ses hommes.

— Vous voulez qu'il soit menotté ? s'enquit l'un d'entre eux.

Jimmy secoua la tête.

— Ce ne sera pas nécessaire.

Avec un rapide salut, Cameron et les agents de sécurité quittèrent la pièce. Jimmy retourna le salut puis étudia Carl en silence, s'attendant presque à ce que cet imbécile laisse échapper pour sa défense un quelconque argument fallacieux pour justifier ce qui était une violation flagrante du code de conduite régissant la Confrérie.

Cependant, Carl ne dit rien. Il se contenta de fixer Jimmy sans ciller, le regard dur et la mâchoire contractée.

Jimmy se pencha en avant dans son fauteuil.

— Je peux savoir ce qui t'a pris de désobéir à un ordre direct ?

Le regard de Carl ne fléchit toujours pas.

— Quel était cet ordre ?

— Ne joue pas au plus malin avec moi, soldat. Je t'ai dit de ne pas te lancer à la poursuite du traître et de la fille, mais tu as choisi d'ignorer mon ordre. Transgression qui aurait pu grandement nuire à notre plan.

— Y nuire ? s'exclama Carl. De quoi parlez-vous ? Ce

type est un agent fédéral. Il risque de révéler au grand jour toute l'opération.

— C'est exactement ce que j'attends de lui, tonna Jimmy.

Carl écarquilla les yeux et se pencha en avant sur sa chaise.

— Attendez, j'ai bien entendu ?

— Nous jouons là aux échecs, Carl. Pas au jeu de puces. Et même lorsqu'on fait preuve d'une stratégie avisée et qu'on dispose de l'effet de surprise, parfois, une subtile diversion peut s'avérer utile pour lancer l'adversaire sur une fausse piste.

— De quoi voulez-vous parler ? maugréa Carl.

— Il existe une forte concentration d'agents fédéraux dans la ville de Whitestone, expliqua Jimmy. Sans parler des hommes du bureau du shérif et de l'équipe d'élite des SWAT. Lorsque j'ai découvert que le FBI essayait d'infiltrer notre organisation, j'aurais pu renoncer sur-le-champ à mener cette opération. Cependant, cela serait revenu à reconnaître notre défaite avant même d'avoir livré bataille. Je me suis alors fait la réflexion suivante : pourquoi ne pas contrer leur manœuvre de sorte qu'ils concentrent leur attention dans une direction totalement différente ? De manière à rendre publique, aux yeux du monde entier, leur incompétence ? C'est la raison pour laquelle je vous ai d'abord laissés, Rusty et toi, amener le traître en ces lieux.

Carl secoua la tête, l'air écœuré.

— Vous m'avez bien eu.

— Je sais cela, Carl. Voilà pourquoi je donne les ordres tandis que toi, tu y obéis. Et aussi pourquoi je n'apprécie pas que tu les remettes en question.

— Vous m'en direz tant. De toute façon, personne n'a à me dire ce que je dois faire.

Jimmy afficha un sourire. Toutefois, celui-ci n'était pas censé transmettre quoi que ce soit d'amical. Jimmy commençait à perdre patience.

Cependant, malgré les défauts évidents de Carl Maddox,

l'homme était aussi un patriote. Et tout patriote méritait une seconde chance, estimait Jimmy.

A condition que ce patriote soit disposé à se plier aux consignes imposées par son supérieur.

— Tâche de retenir ceci, lança Jimmy à Carl. Et je vais m'exprimer en des termes que même quelqu'un ayant tes capacités intellectuelles limitées puisse comprendre.

Jimmy marqua une pause.

— Si tu désobéis encore, ne serait-ce qu'une fois, à un ordre ou si tu t'avises de me contredire, je te ferai abattre. Me comprends-tu ?

Carl ouvrit la bouche pour protester, mais Jimmy ne lui laissa pas l'occasion d'exprimer son désaccord.

— Me. Comprends. Tu ?

Carl avala sa salive. Il paraissait considérablement plus pâle et moins arrogant que lorsqu'il avait été amené sous escorte, un peu plus tôt, dans le bureau. Il hocha lentement la tête.

— Oui, monsieur.

— Je ne t'entends pas, soldat.

— Oui, monsieur ! beugla Carl. Je comprends !

— Parfait, approuva Jimmy. Puisque Rusty ne m'est d'aucune utilité vu l'état de sa jambe, j'aurai besoin de toi demain sur le lieu de l'opération et dans le bon état d'esprit. Tu as une objection à ça ?

Jimmy s'attendait à une protestation. Cependant, Carl ne broncha pas.

Et Jimmy se leva. Il en avait assez de ce pauvre demeuré.

Toutefois, avant qu'il ait pu donner congé à Carl, la porte de son bureau s'ouvrit brusquement et une silhouette familière apparut dans l'encadrement de la porte, un air mécontent se peignant sur le visage buriné de la nouvelle venue.

— Maman ! s'exclama Jimmy, surpris. Je ne m'attendais pas à te voir si tôt.

Le regard furibond de la vieille femme ne s'arrêta même pas sur Jimmy. Il se focalisa directement sur Carl.

— Vos hommes et vous, vous avez vraiment failli me tuer là-dehors.

Carl parut décontenancé.

— C'était vous ?

— Oui, c'était moi, espèce d'imbécile. Et je n'apprécie pas que l'on me tire dessus.

Imogene Zane s'avança alors dans la pièce et gifla Carl de toutes ses forces.

19

Matt et Tara furent transférés dans des salles d'interrogatoire séparées.

A l'exception d'un bref moment, plus tôt, dans la cabane d'Imogene, c'était la première fois depuis le début de cette nuit de folie que Matt était privé de la présence de Tara. Sans elle, il se sentait dépouillé.

C'était pire que cela, en fait. Comme si on l'amputait d'une part vitale de lui-même.

Matt n'en revenait pas. Comment sa vie avait-elle pu être chamboulée en l'espace de quelques heures seulement ? Comment une chose qu'il n'aurait jamais imaginée pouvait-elle se produire si soudainement ?

Il était tombé amoureux de Tara.

Il voulait passer le reste de sa vie avec elle.

C'était aussi simple que ça.

Et, depuis qu'elle lui avait été enlevée, depuis qu'ils avaient été menottés et escortés jusqu'à des voitures de police différentes, il se sentait perdu, incomplet.

Tôt ou tard, il reverrait Tara.

Néanmoins, un grand vide béait en lui.

Cela faisait plus d'une heure que les policiers l'avaient laissé seul dans cette pièce au décor spartiate sans qu'une seule parole lui ait été adressée depuis son arrestation… une tactique qui avait pour évident objectif de lui faire perdre ses moyens et de le désarmer. Lorsque l'on restait seul pendant si longtemps avec ses pensées pour unique compagnie, il était inévitable d'orienter son esprit vers l'introspection et l'auto-analyse.

Alors que les policiers le faisaient monter dans leur voiture, il avait tenté de leur expliquer qui il était en réalité, de les persuader de contacter le FBI, de joindre Abernathy. Mais, exactement comme il l'avait craint, les policiers ne l'avaient pas écouté. Il était un fugitif recherché, un danger pour la société, et tout ce qu'il pourrait dire serait sujet à caution et systématiquement ignoré.

Matt connaissait la procédure.

Il ne savait que trop bien comment les choses se passaient en pareil cas.

Lui-même avait appliqué ces stratégies un nombre incalculable de fois.

Les policiers le laisseraient mariner dans cette salle d'interrogatoire pendant un moment, puis ils se mettraient à le cuisiner, l'interrogeant sans relâche jusqu'à ce qu'il finisse par craquer et par leur donner exactement ce qu'ils voulaient : à savoir, où se trouvaient ses codétenus évadés en même temps que lui, Rusty Zane et Carl Maddox.

Matt pouvait confier aux policiers les coordonnées approximatives du camp paramilitaire de la Confrérie, mais envoyer ces hommes dans les montagnes constituerait une diversion chronophage qui favoriserait au final le projet de Jimmy Zane. Alors qu'il y avait un problème dans la ville même qui requérait leur attention immédiate.

Aussi, avec ou sans le soutien d'Abernathy, Matt devait à tout prix convaincre ces policiers : il n'était pas le criminel à qui ils pensaient avoir affaire.

Mais ce ne serait pas chose aisée, il le savait d'expérience.

Tara était assise, menottée à une chaise dans une pièce qui n'était guère plus spacieuse qu'un placard encastré.

Comment elle et Matt avaient-ils pu se faire prendre ? Etait-ce Ron qui les avait dénoncés ?

Tara étudia cette hypothèse un instant. Le problème était qu'elle n'avait pas parlé de Matt au téléphone avec Ron. En outre, son collègue n'avait pas le profil pour faire une telle chose.

Aussi, Tara songea à Imogene. Alors que Matt et Tara se faisaient escorter jusqu'aux voitures de police par les adjoints du shérif, Tara avait de façon presque certaine aperçu du coin de l'œil un vieux break délabré. Stationné plus loin dans la rue.

Etait-ce la voiture de la vieille femme ?

Imogene avait-elle suivi Matt et Tara avant de prévenir la police ?

Et si tel était le cas, qu'est-ce qui l'avait poussée à agir de cette manière ? Pourquoi Imogene leur aurait-elle prêté assistance au péril de sa vie pour les trahir ensuite en les livrant aux autorités locales ?

Cela n'avait aucun sens.

Tara ne put retenir un soupir.

Après l'avoir amenée au poste, les policiers l'avaient conduite dans cette pièce. Elle avait essayé d'obtenir leur attention, leur assurant qu'ils commettaient une terrible erreur, une erreur qui risquait de coûter la vie à d'innombrables personnes innocentes.

Cependant, s'ils l'avaient écoutée, ils n'en avaient tenu aucun compte. Toutes ses protestations d'innocence, même celles dont Tara avait abreuvé le shérif adjoint conduisant la voiture de police qui l'amenait en garde à vue, avaient été ignorées.

Elle reconnaissait là le comportement typique du policier. C'était le genre de choses dont elle n'avait cessé de faire l'expérience durant toute son enfance et son adolescence. Une attitude relevant d'une arrogance innée qui concluait : « J'ai raison et vous avez tort, fin de la discussion. »

Cependant, il était hors de question de laisser les choses se passer ainsi cette fois, décida Tara.

Pas si elle pouvait l'empêcher.

— Ohé ! cria-t-elle. Ohé, il y a quelqu'un, là-dehors ?

Elle leva les yeux vers la caméra vidéo installée en hauteur dans un angle de la pièce.

— Vous allez me laisser assise là ? Ou vous aurez au moins le courage de venir me poser…

La porte s'ouvrit brusquement et un homme entra d'un pas martial dans la pièce, ses manches de chemise retroussées. Il laissa tomber un dossier sur la table et s'assit en face de Tara.

— Bonjour, madame Richmond. Je suis le lieutenant Roderick Wilkins. Je suis chargé de procéder à votre interrogatoire.

— Ce n'est pas trop tôt, maugréa Tara.

— Je vous présente mes excuses pour vous avoir fait attendre. Les choses ont tendance à avancer un peu moins rapidement à cette heure matinale.

— En ce cas, vous feriez bien de relancer la machine, répliqua Tara. Ce que je vais vous révéler exigera de mobiliser sans tarder tous les moyens dont vous disposez.

— Oh ! nous sommes mobilisés, croyez-moi ! Les neuf dixièmes de notre effectif sont actuellement déployés dans les rues de la ville et lancés à la recherche de Rusty Zane et de Carl Maddox.

— Ces deux hommes devraient être le cadet de vos soucis, pesta Tara. Et si vous pensez que le fait de nous avoir capturés, Matt et moi, est une sorte d'exploit, vous pouvez…

— Qui cela ?

— Matt. Matt Hathaway. L'agent spécial Matt Hathaway, l'homme que vous avez arrêté dans mon appartement. Il effectue une mission sous couverture pour le compte du FBI.

Wilkins afficha un sourire fugace, tentant sans grand succès de dissimuler son amusement. L'expression suffisante qui se peignit sur son visage donna à Tara l'envie de lui arracher les yeux.

— Ainsi, c'est ce que Nick Stanton vous a raconté ? C'est l'histoire qu'il a utilisée afin de vous persuader de vous ranger de son côté ?

— Ce n'est pas une histoire. C'est la vérité ! assura Tara.

— Et je suppose qu'il vous a apporté une preuve corroborant ses dires ?

Tara hésita. Evidemment, Matt ne lui avait présenté aucune preuve, mais elle avait toute confiance en lui. Il ne lui mentirait pas. Par ailleurs, la veille, elle avait entendu ces paroles de la bouche même de Zane :

« Mon contact me signale que c'est un pur produit de Quantico. »

Pourquoi Zane aurait-il déclaré une telle chose à propos de Matt si elle n'était pas vraie ? Et pourquoi, sinon, cette fuite éperdue sous les coups de feu de leurs poursuivants à la nuit tombée ?

— Connaissez-vous le syndrome de Stockholm ? demanda Wilkins.

— Bien entendu, fit Tara.

— Par conséquent, vous savez qu'il n'est pas inhabituel que les victimes d'enlèvement développent une certaine forme d'empathie vis-à-vis de leurs ravisseurs.

Tara secoua la tête.

— Ce n'est pas ce qui se produit dans le cas présent.

— Vous niez donc que vous soyez tous les deux devenus intimes ?

Tara hésita de nouveau. Malheureusement assez longtemps pour indiquer, à l'évidence, quelle était la réponse.

— Vous partagiez avec lui une relation intime, n'est-ce pas ? insista le policier.

Tara rougit une fois encore, mais elle décida de ne pas s'y arrêter.

— Matt Hathaway n'est pas la personne que vous croyez,

argua-t-elle. Il travaille depuis près d'un an comme agent infiltré. Ses officiers traitants sont deux agents nommés Everhardt et Abernathy, mais Everhardt est mort à présent et…

Le lieutenant posa sur elle un regard scrutateur et il l'interrompit.

— Nous avons reçu un appel concernant une victime du nom d'Everhardt plus tôt dans la soirée. Un suicide. Comment pouvez-vous être au courant de cela ?

— C'est exactement ce que je tente de vous faire comprendre. Everhardt était l'un des agents de liaison de Matt. Et si vous appelez le FBI et que vous les amenez à prendre contact avec l'agent Abernathy, vous saisirez alors que tout ceci est une terrible méprise. La Confrérie projette de faire exploser le tribunal fédéral ce matin et si vous ne réorientez pas l'enquête dans cette direction, de nombreuses personnes trouveront la mort.

A nouveau, ce regard amusé.

— La Confrérie, c'est cela ?

Tara poussa un soupir désabusé.

— C'est ainsi qu'ils se nomment eux-mêmes.

— Dans ce cas, pourquoi n'en ai-je jamais entendu parler ? persifla le lieutenant.

— Je l'ignore, déclara Tara. Peut-être parce qu'ils préfèrent se montrer discrets. Cela a-t-il réellement de l'importance ? Tout ce qui compte, c'est que le FBI a connaissance de leur existence et qu'ils ont envoyé Matt en prison afin de tenter d'infiltrer leur…

— C'est bon, madame Richmond. Assez de contes à dormir debout.

— Ce n'est pas un conte à dormir debout ! Des personnes innocentes sont en danger.

— Ecoutez, reprit Wilkins. Il me paraît évident que vous avez gobé toute cette ridicule théorie du complot en raison des sentiments que vous éprouvez pour Stanton, qu'il s'agisse de simple attirance sexuelle ou d'autre chose. Et, à présent que j'y repense, vous travaillez pour une chaîne d'infos, vous avez donc pu aisément apprendre le suicide d'Everhardt par ce biais. C'est une nouvelle qui ne leur aura pas échappé.

Tara entreprit de protester, mais le lieutenant l'interrompit à nouveau d'un geste.

— Laissez-moi terminer.

Tara se tut. De toute manière, ce policier obtus refuserait de la croire.

J'ai raison, vous avez tort, fin de la discussion.

Wilkins ouvrit le dossier posé devant lui sur la table et le fit glisser en direction de Tara.

— Voici l'homme que vous défendez.

Il invita Tara à regarder.

— Jetez un coup d'œil.

C'était un dossier de police typique, le genre de dossier que Tara avait vu une centaine de fois déjà. Cependant celui-ci contenait, entre autres documents, la photographie anthropométrique de Matt, le regard dur et froid tandis qu'il fixait l'appareil.

Ce regard fit frémir Tara.

Si elle n'avait pas su que Matt jouait un rôle, sans doute l'aurait-il effrayée.

— Cet homme est un trafiquant d'armes et un tueur de sang-froid, commenta Wilkins. Il a abattu deux policiers et un agent fédéral lorsque les forces de l'ordre ont investi l'entrepôt où ses complices et lui stockaient leur marchandise. Alors, cessez de proférer ces inepties à propos d'un prétendu agent du FBI, de missions sous couverture et d'organisations militantes. Cet homme est un criminel endurci, quel que soit l'angle sous lequel on considère la situation.

Tara consulta le rapport de l'enquête, puis elle referma le dossier et leva les yeux vers Wilkins.

— Très bien, lança-t-elle. Terminées les inepties… Je

peux vous dire où trouver les deux autres. Rusty Zane et Carl Maddox.

Wilkins sourit à Tara.

— Je savais pouvoir faire appel à votre bon sens. Après tout, vous êtes la fille d'un policier.

— Je suis heureuse que vous évoquiez le sujet, releva Tara, car il y a une condition à ma coopération.

— Qui est ?

— Je ne veux plus avoir affaire à vous. A partir de cet instant, le seul officier à qui je parlerai sera la veuve de mon père. Le lieutenant Lila Sinclair.

20

Tara aurait été incapable de dire l'heure qu'il était lorsque Lila entra dans la pièce.

Mais les minutes s'écoulaient assurément trop vite, chacune d'elles plus décisive que la précédente.

Tara ignorait comment les choses se passaient pour Matt. Probablement se trouvait-il dans l'une des autres salles d'interrogatoire, faisant aux policiers le même récit que celui que Tara avait livré à Wilkins. Néanmoins, ils lui accorderaient certainement moins de crédit encore que n'en avait accordé le lieutenant à Tara.

Tout bien considéré, Tara ne pouvait vraiment pas le leur reprocher. Sur le papier, tout cela paraissait tellement évident. Nick Stanton était un criminel endurci qui venait de s'évader de prison et, jusqu'à ce que quelqu'un leur apporte la preuve du contraire, le lieutenant et ses collègues se fieraient aux informations dont ils disposaient.

Les organisations policières étaient intrinsèquement territoriales et les autorités locales ne verraient vraiment pas l'intérêt d'impliquer le FBI dans l'enquête, excepté si l'on parvenait à les convaincre de l'absolue nécessité de cette collaboration. Et il ne faisait aucun doute qu'il faudrait recourir à une argumentation solide pour espérer les en persuader.

A moins que Tara ne réussisse à abattre sa carte maîtresse.

Lila était une femme séduisante, à la silhouette élancée.

Elle portait un jean, un chemisier tout simple et une veste en velours côtelé.

L'uniforme de la policière en civil.

Elle referma la porte derrière elle.

— Bonjour, Tara, dit-elle d'une voix douce, au timbre mélodieux.

Tara se raidit légèrement. Tandis que Lila tirait une chaise de sous la table et s'y installait, Tara se trouva happée par une autre de ces failles temporelles, se remémorant ce dîner de Thanksgiving remontant à un passé déjà si lointain et l'attitude étrange de Lila qui avait à peine touché aux différents mets.

La jeune fille qu'était alors Tara s'était demandé qui pouvait venir au repas de Thanksgiving et ne quasiment rien manger.

Cependant, à bien y réfléchir, coucher avec l'homme dont l'épouse avait cuisiné le repas avait sans nul doute pour effet de vous couper l'appétit.

Un silence gêné s'abattit sur la pièce alors que les deux femmes se jaugeaient mutuellement. Il était évident, comprit Tara, que Lila ignorait pourquoi elle se trouvait en ce lieu, pourquoi, parmi tous les policiers de l'unité, c'était précisément elle que Tara avait choisie pour confesser ses péchés.

Toutefois, Tara n'avait pas l'intention de confesser quoi que ce soit.

Elle voulait obtenir de Lila une faveur.

Elle fit un signe de tête en direction de la caméra montée dans l'angle de la pièce.

— Pouvez-vous leur demander de couper la caméra ? Je souhaiterais vous parler un moment en privé.

Lila parut surprise, mais elle n'hésita pas un instant. Elle fit un signe du doigt et la lumière rouge clignotante de l'appareil s'éteignit.

Tara se lança alors.

— Je suis curieuse de savoir.

— Quoi donc ? fit Lila.

— Ce que mon père vous a dit à propos de moi. Du genre de personne qu'il pensait que j'étais.

— Je ne vois pas en quoi cela a un rapport avec l'affaire qui nous intéresse.

— Oh ! C'est au contraire d'une grande pertinence, argua Tara. Est-ce que mon père vous a dit que j'étais une menteuse ? Que j'inventais des histoires ? Que l'on ne pouvait pas me faire confiance ?

Lila secoua la tête.

— Il ne m'a jamais dit aucune de ces choses. Mais tout le contraire, en fait.

— Bien, lâcha Tara.

— Et, si je peux ajouter une note personnelle, renchérit Lila, en ce qui me concerne, tu n'as jamais hésité à exprimer sans détour ce que tu ressentais.

C'était l'exacte vérité. Tara ne s'était jamais privée de clamer l'opinion qu'elle avait de Lila. Et certains des termes qu'elle avait employés par le passé n'avaient été ni aimables ni particulièrement distingués.

— Je suppose que je me suis montrée assez grossière envers vous aux funérailles, n'est-ce pas ?

— Tu peux le dire, en effet, répondit Lila.

Tara posa sur elle un regard froid.

— Si vous espérez m'entendre dire que je suis désolée, ce ne sera pas le cas.

— Je ne te le demande pas, assura Lila. Je l'ai amplement mérité. Cela a été stupide de ma part de m'investir comme je l'ai fait dans cette relation avec Ed. Nous aurions dû attendre qu'il ait réglé ses problèmes personnels.

— Seriez-vous en train de me présenter des excuses ? s'enquit Tara.

Lila haussa les épaules.

— Si c'est ainsi que tu veux appeler ça, pourquoi pas ?

Tara fut surprise par cette repartie. Elle avait toujours

considéré Lila comme une croqueuse d'hommes, mais peut-être Lila ne méritait-elle pas un tel jugement. Peut-être n'était-elle qu'une personne solitaire, parmi tant d'autres, qui voulait seulement trouver quelqu'un qui l'aime. Etait-ce la faute de Lila si le père de Tara s'était avéré être cet homme ?

Peut-être avait-il été « son » Henry.

Tara le savait en tant que journaliste : chaque histoire présentait de multiples facettes. Observer le monde sous des perspectives différentes était généralement une expérience des plus instructives. Peut-être, si elle faisait l'effort de se mettre un moment à la place de Lila, ne serait-elle pas aussi prompte à porter un jugement sur elle.

— Si vous souhaitez vraiment vous excuser, reprit Tara, vous pouvez me rendre un service.

Lila fut soudain nettement sur ses gardes. Son regard se durcit. Elle passait du registre personnel au mode professionnel, conclut Tara.

— Quel genre de service ? demanda Lila.

— Je veux que vous réfléchissiez à la façon, parfois brutale, dont j'exprime mes sentiments. A mon dégoût pour le mensonge. A la personne de confiance que je suis. Mais, par-dessus tout, j'aimerais que vous pensiez à moi comme à la fille de votre époux défunt.

— Et ?

— J'ai besoin que vous passiez un coup de fil. Un simple coup de fil, c'est tout ce que je vous demande.

— Et qui, exactement, suis-je censée appeler ?

Tara leva les yeux vers Lila, redoutant un refus.

— Le FBI.

Abernathy était encore au lit lorsque les policiers débarquèrent chez lui.

Il avait passé la journée du vendredi à faire de la randonnée et il était rentré chez lui exténué, luttant contre ce qu'il craignait être un syndrome grippal, avec à peine assez de forces pour prendre une douche rapide et se glisser entre les draps.

Il n'était pas au courant pour Everhardt. Et il n'avait pas eu connaissance de l'évasion.

Par ailleurs, la sonnerie de son téléphone avait été coupée par inadvertance. Cependant, même si cela n'avait pas été le cas, il ne l'aurait probablement pas entendue dans l'état où il était.

Le temps qu'il arrive au bureau du shérif de Whitestone, il était déjà presque 8 heures et on le mit rapidement au courant des derniers événements.

Après avoir reçu l'appel téléphonique de Lila Sinclair, le FBI avait procédé aux vérifications qui s'imposaient et n'avait trouvé aucun dossier référant à un agent Matt Hathaway ni à une prétendue opération d'infiltration. Toutefois, la mention du message que Frank Everhardt avait rédigé avant de se suicider avait interpellé les enquêteurs et les avait incités à approfondir leurs recherches. Everhardt commandait une unité de terrain traitant des affaires particulièrement sensibles et dont les activités étaient par conséquent de nature ultra-confidentielle.

Après avoir consulté les fichiers de son ordinateur, ses collègues découvrirent non seulement un mémo mentionnant Hathaway, Abernathy et la Confrérie, mais ils s'aperçurent également qu'Everhardt avait piraté certains dossiers ainsi que des données personnelles d'agents du FBI auxquelles l'accès ne lui était pas autorisé.

Une fois mis au courant de ces développements, Abernathy consulta sa montre. Il restait à peine une heure avant l'explosion.

Matt émergea de la salle d'interrogatoire, les yeux fatigués, épuisé après avoir été cuisiné pendant des heures. Mais, dans le couloir, il tomba sur Abernathy et en fut heureux comme jamais il ne l'avait été de croiser quelqu'un. Enfin, rectifia-t-il aussitôt, à l'exception de Tara qui se tenait juste derrière l'agent en compagnie d'une femme séduisante, un peu plus âgée, portant une veste en velours côtelé.

Matt serra la main d'Abernathy, puis s'avança droit sur Tara et l'étreignit, peut-être un peu trop fort.

— Tout ça, c'est grâce à toi, n'est-ce pas ?

— Ça ne fait pas de mal d'avoir des ennemies en haut lieu, reconnut Tara.

21

La mobilisation des forces de l'ordre était un spectacle qui valait le coup d'œil. Des hommes et des femmes portant casques et gilets pare-balles, leurs armes automatiques à l'épaule, s'affairaient avec une précision militaire à contrôler leur équipement, puis s'entassaient dans des SUV noirs banalisés.

Avant d'être affecté à cette opération d'infiltration, Matt avait été partie prenante de nombreuses mobilisations de ce genre, des descentes de la DEA dans les entrepôts des barons de la drogue aux règlements de prises d'otages.

Alors que l'effectif au grand complet du bureau du shérif entrait en action, planifiant des attaques simultanées sur le camp paramilitaire de la Confrérie et le tribunal fédéral, l'adrénaline se mit à pulser dans les veines de Matt. Le moment était venu où les efforts qu'il avait produits depuis presque un an allaient enfin porter leurs fruits.

Mais, apparemment, il ne participerait pas à l'assaut.

— Officiellement, vous n'êtes pas en service, lui déclara Abernathy.

Tous deux se tenaient au milieu de la ruée d'hommes et de véhicules sur le parking en effervescence du bureau du shérif.

— Ça n'a aucun sens ! protesta Matt. Sans Tara et moi, rien de tout cela n'aurait été possible.

— J'en ai conscience, concéda Abernathy. Mais je sais

aussi que vous êtes blessé, épuisé. Dans l'état où vous vous trouvez, votre présence sera probablement davantage une entrave qu'une aide.

— C'est une plaisanterie ? s'écria Matt.

— Je suis sincèrement désolé, ajouta Abernathy. Toutefois, je ne peux pas prendre le risque de vous envoyer sur le terrain. Je vous ordonne donc de vous rendre à l'hôpital, de faire poser des points de suture sur ce bras, puis de rentrer chez vous pour vous reposer. Il nous restera des tas de détails à régler demain.

— Régler les détails ? C'est tout ce à quoi je suis bon ? s'offusqua Matt.

Abernathy lui sourit.

— Cela n'a aucun rapport avec le travail que vous avez effectué, Matt. Vous pouvez vous attendre à recevoir plus que votre lot de félicitations pour la mission que vous avez accomplie.

Matt lança un regard noir à Abernathy.

— Je me fiche des félicitations. Tout ce que je souhaite, c'est voir le visage de Zane quand nous l'appréhenderons.

Un SUV noir se rangea alors à la hauteur de Matt et Abernathy. La portière arrière s'ouvrit, le véhicule attendant manifestement qu'Abernathy rejoigne ses collègues.

— Vous verrez suffisamment le visage de Zane quand vous témoignerez contre lui, répliqua ce dernier. En attendant, suivez mon ordre.

L'instant d'après, le SUV emmena Abernathy, laissant Matt furieux.

Jurant entre ses dents, il traversa le parking pour interpeller le shérif adjoint le plus proche. Ayant contrôlé et rangé son arme, l'homme s'apprêtait à monter dans sa voiture.

— Vous allez au tribunal, n'est-ce pas ? lui lança Matt.

— C'est exact.

— Vous pourriez m'emmener ? demanda Matt d'une voix pressante.

L'homme était sur le point de lui répondre quand un gros fourgon de la chaîne KWEST se gara près de Matt. La porte latérale coulissante s'ouvrit et Tara apparut, entourée d'étagères remplies d'appareillage électronique. Derrière elle s'élevaient les échanges radio qui émanaient de la fréquence de la police.

— Que s'est-il passé ? s'enquit Tara. Où est Abernathy ?

— Il m'a laissé en plan, maugréa Matt. Il prétend que je ne suis pas en état d'assurer mon service.

Tara fronça les sourcils.

— Monte ! intima-t-elle à Matt en l'invitant d'un geste à la rejoindre.

Matt ne se fit pas prier. Il grimpa à bord du fourgon et Tara referma la porte derrière lui, faisant signe au conducteur de reprendre la route.

Une bombe rousse était assise à côté de ce dernier tandis qu'un présentateur de journal télévisé — Ron quelque chose — était accroupi près d'elle, remarqua Matt.

Tara fit rapidement les présentations.

— C'est ton jour de chance, dit-elle à Matt. Tu vas me voir dans ce que je fais de mieux.

Matt ne put s'empêcher de sourire.

— Je pensais que tes talents avaient atteint leur pinacle dans la douche…

Le visage de Tara s'empourpra délicieusement.

— Tu viens de démontrer que tu es un mâle dans toute sa splendeur.

— Je ne te l'avais pas déjà prouvé ? ironisa Matt.

Tara lui tapota la poitrine.

— Revenons à nos moutons, monsieur le dur à cuire. Nous évoquerons le reste plus tard.

Tara déposa un petit baiser sur le nez de Matt et demanda au conducteur d'accélérer.

Le tribunal fédéral se trouvait à une vingtaine de minutes du poste de police et, d'après l'horloge au tableau de bord du véhicule, ils ne disposaient plus de tellement de temps, s'alarma Tara.

En présumant, bien sûr, que Jimmy Zane n'ait pas abandonné son projet.

Toutefois, Tara ne le pensait pas. Même si Zane savait que Matt et elle étaient lâchés dans la nature, l'homme paraissait suffisamment arrogant pour poursuivre son projet de faire exploser le tribunal. Probablement y verrait-il le moyen de faire un doigt d'honneur géant au gouvernement fédéral.

Cependant, à bien y réfléchir, quelque chose ne cadrait pas, songea Tara. Il y avait, quelque part dans cette théorie, une incohérence.

Cette idée ne cessait de la ronger depuis que Matt et elle avaient été escortés par les hommes du shérif jusqu'aux voitures de police.

Tara se pencha vers Matt.

— Tu as pu demander aux policiers comment ils nous avaient retrouvés ?

— Oui, à plusieurs reprises, répondit Matt.

— Et ?

— La plupart du temps, ils ont ignoré ma question. Seul l'un d'entre eux a daigné évoquer un appel anonyme. Je n'ai pas réussi à obtenir plus de détails.

Tara hocha la tête.

— Il s'agit peut-être d'Imogene.

— Imogene ? s'étonna Matt. Pourquoi ?

— Je jurerais avoir aperçu sa voiture au moment où nous avons été arrêtés.

— Et moi, je suis persuadé que tu fais erreur, contra Matt.

— Non, objecta Tara. Je suis quasiment certaine d'avoir raison. Tu étais endormi dans la voiture quand elle a fait cette remarque, mais, lorsqu'elle nous ramenait en ville, elle a parlé de la police en des termes plutôt désobligeants qui m'ont immédiatement fait penser à Carl et aux frères Zane.

Matt posa sur Tara un regard scrutateur.

— Où veux-tu en venir ?

— A la seule explication qui permette d'assembler les pièces du puzzle.

— Qui est ?

Le scénario s'échafaudait précipitamment dans l'esprit de Tara, les pensées se bousculant avec une telle frénésie qu'elle trouvait à peine le moyen de les organiser.

Elle s'y efforça néanmoins.

— Je voudrais comprendre : pourquoi Imogene se serait donné tout ce mal pour nous aider avant de finalement nous dénoncer ?

— En supposant qu'elle l'ait fait, objecta Matt. Et tu n'en as pas la preuve.

— Qui d'autre ? riposta Tara. L'agent de sécurité de mon immeuble ne t'a pas vu et la seule personne qui ait su que tu étais en ville, c'est Imogene. Elle a probablement appelé la police depuis la maison d'Everhardt, mais, comme ça n'a pas marché, elle a découvert où nous sommes allés ensuite et elle a fait une nouvelle tentative.

— Même si tu as raison, ça n'explique toujours pas pourquoi elle aurait fait une telle chose, répliqua Matt.

— Réfléchis, insista Tara. Et si nous avions été piégés ? Si jamais notre évasion, notre course folle dans les bois, l'aide que nous a apportée Imogene en nous guidant à travers les galeries de mine… si tout cela avait été, en quelque sorte, prévu ?

— Tu divagues, marmonna Matt. C'est impossible d'orchestrer une telle suite d'événements.

— Ah oui ? fit Tara. Peut-être pas en suivant un plan à la lettre, car il y aurait un grand nombre de variables à prendre en compte. Cependant, si Zane voulait vraiment que nous parvenions à rejoindre la ville, cela n'aurait pas été si difficile à mettre en œuvre. Qui sait s'il n'a pas réussi à poser sur nous une sorte de mouchard ? Ce qui expliquerait comment Imogene nous aurait trouvés dans cette cabane à la mine, puis à mon appartement.

Matt ne répondit pas immédiatement. Il sembla réfléchir à cette hypothèse, évaluant sa validité. Soudain, il se mit à palper son jean, son visage changeant d'expression dans la seconde. Il plongea la main dans sa poche arrière droite.

— Je n'y crois pas ! s'exclama-t-il, l'air stupéfait.

Il brandit un minuscule objet noir, évoquant la gomme d'un crayon de bois, quoique d'une taille réduite de moitié. Matt l'examina attentivement.

— Ça ressemble à du matériel militaire.

— Tu crois toujours que je divague ? lança Tara.

— Non, reconnut Matt. Mais je persiste à me demander pourquoi. Pourquoi Zane se donnerait-il tout ce mal ?

— Nous sommes samedi, n'est-ce pas ? rappela Tara.

— Si l'on en croit la rumeur, oui.

— Dans ce cas, dis-moi une chose : qui se rend au tribunal fédéral le samedi ?

— Personne. Il est fermé.

— Alors, pourquoi faire exploser un bâtiment qui est inoccupé ?

Matt secoua la tête, haussant les épaules.

— Pour limiter le nombre de victimes.

Tara fit la moue.

— Jimmy Zane te paraît vraiment être le genre de personne qui se préoccupe des pertes humaines ? Des « dommages collatéraux » comme il dit ? Rappelle-toi : « Nous détenons le pouvoir ! » Plus on fait de victimes, plus on détient de pouvoir.

Tara marqua une pause.

— Et il y a une autre chose encore.

— Laquelle ? demanda Matt.

— Zane a expliqué que les bombes étaient liées à la

structure. Qu'elles avaient été posées à l'intérieur du bâtiment. Tu as une idée de la difficulté que cela présenterait de procéder à leur installation dans un tribunal fédéral en activité ?

— En effet, ce serait pratiquement impossible, concéda Matt.

— Exactement ! lança Tara.

Matt paraissait désormais convaincu, l'esprit en pleine effervescence.

— Par conséquent, le tribunal fédéral n'est pas la véritable cible de Zane, conclut Matt. Il savait que son organisation avait été infiltrée, il a donc décidé d'utiliser cette information à son avantage. Son plan est ingénieux finalement. Nous allons détourner l'attention des forces de police pendant que Zane se rendra sans encombre de l'autre côté de la ville et qu'il détruira un autre bâtiment, nous faisant passer pour des imbéciles.

— Un bâtiment qui générera un maximum de dommages collatéraux, précisa Tara.

Et, à l'instant même où ces paroles franchirent ses lèvres, elle comprit quelle était la cible que visait Zane en réalité. Un sentiment de peur panique lui comprima alors la poitrine.

Le centre des arts du spectacle.

Tara se retourna vers les appareils installés derrière elle et alluma un écran de télévision. KWEST couvrait la cérémonie d'inauguration, qui était censée débuter d'un moment à l'autre. A l'écran apparaissait le hall du centre, où se pressait une foule dense incluant une poignée de célébrités ainsi que quelques hommes et femmes politiques locaux et nationaux.

Susan et Kyle se trouvaient là-bas, eux aussi, quelque part dans cette foule. Ainsi que leurs deux filles, Kelly et Kimberly.

Oh, mon Dieu !

En son for intérieur, Tara était certaine d'avoir raison. Elle voulut tout de même en obtenir la confirmation.

— Appelle la chaîne ! lança-t-elle à Ron. Demande-leur de nous envoyer les images archivées relatives à la construction du centre.

Son collègue joignit aussitôt KWEST et, un moment plus tard, le téléchargement était prêt. Tara fit alors défiler les images, observant attentivement l'écran pour trouver le plan qui l'intéressait.

Lorsqu'elle eut repéré ce qu'elle cherchait, elle mit la vidéo sur pause et elle pointa le doigt vers l'écran, s'exclamant :

— Devinez pour quelle entreprise Imogene m'a appris que son fils travaillait ?

A l'écran s'affichait un plan du centre des arts du spectacle alors qu'il était à mi-chemin seulement de sa construction. Et, stationné devant l'édifice, se trouvait un gros camion portant le nom de la société RGB Construction.

Celui-là même que Tara et Matt avaient vu à leur arrivée au camp de la Confrérie.

22

Tara ne parvint pas à joindre le centre des arts du spectacle sur son portable.

Heureusement, Matt put contacter Abernathy et lui faire part de leurs soupçons. Aussitôt, Abernathy promit de rediriger la moitié des forces mobilisées de l'autre côté de la ville.

En espérant qu'elles n'arriveraient pas trop tard, songea Tara.

Elle tenta ensuite d'appeler Susan et Kyle. Mais il n'y avait aucune tonalité à l'autre bout de la ligne.

Même problème avec le service de sécurité du centre.

— Zane doit brouiller les fréquences radio, commenta Matt. Et, à en juger par la qualité de ce mouchard, il utilise pour ça un équipement haut de gamme.

Tara peinait à contrôler le sentiment de panique qui la submergeait.

— Mes nièces sont dans ce bâtiment ! Il faut que nous les prévenions. Que nous les sortions de là !

Tara se tourna vers le conducteur.

— Dépêche-toi, Joe. Accélère.

L'homme enfonça l'accélérateur et le fourgon de KWEST s'élança en avant, se faufilant avec aisance dans la circulation.

— En parlant du mouchard, reprit Matt, si Zane s'aperçoit que nous nous éloignons du tribunal, il risque d'actionner le détonateur plus tôt que prévu.

Se déplaçant à l'avant du fourgon, Matt jeta l'appareil par la fenêtre.

— Voilà qui devrait l'amener à s'interroger pendant un moment.

Ron, le présentateur, jeta un coup d'œil à la route devant eux et annonça :

— Plus qu'un kilomètre et nous y serons.

Mais ce kilomètre parut en faire dix à Tara. Son cœur allait exploser de stress dans sa poitrine.

Lorsque, enfin, ils arrivèrent devant le centre, Matt ouvrit la porte coulissante avant même le freinage. Tara et lui bondirent hors du véhicule, s'élançant à travers le parvis en ciment vers l'entrée du centre des arts du spectacle. Une foule de piétons s'agglutinait dans la cour. Tara et Matt durent slalomer entre les invités.

Matt fit alors un geste en direction de Tara, attirant son attention sur une voiture de la sécurité située à proximité d'eux.

— Je vais les mettre au courant de ce qui se passe, annonça Matt à Tara. Va à l'intérieur et charge-toi de faire sortir tout le monde du bâtiment.

— Que dois-je leur dire ?

— La vérité.

— Mais ça va être la panique générale ! Ils vont perdre leur sang-froid.

— C'est toujours mieux qu'une explosion, répondit Matt avant de bifurquer sur le côté, se dirigeant vers la voiture de la sécurité.

Tara se précipita dans le hall. Il était immense et bondé, les différents mécènes buvant champagne et jus d'orange, et faisant honneur aux amuse-bouches version petit déjeuner. Une estrade était installée sur la scène au fond de la salle.

Tara jeta un œil à l'horloge accrochée au mur au-dessus d'elle.

8 h 53.

— Ecoutez-moi tous ! s'écria-t-elle.

Mais le plafond était haut et le bruit de la foule couvrit sa voix.

— Ecoutez-moi tous ! répéta Tara.

Cette tactique n'eut pas l'effet escompté. Quelques-uns des invités proches d'elle la dévisagèrent comme si elle avait perdu l'esprit.

Elle parcourut désespérément la foule du regard, cherchant Susan et les jumelles. Un groupe d'élèves de maternelle se tenait près de la scène. Cependant, ni Kelly ni Kimberly n'en faisaient partie.

— C'est une urgence ! hurla Tara. Tout le monde doit sortir du bâtiment ! Maintenant !

8 h 54.

Les quelques personnes qui l'avaient entendue l'examinèrent avec une inquiétude non dissimulée puis se retournèrent pour discuter entre elles, comme si elles cherchaient à décider de l'attitude à adopter.

Devaient-elles la croire ?

Quelques-unes d'entre elles commencèrent à se diriger vers l'entrée.

Toutefois, les secondes s'égrenaient et, à cette allure, le centre ne serait jamais évacué à temps pour éviter une tragédie, calcula Tara.

Un micro avait été installé sur l'estrade. Il n'y avait plus à tergiverser, décida Tara.

Elle se fraya un chemin à travers la foule, avançant laborieusement vers le fond de la salle.

Elle était à mi-chemin lorsqu'elle heurta une femme portant une robe d'été jaune.

— Oh, mon Dieu, Susan !

Sa sœur se retourna, l'air surpris.

— Tara ! s'exclama-t-elle avec un sourire radieux. Tu as réussi à venir. J'ai essayé de te joindre toute la…

Elle s'interrompit.

— Qu'est-il arrivé à ton visage ?

— Où sont les jumelles ? s'enquit Tara.

— Pourquoi ? Il y a un problème ?

— Où sont-elles ?

Susan fronça les sourcils.

— Kelly a renversé du jus d'orange sur sa robe. Kyle les a emmenées aux toilettes. Mais que se passe-t-il ? Tu me fais peur.

Tara prit Susan par les épaules.

— Tu as raison d'avoir peur. Susan, écoute-moi attentivement. Je n'ai pas le temps de t'expliquer, mais il faut que tu m'aides à faire sortir tout le monde d'ici sans perdre un instant.

— De quoi veux-tu parler ? Que…

— Il y a une bombe dans le bâtiment ! annonça Tara à sa sœur. Je vais trouver Kyle et les filles. Tu vas aller utiliser ce micro pour ordonner à tous ces gens d'évacuer les lieux immédiatement. Peu importe ce que tu leur diras, trouve le moyen de leur faire quitter ce bâtiment le plus vite possible. Je te retrouverai à l'extérieur.

Susan posa sur Tara un regard alarmé. Cependant, elle n'hésita pas.

— Vas-y ! lança-t-elle à Tara. Dépêche-toi !

Puis Susan fit demi-tour et se rua vers l'estrade.

8 h 55.

Cinq précieuses minutes, songea Tara. Il serait sans doute impossible de faire évacuer toutes ces personnes en aussi peu de temps. Toutefois, la priorité de Tara en cet instant était de trouver Kelly et Kimberly.

Elle jeta un coup d'œil autour d'elle et repéra un panneau indiquant les toilettes pour hommes. Elles étaient situées sur le côté droit du hall, au bout d'un couloir étroit.

Tara dépassa un couple de personnes âgées, les enjoignant à quitter les lieux sans tarder, puis elle s'engagea dans le couloir, passa devant une sortie de secours et se précipita vers les toilettes.

Il ne lui restait plus que quelques mètres à parcourir lorsque quelqu'un l'agrippa par-derrière et lui pressa le canon d'une arme contre la tempe, la tirant sans ménagement sur le côté.

— Tiens donc, trésor… Quel plaisir de voir que tu as réussi à venir ! Toi et moi, nous avons une petite affaire à terminer.

Carl Maddox entoura de son bras la taille de Tara et l'entraîna en direction de la sortie de secours.

Lorsque l'agent de sécurité aperçut Matt qui s'avançait vers lui, son premier réflexe fut de s'apprêter à dégainer son arme.

Heureusement, Abernathy avait fourni à Matt sa carte du FBI et Matt la brandit tout en s'approchant de l'agent de sécurité, lui expliquant brièvement qui il était et ce qui se passait.

L'homme posa sur Matt un regard méfiant, comme s'il s'efforçait de décider s'il devait croire à son histoire ou l'arrêter, et Matt n'eut aucune idée du choix qu'il allait faire.

— Voulez-vous avoir sur la conscience la mort de centaines de personnes ? lui demanda Matt. Vous pouvez devenir soit un héros, soit un bouc émissaire. A vous de choisir.

L'agent de sécurité s'accorda un moment de réflexion, puis il répondit :

— Que voulez-vous que je fasse ?

— Vos radios sont hors d'usage, expliqua Matt. J'ai besoin que vous rassembliez vos hommes et que vous fassiez sortir tous ces gens du bâtiment aussi vite que possible. Il va exploser d'un moment à l'autre.

Sans attendre davantage, l'agent de sécurité s'éloigna en direction du hall. Matt était sur le point de lui emboîter le pas quand une porte s'ouvrit brusquement. Tara sortit sur le trottoir.

Ça n'avait pas de sens, pensa Matt.

Que faisait-elle ?

Matt s'apprêtait à l'appeler quand Carl Maddox apparut derrière Tara, lui appuyant un pistolet contre les côtes.

La gorge de Matt se serra.

Il n'était pas armé et, s'il tentait de s'interposer, Tara risquait d'être blessée. Il devait d'abord se mettre à couvert. Il suffirait à Maddox de tourner simplement la tête pour le voir.

Matt se retrancha rapidement derrière la voiture de l'agent de sécurité et s'accroupit.

Carl poussait Tara dans la rue, lui faisant signe de la traverser.

Un frisson d'effroi parcourut Matt.

Il y avait un parking à plusieurs niveaux de l'autre côté et Matt comprit aussitôt où ils allaient.

Carl emmenait Tara rejoindre Zane.

Carl poussa Tara à l'intérieur de l'ascenseur et il appuya sur le bouton du dernier étage. Les portes se refermèrent sur eux.

— C'est ton jour de chance, chérie. Tout est en place, prêt à se mettre en œuvre. Et tu seras aux premières loges pour le bouquet final.

Le cœur de Tara battait la chamade, mais c'était la fureur qui la consumait. Tout ce à quoi elle pouvait penser était le danger qui pesait sur Kelly et Kimberly.

— Espèce de sale…

— Allons, allons, est-ce une manière de t'adresser au futur père de tes enfants ?

— Dites plutôt à un mort en sursis, rétorqua Tara tandis

que l'ascenseur se mettait en mouvement. Un sursis qui sera très bref.

— Oh ! J'aime quand tu me parles comme ça, persifla Carl. Si tu savais comme ça m'excite…

Il tendit alors la main vers le panneau de contrôle et il appuya sur le bouton d'urgence, faisant s'arrêter la cabine dans un sursaut.

— Peut-être que nous devrions oublier un instant le bouquet final pour allumer notre propre feu d'artifice.

— Vous pouvez toujours rêver, pauvre fou ! beugla Tara.

Carl émit un petit rire.

— A t'entendre, on pourrait croire que tu as le choix.

Il appuya le pistolet contre la tête de Tara.

— Mais mon petit ami ici présent me souffle que ce n'est pas le cas. Et il sera plus que ravi de te présenter son grand frère.

Le regard de Carl se durcit.

— Mets-toi à genoux !

Tara refusa de bouger d'un pouce. Jamais Carl n'obtiendrait ce qu'il voulait, il n'aurait d'autre choix que de la tuer.

— Mets-toi à genoux, sale petite…

Tara lui cracha au visage puis, levant le genou, elle le lui projeta avec force et rapidité dans l'entrejambe. Carl en eut le souffle coupé, son visage se décomposant sous l'effet de la douleur. Dans le même temps, il frappa Tara à l'aveugle, la plaquant contre la paroi.

Tara fit alors volte-face et riposta de toutes ses forces avant d'appuyer à son tour sur le bouton d'urgence du panneau de contrôle.

Tandis que l'ascenseur se remettait en marche, Carl jura. Se retournant, il agrippa Tara par le cou. Puis il la projeta à nouveau contre la paroi et soudain le monde bascula de côté pour Tara.

Appuyant une main sur son épaule, Carl l'obligea à se

mettre à genoux. Le dos aux portes de l'ascenseur, les yeux injectés de sang, il leva son arme.

— Oublie le feu d'artifice, bébé ! Tu viens de signer ton arrêt de mort.

Mais, avant qu'il ait pu appuyer sur la détente, le carillon de l'ascenseur retentit et les portes s'ouvrirent, laissant apparaître Matt.

Ce dernier frappa sans hésitation. Deux coups rapides atteignirent Carl à la tête et aux reins. Cette vermine s'écroula au sol, inconscient.

Tandis que Matt retirait son arme à Carl, Tara laissa échapper un long soupir de soulagement.

Puis elle tomba dans les bras de Matt.

— Oh ! merci ! Mon Dieu !

— Abernathy doit être arrivé à présent, déclara Matt. Prends les escaliers et dis-lui où je me trouve. Je dois arrêter Zane avant qu'il n'enclenche ce détonateur.

Matt n'avait pas le temps de s'occuper de Carl. Il se contenta donc d'appuyer sur le bouton de l'ascenseur, laissant les portes se refermer et la cabine ramener Carl au rez-de-chaussée.

Lorsque cet imbécile reprendrait connaissance, il serait cerné par des agents fédéraux.

Gardant son bras armé le long du corps, Matt s'avança vers les portes en verre séparant l'ascenseur du parking. Il se trouvait au dernier niveau et il avait, à l'extérieur, une vue dégagée du bitume où étaient stationnés une multitude de véhicules.

Il ne lui fallut qu'un moment pour repérer celui qu'il cherchait : un Humvee noir rutilant, garé à la va-vite et orienté en direction du centre des arts du spectacle.

Matt ne pouvait en être certain, mais il faisait confiance

à son instinct. Il s'était garé juste à côté en arrivant au camp paramilitaire de la Confrérie.

Se faufilant de l'autre côté des portes, Matt s'accroupit pour se cacher derrière une berline stationnée à proximité. Il dirigea alors son regard vers l'horloge numérique fixée sur le côté d'un immeuble adjacent.

8 h 59.

Si Zane respectait son plan initial, il actionnerait le détonateur dans exactement une minute. Matt n'avait pas un instant à perdre.

Restant baissé, il fonça à travers le parking et se mit à couvert derrière une autre berline. Le Humvee n'était plus qu'à quelques mètres désormais et Matt l'avait en plein dans son champ de vision.

Zane était assis au volant, le regard concentré sur le centre des arts du spectacle. Il tenait un petit boîtier noir dans la main gauche. Le détonateur était radiocommandé, devina Matt. Cela signifiait que Zane serait contraint d'annuler le brouillage empêchant l'utilisation des téléphones portables avant de l'actionner. Peut-être même l'avait-il déjà fait, supposa Matt.

C'est maintenant ou jamais, se dit-il.

Brandissant l'arme confisquée à Carl, Matt se redressa et se mit en mouvement aussi rapidement et silencieusement que possible, se dirigeant droit sur Zane.

Cependant, au moment même où il arrivait à hauteur de la portière, le bruit d'un fusil que l'on arme résonna derrière lui et une voix familière déclara :

— Je vous conseille de vous arrêter là, monsieur FBI.

Matt se figea sur place.

— Lâchez votre arme, poursuivit Imogene d'une voix chevrotante.

Matt s'exécuta, puis il leva lentement les mains tandis que Zane lui lançait un regard goguenard.

— Ravi que tu aies pu te joindre à nous, soldat. Je disais

justement à maman combien il était dommage de ne pas voir la tête que tu ferais lorsque le bâtiment exploserait. T'avoir à nos côtés signifie beaucoup pour moi.

— Eh bien, pour moi, ça ne signifie rien, marmonna Imogene. Alors dépêche-toi de faire exploser cette bombe, Jimmy ! Que je puisse ensuite me débarrasser de ce parasite à la solde du gouvernement.

Un frisson parcourut Matt. Comment avait-il pu se laisser duper par cette vieille folle ? Une folle dangereuse, par-dessus le marché. De toute évidence, elle était déterminée à faire usage de son fusil.

Matt jeta à nouveau un coup d'œil à l'horloge de l'immeuble voisin.

9 heures précises.

Zane adressa alors un large sourire à Matt, son pouce s'abaissant sur le bouton du détonateur.

— Le temps que l'on ait exhumé tous les corps des décombres, ironisa-t-il, la Confrérie aura un tout nouveau foyer dans un nouvel Etat et Whitestone ne comprendra même pas ce qui lui est arrivé.

Zane marqua une pause.

— Comme je le dis toujours : « Nous détenons le pouvoir. »

Cependant, Matt ne l'écoutait plus. Son regard était rivé à la main de Zane. S'il ne lui venait pas rapidement une idée, ce serait terminé. Zane aurait gagné.

L'image de Tara se dessina dans l'esprit terrorisé de Matt. Elle se trouvait quelque part là-bas, tentant d'intercepter Abernathy, se ruant certainement avec l'énergie du désespoir vers le centre des arts du spectacle pour sauver sa sœur, son beau-frère et ses deux petites nièces. Matt en avait terriblement conscience : il ne s'était pas montré à la hauteur. Dans ce moment crucial, il avait échoué à tenir la promesse qu'il avait faite à Tara.

Le visage de celle-ci le hantait. Meurtri mais sublime. Le visage d'un ange.

De son ange gardien.

Et, tandis que le pouce de Zane s'abaissait vers le bouton du détonateur, Matt fit la seule chose qui lui vint alors à l'esprit.

Il se déplaça.

D'un seul pas, sur le côté.

Et, tout comme il l'avait espéré, ce mouvement brusque surprit Imogene qui réagit d'instinct, tirant deux coups rapprochés.

Matt s'étant esquivé de la ligne de tir, la charge fusa vers l'avant, atteignant Zane au cou et à la poitrine, le traversant de part en part.

Il fut mort avant qu'Imogene se soit même rendu compte de ce qu'elle avait fait. Matt lui arracha le fusil des mains tout en plongeant en avant pour récupérer le détonateur, de crainte qu'il ne tombe par terre et ne se déclenche accidentellement.

Matt rattrapa le détonateur du bout des doigts de sa main tendue et il eut juste le temps de découvrir le visage décomposé d'Imogene, son regard accablé. La vieille femme poussa alors un cri de douleur, plaintif et strident.

Tara avait été trop affairée à évacuer le bâtiment pour prêter attention à l'heure.

Elle n'avait aucune idée de l'endroit où se trouvaient Susan, Kyle ou les jumelles mais lorsque les derniers hommes, femmes et enfants furent sortis, sains et saufs, du centre, courant pour rejoindre l'autre côté de la rue, Tara remarqua l'horloge sur le côté du bâtiment.

9 h 03.

L'heure fatidique était passée. Pourtant, le centre des arts du spectacle était toujours en un morceau.

Matt avait-il réussi ? Etait-il parvenu à stopper Zane ?

Tara eut la réponse à sa question en jetant un regard au

dernier niveau du parking : Matt se tenait derrière le garde-fou en ciment et faisait signe à Tara, un grand sourire sur le visage et un petit boîtier noir à la main.

Jamais, de toute sa vie, Tara n'avait été aussi heureuse de voir quelqu'un. Affichant un sourire reconnaissant, elle fit, elle aussi, un signe de la main à Matt.

Mon Dieu, réalisa-t-elle, elle était amoureuse de lui.

Soudain incapable de se contrôler, elle vacilla et s'écroula sur le trottoir, un indescriptible sentiment de joie déferlant en elle et faisant s'emplir ses yeux de larmes.

Alors qu'elle s'affaissait, elle enfouit son visage dans ses mains, laissant couler ses larmes. Toute la douleur ainsi que l'angoisse des dernières heures s'évacuaient de son corps.

Une petite voix s'éleva alors près d'elle.

— Tante Tara ? Tu vas bien ?

Le cœur battant, Tara leva les yeux : Kelly et Kimberly se tenaient devant elle en compagnie de Susan, qui avait les mains posées sur leurs frêles épaules.

Et, avec un dernier regard à Matt, Tara ouvrit grand les bras pour étreindre ses deux nièces.

23

Il fallut plusieurs jours pour appréhender tous les soldats de Zane.

Quand les fédéraux firent une descente dans son camp paramilitaire, ils découvrirent que l'endroit avait été totalement détruit par des explosifs, ne laissant pas grand-chose d'autre que des décombres.

Cependant, quelque part dans ce champ de ruines, fut découvert le disque dur d'un ordinateur contenant une base de données où apparaissaient les noms de tous les membres de la Confrérie.

Imogene Zane et Carl Maddox furent immédiatement placés en garde à vue. Rusty Zane ainsi que plusieurs de ses compagnons d'armes furent appréhendés au Nouveau-Mexique alors qu'ils tentaient de passer la frontière. Et, lorsque le centre des arts du spectacle fut passé au crible par l'équipe de démineurs, ceux-ci découvrirent qu'une douzaine de points stratégiques avaient été piégés, de puissants explosifs prêts à réduire la structure en cendres.

Tara ainsi que Matt devinrent la coqueluche des médias, les chaînes d'actualités du monde entier les qualifiant de héros. Des rumeurs d'adaptation des faits sur grand écran se mirent à circuler, un *reality show* fut envisagé et Tara se vit même offrir un poste à l'antenne par l'une des plus grosses chaînes de télévision du pays.

Mais elle déclina toutes ces propositions. Matt fit de même. Ils voulaient uniquement passer du temps seuls.

Ensemble.

Cependant, une fois qu'ils disposèrent de ce temps, que les événements se furent tassés et que toutes les caméras se furent retirées, Tara craignit avoir fait une erreur. Certes, Matt était son âme sœur. Mais il n'en demeurait pas moins un policier et Tara savait quel genre de vie l'attendait.

Matt la stupéfia alors.

Un soir, tard, alors qu'ils venaient de faire l'amour et qu'ils étaient étendus dans l'obscurité de la chambre, Matt promena distraitement un doigt sur la zone où Tara avait développé l'impressionnante ecchymose.

Et il lui déclara :

— Je vais laisser tomber, tu sais.

Tara ne fut pas sûre de comprendre et son visage dut trahir sa perplexité.

— Le travail, reprit Matt. S'il implique que je te perde, je le laisserai tomber. Je peux redevenir avocat.

— Tu ferais ça ? demanda Tara d'une voix tremblante.

— Sans la moindre hésitation, répondit Matt.

Le cœur de Tara se gonfla dans sa poitrine. Que Matt soit prêt à abandonner tout ce pour quoi il avait tant travaillé simplement pour être avec elle représentait plus qu'elle n'aurait pu espérer.

— Je refuse que tu puisses te sentir négligée, poursuivit Matt. Que tu te retrouves seule à la maison. Que vous vous retrouviez seuls, nos enfants et toi.

Leurs enfants, songea Tara.

L'idée était si séduisante…

Les cousins et/ou cousines de Kelly et Kimberly.

Tara entoura Matt de ses bras et il l'embrassa.

— Mais il y a une chose que tu dois voir, ajouta-t-il. Une chose qui t'aidera à te réconcilier enfin avec le passé.

Tara fut surprise. Et intriguée.

— Quoi donc ?

Matt s'écarta de Tara et alluma une lampe. Puis, se levant du lit, il se dirigea vers un sac à dos qu'il avait posé dans un fauteuil. Il fouilla à l'intérieur, puis en sortit un petit cahier corné.

— Ton amie policière, Lila Sinclair, m'a donné ceci. Elle se disait que tu ne voudrais pas lui parler, elle m'a donc demandé de te le remettre. Elle m'a expliqué qu'elle avait l'intention de te le donner depuis les funérailles.

A ces mots, Tara se mit sur la défensive. Certaines habitudes avaient la vie dure.

— Je ne comprends pas. De quoi s'agit-il ?

— Du journal intime de ton père.

— Son… quoi ?

— Lila Sinclair m'a prévenu que tu serais étonnée d'apprendre qu'il en avait tenu un pendant des années. D'après elle, ses notes sont peu nombreuses, mais il est indéniable qu'elles viennent du cœur.

Tara ne sut que faire de cette nouvelle. Tenir un journal intime ressemblait tellement peu à son père…

Toutefois, lorsque Matt lui tendit le cahier, elle reconnut immédiatement l'écriture. Les phrases claires, la pensée logique.

Tandis qu'elle le parcourait, elle peina à croire ce qu'elle lisait. Son père avait commencé à le rédiger peu après le divorce. C'était à la fois une confession et, d'une certaine manière, un chant d'amour — adressé à Susan et à Tara —, les mots évoquant des regrets, des opportunités manquées, qui touchèrent Tara, la réconfortèrent.

Son père les avait aimées, Susan et elle. Elles avaient compté pour lui.

Il s'était reproché son incapacité à leur exprimer cet amour.

Il avait espéré que Susan et Tara lui pardonneraient un jour et le laisseraient reprendre sa place dans leur vie.

Alors que Tara refermait le cahier, le posant à côté d'elle, elle se mit à pleurer, assaillie par son propre sentiment de regret.

— J'aurais dû aller vers lui, murmura-t-elle. J'aurais dû lui accorder une seconde chance.

Matt vint alors s'asseoir près de Tara. Il l'attira entre ses bras et, tandis qu'elle pleurait sur son épaule, elle comprit soudain : peu importait le métier que Matt exerçait. Il était ridicule de juger une personne sur ce critère.

Elle apprendrait à s'en accommoder.

Matt était quelqu'un de bien et, pas plus que son père, elle ne devait espérer qu'il change.

Elle ne le souhaitait pas.

Elle l'aimait.

Parce qu'il était, et serait à jamais, son Henry.

ALICE SHARPE

Mission protection

Traduction française de
CHRISTINE MAZAUD

BLACK ROSE

HARLEQUIN

Titre original :
SHATTERED

Ce roman a déjà été publié en 2015.

1

Nate se gara en catastrophe devant le petit aéroport de Shatterhorn. Il était très en retard et ses amis devaient avoir atterri depuis longtemps.

Il pénétra dans le hall à toutes jambes mais fut aussitôt arrêté par une foule indescriptible. Que se passait-il ? Pourquoi y avait-il tant de monde ?

Il chercha du regard Alex et Jessica, mais impossible de les trouver dans cette cohue. Tant bien que mal, il arriva au bureau des informations.

La femme assise au comptoir leva les yeux de son écran d'ordinateur et lui sourit. Elle semblait vaguement gênée.

— Il s'est passé quelque chose ? s'enquit Nate, presque inquiet.

— Oh ! simplement des conditions météo exécrables, et du retard pour tous les avions, expliqua l'hôtesse. Le mois de février, quoi.

— Justement, je suis venu chercher des amis qui volaient avec leur propre Cessna, et je ne les vois pas…

— Pas étonnant, l'interrompit la femme. Aucun avion privé ne s'est posé depuis une heure.

— Cela vous ennuierait de vérifier quand même ? insista Nate.

L'hôtesse eut un sourire un peu forcé.

— Comment s'appellent-ils ?

— Jessica et Alex Foster. Ils venaient du Montana, de Blunt Falls.

L'hôtesse consulta son écran d'ordinateur, feuilleta une pile de documents, puis finalement se leva pour aller parler à un homme assis plus loin.

Elle revint en hochant la tête.

— On a bien reçu le plan de vol de M. Foster mais il n'a pas atterri. Vous arrivez le premier, apparemment. Moi, si j'étais vous, je ne les attendrais pas ce soir. Les conditions météo ne vont pas s'arranger, d'après les prévisions.

Nate ne put retenir un soupir. Il avait eu du mal à arriver à Shatterhorn, au nord du Nevada. Un pneu éclaté, suivi d'une collision évitée de justesse. Sa roue de secours à plat. Il avait dû faire remorquer sa voiture à Las Vegas et la faire réparer là-bas. Tout cela lui avait pris un temps fou. Alex et Jessica auraient dû être là.

L'homme qui faisait la queue derrière lui commençant à donner des signes d'impatience, Nate lui céda la place. Puis il chercha un coin tranquille pour joindre ses amis. Après tout, ils avaient pu avoir un empêchement de dernière minute.

Ce fut Jessica qui décrocha.

— Bonjour, c'est Nate. Tout va bien ?

— Oui, répondit-elle.

Mais sa voix semblait tendue.

— Alex est avec toi ? continua-t-elle.

— Non, c'est pour ça que j'appelle. Tu sais s'il est parti à l'heure ?

— Oui. Il devrait être arrivé.

— Je ne comprends pas, Jessica. Je croyais que tu devais venir avec lui.

A l'autre bout de la ligne, elle parut hésiter un instant.

— Je ne me sentais pas bien, alors je suis restée.

Nate inspira à fond, puis reprit :

— Je ne voudrais pas t'inquiéter mais il semble qu'il y ait de l'orage dans les montagnes.

— Il a peut-être été forcé d'atterrir ailleurs.

— Peut-être. Il ne t'aurait pas prévenue ?

— Pas nécessairement.

De nouveau, Jessica parut crispée, mais elle enchaîna :

— Je ne serais pas étonnée que son matériel radio soit en panne. Il est tellement vieux !

Nate se tourna vers les baies vitrées de l'aéroport. Dehors, il neigeait.

— Je vais quand même les prévenir, ici. Tu devrais en faire autant de ton côté. On ne sait jamais…

— Tu as raison. Mais je ne suis pas inquiète. Il va se manifester. Comme d'habitude. Que ferait la police de Blunt Falls sans lui ?

— C'est vrai, conclut Nate.

Il était tout de même un peu inquiet. Alex et lui avaient prévu de se retrouver à l'aéroport où un troisième homme devait les rejoindre. Ils connaissaient à peine ce Mike Donovan, ils ne l'avaient rencontré qu'une fois : un après-midi de Labor Day, un après-midi tristement mémorable.

Nate soupira de nouveau.

Alex lui avait dit que Jessica viendrait et qu'ensuite ils iraient ensemble à Reno. Tout cela était étrange…

Il se rapprocha de l'hôtesse.

— Pourriez-vous avertir les autorités aéroportuaires qu'on est sans nouvelles du vol d'Alex Foster ?

La femme acquiesça, puis Nate quitta le hall pour retourner à son pick-up.

La neige tombait de plus en plus dru.

Il sortit son portable de sa poche et tenta de joindre Mike Donovan. En vain.

Mike devait être assis quelque part dans le centre commercial, à l'autre bout de l'aéroport, trop distrait pour entendre son téléphone. Ne restait plus qu'à l'y rejoindre, songea Nate.

Il monta à bord de son pick-up et fit un créneau pour

quitter sa place. Ce Mike Donovan était tout de même très perturbé. Il envoyait tous azimuts de longs e-mails dans lesquels il exposait ses théories du complot…

Nate lâcha un juron dans l'habitacle. En tant qu'adjoint du shérif, dans une petite ville d'Arizona, il était habitué à croiser des gens plus ou moins déboussolés. Mais Mike semblait l'être de plus en plus. A vrai dire, il avait de quoi.

Un frisson parcourut Nate. Lui-même, ce fameux Labor Day, avait failli perdre la raison. Pourtant, il était policier, habitué aux situations extrêmes. Alors Mike, vendeur en électroménager et habitué au calme de son ranch…

Nate serra son volant plus fort. Rien que longer les pierres blanches du centre commercial de Shatterhorn lui nouait l'estomac. La dernière fois qu'il était venu là, il revenait avec Alex d'une semaine de pêche en Alaska. Alex devait rentrer chez lui à bord de son Cessna, qu'il avait laissé à l'aéroport huit jours plus tôt, tandis que Nate avait un vol pour Reno. Mais celui-ci accusait un retard de deux heures. Pour tuer le temps, Alex avait eu l'idée de faire un tour au centre commercial de l'aéroport. C'était le week-end de Labor Day, la fin de l'été donc, et l'endroit grouillait d'enfants venus acheter les fournitures pour la rentrée scolaire.

Et puis…

Une boule se forma dans sa gorge. Il s'efforça de chasser ces souvenirs insupportables.

De toute façon, il était arrivé.

Il descendit de voiture et se dirigea vers les restaurants du centre commercial. Celui-ci était de taille modeste mais, pour une aussi petite ville, beaucoup de monde s'y pressait. C'était sans doute à cause de cette affluence que le carnage avait été terrible, horrifiant tout le pays. Shatterhorn n'était pas une ville où l'on s'attendait à pareil drame.

Des tirs aveugles et des adolescents atrocement mutilés.

Sans raison.

Nate haussa les épaules. Quelle ville pouvait s'imaginer la cible d'un tel torrent de haine et de folie ?

Restaurants. Le mot était peut-être excessif pour décrire les dix ou onze baraques à sandwichs qui se partageaient une dizaine de tables en tout. Les clients semblaient avoir oublié le massacre, les dégâts humains et matériels. La vision d'apocalypse qui s'en était suivie.

Certes, les vitres avaient très vite été remplacées. Les impacts de balles rebouchés. Les blessés avaient été soignés, les morts enterrés. La vie avait repris ses droits et, au fond, songea Nate, c'était tant mieux.

Assourdi par le vacarme de la foule, il resta un moment immobile sous le dôme qui amplifiait encore le bruit. Puis il se ressaisit et chercha Mike du regard.

De nouveau en vain.

Comme il se retournait pour partir, il croisa le visage d'un adolescent qu'il connaissait.

Jason Netters se tenait à quatre ou cinq mètres, tout près du kiosque qui resterait à jamais le théâtre de ses pires souvenirs. Nate avait mis un groupe de jeunes à l'abri près de ce kiosque et leur avait dit « Surtout, ne bougez pas » pendant qu'il allait secourir quelqu'un d'autre. Mais les gamins avaient paniqué et quitté l'abri. Des filles avaient voulu se sauver, mais elles n'étaient pas allées bien loin. Des balles les avaient fauchées. Juste à côté, deux autres enfants avaient été touchés et étaient morts.

Jason, lui, avait survécu.

C'était un adolescent plutôt petit mais massif, un physique de lutteur. Il était blond avec de beaux yeux verts. Il dut se sentir observé car leurs regards se croisèrent et, brusquement, ce fut comme si les cinq mois et demi qui venaient de s'écouler n'avaient jamais existé. Bouleversé, Nate fit un pas vers le garçon pour lui parler.

Aussitôt, Jason détourna les yeux et, en moins de temps qu'il n'en faut pour le dire, se volatilisa, comme happé par la foule. Mais l'expression qu'il avait sur le visage avant de se détourner dérangea Nate à un point incroyable.

Le garçon ne voulait pas le voir. Vraiment pas. C'était clair.

A cet instant, Nate comprit. Il comprit ce qui l'avait poussé à revenir ici. Ce n'était pas parce qu'il croyait que Mike avait une chose fabuleuse à lui dire, mais bien parce que cet endroit représentait quelque chose d'essentiel pour lui. Parce que ce jour de septembre, ce Labor Day de sinistre mémoire, avait été un moment décisif dans son existence. Ce jour-là, il avait changé, et l'homme qu'il était devenu, sa fiancée ne l'avait plus reconnu. Et elle l'avait quitté. Pour de bon.

Il avait alors pris sa décision : c'était soit revenir sur les lieux du drame affronter ses démons, soit changer de métier, car se réveiller tous les jours en nage, ce n'était pas possible pour un policier digne de ce nom.

Son patron l'encourageait à se présenter aux prochaines élections au poste de shérif. Selon lui, Nate l'emporterait haut la main compte tenu du coup de projecteur que la fusillade du centre commercial avait braqué sur lui.

Mais, perturbé et indécis, Nate avait pris un congé sans solde et mis sa carrière entre parenthèses, le temps de faire le point sur sa vie.

Pour l'instant, c'était le brouillard.

Incapable de passer une minute de plus dans cette galerie marchande, il décida de partir à la recherche de Mike.

Il remonta à bord de son pick-up et programma sur son GPS l'adresse du ranch où vivait ce dernier. C'était à cinquante kilomètres de Reno environ.

En route, il fit le point sur ce qu'il savait de Mike. Il avait lu dans la presse un article sur lui, après la fusillade. Mike élevait des chevaux dans le ranch hérité de son père et il était divorcé. Il avait une fille avec laquelle, semblait-il, il était brouillé. Celle-ci vivait actuellement du côté de Boston ou de New York. Ou peut-être à Washington. Enfin, quelque part sur la côte Est.

Après une demi-heure de route, le GPS indiqua de quitter l'autoroute et de poursuivre sur quinze kilomètres en direction d'une colline quelque peu assombrie par un ciel noir et menaçant. Plus question ici de macadam bien lisse mais de nids-de-poule et de cailloux. Peut-être Mike avait-il été retenu chez lui pour la même raison qu'Alex, à savoir le mauvais temps ? songea Nate. De toute façon, il avait des pneus neige, des chaînes à l'arrière, sur le plateau, et nulle part ailleurs où aller, rien d'autre à faire. Il ne lui restait qu'à continuer.

Après quinze kilomètres apparut un panneau accroché à un poteau par une chaîne rouillée. Nate stoppa et descendit de voiture. Oh oh, beaucoup de neige était tombée, elle était même profonde. S'il n'y prenait garde, il allait rester bloqué. Enfonçant jusqu'aux chevilles, il s'avança vers le panneau et le retourna pour le lire dans la lumière des phares.

« LES HARAS DE DONOVAN.
Fondés en 1936. »

C'était bien là.

Il remonta en voiture et entra dans la propriété. Chemin mal entretenu, nids-de-poule pleins de neige : l'endroit avait sûrement connu des jours meilleurs.

Il finit par déboucher sur une sorte de terrain découvert où de nombreux bâtiments, délabrés eux aussi, se dressaient en bordure de prés, apparemment déserts. Un hennissement signala un cheval dans les parages. La maison était triste, pas éclairée. Elle semblait abandonnée.

Nate arrêta son pick-up près d'un vieux camion garé là. Depuis une heure ? Depuis cinq ans ? Impossible à dire. La neige, qui s'était mise à tomber à gros flocons, commençait à le recouvrir.

Se penchant sur le côté, Nate chercha une lampe de poche dans sa boîte à gants.

Mike avait-il renoncé à venir à cause du temps ou s'était-il passé quelque chose de plus grave ? Une crise cardiaque ou un AVC, par exemple ? Cela expliquerait qu'il n'ait pas décroché son téléphone.

Nate éclaira avec sa lampe les pavés cassés qui dépassaient çà et là de la neige. Il trébucha sur un pot en terre cuite qui avait gelé et explosé. Apparemment, cela ne datait pas d'hier. Il réussit à se rétablir en se rattrapant à la rambarde branlante de la terrasse. Quelques pas encore, et il dirigea le faisceau de sa lampe sur la porte. Alors, sans savoir pourquoi, il se mit à trembler. Il n'avait pas froid, pourtant. La porte était entrebâillée, mais aucune lumière ne filtrait. Apparemment, tout était éteint.

Depuis les attentats du 11 septembre 2001, les officiers de police étaient autorisés à porter des armes même quand ils passaient dans un autre Etat que le leur. Mais Nate avait laissé son revolver chez lui ainsi que son badge. Il était en congé, après tout.

Brrrr...

Sans arme, il se sentait tout nu, comme le jour où l'enfer s'était déchaîné dans le centre commercial, endeuillant toute une région.

Dorénavant, se promit-il tout bas, il ne mettrait plus jamais les pieds dans le Nevada sans être armé.

Du bout de sa torche, il poussa délicatement la porte qui lui fit la bonté de ne pas grincer. Il éclaira l'intérieur, une entrée avec trois portes ouvrant sur ce qui devait être la salle à manger, le salon et, sans doute, un couloir.

En tâtonnant, il trouva un interrupteur qui — surprise — fonctionnait. Au même moment, un léger bruit provint du fin fond de la maison ; l'oreille tendue, il avança et, comme quelque chose de bizarre se dessinait, il approcha pour mieux voir.

Par terre, à l'entrée du salon, il y avait une forme. Celle d'un corps gisant face contre terre.

Nate eut un haut-le-corps.

Voilà pourquoi Mike n'était pas venu au rendez-vous.

2

Nate s'agenouilla près du corps et le fit rouler sur le dos. Mike n'était pas mort d'une crise cardiaque ou d'un AVC, mais plutôt d'une blessure par balle en pleine poitrine. Ses vêtements étaient gorgés de sang, ses yeux, très pâles, à moitié ouverts, et son regard fixe et vide.

Nate avait eu plus que son compte de victimes par balle. Mais Mike…

Il scruta la pièce en quête de l'arme qui avait causé ce massacre. Puis il saisit le poignet de Mike pour prendre son pouls, même si cela n'avait plus grand sens. Bloquant sa respiration pour échapper à l'odeur écœurante de sang, il fouilla les poches de Mike dans l'espoir d'y trouver un téléphone ou quelque chose qui l'aide à comprendre ce qui s'était passé avant cette boucherie. Il ne trouva rien.

Assis sur ses talons, il réfléchit. Pauvre Mike ! Pauvre vieux ! Survivre au massacre qui avait eu lieu dans le centre commercial, avoir ceinturé le tueur blessé et recueilli ses dernières paroles… Tout ça pour finir comme ça, cinq mois et demi plus tard, dans sa propre maison…

Le bruit au fond de la maison se répéta, et Nate releva la tête. Le tueur était-il toujours là ? Manifestement, il s'était introduit dans la maison et avait surpris Mike qui sortait du salon. Celui-ci portait un blouson, ce qui laissait supposer qu'il s'apprêtait à sortir. On avait ensuite fouillé la pièce sans vergogne.

Il faisait froid dans la maison. Pas de lumière, pas de feu dans la cheminée, impossible de dire à quand remontait le meurtre. Il n'y avait pas d'odeur de poudre dans la pièce mais, la porte étant ouverte, cela ne voulait pas dire grand-chose.

Nate se releva, toujours aux aguets et, de nouveau, scruta la pièce mais, cette fois, à la recherche d'un objet pour se défendre au cas où… Près de la cheminée, il y avait un pique-feu, une arme dérisoire s'il devait riposter au tir d'un revolver. D'un autre côté, c'était mieux que rien.

Sans faire de bruit, il traversa la pièce, empoigna le pique-feu et attendit, sur le qui-vive.

Il y eut un nouveau grincement, comme une porte qui se ferme. Toujours sans faire de bruit, Nate traversa le salon et revint dans l'entrée. C'était sûr, le bruit provenait du bout du couloir. Il jeta un coup d'œil en passant dans la cuisine, puis dans la buanderie. Il y régnait un grand désordre. Les placards étaient ouverts, on avait inspecté les tiroirs. Qu'avait-on bien pu chercher dans cet endroit peu engageant ? Et l'avait-on trouvé ?

La porte qui donnait sur le jardin était fermée. Il fit demi-tour et revint sur ses pas en allumant sur son passage. S'il y avait quelqu'un de caché dans la maison, il n'avait pas pu ne pas l'entendre et ne pas voir les lumières s'allumer. L'individu n'allait pas se laisser prendre.

Nate étouffa un juron. Il aurait pu se réfugier dans l'abri tout relatif de son pick-up et, de là, appeler la police. Mais l'inconnu risquait de se sauver par une fenêtre de derrière ou d'effacer les preuves.

Retenant son souffle, Nate poussa tout doucement la porte sur sa gauche et, du seuil de la pièce, jeta un regard à l'intérieur. C'était une chambre. Il y avait un lit d'une place flanqué d'une table de chevet, une petite commode et quelques cartons empilés dans un coin. Les portes en accordéon du placard étaient à moitié ouvertes et trois portemanteaux en dépassaient. Il y avait également deux cartons vides dans le placard, leur contenu ayant été répandu par terre. Même chose pour les cartons empilés dans le coin. Quant aux tiroirs, ils étaient tous ouverts.

La porte d'en face, dans le couloir, donnait sur une petite chambre meublée d'un futon, d'un bureau couvert de livres et de papiers, et d'un téléviseur. Là aussi, on avait ouvert les tiroirs et renversé leur contenu par terre. Il devait y avoir un ordinateur sur la table car il restait la souris et des câbles.

Nate inspecta le placard : il était vide.

Dans la salle de bains, c'était le même désordre qu'ailleurs. Méfiant, Nate tira le rideau de douche, mais personne ne s'était caché derrière.

Il ouvrit une dernière porte. De toute évidence, c'était la chambre de Mike. Lit double défait, une commode et deux chaises. Les vêtements n'étaient pas rangés, il y en avait partout. L'air sentait le renfermé, pour ne pas dire le moisi. Bizarrement, à l'inverse des autres, cette pièce ne semblait pas avoir été visitée. La salle de bains attenante était vide. Restait le placard.

Minute, bourricot ! se dit-il.

Mieux valait qu'il s'assure que celui qui avait tué Mike ne s'y cache pas. Car il n'y avait pas trente-six choix. Soit le tueur était là, soit il avait trouvé un moyen de retourner dans l'entrée, soit il s'était enfui par une fenêtre.

Le pique-feu bien en main, Nate, à moitié dissimulé derrière la porte qu'il s'apprêtait à ouvrir, se mit en position pour frapper. Pour commencer, il ne se passa rien. Des vêtements accrochés à des cintres cachaient un râtelier à fusils fermé à clé. Rien que de très normal.

Mais soudain il y eut un froissement de tissus et une veste bougea.

Par terre, il y avait tout un fatras de grosses bottes de cow-boy, mais surtout deux petits souliers, dont l'un qui remuait légèrement. Il y avait quelqu'un de caché là.

— Sors de là, ordonna-t-il en serrant son pique-feu encore plus fort.

— Non, ne tirez pas, répondit une voix tremblante.

De sa main libre, Nate écarta les vêtements. Une femme était recroquevillée tout au fond du placard. Il y faisait tellement sombre qu'elle se résumait à deux yeux très brillants dans un ovale pâle.

— Je ne tire pas, dit-il.

Une envie de lui braquer sa lampe torche dans les yeux le démangea, mais il se retint.

— Pourquoi avez-vous... tué mon père ?

Elle semblait bouleversée et avait du mal à parler.

— Qu'est-ce que ça va vous... apporter ? ajouta-t-elle.

— Tu es la fille de Mike ? demanda Nate.

Elle ravala un sanglot et se sécha les yeux. Sa main tremblait.

— Je... je... j'étais...

Elle semblait sur le point de s'évanouir, et il lui tendit le bras.

— Je n'ai pas tué Mike. Mais toi, tu as l'air de savoir qui l'a tué. Allez, viens, sors de là. Tu as vu ou entendu quelqu'un ?

— Non. Rien. Personne.

— Allez, sors, insista-t-il en la soulevant par les épaules. Je ne vais pas te faire de mal. Je m'appelle Nate Matthews. Je suis un ami de ton père.

— Du magasin ? Il avait démissionné, vous ne le savez pas ? Il ne supportait plus de vendre des trucs comme ça. Il disait que... Bof, peu importe.

Elle renifla.

— Non, j'ignorais, répondit Nate. Je ne travaillais pas avec lui. Moi, je vis en Arizona.

— Oh !

Elle plaqua la main sur sa bouche, comme une petite fille étonnée.

— C'est vous qui étiez dans le centre commercial avec papa, l'été dernier. Vous êtes l'adjoint du shérif.

— Oui, dit-il sans s'embarrasser de rétablir la vérité.

Elle parut d'un coup plus détendue, et il en profita pour l'extirper du placard.

A la lumière, son erreur lui sauta aux yeux. Ce n'était pas une gamine mais une fille de vingt-quatre ou vingt-cinq ans, soit une dizaine d'années de moins que lui. Elle avait le teint très pâle, la peau très lisse, sans défaut sous les larmes qui la faisaient briller un peu.

Ses cheveux étaient tellement noirs qu'ils avaient des reflets bleutés en harmonie parfaite avec la couleur de ses yeux. Un bleu cobalt incroyable, comme il n'en avait jamais croisé. Elle était grande, entre un mètre soixante-dix et un mètre soixante-quinze, avait une poitrine généreuse soulignée par une taille très fine, moulée dans un pull ras du cou noir. Un jean tout aussi moulant, rentré dans des bottes cavalières, mettait en valeur ses jambes. Mike avait engendré un beau spécimen de fille…, songea Nate.

Il sortit son portable de sa poche, mais la jeune femme lui saisit aussitôt la main.

— Qu'est-ce que vous faites ?

— J'appelle la police.

— Non, s'il vous plaît, ne faites pas ça.

— Ecoute-moi, heu…

Ignorant son prénom, il marqua un temps d'arrêt.

— Sarah. Sarah Donovan, compléta-t-elle.

— Bien, écoute-moi, Sarah. Si tu n'y vois pas d'inconvénient, je continue à te tutoyer. En revanche, s'il y a une chose que je suis obligé de faire, c'est appeler la police. Pas de discussion possible, là-dessus, tu as compris ?

Pourquoi ne voulait-elle pas qu'il appelle les secours ? Et pourquoi ne l'avait-elle pas fait elle-même ?

Comme elle ne réagissait pas, il reprit :

— C'est arrivé quand ?

Elle regarda sa montre, l'air absorbé, et, brusquement, releva la tête comme si ce qu'elle avait vu l'avait effrayée.

— Pardon ? Vous m'avez demandé quelque chose ?

— Quand est-ce arrivé ?

— Quoi ? Les coups de feu ? Je n'en sais trop rien. Je suis arrivée ici il n'y a pas longtemps.

— Tu arrivais d'où ?

Elle hésita un instant, puis rétorqua :

— Qu'est-ce que ça peut vous faire ?

Habitué aux suspects agressifs, il ne se démonta pas.

— Comment es-tu venue ici ?

— En avion.

Il fronça les sourcils.

— J'ai atterri à Reno où j'ai loué une voiture, précisa Sarah. Elle est dans la grange. Et pourquoi me regardez-vous comme ça ?

Il ne releva pas.

— Ton père a un téléphone ?

— Il a arrêté sa ligne fixe. Il se sert uniquement de son portable.

— J'ai cherché. Il ne l'a pas sur lui.

— Pourtant il l'a toujours, d'habitude, insista-t-elle.

De nouveau, il haussa les sourcils.

— Tu as une pièce d'identité sur toi ?

— Quoi ?

— Mets-toi à ma place. J'arrive et je te trouve dans la maison, seule, avec un mort. Et il faudrait que je croie sur parole tout ce que tu me racontes ? Qui me dit que tu es bien la fille de Mike ? D'ailleurs, tu vas mettre les mains en l'air, je vais te fouiller.

— Pourquoi ? J'ai rien fait de mal.

— Peut-être. Mais Mike a été tué d'une balle dans la poitrine et je ne tiens pas à ce que ça m'arrive. Allez, haut les mains.

— Sinon, vous faites quoi ? Vous me frappez avec le pique-feu ? Vous n'êtes pas chiche.

— Si, je suis chiche. Qu'est-ce que tu crois ?

Elle leva les mains en le foudroyant du regard. Lui, prudent, garda son pique-feu dans une main tandis qu'il la palpait de haut en bas de son autre main.

— Satisfait ? ricana-t-elle quand il eut fini.

— Qui me dit que tu n'avais pas caché une arme quelque part dans la maison ? Tes papiers d'identité, maintenant.

— Je les ai laissés dans la voiture.

— Pourquoi donc ?

— Je n'avais pas prévu de rester longtemps ici.

— Si je comprends bien, tu as pris l'avion je ne sais où mais loin, j'imagine, pour venir ici, tu as garé ta voiture dans une vieille grange, tu es entrée dans une maison sans lumière…

— Pardon, il faisait jour quand je suis arrivée. J'ai vu mon père étendu par terre et, juste après, j'ai entendu un bruit de moteur et je me suis dit que c'était l'assassin qui s'enfuyait, alors j'ai tout éteint et je me suis cachée. En fait, ça devait être vous.

— A ton avis, pourquoi a-t-on fouillé la maison ?

Elle baissa les yeux puis les releva.

— Je n'en sais rien.

Il la dévisagea un moment.

— Viens, on va aller chercher tes papiers d'identité.

— J'ai une meilleure idée. Et si vous retourniez en ville ? Là-bas, vous aurez du réseau sur votre téléphone et vous pourrez prévenir la police. Je resterai ici pendant ce temps. Avec papa.

— C'est ça, tu vas rester ici ! Bien sûr !

— Oui. Je ne vois pas ce que ça a de mal.

— Je ne sais toujours pas qui tu es. Il est hors de question que je te laisse seule ici, dans cette maison.

Visiblement agacée, elle avait du mal à se contenir. Elle se frotta nerveusement le front.

— Bien. Allons chercher ces papiers, répéta-t-il.

Cette idée ne lui plaisant manifestement pas, elle grommela quelque chose qu'il ne comprit pas mais qui ne devait pas être aimable.

Un instant plus tard, comme il posait la main sur son épaule pour la guider vers la porte, elle grommela de plus belle en gesticulant, alors il la lâcha.

Elle sortit dans le couloir et le longea. Lui, derrière, ne la quittait pas des yeux, fasciné par le balancement de ses hanches dans son jean noir moulant.

— Je vais prendre mon vêtement, dit-elle en montrant la chaise qui se trouvait derrière le cadavre de son père.

Tout en parlant, elle contemplait le corps allongé par terre et ravala un sanglot. Aussi Nate prit la parka bleu marine sur le dossier de la chaise et la lui tendit. Elle remonta la fermeture Eclair jusqu'au menton.

— Si seulement on s'était mieux connus, murmura-t-elle, la voix brisée.

Nate avait le même regret. Lui aussi aurait aimé mieux connaître Mike. C'était étrange que sa fille et lui partagent le même sentiment. Peut-être Mike était-il de ces hommes qui ne se livrent pas ?

Elle se retourna subitement et chercha son regard.

— Je vais aller chercher mon sac toute seule, annonça-t-elle. Pas besoin d'y aller ensemble pour se geler tous les deux.

— Ça ne me gêne pas.

— Dites plutôt que vous ne me faites pas confiance.

Il haussa les épaules.

— Pourquoi ? Je devrais ?

Comme elle s'était arrêtée, il la poussa doucement.

— Allez, on y va ?

— Comme si j'avais le choix !

De nouveau, elle consulta sa montre mais, cette fois, en soupirant.

Oh oh ! songea Nate, inquiet. *Que mijote-t-elle pour être autant préoccupée par l'heure ?* Attendrait-elle un complice ?

Il l'accompagna jusqu'à la porte et sortit. Mais à sa grande surprise, une épaisse couche de neige était tombée en quelques minutes. Son pick-up blanc était presque entièrement recouvert et l'autre camionnette aussi. Le vent soufflait en bourrasques.

Enfonçant son Stetson pour l'empêcher de s'envoler, tête baissée car de petits cristaux gelés lui piquaient les joues, il traversa la cour en courant, bien heureux d'avoir chaussé ses grosses bottes de cow-boy.

— Vous m'avez suivie, lança-t-elle, visiblement agacée.

Il ne prit pas la peine de répondre.

Elle ouvrit l'un des battants du portail d'un bâtiment et ils entrèrent. Comme un cheval hennissait, Nate alluma sa torche.

— C'est Skipjack, expliqua-t-elle. Mon père n'a plus que ce cheval. Enfin, n'avait plus…

Nate opina mais son attention était ailleurs. Que faisait là cette grosse berline verte ?

— Tu as loué cette… chose à l'aéroport ?

— Oui, enfin, si on veut.

— Ça veut dire quoi, *si on veut* ?

— Ça veut dire que je l'ai louée à quelqu'un qui loue des épaves. Pas vraiment à l'aéroport.

— Seigneur Dieu ! jura-t-il.

— Quoi, *Seigneur Dieu* ? Vous feriez mieux de prendre mon sac sur le siège arrière, à gauche, à côté de ma valise. La portière est ouverte.

Il fit le tour de la voiture, l'ouvrit et braqua sa lampe de poche à l'intérieur.

— Je ne vois rien, commença-t-il.

Il leva les yeux et, une fraction de seconde, crut avoir la berlue. Le temps qu'il jette un coup d'œil à l'intérieur de l'auto verte, Sarah Donovan s'était volatilisée. Il fureta de toutes parts. C'était comme si elle n'avait jamais existé.

Fou de rage, il sortit de la grange et braqua le faisceau de sa torche sur son pick-up au moment où la portière côté conducteur claquait.

Mettant ses pas dans les siens, il essaya de la rattraper. C'était compliqué car la neige était profonde et il s'enfonçait. Il arrivait à hauteur de son pick-up quand le *clic* de la serrure résonna. La maligne ! Elle avait verrouillé les portières de l'intérieur. Il braqua sa lampe dans l'habitacle. Sarah fouillait partout. Que cherchait-elle, bon sang ?

Finalement, elle alluma le plafonnier, abaissa le pare-soleil et le tâta dans l'espoir, apparemment, d'y trouver ce qu'elle cherchait. Puis elle se passa la main sur le front et grimaça de dépit. Ses lèvres remuèrent, elle devait jurer. Vaincue, elle finit par se tourner vers lui à travers la vitre couverte de buée.

Il sortit alors un trousseau de sa poche et l'agita de l'autre côté de la vitre teintée. Elle plissa les yeux et ses lèvres remuèrent une nouvelle fois. Il l'aurait parié, elle venait encore de jurer. Il actionna sa télécommande et la portière s'ouvrit.

— Ça ne va pas ? gronda-t-il. Tu te prends pour qui ?

— Pour celle que je suis, tout simplement. Sarah Donovan.

— On peut savoir pourquoi tu agis comme ça ?

— Je veux m'en aller d'ici. Tout de suite.

— Pourquoi ?

— Ça ne vous regarde pas.

Sa voix n'avait plus la même assurance.

— Quand c'est ma voiture qu'on est en train de voler, ça me concerne. As-tu tué Mike ?

— Non, bien sûr que non. Ça s'est passé comme je vous l'ai dit.

— Pourquoi est-ce que je ne peux pas te croire ? pensa-t-il tout fort, lui tendant tout de même la main pour l'aider à descendre.

Refusant son aide, elle glissa sur le siège et sauta dans la neige. Comme elle allait tomber, il la rattrapa par le bras.

— Vous ne me croyez pas parce que vous êtes cynique, dit-elle en le regardant. Tous les flics que j'ai connus sont comme vous. Suffisants.

— Parce que vous en connaissez beaucoup ?

— Un certain nombre. J'en avais même épousé un, mais il y a longtemps. S'il vous plaît, maintenant, laissez-moi partir.

Il la lâcha.

— La police va vouloir t'interroger.

— En ce cas, je reviendrai.

Bien sûr !

— Désolé, je n'en crois pas un mot.

— Votre téléphone marche ? Je voudrais passer un coup de fil.

Nate sortit son téléphone de la poche de sa veste. Normalement, à l'extérieur, il fonctionnerait. Au moment où l'écran s'allumait, un bruit claqua. Comme un coup de fouet. Sec. Son portable sauta de sa main et se désintégra complètement. Sous l'effet du choc, ses doigts s'entrechoquèrent et sa torche lui échappa. Un autre coup de feu partit ; la balle lui frôla l'oreille. Sans prendre le temps de réfléchir, il empoigna Sarah et la projeta à terre. La torche qui était restée allumée éclairait, à quelques dizaines de centimètres d'eux, le cratère qu'elle avait creusé en tombant et indiquait, aussi clairement que l'aurait fait un phare, l'endroit où ils se trouvaient.

— Tu es blessée ? murmura-t-il.

— Non. Et vous ?

Elle tremblait encore.

— Ça va aller, répondit-il. Il faut partir d'ici.

— Votre pick-up.

— Pour se faire tirer dessus comme des lapins ? Non. La neige est trop profonde, il faudrait déblayer pour le sortir de là. Avec un type qui nous tire dessus, autant aller à l'abattoir.

— Ma voiture, alors.

Une nouvelle balle les frôla.

— Tu te vois traverser la cour avec quelqu'un qui te tire dessus ? En plus, l'épave que tu as louée est tellement basse qu'elle ne passera jamais dans la neige, à supposer qu'on réussisse à la sortir de la grange.

Comme si le tueur avait deviné leur conversation, deux coups de feu retentirent, dont l'un au moins dut atteindre un pneu car il y eut un *pfitttttt* qui ne laissait aucun doute.

— Où va-t-on alors ? demanda Sarah.

— On retourne dans la maison. Tu marches là où c'est sombre. Reste tout près de moi. Prête ?

Elle sembla opiner.

3

Sarah était tellement perturbée par ce qu'il venait de se passer qu'il lui fallut quelques secondes pour se décider à bouger. Que faire ?

Une balle la frôla, puis se planta dans la neige, lui remettant les idées en place. Ce n'était pas le moment de s'endormir.

Tête baissée, à moitié accroupie, elle suivit Nate du mieux qu'elle put. Si le tireur était celui auquel elle pensait, son intention n'était pas de les tuer mais de les capturer pour leur extorquer des renseignements. Ils ne mourraient pas d'une mort bien propre, bien nette. Pas elle, en tout cas. Mais elle serait certainement torturée et, à cette idée, un frisson la parcourut.

Quand la porte du placard avait été ouverte, elle s'était demandé qui était derrière. Franchement, elle ne se serait jamais attendue à voir apparaître ce cow-boy flamboyant. Encore que…

Elle aurait dû s'en douter. Il ne pouvait pas ne pas revenir… Mais elle devait désormais se débarrasser de lui.

Elle avait lu des articles sur Nate Matthews après la fusillade de Labor Day au centre commercial. Il était fiancé, et en Arizona tout le monde l'appréciait. Ses états de service étaient exceptionnels et elle avait vu des photos de ses parents, fiers comme Artaban des prouesses de leur fils. Mike, son père, croyait en ce Nate et en son ami Alex. C'était probablement les deux seules personnes à qui son père s'était fié jusqu'au bout. Elle, en tout cas, n'avait pas eu cet honneur.

Restait à espérer que Nate Matthews trouve un moyen de sortir de là et d'aller chercher du secours. Cela lui permettrait, à elle, de finir le travail commencé et d'essayer de s'enfuir.

Le projet de lui fausser compagnie lui donna brusquement mauvaise conscience. Il avait l'air tellement sincère. Il était clair, cependant, qu'il ne croyait pas un mot de ce qu'elle lui racontait et c'était aussi bien ainsi. Tôt ou tard, s'ils ne se faisaient pas tuer, il en aurait assez de son comportement et ferait la part du feu. Ne restait qu'à attendre.

L'ennui, c'était qu'attendre prenait du temps et que son temps était précieux. En plus, il était à deux doigts de la considérer comme son ennemie. Or, avec un type comme lui, mieux valait être bien vue.

Si seulement il l'avait laissée partir quand elle avait tenté de le faire !

OK, mais tu aurais les mains vides, se dit-elle. *Tu serais au volant d'une voiture volée, poursuivie par un tueur. Et penses-y, avoir les mains vides, cela veut dire qu'à cette heure-ci, demain, tu seras orpheline.*

— Tu es toujours là ? chuchota Nate, qui s'était arrêté derrière une haie de lauriers.

Un coup de feu partit ; la balle finit sa course à quelques dizaines de centimètres sur leur gauche, près d'un massif qui serait en fleurs dans les trois mois, s'il survivait à cette fusillade.

— Oui, je suis là, murmura-t-elle en le touchant.

— Ecoute, lui dit-il doucement à l'oreille.

Il l'avait attrapée par l'épaule et ne la lâchait plus ; il avait une poigne rassurante et son haleine était tiède contre son oreille gelée.

— J'ai peur qu'on ne nous ait tendu un piège.

— Comment cela ?

— Il y a peut-être un autre tireur en embuscade à l'intérieur.

Elle se mit à trembler comme une feuille. Elle imaginait bien Bellows organisant un truc comme ça. Un guet-apens qui la forcerait à tout déballer. Mais que déballer quand on ne sait rien ?

— La porte de derrière est fermée, dit-il tout bas.

— Sauf quand on sait où se trouve la clé.

— Tu le sais, toi ?

— Je crois.

Si son père ne l'avait pas changée de place.

— D'habitude, on la mettait sous la fausse brique, près des marches.

— Allons-y, chuchota-t-il.

Par mégarde, il donna un coup de pied dans un bloc de pierre qui roula sous la terrasse où il heurta un tuyau ou quelque chose de métallique. Aussitôt une salve de coups de feu déchira l'air, la faisant sursauter.

— Viens, dit-il, en lui prenant la main et en l'entraînant en sens opposé.

Ils tournèrent à l'angle de la maison et, là, s'accroupirent pour écouter. Aucun doute : une vitre du pick-up de Nate avait volé en éclats et un autre pneu se dégonflait. A moins que les balles n'aient atteint la guimbarde de son père, se rassura Sarah.

Toujours accroupis, ils longèrent la rangée de camélias que sa mère avait plantés, à l'époque. La couche de neige était épaisse mais pas autant que dans la cour, car les diverses plantations formaient une voûte au-dessus d'eux. Enfant, il fallait lui promettre des marshmallows ou quelques centimes pour qu'elle vienne ouvrir l'eau ou attacher un tuyau, car les araignées cachées dans le feuillage la terrorisaient. Là, il n'était plus question d'araignées, mais de bien pire.

— La clé devrait être quelque part par là, indiqua-t-elle en approchant de l'arrière de la terrasse.

La neige recouvrait presque tout. A genoux, ils se mirent à gratter.

— Ça y est, s'exclama-t-elle. Je l'ai.

Elle souleva la brique — elle avait les doigts gourds — la tâta et effleura, dessous, une sorte de clapet qu'elle ouvrit. Le petit objet qu'elle en sortit brilla dans la clarté pourtant maigre qui filtrait de la fenêtre de la maison.

— Euréka, jubila Nate. Donne !

Et il se leva. Restée accroupie, elle le suivit des yeux. Il monta les marches et mit la clé dans la serrure.

— Ne bouge pas, lui dit-il. Je vais d'abord vérifier que tout est clair.

Elle ne répondit pas mais lui emboîta le pas et referma soigneusement derrière elle. Au grincement de la porte, il se retourna, ne dit rien, mais la foudroya du regard. Qu'est-ce qu'il s'imaginait ? Qu'elle allait rester seule, dehors ? A grelotter, de surcroît ? Au moins, dedans, il faisait plus chaud.

— Sais-tu si ton père a un fusil ? murmura-t-il.

— Autrefois, oui. S'il l'a toujours, il est enfermé dans le râtelier qui se trouve au fond de son placard.

— Et la clé ?

— Je ne sais pas.

Elle aurait bien aimé l'avoir quand Nate était arrivé.

— Je vais la trouver, annonça Nate en la regardant.

Pour la première fois — parce que avant il faisait sombre et qu'elle avait les idées ailleurs — elle découvrit vraiment son visage. Il avait le teint hâlé des personnes qui vivent ou travaillent en plein air. Ses cheveux étaient noirs, drus et curieusement longs pour un policier. Des cils fournis, des yeux gris : il ne lui manquait qu'une paire de Ray Ban pour avoir l'air d'une gravure de mode. Enfin, parfaitement dessinés, ses sourcils mettaient en valeur ses yeux. Pour l'heure, il les plissait.

— Es-tu capable de rester près de la porte et de hurler comme un putois si quelqu'un approche ? demanda-t-il.

— Dites plutôt que vous avez peur que je me sauve.

Comme il fronçait les yeux de plus belle, l'air navré, elle regretta de l'avoir provoqué.

— Pardon. Oui, je vais guetter, mais faites vite.

Soulagé, apparemment, il prit un couteau dans la barre accrochée au-dessus de la cuisinière et se dirigea vers l'entrée. Il ne faisait aucun bruit, mais des traces de neige fondue trahissaient son passage.

Qu'il ait pris un couteau donna à Sarah l'idée d'en faire autant. Ainsi armée, elle ferma le verrou de la cuisine puis consulta l'heure.

— Oh non !

La nuit était déjà bien avancée. Dehors, il faisait noir. Un instant, elle songea à réduire la lumière mais se ravisa. Des coups de feu retentissaient toujours dans la cour, le tireur devait viser des ombres. Il n'avait pas compris que le jeu se poursuivait à l'intérieur.

Le jeu ? Comment pouvait-elle parler de jeu ? Son père était mort, peut-être par sa faute, même si elle n'était pas totalement responsable. N'avait-il pas été déraisonnable ? N'avait-il pas agi inconsidérément ? Si elle ne faisait pas preuve, très vite, d'intelligence ou si la chance ne lui souriait pas, sa mère risquait bien de subir le même sort. Décidément non, cela n'avait rien d'un jeu.

Un flash, à peine visible car il neigeait très dru, éclaira la cour. La vitre de la porte explosa. Effrayée, Sarah sursauta et, déséquilibrée, s'affala sous une pluie de débris de verre. Mais elle se releva aussitôt et, hurlant comme une folle, se rua dans le couloir.

Elle heurta Nate de plein fouet.

Il avait réussi à trouver le fusil.

L'attrapant par la taille, il la cacha derrière lui et retourna dans la cuisine. Là, appuyé au montant de la porte, il se mit à tirer par la vitre cassée.

Il s'agenouilla pour recharger, tellement concentré sur

son fusil et le chargeur que plus rien ne semblait exister autour de lui. Il se releva. Visa. Et attendit. Silence total. Plus dangereux encore que des coups de feu.

Jusqu'alors, Nate avait semblé être tantôt un obstacle tantôt un protecteur. Mais là, dans son jean mouillé jusqu'aux genoux par la neige, avec la force qui émanait de son corps puissant, prêt à l'action, il devenait presque un ami, un malheureux qui se retrouvait mêlé à une affaire qu'il n'avait pas cherchée et dont il ne savait comment se sortir.

Elle abaissa les yeux. Il ferait tout, elle le sentait, pour la mettre à l'abri. Et qu'il lui fasse confiance ou non ne changerait rien à l'affaire. Cette certitude, qui aurait dû la rassurer, lui fit l'effet inverse. Son estomac se mit à gargouiller. Une espèce de nausée lui souleva le cœur.

A cet instant, il se retourna et leurs regards se soudèrent. Il y avait un éclat étrange dans le sien.

Troublée par cette tension entre eux, elle inspira quelques bouffées d'air, histoire de se donner une contenance.

Mais non, ce n'était pas ce qu'elle imaginait. Il avait tout simplement lu dans ses pensées et deviné qu'elle n'avait qu'un souhait, s'en aller au plus vite de ce ranch.

— On dirait que tu as peur, murmura-t-il.

— Pas vous ?

— J'ai des nerfs d'acier, plaisanta-t-il.

— Il n'y a personne dans la maison ?

— Non, on est seuls.

D'un mouvement de tête, elle montra la porte à la vitre brisée.

— Il n'y a plus de bruit dehors. Vous pensez que vous l'avez tué ?

— Peut-être, mais il peut aussi faire le mort. Ou tout simplement le tour de la maison.

Brusquement, elle tourna la tête.

— Vous avez entendu ? C'est quoi, ce bruit ?

Il pencha la tête pour mieux écouter et s'approcha d'elle.

— Ça, c'est un moteur à deux temps.

Se précipitant dans l'entrée, ils tendirent l'oreille. Le bruit venait bien de dehors. Chacun d'un côté de la porte, ils regardèrent par la vitre centrale. Au début, il ne se passa rien puis une lumière progressa en tremblotant dans la neige.

— Un phare, observa Nate.

— Un seul ?

— Oui. C'est un scooter des neiges.

Il leva son fusil.

— J'aurais dû m'en douter. C'est le seul moyen pour venir et repartir d'ici. Bon. Ne bouge pas. Tu as bien compris ?

Avant même qu'elle ait le temps de réagir, il était dehors, ce fou !

Recroquevillée sur elle-même, les bras croisés sur la poitrine, elle se retourna. Le cadavre de son père était là, gisant dans son sang. Ses yeux morts semblaient lui adresser plein de reproches.

Il n'y avait rien qu'elle puisse faire pour lui, ni pour Nate en l'occurrence. La seule chose possible était de profiter de cet instant de solitude pour terminer ce qu'elle avait commencé. Autrement, dans moins de vingt-quatre heures, sa mère mourrait. Il fallait à tout prix qu'elle tire un lapin de son chapeau. Faux. Deux lapins.

Il ne lui restait qu'à trouver deux chapeaux. Le seul endroit où elle n'avait pas encore cherché était le coffre-fort.

Courbé en deux, Nate avançait en se cachant dans les zones les plus sombres.

Si seulement je pouvais avoir une lampe de poche, pesta-t-il.

La neige tombait si vite et si fort qu'il avait du mal à se diriger. La tempête masquait les lumières de la maison et le phare du véhicule, mais pas le bruit du moteur. Si le vent qui agitait les branches avait bien voulu cesser de souffler, Nate aurait pu suivre le ronflement.

Armé du seul Winchester à six coups de Mike, un fusil sûrement plus vieux que lui, il mit un plan au point. Il allait surprendre le tireur en lui sautant dessus par-derrière et le maîtriser.

Le bonus, ce serait de faire main basse sur le scooter des neiges pour aller chercher de l'aide car, c'était certain, par un temps pareil, personne ne pourrait réparer, ni même conduire le pick-up. Quant à la voiture de Sarah, c'était une blague !

Sarah.

Non, ce n'était pas le moment de penser à elle, encore moins de fantasmer. Il y penserait plus tard. Certes, elle lui faisait beaucoup d'effet, même si elle avait un étrange comportement.

Décidément, oui, il y penserait plus tard. Pour l'instant, il avait plus urgent à régler.

Le rythme du moteur changea. Nate jura intérieurement : sa proie allait lui échapper. Mais il s'enfonçait trop profondément dans la neige pour lui courir après. Tant bien que mal — en levant les pieds très haut —, il réussit à se frayer un chemin pour tenter de le rattraper. Dans sa précipitation, il heurta un tas de pierres qu'il escalada malgré ses doigts engourdis et le fusil qui l'entravait.

Arrivé en haut, il fut dépassé sur sa gauche par le scooter des neiges. Il tira plusieurs coups de feu, l'occasion ne se représenterait pas. Puis, prenant son élan, il sauta, espérant atterrir sur le dos du conducteur.

Soudain son bras gauche le brûla atrocement. Ses doigts effleurèrent un métal très chaud et, une microseconde plus tard, il se retrouva tête la première dans la neige, la bouche pleine de gaz d'échappement.

Bon Dieu de pot d'échappement ! jura-t-il tout bas.

Il tenait toujours son fusil. Grâce au ciel, il ne s'était pas blessé lui-même en tombant. Il se releva, s'assit. Son bras tremblait. Le moteur du scooter des neiges ronflait très fort, on aurait dit un diable qui ricanait, ou le narguait. Son feu arrière disparut au loin.

Lorsque Nate se remit debout, le bruit du moteur avait déjà été avalé par la nuit.

Le tueur était parti.

Nate serra son bras de son autre main : du sang coulait sous ses doigts, ce qui ne le surprit pas. Il ne s'était peut-être pas blessé lui-même, mais son agresseur ne l'avait pas raté.

— Good shot, salaud !

Une autre fois, il veillerait à ne pas laisser son arme et son badge derrière lui. S'il était arrivé correctement armé, tout cela serait déjà fini et il n'aurait pas, une fois de plus, le sentiment pénible de n'avoir servi à rien, comme lors de la fusillade au centre commercial.

Comment avait-il pu penser qu'il pouvait fuir qui il était vraiment ?

Il était temps de retourner dans la maison avant d'être complètement gelé, à condition de retrouver son chemin. Il allait interroger Sarah et, cette fois, elle avait intérêt à ne pas lui raconter de sornettes.

4

Nate en vint à heurter son pick-up et s'arrêta avant de continuer jusqu'à la maison. Il n'avait plus froid, il *était* le froid et cela lui donnait une étrange sensation de légèreté.

Sa veste avait souffert mais elle lui avait sauvé la vie en maintenant une température corporelle acceptable. Par chance, il n'avait pas eu le temps de l'enlever.

En revanche, il avait perdu son chapeau. Où et quand ? Mystère. Mais il avait la tête gelée. Il adorait les vieux Stetson et, chez lui, les chapeaux, c'était comme les femmes. Ils allaient et venaient.

Brusquement, il s'avisa de l'état de son pick-up. Bon Dieu ! Il venait tout juste de finir de payer cette bagnole, il n'avait plus de salaire en vue. Et regardez-moi ça ! La vitre, côté passager, n'existait plus. Deux pneus sur quatre étaient crevés, une balle avait troué le bas de caisse. A première vue, c'était tout mais c'était déjà trop.

Furieux, cherchant vainement dans quoi shooter pour passer ses nerfs, il jura encore et repartit vers la maison.

Une fois rentré, absolument frigorifié, autant par le froid que par la rage, il observa son bras. La première chose à faire, c'était de se soigner. Normalement, il devrait pouvoir se passer de Sarah pour faire un pansement. Heureusement car, au premier abord, elle ne paraissait pas du genre à rendre service.

D'ailleurs, où était-elle ? Pourquoi n'était-elle pas à

la porte en train de l'attendre pour avoir les dernières nouvelles ? Que pouvait-il bien y avoir de plus important pour elle que rester en vie ?

En passant près du corps de Mike, il prit un plaid sur le dossier d'une chaise pour le recouvrir et s'arrêta. Non. Il ne fallait rien toucher pour ne pas brouiller la scène de crime avant l'arrivée des experts. Et son portable avait explosé, il ne pouvait donc pas prendre de photos. En cherchant dans les affaires de Mike, peut-être en trouverait-il un ?

Mais, se rappela-t-il, les clés de Mike, ainsi que son portefeuille et son téléphone, semblaient avoir disparu, tout comme son ordinateur. Mike avait-il été victime d'un vol qui avait mal tourné ou était-ce plus compliqué ?

Il remit le plaid sur la chaise et partit à la recherche de Sarah.

Elle était dans la chambre de son père et inspectait le râtelier à fusils.

— Que fais-tu ? lui demanda-t-il.

Elle se retourna, une grande enveloppe dans les mains. Il y avait des boîtes et d'autres grandes enveloppes étalées sur le lit.

Elle le fixa, les yeux écarquillés, comme si elle avait oublié sa présence. Ou parce qu'elle était surprise de le voir toujours en vie.

— Vous l'avez attrapé ? s'enquit-elle. Vous savez qui c'est ?

— C'est non. Et encore non.

L'air un peu gêné, elle plongea sa main gauche dans sa poche. Tenait-elle quelque chose ? Que s'était-il passé pendant l'heure qui venait de s'écouler pour qu'elle soit encore plus belle, plus sexy qu'auparavant ? Elle avait pourtant les joues barbouillées de noir, son jean était sale. Malgré cela — diable —, comme elle était désirable !

Surpris par la chaleur qui régnait dans la chambre, il tituba un peu.

— Qu'y a-t-il dans l'enveloppe ?

— Des documents concernant la retraite de papa. En fait, je cherche de vieux papiers à moi.

— De vieux papiers, répéta-t-il d'un ton sec.

— Oui, mes livrets scolaires, mes diplômes… Peu importe, ils ne sont pas là, de toute façon.

— Rien d'autre d'intéressant ? interrogea-t-il en s'approchant.

— Non. L'arbre généalogique. Papa s'est lancé là-dedans, il y a quelques années quand ils se sont séparés, maman et lui.

Elle le regarda et poussa un petit cri.

— Oh ! Vous saignez !

En effet, sa manche de veste était détrempée de sang et des traînées rouges barraient sa main.

— Oui, fit-il en se laissant tomber sur le lit. On dirait !

En moins d'une seconde, elle était à genoux devant lui.

— Qu'est-ce qui s'est passé ?

— Un à zéro pour le tireur.

— Oh ! Je suis désolée, c'est ma faute. Vous devez avoir mal !

Elle se releva, partit en courant dans la salle de bains et revint avec une pile de serviettes propres.

— Enlevez votre blouson, je vais vous soigner.

Avec soin, elle descendit la fermeture Eclair. Comme elle était penchée sur lui, il se délecta des parfums de paille et de neige qu'elle dégageait. C'était une alliance étrange qui donnait, finalement, quelque chose de frais et de vivifiant. Attirant même. Craignant de ne pouvoir retenir un geste déplacé, il préféra fermer les yeux. Depuis toujours, il avait un faible pour les yeux bleus, mais le moment était mal choisi pour avoir de telles pensées. C'était inconvenant.

— Doucement, dit-elle en l'aidant à sortir le bon bras de la manche.

Elle dégagea ensuite le gauche.

— *Aïe !* cria-t-il en grimaçant de douleur.

— Pardon, mais je ne peux pas faire autrement. Encore une seconde et c'est fini.

Elle jeta le blouson par terre.

— Il faudrait retirer votre chemise. Attendez, je vous aide.

Avec les mêmes gestes délicats, elle recommença, mais ce niveau-là était beaucoup plus douloureux.

— Désolée, le sang est collé, expliqua-t-elle.

Les mâchoires serrées, il fit oui de la tête.

— Une minute ! lança-t-elle, retournant dans la salle de bains.

Elle fourragea dans la boîte à pharmacie et revint avec un flacon d'eau oxygénée et des gazes.

— Je vais décoller avec cette eau, ça devrait faire moins mal.

Elle versa l'eau oxygénée sur la plaie tout en maintenant une serviette en dessous du bras, pour éponger le surplus d'eau. Comme prévu, le tissu se décolla peu à peu, et elle débarrassa Nate de son vêtement ensanglanté.

Il poussa un soupir de soulagement.

— Ce type ne vous a pas raté, commenta-t-elle sèchement.

Au lieu de fuir devant la blessure, elle reprit le flacon d'eau oxygénée et en versa généreusement sur la plaie ; puis elle l'examina.

Nate tourna la tête vers elle. Elle avait posé la main sur son épaule nue, ses doigts tremblaient et leur tiédeur contrastait avec la froideur qu'elle affichait. Etait-elle plus sensible qu'elle ne voulait bien le laisser paraître ? Le tremblement de ses mains ressemblait à un aveu…

Appliquée à bien faire, elle sortait son petit bout de langue et ne parlait plus.

Fasciné par cette petite pointe rose pincée entre ses lèvres, il la dévisagea sans qu'elle s'en rende compte. Il y avait chez cette femme un je-ne-sais-quoi d'absolument adorable. Un côté enfantin irrésistible, attendrissant.

Il inspira une grande bouffée d'air. Pourquoi réagissait-il si fort à sa présence ? Pour tenter de penser à autre chose qu'à sa blessure ou, au contraire, parce qu'il était encore assez vaillant pour avoir des pulsions ?

— Je pense que la balle est entrée et ressortie dans le gras du bras, dit-elle d'un air sérieux.

Cela amusa Nate.

Il remua les doigts et tenta un sourire.

— A mon avis, elle n'a rien touché d'important. Ça ressemble à une égratignure, non ? Plus de peur que de mal, en somme.

— Vous parlez comme un héros.

— Je parle comme un type pris dans une fusillade.

— Je vais vous faire un pansement.

En quelques minutes, elle lui banda le bras, puis lui tendit une chemise de son père, dans son emballage d'origine, avec les étiquettes encore attachées.

— Je la lui ai offerte pour Noël, précisa-t-elle. Il n'a pas dû aimer la couleur.

C'était un bleu profond, très bien choisi, songea Nate.

Elle s'approcha de lui pour l'aider à la passer et insista pour la boutonner. Une nouvelle fois, il se retrouva son visage devant le sien. Près, si près, trop près… Une nouvelle fois, il frissonna.

— Vous avez froid, bien sûr.

— Non, c'est ma blessure, prétendit-il.

Comme elle se relevait, il lui prit la main.

— Désolé de t'avoir imposé ça, dit-il en caressant le dessus de ses doigts. Ce n'était pas agréable. Merci.

— Il n'y a pas de quoi en faire tout un plat, répliqua-t-elle assez froidement. J'ai toujours soigné les animaux. Mon rêve, c'était d'être vétérinaire.

— Les animaux ? Ah bon ! Et alors ?

— La vie en a décidé autrement. Mais ce n'est pas grave.

Je travaille dans une clinique vétérinaire. J'en ai vu, du sang. Sans doute plus que beaucoup de monde.

— N'empêche, tu tremblais, dit-il en lui effleurant les mains. C'est sans doute pire quand c'est du sang humain.

Elle haussa les épaules et détourna les yeux.

Manifestement, elle ne voulait pas s'étendre sur le sujet. Aussi, il n'insista pas.

— Je suppose que ton père n'avait pas d'autre voiture que la vieille camionnette qui est garée devant ?

— Non, pourquoi ?

— Parce qu'on lui a volé ses clés et son portefeuille.

— Ses clés ?

Elle pâlit.

— Mon Dieu ! Le box !

— Quoi, le box ?

— Il a un box dans lequel il stocke du matériel, à Shatterhorn. Quelqu'un veut peut-être fouiller dans ses affaires ? Je n'y ai même pas pensé.

— Il y stockait quoi ?

— Qu'est-ce que j'en sais ! Quand j'étais petite, il y gardait des choses qui concernaient son métier. Je ne sais même pas s'il l'a toujours.

— Bien, bien, fit Nate. Tu sais s'il se sentait menacé ? Est-ce qu'il t'a parlé de quelque chose qui l'inquiétait ? Ou de quelqu'un ?

— Pas directement, mais je sais que depuis Labor Day et la fusillade au centre commercial il était nerveux, pas comme d'habitude. Pas dans son assiette, si vous voulez. Quand le tueur a retourné l'arme contre lui après avoir tué je ne sais combien de personnes, mon père était tout près de lui. C'était même lui le plus près. Il ne s'en est pas remis. Et puis, il y a eu ce mot que le tueur a prononcé juste avant de mourir. Ça aussi, ça le tarabustait.

— Tu veux parler du mot *perle* ?

— Oui.

Nate acquiesça à son tour. Il se souvenait parfaitement de ce détail. Une des bijouteries de la galerie marchande s'était engagée à garder pendant son transit une cargaison de perles noires de Tahiti, des perles d'une grande valeur. Cette cargaison était destinée à un grand casino de Las Vegas. Pour la police, le tueur avait l'intention de les voler, mais Nate n'accordait aucun crédit à cette hypothèse. Avait-on déjà vu un garçon de dix-neuf ans, avec deux armes lourdes, chargées, venir dans un centre commercial, le jour le plus fréquenté de l'année, pour voler des perles ? Et si tel avait été le cas, pourquoi descendre quatre personnes avant de retourner l'arme contre lui ?

— En fait, je ne sais que penser, reprit Sarah. Puisque le tueur n'était pas venu pour voler les perles, papa craignait que quelqu'un d'autre ne vienne à sa place. Pendant quelque temps, il est descendu en ville tous les jours. Il surveillait, guettait, attendait. J'ai eu beau lui dire que le chargement de perles avait quitté Shatterhorn le jour suivant la fusillade, il ne voulait pas me croire, même pas quand je lui ai envoyé l'article paru dans le journal.

— J'ignorais qu'il avait été bouleversé à ce point, commenta Nate, même si ce n'était pas vrai.

Mike lui avait fait l'effet d'être très perturbé, et ce n'était pas étonnant : face à quelque chose d'aussi terrible, on cherche toujours un sens. Parfois en vain.

— Bref, poursuivit Sarah, il interrogeait tout le monde... Il ennuyait tout le monde, c'est ce qu'on m'a rapporté.

— Qui ?

— Quclqu'un.

— Quelqu'un en qui tu as confiance ?

— Plus ou moins. Mon... heu... ma source m'a dit que papa harcelait tout le monde : les journaux, la police, le maire, tous les gens qu'il réussissait à harponner, pour leur exposer sa théorie. Je pense qu'il ne s'est pas fait beaucoup d'amis, ces derniers temps. Et, bien sûr, il connaissait Thomas Jacks. Tout le monde le connaissait.

— Thomas Jacks, le tireur, compléta Nate.

— Exactement. Mon père refusait d'admettre que ce garçon ait pu faire autant de mal. Et pas seulement à lui mais à toute sa famille. Même à ses copains de classe, Jason Netters, par exemple. On s'est longtemps demandé si on aurait pu voir venir, si on aurait pu éviter cette tuerie, mais rien ne la laissait présager. Thomas était un garçon sans histoire, bien inséré dans la société. Il adorait sa famille, son pays… Ça n'a aucun sens, ce qui s'est passé.

Nate hocha la tête en silence. Pour quelle raison Jason avait-il survécu aux balles, alors que les deux filles qui s'étaient sauvées avec lui du kiosque avaient été tuées ? Thomas avait-il fait exprès d'épargner son ami ou… Jason était-il complice ?

— Ton père connaissait Jason ?

— Je ne sais pas. Il connaissait Thomas parce que, quelquefois, j'ai fait du baby-sitting pour son frère et lui. Mais le père de Jason, Stewart Netters, est le rédacteur en chef du journal local. Je suis donc sûre que papa l'avait vu dernièrement.

Nate acquiesça.

— Je me souviens de Stewart Netters. Il m'a interviewé avec ton père et Alex après la fusillade.

— J'ai lu l'article. Bliss, le maire, vous a présentés comme des héros : vous, Alex Foster et mon père. Il a assuré que ça aurait pu être pire si vous n'étiez pas intervenus pour intimer aux gens de garder leur calme. Papa n'était pas de cet avis : il ne voulait pas qu'on le félicite, il disait que c'était vous et M. Foster qui aviez fait le travail, du fait de votre expérience de policiers.

— Ton père a sous-estimé son propre rôle, nuança Nate.

Le compliment qu'elle venait de lui adresser le mettait

très mal à l'aise. Quatre personnes avaient perdu la vie ce jour-là. Et on l'appelait un héros ! Quelle ironie !

Il préféra changer de sujet.

— Sais-tu où je pourrais trouver un appareil photo ?

— Oui, dans le tiroir du bas de la commode. Pourquoi ?

— Simple précaution, expliqua-t-il en se penchant pour prendre l'appareil là où elle avait dit.

Il vérifia qu'il était chargé, tout en surveillant Sarah du coin de l'œil. Elle ne cessait de consulter sa montre. Qu'avait-elle mis dans sa poche tout à l'heure ? Lui répondrait-elle s'il le lui demandait ?

Certain d'essuyer un refus, il garda sa question pour lui.

Quand elle l'avait soigné un peu plus tôt, elle lui avait présenté sa face aimable, calme, mais sa vraie nature était en train de reprendre le dessus et elle cachait mal sa nervosité. Elle jetait des regards partout autour d'elle et agitait sans cesse les mains.

— Il faut que je m'en aille d'ici, lança-t-elle subitement.

— Auparavant, il faut qu'on parle, Sarah.

— Je n'ai pas le temps. Je dois retourner à Reno.

— Ecoute. Si tu refuses de me dire pourquoi tu veux absolument partir d'ici, en pleine tempête, explique-moi au moins pourquoi tu as essayé de me fausser compagnie et qui était ce visiteur.

— Mais je n'en sais rien !

Si elle ne mentait pas, son regard fuyant tendait à prouver qu'elle ne disait pas toute la vérité.

— Dans ce cas, pourquoi as-tu dit qu'on m'avait tiré dessus à cause de toi ?

— J'ai dit ça, moi ?

— Tu sais qui nous a agressés, dis-le !

— Non, je ne sais pas. Comment je le saurais ? Je vous l'ai dit, je n'ai pas vu papa depuis des lustres.

— Explique-moi alors ce que tu es venue faire ici.

— Je voulais lui parler.

— Ah ? De quoi ?

— Ça ne vous regarde pas.

Et voilà ! pesta-t-il intérieurement. Ils étaient revenus à la case départ, elle méfiante, campant sur ses positions, lui se débattant dans le brouillard.

Il hocha la tête et partit vers la porte. Là, il se retourna et la détailla de la tête aux pieds.

— Tu sais que tu es une belle femme, Sarah… On t'a déjà dit que tu as de beaux yeux ?

Elle les écarquilla.

Ils étaient beaux mais trop candides pour être vraiment innocents.

— En d'autres circonstances, tu es sûrement d'agréable compagnie, ajouta-t-il, mais, pour l'instant, je ne peux pas en dire autant… Maintenant, je vais te poser des questions. Tout ce que je te demande, c'est de me répondre franchement.

— Dommage, je n'ai rien à dire.

— Commençons par ton identité. Où se trouve ton sac, ton portefeuille ou je ne sais quoi ?

— On me l'a pris. Je n'ai aucun papier d'identité à vous présenter.

— Ah ? Et tu as réussi à louer cette guimbarde ?

— On m'a volé mon sac ensuite.

— Donc, les papiers de la voiture sont à l'intérieur.

— Non, je les avais mis dans mon sac.

Il reprit sa respiration.

— Essaierez-vous de me rattraper si je m'en vais ? le défia-t-elle.

— A moins d'être un oiseau et de voler, je ne vois pas comment tu pourrais partir d'ici. Et oui, je te rattraperai. Ou plutôt, je ne te laisserai pas partir.

Il passa quelques minutes à prendre des clichés du cadavre de Mike et de la scène de crime. Puis il alla récupérer des sacs en plastique dans la cuisine et en recouvrit les mains de Mike. Il mémorisa quelques détails qui auraient sans doute, un jour, leur importance. Tout en s'activant, il observait discrètement Sarah, mais elle était très sage.

Il cherchait le bon angle pour photographier la pièce quand un cadre posé sur la cheminée attira son attention.

C'était Mike. La photo était récente, à en juger par certains détails. Près de lui se tenait Sarah. Côte à côte mais sans se toucher, et ils ne se regardaient pas. La tension entre eux était presque palpable. La photo avait été prise dans la cour. Il y avait un cheval roux à taches blanches près de Sarah. Aux arbres, les feuilles étaient rousses, c'était donc octobre ou novembre… De toute façon, après le sinistre Labor Day. Après que sa vie avait changé.

Il retourna le cadre : rien n'était écrit au dos, mais le cliché avait le mérite de confirmer que Mike connaissait Sarah et qu'elle était, sans doute, celle qu'elle disait être.

Il reposa le cadre sur le bord de la cheminée, prit le plaid sur le dossier de la chaise et en recouvrit Mike. Etait-il mort parce qu'il avait fourré son nez partout ? Parce qu'il avait posé trop de questions ? Etait-ce plausible ? Puisque le tueur s'était tué, qui Mike pouvait-il gêner par son insistance ?

Jason Netters ?

A moins que Mike n'ait été assassiné à cause de Sarah ? Quelle coïncidence, tout de même, qu'elle soit arrivée juste le jour où on l'avait retrouvé mort ?

Il sortit la pellicule de l'appareil et la glissa dans sa poche. Dans le placard de l'entrée, il y avait plusieurs vieux blousons, des chapeaux, des écharpes tricotées main, et même une paire de gants fourrés. Il fit son choix et réussit à plier le bras pour enfiler une veste. Il trouva aussi une lampe de poche qui éclairait loin.

Il y eut un *oh !* étouffé derrière lui, et il se retourna. C'était Sarah, la main sur la bouche comme si elle suffoquait.

— Vous avez mis les vêtements de travail de mon père. J'ai cru que…

Elle ne termina pas sa phrase et regarda la forme allongée par terre sous la couverture. Son père.

Elle mit quelques instants à se ressaisir.

— Où allez-vous ? demanda-t-elle finalement.

— Dehors.

Il se dirigea vers la cuisine. La vitre ayant explosé, il y faisait plus froid que dans les autres pièces.

— Vous êtes certain ?

— Oui.

— Merci d'avoir recouvert mon père, ajouta-t-elle en s'arrêtant à quelques pas de lui.

Il se retourna.

— De rien. Ton père avait-il une caisse à outils ?

— Oui. Elle est dans la buanderie. Mais je ne crois pas qu'il y ait grand-chose dedans. A l'époque en tout cas, elle était toujours à moitié vide.

— Tu irais me la chercher ?

Elle disparut dans la buanderie et en revint un instant plus tard avec une caisse à outils en métal rouillé, qu'elle ouvrit. Elle contenait quelques clous, vieux et rouillés eux aussi, un mètre, un tournevis, un marteau et un ciseau à bois. Ça suffirait.

— Qu'allez-vous faire ? s'enquit-elle.

— Je vais me transformer en menuisier et démonter la plus grande porte de placard de la maison. Celle-là, là, me paraît pas mal.

La porte démontée, il la positionna devant celle dont la vitre avait volé en éclats et fit appel à Sarah.

— Peux-tu la maintenir à la verticale pendant que je la cloue?

Le résultat final n'était pas un chef-d'œuvre mais, au moins, cela avait le mérite d'empêcher le vent de pénétrer.

— Tu refermeras derrière moi, dit-il en reposant les outils.

L'air perplexe, elle se tourna vers la fenêtre.

— Je ne comprends pas pourquoi vous sortez. Le tueur est revenu ? Vous avez entendu quelque chose ?

— Non, mais je vais faire un tour. Je trouverai peut-être un indice qui nous permettra de savoir qui c'était et pourquoi il est parti si vite. Si tu voulais bien me donner un nom et un mobile, tu m'épargnerais cet effort.

Se mordant les lèvres, elle haussa les épaules.

— Je ne sais rien.

— Si j'étais toi, je baisserais les lumières et je m'éloignerais des fenêtres.

Sans ajouter un mot, il ouvrit la porte en faisant attention au verre cassé éparpillé par terre. Il sortit la torche de sa poche et la pointa vers le ciel. Il neigeait toujours. La visibilité était quasiment nulle, mais il se souvenait de l'endroit d'où étaient partis les coups de feu de leur visiteur.

Il descendit les marches en ciment et s'élança dans la tempête.

Comme Nate s'éloignait, Sarah sortit de sa poche l'enveloppe qu'elle y avait cachée. A l'intérieur se trouvait une clé en argent. Sur l'étiquette, il y avait un nombre :

« 118. »

Ce qu'elle cherchait se trouvait peut-être dans le box de stockage que son père louait à Shatterhorn ?

Elle en doutait. Après avoir dormi sur son trésor pendant des années, il était peu probable qu'il l'ait déménagé… surtout pour un box en location.

Elle remit la clé au fond de sa poche puis prit une lampe torche et emprunta le couloir. Quelques minutes plus tôt, elle s'était souvenu d'une cache dans le plafond au-dessus de son vieux placard, dans sa chambre.

Elle déplaça les cartons qu'elle avait déjà sortis et poussa la table de nuit dans le placard pour se faire un tabouret.

Puis elle grimpa. Elle ouvrit le panneau qui se trouvait au-dessus de sa tête et braqua dans l'ouverture le faisceau de la torche.

Il y avait bien un espace, là, pas assez haut pour servir de grenier mais suffisamment pour pouvoir s'y glisser. Elle y avait déjà entreposé des affaires, petite. Là, il était vide, poussiéreux et sale, avec des toiles d'araignées accrochées aux poutres.

Une question l'arrêta dans son élan. Depuis combien de temps Nate était-il dehors ? Elle n'aurait su le dire, mais le temps filait. Si elle montait là-haut, il faudrait qu'elle se dépêche de descendre quand il rentrerait. En plus, il lui demanderait sûrement ce qu'elle avait fait pendant son absence.

Elle descendit donc de la table de nuit et écarta de quelques coups de pied les cartons qu'elle avait fouillés quelques heures auparavant, malade de peur et d'inquiétude.

Longeant de nouveau le couloir, elle réfléchit.

Si c'était bien ceux auxquels elle pensait qui étaient derrière la fusillade, ils reviendraient. Il fallait donc qu'elle parte, tempête de neige ou pas, Nate ou pas.

Elle prit sa respiration et soupira. Elle n'avait pas le choix. Restait maintenant à trouver un moyen de s'en aller et, plus difficile encore, un moyen de mettre sa mère hors de danger. Puisqu'elle repartait sans avoir trouvé ce qu'elle était venue chercher, elle avait intérêt à faire vite.

A moins que la clé ne lui donne la réponse. Mais elle n'y croyait pas trop. Et de toute manière, cette clé ne lui donnerait pas toutes les réponses. C'était impossible.

Restait une dernière possibilité : en parler à Nate Matthews. L'idée lui avait déjà effleuré l'esprit un peu plus tôt.

Au fond, c'était peut-être la moins mauvaise solution. Apparemment, il savait tout faire. Non, ça, c'était une illusion, née de cette situation de folie. Matthews n'avait rien d'un héros, ce n'était qu'un homme, et qu'il soit beau et bien fait, qu'il ait la peau douce et tiède ne faisait pas de lui un surhomme. Encore moins un dieu.

N'empêche, quand elle l'avait touché… Elle en tremblait encore !

Et ça, ce n'était pas une illusion.

Bref, que pourrait-il faire ? Il ne pensait qu'à la garder à vue car il était flic avant tout et réagissait en flic. En plus, il était blessé. Pour couronner le tout, elle avait été la première sur la scène de crime.

Et puis, pourquoi la croirait-il ? Elle-même ne se faisait pas confiance. Son plan de départ n'avait-il pas été de le voir s'en aller ?

Elle n'avait aucun droit à se trouver dans la maison de son père et, en même temps, tous les droits. Elle n'avait pas le droit de s'approprier ce qui ne lui appartenait pas et, en même temps, elle pouvait le faire. Surtout, à ce stade, quelle différence y avait-il entre ce qui était permis et ce qui ne l'était pas ? Quelle importance cela avait-il ?

Elle avait le droit d'arracher les papiers peints, de défoncer les lames du parquet pour trouver ce qu'elle cherchait. Et puis, il y avait les hectares de terre autour de la maison. Tout et n'importe quoi pouvait y être caché. La terre elle-même n'était-elle pas ensevelie sous la neige ?

Brusquement, une pensée lui frappa l'esprit. Pourquoi quelqu'un qui voulait mettre la main sur ce qu'elle essayait de trouver lui aurait-il tiré dessus avant qu'elle l'ait trouvé ?

Sauf si ce quelqu'un avait déjà tué sa mère et voulait se débarrasser des *détails* gênants. Il ne lui restait qu'une chose à faire, partir. Et avant cela, déplacer son père. Elle n'allait pas le laisser au milieu du salon. Nate avait pris des photos et observé la scène : cela suffirait certainement à la police.

Prenant son père sous les bras, elle le tira jusqu'à la pièce qui lui servait de bureau, en passant par le couloir. Elle prit alors une grande couverture dans le placard et la posa sur lui.

S'agenouillant près de lui, elle lui chuchota :

— Au revoir, papa. Ça ne serait peut-être pas arrivé si tu n'avais pas renvoyé maman. Enfin, je n'en sais rien. Peut-être que si quand même. Je regrette une chose, c'est de ne pas avoir été là pour empêcher qu'on te tue.

Elle se releva, adressa une excuse tacite à Nate pour ce qu'elle allait lui faire et, la tête haute et l'air déterminé, fit ce qui devait être fait.

5

Pourquoi le tueur était-il parti ?

Depuis que Nate était sorti de la maison, la question tournait en boucle dans sa tête. Il avait beau éclairer la neige avec sa torche, il n'avait encore repéré aucune tache de sang qui indique que l'intrus avait été blessé et était parti pour cette raison.

En fait, la neige n'avait cessé de tomber. Même s'il y avait du sang quelque part, la couche fraîche — deux bons centimètres — l'avait recouvert.

A quelques mètres, un groupe d'arbres gelés, de jeunes arbres, avaient été tordus et cassés : c'était à cet endroit que leur visiteur avait fait demi-tour pour s'enfuir, conclut Nate. Il y avait des creux dans la neige, des traces de pas sans doute, et pas loin, un tas de pierres, idéal pour se cacher derrière.

Nate choisit l'endroit d'où il observerait le mieux l'arrière de la maison et, avant de s'agenouiller sur l'un des cailloux, en dégagea de sa main valide la neige fraîche. Sa lampe torche à la main, il inspecta les lieux. Il y avait des taches sombres devant le tas de pierres.

Intrigué, il se pencha. C'était du sang. Il avait donc touché leur agresseur.

Enfin un bon point, se félicita-t-il.

Il se releva, se fraya un chemin à travers les buissons et les arbres et arriva à un endroit où apparaissaient nettement deux traces parallèles dans la neige. Il reconnut le monticule d'où il avait sauté sur le scooter des neiges. Il y avait un grand trou par terre, là où il était tombé.

Il braqua sa lampe sur la neige : des traces de sang la tachaient de rouge. Le tireur avait sûrement reçu une balle et, parce qu'il était blessé, avait battu en retraite. Du moins pour le moment. Ce qui voulait dire qu'il était trop atteint pour continuer à se battre, mais pas assez pour ne pas pouvoir conduire son engin. Ce n'était pas très rassurant.

Il était inutile de continuer à suivre les traces. Aussi, Nate rebroussa chemin et, arrivé devant la grange, décida de s'y mettre à l'abri. Il y ferait moins froid.

Il entra, du faisceau de sa lampe découvrit un interrupteur et alluma. La vieille auto verte était là, devant les portes. Sarah avait-elle deviné qu'une tempête de neige approchait pour avoir ainsi mis sa voiture à l'abri ? Et si, comme elle le prétendait, elle n'était arrivée que quelques heures avant lui, pourquoi n'avait-il pas remarqué ses traces de pneus dans la neige ? Il aurait dû les trouver, et celles de l'assassin de Mike aussi, sauf s'il était venu comme il était reparti, sur un scooter des neiges.

Nate s'assit dans la voiture. Il y avait une petite valise sur le siège arrière. Devant, accroché au rétroviseur, pendait un gros dé rose en fourrure. Sur le tableau de bord était collée l'image d'un personnage menaçant armé d'une grosse matraque. Rien de tout cela ne ressemblait à la personnalité de la jeune femme qu'il connaissait comme étant Sarah. D'autre part, trouver ce genre d'objets dans une voiture de location était, pour le moins, incongru. Les clés étaient posées sur le plateau entre les sièges. Méfiant, il les prit. Cela empêcherait Sarah de faire une bêtise… comme tenter de s'enfuir.

Prenant appui sur son bon bras, il se pencha vers la boîte à gants qu'il lui fallut plusieurs minutes pour inspecter. Elle renfermait un fouillis d'objets : une trousse de maquillage, un paquet de chips, des cartes, des brochures, des tickets de concert et des jetons de casino. Mais quand il tomba sur les papiers du véhicule, il faillit s'étrangler.

— « Diana Sarah Donovan », lut-il avec stupeur.

Avec une adresse à Reno.

Dans le porte-cartes, il y avait aussi une facture de pneus datant de cinq ans et un papier vieux de deux ans lui rappelant qu'elle avait la vidange à faire. Aucun doute possible, tous les documents étaient bien à son nom, Diana Donovan.

Ainsi, Sarah se faisait appeler par son deuxième prénom.

Donc elle mentait. Elle avait menti à propos de la location de sa guimbarde, elle avait menti à propos de... De tout.

Nate rangea objets et papiers dans la boîte à gants et décida d'aller jeter un coup d'œil au coffre. Nouvelle surprise. Il contenait des gants de travailleur, des bottes de chantier et une pelle ainsi qu'un carton vide. Il y avait encore des traces de terre et des bouts de paille accrochés à la pelle.

Perplexe, il claqua le coffre et se retourna, observant l'intérieur de la grange.

Des détails qui lui avaient échappé jusque-là lui sautèrent aux yeux. Les tiroirs de l'établi par exemple, qui étaient grand ouverts. Les portes d'un placard étaient entrebâillées. Tous les outils avaient été enlevés de leur support mural. On avait décroché tout ce qui se trouvait sur les murs.

Réfléchissant à ce qui avait pu se passer, il avança dans l'allée centrale qui séparait l'écurie en deux. De chaque côté se trouvaient les box des chevaux. Ils étaient tous vides, sauf le premier occupé par un cheval roux à taches blanches qui sembla heureux de sa visite.

Skipjack, pensa Nate.

Il aimait les chevaux. Il en avait quatre qu'il montait dans les collines avoisinant son ranch, au nord de Flagstaff. Rien ne valait le plaisir d'une chevauchée en fin d'après-midi. Il amenait sa monture à la rivière, lançait sa ligne et revenait quelques heures plus tard avec de beaux poissons tout frais qui lui feraient son dîner. Il aurait aimé être né dans les années 1800, quand il n'y avait ni voiture, ni armes automatiques, ni drames comme le massacre d'enfants dans un centre commercial, ni — dernière tragédie en date — le meurtre de deux marines sur une plage familiale de Hawaii.

Shipjack tapait du sabot dans la paille. Aussi, Nate prit une pomme dans le seau posé à côté de la stalle et la lui tendit.

Puis il continua son tour, éclairant chaque box. Ils étaient tous encombrés de vieux outils et de matériel obsolète qu'on avait déposés là depuis qu'on ne les utilisait plus pour les bêtes, mais ils avaient été fouillés récemment. Cela se voyait. A la va-vite peut-être, mais fouillés tout de même. Un trou peu profond avait été creusé dans un coin, d'où l'existence de la pelle, même si la raison de sa présence dans le coffre de la voiture n'était pas claire.

Le hennissement du cheval sortit Nate de ses pensées.

Il quitta l'écurie, un goût amer dans la bouche et encore plus perplexe que lorsqu'il y était entré.

Il regagna la maison. Etonnamment, la porte était ouverte. Sarah ne l'avait donc pas fermée ? Sans doute n'avait-elle pas peur ? Elle semblait bien agitée, pourtant. Mais peut-être jouait-elle la comédie ?

Elle apparut à cet instant précis. Debout derrière la porte, sa parka sur le dos, elle l'attendait, le canon du fusil pointé sur lui.

— Fermez la porte, lança Sarah, d'une voix tremblante qui la fit rager.

Il obéit et la regarda droit dans les yeux.

— Tu sais t'en servir ?

— Je vais me débrouiller. Arrêtez-vous.

Il s'exécuta, ce qui la surprit.

— Je dois partir, ajouta-t-elle pour la énième fois.

Derrière Nate, la neige tombait toujours, mais les flocons semblaient moins gros et moins serrés qu'une heure plus tôt.

— Fermez la porte et allez dans le salon, lui ordonna-t-elle.

— Sinon tu me tires dessus ?

— Sinon je vous tire dans le pied, mais je ne suis pas un tireur d'élite alors je ne promets rien.

— Pas dans la poitrine, comme ton père ?

— Je n'ai pas tué mon père.

De nouveau, il planta son regard dans le sien.

— Je sais que tu ne l'as pas tué, Sarah.

— Comment le savez-vous ?

Il haussa les épaules.

— Je n'en suis pas certain. Mais probablement qu'il y a dans mon cœur un recoin moins cynique que tu ne le penses. Et je crois que tu t'y es fait une petite place.

Elle le dévisagea et ses yeux s'emplirent de larmes. C'était la première marque de douceur qu'on lui témoignait dans ce monde de brutes.

— Je devrais peut-être t'appeler « Diana », au fait ?

— Comment…

— J'ai trouvé les papiers de ta voiture.

— Elle n'est pas à moi.

Il soupira, l'air agacé.

— Tu as l'avantage maintenant, dit-il en fermant la porte et en la précédant dans le salon. Mais… qu'as-tu fait du corps de ton père ?

— Il est dans la pièce du fond.

— Tu l'as changé de place ? Pourquoi ?

— Parce qu'il n'y avait pas de raison de lui marcher dessus. Il mérite mieux. Et puis, je ne tiens pas à vous laisser ligoté ici avec mon père, mort, à vos pieds.

Elle fit un geste avec son fusil.

— Asseyez-vous sur la chaise. Là.

Il s'assit sur la chaise qu'elle avait avancée près de la cheminée et la regarda.

— Comme je viens de te le dire, tu as l'avantage maintenant puisque tu es armée. C'est donc toi, le patron. Mais pourquoi ne pas prendre cinq minutes pour m'expliquer certaines choses avant de tirer.

Soutenant son bras blessé de sa main droite, il montra le Scotch qu'elle avait ramené de la buanderie.

— Ensuite, tu pourras m'attacher à la chaise et faire tout ce que tu souhaites.

Elle pesta intérieurement. Ce n'était pas très chrétien d'attacher ce malheureux à une chaise… avec ce bras blessé… Mais, bon… Si c'était ça qu'il fallait faire, elle le ferait. Elle n'avait pas le choix.

Sauf qu'à sa grande surprise elle lança :

— *Cinq minutes ?*

— Ce n'est pas trop demander, je crois. J'ai quand même failli me faire tuer pour toi, non ? En plus, qu'est-ce qui t'attend dehors ? Une balade sous une tempête de neige ?

— C'est mieux que rester là, les bras ballants, à attendre que ça se passe. Je déteste attendre. Plutôt mourir que ne pas tenter quelque chose.

— Comme tu voudras, répondit-il en lui coulant un regard de velours. Cinq minutes, c'est tout ce que je te demande.

Elle alla s'asseoir en face de lui.

Il semblait vraiment las. Il avait les épaules basses, des cernes autour des yeux et les traits tirés. En revanche, le fusil qu'elle pointait sur lui ne semblait pas du tout l'impressionner ; c'était vexant.

— Tu pourrais m'aider à enlever ces gants, lui demanda-t-il.

— Oui.

Son fusil toujours à portée de main, elle ôta le gant qu'il portait à la main droite.

— Je peux me débrouiller seul pour l'autre.

En grimaçant de douleur, il enleva son deuxième gant. A sa place, elle l'aurait gardé, le moindre geste semblant lui faire un mal de chien.

— Bien, fit-elle. Et maintenant ?

— Laisse-moi te dire ce que je sais, si tu veux bien. Ensuite, si le cœur t'en dit, tu essaieras d'en faire autant. D'accord ?

— Je verrai.

— Je sais que j'ai blessé notre visiteur et qu'il est parti sur un scooter des neiges. Mais j'ignore la gravité de sa blessure, de même que j'ignore s'il est allé se faire soigner ou chercher du renfort dans l'intention de revenir. Je ne sais pas qui il est, j'ignore si c'est lui qui a tué Mike, je ne sais pas non plus la cause de tout ce ramdam.

Elle opina.

— Je sais aussi que tu étais ici à l'automne dernier. Non, non, ne prends pas cet air surpris. Il y a une photo récente de toi avec ton père et Shipjack, dans la cour. Elle est sur la cheminée. Ne dis pas non, je l'ai vue.

Elle jeta un coup d'œil vers la cheminée et pesta tout bas. Comment avait-elle pu négliger ce détail ? N'empêche, c'était touchant de la part de son père de l'avoir posée là, bien en vue, comme pour y jeter un coup d'œil chaque fois qu'il passait. L'aimait-il à ce point pour avoir eu ce geste ?

Nate la scruta pendant quelques secondes et reprit :

— Je sais que tu es arrivée en voiture, aujourd'hui, tôt, et que tu t'es garée dans la grange. Loin des regards. Je sais aussi que c'est ta voiture, que tu cherches quelque chose mais que tu ne l'as pas trouvé. Il suffit de te voir piaffer pour le comprendre. Alors ? Qu'en dis-tu ?

— Pas génial.

Bizarrement, elle était très calme, presque trop. Depuis sa virée à Reno deux jours plus tôt, elle s'agitait comme un hamster sur sa roue. Et voilà que ce Matthews était à deux doigts de la deviner et qu'elle avait presque envie de l'aider en lui avouant ce qu'elle faisait là. C'était un signe de faiblesse, elle ne pouvait pas faire ça à sa mère. La vie de Nate, c'était de faire respecter la loi, il aimait l'ordre, l'honnêteté, la franchise. Sa mère, au contraire…

Désagréablement surprise par tout ce qu'il savait, elle ronchonna.

— Comment savez-vous que je suis arrivée ici aujourd'hui ?

— Il n'y avait pas de traces de roues sur la route quand je suis arrivé. La neige a dû commencer à tomber après.

Elle serra la gâchette sous son doigt.

— Quand tu as fouillé la grange, ton père savait-il que tu étais là ? Je ne le pense pas, ajouta-t-il.

Elle détourna le regard et ne répondit pas tout de suite. Avait-elle intérêt à engager un brin de conversation avec lui ? A manifester un semblant de bonne volonté ? Après tout, quelques mots ne l'engageaient à rien. Elle n'avait qu'à faire attention à ne pas trop en dire.

Après avoir pesé le pour et le contre, elle se décida.

— Il n'était pas là quand je suis arrivée.

— Peut-être mais, de toute évidence, il est revenu.

— Evidemment ! J'ai entendu sa camionnette. Je savais qu'il avait l'intention d'aller à Shatterhorn cet après-midi. Donc, j'ai été surprise de l'entendre revenir au ranch.

— Tu étais au courant de ses projets ?

— Oui. On s'était parlé il y a deux jours.

— Et tu as choisi de venir quand il ne serait pas là.

Elle esquissa un haussement d'épaule. Punaise ! Quelle fouine, ce bonhomme ! Evidemment, le meurtre de son père ne lui facilitait pas la vie.

— Parce que tu cherchais quelque chose et que tu ne voulais pas qu'il le sache, poursuivit-il.

— Si on veut. En fait, j'avais prévu de commencer par fouiller la maison mais il est rentré plus tôt que prévu, alors j'ai commencé par la grange. Un petit moment plus tard, j'ai entendu une autre voiture, j'ai regardé dehors. C'était une berline gris métallisé qui s'était garée à côté du vieux pick-up de papa. Le type entrait dans la maison.

Nate se redressa sur sa chaise.

— Qui était-ce ?

— Je ne sais pas.

— Son assassin, peut-être ?

— Si j'avais pu me douter, j'y serais allée et papa ne serait peut-être pas mort. Mais je pensais que c'était un ami ou quelqu'un comme ça.

— C'était quoi comme voiture ?

Elle haussa de nouveau les épaules.

— Aucune idée. Je ne l'ai vue que de côté, je serais même incapable de dire où elle était immatriculée. Tout ce que je sais, c'est qu'elle était flambant neuve. Maintenant, avant que vous me posiez la question, je vous réponds, je n'ai pas vu à quoi le type ressemblait. Je n'ai vu que le bas de ses jambes quand il entrait dans la maison.

— Comment était-il habillé ?

— Je ne sais pas. Attendez… Si, je me rappelle. Il avait des boots noires et un manteau long. Une espèce de cache-poussière.

— Qu'as-tu fait à ce moment-là ?

— J'ai remis mes affaires dans mon coffre au cas où papa serait venu là et m'aurait trouvée et je me suis occupée de Shipjack en attendant que le visiteur s'en aille. Je n'avais pas très envie de voir papa et je n'espérais qu'une chose, qu'il s'en aille avec son… ami. J'avais compris qu'il avait modifié ses projets et invité cet homme au ranch.

— Et alors ?

Prise d'une subite envie de parler, elle s'emballa. Un torrent de mots s'échappa de sa bouche mais, très vite, elle s'arrêta, des larmes plein les yeux. C'était douloureux.

— Prends ton temps, dit Nate gentiment. Rien ne nous presse.

Emue par sa gentillesse — elle ne s'y attendait pas —, elle sécha ses larmes.

— Finalement, je me suis endormie.

— Quoi ?

— Oui, je me suis endormie. Je venais de passer deux jours épouvantables, j'étais morte de fatigue. J'ai fermé la porte du box, il faisait assez bon dans la paille. Elle était fraîche, je veux dire toute propre, papa avait dû la changer un peu plus tôt. Le cheval m'a reniflée, j'ai fermé les yeux. Tout ce que je sais ensuite, c'est que Shipjack m'a soufflé de l'air chaud sur la figure et qu'il a commencé à faire noir dans l'écurie. Quand je me suis réveillée, j'ai regardé dehors. Le temps s'était dégradé. Ça devait faire deux heures au moins que je dormais… La voiture grise était partie et le pick-up de papa n'avait pas bougé. J'ai pensé qu'il était peut-être parti avec son ami et j'ai décidé d'aller voir.

— Pourquoi, subitement, cette envie d'aller voir ? Tu voulais rester cachée jusque-là, non ?

— J'avais fait un mauvais rêve, répondit-elle, se surprenant elle-même à s'expliquer. Quelqu'un… quelqu'un dont je me sentais responsable se noyait et j'étais incapable de l'aider. C'était affreux. J'assistais à la scène et je restais pétrifiée. Impuissante. Quand je me suis réveillée, je me suis dit que j'allais demander son aide à papa, s'il était toujours là. C'est pour cela que j'y suis allée.

Elle n'ajouta pas « encore » mais le pensa très fort.

— Il ne te l'aurait pas refusée, cette aide ? insista Nate.

Elle hésita un peu.

— Ce qu'il faut que vous compreniez, c'est que la dernière fois que nous nous sommes vus, nous nous sommes quittés… comment dire ?… fraîchement. Nous nous sommes dit des choses… heu… Peu importe, c'est trop tard pour les regrets, même s'ils me rongent. On s'était parlé au téléphone depuis, encore récemment, et je l'avais trouvé bizarre. Oui, très bizarre.

— Mais encore ?

Elle reprit son souffle et soupira.

— Il parlait beaucoup de Pearl Harbor. Il n'avait pas

fait la Deuxième Guerre mondiale pourtant, il était trop jeune et il n'est jamais allé à Hawaii. Alors, je n'ai pas bien compris. Il voulait peut-être déménager ? Je ne sais pas… Quand il a commencé à parler de Washington, je lui ai dit que j'avais déménagé en Virginie, mais ça lui est passé au-dessus de la tête. C'était comme si je ne lui avais rien dit. Il était impatient et partait dans tous les sens. Je veux dire, il se mêlait de tout, s'énervait pour tout, les articles parus dans la presse après le drame du centre commercial, le maire de Shatterhorn, la manière dont vous, lui et l'autre personne avaient été salués comme des héros. J'ai commencé à penser que la tuerie l'avait dérangé. Je veux dire mentalement.

— Je vois ce que tu veux dire, acquiesça Nate. Moi aussi, j'ai trouvé que ses mails devenaient bizarres.

— Ah ? Vous l'avez remarqué, vous aussi. Il était obsédé par le terrorisme, il ne lisait et ne parlait plus que des groupuscules terroristes, des milices civiles et de ce genre de trucs. Je vous l'ai dit, il harcelait tout le monde. Et puis, il est parti en guerre contre un mouvement qui s'appelle la Libération du peuple. Pour lui, c'était sûr, ce groupe était derrière ce qui s'était passé…

— … sur une plage à Hawaii, en décembre dernier, l'interrompit Nate. C'est peut-être pour cela qu'il parlait de Pearl Harbor. Les victimes étaient deux marines en permission.

— Je vois que vous avez entendu parler de ce groupuscule, vous aussi.

— J'ai lu des choses sur eux, en effet. Mais je ne sais pas quoi en penser. Le tueur de Hawaii était un marine, furieux d'avoir été limogé de l'armée et chômeur depuis. Mais personne n'a jamais vraiment su son véritable mobile. Je ne vois pas ce que le rédac'chef d'une feuille de chou du Nevada peut faire avec une histoire comme celle-là.

— Je ne sais pas, Nate. Je le sais d'autant moins que, je dois l'avouer, j'ai fini par ne plus téléphoner à mon père.

Nate opina. A sa tête, il avait sans doute fait comme elle, songea Sarah : ne plus appeler son père pour éviter sa rogne.

— Reprenons, dit-il. Tu t'apprêtais à aller lui parler ? Que s'est-il passé alors ?

— J'ai traversé la cour et j'ai trouvé la porte de la maison ouverte, ce qui m'a paru bizarre car il faisait froid et qu'il neigeait.

Elle marqua un temps d'arrêt.

— Papa était là où vous l'avez trouvé en arrivant. C'est la première fois que je voyais un mort, enfin presque… J'ai pris son pouls mais je savais bien que c'était fini, et je ne voyais pas ce que je pouvais faire pour lui d'autant que… que j'étais pressée si je voulais sauver ma… Bref, j'ai commencé à fouiller la maison pour voir si on l'avait volé.

Nate haussa les sourcils.

— C'est pour cela que tu as fouillé la maison ? Pour voir si on l'avait volé ? Tu es sûre ?

Elle détourna les yeux et ne répondit qu'à moitié.

— J'ai vu que son ordinateur avait disparu ainsi que le carnet sur lequel il notait tout. J'ai regardé s'il manquait autre chose, j'ai pensé au coffre et, à ce moment-là, je vous ai entendu arriver. La suite, vous la connaissez.

Nate fit non de la tête.

— J'ignore ce que tu cherches. Et pourquoi. Je ne sais pas qui tu veux protéger. Ni pourquoi tu as menti à propos de la voiture. Bref, je n'ai aucune idée de la raison de tous ces secrets.

Sarah se pencha vers lui. Si seulement elle avait pu lui confier tous ses soucis, quel soulagement elle aurait éprouvé ! Mais elle ne pouvait pas ; ce Nate, elle ne le connaissait pas. C'était un étranger.

On ne doit pas se fier à un étranger, n'est-ce pas !

— Il faut que tu saches ce que les policiers vont penser

quand je les aurai informés, continua-t-il. Ton immobilisme quand tu as découvert ton père assassiné tend à prouver que tu as un complice, que c'est ce complice qui a tué ton père et que tu cherches maintenant à le couvrir. Tu me comprends, oui ou non ?

Elle se leva, la main sur son fusil. Elle commençait à avoir mal à la tête et ses mains tremblaient. Bien sûr qu'elle savait tout cela, et quand il lui disait ce que penseraient les policiers, il disait en fait ce qu'il pensait, lui, parce qu'il était flic. En fait, il ne lui faisait pas confiance, il cherchait juste à la faire parler.

— Je n'ai rien d'autre à dire, conclut-elle. Aucune information à partager avec vous. Maintenant, il faut que je m'en aille et n'essayez pas de m'en empêcher, je n'aimerais pas vous blesser.

Tel un serpent à sonnettes, il se dressa devant elle et, d'un mouvement rapide de la main droite, abaissa le canon du fusil, puis il le lui arracha en lui tordant le bras.

Elle se retrouva nez à nez avec lui. Il avait les traits tirés et le teint gris. Il posa le fusil à l'écart et lui empoigna le bras de sa bonne main.

— Il y a un ennemi bien plus dangereux que moi qui rôde dans les parages ; ne me dis pas que tu ne le sais pas.

— J'aurais pu vous tuer ! cria-t-elle, tremblante de rage. Il faut être fou pour arracher un fusil des mains de quelqu'un de cette façon !

— Fou ? Peut-être.

Elle fit une moue dépitée et ne commenta pas.

— La folie, Sarah, c'est de ne pas comprendre que je suis fatigué de ton jeu.

— Mais je ne joue pas.

— Bien sûr ! Evite de me dire cela, dis-le à ton père si ça te chante !

Elle leva la main pour lui donner un coup, mais il l'attrapa au vol. Avant qu'elle ne se rebiffe et proteste, il l'avait calmée en la serrant contre lui. Dans son élan, il prit même ses lèvres. Furieuse, elle essaya de se débattre, mais il la serra encore plus fort.

Et, brusquement, il la relâcha. Elle était libre de s'en aller, comprit-elle.

Elle le fusilla du regard, esquissa un pas en arrière, mais, finalement, ne bougea pas.

6

Pendant quelques secondes, Nate perdit toute notion du temps et de l'espace. Sarah s'était débattue — à peine — pour finalement se blottir contre lui. Au deuxième baiser, il était noyé, perdu dans le plus épais des brouillards. Plus rien n'existait que la tendresse humide de sa bouche, la pression de ses seins contre son torse. Peu à peu, s'enhardissant, elle passa les bras autour de son cou et se frotta contre sa joue. Il se laissa emporter par le flot tumultueux de son désir.

Quand elle s'écarta de lui, un peu plus tard, il ne chercha pas à la ramener à lui. Il la dévisagea : ses yeux brillaient d'un étrange éclat. Il avait tenté de nier son attirance pour elle. Une attirance qu'il avait ressentie dès qu'il l'avait vue. Elle lui avait facilité la tâche en se montrant froide, parfois même agressive, mais cela n'avait pas suffi. Et voilà qu'il avait dérapé…

Tant pis ! se dit-il.

Incapable de se raisonner, il reprit la bouche de la jeune femme et l'embrassa encore, tendrement cette fois, puis il la lâcha et la contempla, perplexe. Que signifiait cette lumière étrange qu'elle avait dans les yeux ? Etait-elle excitée par le désir ou par le piège qu'elle lui avait tendu et dans lequel il était tombé ? L'avait-elle laissé l'embrasser pour avoir le pouvoir sur lui, pour le dominer et en faire sa marionnette ? Ou était-elle ébranlée, comme lui, par tout ce qui s'était passé depuis ces quelques heures ?

Une chose était certaine : il avait embrassé un certain nombre de femmes dans sa vie, il avait même été fiancé à l'une d'elles, mais aucune, absolument aucune ne lui avait jamais fait cet effet.

— C'est à l'académie de police qu'on vous apprend à embrasser comme ça ? murmura-t-elle en lui caressant les lèvres.

— Première leçon, chapitre un, plaisanta-t-il.

— Je suppose que vous étiez le meilleur de la classe ! se moqua-t-elle à son tour.

Il sourit, ni parce qu'ils badinaient ni parce qu'il se conduisait comme un adolescent, mais parce que Sarah, avec sa voix adorable, lui donnait envie de sourire. Il ne savait pas grand-chose d'elle mais, d'une certaine façon, il la *connaissait*.

— J'ai honte d'avoir pointé mon fusil sur vous, s'excusa-t-elle en battant des cils comme une poupée.

Sarah se pressa de nouveau contre lui, et il laissa oubli, arme, police… tout ce bataclan, de côté. Il abaissa légèrement la tête, elle releva la sienne. Il approcha sa bouche, elle tendit ses lèvres. A la seconde où ils allaient se happer, une détonation retentit. Un claquement sec. Dehors. Il venait de se passer quelque chose. Les lumières tremblèrent, s'éteignirent et la maison plongea dans le silence et les ténèbres. Le cri étouffé de Sarah le prit aux tripes. Puis elle traversa la pièce, dans le noir. Où partait-elle, bon sang ?

Il se précipita à sa suite et se cogna contre les meubles dont il n'avait pas mémorisé l'emplacement. La porte qui s'ouvrait l'incita à accélérer le pas. Une lumière grise venait du dehors. Ah, la peste ! Elle choisissait ce moment pour se sauver !

Oh ! et puis après tout, si c'était son souhait, qu'elle s'en aille !

— Montrez-vous ! cria-t-elle au loin.

Il alluma la lampe torche qu'il avait remise dans sa poche

en rentrant : Sarah était au milieu de la cour et s'époumonait dans la nuit. Si quelqu'un les guettait, c'était une cible idéale. Une petite éclaircie, un rayon de lune… son sort serait réglé. Quelle folle !

— Vous m'entendez ? hurla-t-elle. Je sais que vous êtes là ! Répondez !

Quelque chose, en l'air, craqua. Nate releva la tête, braqua sa lampe vers le ciel. Juste au-dessus, un fil électrique pendait mais il n'était pas coupé. Longeant le fil avec le faisceau de sa lampe, il arriva à un conifère dont une branche, alourdie par le poids de la neige, avait craqué. La branche, de la taille d'un sapin de Noël d'un grand magasin, était tombée sur les fils, entraînant dans sa chute un poteau électrique qui s'était tordu sous le choc.

Et Sarah appelait toujours.

Il s'approcha d'elle et lui toucha l'épaule, ce qui la fit sursauter. Elle se retourna brusquement. Les yeux pleins d'effroi, elle pleurait à chaudes larmes.

— Je n'en peux plus, sanglota-t-elle en s'essuyant les joues.

Elle regardait partout, même derrière elle, comme si elle s'attendait à voir surgir un malfaiteur.

— Qu'il sorte au grand… jour et dise ce qu'il… veut, déclara-t-elle en bégayant d'émotion.

— Qui ? demanda Nate. Donne-moi un nom.

— Je ne peux pas vous donner de nom. Je ne le sais pas. Mais il est là, je le sens.

— Je ne crois pas, Sarah. Ecoute-moi.

Il braqua le faisceau de sa torche sur le poteau électrique tordu.

— Tu vois le sapin ? Regarde la grosse branche, là-haut. Elle s'est cassée et est tombée sur les fils. Ce qu'on a entendu, c'est le bois qui craquait et les étincelles quand les fils se sont touchés. C'est pour cela que le courant a sauté. Il y a eu un court-circuit. Finalement, ce n'est pas une mauvaise chose, le fournisseur d'électricité va devoir envoyer une équipe pour réparer. Elle sera obligée de déblayer l'accès.

Il lui prit la main.

— Allez viens, rentrons. Il faut qu'on trouve un moyen de s'éclairer en les attendant.

— Il y a des lampes à pétrole dans l'écurie.

— Parfait. Allons-y.

Il faisait plus noir dans l'écurie que dehors. Le cheval avait dû être effrayé par la chute de la branche ou les cris de Sarah, car il hennissait et frappait le sol à grands coups de sabot.

— Elles sont dans le placard, là-bas, précisa-t-elle. Je vais voir ce qu'a Shipjack.

Pourquoi Sarah était-elle aussi bien renseignée sur l'emplacement des lampes à pétrole ? se demanda Nate. Etait-ce parce que, dans son enfance, on les rangeait déjà là ou parce qu'elle avait fouillé dans le placard quelques heures plus tôt ?

En tâtonnant, il en trouva deux, complètes et qui contenaient encore du pétrole. Il en alluma une qui répandit aussitôt sa lumière jaune dans le bâtiment.

— J'ai ouvert le portail qui donne sur le pré de derrière, annonça-t-elle en revenant.

Elle était particulièrement jolie dans cette lumière dorée et il dut se faire violence pour ne pas la reprendre dans ses bras.

Mince ! Cela faisait des lustres qu'un tel désir pour une femme ne l'avait pas envahi. Mais pourquoi elle ?

— Pourquoi ? s'étonna-t-il.

— Au cas où… Je ne voudrais pas que Shipjack soit piégé ici si jamais…

Elle laissa sa phrase en suspens. Son visage s'était assombri. Que craignait-elle au juste ? Pourquoi faisait-elle tant de mystère ?

— Je te rassure, Sarah. Il n'y a pas de raison pour qu'il

nous arrive quelque chose dans l'immédiat… A moins que je ne sache pas tout.

Voilà, il lui tendait une perche. A elle de la saisir.

Comme elle ne répondait pas, il insista.

— Tu les connais, ces gens qui sont derrière tout ça. Dis-moi qui c'est.

Elle restait silencieuse.

— Je ne vois pas ce qu'il y a d'humiliant à accepter de l'aide, ajouta-t-il.

— Ce n'est pas le problème, confia-t-elle. Le problème, c'est le prix à payer.

— Quel prix ?

— Tout a un prix. En plus, tu es de la police.

Il faillit bondir mais se retint.

— Je suis aussi un homme, protesta-t-il. Et je suis piégé dans une fichue situation. Heureusement pour moi, je ne suis pas toujours très orthodoxe, ni dans ma façon de penser ni dans ma façon de me comporter.

Il alluma la seconde lampe et la leva. Son épaule, quelque peu malmenée depuis plusieurs heures, ne lui avait jamais fait aussi mal.

— Laissez-moi réfléchir, dit-elle en se détournant.

— Alors fais vite. A mon avis, notre visiteur va revenir finir ce qu'il a commencé.

— Je sais.

Comme ils retournaient vers le portail, la lampe éclaira la voiture verte et le sticker collé sur le pare-chocs arrière.

— « La vie est un casino », lut Nate en s'approchant. Décidément, j'ai du mal à t'associer au gros dé rose accroché au rétroviseur et à ce genre de maxime.

Sarah poussa un profond soupir.

— Ce n'est pas ma voiture.

Il était de plus en plus exaspéré par ses mensonges et approximations.

— Ah oui, c'est vrai ! Ce n'est pas *ta* voiture !

— Elle est à ma mère, reconnut-elle. Ma mère s'appelle Diana. Sarah, c'est le prénom de sa mère. C'est d'elle que je tiens le mien.

Nate fit un effort pour contenir sa colère.

— Tu ne pouvais pas me dire que tu avais pris la voiture de ta mère ? Je ne vois pas pourquoi tu fais tant de mystère ? A moins que tu ne la lui aies pas demandée ?

— Mais si, elle sait que je l'ai prise. J'ai menti parce que vous êtes policier et que maman est emberlificotée dans des affaires… heu… comment dire… hasardeuses.

— Et tu cherches à la protéger ?

Sarah hocha la tête.

— C'est pour cela que tu es venue ici, reprit-il. Tu cherches quelque chose pour elle ?

— Oui, répondit-elle en accélérant le pas.

— Tu as été suivie ?

Silence.

Il la rattrapa. Elle était déjà au milieu de la cour.

— As-tu été suivie, Sarah ?

— Je ne pense pas. J'ai fait attention.

— En ce cas, comment expliques-tu que quelqu'un ait pu deviner que tu étais ici ?

Elle prit son temps avant de répondre, comme si ce qu'elle avait à dire exigeait une longue concentration.

— C'est peut-être maman qui lui a dit que je venais ici.

Nate la prit par le bras et l'entraîna dans la maison. Il n'y avait pas cible plus facile dans une nuit noire qu'une silhouette immobile tenant une lampe dans un espace découvert. Deux, c'était encore mieux, cela augmentait les chances !

Il ferma la porte derrière lui et la verrouilla.

— Sarah, il faut absolument que quelqu'un t'aide.

Il posa la lampe à pétrole sur le comptoir entre l'entrée et le salon.

— Tu le sais, d'ailleurs. Tu avais l'intention de demander

à ton père de t'aider. Fais-moi confiance. Je peux t'aider, moi aussi.

— Vous me promettez de ne pas m'arrêter ?

— Je n'ai pas le droit d'arrêter qui que ce soit dans le Nevada, répondit-il. Ça ne dépend pas de ma juridiction. Nulle part ailleurs non plus, ajouta-t-il.

— Peut-être, mais vous pouvez m'attirer des ennuis. Or, je ne peux pas me permettre de perdre du temps à régler d'éventuels problèmes. Je dois trouver ce que je suis venue chercher et retourner à Reno, ou alors y retourner et essayer de faire entendre raison à une personne que je trouve parfaitement déraisonnable.

— Tu n'y penses pas ! Raisonner quelqu'un qui nous a déjà tiré dessus ?

— Je n'ai pas le choix. Je n'arrive pas à trouver les pièces.

Enfin ! se réjouit Nate.

C'était donc des pièces qu'elle cherchait !

— Des pièces de valeur ?

Elle se détourna, visiblement agacée d'en avoir trop dit.

— Sarah, s'il te plaît, parle !

Elle lui lança un regard mauvais.

— Des pièces, c'est tout.

— Quelles pièces ? Des pièces anciennes ? Des doublons ? Quoi ? Je t'en prie, explique-toi.

— Des pièces en argent qui appartenaient à mon grand-père, si vous voulez tout savoir.

— Beaucoup ?

— Des tonnes !

A son tour, il s'énerva.

— Des tonnes ? Mais encore ? Parle, bon sang !

— Plein de rouleaux. Entassés dans des barils de grains de café. Des barils de douze litres. Mon père m'a raconté que mon grand-père avait fait la queue pour en acheter le jour de leur émission. Il les a ensuite donnés à mon père qui a toujours refusé de les déposer à la banque. Il préférait les avoir sous la main, même pas pour les dépenser, mais « pour les surveiller », disait-il. « Une poire pour la soif », disait-il aussi. Il avait plein d'expressions comme ça. En attendant, quand le ranch a commencé à partir à vau-l'eau et qu'il a fallu vendre les chevaux… quand son pick-up a rendu l'âme… quand la maison a commencé à partir en ruines… il ne s'en est pas séparé. Je ne sais pas ce qu'il attendait… *Quelle soif ?*

— Je ne sais pas, répondit Nate sans réfléchir.

— Bref, ces pièces valent entre deux et trois cents dollars chacune. J'ai cherché partout, impossible de les retrouver.

— Parce que… tu en as besoin ? Pour quoi faire ?

Elle posa la lampe à pétrole près de la cheminée et s'affala dans un fauteuil. Puis, levant les bras comme en signe de reddition, elle marmonna :

— Pour sauver ma mère.

— Pourquoi ? Elle a des ennuis ?

— Oui, elle est accro au jeu.

Elle le regarda par en dessous, comme si elle avait honte d'en parler.

— Cette fois, elle a de gros, gros ennuis. Elle a tout… bouffé. Même l'argent qu'elle avait emprunté à des gens peu recommandables. Elle est donc allée voir le boss, un requin, pour lui expliquer qu'elle ne…

— Quel requin ? Tu veux dire le type qui nous a tiré dessus ?

— Non, celui que j'appelle le requin est un certain Jack Poulter. Il ne se salirait pas les mains. Il n'est pas fou.

— Excuse-moi, Sarah, mais je n'y comprends rien, l'interrompit Nate.

— Poulter exige que maman le rembourse. Quand elle lui a annoncé qu'elle n'avait pas assez d'argent, il l'a mise en garde. Il n'accepte aucune dette d'argent. Elle lui a répondu quelque chose du genre « personne n'a jamais fait couler du sang d'un navet ». Je ne pense pas que ça l'ait satisfait.

Elle pensait s'en sortir en lui faisant du charme, mais ça n'a pas marché.

— Tu m'étonnes ! Les prêteurs n'ont jamais eu la réputation de faire du sentiment en matière de gros sous.

— Vous ne connaissez pas ma mère. Elle a certainement cru qu'il estimerait que ce n'était pas grave et qu'elle serait quitte.

— Mais il n'a pas vu la chose sous cet angle.

— Bien sûr que non ! Il a disparu dans la nature, mais deux jours plus tard ma mère a reçu la visite d'un inconnu. Il lui réclamait une partie de la somme qu'elle devait à Poulter et lui a dit qu'il ne partirait pas les mains vides.

— Qui était-ce ?

— Il s'est présenté comme Bellows. C'est tout. Il venait de la part de Poulter. Il avait une tête à faire peur, avec deux dents en argent devant. Il avait un complice avec lui.

— Il y a quelque chose que je ne comprends pas. Comment se fait-il que Poulter ait prêté à ta mère une telle somme d'argent ? Elle avait proposé quelque chose en garantie ?

— Papa lui avait donné un de ses barils de grains de café quand ils se sont séparés, mais à la condition qu'elle abandonne tout droit sur le ranch. Elle a flambé tout l'argent, enfin presque tout, puisqu'elle en avait investi une partie dans des obligations. Cette fois-ci, si j'ai bien compris, elle a emprunté en mettant ces obligations en garantie. En plus, elle a menti car elle a dit à Poulter qu'elle en avait beaucoup plus que ce qu'elle a vraiment. Bref, ses obligations ont fondu et elle s'est retrouvée le bec dans l'eau. Sans un sou et avec des dettes qu'elle est incapable de rembourser. Après la visite de Bellows, ma mère — qui n'est jamais à court d'imagination — est allée trouver papa pour lui demander de la sortir de ce pétrin. Au départ, il a accepté, je crois. Mais il s'est ravisé et lui a dit que, cette fois-ci, elle devait affronter les conséquences de ses actes.

— Cette fois ?

— Oui. D'aussi longtemps que je m'en souvienne, ma mère a toujours joué. Elle a passé sa vie à se débattre dans des catastrophes qu'elle avait elle-même provoquées. J'ai essayé de prendre du champ en partant dans l'Est, mais elle a toujours trouvé le moyen de me forcer à revenir. Cela fait des mois maintenant que je ne l'ai pas vue.

Cette histoire de barils de pièces intriguait Nate. Aussi, il chercha à en savoir plus.

— Tu es certaine que ton père a toujours ces pièces ?

— A mon avis, oui. Quand il a accepté de donner de l'argent à maman, il lui a filé environ deux cent cinquante mille dollars.

— Ça fait beaucoup d'argent, commenta Nate, admiratif.

— Tu ne me le fais pas dire !

— Ta mère n'a pas pu hypothéquer sa maison ou bien…

Elle éclata de rire.

— Quelle maison ? Elle l'a perdue il y a longtemps. Elle n'a pas un centime devant elle, pas un. La dernière fois qu'elle a eu des ennuis, elle m'a tapé tout mon argent. Ce n'était pas énorme, mais c'était tout ce que j'avais. J'avais travaillé plusieurs années pour mettre de l'argent de côté et retourner à la fac. Elle m'a tout pris, jusqu'au dernier centime, pour éponger ses dettes.

— Il va lui en falloir, des pièces, pour rembourser ses dettes ! Ça va être lourd. Tu ne pourras jamais les porter toute seule.

— Je sais.

— Où sont tes papiers d'identité ? demanda-t-il brusquement.

Elle se frotta les yeux.

— Bellows a emporté mon sac. Il ne voulait pas que je m'éloigne. C'est pour ça que je n'ai pas pu louer de voiture et que j'ai pris celle de ma mère.

— Il t'a donné une date limite ?

— Oui, demain 15 heures. Après, il mettra sa menace à exécution.

— Tu penses qu'il lui fera du mal ?

— Il lui a déjà cassé deux doigts pour l'obliger à m'appeler à son secours. Je ne sais pas s'il ira jusqu'à la tuer, mais je pense qu'il se vengera sur le ranch. Quant à elle, je crois qu'elle est à bout.

— Mais pourquoi t'appeler, toi ? Ils ne pensaient quand même pas que tu as autant d'argent ?

— Je pense que maman leur a dit qu'il fallait qu'elle aille je ne sais où… loin … pour le chercher et qu'ils ne l'ont pas crue. Alors, ils l'ont malmenée jusqu'à ce qu'elle accepte d'appeler quelqu'un pour y aller à sa place. C'est tombé sur moi. Ce voyou m'attendait à l'aéroport avec une photo de ma mère couverte de sang et de bleus. Il m'a pris mes papiers et m'a donné les clés de sa voiture avec ordre d'être de retour demain à 15 heures. Tout bien considéré, c'est comme si j'étais l'otage de ma mère, maintenant. Si elle leur fausse compagnie et alerte la police, c'est sur moi qu'ils vont se venger.

Nate hocha la tête. Malgré tous ses précédents mensonges, Sarah méritait peut-être, cette fois-ci, qu'il la croie. Les heures passées les avaient épuisés et elle ne devait pas être d'humeur à inventer ce qu'elle venait de raconter.

— Si ces gens pensent que tu peux leur fournir autant d'argent, je ne vois pas pourquoi ils chercheraient à te descendre. Pourquoi ne pas attendre, tout simplement, que tu leur apportes la manne ?

— Je ne sais pas. Ce que je suppose, c'est qu'à force de l'interroger, ils ont fini par faire dire à maman où j'allais aller chercher l'argent. Elle a dû leur avouer que j'irais chez mon père. S'ils ont compris qu'il y en a beaucoup plus ici que ce que maman leur doit, ils ont certainement décidé d'en profiter…

Elle se pencha et, les coudes sur les genoux, continua :

— Il faut que je trouve cet argent ou, sinon, un moyen de repousser la date limite. Autrement, ma mère est morte. Je suis morte et, dans leur élan, ils te tueront aussi. C'est aussi simple que ça.

7

Perplexe, Nate plongea les yeux dans ceux de Sarah.

Toute cette histoire n'avait pas grand sens. Comment des hommes aussi frustes avaient-ils pu orchestrer cette machination ?

Un seul fait était avéré : quelqu'un était entré chez Mike et l'avait tué de sang-froid. Mais cette personne n'avait pas eu la curiosité d'aller voir dans la grange si quelqu'un d'autre s'y trouvait. Ensuite, après avoir tué Mike, pourquoi l'individu était-il parti pour revenir sur un scooter des neiges quelque temps plus tard ? Scooter qui avait sans doute été loué et dont il serait facile de remonter la trace jusqu'au loueur. Rien de tout cela ne tenait debout, conclut Nate.

Mais les truands n'étaient pas toujours des gens organisés et, si le tueur était un homme de main de Bellows, peut-être avait-il mis au point son plan seulement en venant ?

Sarah se frotta les yeux et bâilla. Puis elle se leva, ôta sa veste et proposa à Nate de l'aider à enlever la sienne. Bien que la perspective de bouger le bras ne l'amuse pas, il accepta. Son vêtement retiré, dans un concert de *oh*, de *aïe* et de grimaces, il lui présenta sa manche qu'elle regarda à la lueur de la lampe à pétrole.

— Ça saigne encore, constata-t-elle.

— Je m'en doutais.

— Venez, on va arranger ça.

Elle prit la lampe qu'elle avait posée près de la cheminée

et le précéda dans le couloir. Arrivé dans la chambre, il s'assit sur le lit et commença à déboutonner sa chemise.

Sarah passa par la salle de bains et revint avec des pansements.

— Laissez, je vais m'en occuper, proposa-t-elle.

Elle s'agenouilla devant lui et refit les gestes qu'elle avait déjà effectués un peu plus tôt. Mais la situation avait évolué. Ils s'étaient embrassés et cet échange de baisers compliquait leur relation, songea Nate.

Embarrassée, un peu gauche, elle fit glisser la manche le long de son bras.

— Oh ! oh ! fit-elle en fronçant les sourcils. Ça ne me plaît pas.

Devant son air préoccupé, il observa à son tour. Le pansement était rouge vif.

— Il faudrait que vous vous reposiez quelques jours, remarqua-t-elle.

— Il n'en est pas question.

Elle défit la bande, étala une crème antibiotique sur une compresse puis appliqua celle-ci sur la plaie. Enfin elle refit le bandage.

Elle alla ensuite prendre une nouvelle chemise dans la commode de son père et aida Nate à la passer. Heureusement, Mike était encore plus large et plus fort que lui : il enfila les manches sans douleur.

— Je vais tailler une bande dans un drap pour que vous puissiez mettre votre bras en écharpe, lança Sarah.

En se donnant un peu de mal, il aurait presque pu se soigner tout seul, mais il adorait qu'elle s'occupe de lui.

Elle disparut dans l'entrée et revint avec un drap blanc qu'elle déchira en bandes. Profitant de ce qu'elle en nouait une autour de son cou, Nate leva la main pour lui caresser la joue.

Elle le regarda d'un air étonné.

— Merci, fit-il.

Elle lui adressa alors un sourire, un petit sourire, tendre et chaud, irrésistible.

Puis elle s'assit près de lui, la tête contre son épaule.

— Ce serait plutôt à moi de vous remercier, dit-elle.

Elle le regarda dans les yeux et ajouta :

— Ça vous dirait qu'on s'allonge sur le lit et qu'on dorme quelques heures ?

— D'accord pour m'allonger, répondit-il, la voix subitement rauque. Mais pour ce qui est de dormir…

Et il l'embrassa.

— Avec votre bras en écharpe ? s'amusa-t-elle. Comment voulez-vous me faire l'amour ? Parce que c'est bien cela que vous insinuez, n'est-ce pas ?

— Absolument. Et ma réponse est qu'il n'y a pas de problème. Je ferai attention et je me laisserai faire.

— Je croyais que vous étiez fiancé ou marié ?

— Je l'étais. Je ne le suis plus.

— Ah bon ?

— Il y a quelques semaines, j'ai dit à ma fiancée que j'allais venir ici voir Mike et elle a piqué une crise. Elle m'a reproché de ne plus être comme avant, que j'étais attaché au passé, que depuis Shatterhorn j'avais changé.

— Vous aussi ? Comme papa ?

— Pas exactement, mais j'ai changé quand même. J'ai perdu un peu de mes certitudes et je me suis demandé si je menais vraiment la vie que je voulais. J'ai laissé mourir quatre enfants, Sarah. C'était à la fin de ma semaine de vacances, je n'étais pas armé, j'étais donc vulnérable et je n'ai pas pu empêcher quatre enfants de se faire tuer. Si j'avais eu tout mon attirail, les choses se seraient terminées différemment.

— Mais ce n'est pas votre faute.

— J'aurais dû les sauver, c'est mon métier. Je crois

que cet échec m'a tellement traumatisé qu'il a bouleversé toute ma vie.

— Mais ça ne fait que quelques mois, Nate. Il faut laisser le temps au temps. J'imagine que tous ceux qui vivent ce que vous avez traversé ont du mal à s'en remettre. Ils restent marqués pour toujours, vous ne croyez pas ? Votre fiancée aurait dû le comprendre et vous soutenir, au contraire.

Il haussa les épaules.

— C'était quelqu'un d'impatient, d'exigeant… d'un peu capricieux peut-être. Elle aurait voulu que je reste comme j'étais avant mais j'avais changé… Bon, assez parlé de moi. Qu'est-ce qui est arrivé à votre policier de mari ?

— J'avais dix-sept ans quand on s'est connus. Maman était devenue complètement accro au jeu et papa lui avait demandé de s'en aller. Je venais de passer mon bac et je ne savais que faire.

— Alors, tu t'es mariée ?

— C'est plus compliqué que cela.

— C'est-à-dire ?

— On a traversé des moments très difficiles tous les deux, murmura-t-elle.

— Tu n'as pas pris son nom ?

— Non. Je rêvais toujours d'être vétérinaire et je voulais garder mon nom — c'est du moins ce que je me disais — pour que papa puisse être fier de moi une fois que j'aurais eu mon diplôme. Je l'ai toujours déçu.

— Cela me surprend.

Elle sourit.

— C'est en tout cas l'impression que j'avais à l'époque. Vous avez bien connu papa ?

— Non, pas du tout.

— Il pouvait être très dur. Bizarrement, c'était un marginal. Et son tempérament… Oh là là ! il était vraiment caractériel.

— Ton mari était comme lui ?

— Pas du tout. Johnny était un amour. Vous n'imaginez pas ce qu'il était gentil.

— Qu'est-ce qui est arrivé alors ?

— Il m'a abandonnée, répondit Sarah d'une voix lugubre. Mais pas par choix. Il a reçu une balle alors qu'il patrouillait et il est mort sans que je puisse le revoir.

— Je suis désolé, Sarah.

Il l'observa. Son visage était nimbé d'une lumière douce qui la rendait presque irréelle. Il y avait de la tristesse dans ses yeux bleus, une tristesse qu'il aurait aimé chasser en les embrassant. En même temps, elle avait quelque chose de si sensuel que son corps était un appel…

Cependant, elle avait de gros soucis, il ne devait pas l'oublier. Et cela lui permettrait de changer de sujet.

— Sais-tu où ton père gardait les pièces ?

— Je les ai vues une seule fois. Elles se trouvaient dans une cache secrète construite tout spécialement pour elles dans le mur près de la cheminée.

— Je suppose que c'est là que tu es allée voir en premier ?

— Absolument. Il n'y a plus rien dedans sauf une photo de Shipjack.

— A ce que je vois, tu as fouillé partout.

— Presque, car vous êtes arrivé quand j'allais m'attaquer aux murs… Arracher les papiers peints pour voir derrière. Et le parquet…

— Je t'ai vue regarder dans le coffre-fort.

Elle se figea d'un coup.

Il insista.

— Tu as pris quelque chose dedans et tu l'as mis dans ta poche. Je t'ai vue.

— Ah ça ! C'est rien. C'est une clé à moi. Rien à voir avec les pièces ou avec ma mère.

Nate hocha la tête.

— OK. Rien d'autre dans le coffre, donc ?

— Non. J'espérais trouver les pièces ou un papier

avec l'adresse où mon père les avait cachées. Ou alors un document prouvant qu'il les avait vendues. J'aurais préféré ça à rien du tout. Je pensais aussi y trouver un testament mais rien non plus.

— Il faut que nous continuions à chercher.

— Nous ?

— Oui. Je ne pars pas. Si tu veux te reposer et fermer les yeux quelques minutes, fais-le. Pendant ce temps, je vais décrocher ce qu'il y a sur les murs et essayer de voir s'ils ont été replâtrés ou réenduits récemment, ce qui voudrait dire que quelqu'un les a sondés ou touchés. D'ici à quelques heures, il fera jour. Il faut qu'on soit sortis d'ici avant que les lieux soient sécurisés. Il va falloir faire vite.

— Dans ce cas, je vais vous aider, dit-elle en se levant.

Elle lui tendit la main pour l'aider à se relever. Ils se regardèrent. Nate — la tête lui tournait un peu — vacilla légèrement. Elle le rattrapa par l'épaule.

— Ça va ?

— Super !

Se penchant vers elle, il l'embrassa sur le front.

— On commence par ici ? demanda-t-il en s'approchant du mur.

De son bras valide il commença à arracher la tapisserie. De son côté, elle décrocha les tableaux.

Une fois les murs partiellement dénudés, ils les examinèrent avec leurs lampes. Mais ils ne présentaient aucun signe suspect, mis à part de vieilles plaques de peinture qui indiquaient, au contraire, que rien n'avait changé depuis des temps immémoriaux.

— Et les tapis ? lança Nate, en s'asseyant au bord du canapé.

Bien que Sarah ait fait le plus gros du travail, il avait mal au bras.

— Que voulez-vous savoir ? répondit-elle. S'ils ont été changés depuis mon enfance ? Oui, quelques-uns. Celui du salon par exemple, celui de mon ancienne chambre aussi ainsi que la moquette de la chambre des parents.

— Si on regardait ? suggéra Nate. Mais on va avoir besoin d'une barre à mine.

— Il y en a une dans l'écurie.

— Je l'ai vue sur l'établi. J'y vais.

Elle le regarda en hochant la tête.

— Non, pas vous. Restez tranquille… Avec votre bras ! C'est moi qui y vais.

— Tu reviendras ? demanda-t-il, à la fois moqueur et méfiant.

Elle sourit et lui répondit sur le même ton.

— Peut-être. Peut-être pas.

Et sur ces mots, elle sortit.

Se dépêchant autant que la neige et la fatigue le lui permettaient, Sarah traversa la cour et s'arrêta à la porte de l'écurie. L'auto verte de sa mère était là, attendant Dieu seul savait quoi, comme un gros crapaud échoué.

Deux heures plus tôt, elle avait bien failli essayer de la sortir mais elle ne serait pas allée bien loin. Elle le savait d'ailleurs — elle n'était pas idiote —, mais l'inaction lui pesait. L'inaction et l'inquiétude de ne pas savoir ce qui se passait à Reno.

L'idée de sauter dans la voiture et d'essayer de partir lui traversa de nouveau l'esprit. Si elle ne s'était pas retenue…

Mais elle ne pouvait pas abandonner Nate. L'ennemi n'avait pas dit son dernier mot, elle en était certaine. Il fallait à tout prix qu'ils trouvent les pièces d'argent et les emmènent loin du ranch avant que quelqu'un ne revienne.

La barre à mine se trouvait bien sur l'établi. Elle la prit et retraversa la cour en courant. La neige tombait de plus en plus dru et tenait. Sur la gauche, dans le pré, Shipjack souffla puis galopa vers elle dans l'espoir, sûrement, qu'elle lui donne un croûton de pain.

Une fois rentrée dans la maison, elle ferma à clé derrière elle.

— Déjà ? fit Nate, à genoux près de la cheminée. Tu es donc revenue.

Sa satisfaction, perceptible dans sa voix, fit sourire Sarah.

— Oui, et je n'en reviens pas moi-même ! plaisanta-t-elle.

Elle traversa la pièce et s'accroupit à côté de lui.

— Que faites-vous ?

— Je regardais ce petit meuble. Quand il est fermé, il se fond dans le décor. J'ignorais que Mike avait des talents d'ébéniste.

— Lui, non. C'est mon grand-père qui a construit cette maison.

Nate se leva.

— Si on roulait les tapis et qu'on examinait les planchers ?

— Commençons, dit Sarah.

Comme Nate était blessé, elle redoubla d'efforts.

— J'ai honte de te laisser tout faire, confessa-t-il.

— Pas de problème. Au contraire. J'ai de l'énergie à revendre. Autant faire ça que me ronger les ongles d'inquiétude.

Le plancher du salon était constitué de lames de sapin, souples mais épaisses, difficiles à enlever.

Au bout de dix minutes, découragée, Sarah se tourna vers Nate.

— Il va nous falloir plusieurs jours si on veut tout arracher, se lamenta-t-elle.

— Oui…, reconnut Nate. On va faire autrement. On va rouler les tapis et regarder dessous s'il y a des raccords récents. Des lattes neuves qui n'auraient pas la même couleur.

— Si seulement il avait pu laisser les barils dans le petit meuble, soupira Sarah.

Le tour de la maison terminé, ils revinrent à leur point de départ : le salon. Ils n'étaient pas plus avancés.

— Pourquoi les a-t-il déménagés, ces barils ? marmonna Nate.

— A cause de maman, j'imagine. Parce qu'elle savait où ils étaient et qu'il ne lui faisait pas confiance. L'ironie de la vie, c'est que c'est moi qui suis là, maintenant, avec l'intention de les voler. Mais c'est pour elle.

— Ils sont à toi, dorénavant, remarqua Nate. A moins qu'il n'y ait quelqu'un dans le tableau, dont j'ignore l'existence.

— Qui sait ? Il avait peut-être l'intention d'en faire cadeau à je ne sais qui, une œuvre humanitaire, une fondation pour les animaux malheureux, ou à ses amis… Tout est possible.

— Quand ta mère t'a *emprunté* l'argent que tu avais mis de côté pour la fac, comment se fait-il que ton père ne t'ait pas aidée ? S'il avait tellement de moyens, c'était facile pour lui.

— Je ne lui ai jamais dit ce que maman m'avait fait.

— Pourquoi ?

— Pour la protéger.

— C'est généreux de ta part, mais la générosité, ça fonctionne dans les deux sens. Elle aussi, elle aurait dû te protéger.

Sarah haussa les épaules.

— Ça ne marche pas comme ça dans la famille.

Nate n'insista pas et s'agenouilla de nouveau devant le petit meuble. Il en sortit la photo de Shipjack.

— Tu sais ce que fait cette photo dans le meuble ? C'est bizarre qu'il n'y ait qu'elle.

— Je l'ignore.

— Elle est si importante que ça ?

Sarah prit le cliché et l'étudia.

— C'est Shipjack. Vous voyez le fer à cheval retourné au-dessus de la porte de son box ? Je me rappelle que papa a dit que la ficelle à laquelle il l'avait accroché avait craqué. Cela fait deux ans environ et on ne l'a jamais remplacée.

Donc, cette photo remonte à au moins deux ans. A part ça, je ne vois rien de particulier sur cette photo.

— Sarah, dit Nate d'une voix douce, et si ton père avait caché les pièces dans la stalle de Shipjack ?

Elle hocha lentement la tête.

— Ce n'est pas bête du tout, ça.

Et elle prit sa lampe à pétrole.

— Allez, on y va.

Ils passèrent une veste et traversèrent de nouveau la cour.

Sarah entra dans l'écurie, un peu crispée. Elle redoutait un nouvel échec.

Pour qu'ils puissent fouiller sans être dérangés par Shipjack, revenu dans son box, elle l'en sortit et referma la partie basse de la porte pour l'empêcher d'entrer.

Nate, lui, s'était emparé de la fourche.

— Laissez-moi faire, lui dit-elle. Il faut ses deux mains pour ce travail.

— D'accord. Tu te charges du sol, je m'occupe des murs. Je peux décrocher la mangeoire ?

— Bien sûr.

Le cheval passa la tête au-dessus de la demi-porte alors qu'ils commençaient leur travail. En deux minutes, Nate avait décroché la mangeoire à l'aide de la barre à mine. Et Sarah avait déblayé toute la paille.

— A première vue, il n'y a rien, commenta Nate, l'air dépité.

Sarah acquiesça en silence.

Comme dans le reste de l'écurie, le sol du box était en terre et ne semblait pas avoir été retourné.

A l'aide de sa lampe, Nate éclaira les murs puis par terre. Soudain, quelque chose brilla. Comme du métal. Sarah s'approcha : c'était le fer à cheval autrefois accroché au-dessus de la mangeoire. Dessous, la terre semblait avoir été remuée.

— Je vais chercher la pelle dans mon coffre, lança Sarah.

— Attends, l'arrêta Nate en plongeant la main dans sa poche. Tu vas avoir besoin de tes clés.

Elle haussa les épaules et revint sur ses pas.

Dans son coffre, elle récupéra sa pelle, puis de retour dans la grange attrapa une paire de gros gants.

— J'ai comme un bon pressentiment.

Elle empoigna la pelle et l'enfonça dans le sol. La terre était étonnamment meuble : depuis le temps, les sabots du cheval auraient dû la tasser.

Boostée par ce début encourageant, elle donna un bon coup de pied sur la pelle qui s'enfonça encore un peu plus mais rien n'apparut.

— Et zut ! jura-t-elle.

Sur le point d'abandonner, elle recommença à creuser et là, merveille, la lame heurta un objet qui fit un bruit sourd. Reprenant espoir, elle déblaya le trou : une trappe de bois se dessina. Tout excitée, elle tomba à genoux pour finir de déblayer la terre à la main.

— La lampe, Nate. Vite.

Il s'approcha et éclaira. Sur la trappe, il y avait une poignée reliée à une petite chaîne. Nate tira dessus et le couvercle se souleva. La chaîne, assez longue, était accrochée à l'une des extrémités du fer à cheval. En la tendant correctement, elle maintenait le couvercle ouvert.

Sarah se pencha au-dessus du trou. Il était grand. Soixante centimètres de profondeur sur un mètre de largeur, creusé à même la terre et renforcé par des briques. Et le plus fabuleux était qu'il n'était pas vide. Des conteneurs en plastique brillaient dans le fond.

Le cœur de Sarah s'accéléra.

— Il doit y en avoir dix ou onze !

— Tu veux que je t'aide à les sortir ? proposa Nate.

— Non, je vais y arriver.

A l'époque, son père avait fait des trous de chaque côté

des bidons et y avait passé une cordelette en Nylon pour servir de poignée.

Allongée sur le ventre, Sarah plongea le bras à l'intérieur, saisit une poignée et souleva.

Mais le baril n'était pas assez lourd pour contenir des pièces. Sa déception fut immense.

Assis par terre à côté d'elle, Nate la regardait faire.

— C'est ça ? s'enquit-il.

— Non, c'est trop léger. Mais ça ressemble aux barils dont je me souviens.

Elle s'assit, enleva son gros gant de cuir et souleva le couvercle en plastique. Tandis que Nate éclairait l'intérieur, elle sortit des feuilles de papier pliées en quatre et agrafées, puis un carnet entouré de bracelets en caoutchouc. Elle le tendit à Nate tout en dépliant les feuilles.

— C'est le testament de papa !

Elle le parcourut à toute vitesse, puis poussa un grand soupir.

— Il me lègue tout !

— Ce qui veut dire qu'au pire, si tu ne trouves pas les pièces d'argent, tout est à toi, le ranch et les terres.

— Oui. De l'argent contre la vie de maman. Je vais pouvoir négocier. Et peut-être obtenir un sursis.

Elle replia les feuilles de papier et montra le carnet d'un signe de tête.

— C'est le carnet de mon père, non ?

Il voulut le lui donner mais elle refusa.

— Ça va. Gardez-le. Vous étiez avec lui le jour de la tuerie au centre commercial, il y a sans doute des choses dedans qui vous parleront plus qu'à moi.

— Je verrai ça plus tard, dit Nate en le posant par terre. Pour l'instant, finissons-en avec les barils.

Il plongea le bras dans le trou et empoigna une autre ficelle.

— Celui-ci est lourd, remarqua-t-il. Je dirais une quinzaine de kilos.

Il le sortit. C'était un vieux conteneur de café, peint en rouge.

— J'espère qu'il n'est pas plein de cailloux, rétorqua Sarah.

Une main sur la poitrine, la gorge sèche, elle ouvrit le couvercle.

Le baril était plein de rouleaux, entassés les uns sur les autres. Des rouleaux de pièces, enveloppés dans du papier kraft qui, de toute évidence, n'avaient jamais été déballés.

— Oh ! fit Nate, soufflé. Il y en a au moins trente.

Sarah en sortit un.

Les rouleaux, mal fermés aux extrémités, laissaient entrevoir le brillant de l'argent. Sur le papier, en lettres noires, ce texte :

« Monnaie de Carson City. »

Il n'y avait aucun doute possible.

— Il y a vingt pièces par rouleau, releva Nate. Jamais mises en circulation, par-dessus le marché. Il y en a pour cent soixante mille dollars par conteneur. Multiplié par…

Il marqua une pause pour calculer.

— Il y en a dix autres. Si ce sont tous les mêmes, cela fait plus d'un million et demi de dollars.

Sarah vacilla. Plus d'un million et demi de dollars !

— Il ne nous reste qu'à trouver un moyen de les sortir d'ici.

— Effectivement, acquiesça Nate.

Ils restèrent silencieux un moment, Shipjack en profita pour hennir et s'éloigner de l'écurie. Ses sabots frappaient le sol. Il trottait vers la maison, comprit Sarah.

Se passait-il quelque chose ? Tout était soudain trop calme.

— Tu entends ? dit-elle.

— *Chuuut.*

Nate réduisit la flamme de la lampe à pétrole, sortit du box et courut vers la porte.

— Je vais voir.

Restée seule dans l'écurie, Sarah ramassa le carnet de son père et le rangea dans sa poche puis elle remit dans le baril le rouleau de pièces qu'elle avait toujours en main. Elle replaça les deux barils dans leur logement.

Le plus doucement possible, elle ferma ensuite la trappe, la recouvrit de terre puis, avec la fourche, étala une bonne épaisseur de paille sur le sol.

Préférant éviter de faire du bruit en raccrochant la mangeoire, elle se contenta de la remplir de paille.

Une fois tout remis en place, elle ouvrit la partie basse de la porte du box et partit rejoindre Nate. L'œil collé à l'une des fentes de la porte de la grange, il était en train d'épier dehors.

— Que se passe-t-il ? murmura-t-elle.

— Je crois qu'il y a quelqu'un derrière la maison. J'ai vu des lumières et j'ai entendu un bruit de moteur. Reste là, je vais voir.

— Nate, s'il vous plaît, non. Vous n'êtes pas armé et vous êtes blessé. Restons ici. Dans l'écurie, on pourra toujours se défendre s'il le faut et…

Elle n'acheva pas sa phrase car soudain, devant eux, s'élevèrent des flammes.

La maison était en feu.

8

Nate prit Sarah par la main.

— Vite, il faut s'en aller d'ici !

— Mais… papa !

— Il ne risque plus rien, Sarah.

Il la prit dans ses bras, elle gesticula.

— De toute façon, il y a trop de neige pour qu'on parte en voiture.

— On va prendre le cheval, avança-t-il. Tu sais monter ?

— Oui, répondit-elle.

Elle repartit en courant vers Shipjack.

Nate scruta la maison en feu. A travers les flocons qui tombaient moins fort, une silhouette apparut : un homme éclairé par les flammes, qui s'enfuyait sur le côté de la maison. L'homme s'arrêta. Il avait un fusil dans les mains. De là où il se trouvait, il pouvait voir ce qui se passait devant et derrière la maison. Autrement dit, il contrôlait les deux accès. Apparemment, il était venu en scooter des neiges car le nez de l'engin se dessinait près de lui.

Cela ne faisait aucun doute, comprit Nate, l'homme guettait, prêt à tuer celui qui sortirait le premier de la maison pour fuir l'incendie. Mais si personne ne sortait, lui viendrait-il à l'idée de venir inspecter l'écurie ?

Nate fit demi-tour et revint dans le box. Sarah avait ramené le cheval et refermé les portes. Elle avait eu le temps de remettre de la paille par terre et la stalle se trouvait dans le même état qu'ils l'avaient trouvée en entrant. Elle devait l'avoir mauvaise de partir alors qu'ils venaient de trouver le trésor de son père, pensa Nate.

Le cheval commençait à donner des signes d'impatience. Ses yeux étaient presque blancs et ses mouvements nerveux, désordonnés. Heureusement, Sarah savait lui parler. Sa voix douce semblait le calmer.

— Allez chercher tout ce que vous trouverez de chaud, lui enjoignit-elle. Les sacoches de selle, les plaids… tout ce qu'il y a.

Armé de sa lampe torche, il dénicha dans le box voisin de vieilles couvertures de laine qui sentaient le moisi, et une longueur de corde qu'il prit pour faire bonne mesure. Pendant que Sarah finissait d'harnacher le cheval, il bourra les sacs de selle avec tout ce qu'il avait trouvé et garda le surplus à la main.

— OK, on y va, dit-elle.

Elle éteignit sa lampe. Nate ouvrit les deux battants de la porte du box. Tenant Shipjack par la bride, Sarah le fit sortir et l'emmena vers la porte. Nate referma derrière eux.

Dehors, il neigeait toujours. Sarah était déjà à cheval.

— Il va falloir qu'il nous porte tous les deux, observa Nate.

— Il le peut.

Nate s'installa derrière Sarah et mit entre eux une couverture qu'il avait roulée. C'était son cheval à elle, se dit-il, les terres qu'elle connaissait. Restait à espérer qu'il ne faille pas passer devant la maison pour sortir…

Sarah traversa la prairie vers une haie d'arbres. Là, ils avancèrent dans l'ombre. A part le grondement des flammes, seuls résonnaient dans la nuit le craquement du cuir de la selle et le bruit des sabots qui tassaient la neige à chaque pas. Le vent qui soufflait agitait les branches et ils durent se pencher en passant. La neige était beaucoup moins profonde à cet endroit, du fait des arbres, ce qui permit à Shipjack d'accélérer l'allure quand Sarah le lui demanda.

— Il y a une barrière là-bas ? s'inquiéta Nate en se penchant contre le dos de Sarah.

Il avait passé un bras autour de sa taille. L'autre, toujours en écharpe, le handicapait de plus en plus. Sarah avait les cheveux au vent. Ils sentaient bon la paille fraîche et lui caressaient le visage. C'était doux… Pour la première fois depuis des heures, il n'était plus dans l'action et s'offrit le luxe d'espérer. Peut-être, finalement, allaient-ils s'en sortir sans dommages ?

Mais, se rappelant brusquement l'homme armé qui guettait à quelques mètres de la maison, il s'interrogea. L'individu devinerait-il qu'il n'y avait personne dans la maison ? Remarquerait-il les traces de pas entre la maison et l'écurie ? Les suivrait-il jusqu'au box ? Si oui, il trouverait les traces laissées par Shipjack dans la neige, des traces qui le mèneraient tout droit aux arbres.

— Oui, il y a une barrière, répondit Sarah. Ensuite, on a encore quatre kilomètres à descendre pour arriver au premier terrain que mon père avait acheté. Il est traversé par une rivière et, au bord de cette rivière, il y a une cabane pour la pêche. Elle est à l'abandon. Mais elle aura le mérite de nous abriter pour la nuit.

Pour la nuit ? releva Nate. L'idée ne semblait pas géniale. Elle ne l'avait pas vu mais lui l'avait repéré, l'homme armé qui furetait aux abords de la maison.

— Je ne voudrais pas t'effrayer, Sarah, mais il y avait un homme avec un fusil près de la maison.

— Quoi ?

Elle tourna la tête vers lui, l'air furieuse.

— Et c'est maintenant que vous me le dites !

— Je n'en avais pas encore eu le temps. Il attendait que nous sortions de la maison, soit toi soit moi. Quand il ne verra personne s'enfuir, il comprendra tout de suite où nous étions et comment nous sommes partis. A mon avis, on a intérêt à continuer jusqu'à ce qu'on trouve un téléphone ou une maison habitée.

— C'est impossible, gronda-t-elle.

— Comment cela, impossible ?

Elle tourna de nouveau la tête et lui lança par-dessus son épaule :

— Vous oubliez ma mère !

Son visage s'était durci, sa voix était pincée.

— Non. Mais…

— Mais rien. Vous voulez appeler les flics, c'est ça ? S'ils s'en mêlent, je ne récupérerai jamais les rouleaux de pièces, à supposer qu'ils soient toujours là quand je reviendrai, et je n'arriverai pas à temps pour sauver ma mère.

— La maison est en feu, Sarah, et quelqu'un va appeler les pompiers. Dès demain, le ranch sera envahi par les enquêteurs et la police scientifique.

— Pas forcément. Le ranch se trouve dans un endroit éloigné de tout, pas de voisins proches et, par ce temps… De toute façon, peu importe. Je ne céderai pas.

— Ecoute-moi. Si les pièces disparaissent, c'est que Bellows ou ses sbires les auront trouvées. Ta mère ne risquera alors plus rien.

— Peut-être, mais je ne dois pas compter là-dessus. Imaginons qu'ils ne les trouvent pas… Non, il faut que je trouve un moyen de locomotion pour retourner au ranch le plus vite possible. Je ne changerai pas un iota à ce que j'ai décidé.

— Il n'y a qu'un scooter des neiges qui puisse faire l'affaire.

— Oui, mais il va falloir que j'attende demain matin. D'ici là, je ne veux pas avoir la police dans les jambes, je n'ai pas le temps de leur expliquer. Je verrai ensuite. Tu peux le comprendre ?

Enfreindre la loi n'était pas dans ses habitudes, mais il préféra se taire. Il la comprenait.

Elle reprit :

— Si vous voulez que je vous laisse quelque part, dites-le, je le ferai. Mais, de grâce, ne dites rien à la police, pas avant que je vous annonce que maman est saine et sauve.

— Non, je reste avec toi, Sarah. Je t'ai dit que je resterais, je tiendrai ma promesse.

Elle fit un vague signe de tête et se tut. Lui aussi.

Les arbres étaient plus clairsemés que près du ranch et, entre deux nuages, une lune timide éclairait le chemin.

— La barrière est là-bas, dit-elle. Ensuite, le plus simple c'est de longer la voie express sur deux kilomètres mais je ne sais pas si c'est très prudent de passer par là.

— Le pyromane est en scooter des neiges, rappela Nate. Il n'emprunte sûrement pas les routes.

Quelques minutes plus tard, la barrière se dressa devant eux. Comme elle était fermée, ils durent mettre pied à terre et dégager la neige qui empêchait de l'ouvrir, pour laisser le passage au cheval.

Incapables de la refermer, ils repartirent en la laissant ouverte.

Sur la monture, Sarah, toute mince donc vulnérable au froid, se mit à trembler. Aussi, Nate déroula la couverture qu'il avait coincée entre eux et la lui mit sur les épaules et la tête. Lui, tête nue, se prit à regretter d'avoir perdu son Stetson.

— Merci, fit-elle, la voix étouffée par la couverture qui lui recouvrait un peu la bouche.

La joue collée contre son dos, il murmura :

— De rien.

Mais elle ne parut pas entendre.

Après une chevauchée difficile dans la neige, ils finirent par rejoindre la route dont Sarah avait parlé, un ruban plutôt étroit, bordé de chaque côté par une forêt qui descendait jusqu'au pied de la colline.

Ils la suivirent pendant un certain temps, mais soudain

apparurent des phares. Sarah dirigea aussitôt son cheval vers les arbres pour qu'ils ne soient pas vus.

— J'ai l'impression d'être une cible, soupira-t-elle alors qu'un vieux camion les croisait dans un bruit de ferraille impressionnant.

Le chauffeur avait équipé ses roues de chaînes qui grinçaient. Heureusement, il avança sans faire attention à eux.

— Ça nous prendra plus de temps, mais nous allons quitter la route, annonça-t-elle.

Nate la serra plus fort.

— Comme tu voudras, c'est toi le patron.

Trente minutes plus tard, Sarah arrêta son cheval. Il devait être 2 heures du matin, estima Nate. Le ciel était plus dégagé et la lune éclairait la petite rivière qui coulait en bas de la colline. L'eau scintillait à travers les arbres.

Sarah emmena son cheval au bord de la rivière pour le faire boire.

— La cabane de pêche est là, précisa-t-elle.

Sous la neige et les branches, la bicoque était à peine visible. C'était une petite construction de bois, d'apparence très sommaire. Enfin, elle avait un toit, se réjouit Nate. Et une porte ! De toute manière, il faudrait qu'elle fasse l'affaire. Et pour eux et pour Shipjack.

Il mit pied à terre le premier puis aida Sarah à descendre. Encore enveloppée dans la couverture, elle atterrit devant lui et tituba. Il s'approcha d'elle et l'embrassa plusieurs fois sur le front en la serrant contre lui. En glissant, la couverture avait libéré ses cheveux qui lui caressèrent la joue.

— Un peu court, votre baiser. Vous auriez pu faire mieux, lui dit-elle en levant le visage vers lui.

L'embrasser là avait quelque chose de surréaliste. Le vent s'engouffrait dans les branches des sapins et faisait tomber la neige sur leurs épaules, les narines fumantes de Shipjack soufflaient sur leurs nuques : la scène tenait de la crèche de Noël. Cela aurait été un rêve s'il n'y avait eu le cauchemar de l'inconnu lancé à leurs trousses, songea Nate.

Il ferma les yeux, baissa la tête et happa les lèvres de Sarah. Le baiser qu'il pensait lui donner, un baiser léger, délicat, se transforma en une fusion éperdue.

Mais le cheval les rappela brusquement à l'ordre en tirant sur ses rênes.

— Il est pire qu'une *mamma* juive, murmura Sarah en riant.

Elle se tourna vers Shipjack.

— OK, mon joli, je te retire ta selle.

Dépité, Nate desserra son étreinte et partit avec la couverture.

— Il y a un appentis et un petit corral près des arbres, indiqua Sarah. Espérons que la clôture tiendra bon.

Elle emmena Shipjack dans le corral tandis que Nate inspectait l'appentis avec sa torche. Y traînaient une vieille souche et, plantée dans la souche, un véritable trésor : une hache double, le genre d'outil utilisé pour fendre les bûches en deux. Nate l'arracha de la souche et l'examina à la lumière de sa torche. La lame brillait.

Sarah réapparut.

— Qu'avez-vous trouvé ? s'enquit-elle.

— Une hache. Elle est un peu rouillée mais assez coupante.

— Assez coupante pour quoi ?

— Pour m'en servir si jamais…

Il ne termina pas sa phrase.

— Allez ! fit-il. Dépêchons-nous de rentrer nous mettre au chaud.

— Vous voulez dire, *à l'abri*.

Une terrasse étroite ceinturait la cabane dont la porte n'était pas fermée à clé. Celle-ci donnait sur une pièce carrée équipée d'un matériel sommaire : une espèce de comptoir le long d'un des murs, un évier et une petite pompe à main pour faire monter l'eau. Au-dessus du comptoir, sur des étagères, étaient empilées des assiettes, des tasses, des casseroles et des poêles. Il y avait aussi quelques ustensiles de cuisine. Que du basique. Apparemment, il n'y avait pas de nourriture, seulement un réchaud.

La pièce était éclairée — le jour — par une fenêtre sous laquelle se trouvait une table flanquée de deux chaises. Un poêle à bois occupait un angle de la pièce. Tout au fond, contre un mur, il y avait un matelas.

Nate jeta les couvertures sur celui-ci. C'était peut-être rustique mais amplement suffisant. Sarah devait sûrement penser comme lui.

— Veux-tu que j'allume un feu ? demanda-t-il.

— Non, c'est trop tard. J'ai juste envie de dormir. Il y a une lampe à pétrole sous l'évier, avec tout l'attirail pour la pêche.

Nate trouva une boîte d'allumettes avec les ustensiles de cuisine, puis alluma la lampe.

Ensuite, par précaution, il s'empara d'une chaise dont il coinça le dossier sous la poignée de la porte pour bloquer l'entrée. Dans le fond, c'était aussi bien que Sarah n'ait pas eu envie d'un feu. La fumée aurait trahi leur présence.

Sarah ouvrit sa veste et lui tendit le carnet de Mike.

— Vous n'aurez peut-être pas besoin de beaucoup de lumière pour le lire.

Ils échangèrent un regard puis, sans se consulter, s'assirent sur le matelas et ôtèrent leurs bottes. Sarah dut aider Nate qui la remercia d'un sourire.

— J'adorerais qu'on me dorlote comme ça tout le temps, confia-t-il.

Adossée au mur, elle se serra contre lui. Il passa alors un bras autour de ses épaules. Il avait posé la hache à côté du matelas, à portée de main.

— C'est donc la cabine de pêche de ton père, dit-il. Ça

ne doit pas être facile pour toi d'être là, après tout ce qui s'est passé ces dernières heures.

Elle opina.

— En fait, j'ai à peine eu le temps de penser, et c'est tant mieux. J'ai du mal à croire qu'il est parti, que je ne le verrai plus jamais entrer ici en montrant avec fierté sa pêche.

— C'est triste, acquiesça Nate. D'autant plus que j'ai faim, plaisanta-t-il pour détendre l'atmosphère.

— Moi aussi.

— Attends, fit-il en fourrageant dans les poches de son vêtement.

Il sortit deux petites pommes et en tendit une à Sarah.

— Où les avez-vous trouvées ? demanda-t-elle, mordant dedans avec appétit.

— Dans un seau, près du box de Shipjack. Je ne sais pas si elles valent quelque chose… J'en ai pris deux en allant chercher les couvertures.

— Si, elle est très bonne.

Nate croqua dans la sienne. La pomme n'avait pas un goût génial mais elle était juteuse et, de toute manière, c'était toujours ça de pris.

— Tu venais souvent ici avec ton père quand tu étais petite ?

Elle avala le morceau qu'elle avait dans la bouche et s'essuya le menton de la main.

— De temps en temps. La pêche, ce n'était pas trop mon truc. Ce que j'aimais, c'était me promener le long des berges avec notre chienne, Rosie, un cocker. Elle adorait l'eau.

— Moi aussi, j'aime les chiens.

— Vous en avez un ?

— Deux. Un labrador noir et un petit corniaud blanc qui s'est réfugié chez moi un jour et que j'ai adopté. Le labrador adore courir à côté de moi quand je monte à cheval mais il est terrorisé par l'eau, alors je ne l'emmène jamais quand je vais pêcher. Il effraie les poissons et les fait fuir.

— Vous pouvez avoir des chevaux là où vous habitez ?

L'enthousiasme qu'elle manifestait le fit sourire.

— Oui. J'ai quelques hectares en lisière d'une réserve nationale. J'ai des chevaux, du bétail, une chèvre qui est enceinte et des poules qui courent partout. En prime, j'ai des coyotes et des serpents à sonnettes.

— C'est le paradis chez vous… mis à part les serpents.

— Si on veut. Toi, je parie que tu vis en ville.

Elle finit sa pomme en rognant le trognon.

— Oui, mais j'ai une âme de paysanne. Ça m'a fendu le cœur de quitter le ranch. Heureusement, c'était pour travailler avec les animaux. C'est un rêve qui ne m'a jamais quittée, ni quand je me suis mariée ni après la mort de mon époux, Johnny. Faire un métier inutile, ça me semblait impossible. Et puis, là-dessus, maman a eu besoin d'argent, alors il a bien fallu que je l'aide…

— Mais tu es riche maintenant, lui rappela Nate. Grâce à ton père, tu vas pouvoir t'offrir la meilleure fac du comté et devenir vétérinaire.

Elle lui prit son trognon de pomme et le jeta par terre à côté du sien.

Il sortit un bandana de sa poche dans lequel, l'un après l'autre, ils s'essuyèrent les mains.

— Oui, grâce à papa.

Durant quelques minutes, ils gardèrent le silence.

Puis Nate revint à leur situation :

— Tu sais où nous pourrions trouver un scooter des neiges ?

— Oui, chez Fred et Emma Crawley. Ils habitent à deux kilomètres d'ici et ils m'ont déjà prêté le leur. A condition qu'ils se souviennent de moi, je suis sûre que je pourrai l'emprunter de nouveau.

Il se pencha sur son épaule.

— Ils se souviendront sûrement de toi.

Elle s'écarta un peu de lui et le regarda.

— Je n'en suis pas si sûre.

— Comment veux-tu qu'on t'oublie ?

Elle ne répondit pas. Puis, alors qu'il tentait de deviner ses pensées, elle murmura :

— J'avais dix-sept ans la dernière fois qu'ils m'ont vue.

— Quand tu as fugué avec ton bonhomme…, commenta Nate. Un policier, par-dessus le marché ! Ça a dû faire désordre dans un petit pays comme ici.

Elle haussa les épaules.

— Ça m'est égal. On ira chez les Crawley car, ce qui compte, c'est que ma mère s'en sorte vivante.

— Et nous aussi, ajouta-t-il.

Elle eut l'air étonnée par sa remarque.

— Cela va sans dire. Mais maman…

— Quoi, *maman* ? s'emporta-t-il. Elle t'a mise dans un fichu pétrin, c'est tout ce que je vois. J'espère qu'elle mérite le mal que tu te donnes… Et les risques que tu prends.

— C'est ma mère, coupa-t-elle, cassante.

Il regretta ses propos peu amènes.

— OK, d'accord. Je comprends.

Elle abaissa les yeux.

— C'est vrai ? Vous comprenez ?

Il ne répondit pas, et elle se blottit contre lui, plus pour se réchauffer que par tendresse, pensa-t-il. Mais il en fut tout de même heureux.

Il ferma les yeux. Dans sa tête, les images se télescopaient : les événements qu'il venait de vivre, son ressenti, les confidences de Sarah, son corps contre le sien.

Au fond, Sarah était assez énigmatique, songea-t-il. Elle avait un côté aussi exalté qu'efficace. Elle semblait capable de toutes les folies. Négocier avec le voyou qu'elle avait décrit, par exemple. Cet ignoble Bellows.

Mais elle paraissait aussi capable de raison et savait apprécier les risques.

Surtout, elle portait un amour apparemment indéfectible

à sa mère, alors que celle-ci ne semblait pas vraiment le mériter.

Nate poussa un soupir intérieur : ses parents à lui étaient de bonnes personnes, ils n'avaient jamais proféré de mensonge et l'avaient élevé dans cet esprit de probité.

Cependant, ils n'avaient pas eu de mal à le faire : la vie les avait épargnés, ils n'avaient jamais eu besoin d'aide, ne s'étaient jamais retrouvés dans une situation extrême.

Si cela était arrivé, songea Nate, qu'aurait-il fait pour eux ?

Tout.

Il aurait fait tout ce qu'il est humainement possible de faire.

A la place de Sarah, il ferait pareil. Il se battrait jusqu'au bout.

Il rouvrit les yeux dans l'intention de lui faire part de sa réflexion, mais elle pesait de plus en plus lourd contre lui. A son souffle, lent et régulier, il devina qu'elle s'était endormie.

Il tourna la tête pour la contempler. Elle avait de longs cils noirs posés sur ses joues claires et une bouche rose nacré joliment dessinée. Autant qu'il s'en souvienne, jamais un tel désir et une telle attirance pour une femme ne l'avaient traversé.

Une question lui vint alors à l'esprit. Qu'aurait pensé Mike de ce rapprochement entre sa fille et lui ?

Mike… Pauvre Mike. Ils auraient dû se retrouver au centre commercial, mais Mike avait été tué dans son ranch.

Une pensée en amenant une autre, Nate songea à Alex. Pourquoi n'était-il pas arrivé à Shatterhorn ? S'était-il posé quelque part en catastrophe ? Et si oui, où ?

En outre, Alex n'était pas du genre à ne pas donner de nouvelles. Or il n'avait même pas appelé Jessica, son épouse.

Nate se força à évacuer ses sombres pensées. Il y avait certainement une explication rassurante à tout cela, et bientôt Alex et lui descendraient une bière en rigolant de leurs mésaventures.

Cependant, se rappela brusquement Nate, il devrait prévenir Alex de la mort de Mike.

Et à ce sujet, il avait toujours le carnet de celui-ci dans l'une de ses poches.

Il l'en sortit et se tourna vers la lampe pour lire.

Cela semblait un peu confus, mais il lutta contre la fatigue pour comprendre. En fait, Mike inscrivait aussi bien son emploi du temps que ses impressions après des interviews ou des planques. Il notait également ses réflexions sur tel ou tel sujet. Çà et là, il avait glissé des coupures de journaux et retranscrit des infos, sans doute entendues à la radio ou lues dans la presse.

Pour un vendeur d'appareils ménagers, se dit Nate, Mike avait de vraies dispositions de détective.

Un peu plus loin, une page avait été déchirée, mais il restait du papier accroché au ressort. C'était une liste.

Le premier mot en était « Feu d'artifice ». Le deuxième, « Pearl ». Comme « perle ». Le dernier mot prononcé par le tireur du centre commercial avant de mourir. Le plus étrange était ce qui suivait. Une date : « 7 décembre », et juste après : « Pearl Harbor ».

En effet, le meurtre de deux marines sur une plage d'Hawaii avait eu lieu le jour anniversaire de Pearl Harbor, se rappela Nate.

Mike avait également marqué :

« Veterans Day, attentat à la bibliothèque d'Arlington, Virginie, cinq morts. »

Un attentat, le jour de la fête des Anciens Combattants ? se demanda Nate.

Et si le dernier mot prononcé par le tireur n'avait pas concerné la bijouterie, mais la commémoration de l'attaque de Pearl Harbor ?

Intrigué, Nate continua à feuilleter. Plus loin, il y avait une coupure de presse relatant un meurtre commis un 4

Juillet, jour de la fête nationale. Deux mois avant le massacre au centre commercial, deux personnes étaient tombées sous les balles d'un tireur fou, lors d'un feu d'artifice. Cela s'était passé dans l'Iowa. Le tireur avait été ceinturé et tué quand les spectateurs avaient compris que les cris qu'ils entendaient n'étaient pas une manifestation d'enthousiasme mais des hurlements de terreur.

Effectivement, Nate se souvenait d'avoir lu des articles sur cet événement. Mais quel groupe d'illuminés avait revendiqué l'attentat ? Ça, il n'aurait su le dire.

A côté de l'article, Mike avait écrit : « Washington ».

« Washington », répéta Nate.

Sarah avait raconté que son père revenait sans cesse sur ce mot et qu'il y faisait probablement allusion parce qu'elle y habitait. En réalité, Mike pensait-il à autre chose ?

Un peu plus bas, il avait noté le mot *Memorial*. Faisait-il référence au Washington Memorial, le monument aux morts élevé dans la capitale ? Des terroristes avaient-ils décidé d'attaquer pendant les commémorations qui auraient lieu ce jour-là ? Etait-ce ce que Mike pensait ? Etait-ce pour cette raison qu'il harcelait le rédacteur en chef du journal local et le seul homme politique qu'il connaissait, le maire d'une petite ville qui les avait étouffés sous ses accolades et son avalanche de félicitations après la tuerie dans la galerie marchande ? Mike avait-il tenté d'obtenir leur aide dans le but de se faire entendre par un plus grand nombre ?

Sur les dernières pages, il avait écrit, en lettres minuscules, des notes sur les membres du groupuscule Libération du peuple. Les noms étaient tous barrés, avec un « NON ! » rageur, dessus.

Sur la toute dernière page, était inscrit le nombre 28, entouré d'un cercle rouge.

Les mots commençant à danser devant ses yeux, Nate referma le carnet. Après un petit somme, il aurait sans doute les idées plus claires. Ce que Mike avait voulu dire, il le comprendrait alors peut-être.

Il éteignit la lampe, arrangea les couvertures de sorte qu'elles recouvrent à la fois ses pieds et les épaules de Sarah. Puis, sa tête contre la sienne, il ferma les yeux et rêva.

Il se réveillait debout près de Sarah. Elle avait une jupe bleue, les cheveux bouclés et très fournis. Son chemisier était imprimé de fleurs blanches et rouges qui se transformaient en piques, cœurs, carreaux, trèfles d'un jeu de cartes. Elle lui avait pris la main et l'emmenait voir une vitrine. Là, elle lui montrait un collier de perles.

Brusquement, ils se retrouvaient dans une galerie marchande avec des enfants qui riaient et couraient partout. C'était la veille de la rentrée scolaire et ils achetaient cahiers et crayons. Bizarrement, il était angoissé. Il devait éloigner Sarah de cette vitrine, de cette boutique qui s'était subitement remplie de bébés qui s'écroulaient les uns sur les autres. Sarah et lui essayaient de les faire sortir mais il y en avait beaucoup trop.

Un coup de feu arrêta tout le monde et Nate eut un bras emporté. Il était tout seul maintenant, avec Sarah qui gisait à ses pieds, dans son chemisier devenu tout rouge. Il s'agenouillait près d'elle et elle entrouvrait les yeux. « Sauve maman, Nate, murmurait-elle. Nate… Nate… »

Elle disparut alors dans un nuage de fumée, et il sanglota. Son bras lui faisait mal. Il geignait, et Sarah dit :

— Nate ? Ça va ? Réveillez-vous.

Il battit des paupières : il était dans le noir.

— Je suis réveillé, finit-il par bredouiller.

Tout doucement elle le poussa.

— Vous faisiez un cauchemar, Nate, le rassura-t-elle en lui retirant les cheveux des yeux.

Il faisait des cauchemars à peu près toutes les nuits. Mais, cette fois-ci, Sarah s'y retrouvait. Autant dire, pour être tout à fait honnête, qu'elle en était le centre. Elle absorbait toute sa peur, jusqu'à éclipser son inquiétude pour les enfants.

— Ça va, c'est fini, insista-t-elle.

Il inspira deux ou trois fois, des petites bouffées d'air, puis lui prit la main et la porta à ses lèvres. Elle la reprit aussitôt.

Il ne dit rien, mais son cœur se serra.

A cet instant, elle s'allongea auprès de lui et l'entoura de ses bras, comme s'il était un enfant effrayé. La dernière fois qu'on l'avait serré comme cela, il avait dix ans. Depuis, plus personne ne l'avait fait car on attendait de lui qu'il soit fort. Il devait être celui qui protège, et non l'inverse.

Le contact de son corps contre celui de Sarah lui fit oublier son cauchemar, et un désir qu'il avait du mal à cacher le submergea. Alors, comme si elle avait compris, elle se pencha sur lui et prit ses lèvres.

Ivre de bonheur, il ferma les yeux. *Pourvu que ce baiser dure toujours*, songea-t-il.

Elle l'embrassa au moins dix fois, sur les yeux, les paupières, les joues, le nez, les oreilles, sur tout le visage... Des baisers d'une douceur, d'une tendresse indicibles. Mais il en voulait plus, alors il entrouvrit la bouche et là, comme du pétrole sur des charbons ardents, elle s'embrasa. Ne pensant plus qu'à lui faire l'amour, il roula sur elle puis, embarrassé par son audace, se redressa.

Sans doute avait-elle lu dans ses pensées, car elle lui ôta sa veste puis elle déboutonna sa chemise. Ses gestes étaient précis mais d'une lenteur insupportable, à le rendre fou. Se rendait-elle compte qu'il bouillait de désir ?

Faisant attention à ne pas toucher son bras blessé, elle reprit ses caresses, partout, en l'embrassant. Dans le cou, sur le torse, plus bas encore... Avec son ton souvent cassant et son air parfois suffisant, elle l'avait bien trompé. Elle était le feu, la sensualité même.

Elle se mit à jouer avec la fermeture Eclair de son jean. Si elle continuait, il ne répondrait plus de rien.

— Enlève tes vêtements, lui dit-il d'une voix presque affolée en essayant de les lui ôter.

Mais son bras blessé faisait de lui un infirme et le handicapait. Comme il avait envie de la caresser, pourtant ! Envie de sa chaleur, de la douceur de sa peau nue.

— Vite, ajouta-t-il.

Une fois à moitié nue, elle s'allongea de nouveau. Ses seins étaient ronds et pleins, leurs mamelons durs sous sa main. Quand il les prit dans sa bouche, elle gémit. Il aurait donné le ciel et la terre pour avoir assez de lumière et l'admirer.

— Vous… tu as ce qu'il faut ? demanda-t-elle d'une voix gênée.

Il avait passé la main dans son jean à taille basse et sa chaleur, sa douceur, sa moiteur agissaient déjà comme une drogue sur lui.

— Tu veux dire…

— Une protection ? Un préservatif ?

— Non, dit-il, plongeant le nez dans ses cheveux. Et toi ?

— Non, murmura-t-elle.

Il voulait la prendre, la posséder, l'avoir tout entière à lui, goûter chaque parcelle de sa peau, de son corps.

— C'est mal, mais tant pis, déclara-t-elle.

Mais il n'y a pas bien longtemps, tu étais marié ou fiancé, reprit-elle. Tu me l'as dit.

— Et toi, il y a quelques heures, tu étais prête à me tirer dessus. Tu as oublié, on dirait.

Sa réplique la fit rire.

— C'est vrai.

— Quoi qu'il en soit, j'ai tellement envie de toi que j'en ai mal partout.

Il prit sa main et l'embrassa.

Puis ils firent l'amour passionnément.

Quelques heures plus tard, des images inquiétantes

commencèrent à danser dans sa tête. Celle de leur ennemi posté à quelques dizaines de mètres de la maison, prêt à sauter sur le premier des deux qui sortirait pour fuir l'incendie. Peut-être même sur les deux.

Une autre image le hantait. Il n'en avait pas parlé à Sarah car ils n'y pouvaient rien. A de nombreuses reprises, alors qu'ils chevauchaient à travers champs, il s'était retourné pour s'assurer qu'ils n'étaient pas suivis. Il n'avait repéré personne mais, dès que le jour se lèverait, la trace que le cheval avait laissée dans la neige serait visible. C'était comme s'ils avaient semé des miettes de pain fluorescentes sur leur passage. Et là où ils se trouvaient, coincés entre une rivière et une colline, ils étaient piégés comme des rats.

9

Sarah se réveilla en sursaut. Il faisait jour et la lumière filtrait à travers les carreaux cassés et sales de la cabane.

Elle plia le bras pour consulter sa montre. Il était 8 heures. Elle avait dormi comme un loir.

— Debout, lança-t-elle à Nate en se dégageant de son bras.

Elle attrapa son pull et sa veste, qu'elle avait jetés par terre la nuit précédente, et se retourna pour échapper au regard de Nate. Il ne la quittait pas des yeux.

Elle prit ensuite ses bottes, les passa et se leva.

— Dépêche-toi, lui dit-elle en allant vers l'évier.

Elle pompa de l'eau — glacée — et s'aspergea le visage puis se rinça la bouche. Sa toilette sommaire terminée, elle se tourna de nouveau vers Nate. Il s'habillait en prenant son temps ; sa chemise était presque boutonnée jusqu'en haut mais il allait avoir du mal à enfiler ses bottes tout seul.

En réalité, elle n'eut pas besoin de l'aider, il y parvint seul.

— Je vais seller Shipjack, annonça-t-elle.

Elle sortit de la cabane et s'arrêta sur la terrasse. C'était bon d'être un peu seule. Depuis son réveil, elle n'avait pas osé croiser le regard de Nate. Comment avait-elle pu vouloir se donner à lui alors qu'ils se connaissaient à peine ? Elle avait dû passer pour une idiote.

Oh là là, c'était pire qu'un cauchemar. Enfin, pas complètement. Ils avaient eu une relation passionnée. Ils se désiraient. S'étaient pris, aimés. Tout chez lui la bouleversait.

Elle soupira. Et pourquoi s'était-elle laissée aller à lui parler des problèmes de sa mère ? Fallait-il vraiment aller à la police ? Allaient-ils encore se disputer à ce sujet ? L'ennuyeux, c'était que le temps pressait. Elle devait retourner au ranch, prendre les pièces et filer en voiture à Reno.

Après tout, elle n'avait qu'à le laisser là et partir seule. Elle n'aurait jamais dû le réveiller.

Shipjack accourut dès qu'elle entra dans le corral. Elle lui passa les brides sur le nez, arrima la selle sur le tapis de selle, puis fixa les étriers. Alors qu'elle bouclait la sous-ventrière, quelque chose brilla dans les rochers en aval de la rivière. Vite, elle détourna le regard.

— Donne ton pied, mon coco, lança-t-elle au cheval.

Elle lui souleva la jambe de devant et, faisant semblant d'examiner son sabot, observa en douce la rivière en contrebas.

Puis elle reposa la jambe de Shipjack, attacha les rênes autour de la clôture et lui susurra :

— Je reviens tout de suite, coco.

Une petite tape sur le flanc, et elle sortit du corral et marcha, l'air de rien, jusqu'à la cabane.

Nate était devant l'évier, lui tournant le dos. Au bruit de la porte, il se retourna. Il s'était aspergé d'eau le visage et des gouttes étaient accrochées à sa barbe naissante. Il semblait deux fois plus fatigué mais trois fois plus sexy que la veille.

— Il y a un problème ? s'enquit-il.

— Quelqu'un dehors…, répondit-elle.

Il prit la serviette, se sécha et voulut s'approcher de la fenêtre, mais elle le retint.

— Non, il va te voir. Il se cache dans les rochers, près de la rivière. J'ai vu une lumière, comme l'éclat de jumelles.

— Tu ne penses pas que ça peut être un voisin ou quelqu'un qui a l'habitude de venir dans la cabane ?

— Non. C'est marqué « propriété privée ». En plus, nos voisins les plus proches, les Crawley, ont quatre-vingts ans chacun. Je les vois mal battre la campagne, le lendemain d'une tempête de neige, pour épier les voisins.

— Il a vu que tu l'as vu ?

— Je ne pense pas. J'ai fait comme si de rien n'était. J'ai un plan, Nate.

Il la dévisagea, l'air circonspect.

— On n'a pas le temps de discuter, alors écoute-moi, continua-t-elle. Il faut se débarrasser de ce type une fois pour toutes. Donc, voici ce qu'on va faire. Je vais sortir comme si j'allais faire pipi. Pendant ce temps, tu sortiras par la fenêtre. En passant sous les arbres, tu devrais pouvoir le contourner et le surprendre par-derrière. A ce moment-là, on se jettera sur lui, on le ficellera et on prendra son scooter pour aller chercher les pièces et sauver ma mère.

Nate écarquilla les yeux.

— Franchement, Sarah ! On dirait que tu as oublié que cet individu a passé quasiment toute la journée d'hier à essayer de te tuer.

— Il pouvait me tuer pendant que je sellais le cheval, rétorqua-t-elle, la main posée sur la poignée de la porte. En fait, je pense qu'hier il a essayé de distraire notre attention pour pouvoir aller voler les pièces.

— Tu veux vraiment servir d'appât ? C'est non, non et non ! Tu ne…

— Je compte sur toi, l'interrompit-elle.

Et sur ces mots, elle sortit. Il jura, mais elle n'y prêta pas attention et traversa la terrasse.

Pas très naturelle — puisqu'on l'observait —, elle entra dans le corral et s'assit sur ses talons. Elle prit la jambe de devant de Shipjack et la caressa, l'air très affairé. Cette fois-ci, quand elle osa un coup d'œil, rien ne brilla dans les rochers, en bas, près de la rivière. Mais au lieu de la rassurer, cela lui fit peur. L'inconnu avait-il changé de place ou s'était-elle méprise quelques instants plus tôt ? Elle aurait juré avoir vu quelque chose, pourtant. Mais, là, elle ne savait plus.

Elle sortit du corral et marcha vers la rivière en faisant semblant d'admirer la vue. De temps à autre, elle consultait sa montre. Si elle s'était trompée, s'il n'y avait personne d'embusqué, Nate et elle avaient perdu du temps. Ils auraient déjà pu être chez les Crawley, qui leur auraient sûrement prêté leur scooter.

Elle tournait le dos à la rivière pour tenter d'apercevoir Nate quand un crissement de neige écrasée par des pas résonna. C'était sûrement Nate qui avait dû en arriver à la même conclusion qu'elle et venait la rejoindre. Elle s'arrêta.

Au lieu de Nate, un grand malabar se planta devant elle. Il portait une tenue de camouflage, une cagoule sur la tête, et des jumelles pendaient à son cou. Il pointait un revolver sur elle.

Elle ne se démonta pas.

— Vous êtes Bellows ou un de ses sbires ?

L'envie de pencher la tête pour voir derrière lui la démangea, mais elle n'en fit rien.

— Où est-il ? répondit l'homme d'une voix jeune mais tendue.

— Qui ? Bellows ?

— Non, le gars qui est avec toi. Nate Matthews.

— Il est parti appeler les flics.

— Je ne te crois pas. Il y a des traces dans la neige. Mais elles ne vont pas dans le sens de la sortie.

Il fit un nouveau pas vers elle et répéta :

— Où est-il ?

Le canon du revolver la frôlait au front.

— Oh ! s'exclama-t-elle. Si vous nous tuez, vous ne trouverez jamais l'argent.

— Quel argent ?

Il n'était pas au courant pour les pièces ?

— Qui vous envoie ? demanda-t-elle. Et d'abord, qui êtes-vous ?

— Ecoute-moi, ma petite dame. Tu vas finir le ventre en l'air dans la rivière si tu ne me dis pas tout de suite où est Matthews.

— Qu'est-ce que vous lui voulez ? Il n'y a que moi qui sais quelque chose. Lui, il ne peut pas vous aider.

Il lui empoigna le bras et la bouscula.

— Appelle-le !

— Non.

Elle faisait la bravache mais, en réalité, elle était terrorisée. Son sang battait contre le métal du canon qu'il avait posé sur son cou.

— Appelle-le.

Mais que fichait Nate ? pesta-t-elle intérieurement. Il devait quand même avoir entendu, non ?

— Encore une fois, gronda l'homme. Dis à Matthews de se montrer. Dis-lui que t'as besoin d'aide.

Elle tenait tout juste sur les jambes.

— Il va vous voir par la fenêtre, répliqua-t-elle. Et il ne sortira pas.

— Hé bien, on le fera sortir, dans ce cas.

De sa main de fer, l'homme lui empoigna le cou, mais elle ne le laissa pas serrer davantage. Bravant sa peur, elle lui écrasa le pied et partit en courant. Elle risquait de le payer d'une balle dans le dos mais tant pis, elle devait essayer.

Elle n'avait pas fait trois mètres qu'il la rattrapait et lui agrippait les cheveux. Brutalement stoppée dans sa course, elle recula. Il la précipita alors à terre et pointa son arme sur son visage.

Elle allait hurler de peur quand la bouche de l'homme s'ouvrit et se déforma dans un abominable rictus. Son effroi redoubla, mais aucun mot ne sortit de sa bouche, seul un *glouglou* étouffé.

L'homme tomba alors en avant et s'effondra sur elle : une hache était plantée dans son dos.

Elle se mit à crier sans pouvoir s'arrêter.

Nate accourut, la dégagea de sous l'homme blessé — mort peut-être.

Préférant ne pas affronter ce sinistre spectacle, elle se blottit contre Nate et se laissa emmener dans le corral. La souche était toujours là, sans la hache.

— Je reviens tout de suite, annonça Nate en repartant vers l'homme qui gisait à terre.

Il s'assit auprès de celui-ci et lui prit le pouls.

Sarah réprima une violente envie de vomir. Que feraient-ils si ce malfrat était toujours en vie ? Il faudrait aller chercher du secours, alors qu'ils n'avaient pas le temps : elle devait sauver sa mère avant 15 heures.

Nate revint vers elle.

— Est-il mort ? lui demanda-t-elle.

— Oui. Mais toi, ça va ?

— Ça va aller. Tu as trouvé son scooter ?

— Oui, il est là-bas derrière, sous les arbres. C'est Bellows ?

— Je n'ai pas vu son visage. Mais il avait une voix trop jeune pour que ce soit lui. Et il te cherchait, toi. Pas moi.

Nate fronça les sourcils.

— Moi ? Pourquoi moi ?

— Je n'en sais rien. Il n'avait pas l'air au courant pour l'argent.

— Ça ne tient pas debout, commenta Nate. Tu te sens le courage de le voir ?

— S'il le faut…

Elle accompagna Nate jusqu'à l'homme étendu sur le sol, la tête sur le côté. Nate lui enleva sa cagoule. Le garçon était jeune, en effet. Une vingtaine d'années à peine, peut-être moins. Des bulles de sang lui sortaient de la bouche.

— J'ai l'impression de le connaître, confia Sarah. Pas toi ?

Nate se passa la main dans les cheveux, l'air nerveux.

— Si, moi aussi. Mais je serais bien incapable de mettre un nom dessus. Bon sang ! Je ne voulais pas le tuer. Mais je n'ai pas pu faire autrement. C'était toi ou lui.

— Je ne te fais pas de reproche, le rassura-t-elle en s'éloignant. Allez, viens, Nate. Prenons le scooter et filons chercher les pièces.

— Il n'y a qu'un siège, fit-il remarquer. Deux sacoches mais un seul siège. Pas question de monter à deux.

— En ce cas, j'y vais seule, annonça Sarah, même si elle était morte de peur.

— Je peux y aller à ta place, proposa Nate.

Elle détourna les yeux.

— C'est moi qui dois aller à Reno. Et le temps presse.

Elle reprit son souffle.

— C'est à moi d'y aller. C'est ma responsabilité.

— Et la mienne, de contacter la police. Je viens de tuer un homme et on a l'assassinat de ton père à déclarer.

— Je sais que tu veux être en règle avec la loi. Donc, fais ce que tu estimes devoir faire. Dis ce que tu veux aux policiers. Laisse-moi juste une heure pour prendre les pièces et disparaître.

— Comment vas-tu faire ? s'inquiéta-t-il. Ta voiture a peut-être été embarquée et, même si ce n'est pas le cas, tu ne pourras pas t'en servir, il y a trop de neige. En plus, les pompiers doivent être encore là-bas. Si mon camion a été touché par des étincelles, il a peut-être explosé. Quant au ranch, il n'existe peut-être plus.

Sarah ne put retenir un soupir.

— Je ne sais pas comment je vais aller à Reno, mais je vais me débrouiller. Quoi qu'il arrive, j'irai.

— Il n'y a pas que ça, Sarah. Cet homme, là, nous ne savons même pas si c'est celui d'hier soir.

Elle réfléchit quelques secondes et ajouta :

— Hier soir, tu l'as blessé, le type. Tu as regardé si celui-ci a des impacts de balle dans le corps ?

— Tu as raison. Je vais regarder.

— Et moi, je m'en vais.

— Je sais.

— Au fait, Nate, quand tu parleras aux policiers, ne dis rien au sujet des pièces. D'accord ?

Il la fixa, l'air grave.

— Je n'en parlerai pas, mais, quand toute cette affaire sera réglée…

— Je chanterai comme un pinson, promit-elle.

Elle le dévisagea et lui prit le bras.

— J'ai peur, Nate. Ce type n'était pas au courant pour les pièces, et je ne l'intéressais pas du tout. Ce qu'il voulait, c'était toi.

— Il va falloir que je m'y fasse, plaisanta-t-il. Quoi qu'il en soit, si c'est le même homme qu'hier soir, Bellows n'a rien à voir dans l'affaire. C'est une bonne nouvelle pour ta mère et toi. Paie sa dette et disparais.

— Ce n'est pas à moi que je pense, confia-t-elle. C'est à toi. Il m'aurait tuée sans état d'âme pour te mettre la main dessus. Il n'agit peut-être pas seul. Je t'en supplie, fais attention.

— Ne t'inquiète pas pour moi. Mais toi, sois prudente. Ce n'est pas parce que ce type, aujourd'hui, me cherchait que ce qui s'est passé hier ne te concernait pas.

Elle fit oui de la tête et consulta l'heure à sa montre.

— Prends Shipjack. Il y a un cabinet vétérinaire spécialiste des animaux de grande taille à la sortie de la ville. Papa a eu recours à leurs services plusieurs fois. Demande-leur de garder Shipjack, je suis sûre qu'ils accepteront.

Il la prit par le menton et lui releva la tête.

— Je déteste l'idée que tu partes seule. On a tellement de choses encore à faire ensemble.

— Je sais, la police et…

— Non, ce n'est pas ça dont je parle.

Gênée, elle battit plusieurs fois des paupières.

— Sois prudent, répéta-t-elle.

Il se pencha et effleura ses lèvres.

Dieu qu'il était difficile de le laisser, songea-t-elle. Elle avait traversé tellement d'épreuves, ces dernières heures, que le quitter sonnait comme un nouveau calvaire. Le reverrait-elle, seulement ?

Il l'embrassa une nouvelle fois, légèrement, et lui murmura à l'oreille :

— Allez, file.

Ravalant ses larmes, elle se détourna et partit en courant vers les arbres.

Dégoûté par ce qu'il allait faire, Nate enleva les gants du mort et chercha des traces de balle sur son corps. Il avait tiré sur un homme douze heures plus tôt. Etait-ce sur cet individu ?

Il défit le blouson et palpa le cadavre sans trouver le moindre signe de blessure ni de pansement. En revanche, la hache avait fait d'horribles dégâts.

Nate repensa à cette fraction de seconde où il avait décidé de lancer l'outil plutôt que d'aller assommer l'homme. En fait, le choix avait été vite fait. C'était soit ce malfrat soit Sarah. Il n'avait pas hésité. Compte tenu de l'importance qu'elle avait prise dans sa vie, elle passerait toujours la première.

Alors que le scooter des neiges démarrait, il releva la tête : le véhicule grimpa la colline et disparut sur l'autre versant.

Nate prit une dizaine de pierres dans la rivière, puis alla chercher une couverture sur le matelas, dans le cabanon. Il allait recouvrir le corps et poser les pierres autour de la couverture pour l'empêcher de s'envoler.

Avec toute cette neige sous et autour de lui, le corps se conserverait bien jusqu'à l'arrivée de la police.

Avant d'exécuter son plan, il observa une nouvelle fois le visage du mort. Décidément, ces traits-là lui étaient familiers. Ces pommettes, cette mâchoire… Oui, elles lui disaient quelque chose. Mais il n'en était pas sûr à cent pour cent.

Il monta sur le dos de Shipjack, puis réfléchit. Il y avait une route quelque part, pas très loin, il le savait. Dès qu'il la croiserait, il retrouverait la civilisation et pourrait demander de l'aide. Et un téléphone.

Resterait alors à expliquer le mystère entourant le meurtre de Mike.

Surtout, reverrait-il Sarah ? L'homme qu'il venait de tuer n'était pas celui sur lequel il avait tiré la veille, il en était quasi certain. Comme il l'avait dit à Sarah, il y avait peut-être deux personnes, sans lien entre elles, dans cette histoire. Mais si c'était le cas, Sarah était probablement en route vers un piège mortel.

Sarah s'approcha prudemment du ranch. Qui allait-elle y trouver ? Des pompiers, probablement, la police, peut-être. Se faufiler pour voler ses propres pièces n'allait pas être du gâteau. Aussi elle gara le scooter des neiges près du box de Shipjack et entra discrètement dans l'écurie.

A son grand soulagement, la stalle était comme elle l'avait laissée ; elle ressortit, fit un détour et, se cachant sous les arbres pour éviter de se faire remarquer, alla constater ce qu'il restait de la maison. Elle n'en crut pas ses yeux.

Il n'y avait personne. Pas un chat. Pas un bruit. Apparemment, personne n'était venu. A part le bardage des soubassements, calciné, tout était comme des heures auparavant. Le tireur avait-il éteint le feu lui-même ou la maison avait-elle refusé de brûler ?

N'en croyant toujours pas ses yeux, elle battit plusieurs fois des paupières et dut en convenir. La chance lui avait souri. Réconfortée, elle repartit en courant vers l'écurie.

Elle dégagea la paille du box et pelleta la terre sur le côté. Les fûts étaient toujours à leur place.

En essayant d'attraper le premier, elle consulta sa montre, elle avait quatre heures devant elle pour embarquer le magot et aller à Reno. Mais comment ? Elle ne pouvait pas prendre sa voiture, elle ne pouvait pas utiliser le scooter des neiges pour une aussi grande distance, elle ne pouvait pas louer de voiture. Comme elle sortait les pièces du fût et les mettait dans les sacoches, elle pouffa de rire.

Que je suis bête ! se dit-elle. *Je peux m'acheter une voiture !*

Elle pouvait même s'en offrir des dizaines, à condition que personne ne lui demande ni son permis ni ses papiers.

Rapidement, elle fit le compte de ce dont sa mère avait besoin. La valeur des pièces était supérieure à leur poids, car elles étaient en parfait état. Pour combien y en avait-il au juste ? Difficile à dire mais, à ce stade, elle était prête à perdre un peu d'argent si cela pouvait mettre un terme à son cauchemar.

C'était peut-être vite dit… Qui pouvait lui affirmer que sa mère n'allait pas se retrouver dans le même pétrin d'ici une semaine, un mois ou un an ? se demanda Sarah. Sa mère allait vite comprendre que le magot de Mike avait été déterré et alors, là, elle recommencerait à tout croquer au jeu. Tôt ou tard, l'argent finirait dans les poches de Poulter ou de Bellows ou de ce genre de personnes et elle, Sarah, ne décolérerait pas.

Son père avait passé sa vie assis sur un tas d'or — non, d'argent —, il n'avait pas entretenu le ranch, ne s'était pas acheté de voitures neuves. Rien, il n'avait rien fait d'autre de cet argent que le laisser dormir dans des fûts, songea Sarah. C'était à elle désormais d'en faire bon usage.

Mais elle verrait cela plus tard. Pour l'heure, elle allait trouver un moyen de se rendre à Shatterhorn et essayer par n'importe quel moyen d'obtenir une voiture.

Elle n'avait plus que trois heures un quart devant elle.

Comme il restait plusieurs barils dans la cachette souterraine, elle recouvrit le sol de paille et remit tout en ordre pour que le box ait l'air comme avant.

Elle s'essuya le front où perlaient quelques gouttes de transpiration. Il ne faisait pourtant pas chaud, mais, à tant s'activer… Et elle sortit, enfourcha le scooter et démarra.

Le soleil brillait, timide, mais il l'aveugla quand même. Il y avait de grandes lunettes de protection accrochées au guidon, elles devaient appartenir à l'homme que Nate avait tué. Pas question de les toucher, pensa-t-elle, dégoûtée. Tant pis, elle aurait froid. D'ailleurs, son nez et ses lèvres étaient déjà gelés.

Elle se retourna une fois en traversant la prairie, puis se concentra sur sa conduite et sur l'étape qui allait suivre.

Evidemment, elle avait des amis à Shatterhorn, d'anciens camarades de classe. Il y en aurait bien un pour lui prêter une voiture. Mais comment réapparaître après onze ans de silence ? Pour demander un service, en plus ! Et sans prendre le temps de s'expliquer. Parce qu'elle n'avait pas le temps de s'attarder. Au fait, où habitaient-ils actuellement ? Et comment aller chez eux en trimbalant avec soi plusieurs dizaines de kilos de pièces en argent ? Evidemment, elle n'avait pas envie qu'ils sachent que sa mère jouait toujours. Les frasques de Diana Donovan avaient fait couler assez de salive comme ça, pas question que ça recommence.

Cela faisait deux ou trois kilomètres qu'elle longeait l'autoroute. Le chasse-neige était passé et la circulation était fluide. Tout allait bien quand, soudain, le scooter hoqueta. Elle se trouvait encore à près d'un kilomètre de Shatterhorn. Cent petits mètres peut-être, et le scooter allait tomber en panne sèche. Elle s'arrangea pour arriver jusqu'à une vieille clôture. L'engin hoqueta encore une fois. La dernière. Il n'irait pas plus loin.

Sarah lâcha un juron. Qu'allait-elle faire, avec toutes ses sacoches ?

Prise de panique, ne sachant que décider, elle commença à bourrer ses poches de rouleaux de pièces. C'était absurde et elle le savait, mais que faire d'autre ? Sa montre, qui brillait dans le soleil, lui envoyait des éclats de lumière dans les yeux. Comme si elle lui faisait des clins d'œil, la narguait. C'était agaçant.

Soudain, dans le silence, un bruit de moteur retentit. Une voiture approchait. Nate avait-il déjà alerté la police, bien qu'elle lui ait demandé d'attendre ? Venaient-ils pour l'enquête ?

Un véhicule passa rapidement, une camionnette bleu marine qui freina quelques mètres plus loin et fit demi-tour. Elle entendit alors le chauffeur lancer par la fenêtre :

— Vous voulez que je vous emmène quelque part ?

Elle sortit de sa cachette et se précipita.

— Sapristi, Nate ! Mais qu'est-ce que tu fais là ?

— Et toi ?

— Je t'emmène à Reno si tu as récupéré les pièces.

— Oui, je les ai. Le pyromane a éteint l'incendie. Le bardage de la maison a brûlé et la porte de l'écurie était ouverte comme si quelqu'un était entré pour fouiller mais, à part ça, rien d'anormal. Ils n'avaient sans doute pas envie de voir la police débarquer. Mais maintenant que tu l'as prévenue…

— Pas du tout, s'insurgea-t-il. Je n'ai encore rien dit à la police. J'allais au ranch quand je t'ai aperçue derrière la clôture…

— Je suis tombée en panne sèche avec le scooter. Il est caché derrière. Où est mon cheval ?

— Chez le vétérinaire. Ils vont le garder jusqu'à ton retour.

Tout en lui parlant, il approcha sa camionnette du scooter pour accélérer le transfert des rouleaux et des sacoches dans un carton sur la banquette arrière. Il aida aussi Sarah à vider ses poches. Mais il économisait son bras, nota-t-elle. Il devait avoir encore mal.

Il fit un nouveau demi-tour et ils repartirent. Elle se pencha alors vers lui.

— Pourquoi tu n'as pas prévenu la police ?

Il lui lança un regard de côté.

— A quoi bon se précipiter ?

Ils avaient rejoint le grand axe et roulaient vers Reno.

— Voyons voir, dit-elle après un instant de réflexion. Primo, on a deux tués. Deuzio, tu es l'adjoint d'un shérif et, à ce qu'il me semble, tu es à cheval — si j'ose dire — sur le règlement.

— Il me semblait t'avoir dit que je suis capable de lire entre les lignes, expliqua-t-il avec une intonation qui la surprit mais qu'elle ne sut interpréter.

— Oui mais, réfléchis, Nate. Tu as songé aux ennuis que cela risque de te créer ?

— Et toi ?

— Moi ? J'y suis habituée. En revanche, toi…

Il lui adressa un regard brûlant.

— Mike est mort et on ne le ramènera pas à la vie, que la police intervienne vite ou pas. Même chose pour notre visiteur de ce matin. En ce qui te concerne, toi, maintenant, tu es en situation de danger extrême et immédiat, et je ne veux pas que tu sois seule.

— Tu oublies que le type qui est venu, ce matin, c'est toi qu'il voulait tuer, pas moi. Toi !

— Je n'ai rien oublié. En fait, je crois savoir qui c'était.

— Qui est-ce ?

Il la regarda rapidement en souriant.

— J'ai cru que tu n'allais pas me le demander.

10

Nate attendit un instant pour répondre, savourant l'intérêt de Sarah.

— C'est Peter Jacks, précisa-t-il enfin.

Sarah se tapa le front.

— Peter, le frère de Thomas Jacks !

— Exactement, acquiesça Nate. Thomas Jacks, le tueur du centre commercial.

— J'aurais dû le reconnaître, maugréa Sarah.

— Les gens semblent différents quand ils sont morts, expliqua Nate. En plus, cela fait un bout de temps que tu n'avais pas vu Peter, non ?

— Plus de dix ans. A l'époque, j'étais sa baby-sitter. J'ai l'impression qu'il ne m'a pas reconnue. Comment as-tu su qui c'était ?

— Il m'avait bien semblé que je le connaissais. Lorsque j'ai loué cette camionnette, j'ai pris quelques minutes pour aller sur internet et j'ai trouvé des photos de la famille de Thomas Jacks quittant le cimetière après son enterrement. Peter, le frère aîné, était là. On ne voyait que lui.

— Tu penses qu'il a voulu te tuer pour quoi ? Pour se venger ? Parce que tu étais au centre commercial quand son frère a pété les plombs ? Mais tu n'as pas tué Thomas. Il s'est suicidé. Pourquoi t'en vouloir à toi ?

— Je ne sais pas.

Nate n'avait pas encore eu le temps d'y réfléchir.

— Cela voudrait dire que c'est aussi lui qui a tué mon père ? reprit Sarah.

— Je l'ignore.

— Comment Peter Jacks aurait-il su que tu étais dans le Nevada sauf si mon père le lui avait dit ?

— Je ne pense pas que Mike l'ait fait.

— Moi non plus, reconnut Sarah. D'ailleurs, mon père a été surpris alors qu'il entrait ou sortait de chez lui. Il n'était pas en train de bavarder avec Peter.

D'un geste de la main, elle montra la route devant eux.

— Tu ne pourrais pas aller plus vite ?

— Si, si.

Il accéléra. Elle était visiblement énervée et il y avait de l'électricité dans l'air.

— Tu as vu des impacts de balle sur le corps de Peter ? demanda-t-elle.

— Non. Mais ça ne veut pas dire qu'il n'y en avait pas. Il aurait fallu le déshabiller complètement.

Nate était satisfait de connaître l'identité de l'agresseur de Sarah, mais il restait des points à éclaircir.

— Une fois que j'aurais vu les policiers de Shatterhorn, j'aimerais rencontrer quelques personnes, annonça-t-il. Dans son carnet, ton père a noté qu'il avait eu des conversations avec certaines d'entre elles, sans en préciser le contenu. Ces personnes-là se souviendront peut-être de ce qu'ils se sont dit. L'une d'elles saura peut-être nous dire s'il y a eu des contacts entre ton père et la famille Jacks.

— Tu n'as peut-être pas le droit d'arrêter des gens dans le Nevada, mais ça ne t'empêche pas de faire ton métier de flic ! observa Sarah. Tu penses que les Jacks sont impliqués dans le meurtre de papa ?

Sans quitter la route des yeux, Nate lui répondit :

— C'est impossible à dire. Tant qu'on n'en est pas sûrs, on peut juste supposer que ceux qui détiennent ta mère sont ceux qui ont voulu nous tuer, hier, chez ton père. On a intérêt à prendre de l'avance et à arriver à Reno avant le type à qui tu dois remettre l'argent. D'ailleurs, c'est où exactement et quand ?

— Il m'a donné un numéro de téléphone que je dois appeler avant 15 heures. Il me dira à ce moment-là où se trouve ma mère et on fera l'échange.

Nate jeta un coup d'œil à son tableau de bord. L'horloge affichait 13 heures passées.

— Il faut qu'on se dépêche si on veut voir un numismate avant. Tu ne peux pas sortir des pièces d'argent comme ça devant Bellows.

— Je vais d'abord l'appeler et voir exactement ce que maman lui doit. Ensuite, je vendrai ce qu'il faut pour rembourser la dette. Je me demande si un seul numismate aura autant d'argent en réserve.

— L'idée que des truands empochent tout cet argent me dégoûte, maugréa Nate.

— Je sais. C'est pourtant ce qui va se passer.

Elle s'arrêta un instant, puis reprit :

— Je croyais que ça ne te gênait pas.

— Je sais qu'il faut le faire. N'empêche, ça me déplaît.

Sa réponse la fit rire.

Une demi-heure plus tard, ils se garèrent dans le parking presque vide du premier numismate qu'ils avaient trouvé. Nate entra le premier. A sa grande satisfaction, il vit qu'on vendait là d'autres articles, des téléphones portables prépayés entre autres. Pendant que Sarah discutait avec le médailliste, Nate acheta et mit en marche un nouveau téléphone qui lui rendrait service en attendant qu'il reprenne son métier et qu'on lui en fournisse un autre.

Puis il rejoignit Sarah : elle était engagée dans d'âpres négociations avec un Asiatique chauve qui examinait à la loupe les pièces qu'elle avait apportées. L'homme était hyper concentré.

Sarah se tourna vers Nate.

— Où étais-tu ?

— J'achetais un nouveau téléphone portable. Si tu allais téléphoner à Bellows ? Je reste ici pendant ce temps.

Sarah prit le nouveau portable et sortit. Nate la suivit des yeux. Elle était trop belle et ne se rendait pas compte à quel point le balancement de ses hanches décuplait son désir pour elle.

Elle sortit un papier de sa poche. Sûrement la page sur laquelle elle avait inscrit le numéro qu'elle devait appeler, songea Nate.

— Monsieur ?

Nate reporta à regret son attention sur le numismate.

— Oui ?

L'homme avait un drôle d'air. Soupçonneux.

— La jeune femme n'a pas voulu me dire d'où proviennent toutes ces pièces, confia le médailliste en montrant du menton le tas de rouleaux qu'ils avaient déposé sur le comptoir.

— C'est à elle, répondit simplement Nate.

— Désolé, j'aimerais bien mais je ne peux pas vous croire sur parole.

Nate regretta de ne pas pouvoir ouvrir son portefeuille pour lui montrer son badge.

— Vous ne faites jamais confiance aux gens ? dit-il à la place.

— Le problème, c'est qu'il y a beaucoup de pièces et que si elles sont toutes de la même qualité que celles que je vois là, ça fait beaucoup d'argent. Une petite fortune. Je suppose que vous savez que je ne peux pas les acheter sans remplir une déclaration.

— Une déclaration ? Pour quoi faire ?

— Pour justifier l'origine des fonds. Le Tracfin, vous connaissez ? Les autorités ont peur du blanchiment, de l'argent sale si vous préférez, alors elles nous font remplir tout un tas de papiers quand il y a des mouvements d'argent importants. Elles contrôlent.

Il se frotta le front, l'air soucieux, et poursuivit :

— Je ne sais même pas si j'aurai assez de liquide pour acheter tout le lot. Sinon, j'appellerai mon banquier et je m'arrangerai avec lui pour opérer un virement.

Les mains à plat sur le comptoir, Nate se pencha en avant.

— On est assez pressés. Vous pourriez peut-être acheter tout ce que vous pouvez et nous donner une idée de ce qu'il faudrait vendre en plus pour atteindre une certaine somme.

— Quelle somme ? demanda l'Asiatique, intrigué.

— C'est ce qu'on va savoir tout de suite. Dès que la personne qui est sortie téléphoner reviendra. Continuez à examiner les pièces qui vous intéressent car nous, il faut que nous soyons partis dans un quart d'heure.

L'homme se frotta encore une fois le front.

— Attendez, je vais voir ce que je peux faire.

Pendant que le marchand sortait sa calculette de sa poche, Nate partit à la recherche de Sarah. Elle était appuyée au mur de brique, tête baissée. Dès qu'elle l'entendit, elle referma le portable et le regarda. Elle avait pleuré, d'ailleurs elle avait encore des larmes dans les yeux.

Il s'approcha.

— Que se passe-t-il ?

— J'ai appelé Bellows et il m'a passé ma mère. Elle pleurait tellement que je ne comprenais pas un mot de ce qu'elle disait. Je pense que cette brute a dû se délecter à lui décrire les tortures qu'il lui réserve si nous ne venons pas. Il veut nous apprendre à vivre… en mode truand !

— Est-ce qu'elle leur a dit que tu irais voir ton père pour lui demander de l'argent ?

— Je ne sais pas : je n'ai même pas pu lui demander tellement elle pleurait.

Elle essuya furtivement une larme qui roulait sur sa joue et ajouta :

— On a une heure pour se rendre au Silver Dollar Motel. C'est juste à l'entrée de Carson City. On a intérêt à se presser.

— Tu plaisantes ? Au Silver Dollar ?

— Je sais, il ne pouvait pas choisir mieux ! Le « dollar en argent », ça a l'air d'une blague !

— Pour un peu, je trouverais ça poétique ! se moqua Nate. Trêve de plaisanterie, il te faut combien ?

— Deux cent vingt-huit mille dollars.

— Allons-y !

Nate lui prit la main et rentra dans la boutique.

Heureusement, le marchand les attendait avec tout l'argent qu'il fallait pour payer la rançon de la mère de Sarah. Il leur proposa même d'acheter tout le lot de pièces. Sarah accepta aussitôt le marché et le numismate leur remit un grand sac en toile avec tout l'argent. Il ajouta, en prime, un Stetson noir.

— J'ai vu que vous le reluquiez, expliqua-t-il à Nate.

Nate ne put masquer son contentement. Depuis la veille, il portait les vêtements de Mike. Avec ce chapeau sur la tête, il allait être un peu plus lui-même.

De retour dans la camionnette, il demanda à Sarah :

— Bellows t'a expliqué comment allait se passer l'échange ?

— Oui. Je dois aller à la porte 8 et frapper trois coups.

— Il sera là ?

— J'imagine. Il ne s'est pas montré particulièrement bavard.

— Ta mère est assise tranquillement dans une chambre de motel ? s'étonna Nate. Ça me paraît invraisemblable.

— N'oublie pas qu'ils lui font peur en menaçant de me tuer. Si elle se rebiffe, ils se vengeront sur moi. Elle le sait.

Nate fronça les sourcils mais continua à fixer la route. Cela sentait le traquenard à plein nez. Rien ne lui plaisait dans cette affaire. Ils allaient payer un salaud pour libérer une femme qui, manifestement, ne pensait qu'à dépenser son argent, et parfois celui des autres, au casino. Tout cela était parfaitement immoral.

Mais que faire ? Non seulement il était en congé de la police mais, même s'il ne l'avait pas été, il ne pouvait agir dans un autre Etat que le sien.

Surtout, il avait promis à Sarah de l'aider et d'être présent. Ne restait plus qu'à espérer que, finalement, la justice triomphe, d'une manière ou d'une autre.

Penchée en avant, sa ceinture de sécurité tendue comme un arc comme si cela avait pu les faire avancer plus vite, Sarah piaffait. La circulation, chose étonnante, était très dense.

Après une demi-heure de route, ils arrivèrent enfin à Carson City et s'arrêtèrent dans la première station-service pour demander le chemin du Silver Dollar Motel.

L'établissement se trouvait dans une zone industrielle quasiment abandonnée. Il était flanqué d'une espèce d'entrepôt aux fenêtres cassées devant lequel gisaient de vieilles carcasses de voitures. L'endroit avait sans doute connu des jours meilleurs, le motel aussi, songea Sarah. Il avait même, peut-être, été coquet mais, là, l'ensemble était glauque. Des mauvaises herbes poussaient partout, l'enseigne, représentant un cow-boy grattant sa guitare, ne clignotait plus et pour cause : les néons étaient brisés. Un panneau fatigué indiquait « complet ». Le parking était sale et parcouru de boules d'herbes sèches poussées par le vent froid de février. Une voiture y était stationnée. Une seule. Devant la porte 8.

— Mis à part la voiture, on se croirait dans une ville fantôme, commenta Nate.

La bouche trop sèche pour répondre, Sarah acquiesça d'un signe de tête. Comment tout cela allait-il se terminer ?

Comme ils roulaient dans le parking, Nate se pencha et cacha quelque chose sous son siège.

— Que fais-tu ? s'enquit-elle.

— Je vais laisser mon portefeuille dans la camionnette. On ne sait jamais.

Ils s'arrêtèrent. Nate ferma les portières à clé tandis que Sarah se dirigeait avec le sac en toile vers la porte 8. Derrière, quelqu'un était certainement en train de l'observer, et cela l'angoissait. Comme on le lui avait ordonné, elle tapa trois coups sur la porte.

Une grosse brute ouvrit au moment où Nate la rejoignait. Les deux dents de devant en argent, l'air mauvais, Bellows avait la même tête que l'unique fois où elle l'avait croisé. A l'aéroport. Un homme, cheveux gris crépus, chemise de golf, l'accompagnait. Bellows éructa un ordre à son sbire qui se mit à les fouiller, sans rien trouver d'autre que les clés de la camionnette que Nate lui arracha aussitôt des mains.

Sarah jeta un coup d'œil à la pièce.

— Où est ma mère ?

Murs, moquette, couvre-lit, tout était vert dans la chambre. Mais sa mère n'était pas là.

— Où est mon argent ? vociféra Bellows.

Fixant Nate, il hurla de plus belle.

— Et t'es qui, toi ?

Nate croisa les bras et le toisa dans la plus pure attitude cow-boy.

— Moi ? Je m'appelle Nate, répondit-il en prenant un accent du Sud plus vrai que vrai. Je suis un ami de la famille. Je ne pouvais pas la laisser faire tout ça toute seule.

Bellows grommela et se tourna vers Sarah.

— Ta mère n'est pas loin. On en a eu marre de l'entendre miauler. Ici, y a personne, alors elle peut gueuler, on s'en fout. Tant qu'on ne l'entend pas... Deux jours, ça a suffi. Elle a de foutus poumons, la braillarde ! Maintenant, aboule le fric !

— Je veux d'abord la voir.

— Tu la verras quand je te le dirai.

— Des clous, s'emporta Sarah. Qui me dit que je peux vous faire confiance ?

— Tiens, un geste de bonne volonté, dit l'homme en lui tendant le sac à main de sa mère.

Elle l'ouvrit pour vérifier. Tout y était. Son téléphone dans la petite poche, les clés de chez elle, sa brosse à cheveux, son portefeuille et les billets qu'elle n'avait pas dépensés. Devait-elle pour autant se laisser abuser par l'apparente « honnêteté » du bonhomme ?

Elle prit le sac et arrima la bandoulière sur son épaule.

— Je veux voir ma mère, je vous montrerai l'argent ensuite.

Bellows toisa Nate.

— T'es aussi bête qu'elle ? Ça vous est complètement sorti de la tête qui a une arme et qui n'en a pas ? Montre-leur ton pétard, Benny, et n'hésite pas si l'un des deux oublie encore comment ça se passe dans la vie.

Le dénommé Benny sortit un revolver de sa ceinture, joua deux secondes avec et le remit en place.

— Dites-moi où elle est, c'est tout, implora Sarah.

— Elle est dans le motel. Maintenant, ouvre le sac.

Sarah s'exécuta et les deux truands se jetèrent dessus comme des piranhas sur une murène.

— Où est Diana Donovan ? tonna Nate.

— Chambre 12 répondit Benny, empoignant les liasses de cent dollars.

Nate alla à la porte, mais Bellows l'arrêta avant qu'il ne sorte.

— Pas si vite, gros malin. La fille peut aller voir sa mère. Toi, tu restes ici. Je t'ai à l'œil.

— La porte de sa chambre n'est pas fermée à clé ? intervint Sarah.

— Non.

Après quelques clins d'œil à Nate, elle quitta la pièce, suivit le trottoir jusqu'à la chambre 12 et ouvrit.

Sa mère était là, allongée sur le lit, pieds et poings attachés aux montants, un Scotch sur la bouche. Visiblement épouvantée, elle tirait sur ses liens avec tellement de force qu'elle avait les poignets tout rouges. Si elle continuait, ils allaient lui entamer les chairs.

— Calme-toi, la supplia Sarah en essayant de dénouer les cordes qui étaient si serrées qu'elle se faisait mal aux doigts à essayer de les défaire.

Sa mère s'agita de plus belle.

— Calme-toi, insista Sarah. Tout va bien. C'est fini. Je suis là. Je vais t'emmener.

Sarah bataillait avec les liens. Les doigts de sa mère étaient enflés, violet, martyrisés. Elle devait avoir affreusement mal. Comment ces brutes avaient-elles pu la torturer ainsi ? C'était des monstres.

Après plusieurs minutes, les nœuds enfin défaits, Sarah aida sa mère à s'asseoir au bord du lit. Elle portait un jean et un T-shirt rose à pampilles de verre qui semblaient incongrues dans ce décor glauque.

Sarah arracha enfin le papier collant de la bouche de sa mère qui se passa aussitôt, plusieurs fois, la langue sur les lèvres.

— Ça va ? s'enquit Sarah.

— J'ai cru mourir, ma petite fille, répondit sa mère.

Son mascara avait bavé et de longues traînées marron coulaient sur ses joues. Elle avait un œil au beurre noir, et les bleus qu'elle avait un peu partout sur le visage témoignaient du mauvais traitement qu'elle avait subi.

Sarah voulut la prendre dans ses bras, mais sa mère se leva brusquement et lança :

— Il te l'a donné ?

— Si on veut, répondit Sarah qui avait compris qui était ce « il ».

— Comment ça, *si on veut* ? pesta sa mère. Où l'as-tu mis ?

— Je l'ai donné aux types qui sont chambre 8. Pourquoi tu me demandes ça ?

— Tu leur as tout donné ?

— Evidemment.

— On aurait pu négocier.

Sarah n'en revenait pas.

— Négocier avec ces gens-là ? Tu t'es vue ? Ils ont… Ils t'ont battue, ils t'ont cassé les doigts et ils ne t'ont même pas soignée.

— Je sais. Mais comment je vais faire, maintenant, si tu as donné tout mon argent ? Comment je vais faire, moi, pour retomber sur mes pieds ?

— Mais c'est l'argent de papa ! répliqua Sarah. En plus, si c'est pour recommencer à jouer…

— C'est pour redémarrer ! Mais c'est ce chien qui a tout maintenant.

Sa mère, qui s'était retournée brusquement, se mit à tituber — parce que la tête lui tournait ou qu'elle était faible —, mais elle se rétablit et quitta la chambre.

Le temps de comprendre ce qui se passait, Sarah se précipita à sa suite. Trop tard. Sa mère avait déjà ouvert la chambre 8 et disparaissait à l'intérieur.

Nate écarquilla les yeux. Diana Donovan venait de débouler dans la chambre 8 et fonçait sur Bellows et Benny, affairés à compter leurs sous autour d'une petite table. Se plantant derrière eux, elle se mit à les frapper, à jurer. Puis elle les empoigna par leur veste et les secoua, aussi effrayée, apparemment, qu'un bulldog devant une souris.

C'était donc elle, la mère de Sarah ? s'étonna Nate. Plus petite et plus ronde, la peau du visage lisse malgré les coups reçus, et étirée sur les pommettes — le bistouri d'un chirurgien esthétique était passé par là —, elle n'avait rien de commun avec sa fille.

Quelques secondes plus tard, Sarah fit irruption à son tour, belle comme toujours mais différente pourtant. Elle se précipita sur sa mère, qui la repoussa et empoigna une liasse de dollars. Le plus fort des deux truands attrapa alors le poignet de Diana pour qu'elle lâche les billets. Il dut lui faire mal car elle poussa un hurlement qui fit vibrer les murs. Enervé, l'homme lui donna un coup qui la fit crier de plus belle.

Incapable de supporter cette scène une seconde de plus, Nate se rua sur les deux hommes et les précipita à terre. Coups de pied, coups de poing, invectives et jurons fusèrent. Les dollars volèrent. Entraîné par son métier à faire respecter la loi, Nate eut tout de suite le dessus sur Benny, le plus petit des deux mais Bellows l'empoigna par-derrière et lui serra le cou de son bras replié. Nate était à moitié étranglé.

Il y eut alors un bruit sourd et l'étreinte se desserra, l'homme chuta. Nate inspira une grande bouffée d'air et se retourna. Son agresseur était face contre terre, et Sarah derrière lui avec une lourde corbeille en fer.

— Tu lui as…

— … donné un coup sur la tête ? Oui, répondit-elle.

Nate ramassa son chapeau qui était tombé par terre. Les élancements qu'il avait à l'épaule étaient tempérés par la douceur du sourire de Sarah, qui admirait ce qu'elle venait d'accomplir.

— Merci, dit-il.

— Je t'en prie.

Alors que Bellows se tenait la tête en grognant, Benny se rapprocha, mais Nate veillait. Sans leur laisser le temps de réagir, il arracha son revolver à Benny et palpa Bellows.

— Il est clean, lança-t-il à Sarah.

Bien que la scène ait été très courte, Diana n'avait pas

perdu son temps. Elle s'était empli les poches, remarqua Nate, et continuait.

— Holà ! Vous faites quoi, là ? intervint-il.

— Je prends mon dû. Avec ça, je vais pouvoir repartir de zéro.

— Ils te poursuivront, dit Sarah en reposant la corbeille à papier.

Diana continua à piocher.

— Je partirai loin.

— Bien sûr ! pesta Nate. Et c'est votre fille qu'ils poursuivront. Vous voulez lui faire courir un danger ?

— Mais non. Elle ne risquera rien. Ils ne lui feront rien.

Nate pointa sur elle le revolver qu'il avait pris à Benny.

— Remettez tout sur la table. Tout.

Elle le regarda comme si elle découvrait un extraterrestre.

— Hé ! Vous vous prenez pour qui ?

— Fais ce qu'il te dit, demanda Sarah à sa mère.

Elle regarda Nate et ajouta à l'adresse de Diana :

— Il a déjà tué une personne aujourd'hui. A ta place, je ne jouerais pas.

Diana regarda sa fille puis Nate, de nouveau sa fille et encore Nate. Elle rejeta dans son dos ses cheveux décolorés tout emmêlés. Un soupir s'échappa de sa bouche aussi ronde que son visage. Visiblement désespérée, elle plongea la main dans sa poche et jeta les billets à la face des deux truands ahuris.

— Mesdames, il est temps de partir, lança Nate, l'arme toujours pointée sur Benny et Bellows qui se regardaient, hébétés.

Il emmena les deux femmes jusqu'à sa camionnette et les pressa de monter. Sarah laissa sa mère derrière et s'assit devant avec Nate, ce qui le surprit.

Il lui posa la main sur la cuisse. Elle se tourna alors vers lui. Son visage n'avait jamais été aussi beau, ses yeux bleus aussi grands, ses cheveux aussi mousseux, ses lèvres aussi tentantes, son sourire aussi tendre.

Et tout cela allait disparaître de sa vie !

C'était le bout de la route pour eux. Il avait des choses à faire, et Sarah de quoi vivre tranquille pendant de longues années.

En proie à une profonde mélancolie, il mit la clé dans le démarreur. Il ne voulait pas lui dire adieu ; c'était pourtant inéluctable. Il aurait dû s'y préparer.

Des coups de feu éclatèrent alors. Au lieu de démarrer, Nate sauta hors de la camionnette. Un deuxième coup retentit. Armé du revolver de Benny, Nate riposta en direction de l'entrepôt abandonné.

— Remonte, cria Sarah.

Il regrimpa à bord, fit marche arrière pour s'éloigner au plus vite et lança un dernier coup d'œil à la scène.

Les deux truands, debout devant le motel, les bras ballants et les mains vides, les regardaient partir. Ils ne semblaient pas liés à cette fusillade.

Si ce n'était pas eux, qui donc pouvait leur en vouloir ? se demanda Nate.

11

Une nouvelle balle heurta le flanc de la camionnette, et Nate jeta un œil dans son rétroviseur. Le tireur s'était débusqué. Il tenait ce qui semblait être un 22 long rifle. Mais il était loin, et impossible à identifier.

Une autre balle vint percuter l'arrière du véhicule. La vitre arrière explosa.

— Baissez-vous ! ordonna Nate. Toi aussi, Sarah.

Les deux femmes plongèrent au fond de la camionnette.

Une troisième balle toucha le pare-chocs. C'était certain, le tireur visait les pneus. Un autre coup de feu, suivi d'un bruit de verre cassé, fit vibrer le pick-up. Diana poussa un cri de terreur. Une autre vitre avait volé en éclats.

S'il n'avait pas eu de passagers à bord, Nate aurait fait demi-tour pour se colleter avec l'individu, mais il devait mettre Sarah et sa mère à l'abri. Il vira brusquement à droite. Le pick-up dérapa mais reprit sa trajectoire. Nate tourna alors à gauche puis, au carrefour suivant, à droite. Apparemment, ils n'étaient pas suivis mais, dans le doute, il continua ses virages à angle droit jusqu'à la sortie de Carson City. Une fois la route de Reno rejointe, il reprit une conduite normale.

— Je pense que vous pouvez vous rasseoir, dit-il en se penchant vers Sarah.

Elle semblait terrorisée.

— Non, merci, rétorqua Diana depuis le siège arrière. Je reste baissée.

Sarah, qui s'était rassise, se retourna vers sa mère.

— Tu vas bien ?

— Non, pas du tout. Je suis couverte de verre. Qu'est-ce qui se passe ?

— Bonne question, marmonna Sarah en regardant Nate. As-tu remarqué que les premiers coups de feu semblaient dirigés contre toi ? On tirait de ton côté.

Il fit oui de la tête. Il avait remarqué. C'était lui qu'on visait.

— On doit aller aux urgences, lança Sarah en faisant un geste en direction de la banquette arrière.

— Pour quoi faire ? s'insurgea Diana. Et de toute manière, je n'ai pas d'argent pour payer.

— Je paierai pour toi, répliqua Sarah.

Diana se pencha en avant et posa les mains sur le dossier de sa fille.

— Ton père t'a donné tellement d'argent ?

— Oui, répondit Sarah.

— Combien ?

— Tout.

Nate fronça les sourcils : Sarah parlait trop.

— Ça fait beaucoup ? poursuivit Diana.

La voix était tendue, curieuse. Sarah se tourna vers sa mère.

— Ça ne t'intéresse pas de savoir pourquoi il m'a tout donné ?

— Pas vraiment. Après ce qu'il m'a fait… M'avoir laissée tomber.

— C'est parce qu'il est mort, maman. Assassiné. Je pensais que tu avais peut-être dit aux tueurs que j'irais chez papa chercher l'argent pour payer ta rançon mais, maintenant, je commence à penser que ce n'est pas le cas.

— Bien sûr que non ! s'emporta Diana. Je n'ai dit à personne où tu allais. Et comment Mike est-il mort ?

— Tué d'une balle.

— Ah ? Par ce type que tu as assommé ?

Nate jeta un coup d'œil dans le rétroviseur, mais Diana était hors de son champ de vision.

— Non, répondit Sarah.

— T'es bien sûre ?

— Positive.

— Bon, combien te reste-t-il d'argent ?

— Pas mal. Mais ce n'est pas avec cet argent-là que je paierai l'hôpital. J'ai acheté un billet d'avion pour venir ici avec mes économies, mais il m'en reste encore un peu que je te donnerai pour que tu puisses redémarrer. J'espère que tu vas te faire soigner pour ton addiction au jeu et que tu ne vas pas tout perdre.

— Je ne suis pas addict, protesta Diana. J'aime bien jouer, ça me rend heureuse, c'est tout.

— Pense à ce qui t'est arrivé, maman, objecta Sarah.

Elle parlait d'une voix douce qui contrastait avec le ton déplaisant de sa mère, nota Nate.

— Tu ne comprends pas que les gens qui jouent *pour être heureux* finissent en général dans les griffes des usuriers et des truands ? Ce qu'ils t'ont fait ne t'a pas suffi ?

— Je ne suis pas les gens, comme tu dis. Cette fois-ci, les choses ont un peu déraillé, mais avec l'argent de ton père…

— Non, maman. Tu ne vas pas flamber l'argent de papa.

— Que vas-tu faire avec ? insista Diana.

— Je ne sais pas, mais je n'ai pas l'intention d'enrichir les fripouilles. Tu dois te faire désintoxiquer, maman. Réfléchis-y.

— J'y penserai, répondit Diana.

Mais cela manquait sérieusement de conviction, jugea Nate. Diana mentait effrontément à sa fille pour avoir la paix et mettre un terme à cette conversation qui l'ennuyait.

Sarah, pourtant, sembla se satisfaire de cette réponse.

— Très bien. C'est un début.

— Dès que ma main sera soignée, j'aurai besoin de ma voiture, reprit Diana. Où est-elle ?

— Dans l'écurie, chez papa. Mais il faudra que tu attendes que la police donne l'autorisation de l'enlever.

— Et pourquoi donc ? Qu'est-ce que la police a à voir avec ma voiture ?

— Papa a été tué chez lui, maman. Et il y a d'autres problèmes. Je ne t'en parle pas pour l'instant, mais je pense que tout le ranch va être considéré comme une scène de crime. Ne t'en fais pas. Je t'expliquerai.

Diana poussa un long soupir.

— Je m'en veux de m'être si peu occupée de toi. Mais on va se rattraper. On va avoir le temps de se parler toi et moi, de faire plus ample connaissance. On a toute la vie devant nous.

— Oui, enfin… pas tant que ça, nuança Sarah. J'ai ma vie, maman, mon travail, et je vais y retourner.

— Où donc ?

— En Virginie. Je travaille pour un vétérinaire. Il est génial. Je te l'ai dit. J'adore soigner les animaux.

— Ah ? Bien. Mais dis-moi, qu'est-ce qui est le plus important pour toi, les gens ou les bestioles ? Et puis, avec tout l'argent de ton père, tu n'auras plus besoin de travailler. Tu vas pouvoir déménager et te rapprocher de moi. Ça ne serait pas sympa ? Je te ferai découvrir la ville. Reno, le soir, c'est épatant. Tu verras.

Nate garda ses commentaires pour lui mais il n'en pensait pas moins. Sarah, il le sentait, commençait à douter. Mais parviendrait-elle, un jour, à se libérer de l'odieux chantage aux sentiments de sa mère ?

Comme il ne pouvait rien faire pour l'aider, il se concentra sur sa conduite et pensa à ses chers parents, les remerciant d'avoir été si bienveillants.

Guidés par Diana qui connaissait bien la route, ils arrivèrent à l'hôpital. Nate avait à peine arrêté son moteur que Diana était déjà à l'extérieur, plantée devant la portière de Sarah. Elle avait le dos et les cheveux couverts de débris de verre.

Sarah regarda Nate et descendit à son tour.

— Va te mettre au chaud, maman. Je te rejoins dans une minute.

Sans se faire prier, Diana entra aux urgences. Sarah se tourna alors vers Nate.

— Tu devrais venir montrer ton bras, lui dit-elle.

— J'attendrai d'être à Shatterhorn, répondit-il. Je ne tiens pas à répondre cinquante mille fois aux mêmes questions sur l'origine de cette blessure. Quant à toi, tu devrais prendre le carnet de ton père.

Il ouvrit le petit coffre entre les deux sièges avant, mais elle se pencha et le referma brutalement.

— Non, garde-le, toi.

Il acquiesça en silence.

— Je suis désolée pour ma mère, Nate.

— Tu n'as pas à t'excuser.

— Si. Elle ne pense qu'à elle, c'est terrifiant. Elle a toujours eu l'habitude qu'on s'occupe d'elle. Après papa, il y a eu un défilé d'hommes. En ce moment, je pense qu'elle n'a personne. C'est peut-être cela qui a provoqué sa dernière fringale de jeu, je ne sais pas…

— Pas de problème, Sarah. C'est ta mère.

Elle hocha la tête sans rien dire et, brusquement, remonta dans la voiture. Penchée vers lui, elle effleura son bras. Aussitôt il posa sa main sur la sienne et s'inclina à son tour vers elle. Leur baiser fut court mais, comme toujours, foudroyant.

Sans détacher ses lèvres des siennes, Sarah murmura :

— Je n'ai pas envie de te voir retourner seul là-bas après ce qui s'est passé dans le parking du motel. Et puis il y a ce type, ce matin… Tu te rends compte que ça ne fait que quelques heures ?

Il lui caressa la joue.

— Sarah, je te connais depuis même pas vingt-quatre heures.

— Oui, mais pas n'importe quelles vingt-quatre heures ! Elle ferma les yeux et frotta sa joue contre sa main. Elle pleurait presque.

— Je n'ai pas envie que tu partes, susurra-t-elle.

— Viens avec moi, alors.

— Je ne peux pas.

— Un jour ou l'autre, tu devras t'expliquer sur le rôle que tu as joué dans cette affaire, tu le sais.

— Oui, je sais

Elle s'écarta de lui et soupira.

— Tu as vu ma mère… Il faut que je reste avec elle au moins jusqu'à demain pour l'aider à s'organiser. Ensuite, je louerai une voiture ou je ne sais quoi et je viendrai à Shatterhorn. Tu y seras encore ?

— Ça dépend, répondit Nate sans entrer dans les détails. Cela dépendait de beaucoup de facteurs : serait-il toujours en vie ? serait-il arrêté pour meurtre ou libre de partir en Arizona, ce qui serait la meilleure option pour lui ? Sarah ployait sous les problèmes. Lui était à bout et sur le point de craquer. Passer vingt-quatre heures sur le fil du rasoir avec Sarah avait été une formidable expérience pour lui. Cela lui avait aussi appris beaucoup de choses sur lui-même et sur l'importance qu'avait cette femme dans sa vie. Hélas, elle était inaccessible. Et lui n'était pas disponible non plus.

C'était peut-être ça, l'histoire de sa vie ?

— J'ai entré mon numéro de téléphone dans ton portable pendant que tu conduisais, dit-elle. Tu m'appelleras…

— Bien sûr, prétendit-il.

— J'avais de grands projets pour nous, tu sais, pour ce

soir. Sans doute que je rêvais… Ou que je préfère ne pas voir la réalité en face.

— Cela arrive souvent quand on est stressé, la rassura Nate. Ne t'inquiète pas.

— Mais…

Il la prit par le cou et l'embrassa, mettant ainsi un terme à une conversation beaucoup moins excitante que le goût de ses lèvres. Cette fois, peu importait qu'on les voie ou que le tueur les guette. Ses lèvres étaient comme du miel, et le désir de la prendre toujours aussi intense. Elle allait rejoindre à son tour la longue liste des occasions perdues et des regrets à méditer.

Quand ils reprirent leur souffle, quelques instants plus tard, il la lâcha.

— Ta mère t'attend, lui rappela-t-il. Prends soin de toi, Sarah.

— Toi aussi, chuchota-t-elle.

Elle glissa alors de son siège et s'éloigna de la voiture. Et de sa vie.

Un peu plus tard, le shérif Alan Gallant accueillit Nate par une virile poignée de main.

— Ça fait un bail qu'on ne t'a pas vu, lança Gallant. Après ce qui est arrivé la dernière fois que t'étais ici, j'imagine que t'as pas voulu revenir nous rendre visite. Comment va ton pote Foster, l'inspecteur ?

— Alex ? Il va bien. Il aurait dû être avec moi, mais il n'a pas pu se poser à cause du temps. Que je te dise tout de suite, je ne suis pas venu faire du tourisme. J'ai quelque chose à te raconter qui n'est pas très gai puisqu'il y a deux morts à la clé.

— Sapristi !

Gallant se cala dans son fauteuil qui grinça. Il était plutôt grand et fort.

— Larry, dit-il en jetant un coup d'œil derrière lui, tu peux nous apporter du café ? Patty, enregistre s'il te plaît.

Une fois le café servi et l'appareil en marche, Gallant regarda Nate dans les yeux.

— Que se passe-t-il, bon Dieu ?

— Je ne sais pas trop, répondit Nate. D'abord, je voudrais savoir si quelqu'un a appelé les pompiers chez les Donovan et déclaré la présence d'un cadavre.

— Tu parles de Donovan ? Du ranch de Mike ? Bon Dieu, non, qu'est-ce qu'il a encore fait, celui-là ?

— A ma connaissance, rien. Il est mort, shérif.

— Ah ! A force de harceler tout le monde, il a, enfin, fini par se faire tuer !

Gallant se ressaisit aussitôt, l'air gêné.

— Désolé, je sais que c'était ton copain. Je n'aurais pas dû dire ça. Raconte-moi plutôt ce qui s'est passé.

Nate mit une heure à lui exposer la succession des terribles événements. Quand il eut fini, Gallant envoya ses équipes au ranch et à la cabane près de la rivière. L'enquête était lancée.

Puis le shérif se pencha vers Nate.

— Reparle-moi de ce Peter Jacks.

Nate recommença le récit des événements de la matinée. Il minimisa le rôle de Sarah, mais ne put la passer totalement sous silence puisqu'elle avait sûrement laissé ses empreintes un peu partout, dans la cabane et sur le scooter des neiges, entre autres.

— Elle a de gros soucis familiaux, expliqua-t-il, pour l'excuser. Mais elle viendra après-demain pour s'expliquer sur cette affaire.

Comme promis, il ne mentionna pas les pièces en argent.

Après ce mensonge par omission, restait à expliquer pourquoi il était détenteur du revolver de Benny — qu'il remit à Gallant. Il ne pouvait pas garder cette arme — il n'y tenait d'ailleurs pas. Dieu seul savait à quels meurtres elle avait pu servir.

Quelques approximations aidant, il ne s'en sortit pas trop mal. Il termina son exposé par la description de Benny et de Bellows et livra une version édulcorée de ce qui s'était passé à Carson City. A la fin, il leva les bras au ciel.

— Sarah vous racontera tout quand elle viendra.

Cette déclaration laissa le shérif manifestement perplexe. Les yeux plissés, il rangea le revolver dans une pochette et laissa le silence s'installer.

— A propos, ajouta Nate au bout d'un moment, on m'a également tiré dessus.

Il aurait préféré n'en rien dire, mais la société de location, à la vue de l'état du véhicule, ferait certainement une déclaration à la police.

— Veux-tu une protection rapprochée ? proposa le shérif.

Nate la refusa d'un geste de la main. Se protéger de qui ? Qui pouvait lui en vouloir ?

— Je vais informer la police de Carson City, annonça Gallant. Pour moi, ça ne fait aucun doute, la fusillade est liée à la rançon.

Bien que convaincu du contraire, Nate ne le contredit pas.

— Voilà qui nous ramène à Peter Jacks, poursuivit le shérif. Je savais que ce garçon était fauteur de troubles. Lui et le fils de Stewart, les deux.

— Tu parles de Stewart Netters, le rédacteur en chef du journal ? De son fils, Jason ?

— Oui. Le gosse ne tourne pas rond depuis la fusillade au centre commercial. Ces deux filles abattues sous ses yeux… Sans parler des deux autres gosses tués eux aussi devant lui… Je ne sais pas… Il souffre peut-être du syndrome de culpabilité de celui qui a survécu.

— Oui, peut-être, commenta Nate.

Il avait souvent pensé à ce sentiment de culpabilité qui

frappe les survivants d'une catastrophe, et cette idée le hantait.

— Pourtant, on a essayé de les aider, ajouta le shérif. Ils ont participé aux stages de l'association Vivons forts. Tu connais ?

Nate fit non de la tête.

— C'est un certain Morris Denton qui l'a créée. Elle met l'accent sur l'estime de soi et la construction de la personnalité. Des gosses du coin ont participé aux programmes d'été et aux ateliers qui ont lieu pendant les week-ends. L'objectif est de renforcer leur volonté, leur force. En ce qui concerne Thomas Jacks, ça a trop bien fonctionné.

— Pourquoi ? Il a participé à l'un de ces programmes ?

— Oui. Après la fusillade, nous avons interviewé tous ceux qui avaient d'une façon ou d'une autre parlé avec ce gosse. Personne n'avait rien à dire de particulier à son sujet.

— Tu as vu ce Morris Denton ? s'enquit Nate.

— Oui, mais pas longtemps. Il était à l'étranger lors de la fusillade et a été horrifié par le geste de Thomas, comme tout le monde.

Il s'arrêta un instant puis reprit :

— Des tas de gens ont entouré Peter après la fusillade, mais beaucoup n'étaient là que parce qu'ils craignaient qu'il ne fasse la même chose que son frère. Peter et Thomas faisaient partie de la même équipe de foot que mes gosses, ils allaient camper ensemble, fréquentaient la même paroisse. Quand Thomas a pété les plombs dans le centre commercial, tout le monde a été sous le choc. Mais le pire, bien sûr, a été pour ses parents et son frère. Rien, absolument rien, ne laissait prévoir ce qui allait se passer.

— Personne n'a imaginé qu'il ait pu être manipulé par un groupe terroriste ?

— Je crois que Stewart Netters y a pensé. En tout cas, au début. Il a publié plusieurs articles sur le groupuscule Libération du peuple, après qu'ils ont revendiqué la fusillade de décembre à Hawaii. Mais moi, ça me semble peu crédible. A mon avis, Thomas a agi seul.

— Tu en es sûr ?

— Les services du shérif n'ont pu établir aucun lien entre lui et une quelconque cellule terroriste. La police municipale et le FBI non plus.

— Il avait peut-être un complice ? Un autre jeune, comme lui ?

Bien que le nom de Jason lui brûle les lèvres, Nate ne le cita pas.

— Non. Moi, je me fie à ce qu'a dit le maire. Depuis quelques années, on assiste à une recrudescence de la violence dans tout le pays. On a vu des individus lambda passer leur rage sur des personnes qui avaient la malchance de se trouver au mauvais endroit au mauvais moment.

— C'est ce que dit le maire ?

— Oui. Il se présente aux prochaines élections. Son programme est démago, limite facho. « L'Amérique aux Américains, Vous d'abord. Vous avez des droits mais vous avez aussi des devoirs. » Ses propos auraient plus de poids s'il s'était fait lui-même, mais ce n'est pas le cas. Il est né une cuiller en argent dans la bouche et vit de l'argent de sa famille. N'empêche, ce qu'il dit plaît à des tas de gens qui l'écoutent comme parole d'Evangile. Je ne donne pas cher du succès de l'autre candidat.

— Tu penses que Mike était sensible à ce qu'il racontait ? demanda Nate.

— Pas vraiment. Mike voyait toujours plus loin que les autres. Il était convaincu qu'il y avait un lien entre ces actes, apparemment isolés, et que quelqu'un, dans l'ombre, tirait les ficelles. A mon humble avis, les jeunes en général sont trop indisciplinés pour réussir à s'organiser en mouvement clandestin.

Sur ces mots, Gallant se gratta le cou. Puis il ôta ses lunettes en écaille, les inspecta et les chaussa de nouveau.

— Ici, dans la région, les demandes de permis de port d'arme ont doublé après la fusillade au centre.

Il parlait presque tout bas subitement.

— Plus personne ne se sentait en sécurité. Et maintenant, cette histoire avec Peter… Ça va achever ses parents.

Nate se tourna vers la fenêtre. Au sol, la neige tenait, le ciel était gris mais pas menaçant. Un vrai paysage d'hiver. L'endroit était-il si effrayant que les habitants n'osent plus sortir sans être armés, de peur que leurs voisins ne pètent les plombs et les agressent ? Non, c'était fou.

Il y avait pourtant le cas de Peter Jacks. Quelque chose avait déraillé. Mais quoi ?

Peter, par terre près de la rivière, une hache plantée dans le dos : l'image envahissait Nate d'effroi.

— Mike essayait-il d'aider quelqu'un ? reprit-il.

Le shérif avala une gorgée de café, puis répondit :

— Mike passait son temps ici à exposer sa théorie du complot. Pour lui, un esprit malin œuvrait en coulisses.

— A-t-il fait part à quelqu'un de ses soupçons ?

— Pas à moi, en tout cas.

— A-t-il fait allusion au Washington Memorial, ou au Monument ?

Gallant prit un air affligé.

— Oui. Je l'ai entendu en parler.

— As-tu demandé aux autorités compétentes de faire surveiller le Washington Memorial le jour de Presidents' Day ?

— Ecoute-moi, Nate. Quand il y a des rassemblements importants, particulièrement pendant les vacances, le FBI est sur les dents. Crois-tu vraiment que c'est un pauvre vieux shérif de Shatterhorn, perdu quelque part dans le Nevada, qui va leur dire ce qu'ils doivent faire ? La foule, ça les connaît. De toute manière, ils ne m'écouteraient même pas.

Nate inspira bruyamment.

— Je crois que tu as raison sur ce point.

— Mike, lui, ne pensait sûrement pas que j'ai raison. Je lui avais dit de laisser faire la police. Ils ont des experts en antiterrorisme. S'il y avait vraiment des problèmes de conspiration, interne ou étrangère, ils en feraient leur affaire. Mais Mike ne m'écoutait pas. Quand il ne faisait pas de grands discours, à moi ou au conseil municipal, quand il n'essayait pas d'avoir des articles publiés dans la presse, il déboulait dans des réunions où il n'avait rien à faire. Il s'est rendu insupportable.

— Au point que l'on veuille l'éliminer ?

Gallant hocha la tête.

— Qu'est-ce que j'en sais ? Sa fille a-t-elle une idée sur la question ? Sait-elle qui en voulait à son père au point de le descendre ?

— Non, dit Nate.

Préférant éviter de parler de Sarah, il changea de sujet.

— Il faut que je fasse remorquer ma camionnette pour l'emmener en réparation.

— Tu malmènes tes voitures, à ce que je vois, répliqua Gallant en riant trop fort.

— Très drôle. Mais ce n'est pas moi qui lui ai tiré dessus !

Le shérif reprit vite son sérieux.

— Je te ferai savoir quand tu pourras le faire. Pour l'heure, il faut que je parle aux Jacks et que j'aille chez Mike Donovan. Reviens plus tard, d'accord ? Au fait, ne quitte pas la ville.

— Serais-je mis en accusation, par hasard ?

— Pas pour l'instant. Mais tu es impliqué… Tu sais qu'on aura d'autres questions à te poser.

— J'ai pris un congé sans solde de quelques mois, répondit Nate.

L'air étonné, Gallant releva la tête, le front plissé.

— Puis-je te demander pourquoi ?

— Pour éclaircir certaines choses. Faire le point sur ma vie, si tu préfères. J'avais besoin d'un peu de temps.

— Ah… Je vois.

Gallant se leva de son siège et prit son vêtement sur la patère accrochée au mur.

— Si Sarah n'est pas revenue avant demain soir, je lancerai un mandat d'arrêt contre elle. Je veux l'interroger.

— Elle reviendra, répliqua Nate.

Mais, après tout, il s'avançait peut-être : il ignorait les intentions de Sarah.

— Je peux disposer ?

— Bien sûr. Où es-tu descendu ?

— Nulle part pour l'instant.

— Va voir au Motorcoach Inn. C'est un peu vieillot mais il y a la télé par câble, le petit déjeuner est gratuit et le petit resto à côté n'est pas mauvais.

Nate se leva et serra la main du shérif, sans enthousiasme. Il enfonça son chapeau sur la tête et enfila le vieux vêtement de Mike. Il allait avoir besoin d'une veste neuve, songea-t-il. Comme il avait du mal à passer sa manche, le shérif s'étonna.

— Qu'est-ce que tu as au bras ?

Nate lui avait parlé de l'échange de coups de feu et du fait qu'il avait touché le tireur.

— Une balle. Je le ferai voir demain, mon bras. Pour l'instant, j'ai la fringale. Tout ce que je veux, c'est manger, prendre une bonne douche et roupiller au moins dix heures.

Il aurait beaucoup de chance, pensa-t-il, si un seul de ces vœux se réalisait.

Nate demanda une table au fond du restaurant, loin des vitrines mais avec vue directe sur la porte d'entrée. Il avait traversé le parking tout de suite après s'être enregistré au motel et n'avait pas pris de douche. Il devait avoir une tête impossible. Tant pis. S'il n'allait pas tout de suite se restaurer, il n'aurait plus le courage, une fois douché et changé, de franchir les quelques dizaines de mètres qui séparaient le motel du restaurant. Or il avait faim. Cela faisait un bon moment qu'il ne s'était rien mis sous la dent et son estomac criait famine.

De sa place, il observait les clients qui entraient. Avaient-ils un comportement normal ? Il aurait fallu qu'un homme soit fou pour ne pas se méfier de tout le monde quand, dans deux endroits différents et dans deux circonstances différentes, le même jour, on avait essayé de le tuer. Et la veille aussi, peut-être…

Qu'avait-il fait pour mériter pareil traitement ? Il n'en avait pas la moindre idée.

Bien qu'il déteste téléphoner d'un lieu public — mais il n'y avait pas de clients aux tables voisines —, il profita de l'attente entre sa commande et l'arrivée de son plat pour appeler Alex. Avec un peu de chance, il serait rentré chez lui et, de toute manière, Jessica saurait où il était. Mais son appel bascula directement sur le répondeur. Il laissa un message bref et direct.

La serveuse apporta le dîner. C'était chaud et roboratif, exactement ce qu'il lui fallait pour combler la diète de ces deux derniers jours. La serveuse ressemblait à Debbie, son ex-fiancée, autant par ses formes généreuses que par ses cheveux noirs bouclés. Elle avait le même rire de tête, la même faconde — il lui fallait cent mots pour raconter ce qui pouvait l'être en dix —, bref, elle lui ressemblait beaucoup et Nate se félicita de ne pas avoir à passer sa vie avec une femme aussi commère.

Une pensée en amenant une autre, il songea à Sarah et à sa façon de parler, précise dans ses mots, modérée dans ses intonations. Fatalement, l'image de ses lèvres formulant des mots doux passa devant ses yeux. Ses lèvres et leur goût de miel.

Un frisson le parcourut.

Agité par le désir que ces images lui inspiraient, il se

dépêcha d'avaler son repas, laissa un gros pourboire à la serveuse et se leva pour sortir. Un bon bol d'air frais lui remettrait les idées en place.

Cependant, avant de sortir dans la nuit, il demanda un bottin à la serveuse qui, décidément, lui rappelait Debbie. Pauvre Debbie ! Il ne s'était pas bien conduit envers elle. Sans doute avait-elle raison, ce n'était peut-être pas elle qui l'avait quitté, c'était peut-être lui.

Avec son portable, il appela l'aéroport : Alex ne s'était toujours pas posé.

Puis il téléphona au maire.

— Le maire est absent et ne reviendra que dans deux jours, lui répondit un employé très stylé.

Adossé au mur, Nate feuilleta le carnet de Mike et décida de téléphoner au rédacteur en chef du quotidien local, Stewart Netters. Malgré l'heure tardive, ce dernier répondit lui-même. Il semblait content d'entendre Nate et convint d'un rendez-vous à son bureau, le lendemain après-midi, un dimanche pourtant.

Nate poussa un soupir. Il devait trouver l'assassin de Mike, non seulement pour venger son ami mais aussi pour lui-même. Celui qui avait tenté de le tuer était probablement lié au meurtrier de Mike. En tout cas, Nate voulait en avoir le cœur net pour mettre fin à cette menace et rentrer chez lui en Arizona. Là-bas, il avait son ranch, sa vie. Il avait espéré trouver à Shatterhorn des réponses à ses questions, mais il allait repartir avec plus d'interrogations encore.

Il faisait nuit noire quand il sortit et la neige avait gelé. Le sol était glissant comme une patinoire. Avançant dans l'ombre, il s'attendait à voir surgir un engin lancé à toute allure, ou à ce qu'une balle lui siffle aux oreilles. Tournant souvent la tête pour regarder derrière lui, il marcha le plus vite qu'il put. Heureusement, le motel était tout près. Il détestait cette impression d'être vulnérable.

Avec un immense soulagement, il referma derrière lui

en arrivant dans sa chambre. Et il verrouilla la porte à double tour.

Enfin, il était à l'abri !

Son *abri* n'était pas très moderne, mais cela semblait confortable et propre.

Il ne perdit pas de temps. Il se débarrassa très vite de la veste et de la chemise empruntées à Mike. En retournant à Shatterhorn, il s'était arrêté pour s'acheter quelques basiques. Ses achats, encore dans leur sac sur une chaise près de la porte, seraient les bienvenus le lendemain matin. Tout propres et tout chauds, un vrai bonheur.

Après un bâillement long et sonore, il enleva le reste.

Il posait sa montre sur la table de chevet quand un bruit d'eau résonna tout près, comme si une douche coulait dans la pièce d'à côté. Il haussa les épaules en grommelant. Si son voisin se douchait en même temps que lui, il n'y aurait sans doute pas beaucoup de pression pour deux douches à la fois, vu la vétusté de l'installation.

Allons, ce n'était pas grave. Un filet d'eau, pourvu qu'il soit chaud, ferait l'affaire.

Sur ce, il entra dans la salle de bains mais s'immobilisa aussitôt : c'était chez lui que l'eau coulait ! De la vapeur s'élevait de la douche. Allait-il devoir partager la salle de bains avec la chambre voisine ou l'hôtel avait-il, par mégarde, loué deux fois la même chambre ?

Perplexe, il scruta la porte de la douche couverte de buée : était-ce un homme ou une femme qui se lavait ? Mais la condensation était telle qu'il ne pouvait distinguer quoi que ce soit.

Agacé, il attrapa une serviette-éponge, la noua sur ses hanches et réfléchit. Comment allait-il appréhender la situation ?

A cet instant, les vêtements accrochés derrière la porte attirèrent son attention. Il ne connaissait pas la robe blanche, en revanche, ces bottes de cheval, là, dans le coin… Il battit des cils deux ou trois fois — il devait rêver — puis ouvrit grand les yeux. Un sac en cuir fauve était posé sur la coiffeuse et, à côté, il y avait une boîte de préservatifs. Incapable de se retenir, il se mit à rire, complètement réveillé cette fois.

12

La porte de la douche s'ouvrit, et Sarah fit un bond. Cela ne pouvait être que Nate, mais tout de même. Après ce qui s'était passé ces deux derniers jours, tout était possible. Même les surprises les moins désirées.

Heureusement, cette fois, il n'y avait ni tueur ni menace, seulement Nate, debout, une serviette autour des hanches. Il la dévorait des yeux, tel un ogre. A la fièvre de son regard, il était aussi heureux qu'elle.

— Tu vas rester toute la nuit à me regarder ? lança-t-elle.

— Non, pas toute la nuit. Tu veux bien que je te rejoigne ?

Elle sourit.

— A quoi penses-tu ?

— Je pensais que je n'ai jamais vu de ma vie un corps nu et mouillé aussi beau que le tien.

Il dénoua sa serviette, entra dans la douche et lui passa les bras autour de la taille.

— Comment as-tu fait pour me retrouver ?

— J'ai fait le tour des parkings de tous les motels jusqu'à ce que je trouve un pick-up criblé de balles avec un carton en guise de vitre arrière. Et j'ai dit au type de l'accueil que j'étais ta femme.

— Bravo pour la sécurité !

Elle hésita un instant avant de poursuivre :

— Quelqu'un d'autre a-t-il essayé de… heu…

— Me tuer ? Non, pas depuis Reno. Et maintenant tu es là. Le shérif sera fou de joie.

— Et toi ? demanda-t-elle en plongeant les yeux dans les siens. Es-tu fou de joie, toi aussi ?

— Je suis aux anges, plaisanta-t-il en fourrant le nez entre ses seins.

Ouvrant alors la main, il lui montra un préservatif qu'il avait pris dans la boîte. Elle ne put s'empêcher de rire, mais il la fit taire en happant ses lèvres.

D'abord chaud, leur baiser devint ardent puis profond. Personne ne l'avait jamais embrassée avec autant de fougue, même pas Johnny. Peut-être était-ce elle qui, par son attitude osée, lui avait inspiré cette audace ?

Quelle que soit la raison, son désir de le toucher, d'explorer chaque centimètre carré de sa peau, de son corps, lui faisait tourner la tête. Des fourmis titillaient ses doigts impatients.

Il l'adossa au carrelage et se pencha pour embrasser son cou. Il lécha son oreille, prit ses seins à pleines mains et les pétrit. Il se baissa encore et happa ses mamelons un à un.

— Je ne veux pas me précipiter, susurra-t-il.

Cette déclaration ne fit que décupler son désir. S'il ne la prenait pas dans la seconde, ce serait trop tard, elle le sentait.

Et les baisers se succédaient. Et l'eau les aspergeait et gouttait sur leurs corps en feu. Il la caressa entre les jambes, avec insistance, aggravant sa torture. Elle ferma les yeux, se plaqua contre lui. Près. Très près. Rêvant de se glisser sous sa peau. Il la souleva alors et elle serra les jambes autour de sa taille. Tandis qu'elle se frottait contre lui, il réussit à mettre la protection et, sans un mot, la pénétra.

Elle poussa un cri, gémit de bonheur sous ses assauts répétés, le suppliant de la prendre encore plus fort, encore plus profond.

Elle battit des paupières pour faire tomber les gouttes d'eau accrochées à ses cils. Le visage de Nate était à la fois confiant et perdu, inondé par l'extase. Puis, brusquement, la tête contre son cou, il laissa exploser en elle son désir.

Pendant quelques minutes, il l'embrassa encore, tout en la tenant contre lui. Puis elle remit pied à terre et rouvrit les yeux.

Il la dévisageait, un sourire ébloui sur les lèvres. Caressant ses cheveux mouillés, il lui dit :

— Tu es la femme la plus désirable, la plus belle, la plus sensuelle que j'aie jamais connue. Mais tout est allé trop vite…

Elle caressa du bout des doigts le tour de sa blessure au bras et il ne cilla pas.

— Il ne tient qu'à toi que cela dure plus longtemps la prochaine fois, Nate. Pour l'instant, donne-moi ton bras, je vais nettoyer la plaie.

Il s'adossa au carrelage et se laissa faire. Elle prit le savon, le fit mousser et lui frotta le torse. Sa toison était noire et soyeuse, si douce sous ses doigts…

Elle examina ensuite la plaie. Celle-ci se présentait nettement mieux et, vu la façon dont il lui avait fait l'amour, elle devait lui faire moins mal. Elle déposa un chapelet de petits baisers amoureux sur son torse, il en grogna de plaisir.

Cette fois, ils finirent au lit, encore mouillés. Cette fois, il lui fit l'amour longuement, embrassant sa peau, ses rondeurs, ses creux et ses courbes.

Quand ils furent tous les deux rassasiés de plaisir, ils restèrent allongés dans le noir, serrés dans les bras l'un de l'autre, au chaud sous le plaid et les couvertures, repus, comblés et épuisés. Sarah ne put retenir un léger sourire. Quand elle était descendue du car qui la ramenait de Reno, elle était morte de fatigue mais, là, elle était complètement ragaillardie et étrangement affamée.

— Je ne m'attendais pas à te trouver ici ce soir, lui murmura-t-il dans les cheveux.

— J'aime être imprévisible.

Il l'embrassa sur le front.

— Allez, Sarah, dis-moi.

— Dis-moi quoi ?

— Où est Diana ? La dernière fois que nous nous sommes parlé, tu partais pour Reno pour l'aider à s'installer. Tu m'avais dit *un jour ou deux*.

Sarah se blottit dans le creux de son bras.

— Non, Nate, pas maintenant. Je n'ai pas envie de parler de ma mère maintenant.

Il se tourna sur le côté pour allumer la lampe de chevet, ce qui fit grincer les montants du lit. Eblouie par la lumière, elle cligna les yeux : Nate la dévisageait.

— OK, souffla-t-elle. Je vais t'expliquer.

Elle s'assit et remonta la couverture et le plaid sur sa poitrine.

— Elle a refusé de rester à l'hôpital mais, de toute façon, ils ont dit que ce n'était pas nécessaire. Elle voulait retourner chez elle, alors je l'ai ramenée.

Sarah posa la joue sur ses genoux repliés. La tranquillité qu'elle croyait avoir trouvée dans cette chambre, avec Nate, lui échappait subitement.

— Que s'est-il passé ? s'enquit-il en s'asseyant près d'elle.

Il embrassa son épaule et, quand elle tourna la tête vers lui, il happa ses lèvres. Elle se laissa embrasser, puis poursuivit :

— J'ai pris une douche et je lui ai emprunté des vêtements. Elle m'a demandé d'aller acheter des bricoles pour le dîner chez le marchand au coin de la rue. Ce que j'ai fait. Quand je suis arrivée à la caisse, je me suis rendu compte que je n'avais pas un centime sur moi.

— C'est Bellows qui t'avait volée ?

Elle hocha la tête.

— Non. Je sais que j'avais de l'argent dans mon sac quand il m'a rendu mes affaires. Je l'ai vu. Et quand j'ai voulu payer à la caisse, tout mon argent s'était volatilisé, je n'avais même plus un dollar. J'avais payé l'hôpital avec ma carte de crédit. Il n'y a qu'une personne à être restée seule avec mon porte-monnaie… Pas besoin de te dire qui…

— Evidemment, j'ai deviné. Combien t'a-t-elle pris ?

— Une centaine de dollars. J'ai payé mes courses avec ma carte de crédit et je suis retournée chez elle mais j'étais à pied, ça m'a pris du temps. Elle était partie quand je suis arrivée. Sans laisser un mot. Rien. Je me suis demandé si les deux types l'avaient embarquée ou si Poulter avait appris, je ne sais comment, qu'elle avait de nouveau de l'argent… Bref, je m'apprêtais à appeler la police…

— Quand quoi ?

— Quand un voisin est venu frapper et m'a demandé si ma mère était revenue. Il voulait les vingt dollars qu'elle lui devait. J'ai supposé qu'il avait remarqué son absence de quelques jours et j'ai commencé à le lui expliquer mais il m'a arrêtée. Il l'avait croisée dans la rue une heure plus tôt et lui avait déjà réclamé son dû. Elle lui a alors dit qu'elle allait justement chercher de l'argent et qu'elle le lui donnerait à son retour.

— Ah…

— Oui. Je suis donc sortie à mon tour, à sa recherche, tu t'en doutes, et, bien entendu, je l'ai trouvée dans le premier bar en bas de la rue. Avec son œil au beurre noir, ses pansements et tout et tout… Et elle jouait sur une machine à sous en buvant du whisky avec un homme à qui elle faisait les yeux doux, un pigeon qu'elle avait sans doute décidé de plumer. Et le reste, éventuellement…

— Tu lui as parlé, j'imagine ?

— Crois-tu ?

— Tu ne lui as pas parlé ?

— Non. Je suis retournée chez elle et lui ai laissé un mot. J'ai écrit que j'allais à Shatterhorn régler un problème avec la police et que je lui ramènerais sa voiture d'ici à quelques jours. Je ne sais même pas pourquoi j'ai pris cette peine.

Elle poussa un soupir.

— Toujours la même chose, en somme. Jeu, alcoolisme, de vraies addictions.

— Mais pourquoi tu ne lui as rien dit ? Pourquoi tu es repartie ?

Elle le fixa.

— A cause de toi.

— De moi ?

— Oui. J'ai bien vu que tu étais déçu que je ne revienne pas ici avec toi et j'ai eu peur que tu ne t'en ailles pour de bon après ce que nous avions vécu.

Comme il ne répondait pas, elle continua :

— Quand je l'ai vue dans ce bar, devant cette machine à sous, je me suis liquéfiée. Quelqu'un essaie de te tuer et je suis là comme une imbécile en train de perdre mon temps pour une personne qui se fiche complètement de moi et qui n'a absolument pas besoin de moi. Toi, dès l'instant où tu m'as vue, tu n'as pensé qu'à me protéger. Avec toi, c'est complètement différent. Je peux m'occuper de toi. Ma présence est importante pour toi. Pour elle, je suis un obstacle. A cause de moi, elle ne peut pas faire tout ce qu'elle veut. C'est comme ça depuis que je suis toute petite. Alors, j'ai choisi. J'ai choisi d'aller vers quelqu'un pour qui je compte… un peu… C'est toi que j'ai choisi.

Il lui sourit, mais il y avait un soupçon de panique dans son regard. Peut-être en avait-elle trop dit ?

Prenant l'air dégagé, elle sourit elle aussi pour détendre l'atmosphère.

— En fait, j'en ai assez de me fâcher tout le temps avec elle. Elle réussit toujours à filer, elle complote, et elle ment. Pour moi, c'est fini. Il faut que j'arrête de me croire indispensable.

Elle lui lança un regard en coulisse.

— Je suis un monstre ?

— Ce n'est pas à moi qu'il faut le demander.

— Pourquoi ?

Il posa le front sur son épaule.

— Moi aussi je t'ai menti, Sarah.

— Ah non ! s'exclama-t-elle. Pas toi !

Elle se reprit.

— Dis-moi. Parle ! Quoi ? Tu es toujours fiancé ? Oh non, ne me dis pas que tu es marié ?

— Non, rien de tout ça. Je ne suis plus flic, c'est tout.

— Ouf ! soupira-t-elle. Et pourquoi ?

Il posa la main sur son cou puis, l'air embarrassé, fit mine d'examiner ses doigts.

— Pourquoi je ne suis plus policier ou pourquoi je t'ai menti ?

— Les deux.

— Je crois que je ne voulais pas le dire à haute voix et que c'est pour cela que je ne t'en ai pas parlé. En fait, j'ai pris un congé sans solde pour essayer de réfléchir à certaines choses. Pour faire le point.

Il lui jeta un coup d'œil et poursuivit.

— Le shérif de notre comté ne pense qu'à faire une carrière politique. Je crois savoir qu'il vise le poste de gouverneur. Il veut dans son équipe des gens qui foncent. Quand je me suis rendu compte que ce n'était pas pour moi et que je l'ai dit, il m'a encouragé à me présenter comme shérif quand il serait parti. Mais je ne suis pas du tout sûr que cela me plaise. En fait, je ne sais plus qui je suis vraiment.

— Moi, je sais qui tu es, dit-elle en lui caressant la joue.

Sa dernière relation amoureuse remontait à un an. Après quoi, elle s'était juré de fuir les hommes : ils étaient tous pareils et on ne pouvait pas leur faire confiance, pensait-elle alors.

Elle se trompait.

— Tu es bon, généreux et séduisant, c'est comme ça que je te vois, en tout cas. Et tu es fort, Nate.

— Les hommes forts ne fuient pas, marmonna-t-il.

— Ce que tu as fait ces deux derniers jours, c'est fuir, à tes yeux ? Vraiment ? Ecoute-moi, un jour, j'ai lu un truc qui prend tout son sens aujourd'hui que je te connais. C'était une étude sur les gens qui survivent après un accident terrible ou un malheur. L'auteur concluait que plus une personne est responsable de la sécurité des autres, ou se perçoit comme telle, plus elle a de difficultés à se reconstruire. Ainsi, après le crash d'un avion, un pilote ou une hôtesse qui survit souffre infiniment plus qu'un passager. C'est ça qui te ronge, Nate, le sentiment que tu aurais dû pouvoir empêcher Thomas Jacks d'agir, alors qu'en fait tu étais désarmé, comme les autres, dans ce fichu centre commercial.

— Mais…

— Non, Nate. Il n'y a pas de *mais*.

Elle lui embrassa le cou.

— Tu sais, les actes parlent plus que les paroles. Si tu t'approchais un peu plus près de moi encore, je te montrerais le genre d'homme que tu es.

Elle n'eut pas besoin de le lui répéter.

Nate se réveilla de bonne heure le lendemain matin, dans les bras de Sarah. Il avait craint qu'elle ne se sente gênée vis-à-vis de lui après leur nuit d'amour, mais ses yeux et ses lèvres, plus tendres que jamais, le rassurèrent.

— Tu n'as pas fait de cauchemar, cette nuit ? lui demanda-t-elle, blottie contre lui.

— Non. Je ne sais pas si c'est parce que je n'ai presque pas dormi ou si c'est parce que tu es là. De toute manière, c'est grâce à toi.

Elle leva la tête et lui embrassa le bout du nez.

— Avoue que je suis une bonne infirmière !

Il passa ses vêtements neufs pendant que Sarah mettait la robe blanche qui devait appartenir à sa mère. Elle était un peu courte et trop ample mais elle arrangea cela avec sa ceinture. Tout en blanc, ses longues jambes sortant des bottes en cuir, elle était incroyablement sexy. Nate dut se faire violence pour ne pas la déshabiller.

Comme ils étaient trop affamés pour se contenter des gaufres surgelées, du mini-paquet de céréales et des bananes que proposait le motel en guise de petit déjeuner, ils traversèrent le parking pour aller au restaurant où la moitié de la ville semblait s'être donné rendez-vous.

En traversant le parking, espace ouvert à tous vents et donc dangereux, Nate fit très attention. Tout compte fait, il aurait préféré que Sarah reste à Reno ; là-bas, au moins, elle n'était pas en danger.

Mais était-il vraiment sincère ? A qui pensait-il pouvoir faire croire cela ?

Ils commandèrent des crêpes, du bacon, du café et un jus d'orange et s'assirent côte à côte au bar. C'était leur premier vrai repas ensemble.

Nate jeta un regard aux clients. A la place d'un éventuel agresseur, il aurait repéré les lieux, la veille au soir, et, là, serait assis à une table, caché derrière un journal, attendant le bon moment pour attaquer, occasion qui ne manquerait pas de se présenter tôt ou tard.

A première vue, personne ne se cachait derrière un quotidien et c'était presque dommage, songea Nate. Au moins, il aurait identifié le danger.

Sarah avait ouvert le carnet de son père et le feuilletait en mangeant.

Leur déjeuner terminé, ils reprirent la voiture. En route, Sarah finit de feuilleter le carnet.

— On dirait qu'une page a été arrachée, dit-elle.

— C'est ce que j'ai remarqué.

— C'était peut-être important.

— Peut-être. Ou alors, il n'aimait pas ce qu'il avait écrit.

Elle referma le carnet et l'entoura d'un élastique.

— Je ne comprends pas bien ses associations d'idées.

Le mot *perle* ferait-il référence à Pearl Harbour — le « port de la Perle », si l'on veut ? Il établit aussi un rapprochement entre la fusillade du 4 Juillet, jour de la fête nationale, et la fusillade qui a eu lieu ici. Ce genre d'événements se produit partout dans le pays, pourtant.

— Oui, mais ces événements ont des points communs, fit remarquer Nate. Ils ont été perpétrés par des garçons jeunes qui, tous, se sont tués ou ont été tués. Et tous ces attentats ont eu lieu un jour de festivités ou de commémoration : le jour de la fête nationale, de Labor Day, de Veterans'Day ou le jour anniversaire de l'attaque de Pearl Harbour.

— Quelle est la prochaine fête ? demanda Sarah. Presidents'Day ? Ce ne serait pas demain, d'ailleurs ? Je n'ai plus le calendrier en tête.

— *Demain ?* répéta Nate, la tête un peu ailleurs.

Lui non plus n'avait pas le calendrier en tête.

— Et que penses-tu de ce chiffre, 28, entouré d'un cercle rouge ?

Il hocha la tête, perplexe.

— Je n'ai pas d'idée. Au fait, as-tu entendu parler d'un certain Morris Denton ?

Elle réfléchit avant de répondre.

— Non, je ne crois pas. Pourquoi ? Je devrais ?

— Pas forcément. J'ai entendu prononcer son nom à propos d'une organisation qui œuvre, paraît-il, pour la jeunesse.

— Papa n'en parle pas dans son carnet.

— Non, c'est étrange.

— C'est peut-être justement la page qui a été arrachée, avança Sarah.

— Ce Denton est peut-être un type qu'il ne voulait plus voir. Peut-être. Peut-être…

— Et que penses-tu de « Washington » et de « Memorial » ?

Nate lui lança un bref coup d'œil.

— Je me demande s'il ne veut pas dire « Washington Memorial », répondit-il.

— Oh non ! Nate, il faut tout de suite prévenir les autorités, leur dire qu'il pourrait bien y avoir une nouvelle fusillade demain. Il faut à tout prix empêcher ça. Mais qui doit-on alerter ?

— Ce ne sont que des suppositions. On ne peut rien en conclure de définitif. Ce n'est pas parce que plusieurs attentats ont eu lieu certains jours de commémoration nationale que cela va se reproduire. Non, il ne faut pas tout de suite raisonner en termes de complot. Un complot, pourquoi ? Je sais, c'était le dada de ton père, ce qu'il essayait de démontrer, mais personne ne l'a écouté. On ne le prenait pas au sérieux.

— Non, pas même sa propre fille, soupira Sarah.

— Si ça peut te soulager, moi non plus. Ou si peu.

— N'empêche, tu es venu dès qu'il te l'a demandé.

— Non. Je me suis raconté que je venais pour lui, mais c'est faux. Enfin, peu importe… Nous avons la journée devant nous. Nous allons commencer par voir le shérif et ensuite le rédacteur en chef du journal local.

— Tu vas demander à Netters de quoi papa et lui discutaient ?

— Oui.

— Je me demande ce que devient Jason. J'ai appris qu'il était au centre commercial ce fameux jour et que deux de ses amis ont été tués…

A ce nom, il réagit vivement, et Sarah s'interrompit : elle s'en était sans doute rendu compte.

— Je parle trop, dit-elle à mi-voix. J'avais presque oublié que tu y étais toi aussi.

Elle lui posa une main sur la cuisse.

— Si seulement je pouvais oublier, rétorqua-t-il.

Il repoussa sa main et, les yeux fixés sur la route, continua à conduire sans dire un mot.

Dès leur arrivée chez le shérif Gallant, celui-ci leur annonça une bonne nouvelle :

— Vous pouvez disposer des deux voitures !

Puis il s'entretint en privé avec Sarah.

Pendant ce temps, Nate appela un dépanneur pour faire remorquer les véhicules restés au ranch.

Bien que ce soit dimanche, le garagiste accepta de le dépanner. Une chance.

Une fois que ce fut fait, Nate rejoignit Sarah. A sa grande satisfaction, elle n'avait manifestement rien caché au shérif, pas même les pièces en argent.

Le testament de son père était ouvert sur le bureau de Gallant.

— Je vais me rendre au ranch pour éclaircir deux ou trois choses, dit le shérif. Les gars de la police scientifique y ont passé la nuit. Ils cherchaient des indices. Il semblerait que le tueur tirait avec un 22 long rifle. Quant aux pièces qu'a laissées votre père, il me semble qu'elles n'ont rien à voir avec tout ça. N'empêche, mieux vaut les sortir de là et les mettre en lieu sûr.

— Comment les parents de Peter Jacks ont-ils réagi à la nouvelle ? demanda Nate, même si la réponse était évidente.

Il lui était arrivé plus d'une fois de devoir annoncer à des parents le décès de leur enfant… Que Peter ait été tué alors qu'il agressait des innocents rendait la nouvelle encore plus difficile à entendre, en plus d'être incompréhensible.

— Très mal. Le médecin que j'ai fait venir a dû injecter un calmant à Betty Jacks. Quant au père, il est resté assis, prostré, un vrai zombie.

— Si seulement j'avais pu éviter de le tuer, soupira Nate.

Sarah lui posa la main sur le bras.

— Tu n'avais pas le choix. Sauf à choisir de me laisser mourir. Ensuite, il s'en serait pris à toi.

— Ce que nous a raconté Sarah confirme ce que tu nous as dit, Nate, intervint le shérif. Nous ne retiendrons donc aucune charge contre toi. L'équipe qui a enquêté sur la scène de crime de la cabane de pêche a repéré l'endroit où Peter guettait, dans les rochers. Il a dû y rester deux heures. Ils ont retrouvé des mégots de cigarettes et des jumelles. Si le vent avait soufflé du sud, vous auriez tout de suite détecté sa présence car le vent aurait rabattu la fumée vers vous et vous l'auriez sentie.

— Ce que je ne comprends pas, confia Sarah, c'est pourquoi il ne nous a pas attaqués dans la cabane pendant notre sommeil.

— Manque de courage, conclut le shérif. Peut-être aussi avait-il peur que Nate ne soit armé ? En ce cas, il valait mieux attendre que tu sortes, seule.

Nate réfléchit trente secondes. Il ne saurait sans doute jamais la vérité. Le seul qui la connaissait était mort.

Mais… voyons, il faisait erreur. Si c'était ça, qui avait tiré sur lui quelques heures plus tard à Carson City ?

— Bizarre, reprit le shérif. Peter Jacks n'avait aucun papier d'identité sur lui. Même chose pour son frère.

— Ah ? fit Nate.

— Ses parents disent qu'il n'était pas là ces derniers temps, qu'il est revenu la veille du jour où il s'est fait tuer.

— Le médecin légiste a-t-il trouvé des impacts de balle dans le corps de Peter ?

— Non. Si tu as blessé quelqu'un au ranch, ce n'est pas lui.

— Ses parents ont-ils dit où il était ?

— Non. Ils disent qu'il traînait avec le fils Netters, Jason. J'irai l'interroger tout à l'heure. N'empêche, je ne comprends pas qui t'en veut et pourquoi. Pour moi, ça n'a pas de sens.

— Les policiers de Carson City t'ont appelé ? demanda Nate.

— Oui, mais ils n'avaient pas grand-chose à raconter. Le temps d'aller au motel, on avait fait le ménage des chambres 8 et 12 et il n'y avait plus d'empreintes. On ne sait même pas trop à qui le motel appartient. Le tireur ne se trouvait plus dans le parking, on s'en serait douté. Et comme il n'y a pas de voisins alentour, on n'a pas de témoins.

Gallant marqua un temps d'arrêt puis ajouta :

— La police souhaite te poser encore quelques questions. Ils m'ont dit de te demander d'aller les voir pour tirer certains points au clair.

— Je verrai cela plus tard, répliqua Nate.

Qu'est-ce que ces policiers pouvaient bien avoir à lui poser comme questions ? Il ne savait pas grand-chose.

Sarah ne put retenir un juron. Revoir le ranch n'avait rien de réjouissant. Le corps de son père avait été enlevé la veille au soir par les services du shérif, mais son fantôme hantait les lieux. La maison avait partiellement brûlé. Un cordon jaune et noir délimitait la scène de crime et des cendres soufflées par le vent volaient un peu partout.

Elle déglutit. C'était profondément déprimant.

Ce qui s'était passé là deux jours plus tôt lui trottait d'autant plus dans la tête qu'il y avait encore les signes de lutte — le verre cassé, le 22 long rifle de selle dégainé, les pansements ensanglantés, les tapisseries arrachées des murs et les tapis et moquettes retournés. Ce spectacle, dans la lumière froide du jour, était démoralisant.

Elle avait grandi là et, en deux jours de temps, son père avait été abattu de sang-froid et l'irresponsabilité de sa mère — qui avait replongé — l'avait anéantie.

Quand ils entrèrent dans le box vide de Shipjack, elle se dirigea tout de suite vers la cachette. Mais il était temps pour Nate de partir à son rendez-vous avec Netters.

— Veux-tu venir avec moi ? lui demanda-t-il.

— Non, merci. Le shérif Gallant m'a dit qu'il m'aiderait à ramener en ville le reste des pièces en argent. Je vais les mettre à l'abri dans un coffre de la police en attendant l'ouverture de la banque demain matin. Je les y transférerai et elles y resteront jusqu'à ce que la succession soit réglée. Ce qui veut dire qu'il va me falloir un notaire. Je me demande si tout sera ouvert le jour de Presidents'Day.

— A mon avis, répondit Nate, les banques seront fermées.

— Dans ce cas, j'attendrai mardi.

— Ça ne règle pas la question au sujet de President's Day. Ton père semblait craindre un attentat…

Après quelques secondes de réflexion, il reprit, répondant lui-même à la question qu'il avait posée :

— Je vais appeler Dan Perry. Il travaille avec moi. Plus exactement, il travaillait avec moi quand je… travaillais. Son frère est un agent du FBI. Dan pourrait lui demander de faire équipe avec nous. Je ne sais pas.

— On peut essayer, dit Sarah.

A sa tête, elle était aussi dubitative que lui quant au succès de l'entreprise.

— Il faut que j'aille prendre ma valise dans la voiture de maman et que je passe chez le vétérinaire pour lui demander de garder Shipjack encore un peu.

— Que feras-tu de lui ensuite ? s'enquit Nate.

— Je pense que je vais le vendre, mais ça me fend le cœur.

— Vends-le-moi.

Elle leva les yeux vers lui.

— A toi ?

— Oui, j'ai de la place pour un autre cheval. J'attacherai la remorque à ma camionnette et je l'emmènerai en Arizona. Tu veux la vérité ? Je suis tombé amoureux de lui.

— Si tu préfères, il y a un attelage derrière l'écurie. Tu peux t'en servir. Tu peux même le prendre.

— OK. Marché conclu. Tu auras un droit de visite chaque fois que tu viendras là-bas.

Elle sourit, son premier sourire depuis qu'elle avait remis les pieds au ranch, nota Nate.

Il lui prit le menton dans la main et leva son visage pour l'embrasser.

— Sois prudent, lui murmura-t-elle alors qu'il reculait et lâchait ses lèvres. N'oublie pas que quelqu'un t'en veut. A mort.

13

Nate pénétra dans les locaux du journal. Il y était déjà venu en septembre, il connaissait donc les lieux. Heureusement, car c'était dimanche et il n'y avait pas de réceptionniste. En revanche, un mot lui était destiné à l'entrée :

« Le rédacteur en chef vous attend dans son bureau. »

La pièce où il entra était sobrement meublée : un grand canapé noir et deux fauteuils profonds se faisaient face. Les murs étaient tapissés de sous-verre et de photos encadrant une vitrine où étaient exposés coupes et trophées remportés par Stewart Netters au fil des ans.

Netters, cinquante-cinq ans environ, était un homme corpulent doté d'une impressionnante pomme d'Adam. Assis à son bureau, en face du maire qui lui parlait, il prenait des notes. Il avait les mêmes cheveux blonds que son fils, si ce n'était que des mèches grises disséminées çà et là leur donnaient un reflet cendré. Il était en jean et pull.

Le maire, Bliss, était à peine plus âgé que Netters, mais nettement plus en forme physiquement. Svelte, bronzé quelle que soit la saison, il découvrait des dents d'une blancheur de meringue dès qu'il souriait, ce qu'il faisait souvent.

Visiblement sûr de lui, il transpirait la réussite. Nate avait lu qu'il avait remporté les élections à une majorité écrasante. Au prochain scrutin, il en irait de même. Au revers de la veste de son costume bleu marine était accroché un pin's représentant un petit drapeau américain flottant au vent.

Après des poignées de main, Nate prit le siège que Netters lui indiquait.

— J'avais cru comprendre que vous étiez absent, commença-t-il à l'adresse du maire.

— Je suis rentré ce matin, répondit Bliss.

— George a des sociétés partout dans l'Etat, intervint Netters. Il en fait le tour en avion, ça va plus vite.

— Ce sont des affaires familiales, expliqua Bliss. Mon grand-père a créé Bliss Chocolate, il y a cinquante ans. Le malheureux se retournerait dans sa tombe si je coulais son affaire. Comme je mets la main à la pâte, cela me prend beaucoup de temps en plus de mon mandat.

Netters commença à pianoter sur sa table comme s'il s'impatientait. Manifestement, comprit Nate, il connaissait ce discours par cœur.

— Vous êtes venu d'Arizona en avion ? demanda Bliss à Nate.

— Non, en voiture cette fois. Je suis venu rendre visite à Mike Donovan.

— Je viens d'apprendre son décès, dit Netters, se penchant sur sa table. Il est mort avant-hier, paraît-il.

— Oui, je sais.

Le visage de Netters s'assombrit.

— Bien entendu, Gallant n'a rien laissé filtrer, mais on raconte partout en ville qu'il y aurait eu une bagarre là-bas. Vous êtes au courant ?

Nate haussa les épaules.

— Si vous me racontiez, demanda Netters.

— Quand le shérif me donnera le feu vert.

Le maire hocha la tête. Avec ses cheveux coupés ras et son bronzage, il avait tout d'un ancien militaire. Sa petite bouche et ses lèvres minces lui donnaient l'air méchant ou avare.

— Les gens ont le droit de savoir ce qui se trame dans leur commune, lança-t-il. Surtout depuis ce qui s'est passé le jour de Labor Day. Les habitants sont inquiets ; il ne faudrait pas qu'il y ait une autre fusillade comme celle-là.

— Vous allez voir, on va délivrer davantage de permis de port d'armes, renchérit Netters.

— A ce propos, intervint Bliss, vous ne venez pas d'acheter une arme à votre fils Jason ?

— Si, répondit le rédacteur en chef. Mais je n'étais pas d'accord.

— Pourquoi ? demanda le maire.

— Il est jeune.

— On n'est jamais trop jeune pour se protéger ou protéger quelqu'un quand les temps sont troublés comme aujourd'hui, commenta Bliss. Les gens ont tendance à penser que l'Etat peut les protéger de tout. La mort des gosses, l'année dernière dans le centre commercial, a démontré le contraire, s'il était besoin.

— C'est ce que Morris Denton avait dit au garçon. Ça lui fait une belle jambe !

Nate pensa à Thomas qu'il avait vu, troublé, armé et replié sur lui-même. Il décida de jouer l'idiot.

— Morris Denton ? Qui est-ce ?

— Un philanthrope, précisa Netters. Il a créé le camp qui se trouve là-haut dans la montagne, en pleine nature. Vivons forts, c'est le nom de son organisation. Il y accueille des enfants de tous les horizons. Jason a participé à l'un de ses programmes, il n'y a pas longtemps. Il a changé depuis qu'il est revenu.

— Comment cela ? demanda Nate innocemment.

— Il a pris de l'assurance. Il sait ce qu'il veut maintenant. Il a décidé de s'engager dans l'armée à ses dix-huit ans, en octobre prochain. Grâce à Denton, il s'est trouvé, en quelque sorte.

— Vous le connaissez, ce Denton ? poursuivit Nate.

Netters hocha la tête.

— Pas encore, mais ça va venir. Je pense qu'il est temps que quelqu'un l'interviewe et regarde un peu ce qu'est cette organisation Vivons forts. On sait peu de choses sur son programme, et encore moins sur Denton lui-même. Maintenant… après ce qui est arrivé avec Thomas… il avait passé plusieurs semaines là-haut l'été dernier, dans ce camp…

— Justement, intervint Nate. Je voulais vous demander. Le frère de Thomas, Peter, a-t-il participé à des ateliers avec Jason ?

— Oui, je pense d'ailleurs que c'est pour cela que Jason voulait y aller. Ils sont toujours ensemble, ces deux-là.

— Vous semblez ignorer que Peter Jacks est mort, confia Nate en observant les deux hommes.

Netters se pencha de nouveau sur sa table.

— Quoi ? Mort ? Quand ? Comment ?

— Hier, répondit Nate. Il s'apprêtait à tirer sur quelqu'un.

Netters parut sincèrement choqué.

— Mince !

Bliss prit la parole.

— Sur qui allait-il tirer ?

— Sur la fille de Mike, Sarah Donovan.

— Sarah est à Shatterhorn ? demanda Netters.

— C'est elle qui a découvert le cadavre de son père, expliqua Nate.

Stewart Netters se passa la main dans les cheveux, les yeux au ciel, et, brusquement, il se leva et alla à la porte.

— Ce foutu Gallant ne me dit rien. Il faut que j'envoie des reporters.

Le rédacteur en chef semblait boiter.

— Vous vous êtes fait mal ? s'enquit Nate d'une voix dégagée.

— Encore cette arthrite dans le genou gauche. Le médecin veut opérer et mettre une prothèse, mais je freine des quatre fers. Bon sang, ma secrétaire, où range-t-elle mon répertoire ? pesta-t-il en s'approchant des étagères.

Bourré de soupçons, Nate le suivait des yeux. Etait-ce vraiment l'arthrite qui le faisait boiter aussi bas ? Ou avait-il reçu une balle, la balle qu'il avait tirée et dont il ignorait qui elle avait touché ? Impossible de le savoir sans en dire plus que ce qu'il voulait bien divulguer. Alors il demanda :

— Avant de vous remettre au travail, auriez-vous quelques minutes pour me dire de quoi vous avez parlé avec Mike, la dernière fois que vous vous êtes vus.

Netters regarda la porte avec un air d'envie, mais finalement revint s'asseoir. A sa mine, la dernière visite de Mike n'était pas un souvenir qu'il aimait qu'on lui rappelle. Le maire lui vint en aide en prenant la parole.

— Est-ce la fois où Mike a fait irruption dans ce bureau ? demanda-t-il. Tu te rappelles, Stewart ? Toi et moi, on taillait une bavette quand il a déboulé.

— Oui, je m'en souviens. Comment veux-tu que j'oublie ? C'était la semaine dernière, je ne sais plus quel jour. Il est passé à l'accueil sans s'arrêter et a presque défoncé ma porte.

— Pourquoi était-il tellement en colère ? demanda Nate.

— Parce que je refusais de publier ses thèses qui ne tiennent pas debout. Il voit des complots partout. Selon lui, tout le monde conspire dans le pays.

— Il vous a fait part de ses thèses ? s'enquit Nate.

— Evidemment, il les expose à qui veut bien l'entendre. Son idée, c'est qu'il y a une seule personne derrière toutes les fusillades. Et que cette personne a un programme de fou. Il parle d'un facho. Mais il n'a pas de faits précis pour étayer ses affirmations. Juste des suppositions. Il passe d'une idée à l'autre, comme ça, sans aucune logique. A mon sens, il n'a plus toute sa tête.

— Donc, il voulait que vous l'interviewiez et publiiez ses thèses ?

— Oui, en quelque sorte. Quand j'ai refusé, il a insinué

que je faisais partie du complot. Il m'a dit que mon journal était orienté. Partisan. Je suis un journaliste honnête, sans étiquette, ses accusations m'ont blessé. Il écumait de rage, m'a traité de tous les noms, il m'a même menacé.

— Menacé ? Comment ?

— Je ne sais plus.

Netters, visiblement troublé, fixa le plancher.

Le maire vint une nouvelle fois à sa rescousse.

— Je m'en souviens, moi. Il a dit que s'il pouvait prouver que tu étais partie prenante dans le complot il te ferait pendre.

Netters blêmit et précisa :

— Mike Donovan agitait son vieux bloc-notes en cuir entouré d'un élastique devant mes yeux. Il jurait qu'il avait les preuves. Il mentait, en fait il ne savait rien du tout. Qu'est-ce qu'il croit ? Qu'il est le seul à travailler sur la question ? Moi aussi, j'ai mon opinion sur ce qui se passe mais je n'agresse pas les gens pour cela. Ce vieux fou, il écumait, il bavait de rage.

— Il n'était pas le seul, intervint le maire d'une voix calme.

Netters fronça les sourcils.

— D'accord, je le reconnais, j'étais très en colère moi aussi. Mais pour qui se prend-il ? De quel droit vient-il ici me balancer ses foutaises à la figure ? C'est vrai, je l'ai cogné. Mais c'est lui qui l'a cherché, n'est-ce pas, George ? Il l'a cherché.

Le maire haussa les épaules.

— On ne règle rien par la violence, Stewart, tu le sais. Mike Donovan ainsi que Nate Matthews, ici présent, et Alex Foster sont intervenus le triste jour de Labor Day et, grâce à eux, on a limité la casse. Toi-même, tu les as qualifiés de « héros » dans ta gazette. Moi, je les ai salués comme « patriotes ».

Il inspira et reprit à l'intention de Nate :

— Mike avait dit qu'il allait vous appeler, Alex et vous. Qu'il voulait connaître votre ressenti. Il l'a fait ?

— Oui, répondit Nate.

— Vous n'auriez pas dû venir ici, marmonna le rédacteur en chef. Vous êtes comme un catalyseur, apparemment.

Nate ne répondit pas.

— Bref, reprit Netters, nos compliments ont dû lui monter à la tête.

Il dévisagea Nate et ajouta :

— Mais vous, vous n'êtes pas devenu fou.

— Chacun réagit à sa façon, murmura Nate. Au fait, « 28 », ça inspire quelque chose à l'un de vous ?

Le maire se gratta le nez.

— « Vingt-huit » quoi ?

— Je ne sais pas, répliqua Nate.

— Vous parlez d'une date ? demanda Netters.

L'air évasif, Nate hocha la tête.

— C'était juste une question, comme ça.

Le rédacteur en chef fit mine d'examiner ses mains puis il observa Nate, l'air méfiant.

— Je pense que je n'aurais pas dû frapper Mike, mais je n'aimais pas ce qu'il insinuait. Il suffit d'une rumeur qui se répand pour défaire une réputation et une carrière. Il faut faire attention à ce qu'on dit aux gens… Et des gens. En vérité, il a eu de la chance que je ne sois pas armé car je lui en aurais mis une !

Nate sursauta presque. Netters se rendait-il compte que ses propos, compte tenu des circonstances, faisaient de lui un coupable tout désigné ? Que c'était une bombe qu'il venait de lancer ?

Quelqu'un qui se grattait la gorge, quelque part derrière eux, les fit se retourner en chœur. Le fils de Netters, Jason, était là, dans l'embrasure de la porte.

— Jason ? s'étonna son père. Que fais-tu là ?

L'adolescent regarda son père, puis le maire, puis Nate.

— Rien, marmonna-t-il.

A cet instant, le téléphone du bureau sonna. Netters décrocha et écouta sans quitter son fils des yeux, puis il se tourna vers Nate.

— C'est pour vous : le shérif Gallant.

Nate attrapa le combiné.

— Morris Denton est dans nos locaux, l'informa Gallant. Il est venu de lui-même. J'ai pensé que ça pourrait vous intéresser…

Nate acquiesça en silence. Ça l'intéressait en effet. Mais pouvait-il quitter le bureau du rédacteur en chef au pied levé ?

Il hésita un instant, puis sa curiosité pour Denton l'emporta.

— Je dois aller voir le shérif Gallant, annonça-t-il.

Il salua le maire, le rédacteur en chef, puis Jason. Celui-ci lui serra la main sans le regarder dans les yeux. Il y avait comme un malaise dans la pièce, songea Nate. L'irruption de Jason avait mis de l'électricité dans l'air. A moins que ce ne soit les propos de Stewart Netters : son envie de tuer Mike Donovan ? En tout cas, le père comme le fils semblaient passablement perturbés.

Après avoir mis les pièces d'argent en sécurité dans le coffre de la police et être sortie du commissariat, Sarah consulta l'heure à sa montre. Nate devait encore être chez le rédacteur en chef. Comme elle ne tenait pas à voir ce dernier — elle connaissait les bruits qui couraient sur la conduite de son père et craignait un peu le regard de Netters —, elle décida d'aller chercher sa valise dans la voiture de sa mère. Elle avait des vêtements chauds dans son bagage, ça ne serait pas du luxe. Et comme le garage n'était pas très loin…

Tout en marchant, elle réfléchit. Pourquoi ne pas profiter de l'occasion pour aller, d'un coup de voiture, voir si ses vieux cartons n'étaient pas dans le box 118 ?

Décision prise, elle accéléra le pas.

Le garage était presque désert en cet après-midi froid de février. La voiture verte semblait encore plus déglinguée que d'habitude, à l'image de l'ouvrier qui finissait de changer les pneus du véhicule de Nate.

— Bud ! fit Sarah, en reconnaissant son ancien camarade de classe. Je ne savais pas que tu travaillais ici.

Bud appuya sur un bouton pour faire descendre le pont sur lequel était montée la voiture.

— Hé, Sarah ! Dis-moi, ça fait un bail !

Elle serra en souriant la main — pleine de graisse — qu'il lui tendait.

— Attention à ta robe, dit-il.

Sa préoccupation la fit rire.

— Pas de problème. Tu sais, je suis contente de te voir.

— Moi aussi.

Il prit un chiffon propre dans sa poche et le lui tendit.

— Je travaille avec papa depuis que l'économie se casse la figure. J'avais perdu mon job au marché. Ça paie plus ici de toute manière et comme j'ai trois gosses à nourrir, vaut mieux rentrer un peu d'argent.

Sarah cessa d'essuyer ses doigts pour observer son ami.

— Tu as trois enfants ? Tu t'es marié avec Janet Hawser ?

— Oui, tout de suite après le lycée.

— Super. C'est vrai que vous alliez bien ensemble.

— Merci. Dis donc, j'ai appris pour Johnny. Je suis désolé. Et maintenant ton père. Je ne sais pas ce qui se passe dans cette ville, mais c'est tout juste si on ose encore mettre le nez dehors.

— Ne dis pas ça, Bud. Tu as des enfants. Il ne faut pas les décourager.

Il rit.

— Du courage et… un permis de port d'arme, voilà ce qu'il faut aujourd'hui. A propos, sait-on qui…

— Non. Pas encore.

Elle fit un geste vers la voiture.

— Je suis venue voir si je peux prendre cette vieille caisse.

— Gallant ne t'a pas dit ?

— Quoi donc ?

— Qu'elle ne démarrera pas. C'est pour ça qu'il a fallu la remorquer ici.

Sarah plissa le front.

— Pourquoi ne démarrerait-elle pas ?

— Qu'est-ce que j'en sais ? Je crois que le starter est mort, papa vérifiera pour être sûr mais il ne revient que dans deux jours. Ensuite, il faudra commander la pièce mais ce ne sera pas long. Un jour tout au plus.

— Zut !

— Tu voulais aller quelque part ?

— Oui. A quatre kilomètres d'ici, de l'autre côté du tunnel… Mais, attends, le pick-up de Nate, il doit marcher, lui ?

— Je crois que oui. Il manque la vitre côté passager mais il a des pneus neufs et j'ai passé l'aspirateur pour enlever les éclats de verre. Il va faire froid et tu n'auras rien pour te protéger, mais c'est tout.

— Si ce n'est que ça, je peux le prendre ?

— Tu as la clé ?

L'image de Nate agitant ses clés devant la vitre puis les fourrant dans sa poche passa devant ses yeux.

— Mince, non, c'est lui qui les a, dit-elle en soupirant.

— J'en ai trouvé une dans une petite boîte en fer aimanté dans le logement de la roue de secours, je vais te la chercher et je sortirai le pick-up du garage.

Quelques minutes plus tard, après avoir sorti le pick-up du garage, Bud aida Sarah à grimper à bord.

— Au revoir, Bud. Ravie de t'avoir revu.

— Salut, Sarah.

Sans s'attarder plus longtemps, elle prit la direction de l'autoroute. L'air froid qui entrait à pleines giclées dans l'habitacle lui gelait le bras droit. Elle remonta jusqu'en haut la fermeture Eclair de sa veste et regretta de n'avoir ni gants, ni écharpe, ni bonnet. La route passait par un long tunnel, avec une courbe au milieu. Dedans, l'air sentait mauvais.

Quand elle arriva à U-Lock Garage, elle crut avoir fait la route pour rien. Le portail était fermé et elle ne connaissait pas le code pour entrer. Alors qu'elle attendait — elle ne savait quoi — recroquevillée au fond de son siège, une camionnette approcha. Elle fit alors une manœuvre pour la laisser passer. L'automobiliste tapa quelques chiffres sur le clavier et le portail coulissa tout doucement tandis qu'à l'intérieur un panneau lumineux avertissait :

« Un seul véhicule à la fois. »

Qu'à cela ne tienne ! Elle enclencha la vitesse et suivit la camionnette à l'intérieur.

Des rangées de box peints en gris avec des toits rouges s'étiraient à perte de vue. D'autres rangées les coupaient à angles droits. C'était une gigantesque toile d'araignée, bien organisée mais sinistre. La camionnette tourna à gauche. Sarah continua tout droit jusqu'à un panneau l'obligeant à prendre à droite. Les nombres 114 à 118 étaient inscrits sur une grande porte. Elle se gara et descendit de voiture, bien décidée à entrer. Par chance, ce n'était pas fermé. La grande porte à peine franchie, une lumière blafarde s'alluma éclairant quatre autres portes en fer. Sur le dernier box à droite était écrit « 118 ». Grâce à un coin de bois, qui ne semblait pas là par hasard, elle maintint la grande porte ouverte.

Comme la minuterie de la lumière grésillait, elle se dépêcha de chercher la clé qu'elle avait mise dans son sac, la veille. La clé trouvée, elle s'avança pour ouvrir, mais un papier punaisé sur la porte suspendit son geste. C'était un avis d'éviction, apposé là quelques semaines plus tôt : la serrure allait être changée et le contenu du box confisqué si son père ne payait pas sa facture avant le vendredi précédent. Soit le jour où il avait été tué.

Elle fourra le mot dans sa poche et s'attaqua au cadenas qui n'offrit aucune résistance. Elle releva la porte sans mal : à l'intérieur, c'était un espace noir et glacial, dans lequel étaient empilés des cartons et tout un fourbi qui semblaient avoir été déposés là et oubliés depuis des siècles.

Une torche électrique était accrochée à l'intérieur, près de la porte. Elle l'alluma sans y croire. Pourtant, elle fonctionnait. L'éclairage accentuait encore l'impression de désordre, mais les cartons avaient été étiquetés et marqués à l'encre noire. La plupart contenaient des avis d'imposition et des papiers officiels, du style factures, bons de commande et relevés de banque datant de plus de dix ans. Dans d'autres, il y avait de vieux vêtements de sa mère qu'elle avait jugé superflu d'emporter quand elle avait divorcé. Juste devant elle se trouvaient les cartons qu'elle avait faits elle-même, des années plus tôt. Ses initiales « S. D. », avaient été écrites dessus de la main même de son père.

Elle resta là quelques secondes, immobile, rêveuse, cherchant sa présence dans ce réduit. En vain.

Sortant de ses songes, elle chercha un carton assez solide pour s'asseoir dessus et décida d'ouvrir les boîtes. Sa robe blanche aurait sûrement besoin de passer chez le teinturier après.

Le premier carton qu'elle ouvrit était rempli de peluches, de posters enroulés, de petits bijoux fantaisie, d'une collection de vieux CD. Elle poussa ce carton et s'attaqua au deuxième.

Sous une pile de chandails bien pliés, datant d'elle n'aurait su dire quand, il y avait les lettres que Johnny lui avait écrites. Elles étaient réunies en un paquet entouré d'un ruban bleu. Connaissant la date exacte de celle qu'elle voulait, elle fouilla jusqu'à la trouver. Elle l'ouvrit et fixa les mots, revivant ce jour de mai où Johnny l'avait glissée dans sa main :

« Mon bébé. Ne pleure pas. Je t'ai promis… »

Le bruit d'une porte en métal qui claquait lui fit relever les yeux. Effrayée, elle faillit tomber de son siège.

Le paquet de lettres à la main, elle se pencha vers l'extérieur du box, mais il faisait noir car la minuterie s'était arrêtée. Et la grande porte donnant dehors n'était plus ouverte.

Etait-ce le vent qui l'avait fait claquer ?

Sarah fourra les lettres dans son sac et se dirigea vers la grande porte. *Zut !* Voilà qu'elle avait peur, brusquement. Il y avait comme une présence dehors, comme si quelqu'un l'attendait.

Elle ralluma la minuterie et retourna fermer le box puis, rassemblant tout son courage, se décida à ouvrir la grande porte.

Le pick-up était là où elle l'avait laissé. Avec sa vitre cassée et les impacts de balle dans les flancs, il avait des airs de prise de guerre ! A part lui, il n'y avait rien ni personne. Et pourtant… quelqu'un l'épiait, elle en avait la certitude, et un frisson la parcourut.

Elle jeta un coup d'œil au loin, du côté de l'autoroute. Personne non plus. Apparemment…

Le vent s'était levé et s'engouffrait dans les allées rectilignes qui desservaient les rangées de box. Des bourrasques glaciales soulevaient la poussière au sol. Une atmosphère fantomatique avait envahi les lieux.

Sarah se dépêcha de monter en voiture et de claquer sa portière qu'elle verrouilla, bien que la vitre côté passager fût cassée.

Elle démarra, fit demi-tour sur les chapeaux de roue et fila vers le portail.

Par malchance, il fallait un code pour sortir.

Elle passa le bras par la fenêtre et essaya la date de naissance de son père. Faux. Puis l'adresse du ranch. Encore faux. Puis une demi-douzaine d'autres numéros jusqu'à ce qu'elle se rappelle être venue là autrefois, avec son père. Il s'était fait prier, mais elle avait fini par lui extorquer le code : sa date de naissance à elle. Mais sans doute l'avait-il changé depuis ? Tant pis, elle allait essayer quand même. Elle pianota la date sur le clavier et, à sa grande surprise, les portes coulissèrent doucement.

— Hourrah ! s'écria-t-elle en redémarrant.

Arrivée à hauteur de l'autoroute, elle consulta sa montre. Elle avait passé beaucoup plus de temps qu'elle ne l'aurait cru dans le box. Nate devait se demander où elle était partie avec son pick-up.

Espérant rattraper un peu du temps perdu, elle accéléra et, à l'entrée du tunnel, alluma ses phares.

Il devait faire une soixantaine de mètres de long et présentait un virage à peu près au milieu. Elle l'avait emprunté des milliers de fois : il fallait ralentir pour aborder la courbe. A la sortie aussi, la route faisait un coude. Quand elle était jeune conductrice, elle avait peur de ces virages mais, l'expérience aidant, elle les négociait désormais très bien. Là, elle les abordait sans même y penser, cela lui laissait l'esprit libre pour…

Soudain, des phares apparurent dans son rétroviseur. Ils étaient juste derrière elle, comme s'ils avaient surgi des bas-côtés ou étaient tombés du ciel. D'instinct, elle aurait freiné mais cela aurait provoqué une collision. Alors, au contraire, elle accéléra.

Les phares ne l'éblouissaient plus : la voiture qui la suivait avait donc déboîté pour la doubler. Mais la courbe arrivait : doubler à cet endroit, sans aucune visibilité, était dangereux. Aussi, elle se rabattit sur le côté droit pour laisser passer l'imprudent afin qu'il ne morde pas trop sur la ligne blanche.

La voiture déboucha sur le côté gauche, tout près, trop près, et percuta la portière du pick-up, le projetant contre la paroi rocheuse du tunnel. Le métal écorché grinça, se déchira, envoyant en l'air des morceaux de carrosserie éclairés par un feu d'artifice d'étincelles.

Sarah tenta de freiner, mais l'autre véhicule la coinçait toujours contre la paroi rocheuse. Et puis, brusquement, dans un rugissement de moteur décuplé par l'exiguïté du tunnel, il disparut dans la courbe.

Sarah était presque arrivée au virage, elle aussi, mais le pick-up était toujours écrasé contre le mur. Il fallait repartir. Sortir de là. Le pied sur l'accélérateur, elle essaya de se dégager. Le pick-up bougea en grinçant puis bondit sur la chaussée. Malgré la peur qui la faisait trembler, elle réussit à négocier correctement la première courbe puis la dernière, mais un des pneus roula sur un des gros rochers qui bordaient la sortie du tunnel. Tel un pur-sang qui refuse l'obstacle, le pick-up se cabra, puis retomba sur ses quatre fers. Soulagée, Sarah souffla. Mais alors, trouvant un passage entre deux rochers, le pick-up commença à dévaler la pente, prenant un peu plus de vitesse à chaque tour de roues.

Le pied sur le frein, Sarah tenta d'éviter les buissons et les arbres, mais le pick-up accélérait toujours, soulevant derrière lui un nuage de neige. Et, brusquement, ce fut l'arrêt. Brutal. Terrible. L'airbag se déploya, l'écrasant contre le dossier de son siège.

Et ce fut le trou noir.

14

Nate entra dans les locaux du shérif en laissant derrière lui une tempête de pluie. Il se dirigea immédiatement vers le bureau de Gallant et salua celui-ci.

Le shérif lui désigna un siège à côté de Morris Denton, puis lança :

— Bien, que pouvons-nous pour vous, monsieur Denton ?

Denton était décharné, presque squelettique, avec des mains disproportionnées par rapport à son corps. Vêtu d'un jean et d'un pull noirs, il devait avoir dans les quarante ans. Surtout, remarqua Nate, il avait un étrange regard : vague, flottant.

— J'ai eu des nouvelles de Peter Jacks, annonça-t-il, croisant les mains sur les genoux.

Il parlait bas, avec hésitation, regardant tour à tour Nate et Gallant.

— Vous connaissez Peter Jacks ? s'enquit le shérif.

— Je ne l'ai jamais rencontré, mais deux avocats ont exprimé leur préoccupation à son sujet. Ce Jacks les inquiète. J'imagine qu'il se trouvait dans le centre commercial avec Jason Netters. Que lui est-il arrivé ?

— Une enquête est en cours, répondit Gallant. Pour l'heure, je ne peux pas vous en dire plus.

Denton gesticula sur sa chaise. Il paraissait vraiment mal à l'aise.

— Je comprends.

— Autre chose ? demanda Gallant.

Denton haussa les épaules.

— Je… je voulais juste vous dire de vous sentir tout à fait libre de venir là-haut voir ce qui s'y passe, poser des questions ou autre. Le fait qu'il ait séjourné là-haut avec nous fait mauvais effet. Or, vous savez comme moi que nous dépendons en totalité de la générosité des habitants du pays.

— Je vous croyais indépendants financièrement, intervint Nate.

— Oui, bien sûr, financièrement nous sommes indépendants. Ce que je voulais dire, c'est que nous tenons à rester en bons termes avec la population. C'est une autre façon de dépendre des habitants.

— Ah oui, je vois.

Denton se leva en titubant un peu.

— Ça va ? s'enquit Gallant en s'approchant de lui.

— Oui, je sors d'une grippe qui m'a fatigué.

— Vous prenez votre voiture pour remonter là-haut, ce soir ?

— Non, je reste en ville. J'y retournerai demain matin. Ne vous inquiétez pas pour moi. Et bonne chance pour votre enquête.

Après avoir remercié Denton de sa visite, le shérif le raccompagna à la porte. A son retour, il planta son regard dans celui de Nate.

— Qu'est-ce que vous dites de ça ?

— Drogues ? avança Nate, perplexe.

— Je vais veiller à ce qu'ils fassent une analyse toxicologique exhaustive du corps du fils Jacks. J'avais déjà rencontré Denton… Le temps ne lui a pas fait de cadeau. En cinq mois, quel changement ! Il me semble qu'une visite officielle du camp, là-haut, ne serait pas superflue.

— C'est exactement ce que dit Stewart Netters, approuva Nate.

Sur ce, il quitta le bureau du shérif et se rendit au motel.

En se garant devant, il appela Sarah mais elle ne répondit pas. Par acquit de conscience, il alla vérifier qu'elle n'était pas déjà dans la chambre, en train de l'attendre. Mais non. La pièce était toute propre et bien rangée et sentait encore les produits ménagers. De toute évidence, elle n'y avait pas mis les pieds depuis le petit déjeuner.

Elle était peut-être au garage, songea Nate. Sans doute pour récupérer ses affaires dans la voiture de sa mère. En ce cas, pourquoi ne décrochait-elle pas ?

Pour en avoir le cœur net, il se rendit au garage. Mais dès qu'il y arriva, le mécanicien lui tourna le dos, et Nate dut le héler.

— Bon sang ! maugréa le garagiste. C'était ce que je craignais. Que vous arriviez avant elle !

Il mit ses clés dans sa poche.

— Il faut que je rentre, maintenant. Je ne sais pas pourquoi elle est aussi longue.

— Vous parlez de qui, là ? De Sarah Donovan ?

— Oui. Elle avait des courses à faire, ou je ne sais quoi, et comme sa voiture ne démarrait pas, elle m'a demandé d'emprunter votre pick-up. Elle a dit qu'elle n'en avait pas pour longtemps, mais ça va faire bientôt trois heures.

— Vous savez où elle est allée ?

— De l'autre côté du tunnel. A cinq ou six kilomètres, c'est ce qu'elle a dit.

— Qu'est-ce qu'il y a là-bas ?

— Pas grand-chose. Un dépôt avec des camions et une ancienne mine désaffectée. Ah si, il y a aussi des bâtiments avec plein de box pour stocker les choses qu'on ne sait pas où ranger chez soi.

Il remonta le col de sa veste sur son menton.

— Mon père va me tuer quand il saura que je l'ai laissée prendre votre pick-up. Je n'aurais pas dû mais je la connais bien, on était en classe ensemble.

Il eut un semblant de sourire et ajouta :

— Je serais bien sorti avec elle mais elle n'avait d'yeux que pour Johnny Pierce.

— Je connais ça, dit Nate en riant. Au fait, est-ce qu'elle a pris ses bagages dans le coffre de sa mère ?

— Non. Pourquoi ? Elle les voulait ?

— Oui. Ça vous ennuie de me les donner ?

— Pas du tout. Attendez-moi ici, je vais les chercher.

Il s'éloigna, ouvrit un portillon sur le côté du garage et disparut. Quelques instants plus tard, il revint avec la valise de Sarah.

Nate l'en remercia puis remonta dans son véhicule de location, perplexe. Sarah lui avait raconté une vague histoire de box de stockage que son père louait en ville. Elle avait également pris une clé dans le coffre de Mike. C'était certainement lié, conclut Nate. D'ailleurs, elle lui avait dit que ça ne regardait qu'elle.

D'un autre côté, cela faisait longtemps qu'elle était partie. Elle avait pourtant dit au garagiste qu'elle ne serait pas longue. Elle avait emprunté son pick-up auquel il manquait une vitre et le jour baissait. En plus, on annonçait un orage. Et si elle avait eu un problème avec sa camionnette ?

Avec sa camionnette… Ou autre chose ? Il s'était passé tellement d'événements graves ces derniers jours qu'il ne pouvait rien exclure.

Finalement, entre agacement et inquiétude, il partit à sa rencontre.

U-Lock Garages se trouvait à quatre kilomètres du centre-ville, à la sortie et juste en contrebas d'une bretelle de l'autoroute. C'était très éclairé et, en passant par l'autoroute, on ne pouvait pas le manquer.

Nate s'en approcha. Apparemment, il n'y avait pas une voiture dans le site. Pas âme qui vive non plus. Les rangées de box étant bien alignées, c'était facile à voir.

Nate décida tout de même d'aller se rendre compte de plus près. Il descendit de voiture et s'approcha du portail :

celui-ci était fermé. Il scruta les allées. Tout était vide. Même la guérite du gardien, près de l'entrée, était fermée et éteinte.

Sarah n'était pas là.

Aussi, il reprit la route en direction du centre-ville. Comme il commençait à faire nuit, il alluma ses phares.

A mi-chemin dans le tunnel, des débris sur la chaussée attirèrent son attention et il ralentit. Mais c'était insuffisant pour bien voir. Comme il ne pouvait s'arrêter là, puisque le tunnel faisait un coude, il roula jusqu'à la sortie du tunnel, se gara sur le bas-côté, prit sa lampe torche dans la boîte à gants et fit demi-tour à pied.

Des morceaux de plastique rouge, qui ressemblaient aux protège-phares arrière d'une voiture, étaient éparpillés sur la chaussée. Il y avait aussi du verre cassé. Il balaya l'endroit avec le faisceau de sa lampe et ramassa un rétroviseur latéral, avec une petite lentille convexe collée dessus, qui ressemblait comme un frère à celui dont il avait équipé son pick-up pour améliorer la visibilité à l'arrière. Une partie du rétroviseur était cassée, ce qui expliquait la présence de débris de verre par terre.

Intrigué, il balaya de nouveau le sol avec sa lampe torche. Des morceaux de plastique rouge et du verre cassé.

Puis les parois.

— Bon Dieu !

Quelque chose avait frotté contre le mur et de la peinture blanche était restée accrochée.

Sarah !

Il fonça aussitôt vers la sortie. Derrière lui, un véhicule arrivait, mais il continua à courir. Le bruit du moteur dans cet espace confiné résonnait contre les côtés. C'était assourdissant, effrayant. Une seconde plus tard, des phares l'éclairèrent comme en plein jour et le véhicule le doubla en klaxonnant comme un malade. Aveuglé, quasiment sourd, Nate continua sa course sans quitter des yeux le rouge des feux arrière qui finit par disparaître dans la nuit au détour d'un autre virage.

La lampe torche à la main, il inspectait les bas-côtés tout en courant. Soudain, des traces de pneus apparurent dans la neige. Visiblement, un véhicule avait dévalé la pente. Ses mains et son visage étaient gelés. Ses poumons le brûlaient. Peu importait ! Ce n'était pas le moment de flancher. Passant entre deux gros rochers, il s'élança dans la pente en éclairant devant lui pour ne pas se prendre les pieds dans une racine recouverte de neige ou se tordre la cheville dans un trou. Brusquement, alors qu'il écartait les branches d'un arbuste, sa lampe éclaira quelque chose de brillant. Du métal gris. Un pare-chocs.

Son pick-up blanc, à peu près invisible dans la neige, avait percuté un tronc d'arbre qui l'avait arrêté net dans sa course. Le capot était grand ouvert.

Entraîné à garder son sang-froid en toute circonstance, Nate accéléra encore, se précipita du côté du conducteur et braqua sa lampe sur la vitre, mais la glace était non seulement teintée mais couverte de condensation. Il y avait quelqu'un à l'intérieur, c'était sûr. Dans quel état ?

Bon Dieu, Sarah !

Il s'escrima sur la poignée. Elle était fermée. Il se rappela alors avoir les clés sur lui. Il plongea la main dans sa poche. Ses doigts gelés ne sentaient plus rien. Ils finirent tout de même par appuyer sur la commande centralisée. Il y eut un *bip* et les serrures se débloquèrent en même temps que le plafonnier s'allumait. Il ouvrit.

Sarah était au volant et le dévisageait, le regard fixe, un peu comme si elle émergeait d'un long et profond sommeil. Elle avait toujours sa ceinture de sécurité. L'airbag qui s'était déployé l'oppressait.

— Sarah, fit-il en la caressant. Sarah.

Il toucha son visage, ses épaules, ses bras, essaya d'écarter l'airbag, à la recherche de sang ou d'une fracture ouverte. Elle le regardait, l'air égaré, et, soudain, murmura quelque chose.

Il se pencha sur elle.

— Que dis-tu, mon ange ?

Elle passa la langue sur ses lèvres.

— Pardon.

— Pardon de quoi ?

— Pour ton pick-up.

— Ne t'en fais pas pour ça, dit-il doucement. Ce qui compte, c'est toi. J'appelle les secours.

Elle ferma les yeux, lui prit la main et la serra très fort.

Il joignit les secours puis lui demanda :

— Tu as mal quelque part ?

— Oui, ma jambe gauche a pris un mauvais coup, répondit-elle d'une voix faible.

En effet, remarqua Nate, l'avant de la voiture s'était enfoncé dans l'habitacle et lui avait écrasé le genou, mais il ne pouvait rien faire pour la soulager. Il fallait attendre. Comme elle claquait des dents, il posa sa veste sur elle et lui caressa la main pour la réchauffer.

Les secours arrivèrent enfin, avec les hurlements des sirènes et les projecteurs qui fouillaient la nuit à leur recherche. Le tout n'avait certainement pas pris dix minutes, songea Nate, mais c'était déjà trop.

Arrivés près de l'épave, les secouristes se précipitèrent sur Sarah. Les premiers soins administrés, et rassurés sur la stabilité de son état, ils autorisèrent les policiers à la désincarcérer. L'opération achevée, ils l'allongèrent sur une civière. Nate lui tenant la main, ils remontèrent la côte jusqu'à la route où une ambulance attendait.

Le shérif Gallant descendit de son SUV.

— C'est ton pick-up qu'on aperçoit en bas ? demanda-t-il à Nate.

— Oui. C'est Sarah qui conduisait. Elle a dû rater le tournant à la sortie du tunnel.

Gallant regarda Sarah qui était blanche comme la couverture dont les secouristes l'avaient enveloppée.

— Pas trop grave ? s'enquit-il.

— Non, ça va aller, répondit Nate.

A cet instant, Sarah lui serra la main plus fort.

— Ce n'est pas un accident, murmura-t-elle.

Les deux hommes se penchèrent vers elle.

— C'est quoi, alors ? demanda Nate.

— Un autre pick-up. Il m'a poussée au talus.

— Quand est-ce arrivé ?

— Je venais de regarder ma montre. Il était 16 heures.

Les secouristes chargèrent la civière et Sarah disparut dans l'ambulance.

— Je te rejoins à l'hôpital, lança Nate.

Le shérif s'approcha de lui.

— Tu es assez en forme pour conduire ?

— Parfaitement, répondit Nate en courant vers sa voiture de location.

— Alors je vous rejoindrai plus tard, annonça Gallant. Il faudra que je l'interroge sur l'autre véhicule.

— Parfaitement, répéta Nate.

Gallant le rappela :

— N'oublie pas que c'est *ton* pick-up de location et que, dans le noir et de derrière, il est impossible de dire qui conduisait…

Nate opina. La seule chose importante, pour l'heure, était d'assurer la sécurité de Sarah.

Bon Dieu ! Il trouverait qui avait fait le coup, foi de Matthews.

Après une batterie de tests et de radios, Sarah put sortir de l'hôpital, encore choquée mais soulagée : elle ne souffrait que de dégâts mineurs. Son cou était raide, son dos aussi. Sa jambe avait subi un choc, mais rien d'irrémédiable. En fait, elle avait eu beaucoup de chance dans son malheur. Elle pouvait marcher — ou plutôt, boiter —, mais elle avait la tête lourde. Heureusement, Nate vint la chercher et l'aida à monter dans son véhicule.

Une fois installés, il lui prit la main.

— Comment vas-tu ?

— Ça va… En fait, je suis surtout inquiète pour demain. J'ai peur d'apprendre qu'il y a eu une fusillade au Washington Memorial et que des gens vont mourir sans raison, sans que nous puissions faire quelque chose pour empêcher ce drame. As-tu appelé ton service en Arizona ?

— Oui, pendant que tu passais tes radios. J'ai parlé à Dan. Il a promis d'en parler à son frère. Il a tenté de me rassurer en me disant que le FBI se tenait informé de tout ce qui est complot, chez nous et à l'étranger. Ils sont en permanence sur le pied de guerre.

— Bien sûr ! C'est ce que tout le monde dit, ricana Sarah.

Nate démarra, puis changea de sujet de conversation :

— Le shérif est-il passé te voir ?

— Oui, mais je crois qu'il a été un peu déçu. Je n'ai pas pu lui donner beaucoup d'explications. Je lui ai simplement dit qu'il s'agissait d'un autre pick-up, un peu plus gros que le tien et de couleur sombre. Il a poussé un gros soupir, l'air de dire que ça ne l'aidait pas beaucoup. Et c'est vrai…

— Tu n'as rien dit d'autre ?

— Si… Que ce véhicule m'a cognée sur le côté gauche et qu'il doit donc avoir des marques sur son flanc droit. Mais je n'ai pas vu voir le chauffeur. J'étais trop occupée à rouler droit pour éviter ce qui, finalement, est arrivé.

Arrivés au motel, Nate se gara devant la porte de leur chambre et aida Sarah à marcher jusqu'au lit. Son portable se mit à sonner. Il était tard et il n'avait pas envie de parler au téléphone, il préférait s'occuper de Sarah.

— Allez, réponds, lui dit-elle en laissant tomber sa besace sur la table de chevet. Je vais dans la salle de bains.

Il s'affala sur la chaise devant la petite table et consulta l'écran de son portable : c'était le shérif.

— Que fais-tu si tard ? lui demanda-t-il en guise de bonjour.

— Je joue les boîtes vocales, répliqua le shérif. Pour commencer, Diana Donovan a appelé. Officiellement pour savoir s'il y a du nouveau concernant le meurtre de son ex-mari. En fait, j'ai eu l'impression qu'elle voulait plutôt savoir où se trouve Sarah.

— OK, dit Nate. Justement, à propos de Sarah, j'aimerais savoir ce que Netters a comme voiture ? Et son fils ? Et Morris Denton ?

— Voyons, voyons. Netters a un pick-up vert foncé, quatre portes. Jason conduit le vieux pick-up — si tu voyais l'engin ! — de son père. Quant à Denton, je ne sais pas, mais il était dans mon bureau, avec toi, quand Sarah a été poussée dans le ravin.

Il marqua un temps d'arrêt.

— De toute manière, je ne vois pas pourquoi l'un d'eux pourrait vouloir te mettre au talus.

— Moi non plus. N'empêche…

— Attends, ce n'est pas tout, enchaîna le shérif. Jessica Foster a essayé de te joindre. En désespoir de cause, elle a appelé à mon bureau, qui m'a prévenu et je l'ai rappelée. Je lui ai promis de te passer le message. Elle veut te parler. C'est urgent. Tu peux lui téléphoner à n'importe quelle heure.

— Tu sais ce qu'elle me veut ?

— Elle t'expliquera.

Gallant bâilla au bout du fil.

Nate le remercia et raccrocha. Aussitôt, il appela chez les Foster. Jessica décrocha dans la seconde.

— Nate ? C'est toi ?

— Oui, j'ai appelé hier soir et laissé un message, mais…

— Tu as appelé ? J'ai dû effacer le message par erreur. Nate, on ne sait pas où est Alex.

— Comment cela ?

— On est sans nouvelles de lui. Personne ne l'a vu, personne n'a entendu parler de lui depuis qu'il est parti en avion avant-hier. Lors de sa dernière liaison, il survolait les montagnes. Il y avait de l'orage. Dès que les conditions météo se sont améliorées, ils ont déclenché les recherches, mais rien. Rien !

— Attends, fit Nate. Il a bien une balise de secours à bord ?

— Oui, sans doute. Sûrement. Enfin, non, je ne sais pas. Peut-être rien. En tout cas, on n'a aucune trace. Tu le connais, tu sais son attachement à son vieux matériel. Il refuse les dernières technologies. Maintenant, on annonce encore une tempête pour demain. Il doit être quelque part dans le froid…

Sa voix se brisa. Elle se moucha.

— Excuse-moi, dit-elle en hoquetant.

Et elle reprit, un peu calmée :

— On s'est disputés avant qu'il parte. Je lui ai dit que ce n'était pas la peine qu'il revienne. Tu imagines ? Ce sera peut-être la dernière chose que je lui aurai dite.

Nate prit sa respiration. Alex était son meilleur ami. Il était donc au courant des disputes entre lui et Jessica. Problèmes d'argent, belles-familles encombrantes, métiers trop prenants. Ils désiraient des enfants et faisaient tout pour en avoir, mais ça « ne marchait pas ». En fait, des problèmes que rencontrent tous les couples, un jour ou l'autre. Mais qu'ils en soient arrivés à ce point, ça, Nate l'ignorait.

Après un long silence, Jessica reprit :

— Je vais te dire le fond de ma pensée, Nate. Alex a peut-être débranché ses balises exprès pour qu'on perde sa trace. Il veut peut-être couper les ponts avec moi et recommencer de zéro avec quelqu'un d'autre.

— Non, répondit Nate sans une hésitation. Il ne ferait pas ça.

— Qu'en sais-tu ? Il est inspecteur de police à Blunt Falls. Il n'y a pas mieux placé que lui pour savoir comment se volatiliser.

— Non, je ne le vois pas te faire faux bond comme ça. Ni abandonner sa carrière. Ni sa famille.

Il n'en était pas si sûr, mais bon…

— On ne sait jamais ce que les gens ont dans la tête, rétorqua-t-elle, la voix cassée. Tu crois connaître les gens et tu te rends compte que tu ne les connais pas du tout. Je ne tenais pas à ce que tu apprennes sa disparition dans les journaux ou à la télévision.

— C'est gentil à toi de me prévenir.

Jessica poursuivit :

— Le shérif Gallant m'a appris la mort de Mike Donovan. Assassiné. Le monde est devenu fou !

Ne trouvant plus de mots pour la rassurer, Nate ne répondit pas. Des images d'Alex défilaient dans sa tête. L'avion écrasé quelque part dans la montagne. Alex blessé. Incapable d'appeler les secours. Alex dans le froid cinglant de février.

Sarah sortit à cet instant précis de la salle de bains, une serviette nouée autour de la poitrine, les cheveux défaits, mouillés.

Plus désirable que jamais.

Nate en oublia presque sa discussion avec Jessica au sujet d'Alex.

Au prix d'un gros effort, il se ressaisit.

— Tu es seule, Jessica ?

— Non, ma sœur est avec moi. Ça va. Et toi, Nate ?

Sarah interrogea Nate du regard.

— Je vais venir dès que ce sera possible, répondit-il à Jessica. On va le retrouver.

— J'espère, répondit Jessica d'une voix mourante.

Nate raccrocha et raconta à Sarah sa conversation avec la femme de son ami.

— J'irai là-bas après-demain, annonça-t-il. Ils habitent dans le Montana.

Sarah opina en faisant la grimace : le moindre geste lui faisait mal.

— Quelle coïncidence terrible ! dit-elle en massant son cou douloureux.

Il se leva et s'approcha.

— Laisse-moi te masser. Va t'asseoir.

Elle s'installa sur la chaise qu'il venait de quitter et il commença à lui masser le cou, les épaules. Elle avait une peau tendre et un dos lisse et gracieux. Mais il avait beau s'émerveiller de tant de beauté, ses pensées étaient ailleurs.

— Tu crois vraiment à une coïncidence, Sarah ?

— Sans doute. Je ne vois pas ce que ça peut être d'autre. Un homme est assassiné, l'avion d'un autre disparaît, la seule chose qu'ils ont en commun…

— … c'est la fusillade de Shatterhorn, dans le Nevada, il y a quelques mois. Et moi.

Elle lui prit la main et le fit venir devant elle pour ne pas avoir à tourner la tête pour le regarder.

— Et quelqu'un essaie de te tuer depuis ce jour-là ? acheva-t-elle.

Nate acquiesça.

— J'ai repensé à un incident qui s'est produit à la sortie de Las Vegas quand je venais ici. J'ai un pneu qui a éclaté sur un tronçon d'autoroute en mauvais état. Le vent soufflait fort et soulevait beaucoup de poussière et de sable. J'ai dû ralentir. Il n'y avait pas beaucoup de circulation. Je me rappelle m'être dit que, si j'avais roulé plus vite et s'il y avait eu plus de trafic, l'accident aurait été dix fois plus grave. En l'occurrence, ça m'a valu un retard de deux ou trois heures, c'est tout.

— Ce n'était pas un accident ?

— A la lumière de tout ce qui se passe, je suis tenté de dire que ce n'en était pas un. Je m'étais arrêté pour petit-déjeuner dans un routier car j'avais quitté la maison très tôt. Il y avait beaucoup de monde attablé. J'y suis resté vingt-cinq minutes et, dix kilomètres à peine après être reparti, mon pneu a éclaté.

— Tu me donnes la chair de poule, dit-elle, croisant les bras devant elle.

— Sauf erreur de ma part, Mike, Alex et moi étions tous visés le même jour, juste après que Mike nous a demandé de nous retrouver ici. Le rédacteur en chef et le maire ont entendu Mike dire qu'il nous avait demandé de venir. Et qui sait à combien de personnes ils l'ont répété ? En fonction de ce que j'ai appris depuis, je pense que ton père a été repoussé par tellement de gens qu'il désespérait d'être un jour entendu. Il pensait qu'il avait décodé quelque chose d'important. Pour lui, un événement épouvantable se préparait.

Sarah hocha la tête et grimaça de douleur.

Il la dévisagea. Elle était pâle et tremblait. Il aurait dû insister pour qu'elle passe au moins une nuit à l'hôpital. Mais comment aurait-il assuré sa sécurité là-bas ? Le temps pressait et ils n'avaient toujours pas identifié leur ennemi. L'accident de Sarah avait changé la donne.

— J'ai pris ta valise au garage. Elle est dans le pick-up, je vais la chercher. Tu n'as pas assez chaud avec cette serviette.

— Ne pars pas, lui intima-t-elle.

Il lui prit les deux mains et l'aida à se lever. Ce faisant, la serviette se dénoua et tomba à ses pieds. Quelle beauté !

— Et ta mère a cherché à te joindre aujourd'hui, ajouta-t-il, pour penser à autre chose.

— Mon téléphone est à plat et ma batterie est dans ma valise.

— Je vais la chercher, proposa-t-il, une boule dans la gorge.

— Pas maintenant. De toute façon, c'est un chargeur spécial voiture. Et je suis fatiguée.

Elle appuya la tête contre son épaule et resta quelques instants silencieuse.

— Tu sais, je n'ai pas très envie de parler à ma mère, confia-t-elle en relevant la tête. Je n'ai rien à lui dire. Quant aux vêtements chauds… Tu veux bien être ma bouillotte ?

Il la prit délicatement dans ses bras, l'embrassa et la posa sur le lit. Puis ils se glissèrent sous les draps et se réchauffèrent un long moment…

Quand ils se détachèrent des bras l'un de l'autre, Sarah s'endormit sur-le-champ, mais Nate resta éveillé, les yeux grands ouverts dans le noir, l'esprit en alerte…

Impossible de se chasser de la tête la dernière page du carnet de Mike avec ce 28 entouré de rouge. Elle s'imposait à lui.

Il passa les 28 de chaque mois en revue. Janvier, février, mars… Rien de spécial. Arrivé au mois de mai, il s'arrêta. Au fait, quel jour célébrait-on Memorial Day cette année ?

La journée du Souvenir.

Le 28, il l'aurait parié.

Mike avait-il imaginé qu'une nouvelle fusillade aurait lieu ce jour-là ?

15

Sarah se réveilla la première. Sans doute gémit-elle car Nate, dans son sommeil, la prit aussitôt dans ses bras. Et se rendormit.

Son sac était toujours sur la table de chevet. Doucement pour ne pas réveiller Nate, elle chercha les lettres de Johnny qu'elle y avait mises.

Nate resserra aussitôt son étreinte. Elle laissa donc les lettres dans son sac et se retourna dans ses bras pour l'embrasser.

— Bonjour, murmura-t-il, les yeux encore fermés. Comment vas-tu ? Comment te sens-tu ?

— Bien, dit-elle. Un peu agitée, peut-être.

— Moi aussi.

Il était complètement réveillé et semblait nerveux. Pensait-il qu'il allait se passer quelque chose dans les heures à venir ? On célébrait Presidents'Day dans tout le pays, les présidents passés et l'actuel.

Pourvu que Dan, l'ami de Nate, ait réussi à se faire entendre, espéra Sarah.

Nate remua dans le lit et, finalement, se leva. Visiblement à l'aise avec son corps, il alla, nu, vers la salle de bains. Mais pourquoi n'aurait-il pas été à l'aise ? se demanda Sarah. Il était beau, musclé sans excès, sain. Elle l'admirait quand, arrivé à la porte de la douche, il se retourna.

Brusquement intimidée, elle rougit.

Comme il avait pris sa valise dans le pick-up, elle s'habilla vite.

En revenant de la salle de bains, Nate aussi passa ses vêtements. Dommage ! C'était un vrai bonheur de le contempler. Si beau. Si désirable.

A peine vêtu, il appela la femme d'Alex. A sa mine, et au ton de la conversation, il n'y avait rien de neuf.

— Toujours pas de nouvelles d'Alex, dit-il en raccrochant. Selon Jessica, Memorial Day tombe le 28 mai cette année. « 28 », c'est le nombre entouré d'un cercle rouge dans le carnet de ton père. Je ne serais pas étonné qu'il se passe quelque chose de grave ce jour-là puisque tous les drames qu'on a connus ont eu lieu des jours bien précis, comme celui-là.

Il tendit le téléphone à Sarah.

— A toi.

Elle composa le numéro de sa mère et sortit celle-ci d'un sommeil profond. La conversation ne dura que quelques instants.

— Quoi de neuf ? s'enquit Nate à son tour.

— Elle s'est excusée d'être allée au pub. Elle veut que je revienne à Reno. Elle veut me parler.

— Et ?

— Et c'est quelque chose que j'ai déjà entendu.

Elle ferma les yeux une seconde et se passa la main sur le front.

— Je lui ai dit que je viendrais quand je pourrai. Allons plutôt déjeuner.

— Si j'allais chercher quelque chose à grignoter à la machine dans le hall et qu'on déjeunait ici ? proposa Nate.

— Pourquoi pas ? Ça me semble une bonne idée.

Elle rejeta la tête en arrière et ferma de nouveau les yeux. Une seconde plus tard, Nate ferma la porte derrière lui et la verrouilla. Elle avait mal partout et l'antalgique tardait à faire de l'effet.

Malgré tout, elle se sentait bien, en jean et en pull. Elle avait dû jeter ses bottes que les médecins avaient entaillées pour examiner ses jambes. Heureusement, elle avait emporté des tennis.

En attendant que Nate revienne, elle pensa aux lettres de Johnny qui se trouvaient toujours dans son sac. Mais il fallait qu'elle marche jusqu'à la table de nuit et elle avait des élancements dans le genou. Mieux valait qu'elle reste sagement assise et attende.

Cinq minutes plus tard, il y eut un bruit à la porte. Nate avait un problème avec la serrure, apparemment. En fait, il devait avoir les mains pleines et avait du mal à ouvrir car il était encombré.

La porte s'ouvrit enfin. C'était bien Nate. Un instant, elle avait craint une mauvaise visite…

Cependant, Nate avait la mine défaite.

— Que se passe-t-il encore ? demanda-t-elle, inquiète.

— Stewart Netters est mort !

Stupéfaite, Sarah resta quelques secondes sans rien dire.

— Stewart ? reprit-elle enfin. Le père de Jason ? Le rédacteur en chef de la *Shatterhorn Gazette* ?

Nate acquiesça.

— La télévision était allumée à la réception. C'est comme cela que je l'ai appris. Il a été tué tôt ce matin.

— Pauvre Jason ! soupira Sarah.

— Ils le recherchent dans le cadre de ce meurtre, l'interrompit Nate. Un témoin l'a vu sortir des bureaux du journal et s'engouffrer dans une venelle. On interroge les services du shérif.

Sarah se précipita sur le poste et l'alluma. La chaîne d'informations continues épiloguait sur ce nouveau drame. Le visage d'une femme, décomposé de douleur, apparaissait en plein écran.

— C'est Giselle Netters, la mère de Jason, précisa Sarah.

— Mets plus fort, demanda Nate.

— « Je ne peux pas le croire, disait Giselle. C'est impossible. Jason ne ferait jamais une chose pareille. Il adore son père. Comment voulez-vous qu'il lui fasse du mal ? Stewart n'arrivait pas à dormir la nuit dernière… quelque chose le tarabustait… alors il s'est levé et est parti au bureau plus tôt que d'habitude. Les services du shérif font fausse route. Je jure que c'est impossible. Ils doivent chercher ailleurs l'assassin de mon mari, au lieu de perdre leur temps à monter un dossier contre notre fils. Jason, si tu m'entends, je t'en supplie, reviens. »

Sur ces mots, une journaliste, peu émotive en apparence, prit la place de la malheureuse Giselle, la laissant sécher ses larmes hors écran.

— « Vous venez d'entendre en direct la mère de l'agresseur supposé de Stewart Netters, tué par balle ce matin à son bureau. C'est un employé qui a découvert son corps. Selon une source autorisée, il aurait reçu une décharge de 0,380 en pleine poitrine. Le maire de Shatterhorn, George Bliss, s'est refusé à tout commentaire. »

La journaliste reprit son souffle et ajouta d'une voix un peu moins indifférente :

— « On se souvient du drame qui a endeuillé la petite ville de Shatterhorn, lors du dernier Labor Day. Un jeune homme de dix-neuf ans, Thomas Jacks, avait tiré dans la foule dans un centre commercial, faisant quatre morts et cinq blessés graves avant de retourner l'arme contre lui. Par un hasard extraordinaire, l'homme qui avait recueilli le dernier souffle de Jacks a lui aussi été tué par balle il y a trois jours. Son assassin court toujours. On chuchote que Jason Netters pourrait être également impliqué dans ce meurtre. Autre sujet d'actualité… »

— Eteins, s'il te plaît, demanda Nate.

Sarah s'exécuta volontiers.

— Voilà, fit-elle en s'asseyant au bord du lit avec Nate. C'est peut-être fini maintenant.

— Que veux-tu dire ?

— Papa pensait qu'il se passerait quelque chose le jour du Presidents'Day. Voilà. C'est fait. C'est arrivé.

— Je ne pense pas. Pas encore.

— Il y a des similitudes, pourtant, insista-t-elle. Une fusillade par un jeune homme…

— Oui, mais il n'a pas tiré à l'aveuglette, l'interrompit Nate. Un fils qui tire sur son père, ce n'est pas un coup de feu au hasard. Et Jason ne s'est pas suicidé ensuite… Apparemment, il s'est enfui. Est-il vraiment le coupable ? A-t-il vraiment fait ça ?

Déçue, Sarah haussa les épaules. Si horrible que soit ce rebondissement, cela la soulageait tout de même un peu. Le pire était derrière elle, enfin. Mais des questions resteraient posées jusqu'à ce qu'on retrouve Jason.

— Faim ? lui demanda Nate subitement.

— Non, plus du tout.

— Moi non plus. Allons voir le maire, si tu veux bien. J'aimerais lui demander ce qui s'est passé hier, après mon départ, dans le bureau de Netters. Peut-être refuse-t-il de s'exprimer parce que le shérif le lui a demandé ?

— Tu crois qu'il nous dira quelque chose ?

— Sans doute pas. Mais essayons quand même.

Ils sortirent. Le ciel qui était si menaçant la veille au soir s'était éclairci. Il n'y avait plus qu'une fine pellicule de neige sur les rues. Sarah avait recouvré son calme. Nate, lui, surveillait tout ce qui se passait autour d'eux. Les voitures qui les suivaient. Les piétons sur les trottoirs. Il avait les yeux partout à la fois, rien ni personne n'échappait à son regard. C'était comme s'il avait été à la poursuite d'un tueur.

C'était peut-être effectivement le cas, songea Sarah.

Nate sonna à l'Interphone du maire. George Bliss vivait dans une propriété à l'image de la fortune familiale. Des grilles en fer forgé doré à l'or fin en marquaient l'entrée, les pelouses étaient magnifiquement entretenues, et, au fond, s'élevait une demeure grandiose. Au-dessus du toit, la bannière étoilée, bleu blanc rouge, tranchait sur le ciel gris.

Une voix ferme répondit à l'autre bout de l'Interphone.

— Oui ?

— Je voudrais voir M. Bliss, expliqua Nate.

— Nous vous avons dit et répété à vous tous, journalistes, que le maire ne fera pas de déclaration pour l'instant.

— Je ne suis pas journaliste, précisa Nate en se présentant. Puis-je vous demander à qui j'ai affaire ?

— Je suis le secrétaire personnel du maire, William Tucker. Je suis désolé, monsieur, mais je m'en allais. Soyez aimable de revenir demain, peut-être que…

Nate mit un sourire dans sa voix.

— Monsieur Tucker, s'il vous plaît, je dois absolument poser deux ou trois questions au maire. Ça ne sera pas long.

Il y eut comme un soupir agacé dans l'Interphone.

— Etes-vous le Nate Matthews qui se trouvait dans le centre commercial le jour de Labor Day ?

— Effectivement. C'est moi.

— Je vois. Le message reste le même, M. le maire est indisponible.

— Comment cela ?

— Ecoutez-moi, monsieur, compte tenu de la haute estime dans laquelle le maire vous tient, je vais vous donner une information que je n'ai pas divulguée à la presse. Le maire ne se trouve pas en ce moment à Shatterhorn.

— Pouvez-vous me dire où il se trouve ?

William Tucker parut hésiter.

— Il a pris un vol ce matin pour Helena. Je ne suis pas censé divulguer cette information, aussi vous demanderai-je de n'en faire part à personne. Le maire et M. Netters étaient bons amis. Le drame qui vient de se dérouler l'a profondément choqué.

— Puis-je me permettre de vous demander ce qu'il fait à Helena ?

— Il assiste aux cérémonies en l'honneur de Presidents' Day pour apporter son soutien au gouverneur. Il a accepté de s'y rendre hier soir seulement.

Presidents'Day, songea Nate.

— D'accord. Très bien. Je vous remercie.

— Revenez demain matin, coupa l'homme sèchement. Je m'arrangerai pour que le maire vous reçoive.

Nate remonta dans le pick-up et se tourna vers Sarah. Elle avait la tête appuyée contre la vitre et les yeux fermés. Elle semblait fragile, lasse, avec ses lèvres pâles et des bleus sur le visage.

Il la contemplait, attendri, quand elle rouvrit les yeux.

— Alors ?

— Bliss n'est pas là.

Il jura intérieurement. Bon sang ! A quoi jouait-il ? Il était là avec une femme blessée, et tout ce qu'il trouvait à faire c'était de l'exposer à davantage de danger. Si elle comptait vraiment pour lui, il l'aurait couchée, ou aurait insisté pour qu'elle retourne à Reno ou en Virginie où elle ne craignait rien. Au lieu de cela, il la soumettait à une série de situations violentes qui semblaient ne devoir jamais s'arrêter.

Avec sa mère, la situation n'était pas simple mais ne présentait pas de risques, alors que Mike et lui ne lui avaient apporté que peur et violence. Et cette violence le poursuivait. Tout comme son père, Sarah était une victime. Récemment encore, victime des exigences de sa mère. Et désormais, de son égoïsme à lui.

A tort, Sarah restait fidèle à ce qu'elle était, une femme honnête et loyale, et cette loyauté avait failli la tuer. Une nouvelle fois.

Il se racla la gorge.

— Je vais te ramener au motel. J'espère que tu fermeras

ta porte à clé et n'ouvriras à personne, sauf au livreur de pizza si tu en commandes une.

— Où vas-tu ?

— A Helena. Tu sais où c'est ?

— A deux heures de route d'ici, répondit-elle. Une demi-heure en avion.

— S'il se remet à neiger, les routes seront impraticables.

Automatiquement, Nate pensa à son ami, perdu quelque part en montagne. Frigorifié. Blessé peut-être.

— Ça devrait aller, jugea Sarah. La route est bonne. Mais que vas-tu faire à Helena ?

— Voir le maire. Il y est pour la journée.

— Mais pourquoi ? Il y a peu de chances que tu puisses le voir. Attends ce soir.

— Non. Ce soir, j'ai l'intention de monter voir ce qui passe dans le camp, là-haut.

— Tu parles de Vivons forts ? Pour quoi faire ?

— J'ai envie de voir à quoi ça ressemble. Et, comme demain, j'ai l'intention d'aller à Blunt Falls pour aider à retrouver Alex…

Elle soupira.

— Nate…

— Oui ?

— J'aimerais bien y aller avec toi mais, demain, je dois m'occuper de déménager les pièces en argent et prendre contact avec un avocat.

— Je sais, dit-il. Et ta mère t'attend à Reno.

Elle regarda ses mains, tripota ses doigts, l'air songeur, puis leva les yeux vers lui.

— Qu'est-ce que tu racontes ? dit-elle.

Il ne répondit pas tout de suite.

— Je dis qu'il est peut-être temps que nous retournions chacun à nos affaires. Tu as ta famille. Moi, j'ai ça.

— Ah ?

— Quoi, *ah* ?

— Pourquoi ne laisses-tu pas la police s'occuper de… *ça* ?

— Ce n'est pas comme cela que je travaille.

— Oh là là, je crois entendre mon père !

Il ouvrit la bouche pour répondre mais aucun son ne sortit. En fait, cette petite bataille ne rimait à rien. Pourquoi se querellaient-ils, d'ailleurs ? Evidemment, sa déclaration était blessante, c'était un peu comme du sel sur une plaie ouverte. Ça piquait.

Après quelques secondes de tension, il murmura :

— Quand on a été, comme moi, longtemps dans la police, on finit par acquérir un sixième sens.

— Que veux-tu dire ? Que tu flaires quelque chose ?

— Mon intuition me dit que le maire est en danger.

— A cause de Jason ?

— Je ne sais pas. Mais le maire et lui se trouvaient tous les deux dans le bureau de Netters, hier. Et Jason cache quelque chose. Ça, je le parierais. Ça vaut bien une virée à Helena, non ? C'est pour cela que j'y vais. En revanche, il n'y a aucune raison pour que tu me suives.

— Aucune raison pour que je te suive ? répéta-t-elle, visiblement contrariée. Ce n'est pas si simple. Et ce n'est pas seulement à cause de toi.

— Je n'ai jamais dit ça.

— Ah non ? Alors, je viens.

— Ecoute, Sarah…

— Tu n'as pas encore compris qu'il est inutile de discuter avec moi ? Tu n'auras pas le dernier mot.

— Ça fait peur.

— Il n'y a pas de quoi. Je suis plutôt du genre raisonnable.

— Non. Ce que je voulais dire, c'est que ce trait de ton caractère me fait peur. Enfin, il vaut mieux le savoir…

Elle le regarda en riant.

— Moi, je pense que ça a du bon.

— Peut-être, conclut-il.

Sarah ferma les yeux et se laissa bercer dans une douce torpeur. Nate avait monté le chauffage dans l'habitacle et la chaleur lui faisait du bien. Elle était plus endolorie que la veille, mais on l'avait prévenue.

Pourquoi Nate avait-il ce drôle de comportement ? Comment pouvait-on, comme lui, passer de l'amant le plus tendre à cet homme sec, implacable ?

Etait-ce sa faute à elle ? Avait-elle raté quelque chose ? Pourquoi avait-elle tant insisté pour l'accompagner, alors qu'il était évident qu'il voulait aller seul à Helena ? La vraie question, celle qui lui trottait dans la tête depuis le début, était celle-ci : s'était-elle méprise sur ses sentiments ? Avait-elle confondu amour physique et amour tout court ? Passion et compassion ?

Ou bien Nate était-il redevenu ce qu'il était vraiment, un flic pur et dur, un peu suffisant ? Si c'était cela, peut-être commençait-il à reconsidérer sa relation avec sa fiancée ? Peut-être regrettait-il de l'avoir laissée tomber et tentait-il de rattraper son erreur et de la récupérer ?

Comme il descendait de voiture pour faire le plein et se dégourdir les jambes, elle en profita pour chercher le paquet de lettres de Johnny dans son sac. Avec le paquet, elle sortit un bout de papier qui semblait maintes fois plié et replié : le morceau de papier qui entourait la clé du box. Elle décida de le lire.

— Qu'est-ce ? demanda Nate en se mettant de nouveau au volant.

— C'est un nom. « Morris Denton. » Avec « Seattle » écrit dessous suivi d'un point d'interrogation. A ton avis, qu'est-ce que cela veut dire ?

— Ce ne serait pas la page qui a été arrachée du carnet ?

— On dirait. La clé que j'ai trouvée dans le coffre de papa était enveloppée dedans. Je suis idiote. J'aurais dû la reconnaître, mais c'est la première fois que j'y fais vraiment attention.

Elle tendit le papier à Nate qui le considéra, l'air perplexe.

— Je ne vois pas ce que signifie ce « Seattle ». A moins que Morris Denton ne soit originaire de là ? Ou peut-être y allait-il ? On posera la question à Gallant ce soir.

Il pointa du doigt les lettres qu'elle avait sur les genoux.

— Et ça ?

— Ce sont les lettres que Johnny m'a écrites avant notre mariage.

— C'est ça que tu es allée chercher dans le box ?

— Oui, j'avais envie de les relire.

— Tu l'aimais infiniment, n'est-ce pas ?

Elle fit oui de la tête.

— Je suis comme ça. Quand j'aime, c'est pour de bon.

— Excuse mon indiscrétion, dit-il en démarrant.

Au ton de sa voix, les lettres ne l'intéressaient pas. Tant mieux, se dit-elle, remerciant tout bas le ciel. S'il lui avait demandé pourquoi elle y tenait tellement, elle le lui aurait dit mais ce n'était pas le moment… alors que leur relation avait pris ce tour étrange.

Elle remit les lettres dans son sac et releva la tête. Au bord de la route un panneau indiquait « Helena ».

16

Nate ralentit en entrant dans Helena. Avec sa petite faculté, la ville voyait sa population tripler en hiver. Les étudiants, très nombreux, animaient pour plusieurs mois ce coin de campagne autrement paisible. En ce lundi après-midi, la route était très encombrée. Même les trottoirs étaient bondés et tout le monde avançait dans la même direction, vers le centre-ville.

— C'est Union Street, annonça Sarah. Elle va au Memorial Plaza. Si je me rappelle bien, mais je ne suis venue ici qu'une fois, il y a une statue de George Washington plantée au beau milieu. Je n'avais jamais fait le rapprochement avant.

— Le Washington Memorial, murmura Nate, l'estomac noué. C'est bien ça. Il va se passer quelque chose ici.

Il s'arrêta pour laisser passer un groupe de piétons et ajouta :

— Où vont-ils tous ?

— A en juger par les drapeaux rouge bleu et blanc, ils vont défiler, ou quelque chose comme ça. Regarde, la rue est bloquée un peu plus loin.

Nate suivit un trolley jusqu'à un panneau « Déviation » qui déroutait la circulation vers un parking improvisé pour l'occasion.

— Je crois qu'on a intérêt à continuer à pied.

Il se gara, éteignit le moteur et se tourna vers Sarah.

— Tu te sens capable de marcher ? Tu devrais peut-être rester dans la voiture.

— Tu tiens vraiment à te débarrasser de moi, répliqua-t-elle. Qu'est-ce qui te prend ?

— Je ne veux pas que tu te fasses tuer, c'est tout.

Il rangea le carnet de Mike dans la poche intérieure de sa veste et ronchonna en descendant du véhicule. Il n'était pas fier de lui. Se laisser dominer par la peur était indigne de lui. Puéril, à la limite. Pourtant, si quelque chose arrivait à Sarah alors qu'il aurait pu l'empêcher, il ne se le pardonnerait jamais. Comme la fusillade le jour de Labor Day.

— Je suis grande maintenant, le rassura-t-elle en lui prenant la main.

Il la serra dans la sienne et s'arrêta pour la contempler, mais la foule qui se dirigeait vers la grande place de la ville les emporta dans son mouvement.

Helena n'était pas à la même altitude que Shatterhorn, il n'y avait donc pas de neige dans les rues bien qu'il fasse froid. Soudain, poussée par le vent, leur parvint la musique d'une fanfare qui approchait. De l'autre côté de la rue, se trouvait la place, avec la statue de Washington.

Inquiet, Nate bougeait la tête en tous sens, cherchant à détecter ce qu'il pourrait y avoir d'anormal. Tout le monde était tourné vers l'endroit où la fanfare allait déboucher. Deux chevaux la précédaient, montés par deux cavaliers qui portaient chacun deux drapeaux, celui de l'Etat et le drapeau national.

A la vue des chevaux, la foule se mit à applaudir. Suivaient la fanfare du lycée puis un groupe de trois jeunes femmes vêtues de costumes d'époque, capes de fourrure sur les épaules, et deux garçons, déguisés, l'un en George Washington, l'autre en Abraham Lincoln. Les jeunes femmes saluaient avec l'aisance de pom-pom girls ou de reines, alors que les garçons, empruntés, se tenaient en retrait. Une bonne dizaine d'enfants, tellement engoncés dans leurs parkas que même leurs mères ne devaient pas les reconnaître, avaient enfourché des vélos bariolés et arrivaient ensuite. Six filles, bravant courageusement le froid en short, défilaient en lançant des bâtons en l'air et en les rattrapant d'une main. Elles précédaient un char sur lequel une femme, assise, cousait des étoiles blanches et des bandes rouges sur un immense drapeau blanc et bleu. De temps à autre, elle se penchait pour prendre une poignée de bonbons dans un grand sac en toile et les lançait aux enfants qui regardaient le cortège passer, massés sur les trottoirs.

L'inquiétude de Nate grandissait. C'était exactement le genre de manifestation que les tueurs fous choisissaient pour frapper — des événements populaires où affluaient de nombreux Américains qu'ils pouvaient ainsi terroriser.

Alors que les chars défilaient, une voiture qui passait attira son attention. Deux hommes étaient assis à l'arrière. Compte tenu des fanions et des macarons placardés sur le pare-brise, il s'agissait du maire d'Helena et, sûrement, du gouverneur. Bizarrement, Bliss n'était pas avec eux dans la voiture.

Détachant les yeux du véhicule officiel, il observa de nouveau la foule et, soudain, sursauta. Là, au milieu des spectateurs, ce visage. Il le connaissait.

Serrant le bras de Sarah, il l'attira à lui sans quitter sa cible des yeux.

— Va chercher la police.

— Pourquoi ?

— Je viens de voir Jason Netters. Il faut que je le suive.

Il se mit à marcher. Vite, de plus en plus vite. Dans sa précipitation, il bouscula une vieille dame, s'excusa et continua en accélérant encore le pas.

Il allait plus vite que le défilé et se trouvait dorénavant au niveau des chevaux. La difficulté était de ne pas perdre Jason de vue.

Sarah l'avait suivi.

— Va chercher de l'aide, je reste ici, lui intima-t-il.

— Je préfère rester avec toi, le supplia-t-elle.

— Non, s'il te plaît, rends-moi service. Invente quelque chose, dis n'importe quoi, mais arrange-toi pour que la police disperse la foule. Moi, je surveille Jason.

— Où va-t-il ? Tu le sais ?

— Il me semble qu'il se dirige vers l'endroit où se termine le défilé.

Sur ces mots, il laissa Sarah sur place et partit en courant pour tenter d'arrêter Jason avant qu'il ne soit trop tard.

Sarah désespérait de trouver quelqu'un en uniforme quand subitement un agent apparut, en train de régler la circulation des piétons. Vite — aussi vite que sa jambe le lui permettait — elle se précipita.

L'homme était beaucoup plus grand qu'elle et paraissait absorbé par sa mission. Elle le prit par la manche et le fit se retourner.

— Un garçon qu'on recherche à propos d'un meurtre commis ce matin à Shatterhorn vient d'être repéré. Il est là-bas, à la fin du défilé, expliqua-t-elle hors d'haleine. Avez-vous des gens là-bas ?

— Oui.

— Branchez votre radio et prévenez vos collègues. On le soupçonne d'être armé et on a peur qu'il ne tire dans la foule.

— Vous êtes sérieuse ?

— On ne peut plus.

— Son nom ?

— Jason Netters. Taille moyenne, blond, dix-huit ans environ.

— Comme les trois quarts des gars de cette ville, ricana-t-il tout en tripotant sa radio. Et vous, qui êtes-vous ?

— Ça n'a pas d'importance. Je vous en prie, faites quelque chose. Moi, je dois m'en aller.

Gêné par le flot des badauds et par les branches basses des arbres, Nate finit par perdre Jason de vue. Emporté par la foule, il traversa la rue et, à cet instant, repéra de nouveau le garçon. Par malchance, il n'était pas grand et n'avait aucun signe distinctif.

Si. Il portait un treillis, ce qui n'était pas ordinaire dans cette zone rurale.

Le défilé des majorettes et des chars se dirigeait vers le parc où les gradins se garnissaient peu à peu. Nate et une vingtaine d'autres personnes se trouvaient bloquées derrière le dernier char. La voiture officielle, avec le gouverneur et le maire d'Helena, était arrivée et stationnait au pied des marches. Les deux magistrats en étaient descendus et montaient vers la tribune d'où ils allaient présider. Le maire de Shatterhorn, George Bliss, semblait s'être volatilisé. Il n'était nulle part, ce qui était surprenant, songea Nate.

La fanfare entama une marche, reprise en chœur par la foule qui applaudit. Le bruit et le tohu-bohu général ne prêtaient pas à la concentration.

Nate commençait à s'énerver.

Mais où Jason était-il passé ?

Soudain apparut une tête qui, vue de dos, pouvait être celle du jeune homme. Cheveux blonds… Sans perdre une seconde, il s'élança à sa poursuite. Arrivé à sa hauteur, il lui tapa sur l'épaule. L'homme se retourna brusquement, l'air surpris.

— Ça ne va pas ? Qu'est-ce que vous me voulez ?

— Oh pardon, je vous ai pris pour quelqu'un d'autre. Excusez-moi.

Dépité, Nate retourna vers le kiosque à musique et monta quatre marches. Comme le parc était en pente, ce kiosque offrait une vue panoramique sur la ville. Coup d'œil à gauche. Les rues étaient vides, désertes. Il ne s'y passait rien d'anormal, rien de douteux. Coup d'œil à droite. Là, c'était différent. Il y avait de la circulation et des gens, pas très loin, qui se dirigeaient vers un passage sous l'autoroute. Deux silhouettes surgirent, sortant de l'ombre, pour redisparaître aussitôt.

C'était deux hommes. L'un d'eux avait les cheveux coupés ras et un long pardessus, l'autre portait une veste de treillis. Le maire et Jason qui marchaient côte à côte : Jason, la main sur le bras du maire, comme pour le forcer à le suivre ; le maire, le pas lourd, traînant, semblant freiner des quatre fers.

Nate sauta du haut des marches et s'élança à travers le parc vers l'autoroute, avec l'espoir que Sarah ait réussi à alerter un policier. Mais si elle n'avait trouvé personne ? Nate faillit retourner vers les gradins pour mettre la foule en garde. Cependant, en garde contre quoi ? Si l'objectif de Jason était de tirer dans la foule, pourquoi emmenait-il le maire dans la direction opposée ? Quant à prévenir la foule, c'était le plus sûr moyen de provoquer une panique avec le risque de voir les gens se bousculer et se piétiner en cherchant à s'enfuir.

Pour la quarantième fois au moins depuis son départ d'Arizona, Nate regretta de ne pas avoir son badge et son revolver.

Qu'avait-il dans la tête ? Il était ce qu'il était, un shérif adjoint, ni plus ni moins. Il refusait d'être un shérif en titre, condamné à rester assis dans un bureau à longueur de journée. Il ne voulait pas non plus passer sa vie retranché dans son ranch. Il voulait redevenir un flic sur le terrain et, pour cela, il allait devoir se faire pistonner. C'était dingue. Au moins Sarah ne s'en mêlerait pas. Ça ne la regardait pas. Dieu merci. Ça le changerait.

Le bruit que faisait la foule commença à s'apaiser, mais la circulation redoubla et les voitures pétaradaient. Après quelques minutes, Nate cessa de courir. En ralentissant, il verrait mieux ce qui se passait autour de lui. Où les deux hommes étaient-ils partis ?

Le ciel s'était assombri et l'ombre gagnait du terrain. Il faisait presque noir dans le passage sous l'autoroute. Essoufflé, Nate s'arrêta, s'adossa à un poteau de signalisation et tendit l'oreille. Une voiture passa comme une fusée, poursuivie par une seconde voiture. Comme la furie de leurs moteurs s'éloignait, une voix surgit de l'obscurité. Elle provenait de l'entrée du souterrain.

— Sois raisonnable, mon garçon, disait le maire d'un ton calme. Tue-moi si tu veux, ça ne te ramènera pas ton père.

— Je ne suis pas *votre* garçon, gronda Jason.

A l'opposé de la voix du maire, celle de Jason était rauque, étranglée par l'émotion.

Discrètement, Nate s'approcha. Malgré la pénombre, les deux hommes et un fût en métal qui brillait étaient nettement visibles. Il fallait à tout prix qu'il intervienne. Mais comment approcher ? Ils allaient l'entendre et le voir.

Des phares qui venaient d'en face, très puissants et très hauts — il s'agissait certainement d'un semi-remorque — éclairèrent la zone alentour et un petit chemin de terre ; celui-ci montait vers l'autoroute et devait déboucher au-dessus du passage souterrain.

C'était le genre d'endroits où les SDF devaient se réfugier en hiver pour s'abriter de la pluie et de la neige.

Profitant du bruit que faisait un camion qui approchait, Nate grimpa le petit raidillon et arriva en haut, sur le bas-côté étroit, jonché de toutes sortes de détritus. Accroupi, il réfléchit.

Il se trouvait juste au-dessus des deux hommes dont les voix étaient encore couvertes par le grondement du moteur du camion qui s'éloignait. Ils se tenaient face à face sur un large trottoir. Jason pointait un fusil sur la poitrine du maire.

Nate avait peu de chances de réussir, il le savait. Il allait devoir se jeter du pont et atterrir sur Jason — trois mètres en contrebas — sans le blesser. A moitié assommé, Jason lâcherait son arme, mais reviendrait vite à lui. Il reprendrait son fusil, verrait Nate et tirerait.

— On dirait que tu ne comprends pas, dit le maire.

Nate s'arc-bouta.

— Si, je comprends très bien, répliqua Jason. Mais c'est fini, je n'accepte plus.

D'un geste violent, il poussa le maire qui faillit tomber en arrière.

Une voiture passa et, cette fois encore, Nate en profita. Prenant son élan, il s'élança. Comme il l'avait espéré, Jason tomba et resta bloqué sous lui.

Choqué mais pas assommé, il commença à se débattre. La bagarre ne dura pas longtemps, Nate poussa le fusil, se releva et s'en empara tout en maintenant le garçon au sol. Dans la bagarre, son chapeau s'était envolé.

Vacillant, interdit, le maire, rouge sous son sempiternel bronzage, s'était adossé à la paroi du souterrain. Les yeux exorbités de stupeur, les veines du cou gonflées, il regardait Jason, toujours à terre.

— Ça va ? hurla Nate pour couvrir le grondement de moteur d'un pick-up qui passait au-dessus.

Le maire se décolla du mur et s'avança vers lui en boitant.

— Oui, merci. Heureusement que vous étiez là.

— Arrêtez-le ! cria Jason.

Nate fronça les sourcils.

— Pourquoi veux-tu que je l'arrête ? Qu'est-ce que tu racontes ?

— Il a tué mon père, hurla Jason en se redressant.

— Vous n'allez pas croire ça, déclara Bliss. Ce gosse est complètement malade.

— Non, protesta Jason, regardant Nate droit dans les yeux pour la première fois.

Tournant la tête vers Bliss, il continua :

— Vous avez tué papa, parce que…

Il se releva en titubant, se frotta le menton et fixa le maire.

— … parce qu'il savait qui vous étiez vraiment. Je le lui avais dit. Ce matin, il est parti travailler tôt. Il a dit qu'il allait vous téléphoner, qu'il voulait vous parler. Et vous l'avez assassiné. Espèce de salaud !

Le maire tendit la main vers Nate.

— Donnez-moi son fusil.

Nate serra l'arme contre lui.

— La police va arriver, dit-il. Elle éclaircira tout ça.

— Ce qui se passe ne vous regarde pas, hurla Bliss à l'adresse de Nate, qui ne releva pas et se tourna vers Jason.

— Qu'as-tu dit exactement à ton père ?

Visiblement ému, des larmes plein les yeux, Jason ne répondit pas tout de suite.

— Papa avait dit qu'il voulait monter là-haut voir ce qui se passait dans le camp.

Il claquait des dents. Sa voix tremblait. Son corps tout entier tremblait.

— Il avait l'intention d'interroger Morris Denton. Je lui avais dit la vérité. Qu'il se passait des horreurs à Vivons forts.

— Tu ne sais pas ce que tu dis ! gronda le maire en avançant vers eux.

Il n'était plus qu'à un mètre.

— Morris n'est qu'un camé, accusa Jason. Ce sont tous des drogués, là-haut.

— Fais attention à ce que tu dis, petit, le menaça Bliss.

— En fait, c'est vous qui dirigez l'association, continua le jeune homme. Vous choisissez les gens et leur faites faire ce que vous voulez. Aujourd'hui, vous aviez décidé que ce serait moi. Que ce serait mon tour. J'étais censé tirer dans la foule, assez bas pour que les balles touchent les gosses à la tête et les adultes dans le ventre. Vous avez même dit…

Mais Bliss s'élança vers Jason et lui assena un coup de poing si violent dans la tête qu'il tomba. Déstabilisé par le coup qu'il venait de donner, le maire vacilla. Un camion qui approchait éclaira la scène, le temps pour Nate d'observer de près les visages des deux adversaires.

— Qu'est-ce que c'est que ce cirque ? s'énerva-t-il.

— Ce gosse a pété les plombs, s'emporta le maire en essuyant les postillons sur son menton. Donnez-moi son fusil, je le ramène en ville.

Nate prit Jason par le bras et le serra contre lui. Une voiture passa en rugissant.

— Demandez-lui ce qu'il a à la jambe, lança Jason.

— Tu m'as poussé, imbécile !

— Vous boitiez avant qu'il ne vous pousse, rappela Nate.

— C'est parce que vous lui avez envoyé une balle dans la jambe, expliqua Jason. C'est pour ça qu'il a lancé Peter après vous, et maintenant Peter est mort, comme son frère.

Le jeune homme foudroya le maire du regard.

— Vous nous appelez vos « fantassins », en fait nous sommes vos *marionnettes*.

— Mais qu'est-ce que tu racontes ? demanda Nate.

Question superflue, car il avait compris. Oui, il savait.

— Mais vous ne comprenez donc pas ? s'énerva Jason. Vous ne voyez pas que c'est lui, le malade ? Il croit qu'en faisant régner la terreur dans la population les gens feront tout pour garder des hommes comme lui au pouvoir, parce qu'ils ne veulent plus de la violence par les armes à feu. Alors, il utilise leur peur. C'est un facho. Il trouve des gars qui sont perturbés, ou fragiles et faibles, et…

— Je ne vais pas rester là à écouter ce morpion dire des horreurs sur moi, ricana Bliss. Mettez-lui une balle dans la peau et qu'on en finisse. Ça évitera aux contribuables de payer un centime pour son procès.

A cet instant, quelqu'un tapa sur l'épaule de Nate qui se retourna. C'était Sarah. Complètement absorbé par la scène entre le maire et Jason, il ne l'avait pas entendue approcher. Elle avait les traits tirés, était pâle et essoufflée.

— Où est la police ? lui demanda Nate, contrarié de sa présence.

— Je crois qu'elle est toujours dans le parc. J'ai entendu quelqu'un dire qu'il avait vu un homme grand, avec un chapeau sur la tête, partir en courant vers le souterrain, alors je suis venue et, quand j'ai entendu crier, je me suis dépêchée. Qu'est-ce qui se passe ?

Nate n'avait pas de temps à perdre et se tourna vers Jason.

— Va dans le parc et demande aux policiers de venir mais ne dis pas qui tu es, sinon ils t'arrêteront. Allez, file.

Il faillit proposer à Sarah de l'accompagner mais elle n'avait pas encore repris sa respiration.

En un éclair, Jason s'élança vers le parc, mais Bliss en profita pour se précipiter sur Sarah. Le bras sur son cou, il la maintint contre lui, l'étranglant à moitié.

— Donnez-moi le fusil, gronda-t-il. Ou je la monte là-haut et je la balance sous le premier camion qui passe.

— Trop tard, répondit Nate, cherchant le bon angle pour tirer sur le maire sans toucher Sarah. Trop tard, Bliss. C'est fini pour vous.

Comment allait-il faire pour viser sans blesser Sarah ?

— Vous avez tué Mike. Vous lui avez volé son ordinateur et son portable et, quand je lui ai téléphoné, vous avez écouté mon message. Vous saviez donc que j'étais ici, que je n'étais pas mort dans l'accident… dans le piège, en réalité, dans lequel je suis tombé à Las Vegas. Avez-vous payé quelqu'un pour saboter ma voiture ? Et Mike, pourquoi l'avez-vous tué ? Parce qu'il avait découvert votre appartenance au camp Vivons forts ? Vous faisiez quoi dans cette organisation ? Recruter des jeunes pour les sacrifier et satisfaire votre programme ? Ou pour votre bon plaisir ?

— Vous n'imaginez pas combien nous sommes, grogna Bliss. Je ne suis pas le seul. Des gens comme moi, il y en a plein le pays. Les mécontents, tous les losers que nous choisissons montent dans notre bus sans retour. Nous devons rester vigilants. L'époque n'est ni à la prudence ni à la retenue. Le temps est venu de se battre, de prendre le pouvoir. De dominer. J'ai donné un sens à la mort de ces garçons.

— Mais les innocents qu'ils ont tués, vous en dites quoi ?

— Ils sont tous morts pour leurs compatriotes. Y a-t-il plus grand honneur ?

Un frisson d'effroi parcourut Nate.

— Vous êtes un malade, Bliss, un tordu. Vous raisonnez faux !

Les attentats des derniers mois lui revinrent en tête, à Hawaii, dans le Nevada, l'Iowa…

— Vous vous cachez derrière le drapeau et corrompez l'idéal pour lequel vous prétendez vous battre. Vous ne cherchez pas à libérer les hommes pour qu'ils aient la liberté. Vous voulez décider pour eux. Vous nous avez suivis à Carson City, vous avez poussé Sarah dans le ravin… Et Alex ? Qu'avez-vous fait, vous ou un de vos complices, à l'avion d'Alex ?

Le maire vociféra.

— Mike Donovan n'était qu'une misérable petite fouine. Il mettait son nez partout, partout. Il a fallu que je l'arrête. Il aurait tout gâché. Quant à vous et à vos amis, vous ne valez guère mieux.

Il reprit son souffle et, plus bas, enchaîna :

— Assez parlé comme ça, Matthews. Une dernière fois, le fusil ou la fille.

— Non, cria Sarah au moment où passait une voiture.

Un gros camion suivait, encore plus bruyant. Bliss commença à monter le raidillon en narguant Nate. Le camion passa, les aperçut, klaxonna et fit une embardée mais poursuivit sa route. Poussant Sarah, Bliss arriva en haut, au bord de l'autoroute. Une voiture approchait. Nate n'eut que le temps de rattraper Sarah par une main mais ses doigts glissèrent. Dans son effort désespéré pour la ramener sur le bas-côté, il lâcha le fusil. Il y eut un terrible crissement de pneus et un grincement de freins. Terrifiée, Sarah le regarda. Sollicitant ses dernières forces, il la tira par les bras et la ramena au bord. Sous l'effet de l'effort, ils y roulèrent tous les deux. La voiture continua. Sarah s'était cogné la tête et gisait, les yeux fermés, apparemment évanouie. Nate se releva, la prit dans ses bras et la déposa sur l'extrême bas-côté. Là, elle ne risquait rien. Une autre voiture passa. Nate se retourna. Comme il s'y attendait, le fusil avait disparu et George Bliss s'enfuyait par la route en traînant la jambe. Nate s'élança à sa poursuite. Bliss se retourna, visa et tira.

Nate se recroquevilla sur lui-même tandis qu'une voiture noire, arrivant à toute vitesse, heurtait Bliss de plein fouet. Elle roulait tellement vite que le corps du maire, qui ne l'avait pas vue venir, fut projeté en l'air, exécuta un saut périlleux, puis retomba une bonne dizaine de mètres plus loin en faisant le *plouf* sourd d'un sac de pommes de terre chutant d'un camion.

Le moteur de la voiture rugit et disparut sur l'autoroute, abandonnant le corps du maire là où il était retombé.

Nate ferma alors les yeux et tout devint noir.

Épilogue

Un mois plus tard

Le soleil brillait à travers le pare-brise, un petit vent doux soufflait par la vitre ouverte. Un œil dans le rétroviseur, Sarah surveillait le van accroché à l'arrière de son pick-up neuf. Tout allait bien et Shipjack rejoignait sa nouvelle résidence, un ranch en Arizona.

A côté d'elle, son passager s'était assoupi. Il s'était endormi quelque part dans le Nevada. Le mois qu'il avait passé à l'hôpital lui avait volé ses forces et son bronzage. Pour le bronzage, ce n'était pas grave ; pour les forces, elle ferait ce qu'il faudrait pour lui en redonner.

— Où sommes-nous ? demanda-t-il en allongeant les jambes.

Le mouvement dut lui faire mal, car il fit la grimace.

— Tu es réveillé ? dit-elle en lui souriant.

Ses blessures n'étaient pas encore complètement cicatrisées mais la guérison était en bonne voie. Il avait eu de la chance. Quatre semaines plus tôt, il s'en était fallu de peu qu'il ne meure. En fait, il devait sa survie, elle sourit à ce souvenir, au petit carnet en cuir de son père qu'il avait glissé dans la poche intérieure de sa veste. Sans lui, il ne serait pas assis là.

— Nous sommes à deux heures de chez toi, lui annonça-t-elle.

— Que penses-tu de l'Arizona ?

— Que c'est beau.

— Tu penses que tu pourrais aller à la fac et vivre ici ?

Il allongea le bras et lui posa la main sur la cuisse.

— Je crois que oui.

— Moi aussi, dit-il, en lui pinçant la cuisse.

Elle lui jeta un regard furtif.

— Au fait, as-tu eu des nouvelles récentes d'Alex ?

— Non. D'après les infos que j'ai, personne ne sait où il est, ni s'il est toujours en vie. Si par chance il n'est pas mort, il doit se trouver dans un endroit improbable, auquel personne ne pense. Soit il est blessé, soit il est enseveli sous la neige. Je m'en veux de ne pas avoir pu participer aux recherches.

— Je sais…

— Il s'est passé tellement de choses, ajouta-t-il, l'air songeur.

— Oui, tellement. A ce propos, tu vas penser que je suis un monstre, mais je ne suis pas mécontente que Bliss soit mort. Je ne sais pas qui il était, ni ce qu'il cherchait mais, en tout cas, sa disparition me semble une bonne chose.

— C'est ton droit de penser comme ça.

Mais il se posait beaucoup de questions sur les meurtres commis par Bliss, elle le savait. Et aussi sur Jason, peut-être ?

— Cet homme a fait tuer au moins quatre enfants, et il a tué ton père, plus Stewart Netters.

— Tu oublies Morris Denton, ajouta-t-elle.

— Ce n'est pas ce que pense Gallant.

— Je sais, acquiesça-t-elle. Denton serait mort d'une overdose dans son motel le jour où Netters est mort, lui aussi.

— Rien ne permet de faire le rapprochement entre Bliss et ce qui s'est passé dans cette chambre de motel. Apparemment, la drogue n'était pas le domaine du maire. Sa logique était plutôt du style « Tue, tu poseras les questions plus tard ». Comme son secrétaire particulier a disparu aussitôt après sa mort, on ne sait finalement que peu de choses. Dommage, il a brûlé la quasi-totalité des dossiers qu'il avait, avant de se volatiliser.

— Denton s'est peut-être suicidé ?

— Peut-être. Mais, à la limite, on s'en moque. Ce qui est important, c'est que l'association Vivons forts ait été saisie par le FBI. Toutes les forces de police et de renseignements sont sur le coup. Ils espèrent faire la lumière sur des cellules terroristes dont ils ignoraient l'existence et avancer dans des enquêtes antérieures.

— Je comprends que c'est important, Nate, mais, pour moi, ce qui compte avant tout, c'est que toi et moi nous ayons survécu.

Elle lui coula un regard plein d'amour.

— Au fait, j'ai quelque chose à te dire, murmura-t-elle en caressant sa main.

— Oui ?

— Ouvre mon sac et déplie le papier qui est dedans.

Il obéit.

— C'est une des lettres ? Une des lettres que Johnny t'a écrites avant votre mariage ?

— Oui. Lis, s'il te plaît. Tout fort.

Il se gratta la gorge.

— « Chérie », commença-t-il.

Bizarrement, sa voix ressemblait subitement à celle de Johnny.

— « Chérie, ne pleure pas. Je t'ai promis de t'épouser et rien n'a changé. Je sais qu'avoir perdu notre bébé t'a fait beaucoup souffrir mais que l'attitude de ton père t'a fait encore plus mal. Comment a-t-il pu se réjouir ?

« Enfin, peu importe. Tu es à moi et ensemble nous aurons une ribambelle de bébés, autant que tu voudras.

Alors sèche tes larmes, mon amour. Rien n'a changé. Je t'aime. Johnny. »

Nate replia la lettre et inspira à fond.

— OK. Je comprends maintenant pourquoi tu l'aimais tellement.

Elle battit des paupières.

— Oui, je suis toujours tombée amoureuse de types bien. Je crois que je suis douée pour ça.

— Je suis désolé pour ce bébé que tu as perdu.

— Tu es gentil de le dire. Heureusement, c'était le tout début de ma grossesse mais quand même… C'est la joie de mon père qui m'a révoltée. Il a dit à Johnny de disparaître. Quant à moi, il m'a exilée chez une vieille tante en Alaska. Ma mère en a profité pour filer, je ne sais trop où, en fait. Ce que mon père n'a jamais pu admettre, c'est que Johnny et moi, nous voulions cet enfant. Ce n'était pas prévu mais, dès qu'on l'a su, tout a changé. Le perdre a été un drame, et pas du tout une bénédiction comme papa l'a proclamé. Son attitude m'a brisée, je lui en ai toujours voulu.

— Tu as essayé d'en avoir un autre, ensuite ?

— Non. Il y avait les cours, le travail et les emprunts. Et j'avais peur. Tu vois. Et ensuite ça a été trop tard. Johnny est mort.

A l'approche d'une aire de repos, elle ralentit et se gara à l'ombre sous un arbre. Nate et elle descendirent ensemble de voiture, en firent le tour. Appuyés contre le capot, ils se prirent la main, sans rien dire. Il l'emmena alors vers une table de pique-nique où ils s'assirent, côte à côte, épaule contre épaule, hanche contre hanche.

— Ce soleil, c'est bon, dit Sarah en lui offrant son visage.

Il tapait fort et la pénétrait, jusqu'aux os.

— Je t'aime, Sarah, dit Nate, en prenant sa main. Et je ne pense pas que cela change un jour. Si j'ai appris quelque chose le mois dernier, c'est que je suis né pour être dans la police, sur le terrain. Dès mon arrivée à la maison, j'irai voir mon patron et je lui dirai que je veux reprendre du service. Je sais que c'est beaucoup te demander, mais penses-tu avoir envie d'épouser encore un policier ?

Elle sourit et observa leurs doigts entrelacés.

— Je sais qui tu es, Nate. Et je ne voudrais pour rien au monde que tu changes.

— C'est enregistré.

Un instant plus tard, il reprit :

— Donc, tu es d'accord pour m'épouser ? Pour avoir des enfants avec moi ?

Trop émue pour parler, elle fit oui de la tête.

L'air heureux, Nate sourit. Et il la prit dans ses bras, la serra à l'étouffer, l'embrassa, l'embrassa encore, sans gémir, sans se plaindre, comme si sa blessure n'existait plus. Puis tout devint flou, comme s'ils flottaient dans un monde qui n'appartenait qu'à eux. Un monde où tout était bonheur. Un bonheur partagé qui ne faisait plus qu'un seul bonheur.

Ce que l'avenir leur réservait, Sarah l'ignorait. Mais une chose ne changerait jamais : bonheur ou peine, ils l'affronteraient ensemble.

Toujours.

Retrouvez prochainement,
dans votre collection

BLACK ROSE

Une fugitive aux abois, de Juno Rushdan - N°754

Accusée à tort de trahison, Zee est recherchée par le FBI. En Alaska où elle se cache, elle lie connaissance avec John Lowry, son mystérieux voisin. Mais nulle part elle n'est en sécurité, elle le sait. Aussi, lorsque son chalet est attaqué par une équipe de tueurs, elle se lance dans une fuite désespérée. Une cavale dans laquelle, bien qu'elle tente de l'en dissuader, John veut à tout prix l'accompagner…

Des secrets menaçants, de Tyler Anne Snell

Qui menace Willa Tate ? Et quel secret renferme la boite qu'elle a déterrée sur le chantier où elle travaille ? Consciente du danger qui plane sur elle, persuadée que les documents qu'elle a mis à jour concernent un crime ancien et non élucidé, Willa va trouver Kenneth Gray. Sans savoir que le séduisant détective enquête de son côté sur le meurtre de sa femme, des années plus tôt…

Un protecteur dans l'ombre, de Carol Ericson - N°755

LES DISPARUS DE TIMBERLINE – 3/4

Pour quelle raison Jim Kennedy est-il de retour à Timberline ? Scarlett est partagée entre inquiétude et fascination. Inquiétude, car le retour de Jim coïncide avec une série de meurtres sans doute liés à l'enlèvement de trois enfants, vingt-cinq ans plus tôt. Fascination, car celui qui n'a rien perdu de ses allures de *bad boy* semble vouloir la protéger des dangers qu'elle sent planer autour d'elle…

Dans les bras de son ennemi, de Carol Ericson

LES DISPARUS DE TIMBERLINE – 4/4

« Que faites-vous à Timberline, mademoiselle Johnson ? » Désespérée, Caroline évite le regard de Cole Pierson, le séduisant agent de la DEA… Comment lui avouer qu'elle ne sait pas qui elle est ? La croira-t-il si elle lui révèle qu'elle s'est réveillée, quelques jours plus tôt, dans une chambre d'hôtel près du corps sans vie d'un inconnu, avec pour seul indice un mot sur un bout de papier : Timberline…

Retrouvez prochainement,
dans votre collection

BLACK ROSE

Une famille en péril, de Carla Cassidy - N°756

Melissa est sous le choc. Elle vient de croiser James, l'homme avec qui elle a passé une nuit de passion un an plus tôt… Et, si elle sent renaître en elle une folle attirance pour lui, le doute l'envahit. Car c'est un homme d'affaires menacé par de nombreux ennemis et elle se demande si elle peut lui révéler qu'il est le père de ses jumeaux sans les mettre en danger…

Le sceau du passé, de Lisa Childs

En quittant le speed dating auquel elle vient de participer, Claire a du mal à mettre de l'ordre dans ses idées. Car sous le regard du séduisant Ashton Stryker, l'homme qui prétendait n'être qu'un simple employé de bureau, elle a eu l'impression d'être percée à jour. Comme si Stryker connaissait tout de son passé. Comme si ce rendez-vous n'était qu'un piège…